斎宮の文学史

本橋裕美
Motohashi Hiromi

翰林書房

斎宮の文学史◎目次

第二部

凡例

一 『源氏物語』の本文の引用は、新編日本古典文学全集『源氏物語①～⑥』（小学館）により、巻名、巻数、頁数を示したが、適宜、表記を改めた箇所がある。また本文制定上問題のある箇所については注記した。

一 『うつほ物語』の本文の引用は室城秀之『うつほ物語全（改訂版）』（おうふう）により、巻名、頁数を示した。

一 『狭衣物語』の本文の引用は、日本古典文学大系『狭衣物語』（岩波書店）によって、巻数と頁数を示した。旧字体を新字体に、踊り字をひらくなど表記を改めている。

一 『浅茅が露』『海人の刈藻』『恋路ゆかしき大将』『我が身にたどる姫君』の本文の引用は中世王朝物語全集（笠間書院）により巻数、頁数を示した。

一 『萬葉集』の引用は新編日本古典文学全集（小学館）をもとに特に訓読については私に改めた。その他の和歌の引用および歌番号は、『新編国歌大観』（角川書店）によるが、漢字を当てるなど表記を改めている。

一 古注釈の引用は『紫明抄　河海抄』（角川書店）のほかは、源氏物語古注釈叢刊（武蔵野書院）を用いた。その他の本文による場合は、その都度示した。

一 その他の作品の本文引用については、原則として新編日本古典文学全集（小学館）により、その他の資料を用いた際にはその都度、使用本文を示した。特に上代の作品については、諸注釈を用いて校訂を施したところがある。

一 史書・古記録類の引用は、原則として国史大系（吉川弘文館）により、『小右記』『御堂関白記』等は大日本古記録（岩波書店）によったが、随時、大日本史料および諸注釈を参照し、表記を改めた箇所がある。その他の本文による場合は、その都度示した。

一 各論において中心に扱う作品の場合、作品名を省略している。

一 引用文献が雑誌に掲載されたもので、後に単行本に収載されたものは、できるだけ単行本所収の形で示したが、必要に応じてその初出も併記した。

序　本書の意義と構成

斎宮の研究史

斎宮に関する研究は古代を中心とした歴史学に牽引されてきた。しかし、立ち位置としては一般書である山中智恵子氏の著作[1]が、制度や政治背景を中心とする研究状況に一石を投じている。時代やジャンルにとらわれない網羅的な調査は山中氏の情熱に支えられていよう。一連の研究は、歌人であった山中氏が、平安時代の、同じく歌人であった斎宮女御徽子女王に惹かれて生涯を辿ったところに始まり、さまざまな文献を利用しながら、奈良から最後の斎宮まで辿りうる限りの斎宮についてまとめたものである。利用した文献は幅広く、特に鎌倉期の斎宮については、現在もなお山中氏の調査がもっとも詳しい。

次に、現在の斎宮研究として第一に挙げられるのは、榎村寛之氏の論考である[2]。歴史学による斎宮研究の多くは、伊勢神宮の成立やアマテラスの位置づけをめぐる論考から派生するかたちで、古代史の視点のひとつとして斎宮を検討している。しかし、榎村氏の研究は斎宮を独立した研究対象として捉え、幅広い史料を用いて論じており、斎宮研究を大きく進展させたという点で高く評価される。これまでの斎宮に関する歴史的研究の多くは、研究方法として文学と重ならず、互いに資料提供以上の交流がないことも多い。しかし、榎村氏の研究は、制度だけでなく実態に対する検討が行われている点、物語の斎宮も研究対象として十分に活用している点など、本書の目指すところと重なる方法を用いている。現在の斎宮研究にとって欠かせない論考であり、本書においても多くの示唆を得た。また、三重県にある斎宮歴史博物館および斎宮跡では、発掘調査が行われている。こうした斎宮に関する考古学的な調査の他領域への紹介は、榎村氏の寄与するところが大きい。近年は、いろは歌の仮名の習字の発見など、伊勢における小さな京であった斎宮寮の実態解明に関わる調査が進んでおり注目されている。本書では具体的な斎宮寮の姿には踏み込めなかったが、今後の斎宮研究において重要な視座となることを指摘しておきたい。

上代の斎宮については、主な資料が『日本書紀』『古事記』『萬葉集』であり、神話の生成に関する研究については、第一部第一章や終章を論じる中で扱っている。また、成立自体は下るが、現地（伊勢）からの報告資料である『皇太神宮儀式帳』『止由気神宮儀式帳』をはじめとする伊勢神宮関係資料については、各論で関わる部分について触れた。伊勢神宮に関する諸研究で斎宮がもっとも深く関わるのは、伊勢神宮がいつ成立し、いつ皇祖神となったかという問題である。歴史学、考古学、文学等で見解が一致しているのは、斎宮が制度として始められたのは（つまり皇祖神となったのは）天武朝大伯皇女のころであること、崇神朝、垂仁朝における豊鍬入姫、倭姫命（あるいは景行朝の五百野皇女も含む）の記事は、天武朝から遡って書かれたものであることの二点である。伊勢に大きな信仰が作り上げられた過程、それが近畿の信仰と結びついた時期（この成立過程にも諸説ある）、斎宮（に類する者や機構）がいつからあったかなどは、未だ議論の分かれるところである[3]。

斎宮に関する先行研究については、こうした歴史学で行われている制度を中心とした伊勢神宮史や神話の成立史のほか、斎宮研究を牽引してきたものの一つに、女性史としての斎宮研究がある。二〇一六年現在、盛んに行われているとは言い難いが、倉塚曄子氏が提唱した「ヒメヒコ制」の変形としての斎宮制(4)、上野千鶴子氏が外部との関わりの中で論じた「神妻」としての斎宮(5)については、以後の斎宮研究に強い影響を及ぼしている。私見では、「ヒメ」としての斎宮はヤマトタケルに対峙するヤマトヒメに見られる程度であると考えており、また「神妻」としての斎宮はむしろ中世以降にあらわれる言説であって古代の斎宮を捉えるには一面的過ぎて当たらない。よって非常に魅力的な論考ではあるが、全面的に認めることはできないと考える。ただし、斎宮に関わる歴史を明らかにしようとする斎宮研究に一石を投じ、「斎宮」から思想を見出した点で本書も多大な影響を受けている。

文学における斎宮研究は、右の女性史からの斎宮への興味のほか、王権論の隆盛と、『源氏物語』研究が結びついて進んだ面が強い。斎宮を描く文学は長く享受されており、読み手は高い関心を払ってきたが、一方で斎宮制度自体が廃れた室町時代以後、中世神道の影響を受けた一部の『伊勢物語』の注釈書を除いて、斎宮を詳しく検討しようという文献は少なかった。『源氏物語』の古注釈等においても、斎宮については伊勢神宮に仕えた皇女であることを先行する注釈書から引き継いで記述するのみのものが多い。『萬葉集』における大伯皇女の歌なども、斎宮という立場に触れることは多いものの、斎宮であることから歌の意味を考える試みは少なかった。物語文学研究の面からは、『源氏物語』とアマテラスを結びつけた小嶋菜温子氏、久富木原玲氏の論考(6)や『狭衣物語』から天照神を論じた井上眞弓氏の論考(7)などが新見を拓いたといえる。中世以後の斎宮についてのまとまった研究は少ないが、物語の斎宮を中心に、田中貴子氏が「聖なる女」として論じており(8)、所京子氏が斎王の和歌として扱った一連の論考も斎宮の文学史を辿る上では重要な先行研究である(9)。また、本書で扱った斎宮とほとんど同様の人物、物語、事象を扱った著作として、編著としては後藤祥子氏による『王朝文学と斎宮・斎院(10)』が、単著としては原槙子氏による『斎王物語の形成(11)』があり、徽子女王を重視した研究としては、西丸妙子氏による『斎宮女御集と源氏物語(12)』がある。関わりのあるものについては各論で指摘するが、近年の研究成果として指摘しておきたい。斎宮を考える上で始発となる「皇女」を研究対象にした著書として、勝亦志織氏における『物語の〈皇女〉』[13]も挙げられる。

なお、斎宮研究のアプローチの問題の一つに、特に歴史上の斎宮分析に顕著であるが、研究者が斎宮たちの声を代弁してしまうということがある。多くの斎宮は何の事跡も残していない。歌が数首残っていればよい方で、彼女たちが伊勢で何を考え、どう生きたかなどわからない。それを最大限に汲みとろうとしたのが、たとえば山中氏の著書だろう。その成果は斎宮研究を支えてくれたものであるが、今なお同様のアプローチが多いことは斎宮研究の陥穽である。本書が物語文学に拘ったのは、物語の斎宮たちの声を最大限に拾うことで、斎宮たちの可能性をより多く見出したいと考えたからだ。語らない斎宮たちの声を過剰に想像することは、彼らの別の声を打ち消すことにもなる。研究者も読み手も決して斎宮とは同化できない。本書は、代弁者としての傲慢な地位に自分を置かないことを常に念頭に置いて書かれたものであることを断っておきたい。

歴史学、文学双方において、あるいは宗教学や考古学においても、斎宮は興味深い研究材料である。全時代に関わるものだけを抜き出しても、伊勢という地方と京との関係、アマテラスという神の問題、斎宮制度の問題、王権にとっての価値の問題、皇女や女王の生き方の問題など、人物や作品単位でなく論じるべき課題が多く残されている。斎宮に関する諸研究は、ようやく各分野で題材を揃えたところであるし、おそらくその題材も、未だ指摘されていないものが残されていよう。時代、分野、ジャンルにまたがる論をより深めていくこと、更に検討した斎宮のあり方を作品に還元して読み返す試みが求められている。本書は、そうした斎宮研究の今後を見据えて、まずは物語を中心に古代から中世に至る「斎宮の文学〈史〉」となるものを目指して展開する。

なお、本書においては、「斎宮」を「伊勢神宮に派遣された皇女」という意味で、時代を問わず呼称として広く用いる。「斎宮」は本来、伊勢に固定されない潔斎空間を示すものであり、「伊勢神宮に派遣された皇女」という意味で用いられたのは、平安中期ごろからではないかと思われる。[14]「斎内親王」「斎女王」、総称として「斎王」と変化したとみるのが歴史的には正しく、「斎宮」は同時に空間をさすものでもあるため判じがたい面もある。しかし、公文書を除いて、「斎王」は定着したとはいえない。人口に膾炙したのは「斎宮」の方であり、物語や歌の詞書きを見ても、「斎王」と書かれたものはほとんど見られない。場所を以て人物をさすのは典型だが、「斎宮」はやはり伊勢という居場所が重要な女性であった。「斎宮」という響きに京を遠く離れた女性のイメージを惹起したであろう物語の読み手と同様に、本書においても、「斎宮」の呼び名を用いて論を進めていきたい。

本書の構成

本書は、『源氏物語』を重視して構成する。斎宮研究において『源氏物語』が果たした役割は極めて重い。よって第一部では、第一章で『伊勢物語』、第二章で『大和物語』と『うつほ物語』という、『源氏物語』以前の文学作品における斎宮像を扱った上で、『源氏物語』に関する論考をまとめた。『源氏物語』の巻順という点では前後するが、第三章は六条御息所を中心とした論考、第四章は六条御息所をめぐる享受の問題を扱った。第五章から第十章は、重複する問題もあるが、概ね秋好中宮について、物語の展開に添って論じている。『源氏物語』が別れの櫛の儀をはじめとする斎宮に関わる儀礼や母娘関係、伊勢という土地、準拠など、斎宮像を形作る要素を文学として展開させたこと、また卜定から退下、入内、年を重ねた姿まで一代記ともいえる姿を描いたことは、『源氏物語』の大きな達成である。それまでの文学における斎宮の姿は、一場面を切り取るものでしかなかった。一人の女性の人生の一部に斎宮という任があるのだという捉え方は、斎宮の文学だけでなく、実在の斎宮たちや、当時の人々の斎宮イメージに大きな影響を与えたと考えられる。『源氏物語』の成果があって、こののちの「斎宮の文学史」は多様性を獲得するといえよう。

第二部では、『源氏物語』以後の作品における論考をまとめた。『源氏物語』からの影響はもちろんのこと、『萬葉集』の大伯皇女や『伊勢物語』、また『狭衣物語』が達成した王権に肉迫する斎宮像とその展開など、概ね想定される作品の成立年代に添って各論として配置している。特に中世王朝物語に登場する斎宮に関する詳細な論考は、これまでの先行研究で不足していた部分であり、本書の特徴といえる。終章においては、各論で扱った作品に現れた斎宮について、改めて「文学史」としてまとめた。

歴史上の斎宮は一人ひとりが単独に存在しているというのが、本書の一つの理念である。母娘や姉妹の近しい関係で、ともに斎宮に卜定されれば繋がりはあるものの、基本的に斎宮同士の交流は少ない。もちろん姉妹であっても交流が見出せない例も多い。伊勢と京という物理的な距離が、前任者と後任者の交流を不可能にしているのである。斎宮当人が別の斎宮を知ろうとすれば、その拠り所は噂話と文献だろう。斎宮が皇族女性であることからすれば、その文献も日記、和歌、そして物語に限られてくる。斎宮の歴史は、制度や事件だけでなく、虚構も含めた文献を辿る中にこそ見出せる。斎宮の文学史は広くテクストを往還するものとして作り上げる必要がある。

本書の意義は、特に物語に対する精緻な読みをもとにして、斎宮という存在を通史的に再構成するところにある。斎宮の文学を見る上で極めて重要な『伊勢物語』『源氏物語』『狭衣物語』については既に多くの論を重ね、成果を提示してきた。しかし、これらの重要性を主張するためには、幅広い時代やジャンルに渡って斎宮を描く文学を検討する必要がある。本書は、そうした目論見の上に多くの作品を扱うことを目指している。

また、斎宮研究において果たす意義として、第二部で平安後期物語から中世王朝物語、更に『小柴垣草紙』という近世にも関わる斎宮の享受を扱った点があげられる。特に中世王朝物語は『源氏物語』『狭衣物語』を引き受けた作品群であり、男君に思慕されるが卜定されて恋情から離れる斎宮、帰京して盛りを過ぎた様が描かれる斎宮など、いくつかのステレオタイプを見ることができる。一方で、『我が身にたどる姫君』では同性愛をはじめとする奇態が描かれる斎宮が登場する。中世王朝物語は、平安後期までの作品群に比べ、斎宮、斎院のイメージを混同しているものも多く、時代によって変遷する斎宮イメージを捉える上で非常に重要な作品群である。これまでの斎宮文学研究では、中世王朝物語に斎宮の存在が指摘されるものの、斎院との分別がなく、また内容理解に踏み込まない論考ばかりが重ねられてきた。斎宮研究が文学、歴史学、宗教学、あるいは絵画研究と広く展開していくためには、まず文学として明確に読みを提示することが求められていよう。また、斎宮研究という視点からこれらを扱うことは、『源氏物語』などから比べれば発展途上である中世王朝物語の研究にとっても価値があることと考えている。

時代背景を考えれば当然のことながら、斎宮研究は古代に偏っている。断絶が増え、また女院などが現れて重要性の薄れていく中世の斎宮は部分的にしか研究は進んでおらず、文献も少ない。しかし、『源氏物語』や『伊勢物語』に登場する斎宮は読まれ続け、また新たな物語にも斎宮は描かれる。切り捨てられがちな中世までを射程に収め、歴史学、宗教学からだけでは築けない「斎宮の文学史」を明らかにする。

斎宮の歴史的背景

本論に入る前に、本書で扱う斎宮について斎宮制度初期および末期を中心に、歴史的事象をまとめておきたい。次の三つの表をもとに確認する。

①『日本書紀』と『古事記』の斎宮（用明天皇まで）

②斎宮と文学に関わる年表

③斎宮簡易表

①は、斎宮制度がどのような言説のもとで成立していたかを確認するものである。②は、実在の斎宮が生きた時代背景と、作品成立の背景、影響の可能性を見る上で必要となる文学史的流れ、③については、さまざまな資料に同様の表がある[15]が、本書を読むための資料としても必要と考えて掲載した。

①『日本書紀』と『古事記』の斎宮（用明天皇まで）

	崇神天皇	垂仁天皇	景行天皇
『日本書紀』	**豊鍬入姫** 以天照大神託豊鍬入姫命、祭於倭笠縫邑、仍立磯堅城神籬。	**倭姫命** 三月丁亥朔丙申、離天照大神於豊耜入姫命、託于倭姫命。爰倭姫命求鎮坐大神之処、（略）	**五百野皇女** 二十年春二月辛巳朔甲申、遣五百野皇女、令祭天照大神。 **倭姫命** 戊午、枉道拝伊勢神宮。仍辞于倭姫命曰、「今被天皇之命、而東征将誅諸叛者。故辞之。於是倭姫命取草薙剣、授日本武尊曰、「慎之莫怠也」。
『古事記』	**豊鉏比売命** 妹豊鉏比売命（拝祭伊勢大神之宮也。）	**倭比売命** 次、倭比売命者、（拝祭伊勢大神宮也）	なし（五百野皇女にあたる皇女もなし） **倭比売命** 故、受命罷行之時、参入伊勢大御神宮、拝神朝廷、即白其姨倭比売命者、「天皇既所以思吾死乎、何。（略）」

	雄略天皇	継体天皇	欽明天皇	敏達天皇	用明天皇
『日本書紀』	**栲幡姫（稚足姫）皇女** 元妃葛城円大臣女曰韓媛。生白髪武広国押稚日本根子天皇与稚足姫皇女。（更名栲幡姫皇女。）是皇女侍伊勢大神祠。	**荳角皇女** 次息長真手王女曰麻績娘子。生荳角皇女。（荳角、此云、娑佐礙。）是侍伊勢大神祠。	**磐隈皇女** 其二曰磐隈皇女。（更名夢皇女。）初侍祀於伊勢大神。後坐奸皇子茨城解。	**菟道皇女** 七年春三月戊辰朔壬申、以菟道皇女、侍伊勢祠。即奸池辺皇子。異顕而解。	**酢香手皇女** 壬申、詔曰、云云。以酢香手姫皇女、拝伊勢神宮、奉日神祀。
『古事記』	なし ※娶都夫良意富美之女、韓比売、生御子、白髪命。次、妹若帯比売命。（二柱。）	**佐々宜郎女** 娶息長真手王之女、麻組郎女、生御子、佐々宜郎女。（一柱。）（略）佐々宜王者、拝伊勢神宮也。	なし ※岐多斯比売、生御子、橘之豊日命。次、妹石坰王。	なし ※娶息長真手王之女、比呂比売命、生御子、（略）次、宇遅王。（三柱。）	なし ※娶当麻之倉首比呂之女、飯之子生御子、当麻王、次、妹須加志呂古郎女。

②斎宮と文学に関わる年表

・「※」は作品の成立を表す。明確でないものについては年号を付さない。

	作品名	斎宮	備考
	日本書紀	豊鍬入姫	崇神朝、天照大神を宮中から移す。
	古事記 日本書紀	倭姫命	垂仁朝、天照大神を伊勢で祀る。景行朝ではヤマトタケル支援。
	日本書紀	五百野皇女	景行朝、倭姫命と同時に存在か。
	日本書紀	栲幡皇女	雄略朝、湯人との密通の嫌疑により自殺。
	古事記 日本書紀	荳角皇女	継体朝。
	日本書紀	磐隈皇女	欽明朝、茨城皇子との密通により解任。
	日本書紀	菟道皇女	敏達朝、池辺皇子との密通により解任。
	日本書紀	酢香手皇女	用明朝から三代に亘って「日神」に奉仕。
			大化の改新
六七二			壬申の乱
	萬葉集	大伯皇女	天武朝斎宮、潔斎を行う。同母弟・大津皇子を題材とした歌。
六九〇			持統朝（～六九七）、斎宮の記録なし。
七一二	※古事記		
七二〇	※日本書紀		
七二四		井上内親王	聖武朝、卜定は七二一年。七四四年に退下。
七九四			平安京遷都
七九六	※続日本紀		
八一〇		仁子内親王	斎院創始、初代斎院は嵯峨天皇皇女・有智子内親王。
八五九	伊勢物語	恬子内親王	清和朝、八七七年退下。
八八二	日本紀竟宴和歌		
八九七		柔子内親王	醍醐朝、在位三十三年。
八九七	寛平御遺誡		
九〇五	※古今和歌集		
九〇六	日本紀竟宴和歌		

	作品名	斎宮	備考
	※竹取物語		一〇世紀初めに成立か。諸説あり。
	※伊勢物語	恬子内親王	狩の使章段および出家後の姿など。
九二三			皇太子・保明親王薨去。
九二七	※延喜式		
九三一		雅子内親王	朱雀朝、九三六年退下。
九三六			純友の乱
九三六		徽子女王	朱雀朝二人目、九四五年退下。
	※大和物語		柔子内親王、雅子内親王など。
九五一	※後撰和歌集		
	※蜻蛉日記		記事の開始。成立は天延年間（九七三―九七六）。
	※平中物語		
九六七			冷泉朝、昌子内親王立后。
九七四		隆子女王	円融朝斎宮・隆子女王、伊勢で死去。
九七五		規子内親王	円融朝二人目、群行九七七年、母徽子女王同行。九八四年退下。
			選子内親王、斎院卜定。大斎院。一〇三一年退下。
	※うつほ物語		斎宮の退下とそれに纏わるエピソードが語られる。
	※隠れ蓑		成立未詳。散逸。大弐まさかぬに襲われそうになった前斎宮が右大将に救われる。
九八五	斎宮女御集	徽子女王	徽子女王死去。翌九八六年規子内親王死去。斎宮女御集成立はこのころか。
九八六	十訓抄ほか	済子女王	花山朝、滝口武士との密通が風聞。
九九九	栄花物語ほか		藤原道長女・彰子入内。
	※枕草子		
	※拾遺和歌集		
	※源氏物語		秋好中宮。
一〇一二	大鏡ほか	当子内親王	三条朝、第一皇女当子内親王卜定、一〇一六年退下。
	※和漢朗詠集		
一〇二五	※大鏡		年月が明らかな記事の最後。成立は一一世紀後半。

	作品名	斎宮	備考
	更級日記	嫥子女王	嫥子女王の裳着のため、源資通が斎宮寮を訪ねる。
一〇三一	小右記ほか	嫥子女王	後一条朝。長元四年の託宣事件。
	※栄花物語正編		
一〇四〇	良子内親王貝合	良子内親王	後朱雀朝、五月六日、斎宮寮での貝合。
一〇五五	禖子内親王物語合		五月三日。『逢坂越えぬ権中納言』など。
	※夜の寝覚		女主人公の父入道の同母妹として、前斎宮が登場する。
	※更級日記		
	※大津の皇子		成立未詳。散逸。大津皇子、大伯皇女にまつわる話か。
一〇六九		俊子内親王	後三条天皇即位。一〇七二年退下。
	※浜松中納言物語		
	※狭衣物語		嵯峨院の女三の宮が斎宮として伊勢へ行き、狭衣即位の託宣を受ける。
一〇八九	栄花物語続編	善子内親王	堀河朝、母道子も伊勢へ同道。一一〇七年退下。
	※はなだの女御		堤中納言物語所収。
一一〇八	中右記		鳥羽朝、斎宮、斎院の対象者不足が問題となる。
一一五六			保元の乱
一一七〇	今鏡		後一条朝～高倉朝まで。
一一八〇			安徳天皇即位。斎宮の卜定なし。
	※露の宿り		成立未詳。散逸。「前斎宮」と「斎宮」が登場する。
	※海人の刈藻		冷泉院女一の宮と前斎宮が登場する。現存は改作本のみだが、内容の変化は少ないか。
	※宇治の川波		成立未詳。散逸。若くして死去した「前斎宮」が、のち北の政所となる娘を遺した。
	※水鏡		十二世紀末成立か。崇神朝斎宮への言及や、井上内親王に関するエピソードがある。
	※拾遺百番歌合		十二世紀末成立。
	※無名草子		一二〇〇年頃成立。
	※浅茅が露		常磐院の姫宮と先坊の姫宮が登場する。
	※石清水物語		流行病で死去する「前斎宮」が登場する。
	※苔の衣		「関白北の方」として息子たちの恋を見守る斎宮経験者が描かれる。

	作品名	斎宮	備考
	※我が身にたどる姫君		式部卿北の方、前斎宮、中務宮の姫君、三条院女一の宮の四人の斎宮が登場する。『風葉和歌集』に載るのは巻四まで。
	※独り言		成立未詳。散逸。「斎宮女御」とその娘かと考えられる「斎宮」がいる。
一二五二	※十訓抄		済子女王、当子内親王、徽子女王、守子女王などのエピソードがある。
一二七二	※風葉和歌集		
	※倭姫命世記	倭姫命	伊勢にアマテラスが鎮座したことを語る。
	※改作夜の寝覚		原作夜の寝覚の前斎宮は不在、斎宮経験者として幼い性質の中務宮北の方が登場する。
	※風に紅葉		退下後、出家した前斎宮が、大臣に恋心を抱き嘲笑の対象になる。
	※恋路ゆかしき		斎宮として下向したのち、退下し、端山へ降嫁する一品の宮が描かれる。
	※とはずがたり	愷子内親王	亀山朝斎宮・愷子内親王とその異母兄・後深草天皇の性関係を語る。
一三〇六		弉子内親王	後二条朝、一三〇八年退下。
一三二四			正中の変
一三三〇	増鏡ほか	懽子内親王	後醍醐朝、一三三一年、政変により退下。
一三三一			元弘の変
一三三三		祥子内親王	後醍醐朝、退下時期不明、群行できず。
	※中宮物語絵巻		成立未詳、末尾欠巻。女主人公の母（故人）として前斎宮が登場する。
	※小柴垣草紙		成立未詳、鎌倉時代末期に描かれた可能性が指摘される。済子女王の密通事件が題材。
	※増鏡		後鳥羽朝～後醍醐朝まで。

③斎宮簡易表

	斎宮名	父	関係	母	備考
					記紀において神武～崇神天皇まで斎宮は不在。
崇神	豊鍬入姫命	崇神天皇	○	遠津年魚眼眼妙媛	
垂仁	倭姫命	垂仁天皇	○	日葉酢媛	在位五十六年以上か。景行朝まで在任した可能性がある
景行	五百野皇女	景行天皇	○	水歯郎媛	倭姫命と並立か。
					成務～安康天皇まで斎宮不在。ただし、仲哀朝に伊和志真皇女が奉仕していた可能性がある（斎宮記）。
雄略	栲幡皇女	雄略天皇	○	韓媛	密通の嫌疑により死去。
					清寧～武烈天皇まで斎宮不在。
継体	荳角皇女	継体天皇	○	麻績娘子	
					安閑・宣化天皇、斎宮不在。
欽明	磐隈皇女	欽明天皇	○	堅塩媛	茨城皇子（異母兄、崇峻天皇などと同母）による密通で退下。
敏達	菟道皇女	敏達天皇	○	広媛	池辺皇子（系図不明）による密通で退下。

	斎宮名	父	関係	母	備考
用明	酢香手皇女	用明天皇	○	葛城広子	用明・崇峻・推古天皇の三代に仕えた。
					舒明～天智天皇まで、斎宮不在。
天武	大伯皇女	天武天皇	○	大田皇女	
持統					斎宮不在。
文武	託耆皇女				
	泉皇女				
	田形皇女				
元明	智努女王				
	円方女王				
元正	久勢女王				
聖武	井上内親王	聖武天皇	○	県犬養広刀自	元正朝に卜定、聖武即位に合わせて潔斎を終え、伊勢へ下向。
	県女王				
孝謙	小家内親王				
淳仁	安倍内親王				
称徳					斎宮不在。
光仁	酒人内親王	光仁天皇	○	井上内親王	退下後、桓武天皇に入内。

	斎宮名	父	関係	母	備考
	浄庭女王	神主	△	美努摩内親王	光仁天皇は、母方を通じての祖父。
桓武	朝原内親王	桓武天皇	○	酒人内親王	退下後、平城天皇に入内。
	布勢内親王	桓武天皇	○	中丸豊子	
平城	大原内親王	平城天皇	○	伊勢継子	
嵯峨	仁子内親王	嵯峨天皇	○	大原浄子	斎院創始、有智子内親王（母・交野女王）は異母姉妹。
淳和	氏子内親王	淳和天皇	○	高志内親王	
	宜子女王	仲野親王	◆		仲野親王は桓武天皇の子。
仁明	久子内親王	仁明天皇	○	高宗女王	
文徳	晏子内親王	文徳天皇	○	藤原列子	同母姉妹・慧子内親王も文徳朝の斎院。
清和	恬子内親王	文徳天皇	■	紀静子	兄に惟喬親王。伊勢物語の斎宮。
陽成	識子内親王	清和天皇	■		
	掲子内親王	文徳天皇	▽	藤原今子	
光孝	繁子内親王	光孝天皇	○	滋野直子?	
宇多	元子女王	本康親王	▲		本康親王は仁明天皇の子。
醍醐	柔子内親王	宇多天皇	□	藤原胤子	大和物語。
朱雀	雅子内親王	醍醐天皇	■	源周子	大和物語。退下後、師輔に降嫁。

	斎宮名	父	関係	母	備考
	斉子内親王	醍醐天皇	■	源和子	群行なしで死去。
	徽子女王	重明親王	▲	藤原寛子	退下後、村上天皇に入内。娘規子内親王とともに伊勢下向。
村上	英子内親王	醍醐天皇	■	藤原淑姫	群行なしで死去。
	悦子女王	重明親王	▲	藤原寛子	徽子女王の同母妹。
冷泉	輔子内親王	村上天皇	□	藤原安子	
円融	隆子女王	章明親王	▲	藤原敦敏女	伊勢で斎宮が死去する初例。
	規子内親王	村上天皇	■	徽子女王	母徽子女王が伊勢へ同行。
花山	済子女王	章明親王		藤原敦敏女	花山天皇から見て遠縁。滝口武士との密通の風聞。
一条	恭子女王	為平親王	▲	源高明女	
三条	当子内親王	三条天皇	○	藤原娍子	退下後、藤原道雅との密通風聞により、出家。
後一条	嫥子女王	具平親王		為平親王女	血縁としては遠いが藤原頼通の妻経由で関係あり。託宣。
後朱雀	良子内親王	後朱雀天皇	○	禎子内親王	同母妹娟子内親王が同時に斎院に卜定。
後冷泉	嘉子内親王	小一条院			
	敬子女王	敦平親王			
後三条	俊子内親王	後三条天皇	○	藤原茂子	
白河	淳子女王	敦賢親王		源親方女	小一条院の孫。

	斎宮名	父	関係	母	備考
	媞子内親王	白河天皇	○	源賢子	
堀河	善子内親王	白河天皇	■	藤原道子	母道子が伊勢へ同行。
鳥羽	恂子内親王	白河天皇	▽	藤原季実女	
崇徳	守子女王	輔仁親王		源師忠女	後三条天皇の孫。
近衛	妍子内親王	鳥羽天皇	■	三条局	
	喜子内親王	堀河天皇	▽		
後白河	亮子内親王	後白河天皇	○	藤原季成女	
二条	好子内親王	後白河天皇	■	藤原季成女	
六条	休子内親王	後白河天皇	▽	藤原季成女	同母姉妹が連続して卜定。同母の式子内親王は斎院。
高倉	惇子内親王	後白河天皇	■	藤原公能女	伊勢で病没。
	功子内親王	高倉天皇	○	藤原公重女	
安徳					斎宮不在。
後鳥羽	潔子内親王	高倉天皇	■	藤原頼定女	
土御門	粛子内親王	後鳥羽天皇	■	藤原信清女	
順徳	熙子内親王	後鳥羽天皇	■	源信康女？	
仲恭					斎宮不在。承久の乱の影響か。

	斎宮名	父	関係	母	備考
後堀河	利子内親王	守貞親王	□	藤原陳子	斎宮卜定の際、内親王宣下。
四条	昱子内親王	後堀河天皇	■	藤原兼長女	
後嵯峨	曦子内親王	土御門天皇	■	源有雅女	
後深草					斎宮不在。
亀山	愷子内親王	後嵯峨天皇	■	藤原親秀女	
後宇多					斎宮不在。
伏見					斎宮不在。
後伏見					斎宮不在。
後二条	奨子内親王	後宇多天皇	■	藤原忠子	
花園					斎宮不在。
後醍醐	懽子内親王	後醍醐天皇	○	藤原嬉子	群行なし。退下後、光厳天皇に入内。
	祥子内親王	後醍醐天皇	○	藤原廉子	群行なし。

※○→父天皇・娘斎宮、△→祖父天皇・孫斎宮、□→同母兄妹、■→異母兄妹、▽→甥天皇・叔母斎宮、▲→従兄妹関係、◆→伯父天皇、姪
斎宮

まず、初代斎宮である豊鍬入姫は、第十代崇神天皇の御代に、天皇の娘が天照大神を祀るという先例を築いた斎宮である。神武天皇から、間に挟まれるのはいわゆる欠史八代であることを考えれば、ヤマトでの治世が始まってそう遠くない時期に斎宮の前身を置いたことになる。垂仁天皇条で、倭姫命が天照大神祭祀の役割を継いだのは、伊勢に鎮座する天照大神を確定するだけでなく、代ごとに天皇の娘によって置き換えられる必要性を明示したことにもなる。続く景行天皇に、矛盾を承知で五百野皇女の記事が優先されたのは、天皇の娘による祭祀が御代によって移り変わることを描くためであろう。豊鍬入姫から倭姫命への天照大神の移動は、天照大神との交流が可能な倭姫命がいたからかもしれないが、次の御代の祭祀は、前代の娘である倭姫命に任せておけるものではなかった。日本武尊関連の記事を見れば、斎宮の代替わりは不成功に終わったようだが、ともかくも、天皇の娘を派遣するという先例を三代にわたって描いたことが重要であろう。『日本書紀』における表現のみに向き合うとすれば、天照大神を祭る「斎宮」の制度はこの三代によって創始され、祭祀と王権を緊密に、且つ安定して結びつけるものとしてあったと見るべきである。

密通と無関係で、次に伊勢神宮に祭祀者が派遣されたことを語るのは、継体天皇の御代である。系譜として不安定な継体天皇が荳角皇女を派遣し、密通などの事故が起きることもなかったのは、皇孫として継体天皇が迎えられたことを示す文脈となろう。

欽明朝、敏達朝の密通事件は、斎宮の存在意義を両義的なものとした。雄略朝の栲幡皇女の密通事件とは異なり、皇子による密通は皇位継承の問題と密接に関わる。斎宮は、王権に関わる存在とも、密通されて解任されるだけの存在ともなるのである。危険と隣り合わせの斎宮のあり方を受けて、用明朝の酢香手皇女も斎宮の新たなあり方を呈示する。用明天皇の即位直後という類を見ない早期の任命は、倭姫命以来の、複数の御代にわたる斎宮を描き出してしまう。この特異性は、酢香手皇女と聖徳太子とを軌を一にすることで回収可能であろうが、それは時の天皇と結びつくはずの斎宮の権威を弱める結果になりはしないか。舒明天皇以下、五代にわたって空白が置かれるのは、三代に仕えた酢香手皇女によって生じた弊害であろう。

しかし、天智天皇の影響が色濃い五代の天皇が、伊勢神宮の祭祀を掌握していなかったことは、天武天皇にとって有利に働く。伊勢神宮によって天武朝を保証していく『日本書紀』の論理はこれまでも指摘されており、即位後に大伯皇女を斎宮として派遣したことは、豊鍬入姫、倭姫命以来の斎宮の在り方を踏まえた祭祀の方法である。そして、酢香手皇女を反面教師として、天武天皇の死と共に退下したことを記すのである。

『延喜式』が規定する「斎宮」が歴史上で安定的に存在していたのは、平安時代を中心とした、ごく一時期に過ぎない。特に天武朝大伯皇女以前については、「斎宮」という呼称を用いるのに躊躇するほど例外が多い。それは恐らく本来は別物であった人物、思想、制度を収斂させて「斎宮」が作り上げられたからだろう。そうした「斎宮」を作り上げようという姿勢は、後の『倭姫命世記』などに顕著である。さまざまな伝承を抱える天照大神とその祭祀者は、さまざまな語られ方の中に置かれる可能性があった。『日本書紀』が選んだ語りは、祭祀者に父娘という関係が求められること、天照大神が自分自身で周縁の神となることを選んだことに力点が置かれている。

ここから更に平安期以後の天皇と斎宮の関係を概観していくと、非常に明確な波があることがわかる（表③参照）。天皇の即位年齢との相関関係があるのは当然のことながら、藤原氏との関係が薄まる三条天皇や後三条天皇が自身の娘を斎宮としている点は意図的な選択としてみておきたい。院政期には兄妹関係の天皇と斎宮が増えるが、これは、天皇の幼さだけでなく、院政を行う上皇と斎宮の関係の強さを示していよう。鎌倉期の斎宮の断絶については本書第二部第十六章で論じる。

最後に、後醍醐天皇の斎宮への意識について簡単に触れておきたい。斎院は既に土御門天皇、順徳天皇の御代の礼子内親王を最後に廃絶していたが、斎宮については即位から遅れることは多いものの、廃絶には至っていない。背景には、鎌倉時代末期の朝廷をめぐる政治的、経済的な事情がある。そのような中で、後醍醐天皇が自分の娘を二人、斎宮として卜定していることは注目に値する。懽子内親王と祥子内親王である。両者とも群行には至らなかったが、特に祥子内親王の次の歌はよく知られる。

野宮に久しく侍りける比、夢のつげありて大神宮へ百首歌よみて奉りける中に　　祥子内親王

いすず川たのむ心はにごらぬを などわたる瀬の猶よどむらん

（『新葉和歌集』巻第九　神祇歌　五八〇）

鎌倉期の斎宮たちは比較的、和歌によって事跡を残しているが、[16]「夢のつげ」を受けて伊勢神宮へ百首歌を奉るという状況は、後醍醐天皇の親政、足利尊氏の謀反が起こった建武年間と重なり、斎宮という任についての祥子内親王の志向をうかがわせる。「などわたる瀬の猶よどむらん」が、政治的な混乱を指し示しているだろうことも明白である。

ここで重要になるのは、やはり父後醍醐天皇の斎宮、あるいは伊勢神宮に対する捉え方だろう。後醍醐天皇は途絶えがちであった斎宮制度を、改めて父天皇・娘斎宮というかたちで復活させたのである。斎宮制度の初発に戻るような強い結束で、斎宮を通じてアマテラスとの連帯を作り上げようとしたと見て差し支えないだろう。後醍醐天皇は、密教との関わりが深い一方で、中世神道に関する諸書にも登場する。[17]宗教の力を借りようとした後醍醐天皇が斎宮に注目するのは当然のことだろう。しかし、斎宮の周辺には常に天皇と分離してしまうという問題が底流しているのは斎宮表からも明らかである。実態はともかく思想として古代性を長く維持してきた斎宮制度が、古代

を内側に取り込もうとする中世の思想の中でどのように変容し、廃絶に至ったのか。本書のテーマである仮名文学を中心とした方法では論じきれず、今後の課題として残すことになったが、物語文学の中近世の享受や『小柴垣草紙』のようなアプローチも含め、廃絶以後の展開の端緒が見えたことも成果であると考えている。以下、本論の中でさまざまな文学における斎宮のありようを明らかにしていきたい。

注

（1）『斎宮女御徽子女王』（大和書房　一九七六）、『斎宮志』（大和書房　一九八〇）、『続斎宮志』（砂子屋書房　一九九二）。個々の斎宮に対する検討だけでなく、一覧表、年表をはじめ、斎宮に関する網羅的な資料として非常に重要な研究である。

（2）『律令天皇制祭祀の研究』（塙書房　一九九六）、『伊勢斎宮と斎王』（塙書房　二〇〇四）、『伊勢斎宮の歴史と文化』（塙書房　二〇〇九）、『伊勢斎宮の祭祀と制度』（塙書房　二〇一〇）、『伊勢神宮と古代王権』（筑摩書房　二〇一二）。個別の論考は各論で取り上げる。

（3）伊勢神宮をめぐる論考は数多いが、参考にしたものを以下に挙げる。直木孝次郎『日本古代の氏族と天皇』（塙書房　一九六四）、同『神話と歴史』（吉川弘文館　一九七一）、岡田精司『古代王権の祭祀と神話』（塙書房　一九七〇）、高橋美由紀「古事記における伊勢神宮」（『古事記年報』一二号　一九七五）、溝口睦子『王権神話の二元構造』（吉川弘文館　二〇〇〇）『古代天皇制を考える　日本の歴史8』（講談社　二〇〇一）、阪下圭八『古事記の語り口——起源・命名・神話』（笠間書院　二〇〇二）、寺川眞知夫「タカミムスヒ・アマテラス・伊勢神宮」（『万葉古代学研究所年報』五号　二〇〇七）等。また、歴史科学協議会編『天皇・天皇制をよむ』（東京大学出版　二〇〇八）は、研究史の位置づけなどにおいて非常に参考になった。ただし、これらの先行研究における議論の中心は「本当はどうであったか」という点にあるものがほとんどであり、特に『日本書紀』においてはその傾向が顕著である。一方、神野志隆光氏、斎藤英喜氏、津田博幸氏、遠藤慶介氏などが、平安期の所謂〈日本紀言説〉の研究を進めている。斎宮研究についてまとめたものとしては、渡辺寛「斎宮研究の成果と課題」（『皇學館論叢』一〇・一　一九七七・二）があり、特に大正以前の研究については、渡辺氏の把握に従った。

(4) 倉塚「斎宮論」（『巫女の文化』平凡社撰書　一九七九）。

(5) 上野「〈外部〉の分節」（『大系仏教と日本人1　神と仏』春秋社　一九八五）。

(6) 小嶋「聖なる暴威の光――アマテラス・かぐや姫・光源氏」（『かぐや姫幻想』森話社　一九九五）。久富木原「『源氏物語』とアマテラス」（斎藤英喜『アマテラス神話の変身譜』森話社　一九九六）等。特に久富木原氏の論を収める『アマテラス神話の変身譜』は斎宮の問題も取り込みながらアマテラスに対する認識が変化していく様を論じている点で注意される。このほか、中世の斎宮とジェンダーにかかわる論では木村朗子『恋する物語のホモセクシャリティ』（青土社　二〇〇八）にも影響を受けている。

(7) 井上「天照神信仰――社会的文脈を引用することば――」（『狭衣物語の語りと引用』笠間書院　二〇〇五）。ただし、斎宮に関する論が書かれなかったという意味ではなく、六条御息所を中心とした論考や朝顔の斎院との関わりの中で書かれた論考など、個別の論でいえば枚挙にいとまがない。ここでは、斎宮という役割を重く見たもの、学際的で影響の大きいものを挙げた。

(8) 田中『聖なる女――斎宮・女神・中将姫』（人文書院　一九九六）。

(9) 所『斎王和歌文学の史的研究』（国書刊行会　一九八八）、『斎王の歴史と文学』（国書刊行会　二〇〇〇）。

(10) 竹林舎　二〇〇九。

(11) 新典社　二〇一三。

(12) 青簡舎　二〇一五。

(13) 笠間書院　二〇一〇。

(14) 榎村寛之「斎王という称の成立について」（注3『伊勢斎宮の歴史と文化』所収）。国語学の視点からは西宮一民「神武即位前紀「斎王」の訓読について」（『国語国文』四六・四　一九七七）がある。「斎宮」という呼称だけでなく、本研究でしばしば用いる「卜定」という表現も、実際に当てはまるのは儀式帳の撰進などがあったころからではないかと思われるが、便宜上、「斎宮が決定される時」という意で上代から用いている。「卜」という形態も実際は候補者を決めて神意に叶うか叶わないかを占うもので、叶わなければ日を改めるなどして繰り返し占われる、極めて形式的なものであったことを補足しておく。

(15) 斎宮関係年表や斎宮表については、注1山中氏、注9所氏、『平安時代史事典』付録等を参考に、本書で扱う事象を中心に再構成した。物語における斎宮については注13勝亦氏の著書を参考とした。山中氏以外は斎院も研究対象に含めているが、本書の姿勢としては、混同する言説や差異のないものと見るような作品も確かに認められるものの、斎宮と斎院は基本的に違うものと捉えている。

(16) 注9所氏の論考のほか、後醍醐天皇周辺について安西奈保子「後醍醐天皇をめぐる三人の斎宮たち」（『日本文学研究』二三一九八七・一二）等。

(17) 神道を中心にした中世におけるアマテラスについては、伊藤聡『中世天照大神信仰の研究』（法蔵館　二〇一一）を参照した。

第一部

第一章　『伊勢物語』狩の使章段と日本武尊 ——「斎宮と密通」のモチーフをめぐって——

はじめに

「斎宮」という存在について考える時、「密通」という要素を外すことはできない。斎宮が未婚女性、それも若い皇女であることが多い以上、密通という問題が逆説的に派生してしまうことは自然な成り行きであるかもしれない。斎宮や斎院と同様に恋が禁じられた存在、たとえば后を始めとする後宮女性への恋や人妻への恋、あるいは親の許しを得ない恋など、「密通」という言葉で括ることが可能な恋の様相は、歌や物語に盛んに顕れる。しかし、それらの中でも「斎宮と密通」は特に結びつきが深いように思われる。そしてその結びつきは、ほとんど『伊勢物語』（とその類歌を載せる『古今和歌集』）によって作られたといっても過言ではない。

『伊勢物語』六九段、いわゆる狩の使章段は、『伊勢物語』の成立や書名の問題とも関わって、『伊勢物語』の中でも非常に重要な章段として読まれてきた。また、後記するように『古今和歌集』六四五、六四六番歌として載せられていることと合わせて、かなり広範囲に受容されていたことは間違いない。「斎宮と密通」という極めてドラマチックな結びつきは、誰もが思い浮かべられる物語として人口に膾炙していたのである。

しかし、『伊勢物語』狩の使章段に「斎宮と密通」というモチーフが由来するとすれば、狩の使章段はいったい何を背景に描かれたのだろうか。一代一人という建前の斎宮のシステム上、平安の始め頃までの歴史の中に「斎宮」はせいぜい三十人ほどしか確認できない。天皇の后妃たちより遙かに少なく、拠り所となる出来事は多くないはずである。かといって京から遠く離れた伊勢を舞台にした物語が何もないところから顕れるだろうか。もちろん、すべてが実際にあったことと捉えることも可能だが、その主張が狩の使章段を読み解く上で有効とは思われない。

狩の使章段という「斎宮と密通」のモチーフを最大限に生かした作品が、いったい何を背景にして描かれたのか、また、「斎宮と密通」という結びつきそのものにどのような意味があるのかという点について、本章では論じていきたい。

一、狩の使章段の構造

まず、本論の基調となる『伊勢物語』狩の使章段がどのような構造になっているかを確認しておきたい。

むかし、男ありけり。その男、伊勢の国に狩の使にいきけるに、かの伊勢の斎宮なりける人の親、「つねの使よりは、この人よくいたはれ」といひやれりければ、親の言なりければ、いとねむごろにいたはりけり。朝には狩にいだしたててやり、夕さりはかへりつつ、そこに来させけり。かくて、ねむごろにいたつきけり。二日といふ夜、男、われて「あはむ」といふ。女もはた、いとあはじとも思へらず。されど、人目しげければ、えあはず。使ざねとある人なれば、遠くも宿さず。女のねや近くありければ、女、人をしづめて、子一つばかりに、男のもとに来たりけり。男はた、寝られざりければ、外の方を見いだしてふせるに、月のおぼろなるに、小さき童をさきに立てて人立てり。男、いとうれしくて、わが寝る所に率て入りて、子一つより丑三つまであるに、まだ何ごとも語らはぬにかへりにけり。男、いとかなしくて、寝ずなりにけり。つとめて、いぶかしけれど、わが人をやるべきにしあらねば、いと心もとなくて待ちをれば、明けはなれてしばしあるに、女のもとより、詞はなくて、

　君や来しわれやゆきけむおもほえず夢かうつつか寝てかさめてか

男、いといたう泣きてよめる、

　かきくらす心のやみにまどひにき夢うつつとは今宵さだめよ

とよみてやりて、狩にいでぬ。野に歩けど、心はそらにて、今宵だに人しづめて、いととくあはむと思ふに、国の守、斎の宮の頭かけたる、狩の使ありと聞きて、夜ひと夜、酒飲みしければ、もはらあひごともえせで、明けば尾張の国へたちなむとすれば、男も人しれず血の涙を流せど、えあはず。夜やうやう明けなむとするほどに、女がたよりいだす盃のさらに、歌を書きていだしたり。取りて見れば、

　かち人の渡れど濡れぬえにしあれば

と書きて末はなし。その盃のさらに続松の炭して、歌の末を書きつぐ。

　またあふ坂の関はこえなむ

とて、明くれば尾張の国へこえにけり。斎宮は水の尾の御時、文徳天皇の御女、惟喬の親王の妹。

（『伊勢物語』六九段　一七二―四）[1]

狩の使として伊勢の国に派遣された男が斎宮の丁寧な世話を受け、斎宮に逢うことを願い、その思いは斎宮が

男の部屋にやってくることによって果たされる。しかし、短い逢瀬の内実は判然としないまま、次の夜は国守に阻まれて逢うことはできず、男はそのまま伊勢を後にするという内容である。周知のことながら、この狩の使章段は次の『古今和歌集』の贈答歌と密接な関わりがある。

業平朝臣の伊勢国にまかりたりける時、斎宮なりける人に、いとみそかに逢ひて、またの朝に、人やるすべなくて、思ひをりけるあひだに、女のもとよりおこせたりける

よみ人知らず

君や来し我や行きけむ思ほえず夢かうつつか寝てか覚めてか

返し

業平朝臣

かきくらす心の闇に惑ひにき夢うつつとは世人さだめよ

（『古今和歌集』巻第一三　恋三　六四五—六）[2]

いずれが先に成立したかは定かでないが、[3]『古今和歌集』の詞書と比べて、狩の使章段の方が遙かに状況をはっきりと描いていることは明白である。しばしば指摘される点であるが、『古今和歌集』における「斎宮なりける人」は「伊勢斎宮本人」か「伊勢の斎宮（という場所）にいる人」なのか判然としない。[4]勅撰集である『古今和歌集』としては、まさか「伊勢斎宮本人」と業平との交渉を描くわけにもいかないというのが妥当な見解であろうが、歌物語である狩の使章段では明らかに「かの伊勢の斎宮なりける人」は「斎宮本人」として描かれている。斎宮である女の「ねむごろ」な世話によって男の気持ちが高められていくさまが描かれ、短い逢瀬と儚い別れまで、『古今和歌集』の贈答の背景を暴くようなものとなっているといえる。

また、『古今和歌集』の詞書で「女のもとより」という言葉で示されているように、女側から歌を詠みかけている点がこの贈答の特徴であるが、この女側のアクションという点で狩の使章段は遙かに先を行く。もちろん「斎

宮」という空間で客人である男が十分に動き回れるはずがないのは確かである。しかし、女が自分から男を訪ねる点、「君や来し」の歌も「かち人の」の歌も女から詠みかけられている点はやはり特異なものといえる。

この女の積極性、特に夜中、女が男のもとを訪ねていくという構図については、以前から中国の伝奇小説である『鶯々伝』の影響が指摘されている。(5)『鶯々伝』は元稹の作で、張生という書生と鶯々という令嬢の恋とその終焉までを描いたものである。詳細は先行研究に従うが、小さな子どもに先導させて女が訪ねてくるという状況、短い逢瀬を「終夕無一言（終夕一言無し）」と表す点など、確かに類似は多い。張生と鶯々の最初の逢瀬は、悲恋に終わる『鶯々伝』の中でもハイライトであり、狩の使章段と男女は逆転しているものの、張生がその逢瀬を「自疑曰、豈其夢邪（自ら疑ひて曰はく、豈に其れ夢なるか）」と考える点でも発想に重なりを見ることができる。『鶯々伝』が日本に輸入された時期についての確証はないものの、やはり『鶯々伝』の場面、状況を借りて狩の使章段の場面は描かれたと見てよい。

遠方から訪ねてきた男と、ある女の限定的な逢瀬に『鶯々伝』の趣向を加えた狩の使章段は、確かに儚い恋を凝縮させた歌物語として語り為されている。(6)しかし、後人補注と言われる「斎宮は水の尾の御時、文徳天皇の御女、惟喬の親王の妹。」の一文に顕著なように、狩の使章段で逢瀬を遂げる相手は斎宮であり、非常に特異な設定が為されているのである。同時に、男が業平であるという設定も読み手には明らかであり、この斎宮は誰かという詮索をさせずには終わらせない。後人補注に従えば、斎宮は「惟喬親王の妹」つまり恬子内親王(7)であり、後にはこの逢瀬が事実であったとかなり広く信じられていたようである。(8)

だが、「斎宮と業平」の逢瀬は、『鶯々伝』と同じ趣向の恋物語としてまとめられてよいものだろうか。『伊勢物語』以後、「斎宮との密通」は禁忌の恋の一形態として周知されることになるが、その「禁忌」とは一体どのようなものだろうか。狩の使章段はしばしば王権侵犯の物語として扱われるが、その内実はより重層的なものであるように思われる。本稿では、「斎宮と男の密通」という視点から、狩の使章段の意味を照らし直してみたい。

二、斎宮と密通の歴史

ここで、「斎宮と密通」という結びつきについて改めて確認していきたい。というのも、斎宮の恋というモチーフは、『大和物語』[9]や『源氏物語』[10]、あるいは変奏として『狭衣物語』[11]にも描かれるが、それらはすべて『伊勢物語』以後の作品である。「斎宮と密通」の先蹤を狩の使章段以前に求めると、遙か古代に遡ることになる。文献上、「斎宮と密通」を描いた最も古いものは、『日本書紀』の次の場面である。

三年の夏四月に、阿閉臣国見、更の名は磯特牛。栲幡皇女と湯人の廬城部連武彦とを譖ぢて曰く、「武彦、皇女を汙しまつりて、任身しめたり」といふ。湯人、此には臾衛といふ。武彦が父枳莒喩、此の流言を聞きて、禍の身に及らむことを恐り、武彦を廬城河に誘へ率て、偽きて使鸕鷀没水捕魚して、因りて其の不意に打ち殺しつ。天皇、聞しめして使者を遣して、皇女を案へ問はしめたまふ。皇女、対へて言さく、「妾は識らず」とまをす。俄にして皇女、神鏡を賚り持ちて、五十鈴河上に詣り、人の行かぬを伺ひ、鏡を埋みて経き死ぬ。天皇、皇女の不在ことを疑ひ、恒に闇夜に東西を求覔めしめたまふ。乃ち河上に虹の見ゆること蛇の如くして、四五丈ばかりのものあり。虹の起てる処を掘りて、神鏡を獲、移行くこと遠からずして、皇女の屍を得たり。割きて観るに、腹中に物有りて水の如く、水中に石有り。枳莒喩、斯に由りて、子の罪を雪むること得たり。

（『日本書紀』巻第一四　雄略天皇②一五七—九[12]）

狩の使章段のモチーフが、「斎宮の恋物語」と呼ぶべきか「密通」と呼ぶべきかの揺らぎを残しているのに対し、右の記事は明らかに「密通事件」としか呼びようのないものである。雄略天皇の御代に、斎宮である栲幡皇女が、湯人である廬城部連武彦に「汙」され「任身」させられたという讒言が為され、その流言を聞いた武彦の父は子の罪に連座させられることを恐れて武彦を殺害する。また、天皇の使者に取り調べを受けた栲幡皇女は、鏡を持って外へ出、自殺。発見された遺体からは妊娠の証拠は出ず、武彦の無実が確認されたという挿話である。

事件の当事者が二人とも死亡するというのは、かなり凄惨な結末といっていい。特に、皇女でありながらその遺体を「割きて観る」という辱めを受けさせられたことからすれば、斎宮を「汙」した相手だけでなく、斎宮本人にも責任は追及されたのであろう。また、斎宮本人にとっても、命に代えても晴らさなければならない嫌疑であったことがわかる。斎宮の密通に関わる事件としては初出であり、また湯人という低い身分の者が相手とされる例はほとんど見られない[13]ため、密通事件の刑罰として見ることは難しい。『日本書紀』には他に二例、斎宮の密通事件が描かれているので、それらを確認したい。

其の二を磐隈皇女と曰す。更の名は夢皇女。初め伊勢大神に侍へ祀る。後に皇子茨城に奸されたるに坐りて解かる。

（『日本書紀』巻第一九　欽明天皇②三六五）

七年の春三月の戊辰の朔にして壬申に、菟道皇女を以て、伊勢の祀に侍らしむ。即ち池辺皇子に奸されぬ。事顕れて解く。

（『日本書紀』巻第二〇　敏達天皇②四七七）

以上の二例は、斎宮と皇子の密通事件であり、雄略朝のような凄惨さは見られない。ただし、二人とも斎宮の任を「解」かれるという処分は為されている。相手である皇子についてはその処罰等は書かれず、わからない[14]。『日本書紀』における以上の三例は、『伊勢物語』以前に描かれた斎宮の密通事件としてはほとんど唯一のものである。雄略朝の例を基準に見れば、斎宮当人にしても相手の男にしても一族全てを巻き込む大変な事件であり、欽明朝、敏達朝の例の詳細は不明だが、少なくとも斎宮の解任だけは免れない事件であることは確かである。

斎宮の解任をめぐる律令上の規定について、以上の三例よりはかなり後の時代であるが、『延喜式』斎宮式を確認しておきたい。

凡そ天皇即位せば、伊勢の大神宮の斎王を定めよ。仍りて内親王の未だ嫁がざる者を簡びてトえよ（略）

凡そ寮官諸司および宮中の男女、仏事を修し和姧密婚せば中つ祓を科せよ。（『延喜式』）[15]

『延喜式』は、斎宮に関する規定を見る上で重要な史料である。それによれば、斎宮自身の密通を禁じる直接的な文はない。しかし、斎王の規定として「未婚」があること、また斎宮寮を含む生活空間（宮中）での「和姧密婚」が禁じられていたことがわかる。これらを援用すれば、やはり斎宮にとって密通事件は致命的な汚点であろうし、相手の男も無傷ではすまない可能性が高い[16]。

再び狩の使章段に立ち戻ってみれば、男と女の間にある緊張感は人に知られることを恐れるが故であろう。逢うことへの禁忌は確かにあるのである。しかし、だれにも知られずに終わった、この密通事件が斎宮の解任騒ぎに発展するとは思えない。実際、当時の読み手としては恬子内親王が恙なく任期を終えたことを知っているのである。事件の結末としての斎宮の死も解任もないという点で、狩の使章段の「斎宮と密通」モチーフは右の三例と決定的に異なっている。そしてその異なり方は、『日本書紀』に語られた密通事件と、狩の使章段の物語をほとんど別のものとしてしまっているといえる。

では、狩の使章段の描く「斎宮と密通」の物語はいたずらに設定を借りただけのものなのだろうか。それを考えるためには、先例となる斎宮物語をより広く求め、探っていく必要がある。

三、「明くれば尾張の国へこえ」る昔男

先から繰り返しているように、『伊勢物語』六九段は「狩の使章段」と呼ばれる。本段の主人公が「狩の使」であることへの疑義は古くから出されていた[17]。一つは「狩の使」という制度についての記録があまり残っておらず実態が掴めないこと、もう一つは業平の年齢と制度の関係である。恬子内親王が伊勢にいた頃、すなわち清和朝は殺生を忌避した時代で、契沖は『勢語臆断』で、

但清和天皇は鷹犬の遊をは、御みづからもしたまはざりければ、まして狩の使つかはされたる事なし[18]。

と清和天皇が狩の使を派遣する可能性の低さを指摘している。

狩の使というつかみ所のない職掌もさることながら、本段においてほとんど追究されていない不審として、男が伊勢の国から尾張の国へと向かおうとしている点がある。逢瀬のタイムリミットを表すものとして二度も繰り返されている（傍線部「明けば尾張の国へたちなむとすれば」「明くれば尾張の国へこえにけり」）が、狩の使が二国に渡って派遣された例は管見の限り見られない[19]。平安京へ戻るにしても尾張国を抜けるというのは想定しがたいルートである[20]し、語りとしては明らかに次の目的地としての「尾張の国」を意識していよう。妹尾好信氏はこの尾張行を「熱田神宮に詣でるためでもあろうか」とするが[21]、そのような例もまた記録に見られない。そして、狩の使として不審なこの「尾張の国」行きこそ、先の三例とは異なる斎宮物語を引きつける役割を担っているのである。

「斎宮と密通」を結びつけたものとして『日本書紀』から先の三例を挙げたが、実は「密通」とは書かれない斎宮と男性との関わりが『日本書紀』には描かれている。それは日本武尊と叔母である倭姫命との交流である。

冬十月の壬子の朔にして癸丑に、日本武尊、発路したまふ。戊午に、道を枉げて、伊勢神宮を拝みたまふ。仍りて倭姫命に辞して曰さく、「今し天皇の命を被りて、東に征きて諸の叛者を誅はむとす。故、辞す」とまをしたまふ。是に倭姫命、草薙剣を取りて、日本武尊に授けて曰はく、「慎みてな怠りそ」とのたまふ。（『日本書紀』巻第七　景行天皇①三七四—五）

景行天皇の皇子である日本武尊は、天皇の命を受けて東へ征伐に向かう。その日本武尊に草薙剣を与える役割を担うのが伊勢神宮にいる倭姫命、すなわち斎宮である。斎宮である倭姫命は、日本武尊の拠り所であり、支援者として行動する。『日本書紀』の記述に従えば、日本武尊は斎宮と初めて伊勢で向き合った人間であり、彼が出向いたことで、伊勢に在る斎宮が重要な役割を果たしていることが証明されたのである。

『日本書紀』において斎宮が創始されたのは崇神朝の豊鍬入姫命の時で、倭姫命については不審もあるが、一応二代目の斎宮と考えておきたい。つまり、皇女が伊勢神宮に奉仕する斎宮制度が創始されたごく初期に、天皇以外の存在に支援を与える斎宮像が描かれているのである。もちろん、日本武尊は勅命を以て行動しているのであり、天皇の反勢力ではないが、倭姫命の日本武尊への肩入れは天皇の名代に対するものとは言い難い。特に類する記事を載せる『古事記』においては、叔母が甥を庇護する関係を明示しており、それらを考え合わせると、伊勢神宮を掌握する「斎宮」という存在が孕む危険性を見過ごすことはできない。

(22) (23) (24)

斎宮を支援者として持つ日本武尊はまた尾張の国とも密接な関係を持っている。

日本武尊、更尾張に還りまして、即ち尾張氏が女宮簀媛を娶りて、淹留りて月を踰えたまふ。是に、近江の胆吹山に荒神有りと聞しめして、即ち剣を解きて宮簀媛の家に置きて、徒に行でます。（中略）日本武尊、是に始めて痛身みたまふこと有り。然して稍に起ちて、尾張に還ります。爰に宮簀媛の家に入りたまはずして、便ち伊勢に移りて尾津に到りたまふ。昔に、日本武尊東の方に向でましし歳に、尾津浜に停りて進食したまひき。是の時に、一剣を解きて松の下に置き、遂に忘れて去きたまひき。今し此に至りたまふに、剣猶し存れり。故、歌して曰はく、

尾張に　直に向へる　一つ松あはれ　一つ松　人にありせば　衣着せましを　太刀佩けましを

とのたまふ。能褒野に逮りて、痛みたまふこと甚し。則ち俘にせる蝦夷等を以ちて、神宮に献る。（中略）既にして能褒野に崩ります。時に年三十なり。　（同①三八一―五）

叔母倭姫命のいる伊勢の国、妻宮簀媛のいる尾張の国が日本武尊の「還る」場所であり、それは斎宮から世話を受けて尾張の国へと越えていこうとする男の姿と繋がる回路になり得るのではないだろうか。

実は、天皇以外を支援する斎宮や伊勢神宮の姿は他にも『日本書紀』に求めることができる。

四十年の春二月に、雌鳥皇女を納れて妃とせむと欲し、隼別皇子を以ちて媒としたまふ。時に隼別皇子、密に親ら娶りて、久しく復命せず。是に天皇、夫有ることを知ろしめさずして、雌鳥皇女の殿に親臨す。時に皇女の織縑女人等、歌して曰く、

ひさかたの　天金機　雌鳥が　織る金機　隼別の　御襲料

といふ。（中略）則ち隼別皇子を殺さむと欲す。時に皇子、雌鳥皇女を率て、伊勢神宮に納らむと欲ひて馳す。是に天皇、隼別皇子逃走ぬと聞しめして、即ち吉備品遅部雄鯽・播磨佐伯直阿俄能胡を遣して曰はく、「追ひて逮かむ所に即ち殺せ」とのたまふ。　（巻第一一　仁徳天皇②五六―八）

右はたどり着くことができなかった例であるが、仁徳天皇が妃にしようとした雌鳥皇女と通じた隼別皇子は天皇の怒りに触れ、雌鳥皇女を連れて逃走を試みる。その目的地は伊勢神宮であった。

序で論じたように、『日本書紀』が描く斎宮制度は皇女という天皇が管理可能な存在を通じて天照大神を味方につけようとするものであり、それは『日本書紀』の語りの上で成功している。しかしその実、天照大神を祀る伊勢神宮は反天皇勢力を匿う場所になる可能性があった。なぜならそこに据えられた斎宮は天皇の娘であると同時に、天皇に連なる多くの存在、特に皇子たちにとっても重要な血縁者となるからである。そして、少なくとも倭姫命は伊勢にやってきた甥に対して、できる限りの支援を与えたのである。

倭姫命の時代からはかなり下ることになるが、『萬葉集』における次の二首も近い様相を呈しているといえよう。

大津皇子、竊かに伊勢神宮に下りて上り来る時に、大伯皇女の作らす歌二首

我が背子を　大和へ遣ると　さ夜ふけて　暁露に　我が立ち濡れし

二人行けど　行き過ぎ難き　秋山を　いかにか君が　ひとり越ゆらむ

（『萬葉集』巻第二　一〇五―六）

大津皇子は天武天皇の皇子、大伯皇女はその姉であり、当時、彼女は斎宮の任についていた。二人の父である天武天皇が崩御したのち、大津皇子は右の訪問の直後に謀叛の罪で捉えられることになる。伊勢神宮へ下ったことが事実か否かは記録にないが、事実であれ創作であれ、大津皇子の伊勢神宮行きの下敷きには、日本武尊と倭姫命の姿があるように思われる。もちろん、大伯皇女の頃、斎宮制度はかなり整備されており、倭姫命のような支援が弟に対してできたとは思われない。それでも大津皇子は何らかの希望を抱いて伊勢神宮を詣でたのだろうし、大伯皇女の歌には不吉な予感がにじみ出ている。天皇に追われかねない皇子を庇護してきた斎宮の歴史があって、大伯皇女の歌はより痛切なものとなるのである[25]。

「狩の使」の次の目的地である「尾張の国」という地名から、昔男と結びつく日本武尊の姿を確認してきた。更に、斎宮が天皇以外にも庇護を与える可能性があることについても論じてきたとおりである。後者については伊勢

神宮が天照大神という特別な神を擁するだけに、その管理は天皇にとっても重要な案件であったはずで、周知の通り斎宮制度は天武朝において整備されている。(26) それから更に時を隔てた平安時代、日本武尊は人々の認識の中にどの程度、存在していたのだろうか。

『伊勢物語』という平安時代の歌物語の世界に、『日本書紀』が記した遙か古代の出来事を重ねることができるのかという点について次節で見ていきたい。

四、古今集時代の日本紀受容

『伊勢物語』の成立あるいは狩の使章段の成立過程についての確証はないが、ともかく九世紀前後を背景に描かれたとみることに問題はないと思われる。当時の人々の史書認識をうかがう上で、『釈日本紀』の「日本紀講例」は重要であろう。(27) それによれば、「日本紀講」は養老五年、弘仁三年、承和六年（六月一日始）、元慶二年（二月二十五日始）、延喜四年（八月二十一日始）、承平六年（十二月八日始）、康保二年（八月十三日始）と計七回行われている。養老五年については異論もあるが、(28) 九世紀前後が「日本紀講」隆盛の頃であったことは確かである。ひとたび始まれば、およそ数ヶ月から半年の間続くものであり、大きなイベントであったことも想像に難くない。

また、講所が判明しているのは四例だが、うち三例は「宜陽殿東廂」で行われている。(29) 宜陽殿の東廂といえば、大臣たちの宿直所があり、官人の出入りも多い場所であったと考えられ、相当な参加者が見込まれる。次第を記した『西宮記』には以下のようにある。

大臣奉勅定博士、又仰明経道、令差進尚復学生、定吉日、装束於宜陽殿東廂、（中略）時剋大臣以下着座、（中略）坐定、大臣召外記、々々称唯、趁立東戸内、（中略）大臣仰可召博士之由、（中略）外記称唯、（中略）次博士着座、（中略）次尚復学生等着座、（中略）次聴衆、弁少納言及召人等着座、（中略）次当講尚復一人進着其座、次博士尚復披書、大臣以下皆披、次尚復唱文、（中略）次博士講読了、尚復読訖、尚復博士退出、二三年講読畢、定日、設宴座於侍従所云々、[30]

大臣や博士はもちろん、その他に聴衆がいたことがうかがえる。しかし、ここで重要なのは講そのものよりも「設宴座」、つまり講のあとに竟宴が開かれたことであろう。『西宮記』を引き続き見てみると、その竟宴の様相が浮かび上がってくる。

西壁下、撤大臣座、立四尺屏風二帖、前施地敷二枚并茵一枚、為博士座、又撤納言已下座其母屋東第一二間西上対座、設大臣以下参議以上座、（中略）公卿座末東庇、設四位并弁少納言「座」、南庇東第一二間、設召人侍従大夫以下座、其末設尚復学生等座、同南廂中央間立文台、親王一人、大臣以下、自左仗引至件所、入従坤角東行、登自巽角階相分着座、次弁少納言及侍従大夫等着座、坐定外記等置紙筆硯、尚復学生一人就文台、披詠詩之冊、奉親王、次臨時召人等一々披了、（中略）盃酒三献後、上達部進盃、序者進序之後、取文台筥、置博士前上卿座上、外記秉燭、次上卿召博士一人、（中略）為講師令読件倭歌、此間王卿出自歌、令入筥、此間弁少納言并侍従大夫等、各進候公卿座近辺、于時大歌御琴師調倭琴、（中略）被召進公卿座頭、令応詠歌之音、講畢、博士尚復等、各給録有差（以下略）

講に参加した大臣、博士、弁少納言や侍従だけでなく親王なども見え、正式な竟宴として行われたことがわかる。場合によっては、講の参加者よりも多かったのではないだろうか。こうした学問的催しの後には漢詩が詠まれるのが通例であるが、ここでは傍線部のように「倭歌」も詠まれている。日本紀講は、日本紀を読みながら問答や解釈を施していくものだが、竟宴の中に和歌が含まれていることからすれば、一部の人間の学問的見地だけが目的ではなく、文化として高めていくねらいがあったと考えられよう。講に日々参加した者だけでなく、より多くの人々に日本紀を広める場として竟宴は機能したのではないだろうか。

日本紀講には、もちろん日本武尊も題材として俎上にあげられたようで、『日本紀竟宴和歌』の中に次のような歌が残る。

得日本武尊　　　　　　　　参議正三位行左衛門督伊予守藤原朝臣有実

也末度多介　仁之比无賀志乃　久爾遠宇知天　太飛良介与世之　美古仁波也良奴

やまとたけ　にしひむがしの　くにをうちて　たひらげよせし　みこにはやらぬ

おほたらしひこおしろわけの天皇、やまとたけのみことをつかはして、くまおそひを、うたしめたまひて、にしのくにしづまれりといへり(31)

「みこにはやらぬ」の結びに明らかなように、東西の国を平定しながら旅の途上で亡くなった日本武尊に対して同情的な歌といえよう。『古事記』を参照するまでもなく、『日本書紀』の記述だけを見ても、日本武尊は純粋な英雄として描かれているわけではない。不本意な遠征を繰り返さざるを得ない状況にあり、また大和国に戻れないまま死を迎えさせてしまったことを悔やむ景行天皇の言葉や白鳥となったという挿話からも、日本武尊の軌跡が悲劇に彩られていることがわかる。

平安初期を中心に行われた日本紀講によって、当時の貴族たちに「日本紀」が伝播しただろうことは事実である。直接、講に参加しなかった者であっても、竟宴の中で詩や歌が詠まれ、それが伝わっていく中で「日本紀」に関する知識を多少なりとも得ていたに違いない。そして、日本武尊に纏わる挿話が当時の人々にとっても興味深いものであったことも右の竟宴和歌によって確かめられる。竟宴和歌には全ての場面が詠われるわけではなく、注目される出来事、琴線に触れるテーマがピックアップされるのである。

また、山本登朗氏は、『古今和歌集』に載る在原業平の歌に見られる「神代(神世)」の語をめぐって、『伊勢物語』と日本神話との距離の近しさを指摘している。[32] もちろん、狩の使章段の「男」に過剰に業平を重ねることは避けたいが、業平自身が日本紀から連なる「神世」の時間に対する関心を抱いていたことを確認することは重要であろう。

二条后の、春宮の御息所と申ける時、御屏風に、竜田河にもみぢ流れたる形を書けりけるを題にて、よめる　素性

もみぢ葉のながれてとまるみなとには紅深き浪やたつらむ

業平朝臣

ちはやぶる神世も聞かずたつた河から紅に水くゝるとは

(『古今和歌集』巻第五　秋歌下　二九三―四)

二条后の、まだ東宮の宮すん所と申ける時に、大原野に詣で給ひける日、よめる　業平朝臣

大原や小塩の山もけふこそは神世のことも思いづらめ

(『古今和歌集』第巻一七　雑歌上　八七一)

山本氏の論は、『伊勢物語』についても触れつつ、業平の詠む「神世」が日本紀に由来しながらも、神話の世界を現実と離れた「仙界」と似通った世界として捉えていたと業平独自の神話意識を問題にしている。歌の詠まれた地点から「神世」へと思いを馳せる業平の歌には、「天地開闢」から始まる「神世」を含んで記された日本紀が影

響を与えている可能性を指摘しておきたい。

業平という詠み手を考えても、あるいは同時代的な日本紀意識を考えても、狩の使章段に日本武尊を重ね合わせることの蓋然性は高いといえよう。

五、狩の使章段の「斎宮と密通」モチーフ

ここまで『伊勢物語』が成立したであろう時期の日本紀受容について確認してきた。再び狩の使章段に戻り、本段の内容について考えてみたい。先に述べたように、繰り返される「尾張の国」という言葉は、伊勢の国と尾張の国を拠点とした日本武尊と繋がる回路として見ることができるのではないか。斎宮が男と逢う姿は、『日本書紀』にある三例の密通事件ではなく、日本武尊と倭姫命の交流の方に重なるのである。尾張の国へ向かう男、「ねむごろ」な世話をする斎宮のあり方に加えて、恬子内親王と業平の血縁的な関係の深さを知る読み手であれば、日本武尊と本段の昔男を結びつけることはそう難しいことではなかっただろう。日本武尊と倭姫命を繋いだのもまた甥と叔母という血縁の近しさであった。[33]

日本武尊と倭姫命の間に男女関係があったというようなことは、『日本書紀』には全く書かれていない。しかし、『日本紀竟宴和歌』にあるとおり、日本紀は時に登場人物に肉付けを施されながら読まれてきた。[34]わずかな描写を拡大解釈していく読み方は中世日本紀の世界で顕著だが、倭姫命による日本武尊への援助に血縁者の情以上の思いを読み取ることは、平安時代においても十分に可能だろう。倭姫命が日本武尊を同じ空間に受け入れたことを鑑みれば、少なくとも斎宮である倭姫命に接見し、援助をもらう権利を日本武尊が有していたことは確かである。

日本武尊と倭姫命の密かな逢瀬を幻視し、狩の使章段に重ねてみる時、「狩の使」という判然としない立場にある男の輪郭が変化する。日本武尊は景行天皇の皇子であり、天皇として即位する資格を十分に持っていた。にもかかわらず征討の中で死に絶えるのであり、天皇への忠心は示せても彼自身が皇位に就くことはできなかった。先述のとおり、「狩の使」は清和朝におらず、その後も派遣されたという記録は少ない。当時の読み手にとっても馴染みのある役職ではなかったといえる。「天皇の命を受けて狩をする男」は、現実世界よりも「日本紀」の中に登場する存在として認知され、昔男と日本武尊を結びつける。斎宮と近しい者で「狩の使」であるという情報の少なさが却って不遇の貴種を連想させるのである。

『伊勢物語』が王権侵犯の物語といわれる所以は、二条の后への恋情と斎宮との密通という侵しがたい女性二人の物語を題材に選んでいる点が大きい。だが、二条の后関係章段が常に露顕と隣合わせの危険な恋を描き、時には制裁を受けているのに対して、斎宮の密通はほとんどが狩の使章段に収斂され、他の斎宮関係章段はあくまで余談、後日談に過ぎない。そして狩の使章段はといえば、斎宮の解任も男の罪への追及も描かれない。密通はあっても、それを禁忌のものと認識させる機能は物語自体にほとんどないのである。女の「いとあはじとも思へらず」という受け止め方も、斎宮自身が禁忌を認識していないからこそ出てくる言葉だろう。斎宮と短い逢瀬を結んで去る、それだけのことが禁忌の恋として確かに焦点化されるためには、やはり男に天照大神を祀る斎宮を侵犯できる権利がなければならないのである。そして、その権利を持つ男として日本武尊以上に相応しい存在はいないのではないか。

狩の使章段は、ところどころに散りばめられた言葉によって、倭姫命を訪ねた日本武尊の姿を喚起する。それは『伊勢物語』以前の斎宮像からしても必要な処置であった。なぜなら、『伊勢物語』以前に描かれた斎宮は、密通事件や謀叛などの危険因子と結びつき、恋物語としての像を結んでいなかったからである。それは同時代の次の歌とも関わりがあるかもしれない。

　　田村帝の御時に、斎院に侍ける慧子皇女を、母過ちありと言ひて、斎院を替へられむとしけるを、そのこと
　　止みにければ、よめる　　　　　　　　　　　　　　　　　　　　　　　　　　　　　　　尼敬信
　おほぞらを照り行月し清ければ雲かくせどもひかり消なくに　　（『古今和歌集』巻第一七　雑歌上　八八五）

田村の帝、即ち文徳天皇の頃のことで、詳細はわからないが、斎院であった慧子内親王が母の過失によって退下している。母とは藤原列子、父は文徳天皇である。『古今和歌集』によれば退下が取り沙汰されたものの「そのこと止みにければ」とあるので退下はなかったことになっているが、実際『文徳実録』には斎院を廃して恬子内親王と同母の述子内親王へと代わったことが記されている[35]。この慧子内親王の退下について疑義が呈されるのは、同じく藤原列子所生の晏子内親王が同時期に斎宮として卜定されており、母の過失が咎められるならば晏子内親王も退下しなければならないところ、晏子内親王はそのまま文徳天皇崩御まで斎宮を勤め上げているからである[36]。

その差が生まれた理由として、実は過失があったのは慧子内親王本人であり、列子はそれを隠蔽するために使われただけだという説がある。もちろん、賀茂の斎院内で母の過失（おそらく密通）があったとすれば、慧子内親王だけが責任を問われる可能性もある。しかし、確かに母の過失が同母姉妹の片方だけに適用されることは考えづらい。いずれにせよ、『伊勢物語』が描かれた周辺で、斎院ではあるが神域をめぐる密通事件が極めて重大な事故としてあったことは事実である。

斎宮と密通というモチーフを恋物語として描くにあたって、少なくとも斎宮の解任騒ぎは描かれず、男はただ伊勢の地を去る。同じく一つの土地に留まれなかった日本武尊という悲劇の皇子と重ねて男を描くことで、斎宮と

密通のモチーフは秘められた禁忌の恋へと昇華する。

先に『鶯々伝』との重なりについて述べたが、確かに斎宮と男との逢瀬は『鶯々伝』によって彩られている。その幽玄な雰囲気もまた斎宮と密通の物語を事故から恋へと転換させる役割を担っていることはいうまでもないが、一方で『鶯々伝』にはない趣向も切り捨てることはできない。それは翌日のすれ違いの場面である。国守によって二度目の逢瀬が阻まれることは強調してきたとおりであるが、ここで二人は盃を通して歌を交わしている。女からの「かち人の…」の上の句に対して、男は「またあふ坂の関はこえなむ」と返すのである。『鶯々伝』の鶯々と張生がそののち逢瀬を重ねるのに対して、また密通が事件として認識される時には露顕があるのに対して、狩の使章段では翌日の逢瀬は叶わない。それどころか、二度目の逢瀬を想定することすら難しいのである。

男の書いた「またあふ坂の関はこえなむ」は、図らずも次の逢瀬が遙か先にしかないことを明示している。男は今から尾張の国へ向かうのであり、その帰途に伊勢に寄るならば逢坂の関を通る必要はない。逢坂の関を通って伊勢に来るとすれば、それは明らかに京から伊勢への途次である。尾張の国へ行き、京に戻って復命してから再び伊勢へ向かうことがそう容易いものでないことは自明である。ましてや伊勢神宮は個人の奉幣を禁じており(37)、大義名分もなく立ち寄れる場所ではない。更に日本武尊の影を投げかければ、男の「またあふ坂の関はこえなむ」という望みは決して果たされない。なぜなら、日本武尊の悲劇は大和に帰れずに亡くなったことであり、京への復命を想定し、その後の逢瀬を約束する男の言葉は却って先の悲劇を想起させるのである。

遙か昔に日本武尊と倭姫命との間に逢瀬があったかどうか、それを図り知ることはできない。同様に、次の逢瀬も解任もない、一夜限りに押し込められた狩の使と斎宮の密通の有無を明らかにする証左もまた、どこにもないのである。「斎宮と密通」が物語として確立されたのは、事実か虚構かを読み手に委ね、「夢うつつ」を定めることのなかった狩の使章段の構造によるといえる。

おわりに

『伊勢物語』狩の使章段における「斎宮と密通」の問題から、昔男に日本武尊との重ね合わせを見るべきことについて述べてきた。日本武尊という遙か昔の存在は、日本紀講の盛んな九世紀前後という時代の中で改めて認識され、平安の人々の感覚の中で受け入れられたのではないか。業平に模される昔男でありながら、日本武尊とも二重写しになる「狩の使」と斎宮との密通は、新たな日本紀受容の中で恋物語としての変革を遂げたといえる。『伊勢物語』以前の斎宮と密通の結びつきは、斎宮の解任や密通者の処罰と隣り合わせの極めて社会的な事件であった。しかし、狩の使章段の達成は、そうした社会性から切り離し、あくまで咎めとは無縁の物語を構成したといえる。それは日本武尊と倭姫命という確かなことを知りがたい遙か遠い挿話に支えられてこそ完成しているのである。

先掲の『古今和歌集』六四六番歌は、末句が狩の使章段とは異なっている。

かきくらす心の闇にまどひにき夢うつつとは世人さだめよ

業平の開き直りのような「世人さだめよ」には、むしろ読み手に判断を委ねるような響きがある。[38] 日本武尊の物語を男に重ねて語り直す『伊勢物語』狩の使章段とは、解釈の連鎖という点で結びついていよう。日本武尊を神話として（あるいは歴史として）語らなければならないという制約がすでにない時代の読み手は、彼の物語を解釈し、竟宴和歌として詠むことができた。時に社会的な文脈から切り離すことを可能にする和歌の世界においては、日本武尊も業平も解釈の幅を大きく広げたといえよう。『古今和歌集』の業平歌は、詳細は語らないまでも、当事者によって多様な解釈の世界に投げ出されたものと位置づけられる。

注

（1）引用した『新編全集』の底本は学習院大学蔵本で、本章の内容に関わる校異としては男の「かきくらす」詠の末尾を「よひとさためよ」とする、あるいは「よひと」説を何らかのかたちで書き加えるものがあることには注意しておきたい。加藤洋介編『伊勢物語校異集成』（和泉書院　二〇一六）参照。

（2）『伊勢物語』『古今和歌集』以外の載録としては『古今和歌六帖』（二〇三六―七）と『業平集』（四八・いみじうわりなくてあひたる女／四九・をとこ、いたくないて返し）がある。

（3）『伊勢物語』の成立については、『古今和歌集』以前、以後、両方が考えられる。もちろん、現行の『伊勢物語』が一時期に作成されたものと見ることは難しい。本段は片桐洋一「伊勢物語の始発――第六九段をめぐって――」（『伊勢物語の新研究』明治書院　一九八七）に従って比較的初期に成ったものとしてのみ認識し、複数の可能性を考えながら論じていきたい。

（4）「斎宮なりける人」の取り方に揺れが生じるのは、「斎宮」が空間を示す場合と、そこから転じて役職名になる場合があるからである。文脈によって判断するしかないが、狩の使章段の場合、男を近くに宿すことができる権限を持つ女であることを考えれば、やはり斎宮本人として見る外ない。

（5）狩の使章段における『鶯々伝』の影響の指摘は、田辺爵「伊勢竹取に於ける伝奇小説の影響」（『國學院雑誌』四〇巻一二号一九三四・一二）、目加田さくを『物語作家圏の研究』（武蔵野書院　一九六四）、上野理「伊勢物語狩の使考」（『国文学研究』四一号　一九六九・二）、注3片桐論文、芳賀繁子「『伊勢物語』第六十九段考」（『中古文学論攷』九　一九八八・一二）、神田龍之介「『伊勢物語』第六十九段試論」（『国語と国文学』八三巻三号　二〇〇六・三）、丁莉「「狩の使の達成――『鶯々伝』を土台にして――」（『伊勢物語とその周辺――ジェンダーの視点から――』風間書房　二〇〇六）等がある。『鶯々伝』の引用は竹田晃・黒田真美子編『中国古典小説選5』（明治書院）によった。

(6) 『鶯々伝』の翻案という点からの狩の使章段の評価として、注5の丁氏は『鶯々伝』の鶯々の個性が反映されていることから「男と女が同次元に取り上げられる究極の悲恋物語、完成度の高い恋愛文学として仕上げた。」とする。また山本登朗氏は『会真記』利用という連関から更に『遊仙窟』のイメージをも呼び起こし、斎宮を仙女にしたてあげたものと述べている（「伊勢物語の日本神話――在原業平と神代――」『論叢伊勢物語2』新典社　二〇〇二）。

(7) 恬子内親王は文徳天皇皇女で母紀静子。紀静子の兄紀有常の娘を業平が妻にしているため、紀氏と業平は関係が深い。恬子内親王自身は、貞観元年（八五九）十月五日卜定、元慶元年（八七七）三月に帰京、延喜一三年（九一三）六月一八日没。

(8) 恬子内親王と業平の密通については、後人補注にあるとおり、かなり早くから実話として受け止められていたと思われる。また、恬子が業平との密通により男児を産んだという記述が『江家次第』巻十四や『古今集目録』に見える。平安中期の日記『権記』にも一条天皇が定子腹の敦康親王を立坊させるか否かを判断するという場面で、定子の母が密通事件と関わる高階氏の血筋であることを理由に行成が立太子を否定するという記述がある。ただし、この記述については土方洋一氏が「秘事伝承とその成長――『伊勢物語』の周辺――」（『日本文学』五六巻五号　二〇〇七・五）で行間に追記されたものであることを指摘している。土方氏の見解に従って恬子が密通後、出産したという伝承は院政期に発達したものと考えておきたい。

(9) 『大和物語』九三段には、「斎宮のみこ」と藤原敦忠の恋が描かれる。実話としてあったもので、狩の使章段の影響と即座に断じることはできないが、殊更に二人の関係が悲恋として描かれるのは、斎宮への恋心が禁忌と認識されるようになった時代だからではないか。

(10) 光源氏は賢木巻で斎宮に卜定された六条御息所の娘からの返歌を受け取り「世の中定めなければ、対面するやうもありなむかし」（『源氏物語』②九二）と不遜な感想を漏らす。また、若紫巻での光源氏と藤壺の密通場面にも狩の使章段が反映されていると見られ、影響が色濃い。

(11) 『狭衣物語』においては、斎宮と斎院の役割はかなり近接している。源氏の宮の斎院卜定という聖域への囲い込みは、『伊勢物語』以来作り上げられていった「神域での恋」の変奏として見ることもできよう。なお、斎宮については、嵯峨院の女三の宮卜定を受けての狭衣の反応として「例の御癖なれば、「かく」と聞き給へば、ただならず」（『狭衣物語』巻二　二七六）と語られている。本書第二部第十二章参照。

(12)『日本書紀』の本文引用は新編日本古典文学全集（小学館）により、書き下しのみ載せる。

(13)『伊勢物語』においては適用できないが、花山朝済子女王も密通事件を起こしており、その相手は滝口武士とされた（『日本紀略』）。

(14)茨城皇子、池辺皇子ともその詳細はほとんど書かれず、池辺皇子に至っては、母の名さえ明らかにされない。憶測に過ぎないが、この密通事件によって立場を追われた可能性も否定できない。

(15)以下『延喜式』の引用は『訳注日本史料延喜式』（虎尾俊哉編　集英社）の書き下しに従った。

(16)中つ祓とは三代格（延暦）によれば、輸物二十二種を出すもので、他に大祓（二十八種）、上祓（二十六種）、下祓（二十二種）があった。いわば罰金刑であり斎宮や神宮で働く者の場合は即座に解雇というほどのことでもなかったのかもしれない。

(17)「狩の使」については、古注から様々に論じられている。ただし、「狩の使」に関わる史料が少ないため、現在では少なくとも業平が狩の使に任じられた可能性は極めて低いというところで近年の研究は落ち着いている。注3片桐論文、榎村寛之「『斎王の恋』と平安前期の王権」（『古代文化』五六号　二〇〇四・一）、注5神田論文他。

(18)『勢語臆断』の引用は『契沖全集』第九巻（岩波書店）によった。

(19)狩の使が二国に渡らないことについては、注17榎村論文に指摘がある。

(20)伊勢から平安京へ帰るにあたっては、斎宮の群行路と同様、近江国を抜けて鈴鹿を通る大回りの道か、伊賀国を通る道、大和を通る道などが想定できるが、美濃国をも通らなければならない尾張国回りのルートは考えがたい。

(21)妹尾「『伊勢物語』の斎宮像」（『平安文学と隣接諸学　斎宮・斎院』竹林舎　二〇〇九）、妹尾氏は熱田神宮へ詣でる可能性についての説明を特にしていないが、恐らく『知顕抄』の「とふ、このかりのつかひよりしては、なにごとによりて、おはりのくにへこしけるぞや。こたふ、かりのつかひのならひとして、かならずおはりへいせよりこして、また二日かりてあつたのみやにたてまつる事也。」という問答に依ると思われる。ただ、管見の限りそうした例が見当たらないこと、また先の注釈に支持されていないことを考えると簡単に首肯できない。付け加えておけば、熱田神宮はそれこそ日本武尊と関わりの深い社であり、草薙剣が収められた地である。尾張という国名に熱田神宮が強く結びついていることも確認しておきたい。

(22) 豊鍬入姫については、崇神天皇のころ、国が荒れた際に置かれたことが『日本書紀』に書かれている。「六年に、百姓流離へ、或いは背叛有り。（中略）故、天照大神を以ちて豊鍬入姫命に託け、倭の笠縫邑に祭り、仍りて磯堅城の神籬を立つ。神籬、此には比奔呂岐と云ふ。」（『日本書紀』巻第五　崇神天皇①二六九―二七一）。

(23) 倭姫命が垂仁朝に二人目の斎宮になったことは『日本書紀』にあるが（「天照大神を豊耜入姫より離ちまつり、倭姫命に託けたまふ。爰に倭姫命、大神を鎮め坐させむ処を求めて、菟田の筱幡に詣り…」巻第六　垂仁天皇①三一九）、実は景行天皇の御代に代わった時には別の斎宮が選ばれている。（「二十年の春二月の辛巳の朔にして甲申に、五百野皇女を遣して、天照大神を祭らしめたまふ。」巻第七　景行天皇①三六三）。「倭姫命」が斎宮の総称であるとする説もあるが、ここでは二朝続けて倭姫命が斎宮として伊勢に在ると考えておく。五百野皇女が早々に退下したか、あるいは斎宮が並列している状況なのかはわからない。

(24) 長くなるが、参考として『古事記』をあげておく。
故、命を受けて罷り行きし時に、伊勢大御神の宮に参ゐ入りて、神の朝廷を拝みて、即ち其の姨倭比売命に白さく、「天皇の既に吾を死ねと思ふ所以や、何。西の方の悪しき人等を撃ちに遣して、返り参ゐ上り来し間に、未だ幾ばくの時を経ぬに、軍衆を賜はずして、今更に東の方の十二の道の悪しき人等を平げに遣しつ。此に因りて思惟ふに、猶吾を既に死ねと思ほし看すぞ」と、患へ泣きて罷りし時に、倭比売命、草那芸剣を賜ひ、亦、御嚢を賜ひて、詔ひしく、「若し急かなる事有らば、茲の嚢の口を解け」とのりたまひき。（『古事記』中巻　景行天皇　二二二―五）
日本武尊は傍線部のように不満を口にし、倭姫命に泣きつく。また「姨」という言葉で二人の血縁も明示される。

(25) 大伯皇女の歌については多田一臣「大津皇子物語をめぐって」（『古代国家の文学』三弥井書店　一九八八）、大畑幸恵「大伯皇女」（『国文学』二四巻四号　一九七九・四）、山下光一「巻二相聞歌試論――大伯皇女の歌を中心として――」（『解釈』二

八巻四号　一九八二・四）、橋本達雄「二人行けど行き過ぎ難き秋山――大伯皇女の歌一首の発想――」（『万葉集の作品と歌風』笠間書院　一九九一）、品田悦一「大津皇子・大伯皇女の歌」（『万葉集の歌人と作品』第一巻　和泉書院　一九九九）参照。また、本書第二部第十三章においても扱っている。

(26) 天武朝で斎宮制度が整備されたことについては、多くの論が認めている。それは天武朝が壬申の乱を天照大神の加護の中で乗り越えたものとして『日本書紀』が描くからであろう。壬申の乱と天照大神については、岡田精司「古代王権と太陽神――天照大神の成立――」（『古代王権の祭祀と神話』塙書房　一九七〇）、加藤静雄「万葉集と斎宮」（『万葉集――その社会と制度』笠間書院　一九八〇）等を参考とした。

(27) 『釈日本紀』は『国史大系』により、日本紀講については、太田晶二郎「上代に於ける日本書紀講究」（『太田晶二郎全集』吉川弘文館）、關晃「上代における日本書紀講読の研究」（『史学雑誌』六二七号　一九四三・一二）、津田博幸「日本紀講の知」（『生成する古代文学』森話社　二〇一四　初出一九九八）、中村啓信「『日本書紀』から「日本紀」へ」（『古事記の現在』笠間書院　一九九九）並びに『国文学解釈と鑑賞』（六四巻三号　一九九九・三）で編まれた特集「古代の日本紀受容」の諸論文も参考とした。

(28) 注27の太田論文、關論文が、『続日本紀』始め他の史書に記載の見られない養老五年の日本紀講を否定している。

(29) 宜陽殿東廂で行われたのは、元慶二年、承平六年、康保二年の三回。養老五年、弘仁三年、延喜四年は未詳。承和六年だけ建春門院南腋曹司で行われている。

(30) 『西宮記』の引用は故実叢書『西宮記』（明治図書出版　一九九三）により、煩雑になるため小字部分を省略した。

(31) 『日本紀竟宴和歌』は『新編国歌大観』によった。

(32) 注6山本論文。

(33) 以下、系図を付す。

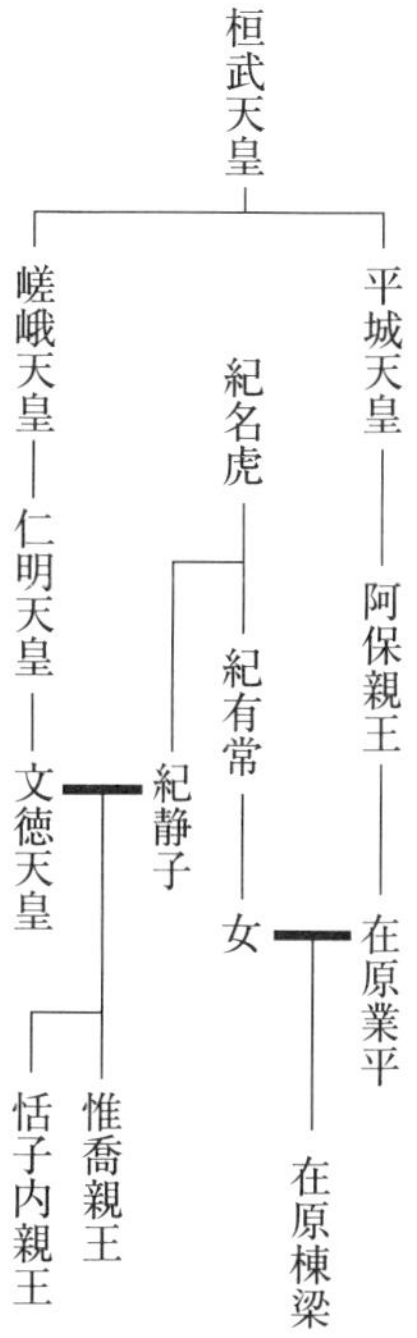

(34) 『日本紀竟宴和歌』についての本格的な研究は多くないが、例えばヒルコ伝承について稲生知子「「哀れ」なるヒルコへ――神話生成の現場としての日本紀竟宴――」(『日本文学』四九巻六号　二〇〇〇・六)では日本紀竟宴が「日本紀言説」構築の場であったことを論じている。日本武尊については残る和歌が少ないが、同様の言説構築があったと見ることもできるのではないだろうか。

(35) 天安元年二月二十八日の記事に、「丙申。鴨斎内親王恵子を廃す。更に无品述子内親王を立て斎内親王と為す。」(『国史大系』第三巻により、私に書き下した)とある。

(36) 晏子内親王は嘉祥三年七月九日に慧子内親王と同時に卜定。仁寿二年九月七日群行、天安二年の文徳天皇崩御によって退下。昌泰三年没。

(37) 「凡そ王臣以下、輙く大神宮に幣帛を供うるを得ず。其れ三后・皇太子もし供うべきあらば、臨時に奏聞せよ。」(『延喜式』巻四　伊勢大神宮　三八条)による。后、皇太子であっても個人的な奉幣が簡単にはできないことが明記されている。

(38) 注3の片桐氏は、狩の使章段が業平の手に成るフィクションであったとし、『古今和歌集』はそのフィクション性を理解して記載しているのだとする。しかし我々の知り得ない(文字として残らない)解釈の場が狩の使章段、あるいは『古今和歌集』周辺にあったとすれば、日本武尊の存在もまた解釈の形を変える可能性があることは改めて指摘しておきたい。

第二章　『大和物語』の斎宮と『うつほ物語』

はじめに

本章では、前章で扱った『伊勢物語』以後、『源氏物語』以前の物語における斎宮について考えていきたい。勝亦志織氏は、『源氏物語』以前の物語で、斎宮の描かれたものとして、『伊勢物語』、『大和物語』、『隠れ蓑』、『うつほ物語』の四作品を挙げる。(1)『伊勢物語』については前章で扱い、また、『隠れ蓑』については、散逸物語であり、『風葉和歌集』には記載が残るものの、(2)内容については確定しかねる上、『源氏物語』以前という確証はないため、本章では扱わない。なお、『隠れ蓑』に登場するのは「前斎宮」であり、斎宮経験者の物語であることだけは確認しておく。

『大和物語』には、比較的、斎宮関連記事が記されている。といっても、二人の歴史上の斎宮が登場するに過ぎず、もともと『後撰和歌集』との関連が深い和歌が多いこともあり、一概に斎宮への関心が高かったとはいえないだろう。むしろ、『大和物語』成立圏との関わりを考えるべきかとも思われるが、ひとまず、登場する斎宮を確認しておく。

一、『大和物語』に描かれる斎宮たち

『大和物語』の斎宮の一人目は、二つの段に登場する柔子内親王である。宇多天皇の皇女で、醍醐天皇の御代の斎宮を勤めている。醍醐朝を一代勤めきった斎宮であり、在位三十三年一ヶ月に勝る斎宮は、用明天皇の酢香手皇女か、それこそ豊鍬入姫命、倭姫命くらいである。最初の登場は、三六段である。

伊勢の国に、さきの斎宮のおはしましける時に、堤の中納言、勅使にて下りたまひて、
くれ竹のよよのみやこと聞くからに君はちとせのうたがひもなし
御返しは聞かず。かの斎宮のおはします所は、たけのみやことなむいひける。
（『大和物語』三六段　二七七）

柔子内親王の母親は藤原胤子で、醍醐天皇の同母妹であり、数多い宇多天皇の皇子皇女の中でも重んじられた内親王と考えられる。兼輔の副次章段とはいえ、「たけのみやこ」という鄙にありながら、都との関わりが維持されている点で興味深い。また、次の九五段は、退下後の記事である。

おなじ右のおほいどのの御息所、帝おはしまさずなりてのち、式部卿の宮なむすみたてまつりたまうけるを、いかがありけむ、おはしまさざりけるころ、斎宮の御もとより、御文奉りたまへりけるに、御息所、宮のおはしまさぬことなど聞えたまひて、奥に、
白山に降りにしゆきのあとたえていまはこしぢの人も通はず
となむありける。御返りあれど、本になしとあり。
（『大和物語』九五段　三一八）

醍醐天皇後宮の御息所で、式部卿宮（宇多天皇皇子・敦実親王）が通い、後には実頼の北の方になったと思われ

る、藤原能子を通じての交流である。[3] 続けて、一二〇段も見ておく。

おほきおとどは、大臣になりたまひて年ごろおはするに、枇杷の大臣はえなりたまはでありわたりけるを、つひに大臣になりたまひにける御よろこびに、おほきおとど梅を折りてかざしたまひて、

おそくとくつひに咲きける梅の花たが植ゑおきし種にかあるらむ

とありけり。その日のことどもを歌など書きて、斎宮に奉りたまふとて、三条の右の大殿の女御、やがてこれに書きつけたまひける。

いかでかく年きりもせぬ種もがな荒れゆく庭のかげと頼まむ

とありけり。御返し、斎宮よりありけり。忘れにけり。

かくて願ひたまひけるかひありて、左の大臣の中納言わたりすみたまひければ、種みな広ごりたまひて、かげおほくなりにけり。さりける時に、斎宮より、

花ざかり春は見に来む年きりもせずといふ種は生ひぬとか聞く

（『大和物語』一二〇段　三四一―二）

こちらも、能子と関わっての交流である。以下、まとめて分析していこう。

斎宮は三つの段に登場するが、斎宮の歌が明らかになるのは、一二〇段の波線部のみである。[4] 柔子内親王が退下後も斎宮と呼ばれ、他の女君と交流を持ちながら過ごした後半生がうかがえる。兼輔との関わりは、『大和物語』だけでなく、『後撰和歌集』『兼輔集』などにも見られ、[5] 斎宮経験者としての露出は多いといえるが、そこに構成される物語はあまり感じられない。三六段の斎宮は、兼輔との在世中の交流であるが、贈答への禁忌といったものは全くと言ってよいほど見られず、勅使としての賀の歌に終始する。

九五段、一二〇段の退下後の柔子内親王の姿は、斎宮経験者のあるべき姿と受け止められたのではないだろう

か。文徳―陽成天皇の系譜が途切れて、仁明―宇多―醍醐天皇に皇統が移った中で、醍醐天皇の御代が安定したものであり、柔子内親王が長年、斎宮を務めて帰京したことは慶事であろうし、その斎宮が退下後、皇女としての分を守りながら、藤原氏とも交流を重ねる姿は、肯定的に受け止められたことと思われる。

『大和物語』は、一六一段から一六六段に、『伊勢物語』章段とでも言うべき業平の話が続くが、二条の后章段は組み込まれるのに、斎宮関係の章段には触れられない。何らかの理由で意図的に避けられたものか、記すに値しない章段という認識であったのか、或いは成立事情に関わるのか、何れとも決定しがたい。ただ、柔子内親王という斎宮像は、恬子内親王はもちろんのこと、前章で取り上げたような『日本書紀』以来の密通と関わる斎宮の軌跡とも無縁であり、あるべき姿であるが故に、特筆されない斎宮の姿を映し出していよう。

『大和物語』の斎宮としては、この柔子内親王よりも、次の雅子内親王の方が物語を作り上げている。

これもおなじ中納言、斎宮のみこを年ごろよばひたてまつりたまうて、今日明日あひなむとしけるほどに、伊勢の斎宮の御占にあひたまひにけり。「いふかひなくくちをし」と思ひたまうけり。さてよみて奉りたまひける。

伊勢の海の千尋の浜にひろふとも今はかひなくおもほゆるかな

となむありける。　　　　　　　　（『大和物語』九三段　三一六）

「斎宮のみこ」雅子内親王は、醍醐天皇の皇女で、朱雀天皇の斎宮である。母の藤原周子の喪によって、途中で退下しており、同母兄妹には源高明などがいる。「おなじ中納言」は藤原時平の子・敦忠で、この前段には保明親王の妃であった貴子に歌を贈る姿が描かれている。

雅子内親王については、退下後の経歴が特徴的である。在位は五年ほどであり、退下後、敦忠が再び雅子内親王に歌を贈ったことは、『敦忠集』に詳しい[6]。しかし、雅子内親王を手に入れたのは、敦忠の従兄弟で忠平の息子の師輔である。このあたり、どのような駆け引きが行われたのかはわからないが、実は師輔には、雅子内親王と同母の勤子内親王と康子内親王が降嫁している。勤子内親王は降嫁後比較的早く(『日本紀略』によれば結婚した天慶元年(九三八)十一月没)亡くなったが、雅子内親王と同時に関係を持っていた。雅子内親王の死後に迎えた康子内親王とも良好な結婚生活を営んだものと推測される。内親王降嫁の例としては、一品に叙され准后でもあった康子内親王との結びつきの方が世に知られていた[7]。三人もの皇女と積極的に婚姻関係を築き、天皇家との結びつきを強める師輔の政治戦略は成功していく。既に父・時平も亡くしている敦忠は、忠平を父とした出世頭の師輔に敵わず、雅子内親王を断念するしかなかったと思われる。

この九三段の雅子内親王と敦忠の挿話が、九五段の退下後の柔子内親王を語らせたと見ることはできないだろうか。『大和物語』の成立は、どれだけ前倒ししても、天暦年間以降であろうから、この雅子内親王の行く末が、師輔の元に定まったことは知られていたはずである。雅子内親王と敦忠の姿は、実は斎宮卜定前の恋を描くという点で、それまでにないものであった。あるいは、退下後、再び結ばれる可能性さえ感じさせる、新しい斎宮の物語になる可能性さえ孕んでいた。しかし、雅子内親王は結局、権門に取り込まれていく。それは、権勢に左右されない『大和物語』の方針と合わない姿だったのではないだろうか[8]。

『大和物語』の雅子内親王の挿話は、斎宮の恋の新たな例となる可能性を打ち出しながら、それ以上のことを語らない。逆に、恋などと無縁で、しかも忠平家ではなく実頼家と結び付く柔子内親王のあり得べき斎宮経験者の姿を近くに描くことによって、斎宮経験者が行くべき道を示しているといえよう。

『源氏物語』賢木巻において、卜定後ではあるが、伊勢に向かう前に抱かれた朱雀帝の恋情が、退下して帰京した後も大きく影響していくことを考えれば、[9] 雅子内親王の恋は、それが物語として描かれていれば、斎宮をめぐる言説の一つの潮流を作り出したかもしれない。しかし、姉妹と同じ夫を持ち、権門に囲い込まれる雅子内親王のその後を、少なくとも『大和物語』は記そうとしなかった。もちろん、『大和物語』の九三段の姿は享受されていくけれども、柔子内親王という最も理想的な、あるべき斎宮像に打ち消されたために、恬子内親王や徽子女王ほどには発展していかなかったと考えられる。

二、済子女王の密通

次に、恐らく現役の斎宮における最大の醜聞となったのが、花山朝の済子女王の密通事件である。『日本紀略』は、済子女王卜定から退下までのいくつかの記事を記す。

（永観二年十一月）四日庚戌。卜定伊勢斎王。弾正尹章明親王女・済子女王卜食。

（寛和元年九月）二六日丁酉。伊勢斎王、自左兵衛府禊鴨河入野宮。依不可過今日。所令入也。又、禊所前野有火。遣人見之、葬送火也。諸人恠之。

（寛和二年）六月丙辰。伊勢斎王済子、於野宮与滝口武者平致光密通之由風聞。仍公家召神祇官、令仰祭文。近四日遠七日、祈申此事実否。（花山天皇　永観二年―寛和二年）

永観二年（九八四）に卜定、寛和元年（九八五）に野宮入り、寛和二年（九八六）六月一九日に、済子女王と滝口武士平致光の密通の噂が立ち、ことの真偽を問わせたようである。恐らくそのまま退下、同年六月二二日花山天皇出家、七月二二日に一条天皇が即位の運びとなり、そののち一条天皇の斎宮として恭子女王が卜定されている。

全く身分違いの滝口武士と密通した済子女王に対する関心というのは、決して弱いものではなかったようで、序文に建長四年（一二五二）成立とある『十訓抄』は次のように伝える。

寛和の斎宮、野宮におはしけるに、公役滝口平致光とかやいひけるものに名立ち給ひて、群行もなくて、すたれ給ひけり。

それより野宮の公役はとどまりにける。（五ノ十）

『十訓抄』では引き続いて、当子内親王に関する事件が語られる。

三条院皇女、前斎宮も道雅三位にあひ給ひて、世の人知るほどになりにければ、御髪おろし給ひにけり。三位、帥内大臣の御子なれば、致光には似るべきにあらねども、すべてあるまじき御振舞なり。三位の御消息だに奉らぬほどに、関守きびしくなりにければ、あまた歌よみける中に、

あふさかは東路とこそ聞きしかど／心づくしの名にこそありけれ

今はただ思ひ絶えなむとばかりを／人づてならでいふよしもがな

（五ノ十一）

『大和物語』や『平中物語』に挟まれての記事で、五ノ十は『伊勢物語』との関連から描かれ、五ノ十一への展開を見せているのが明らかである。特に、当子内親王の相手である道雅と、致光を比較して批判する視点が明示されるのは、同じ当子内親王の事件を扱う『後拾遺和歌集』や『栄花物語』には見られない。「関守きびしくなりにければ」と、「関守」という語で、当子内親王の身辺警備が厳しい様子を表す語りは、『伊勢物語』に取材しているとも考えられる[10]。

この事件は更に、山中智恵子氏や田中貴子氏が指摘するように、『小柴垣草紙』と呼ばれる絵巻に登場する[11]。いわゆる「おそくづ」と言われるもので、済子女王の密通事件が、後にはポルノとして消費されたことをうかがわせ

る。しかし、これまで辿ってきた斎宮たちの軌跡からすれば、当時は嗤笑できるようなものではなかったと思われる。これはあくまで、直接この事件を知る者がいなくなってから生まれた見方であろう。あるいはもっと時代は下り、斎宮という職務そのものがよくわからない時代のものかも知れない。

済子女王に関する密通事件の享受は、同時代的には不明としか言いようがない。ただ、『十訓抄』ですらスキャンダラスに受け止めていることからすれば、皇統への挑戦などという風聞は生まれなかったようである。その内実はどのようなものだったのだろうか。そもそも、滝口武士との密通の風聞など、なぜ立ってしまったのだろうか。山中智恵子氏などは、済子女王の出た章明親王家の自由さなどに触れながら、済子女王の性質が艶に傾いたこととして説明をつけるが、この密通事件を、身分違いの恋や奸された斎宮の悲劇としてだけ見るべきではないように思われる。

済子女王の風聞が立ち、審問が行われたのは六月一九日、花山天皇の出家は二二日で、間は四日間である。兼家はじめ、花山天皇の譲位を望む面々にとって、あまりに都合の良い事件である。第一章で確認した通り、斎宮の密通として想定される相手は常に皇子であり、臣下、ましてや武士であってはならない。皇祖神を祀る斎宮が、皇族と無関係に奸されるようなことがあれば、それは解任で済む問題ではないのではないだろうか。雄略朝の栲幡皇女に、湯人との密通が讒言された時も、天皇はまず真偽を確かめようとした(12)。そのような事件は、本来起こり得ないはずだからである。

先に『日本紀略』を挙げたように、済子女王は醍醐天皇の皇子・弾正宮章明親王の娘である。母は、藤原敦敏女とされている。恐らくこの女王が斎宮に卜定された時点で、世の人は耳を疑ったのではないか。済子女王の直前の斎宮は、斎宮女御徽子女王の娘・規子内親王であるが、その更に前の斎宮は、伊勢で没して朝廷を慌てさせた、隆子女王である。そしてこの隆子女王は、済子女王と同じく、章明親王と藤原敦敏女の娘であった。同母姉妹が斎宮に卜定されるという先例は徽子女王と悦子女王が作っているが、それも徽子女王の事績による卜定である。というのも徽子女王の直前の斎宮・斉子内親王が野宮入りもしないうちに没してしまったにも関わらず、次に選ばれた徽子女王が朱雀天皇退下までのおよそ八年ほど（徽子女王の退下理由は母寛子の喪であるが、程なく朱雀天皇が譲位したため、朱雀朝最後の斎宮となった）を斎宮として全うした。悦子女王の卜定は、徽子女王の安定した在位をイメージしたものと考えられよう。なぜなら、悦子女王の前の斎宮・英子内親王もまた、野宮どころか初斎院に入る前に没しているからである。

徽子女王、悦子女王姉妹の卜定が、斎宮に関して起きたマイナスの要因を除くためにあったとすれば、隆子女王に続く済子女王の卜定は、まるで負の連鎖を期待しているかのようである。済子女王の密通にしても、警護の不備が原因の一つであろうし、実際、事件が起きてしまったとしても、穏便に済ませる方法はいくらもある。事件が起きたこと、それが風聞したこと、どこかに反花山天皇派の意向が働いた可能性は極めて高いといえよう。もしも花山天皇が出家しなければ、済子女王の事件が譲位理由に仕立て上げられた可能性もある[13]。

済子女王の事件は、起きるべくして起きた事件といえる。しかし、直後の天皇の出家という時代の流れが、済子女王の事件を覆い隠してしまった。譲位による解任が決まった以上、疑惑のまま、それ以上の追求はされなかったことだろう。この事件がのち性愛絵巻として享受されていくことと、花山天皇の御代の、基盤の危うい斎宮であったこととは、無縁ではないように思われる。背後の事情も結果も説明がないまま斎宮・済子女王は消えてしまうのであり、そこにこそ想像の余地があり、また想像が許される存在であったことも逆照射される。

ともあれ、済子女王の事件については、『大鏡』や『栄花物語』は扱わない。同時代的には、むしろなかったことのようにされており、人口に膾炙したのも時を経てからと思われる。「斎宮」という天皇制と結びついた存在を利用して、時代を動かそうとしていた黒幕がいたとすれば、状況次第で済子女王は花山天皇譲位の発端になっていたかもしれない。しかし、事件は譲位の騒ぎの中に紛れてしまう。『大和物語』の雅子内親王同様ここでも、済子女王が「斎宮」をめぐる潮流となる可能性の一端を垣間見せながら、表立つことなく沈潜していく。

三、『うつほ物語』の斎宮

『源氏物語』以前の斎宮として、もう一例、『うつほ物語』の例を見ておきたい。『うつほ物語』の成立、作者については諸説あるが、現存する『源氏物語』以前に成立した作り物語の中で、唯一斎宮が登場する作品である。

かかるほどに、朱雀院の御はらから、承香殿の女御と聞こえし御腹の、斎宮にておはしつる、女御隠れ給ひぬれば、「上り給はむ」とて、右大臣殿のたまふやう、「この宮の御母方も離れ給はねば、早う、近うて、時々見奉りしに、御かたち清げにてをかしくおはせしかば、折々に聞こえ交はししに、『何かは』と思し契りしを、にはかに下り給はむとせしに、また、かく見つけ奉りて、異ごともおぼえでなむ。大将の侍りし。げに、ものせられずは、忍びて、たまさかに、さやうにありなまし。まだ、御歳も若うおはすらむかし」。「何かは。今も、さおはせかし。宮、いかが思さむ、かたじけなけれども」。「ここには、大将の歳のほど見給ふるに、今にあらねばこそ」と聞こえ給へば、「いさや、なほすさめ言なり。今、かの一条の西の対の君は尋ね侍らむ」と聞こえ給ふ。

（『うつほ物語』楼の上・上　八二九―三〇）

登場する斎宮は、傍線部のように、朱雀院の異母兄妹として、物語も末尾に近い楼の上・上巻に登場する。会話の向きについては、未詳の部分があるが、補足しつつまとめれば、まず、父である右大臣・藤原兼雅から息子仲忠に向けて、母女御との関係から卜定する前の斎宮に懸想していたという過去が明かされる。斎宮がその母女御の死によって、このたび帰京することになったのだが、自分（兼雅）には俊蔭女もおり、今更関係を持つ気になれない上、同じく朱雀院の姉妹の女三の宮も妻として迎えていることであるから、息子の仲忠に譲ろうとも思うが、仲忠にも女一の宮がいることを考えて勧められずにいる。仲忠自身も、兼雅の話には否定的で、実際、この斎宮はこれ以降、登場することがない。

母女御の喪によって先ごろ退下したのならば、今上帝の斎宮である。朱雀院の譲位は国譲下巻のことで、物語内の時間は大して過ぎていないので、兼雅の言葉は整合性に欠けるように思われる。しかし、この斎宮が先に扱った『大和物語』の雅子内親王と符合する点は興味深い。

まず、朱雀院の「御はらから」であるから、内親王であり、母の喪によって退下している点で一致する。もっとも、雅子内親王の母は、近江更衣、中将御息所などと呼ばれた更衣であり、雅子内親王の育った醍醐天皇後宮で承香殿と呼ばれたのは、雅子内親王の次の斎宮・斉子内親王などを生んだ源和子であって、そのあたりは異なる。しかし何より重なるのは、兼雅が斎宮に言い寄って「『何かは』と思し契りし」というところまでいっておきながら、斎宮卜定によって関係が途絶えている点であろう。あるいは、同じ朱雀院の「御はらから」である女三の宮を迎えている点にも、符合を読み取れるかもしれない。敦忠ではなく師輔の話であるが、先述のとおり師輔は雅子内親王の同母妹を妻にしていた。

卜定前に恋人関係にありながら、卜定によって引き離されるという図は、少なくとも記録が残る限りでは、雅子内親王が始まりである。これは、斎院にも転用されながら、平安後期から中世の物語にしばしば表れる手法になる。『うつほ物語』の斎宮がこのモチーフを有しているのは、『大和物語』か『敦忠集』、もしくはそれに類する、雅子内親王について語られた何かを参照しているからであろう。史実において臣下に降嫁した斎宮の例は少なく、兼雅が、自分が駄目なら仲忠にと気楽に話せることではない。やはり師輔と結ばれた例を背景に置いていよう。

しかし、この斎宮がこれ以上、登場しないのは先述のとおりである。楼の上巻は、既に終焉に向けて動き出している巻であり、兼雅の妻妾の問題も片づきつつあって、斎宮が入ってくる余地がないのは兼雅の言葉どおりである。ならばと目を向ける仲忠の正妻・女一の宮は、朱雀院の娘である。既にいぬ宮が生まれ、加えて男御子も誕生しており、こちらも引き受ける道理がない。「すさめ言」として、うわさ話に終わるのである。

これまで語られてきた長い物語を、俊蔭一族の秘琴の物語として、再び収斂させる巻といえる楼の上・上巻の冒頭が、このうわさによって始まるのはなぜだろうか。語られる上では嵯峨院に唯一残る内親王が、斎宮というそれまでにない経歴で登場したにも関わらず、兼雅にも仲忠にも、もはや必要とされない。それは、仲忠を取り巻く環境が充足したことを示し、いぬ宮への秘琴伝授に向けて、物語を加速させる働きがあろう。

作り物語における斎宮の登場としては現存の限り初例ながら、『うつほ物語』は斎宮を、それ以上発展しない存在として描く。雅子内親王の姿を借りながら斎宮の物語を展開させないのは、退下後の斎宮を物語ることに躊躇があるからではないだろうか。もちろん、このとき想定されるのは、入内する前斎宮の姿ではなく、降嫁する斎宮であるが、藤原氏に降嫁する斎宮に向けられる視線が決して肯定的なものではなかったと考えれば、『うつほ物語』の斎宮がうわさとして消えていくのも頷ける。

後に扱う問題ではあるが、『源氏物語』でも、斎宮が臣下に降嫁することなど全く想定外であるし、『狭衣物語』においても、狭衣の母の物語として、前斎宮は臣籍降下した皇子に嫁して子を生み、その子は再び皇位に就くという描かれ方をしている。『源氏物語』以前に、藤原氏に嫁いだ斎宮経験者は、管見の限り雅子内親王ただ一人であり、その一例で以て、斎宮が藤原氏に流出することが否定的な事例になったと見ておきたい。(14)

『大和物語』も、『うつほ物語』も、斎宮に纏わる物語を語らない。ただ、その始発となりそうなものを断片的に載せるのみである。一方、後述する『源氏物語』は斎宮を物語の登場人物として描き、しかも卜定から退下後まで、その半生を追うことができる。この『源氏物語』の斎宮・秋好中宮登場の土台には、『萬葉集』の大伯皇女や孝謙（称徳）天皇の同母妹・井上内親王、斎宮女御徽子女王といった、明確な事績を残した斎宮だけでなく、語られそうで語られずにいた歴史上の斎宮たちが多くいたことを確認しておく。

四、物語における斎院前史　――斎宮との差異をとおして――

『源氏物語』以前の斎宮を考える上で、ここでは斎院(15)の問題について扱っておきたい。本来ならば、新たに項を立てて考えておくべき問題であるが、斎院の歴史背景も膨大なものであるので、斎宮との比較意識と、物語における位相についてのみ確認する。

先述の勝亦氏の調査に依れば、『源氏物語』以前の斎院は、『大和物語』に登場するのみで、やはり物語の中心的な登場人物として描かれるのは、『源氏物語』が初めてである。

斎院は嵯峨天皇が創設したものとされている。『日本後紀』が散逸しており詳細は不明であるが、『一代要記』に従って弘仁元年（八一〇）成立、『本朝月令』『賀茂斎院記』『二中歴』により平城上皇との対立克服のために祈願されたとする説に従っておく。(16)その創設に際して参照されたのが斎宮の存在であり、斎院は斎宮に続く国家の巫女として置かれたといえる。両者の大きな違いは、斎宮がその御代の天皇と深く結びついた存在であり、天皇家の、その御代の巫女としての機能が強いのに比べ、斎院は平安京という都市と結びついて天皇の治世を支えるのであって、天皇個人との結びつきは、むしろ弱くなる。

嵯峨天皇が、斎宮の相対化を狙って斎院を創設したことは想像に難くない。しかし、一方で相対化しなければならないほど斎宮が重視されていたことの表れであって、斎宮も斎院も、天皇制を支える両輪として機能していたことは事実である。しかし、この斎院の、京と結び付く性質が、時代の変遷とともに均衡を崩すことは、周知のとおりである。時代の変遷において最も重要な点は、天皇の低年齢化と外戚の権力の増大であろう。この点については、斎宮のあり方と比較してまとめる榎村寛之氏の論に従っておきたい。

賀茂祭は京の貴族にとって最も華やかな祭で、その中で最も関心を集めていたのが斎院御禊であったことは、『源氏物語』や『枕草子』などに明らかである。寛弘二（一〇〇五）年四月二十一日の斎院御禊における選子らのデモンストレーションなどは、斎院の「権力」を示す史料と言えよう。早く天皇の代替わりとの関係を希薄にさせ、京の守護神である賀茂神に仕える、言わば都市貴族を代表する至高の巫女となっていた斎院の掌握は、藤原氏政権の一種のイデオロギー装置化を意味していたものと考えられる。（中略）つまるところ、伊勢神宮の祭祀は、国家的祭祀と言うより、もはや、天皇家の男系系譜に由来する形式的な祭祀と意識されており、外戚である摂関家は大きな関心を払っていなかったと考えられるのである。(17)

榎村氏は、藤原氏の権力の増加と斎院重視の風潮が不可分であると述べ、葵祭というわかりやすい表現基盤のある斎院へと、国家の巫女の役割は傾いていったとする。(18) 選子のデモンストレーションとは、道長が後の後一条天皇を抱いて大斎院選子内親王と贈答する場面のことで、まさに『源氏物語』の描かれた一条朝において顕著な、斎宮と斎院の差といえる。

しかし、これらは摂関家をはじめとする貴族における認識の問題である。確かに、斎宮と斎院をどう利用するかという視点に立てば、斎宮の不利は明らかだが、斎宮の依って立つ歴史の重みが全く無視されていたとは思われない。殊に、平安中期、斎院経験者の人数は少ない(19)。斎宮の重視云々とは全く別の問題ではあるが、幼くして紫野に入り年長けて職を辞し静かに暮らした斎院が多いことを思えば、物語に描かれる材料を歴史的に持っているという点では、斎宮が圧倒しているといえよう。

ここで、実際、当事者にとって斎宮に卜定されることはどのようなものであったのかという点について確認しておく。斎宮と斎院、どちらであっても卜定が喜ばしいものではなかったという点については、東郷富規子氏に先行研究がある(20)。また富樫実恵子氏は、東郷氏の指摘する斎王忌避思想のうち、特に重要とされる、「別離の悲しみ」と「仏教的要素の忌避」を取り上げながら、その度合いが斎宮の方が強いという点で、斎宮が一層忌避されるとしてまとめている(21)。

物語においては、現実世界で忌避される斎宮の要素が、時に異なった用いられ方をする。それは特に別離の問題に顕著で、斎宮は京から去ってしまうために、『伊勢物語』のように男を伊勢に向かわせない限り物語は紡げない。対して斎院は、京にあって時に訪問も許されるために、手に入りそうで入らない、巫女としての物語を描くことができるのである。『源氏物語』の朝顔の斎院や、『狭衣物語』の源氏の宮は、こういった斎院と斎宮の違いにおいて必然的に選ばれているといえよう。『源氏物語』は確かに斎宮の在任期間を描いてはいるが、中心となるのは野宮まで、実際に伊勢に行ったのちの時間はほとんど空白である。結局、斎宮と斎院の差異としては、第一にいる場所が優先されるのであって、在任中の斎宮はほとんど物語では描き得ないということになろう。

総じていえることは、権力やイデオロギーという点においては、斎宮と斎院は比較される回路を有しているが、それを物語として語り出そうとする時、存在する場所が違うという唯一絶対の違いが、圧倒的に両者を支配してしまう。両者を比較するとすれば、存在する空間が同一となる、前斎宮と前斎院においてすべきであろう。しかしそれすらも、どちらかのイメージが強く残る空間においては安易に比較対象にはならない。たとえば『狭衣物語』のように斎院空間イメージを強固に持っている場で成立したとすれば、単純なイメージの重なりは許されない。前斎宮と前斎院がほぼ同一のものとなる条件は、どちらも曖昧なイメージしか持たない場合である。本稿においては、物語における斎宮、斎院を一概に近いものとして比較すべきでないとして論を閉じておきたい。

おわりに

本章は、『源氏物語』に至る斎宮たちの事跡を確認するものである。このほか、もちろん徽子女王、規子内親王母娘など『源氏物語』と深く関わる斎宮については、次章以降に述べていきたい。ここではあくまで、物語化の可能性を有しながら潮流をなすことがないままであった斎宮たちの物語として位置づけておきたい。『源氏物語』以前の斎宮像は、序章で論じた『日本書紀』の斎宮たち、大伯皇女、井上内親王、また次章以後に扱う徽子女王といった特筆される事績を有した斎宮によって支えられている。しかしその一方で、斎宮としてのみ歩んだ特筆されない皇女たちに立脚して特別に焦点化された彼らのような斎宮が存在できるのである。本章で取り上げた、雅子内親王と済子女王は、その合間に漂っている存在であって、本来は前者、特筆されるべき斎宮であるが、評価が確定しないまま、中途半端な場所に留め置かれている。斎宮を最初に語ったのは『日本書紀』であり、物語化したのは

『萬葉集』と『伊勢物語』であるが、それはどちらも、『日本書紀』の斎宮の語りと近い場所に立脚している。しかし以後、斎宮をめぐる言説は築かれながら、それを描こうとする手は止まっていたのではないだろうか。

『源氏物語』は、斎宮を一人の登場人物として描く。虚構の存在であるからこそ、史実の斎宮たちを皆、取り込んでいくことができるのである。それは先例やモデルというような一対一の対応関係を大きく超えた方法として認められるべきだろう。虚構を自覚的に利用する『源氏物語』の方法は、史実の斎宮をモデルにするという手法から逃れて、却って史実の斎宮の事績を存分に用いることのできる場所から斎宮像を作り上げることを可能にした。それは、斎宮をめぐる言説にとっての新局面なのである。斎宮になることが悲恋を呼び込むものであることを明白にした『大和物語』、その雅子内親王の例を発展させないという選択をした『うつほ物語』を確認して以後の文学史を辿っていく。

注

（1）勝亦志織「物語史における斎宮・斎院の変貌」（『物語の皇女』笠間書院　二〇一〇　初出二〇〇五）。

（2）『風葉和歌集』四五七番歌に、次のようにある。

左大将かたちをかしくしてところどころ見ありきけるころ、前斎宮に大弐まさかぬがちかづきよりけるを、太神宮と思はせてさまざま申しけるに、おそれておこたり申して出でにければよみ給ひける　　かくれみののさきの斎宮

我が為にあまてる神のなかりせばうくてぞやみに猶まどはまし

「やみ」「まどふ」のイメージなど、『伊勢物語』影響下にあることは明白で、隠れ蓑の左大将が、天照大神の真似をして前斎宮の窮地を救ったものと見られる。

（3）能子については、『尊卑分脈』が保明親王の御息所である仁善子と混同するなど、いくつか異伝があるが、ここの三条の御息所は定方の娘・能子ととってよいと思われる。

（4）『後撰和歌集』には、「春ごとに行きてのみみむ年ぎりもせずといふたねはおひぬかきく」（巻第一五　雑歌一　一一一〇　かの女御、左のおほいまうちぎみにあひにけりとききてつかはしける　斎宮のみこ）として載る。

（5）『後撰和歌集』は次のように載せる。

忍びてかよひ侍ける人、「今帰りて」など頼めをきて、公の使に伊勢の国にまかりて、帰まうで来て、久しうとはず侍ければ　少将内侍

人はかる心の隈はきたなくて清き渚をいかで過ぎけん

返し　兼輔朝臣

誰がために我が命を長浜の浦に宿りをしつつかは来し

（巻第一三　恋五　九四四―五）

（6）明らかに伊勢から帰京後の贈答として、次のようなものが挙げられる。

これはあらぬとなむのたまひける、たれかきこえたまひけるにかあらむ、いせよりかへりたまへるに、れいのとのあらたまのとしのわたりをあらためぬむかしながらのはしとみやせし

宮の御かへり

はしばしらむかしながらにありければつくるよもなくあはれとぞみし

（『敦忠集』一二一―二）

なお雅子内親王をめぐる三角関係を論じたものとして、木船重昭「雅子内親王と敦忠・師輔」（『中京国文学』六号　一九八七）、山中智恵子『続斎宮志』（砂子屋書房　一九九二）、工藤重矩「和歌が語る婚姻史」（『和歌を歴史から読む』笠間書院二〇〇二）、原槇子「『大和物語』の斎王」（『斎王物語の形成』新典社　二〇一三　初出二〇一〇）などがあり、彼らの性格などからさまざまに論じている。

（7）勤子内親王と雅子内親王、二人と同時に関係を持った師輔の姿は『後撰和歌集』に顕著である。

西四条のみこ（＝雅子内親王）の家の山にて、女四のみこ（＝勤子内親王）のもとに　右大臣（＝師輔）

なみたてる松の緑の枝分かず折りつつ千代を誰とかは見む

（『後撰和歌集』巻第二〇　慶賀哀傷　一三八四）

「なみたてる」は並び立つの意で、「松の枝」である皇女二人と同時に関係を持つ自身をめでたく歌う。この関係性はやはり戦略的なものだろう。一方、『今鏡』に、後朱雀天皇の娘で斎院経験者であった娟子内親王に源俊房が密通した事件を受けて「九条殿（＝師輔）の北の方の宮（＝康子内親王）も、便なき事なれど、それ、ただ宮ばかりにおはしき。これは斎に居給へる人を、籠め据ゑ給へりし、類なくや。」（村上の源氏）と語る部分がある。皇女への密通の先例を見るものであるから、師輔と康子内親王の関係は『今鏡』では私通から始まったものとして捉えられていた。

（8）『大和物語』の編纂方針については、『新編全集』による解説（高橋正治）を参考とした。

（9）本書第一部第五章、第十章参照。

（10）済子女王の事件については、『十訓抄』以前では、『日本紀略』『本朝世記』『帝王編年記』にしか書かれていない。当子内親王の事件については、『大鏡』『栄花物語』などにも語られている。済子女王についての詳細は本書第二部第二十章参照。当子内親王と道雅の関係を表す歌としては、『後拾遺和歌集』の次の歌が知られる。「さかき葉のゆふしでかけしその神にをしかへしても似たるころかな」（巻一三　恋三　七四九　左京大夫道雅）。なお、当子内親王と『伊勢物語』の「関守」とは、第五段にあり、五条に忍んで通っていた男の存在に気づいた主が「その通ひ路に、夜ごとに人をすゑて守らせければ、いけどもえあはでかへりけり。さてよめる。

人しれぬわが通ひ路の関守はよひよひごとにうちも寝ななむ」と詠む場面である。二条后章段にあたり、斎宮章段ではないが、関守によって女に会えないという『伊勢物語』の文脈を引き込む。

（11）山中智恵子『続斎宮志』（注6）、田中貴子『聖なる女――斎宮・女神・中将姫』（人文書院　一九九六）等参照。平安末期から鎌倉時代の成立と目される偃息絵巻で、後白河院の詞書という伝承がある。その成立を信じれば『十訓抄』こそ『小柴垣草紙』の影響下にあるかもしれない。歴史的出来事をさまざまなかたちで捉え直そうとする平安末期から中世に入る時代の中で斎宮に拓かれた一つの可能性として考えていきたい。詳細は本書第二部第二十章参照。

（12）雄略天皇の行動部分を抜粋する。「天皇、聞しめして使者を遣して、皇女を案へ問はしめたまふ。皇女、対へて言さく、「妾は識らず」とまをす。（中略）天皇、皇女の不在ことを疑ひ、恒に闇夜に東西を求覔めしめたまふ。」（『日本書紀』巻第一四雄略天皇②一五七—九）。制度によって守られる斎宮を身分低い者が侵犯するような事態は本来、想定されない。在原業平の場合は皇子に擬される立場である（本書第一部第一章参照）。

（13）なお、これ以後の文献に致光は登場しないが、その父と見られる平致頼は、『権記』長徳四年（九九八）の記事に名が現れているので、少なくとも注12で枳莒喩が恐れたような、一族全体に関わる処罰はされなかったようである。

（14）雅子内親王の降嫁については史料が少なく、否定的に受け止められたかはわからない。師輔と雅子内親王の子である愛宮は源高明に嫁し、また多峰少将（高光）は後に出家し、物語の主人公としても描かれている。雅子内親王がとりわけ不遇であったというような史料は見あたらないが、以降の課題として、調べを進めていきたい。

（15）伊勢神宮での祭祀に奉仕する皇女も、賀茂神社での祭祀に奉仕する皇女も、共に「斎内親王」もしくは「斎王」とするのが正式名称である。しかし、便宜上、伊勢斎宮に奉仕する皇女を「斎宮」、賀茂斎院に奉仕する皇女を「斎院」と呼ぶことが慣例となっているので、本稿もその表記を用いる。

（16）斎院創設および斎院にまつわる思想に関しては諸史料、事典のほか、坂本和子「賀茂社御阿例祭の構造」（『国学院大学大学院紀要』三号　一九八二）、岡田精司「賀茂の神話と祭り」（『京の社　神々と祭り』人文書院　一九八五）、義江明子「〈玉依ヒメ〉再考　『妹の力』批判」（『シリーズ　女性と仏教4　巫と女神』平凡社　一九八九）、所京子『斎王の歴史と文学』（国書刊行会　二〇〇〇）韓正美『源氏物語における神祇信仰』（武蔵野書院　二〇一五）などを参考とした。

（17）榎村「斎王制と天皇制の関係について」（『律令制天皇祭祀の研究』塙書房　一九九六）。

（18）『後拾遺和歌集』（一一〇六—七）は、次のように描く。

後一条院幼くおはしましける時、祭御覧じけるに、斎院の渡り侍けるをり、入道前太政大臣抱きたてまつりて侍けるを見たてまつりてのちに、大政大臣のもとにつかはしける　　選子内親王

ひかり出づるあふひのかげを見てしかば年へにけるもうれしかりけり

返し　　　　　　　　　　　　　　　　　　　　　　　入道前大政大臣

もろかづら二葉ながらも君にかくあふひや神のしるしなるらん

(19) 大斎院選子内親王までの斎院は、一六人であるが、特筆される事績を残した斎院というのは少ない。ただ、所京子『斎王和歌文学の史的研究』（国書刊行会　一九八八）によれば、和歌によって事績を残す斎院は多い。

(20) 東郷「斎王考——宗教と人間性の葛藤——」（『関西大学文学部論集』第四巻二号　一九九五・二）。

(21) 富樫「摂関期の斎宮・斎院の選定と忌避の思想」（『寧楽史苑』二〇〇二・二）。なお、富樫氏は、斎宮と斎院が同時に卜定される時、斎院が優先される例について丁寧に追っており、『源氏物語』以後の問題としても参考とした。

第三章　光源氏の流離と伊勢空間 ——六条御息所と明石の君を中心に——

はじめに ——明石の君と六条御息所の「けはひ」——

本章では、秋好中宮前史として、六条御息所像を照射する明石の君を中心に論じる。

若紫巻で、若き日の光源氏に遠い異国の求婚譚を想起させた明石の君は[1]、都を追われ、須磨にも落ち着けずに先へと歩を進めた失意の光源氏の前に、新たな恋の対象として登場する。明石という辺境に生い育った女性であるにも拘わらず、光源氏は彼女との交流に京を思い出す。たとえば、明石の君が初めて直筆で返した手紙は次のようなものであった。

浅からずしめたる紫の紙に、墨つき濃く薄くまぎらはして、

思ふらん心のほどややよいかにまだ見ぬ人の聞きかなやまむ

手のさま書きたるさまなど、やむごとなき人にいたう劣るまじう上衆めきたり。京のことおぼえてをかしと見たまへど…（明石②二五〇）

十分に趣向を凝らした紙に迷いと切り返しを含んだ歌、光源氏は「やむごとなき人」に匹敵する教養を見出し、

京での生活を思い起こす。北山の光源氏にまで噂が届いた明石の君は、右の場面では、流離を経て遠ざかっていた光源氏の都人としての感覚を改めて喚起する役割を果たすのである。

藤壺や紫の上といった京に残る大切な人々の姿を垣間見させる明石の君は、もう一人、重要な人物と接点を持つ。

近き几帳の紐に、箏の琴のひき鳴らされたるも、けはひしどけなく、うちとけながら掻きまさぐりけるほど見えてをかしければ、「この聞きならしたる琴をさへや」などよろづにのたまふ。

むつごとを語りあはせむ人もがなうき世の夢もなかばさむやと

明けぬ夜にやがてまどへる心にはいづれを夢とわきて語らむ

ほのかなるけはひ、伊勢の御息所にいとようおぼえたり。（明石②二五七）

右は、明石の君と光源氏の初めての逢瀬の際の歌であるが、ここで光源氏は、「伊勢の御息所」と明石の君との共通性を見出すのである。京にいる上の品の女性たちへの連想に留まらず、物語現在、伊勢国に滞在している六条御息所を想起し、そして明石の君に彼女を重ねていく。

本章では、明石の君に与えられた六条御息所と重なる「けはひ」を契機として、須磨、明石に流離した光源氏と明石の君、六条御息所との関わりを考察していきたい。

一、先行研究

六条御息所と明石の君との間に「けはひ」という共通性があることについては、これまでの研究でさまざまに論じられてきた。特に、二人を同族として位置づける坂本和子氏の論を契機とし、系譜性に結びつきがあるとする小沢恵右氏の論や、同族として固定してしまうことへの危険性を警鐘する安藤徹氏、竹内正彦氏の論が交わされていることは重要だろう。[2] 物語表現は、両者を同族として描こうとはしていない。明石の一族は、系譜を言い立てることで、桐壺の更衣[3]や中務宮[4]といった存在を一族の物語に回収しようとするが、六条御息所は自身の過去を過去としてしか思い返さない存在である。[5] それはもちろん、彼女たちの置かれた立場に依るところが大きいが、少なくとも二人の血縁意識、系譜意識はあまり重ならない。

明石の君と六条御息所との間の結びつきを、血縁ではないかたちで、もっとも鮮やかに描き出したのは久富木原玲氏による論考である。[6] 久富木原氏は、「最高権力への至近距離にありながら、夢破れ恨みを残して」去るという六条御息所と桐壺の更衣の重なりを、紫のゆかりに対置される「御息所のゆかり」として示す。明石の君、明石の中宮を、彼らの恨みを受け継いで栄華を築くものとして読むのである。更に、東の伊勢、西の住吉を二人がそれぞれ担い、光源氏が「天つ神と海つ神両方の加護を得」て復権していく姿を読み解いている。こうした久富木原氏の見解に導かれながら、明石の君を通じて現れてくる六条御息所に焦点をあててみたい。

もう一点、明石の君と六条御息所の結びつきを挙げておくとすれば、二人が歌のイメージを共有している点だろう。歌自体のイメージに留まらず、歌人の人生をも想起させるかたちで二人が共有するのは、斎宮女御徽子女王（以下「徽子女王」で統一）の「松風入夜琴」の歌である。[7]

野の宮に斎宮の庚申し侍りけるに、松風入夜琴といふ題をよみ侍りける　　斎宮女御

ことのねに峯の松風かよふらしいづれのをよりしらべそめけん

松風のおとにみだるることのねをひけば子の日の心地こそすれ

（『拾遺和歌集』巻第八　雑上　四五一―二）

松風に琴の音が通うという発想は、この右の歌によって広く知られている。明石の君の住む岡辺の家は「松の響き波の音にあひ」（明石②二四〇）とあって浜風と琴の音の満ちた空間であり、先掲の明石の君との初めての逢瀬にも、「近き几帳の紐に、箏の琴のひき鳴らされ」と琴が自然に音を立てる。この徽子女王の歌と明石の君の場面の構成とを結びつける論考は数多い。(8)詳細は次節に述べるが、六条御息所の造型が徽子女王の存在と極めて関わりが深いことは異論のないところであり、(9)二人の「けはひ」は徽子女王を媒介にしながら共通性を帯びていく。

ここで改めて考えていくべきことは、六条御息所の造型を支え、彼女を伊勢にまで導いた徽子女王の存在が明石の君に投影される時、どのような揺らぎが物語に巻き起こるのかという点である。以下、この問を念頭に置きながら論を進めていきたい。

二、六条御息所、徽子女王、明石の君

次章以降、詳細に論じるところであるが、まずは六条御息所と徽子女王との関わりを整理しておきたい。徽子女王は、醍醐天皇皇子・重明親王の娘で、朱雀天皇の御代に斎宮として下向、譲位により帰京、のち村上天皇後宮に入っている。村上天皇が崩御したのち、一人娘である規子内親王が斎宮に卜定され、周囲の反対を押し切って、徽子女王は娘とともに伊勢へ下向する。娘とともに任を果たして帰京し、生涯を終える。六条御息所がこうした徽子女王の境涯の影響を色濃くするのは、賢木巻冒頭からである。

斎宮の御下り近うなりゆくままに、御息所もの心細く思ほす。（中略）親添ひて下りたまふ例もことになけれど、いと見放ちがたき御ありさまなるにことつけて、うき世を行い離れむと思すに…　（賢木②八三）

ただし、この影響関係は複雑で、物語の背後にあるはずの徽子女王の先例はないものとされて語られる。ここには、六条御息所を最初の母同行下向の例として描くことで徽子女王と六条御息所を同化しようとする物語の構造もうかがえる。[10]ともかく、どんなに幼い斎宮でも家族とは離れて下向する制度の中で、徽子女王が下向を実現したことは広く知られた出来事であった。六条御息所もまた先例のない下向を実現させる。更に、光源氏との別れを描く野宮の場面は、先掲の「松風入夜琴」の歌を下敷きとして形成される。

はるけき野辺を分け入りたまふよりいとものあはれなり。秋の花みなおとろへつつ、浅茅が原もかれがれなる虫の音に、松風すごく吹きあはせて、そのこととも聞きわかれぬほどに、物のねども絶え絶え聞こえたる、いと艶なり。（賢木②八五）

徽子女王が歌を詠んだのと同じ野宮で、松風と琴の音を響き合わせる六条御息所は確かに村上天皇後宮を支えた文化人である徽子女王を継承している。あるいは、徽子女王不在の物語の中にあって、「松風入夜琴」の題に「ことのねに…」の歌を詠じてもおかしくない人物として描かれているのである。

対して、明石の君と徽子女王の関わりはどのようなものだろうか。鎌田清栄氏は先述した岡辺の家の景や逢瀬の場面の琴に「ことのねの」歌の影響を見るほか、これも先掲の逢瀬の際の贈答に、徽子女王歌の投影があることを指摘する。[11]

A むつごとを語りあはせむ人もがなうき世の夢もなかばさむやと

B 明けぬ夜にやがてまどへる心にはいづれを夢とわきて語らむ（明石②二五七）

まゐりたまひてまたの日

C おもへどもなほぞあやしきあふことのなかりしむかしいかでへつらん

御かへし

Dむかしともいまともいさやおもほえずおぼつかなさはゆめにやあるらん　（『斎宮女御集』五—六）

村上天皇が詠んだCの後朝歌に徽子女王が返したのがD歌である。B歌とD歌の関連自体は深くないが、D歌は恐らく次の贈答を発想源とする。[12]

E君やこしわれや行きけむ思ほえず夢かうつつか寝てかさめてか

Fかきくらす心の闇にまどひにき夢うつつとは世人さだめよ　（『古今和歌集』巻第一三　恋三　六四五—六）

『伊勢物語』六九段（狩の使章段）にも載る斎宮（『古今和歌集』では「よみ人知らず」）と業平の歌である。つまりB歌は、自身が斎宮であった経歴を響かせた徽子女王のD歌、背景にあるEFの贈答を踏まえて詠まれたものと見てよい。[13] しかし、この明石の君と徽子女王の結びつきが更に複雑な様相を呈するのは、「明けぬ夜」の語である。宗雪修三氏によって指摘されたように、この語は須磨巻で光源氏と六条御息所が交わした手紙にも登場している。[14]

まことや、騒がしかりしほどの紛れに漏らしてけり。かの伊勢の宮へも御使ありけり。かれよりもふりはへたづね参れり。浅からぬことども書きたまへり。言の葉、筆づかひなどは、人よりことになまめかしくいたり深う見えたり。「なほ現とは思ひたまへられぬ御住まひをうけたまはるも、明けぬ夜の心まどひかとなん。さりとも、年月は隔てたまはじとと思ひやりきこえさするにも、罪深き身のみこそ、また聞こえさせむこともはるかなるべけれ。

うきめ苅る伊勢をの海人を思ひやれもしほたるてふ須磨の浦にて

よろづに思ひたまへ乱るる世のありさまも、なほいかになりはつべきにか」と多かり。　（須磨②一九三—四）

鈴木宏子氏は、「明けぬ夜」が「暗澹たる惑いの象徴となる例」が少ないことを挙げ、六条御息所と明石の君の間にある発想の共通性を見る[15]。

六条御息所、徽子女王、明石の君の影響関係は複雑である。明石の君が六条御息所の手紙を引くことはないだろうから、そこに直接の引用関係はない。しかし、六条御息所と徽子女王は物語世界で同化されて語られてきた。明石の君が徽子女王の歌を引く時、それは六条御息所の歌であるかも知れないのである。そして、光源氏は明石の君の「けはひ」を「伊勢の御息所にいとようおぼえたり」と意識する。斎宮と業平、徽子女王と村上天皇、六条御息所と光源氏の物語が渾然一体となって明石の君と光源氏の逢瀬に立ち現れてくる時、その意識が「伊勢の御息所」へ収斂していく点に注目したい。光源氏は、明石の君の「けはひ」を通して、伊勢の地にいる六条御息所を垣間見るのである。京の姿を思い出すのではない。村上天皇が徽子女王の歌に業平の恋を意識させられたように、光源氏もまた、伊勢に行く業平に自身を重ねざるを得ず、そしてその時に出会う女性は六条御息所に他ならない。

こうした連想を引き起こす明石の君の性質を「巫女性」とする論もあるが[16]、その媒介者としての側面は認められるにせよ、何よりも徽子女王と六条御息所が影響し合う際に起きる波紋の大きさこそが物語を重層化するのである。次に改めて、伊勢にいる六条御息所と須磨の光源氏がどのような交流を果たしたのかを見ていきたい。

三、「伊勢島」の六条御息所

伊勢にいる六条御息所の姿は、わずかに手紙の交流にうかがえる程度である。先の引用場面と重なるが、須磨にいる光源氏と六条御息所の交流を見ていきたい。

まことや、騒がしかりしほどの紛れに漏らしてけり。かの伊勢の宮へも御使ありけり。（中略）「なほ現とは思ひたまへられぬ御住まひをうけたまはるも、明けぬ夜の心まどひかとなん。（中略）

うきめ苅る伊勢をの海人を思ひやれもしほたるてふ須磨の浦にて

よろづに思ひたまへ乱るる世のありさまも、なほいかになりはつべきにか」と多かり。

伊勢島や潮干のかたにあさりてもいふかひなきはわが身なりけり

ものをあはれと思しけるままに、うち置きうち置き書きたまへる、白き唐の紙四五枚ばかりを巻きつづけて、墨つきなど見どころあり。（中略）

御返り書きたまふ。言の葉思ひやるべし。「かく世を離るべき身と思ひたまへましかば、おなじくは慕ひきこえましものをなどなむ。つれづれと心細きままに、

伊勢人の波の上こぐをぶねにもうきめは刈らで乗らましものを

海人がつむ嘆きの中にしほたれていつまで須磨の浦にながめむ

聞こえさせむことのいつともはべらぬこそ、尽きせぬ心地しはべれ」などぞありける。

（須磨②一九三―六）

この交流は明石の君と出会う以前、須磨滞在中に遡る。光源氏は、藤壺や紫の上、朧月夜、花散里とも贈答を交わしているが、六条御息所との交流では「伊勢」「須磨」という土地の名が繰り返され、京を離れているという境遇の類似が詠まれていく。ともに海辺の地であり、「海人」の住まいであることが、本来異なる理由で地方に赴いている二人の境遇を近づけている。[17]

注目したいのは傍線部「伊勢島や」の歌である。「伊勢島」の例は、平安後期以後には見られるが、『源氏物語』

以前の例はほとんど見当たらない。[18]「周囲を海に取りまかれていなくても、水辺の地域を地形から島と呼ぶことがある」[19]と説明されるが、陸続きの伊勢にいることを明確に意識する六条御息所が用いる言葉としては違和感があろう。そうした違和を切り捨てて、伊勢を「島」として詠むとすれば、そこにはどのような意味が籠められているのだろうか。

『細流抄』はこの「伊勢島や」の歌について、次のように述べる。

落句いひつめたる面白し。源は限り有て帰洛し給ふべしといふ心あり。わが身ははてしなきよし也。

光源氏には帰京の可能性があるが、貝を求めても得られない、戻る可能性がないのは「わが身」なのだという意を読み解いている。もちろん、紫の上にせよ朧月夜にせよ、自身も辛い境遇であることを書き送ってくるのだから、発想としては不自然ではない。しかし、譲位か身内の死がなければ帰京できないとはいえ、斎宮が永遠に伊勢に留め置かれる可能性などほとんどない。[20]まして六条御息所自身は単なる付き添いであって、然るべき手続きさえ踏めば途中での帰京も可能である。[21]不用意に動けば捕らえられかねない光源氏と六条御息所の境遇は明らかに違う。にも拘わらず、六条御息所が自身を光源氏と同じ流離する人として歌を詠み、そしてその地が「伊勢島」として意識される時、彼女がいる場所は斎宮の住む神域としての伊勢ではないのではないか。罪を得た人が流される「島」であり、六条御息所も海人として貝を漁る境遇に落ちぶれたイメージが生成されるのである。

ただし、伊勢の地に流離のイメージはほとんどない。菅原道真や源高明が左遷された筑紫、あるいは罪に問われた本当の流刑地として土佐、佐渡、伊豆、隠岐などがあり、確かにそれらは海に隔てられている。だが、古い例ではあるが、たとえば『古事記』で日本武尊が伊勢の叔母倭姫命を訪ねたように、あるいは『日本書紀』で罪に問われた隼別皇子が伊勢神宮を目指して逃げたように、伊勢神宮を擁した伊勢国は時に天皇の意向が及ばない地として認識されていた。[22]『伊勢物語』で伊勢に行く昔男も、六九段では「狩の使」として、七一段では「内の御使」として描かれており、私的に向かったわけではないのである。

流刑地イメージの乏しい伊勢で、本来は流離する人ではないはずの六条御息所が、敢えて伊勢を「島」と認識し、流刑地で「うきめ苅る伊勢をの海人」になり、貝を漁る自身を詠む時、想起してみたい伝承がある。

麻続王、伊勢国伊良虞嶋に流れたる時、人哀傷作歌

打麻を　麻続王　白水郎有れ哉　伊良虞のしまの　珠藻苅ります

麻続王、之を聞き感傷して和す歌

空蟬の　命を惜しみ　浪に湿れ　伊良虞の嶋の　玉藻苅り食む

右、日本紀を案ふるに、曰く、「天皇四年乙亥夏四月、戊戌朔乙卯、三位麻続王罪有て因幡に流す。一子は伊豆嶋に流す、一子は血鹿嶋に流す也。是に伊勢国伊良虞嶋に配すと云ふは、若し後人疑ひて歌辞に縁りて誤記するか。

（『萬葉集』巻一　二三―四）[23]

右の歌は『萬葉集』所載の麻続王関連歌群である。麻続王については伝承自体が定まらないが、『日本書紀』の記述を信じれば、天智、天武朝に活躍した王族の一人で、何らかの罪を得て京を離れた人物である。折口信夫が「流され王」として注目し、海人の祖として伝承が形成されていった過程に注目して以来、さまざまなかたちで論じられてきた。[24]「伊勢島」に流離する自分を六条御息所が詠む時、この麻続王伝承が影響を与えている可能性はないだろうか。

四、麻続王と光源氏

麻続王の罪に関する記述は『日本書紀』に次のようにある。

辛卯に、三位麻続王、罪有り、因幡に流す。一子は伊豆島に流し、一子は血鹿島に流す。

（巻第二九　天武天皇下）

麻続王の流刑地は「因幡」となっており、先の『萬葉集』で左注が疑義を呈するとおりである。一方、『風土記』では常陸国へ流されたという伝承もあり[25]、麻続王の罪がどのようなもので、どこに流されたのかは謎が多い。「麻続（績、積）」の名の残る地名や氏族からの検討も興味深いが、「伊勢」や「伊良虞嶋」という地名、また「麻続王」の名そのものが詠み込まれていく歌自体が特徴的である。人々の「哀傷」に答えて麻続王が「感傷」して歌を詠む点も重要であろう。伊藤博氏が指摘するように、ここに極めて「物語的」な作歌方法が組み込まれていることは確かだが[26]、伊勢国の浜辺に貴人がさすらい、海人の真似事をするもの悲しさは読み手の同情を誘う。

伊勢を「島」と見、流離して貝を求める六条御息所の歌は、この麻続王伝承に似通う。『萬葉集』で歌われるのは「伊良虞嶋」であって「伊勢島」ではないが、伊勢を流離先として捉える重なりは重要である。だが、この六条御息所に麻続王の姿を見る時、その影響は彼女にだけ留まるものではない。むしろ、「麻続王」の名は皇族である光源氏にこそ響く。あるいは、このベクトルは全く逆で、流離した光源氏を見据えるからこそ、麻続王の歌が想起されてくるのだともいえそうだが、いずれにせよ、麻続王は六条御息所であると同時に、光源氏でもある。

六条御息所の歌に、光源氏の帰京の可能性を読む『細流抄』の記述を先に挙げた。しかし、麻続王の存在が光源氏に投げかける影を思えば、光源氏の方が「命を惜しみ」玉藻を苅って生きなければならない境遇にある。須磨巻以降、光源氏の境遇は在原行平や菅原道真、源高明、周公旦や阿部仲麻呂など多岐に亘って重ねられてきた[27]。だが、麻続王伝承は「あまなれや」（あまではないはずなのに）と歌われながら、結局海人として土地の中に埋没せざるを得なかった王を語るものである。六条御息所が自身の帰京し難さを詠むことは、かえって光源氏の帰京しがたさをも浮かび上がらせてしまう。

六条御息所に光源氏が返した歌は、次の二首である。

伊勢人の波の上こぐをぶねにもうきめは刈らで乗らましものを

海人がつむ嘆きの中にしほたれていつまで須磨の浦にながめむ

先述のとおり、「伊勢」「須磨」の地名を詠み込み、特に一首目では、須磨で「うきめ」を刈るよりも共に伊勢で船に乗っていればよかったと述べる。六条御息所が、貴人が海人となる歌を贈る以上、光源氏もそれに応えるしかない。だが、これも先掲の場面であるが、六条御息所は光源氏への手紙の中で次のように語っている。

「なほ現とは思ひたまへられぬ御住まひをうけたまはるも、明けぬ夜の心まどひかとなん。さりとも、年月は隔てたまはじと思ひやりきこえさするにも罪深き身のみこそ、また聞こえさせむこともはるかなるべけれ。…」（須磨②一九三—四）

「明けぬ夜」の語がのちの明石の君の歌と響き合う場面であるが、「現」「明けぬ夜」「心まどひ」はやはり『古今和歌集』の斎宮と業平の歌、あるいは『伊勢物語』六九段の語が散りばめられている。光源氏と六条御息所の交流は、光源氏の方から「かの伊勢の宮へも御使ありけり」と使いが送られ、「かれよりもふりはへたづね参れり」と六条御息所が応えて始まっている。光源氏から送った最初の使者が何を語ったかはわからないが、六条御息所の手紙からすれば、光源氏は自身を狩の使になぞらえて、あるいは伊勢の斎宮を想起させる言葉を用いて消息したのではないか。その消息に答える六条御息所が選択的に、狩の使を彷彿とさせる言葉は手紙文、歌の言葉は「海人」、とテーマを振り分けた可能性が考えられる。それは、光源氏が斎宮を侵す物語に足を踏み入れる道を回避したものだろうが、[28]一方で麻続王伝承を引き寄せ、自分のことを詠む以上に、光源氏の方を「海人」として帰京のできない存在へと押し込めてしまうのである。

五、明石の君の役割

「まことや」で語り出された光源氏と六条御息所の交流は、紫の上や朧月夜、藤壺といった京に残された女性たちとの交流のバリエーションの一つである。しかし、六条御息所が伊勢を「島」という流刑地に喩えて光源氏と相対する時、本来罪はないという思いを抱えて流離している光源氏を改めて「咎人」とする回路が生まれるのである。[29]六条御息所も光源氏も、それぞれ問われない罪を内心に抱えており、貴人の流離伝承である麻続王と響き合って、海人としてさすらう自身を詠み込む。だからこそ、六条御息所の、「あなたは帰京できるだろう」という慰めは、却って「戻れない光源氏」を描くことになろう。狩の使のように斎宮を訪ねて京へ戻ろうとする物語を、六条御息所は許さないのである。

「海人」として須磨の地にさすらい続ける光源氏を導き、帰京の道筋を作ったのは、父桐壺院と明石の入道、そして明石の君である。明石の入道は移動や生活支援など直接的に光源氏を助け、父院は精神的に、また京への働きかけとして、光源氏を救っている。他方、明石の君が担ったのは、鄙の地には不似合いな光源氏像を復活させることであった。たとえば、明石の君との関係が成立したところで光源氏は紫の上に次のような歌を贈る。

しほしほとまづぞ泣かるるかりそめのみるめは海人のすさびなれども

（明石②二五九—六〇）

紫の上への方便であるとはいえ、みるめを刈る、明石の君を手に入れる光源氏の行動は既に「海人のすさび」であり、麻続王のような生きるための行為ではない。光源氏との身分差を意識し、自身こそ「海人」として認識する明石の君の前で、光源氏は流離する人から明石の浦の賓客へと変身を遂げるのである。

先掲のＢ歌「明けぬ夜に…」を詠んだ明石の君は、六条御息所の拒否した斎宮の物語を、六条御息所の「けはひ」とともに再び光源氏に示す。明石の君との恋は、鄙に下った昔男の物語を響かせるものとなり、六条御息所が呼び起こした麻続王伝承、ひいては帰還し得ない咎人としての光源氏を解放するのである。光源氏が京を追われるようにして去らなければならなかった時、その目的地として、同様に京を離れているかつての恋人の存在は当然、思い出されただろう。だが、私幣禁断の伊勢神宮を抱える伊勢という地は容易に行ける場所ではなかったし、須磨から六条御息所に消息すれば、返ってくるのは流刑地で海人として生きる貴人のイメージばかりであった。伊勢を訪ねる昔男に重なる可能性は悉く潰される。あるいは逆に、伊勢から東国へと当て所のない旅を続ける東下りばかりが想起される。紫の上はともかく、藤壺や東宮など体制に組み込まれた人々を京に残してきた光源氏からすれば、帰還はもちろんのこと、その帰還自体が穏やかに行われる必要があった。六条御息所の消息が呼び起こすのは、帰還不可能の物語か、あるいは体制への叛逆の物語である。その不穏さは、六条御息所と徽子女王をともに取り込んだ明石の君があって初めて払拭できる。

明石の君は、光源氏ばかりを帰還させるものではない。光源氏と同じく流離し帰還できない海人と自分を位置づける六条御息所は、彼女の造型に極めて強い影響を与えたはずの徽子女王と分離している。賢木巻以来、六条御息所と徽子女王は同一人物のように語られつつ、どこかで別人である部分を抱えていた。その最たるものは、六条御息所が斎宮経験者でも皇族でもない点だろう。徽子女王の伊勢下向は、円融天皇の制止を振り切って実現したものであったが、最終的に許された理由の一つに、「前斎宮」としてのキャリアが挙げられる。かつて卜定から退下まで無事に斎宮を務めたという経験が、京の人々の反対や不安を封じたのである。[30] しかし、六条御息所は初めての伊勢下向であり、大臣家の娘であって皇族ではない。六条御息所と徽子女王という、密接に関わる二人の間には解消しがたい差異があり、それは下向当日に次のように語ることで明確になっていた。

　御息所、御輿に乗りたまへるにつけても、父大臣の限りなき筋に思し心ざしていつきたてまつりたまひしありさま変りて、末の世に内裏を見たまふにも、もののみ尽きせずあはれに思さる。十六にて故宮に参りたまひて、二十にて後れたてまつりたまふ。三十にてぞ、今日また九重を見たまひける。（賢木②九三）

半生を述懐することで、六条御息所は徽子女王との差異を明確にして下っていった。[31] 光源氏を振り捨てて下向した六条御息所の物語は、既に語るべきことを終えているのである。だが、光源氏が流離したことで、六条御息所は自身の伊勢での生活を表出する機会を得た。斎宮ではない六条御息所は、娘斎宮のために昔男の訪問を阻止しなければならず、わが身を問い返して光源氏と相対すれば、自身の伊勢滞在も流離として認識される。須磨の光源氏と伊勢の六条御息所は、己のいる場所と理由を互いに省みさせる存在なのである。

　しかし、斎宮女御の歌を纏った明石の君は、再び六条御息所と徽子女王を接近させた。のみならず、「明けぬ夜の…」の歌は村上天皇と徽子女王の初めての逢瀬を喚起する。

　　まゐりたまひてまたの日

Cおもへどもなほぞあやしきあふことのなかりしむかしいかでへつらん

御かへし

Dむかしともいまともいさやおもほえずおぼつかなさはゆめにやあるらん

（『斎宮女御集』五―六）再掲

先にも述べたとおり、右の二首は、業平と斎宮の物語を引く。徽子女王は斎宮であった経験を活かして村上天皇を惹きつけるのであり、伊勢で過ごした日々は肯定的に認識されている。伊勢を鬱々とした流刑地として詠んだ六条御息所のイメージは、再び反転するのである。伊勢の地が明石巻の語りの中で華やぎを取り戻していくさまは次の場面にもうかがえる。

今の世に聞こえぬ筋弾きつけて、手づかひいといたう唐めき、揺の音深う澄ましたり。伊勢の海ならねど、清き渚に貝や拾はむなど、声よき人にうたはせて、我も時々拍子とりて、声うち添へたまふを、琴弾きさしつつめできこゆ。

（明石②二四三―四）

この催馬楽「伊勢の海」は、明石の入道の意識として、娘と光源氏の結婚を予祝するものとして歌われていよう。[32]伊勢は海産物の豊かな地であり、それはうきめを刈る海人と無縁ではないけれども、イメージは大きくずらされている。須磨の浜辺と呼応する伊勢と、明石の浜から捉える伊勢は、異なる像を結ぶのである。肯定的に捉え返された伊勢はもう語られないが、徽子女王が帰還して入内したことを示す歌が明石の君に持ち出される時、やはり帰還する六条御息所が想定されてよいだろうし、むしろ娘斎宮の帰還、絵合巻で実現する冷泉帝入内まで連鎖していく可能性がある。

六条御息所の伊勢下向は、時間的には光源氏の須磨、明石流離を包括している。六条御息所が先に下り、後に帰還するのであるが、同じ時期にそれぞれが地方にいるという符合は、互いの現状を照らし返すものとして機能していた。六条御息所の場合、その姿は海人の侘びしさに引き絞られていく。ただし、光源氏と六条御息所の呼応は須磨と伊勢では終わらない。明石に渡り、帰還の可能性を見出していく光源氏とともに、その重要な支援者である明石の君を介して、伊勢の地は改めて肯定される。光源氏の流離と帰還の物語の裏側に、六条御息所母娘の流離と帰還の物語もまた見出すことができるのである。

おわりに

須磨巻、明石巻を中心に、光源氏の流離と六条御息所の流離を重ね見た。六条御息所については、賢木巻の下向を物語からの退場とする見方が強い[33]が、須磨巻での交流、そして明石の君の「けはひ」を通じて光源氏が彼女を感じるという記述は、やはり重要なものとしてあるといえよう。

光源氏の須磨流離は、表面的には朧月夜との関係があり、深層においては藤壺との密通がある。[34]しかし、藤壺も六条御息所も亡き後の薄雲巻で、光源氏は、女御となった斎宮を前に「つひに心もとけずむすぼほれてやみぬること、二つなむはべる。」（②四五九―六〇）と自身の人生の反省を口にする。光源氏が解消できずに抱えた二つのこととして、藤壺と六条御息所が影響を与え続けるとすれば、深層としての藤壺物語とは別に、六条御息所の流離も読み解いてよいと思われる。光源氏を帰還させる役割を担う明石の君は、徽子女王を媒介にしながら、物語に底流して表出しがたい六条御息所を呼び起こす役割もまた、担っているのである。

注

（1）「近き所には、播磨の明石の浦こそなほことにはべれ。（中略）かの国の前の守、新本意のむすめかしづきたる家いといたしかし。」（若紫②二〇二）。この時の光源氏は、明石の君にまつわる噂を自分とは関わり得ない地方の物語として聞いている。

（2）坂本「光源氏の系譜」（『國學院雑誌』七六―一二　一九七五・一二）、小沢「六条御息所と明石上」（『国文学攷』七七　一九七八・三）、安藤「ほのかなるけはひ、伊勢の御息所に」（『国文学』四五―九　二〇〇〇・七）、竹内「明石君の「けはひ」」（『源氏物語発生史論明石一族の地平』新典社、二〇〇七、初出二〇〇五）、このほか具体的に系譜を想定する坂本共展「明石姫君構想とその主題」（『源氏物語構想論』笠間書院　一九九五）や「他人の空似」とみる池田節子「「似ている」人々」（『叢書想像する平安文学』六　勉誠出版　二〇〇一）もある。

（3）「故母御息所（＝桐壺の更衣）は、おのがをぢにものしたまひし按察大納言の御むすめなり。」（明石②二二一）。

（4）中務宮については、松風巻に母方の系譜として語られる。「昔、母君の御祖父、中務宮と聞こえけるが領じたまひける所、大堰川のわたりにありける」（松風②三九八）。なお、明石一族の時間意識については、拙稿「物語を支える時間の揺らぎ――『源氏物語』帝たちの時間を中心に――」（『物語研究』一三　二〇一三・三）で言及している。

（5）六条御息所の過去意識については、賢木巻下向場面での「十六にて故宮に参りたまひて…」（②九三）と過去を振り返る方法に特徴的だが、終わったこととして語る傾向が強いように思われる。

（6）久富木原「もうひとつのゆかり」（『源氏物語歌と呪性』若草書房　一九九七）。

（7）『八代集抄』に「百詠詩句題也」と注があり、『李嶠百詠』から採られた題。『斎宮女御集』では「琴にかぜのおとかよふといふ題」、『源順集』では詠歌事情を説明した長い詞書がつく。

（8）中心的に論じたものとしては、鎌田清栄「明石の女と伊勢の御息所」（『古代中世国文学』四　一九八四・八）、笹部晃子「明石君と六条御息所」（『中央大学国文』四七　二〇〇四・三）、鈴木宏子「琴と潮騒」（『源氏物語の展望』七　三弥井書店　二〇一〇）など。

（9）『紫明抄』『河海抄』等古注以来の指摘ではあるが、田中隆昭「秋好中宮における史実」（『源氏物語歴史と虚構』勉誠社　一

九九三）や西丸妙子「斎宮女御徽子女王の六条御息所への投影」（『斎宮女御集と源氏物語』青簡舎　二〇一五　初出一九八二）等参考。

(10) 拙稿「『源氏物語』冷泉朝中宮の二面性」（本書第一部第八章）において一部検討している。

(11) 注8鎌田論文。

(12) 山中智恵子『斎宮女御徽子女王』（大和書房　一九七六）に言及があるほか、平安文学輪読会編『斎宮女御集注釈』（塙書房　一九八一）も可能性として指摘する。

(13) 『古今和歌集』では業平の歌が「世人さだめよ」になっているほか、『古今集』や『伊勢物語』の異本では「おぼつかな」という語が用いられるなど、歌語に不安定な部分があることを指摘しておく。

(14) 「椎本」巻における和歌言語の方法」（『名古屋大学国語国文学』四三　一九七八・一二）。

(15) 注8鈴木論文。

(16) 注2小沢論文、注6久富木原論文のほか馬淵美加子「明石の女をめぐって」（『物語文学論究』一九七九）や河添房江「須磨から明石へ」（『源氏物語表現史』翰林書房　一九九八）等。

(17) 伊勢と須磨に互換性があることは、『仮名序』などにも取り上げられる『古今和歌集』七〇八番歌「須磨の海人の塩焼く煙風をいたみ思わぬ方にたなびきにけり」が『古今和歌六帖』に掲載される時、諸本で「伊勢の海人」「須磨の海人」に割れていることなどからも間接的に確かめられる。

(18) 『神楽歌』に「伊勢しまの　海人の刀禰らが　たく火のけ　おけ　おけ」（「湯立歌」八七）という例があり、『源氏物語』に先行する可能性があるが、「伊勢志摩」の意で解することができる。六条御息所の歌は「伊勢志摩」の二国を並べたものとは考えがたい。

(19) 『新編日本古典文学全集源氏物語②』頭注。

(20) 斎院とちがい譲位による退下が厳格になされていた斎宮については、いずれ帰京できるものという認識があったと思われる。ただし、円融朝初めの斎宮である隆子女王が伊勢で没していることや帰京事由として近親の喪があることに不吉さを感じる回路はある。

(21) 徽子女王の下向の際の身分についても不明が多いが、少なくとも『延喜式』は斎宮に付き従う女官などを詳細に定めている。伊勢に同行する女官は斎宮付きとして長く務める可能性が高いが（『源氏物語』では女別当などが重要な女房として登場する）人員の増減や在任期間途中での出入りはあったものと考えられ、女官、女房の例を援用すれば六条御息所の帰還は可能だったたと考えられる。

(22) 「四十年の春二月に、雌鳥皇女を納れて妃とせむと欲し、隼別皇子を以ちて媒としたまふ。時に隼別皇子、密に親ら娶りて、久しく復命さず。（中略）天皇、是の歌を聞しめして、勃然に大きに怒りて曰はく、「朕、私恨を以ちて、親を失ふを欲せず、忍びてなり。何の釁ありてかも、私事をもて社稷に及さむとする」とのたまひ、則ち隼皇子を殺さむと欲す。時に皇子、雌鳥皇女を率て、伊勢神宮に納らむと欲ひて馳す。」（『日本書紀』巻第一一　仁徳天皇）。

(23) 『萬葉集』の本文は『新編日本古典文学全集』により、訓は私に作成した。なお、二四番歌の終わりは「玉藻苅り食（を）す」か「食（は）む」かで割れている。

(24) 西郷信綱「麻続王」（『万葉私記』）、桜井満「東歌の成立と麻績部の伝承」（『桜井満著作集第一巻万葉集東歌研究』おうふう、二〇〇〇、初出一九六九）、奥村恒哉「万葉集名所考」『歌枕考』（筑摩書房　一九九五　初出一九八三）、多田元「麻績王伝承の昇華」（『富士フェニックス論叢』四　一九九六・三）、梶裕史「麻績王伝承考」（『芸文研究』七七、一九九九・一二）、村田右富実「麻続王をめぐる歌二首」（『女子大文学』五三　二〇〇二・三）、梶川信行「麻続王の転生」（『美夫君志』六六　二〇〇三・三）等。

(25) 「飛鳥の浄御原の天皇の世に、麻績王を遣て居まはせたまひし処なり」（『常陸国風土記』行方郡）。

(26) 伊藤『万葉集全注巻一』。

(27) 在原行平ほか須磨巻での流離の先例については煩雑になるので省略するが、指摘の少ない点としては、光源氏詠「唐国に名を残しける人よりも行く方しられぬ家居をやせむ」（須磨②一八六—一八七）の「唐国」の語から想起されるであろう阿部仲麻呂や『うつほ物語』の俊蔭なども考えておきたい。

（28）賢木巻の下向場面で光源氏は斎宮に歌を贈りつつ「世の中定めなければ、対面するやうもありなむかし」（②九三）と思考していることや、澪標巻の「斎宮をぞ、いかにねびなりたまひぬらむと、ゆかしう思ひきこえたまふ」（②三〇九）などからも光源氏と斎宮の関係は仄めかされるが、同じく澪標巻で光源氏の懸想心を諫めたように、六条御息所は光源氏の興味や危険性を知っており、娘に対しては抑制を要求できる存在でもある。

（29）光源氏の罪意識については先行研究が多いので省略するが、やはり「八百よろづ神もあはれと思ふらむ犯せる罪のそれとなければ」（須磨②二一七）のような濡れ衣意識と、実際に藤壺との間に不義の子を誕生させていることとの齟齬には注目される。

（30）『日本紀略』には「伊勢斎王母女御徽子相従下向す。是先例無し。早く留しむべし。」という宣旨が出されていることが記される。宣旨を振り切ることができた理由は判然としないが、やはり前斎宮としての経歴が大きかったことは想定できる。注12山中書参考。

（31）六条御息所と徽子女王の問題については、本書第一部第四、五、六章で、娘である斎宮の問題とともに論じている。

（32）「伊勢の海の清き渚に　潮間になのりそや摘まむ　貝や拾はむや　玉を拾はむや」（『催馬楽』）。

（33）池田亀鑑『物語文学Ⅰ』（至文堂　一九六八）や大朝雄二『源氏物語正篇の研究』（桜楓社　一九七五）、森一郎「六条御息所の造型」（『源氏物語作中人物論』笠間書院　一九七九）など、構想論の観点から六条御息所を論じ、葵の上とともに退場して光源氏の妻としての紫の上の物語を呼び起こす存在と見る論は受け継がれている。原岡文子「六条御息所考」（『源氏物語の人物と表現』翰林書房　二〇〇三）や高田祐彦「六条御息所の〈時間〉」（『源氏物語の文学史』東京大学出版　二〇〇三）による分析も重要である。

（34）注29で触れたとおり光源氏に表層の罪意識（謀反や朧月夜への侵し）はなく、父院の霊と相対する際も罪悪感などは語られない。

第四章　六条御息所を支える「虚構」——〈中将御息所〉という準拠の方法——

はじめに

『源氏物語』の六条御息所、秋好中宮母娘を語る際、物語内に張り巡らされる准拠という方法は常に造型を支え、また却って危うい立場を暴くものともなるなど、非常に重たい意味を持っている。(1)准拠という『源氏物語』が顕著に打ち立てた虚構の方法をもっとも有効に、広がりを持たせるものとして利用したのが、六条御息所と秋好中宮の物語であったと断じてよいだろう。しかし、この「物語に広がりを持たせる」という方法は、『源氏物語』という数多の読者を獲得した作品で用いられた時、興味深い展開を見せる。物語を越えて、「史実に広がりを持たせる」可能性を示すのである。

歴史と文学双方に跨がる「斎宮の文学史」構築の試みとして、史実を取り込むだけでなく、歴史的事実（と認識されるもの）に影響を与える虚構作品のあり方を論じていきたい。

一、六条御息所の「虚構」

『源氏物語』が「虚構」という方法によって描かれたものであることは疑いない。蛍巻の光源氏は、玉鬘が読みふける物語を「いつはり」(③二一二)とからかうが、一方で玉鬘と自身のあり様を「たぐひなき物語にして、世に伝へさせん」(③二一三)と誘いかける。物語は「神代より世にあることを記しおきける」(③二一二)ものであって、全く無根拠に成立するものではない。擬似的に父娘関係と恋愛関係を結ぶ二人が物語現在にいるからこそ、それが「たぐひなき物語」になり得るのだと、〈物語〉にいる光源氏自身が示す。「虚構」を用いて描かれた〈物語〉には、その方法を支える事実があるという前提で〈物語〉を読ませるのである。

〈物語〉の背後に虚構でない部分がある、という謂いもまた「虚構」という方法を効果的にする仕掛けだが、〈物語〉を現実に、あるいは史実や史書に引きつけて読むという行為はごく当たり前に行われてきた。玉鬘が物語を「ただいとまことのこと」(③二一二)としか思えないと光源氏に反論するのも、自分という現実に物語が投影可能だと思うからである。「虚構」は方法であると同時に、「虚構作品」として我々を含むさまざまな読み手の前に顕れ、対置される「虚構でないもの」を呼び覚ますエネルギーを持つ。もちろん、「物語は物語」として切り離す方向にエネルギーが働くこともあるが、『源氏物語』は「虚構でないもの」を切り離させない。蛍巻の物語論だけでなく、「虚構でないもの」――多くの場合、史実の出来事や人物であるが、それを参照することを要請する語りが散りばめられているからだ。そして、「虚構でないもの」の参照をもっとも顕著に要請するものの一つが、六条御息所を取り巻く語りなのである。

賢木巻、六条御息所は娘である斎宮の下向に同行するか否かを思案する。そこに折り挟まれるのが次の傍線部である。

斎宮の御下り近うなりゆくままに、御息所もの心細く思ほす。（中略）親添ひて下りたまふ例もことになけれど、いと見放ちがたき御ありさまなるにことつけて、うき世を行き離れむと思すに、　（賢木②八三―四）

「親添ひて下りたまふ例もことになけれど」という述懐は、六条御息所をめぐる「虚構」の方法を端的に表している。伊勢へ下向する斎宮に母親がつき添うという発想は、史実を経由してこそ生まれるものである。たとえば『紫明抄』は、次のように注を附す。

斎宮の御くたりちかうなりゆくままに御息所は心ほそくおもほすおやそひてくたり給れいはことになかりけれと

斎宮母子下向例

円融院御時、斎宮規子女王伊勢へおはするに、母女御徽子女王　号斎宮女御もぐしておはすとて

よにふれは又もこえけりすずか山むかしのいまになるにやあるらん（略）　（『紫明抄』[2]）

「斎宮母子下向例」として、村上天皇の娘である斎宮・規子内親王とその母・徽子女王（斎宮女御）を挙げる。円融朝の例だが、『拾遺和歌集』や『斎宮女御集』にも右の歌などが載り[3]、また後述するが、『日本紀略』などにも母随行の記事がある[4]。かなり人口に膾炙した事件であって、注を附されるまでもなく、同時代の読者が徽子女王、規子内親王母娘の例を念頭に置いて読んだことは間違いない。

興味深いのは、だれもが思い浮かべられる先例があるにもかかわらず、「親添ひて下りたまふ例もことになけれど」と、その先例を打ち消している点である。六条御息所が今後を思案する時空間には、母が娘・斎宮につき添う

例がない。この一節によって、六条御息所を取り巻く空間が「虚構世界」として設定される。それも、対置される史実を不在とすることで、かえって過剰に意識させるという捩れた構図を用いて作り上げるのである。

この捩れへの葛藤は注釈を附す行為の中で顕著に示される。部分的になるが、『河海抄』『花鳥余情』『岷江入楚』を引いてみたい。

> 斎宮女御徽子式部卿重明親王女母貞信公女（中略）女王為斎宮参向伊勢之時母女御被相具　雖摸此例延喜以後近代（の）事なればれいもことになけれどといふ歟。此物語の（ならひ）古今〔真本今古〕準拠なき事をば不載也
>
> （『河海抄』）

> 村上の御女規子内親王天延三年に斎宮にたちて下向し給ふ時御母徽子女王重明親王女そひてくだり給へり。いまの物語に六条御息所を徽子女王になずらへて申侍ればこれよりさきに母子あひそひて下向の例なきによりてかくはいへるなるべし
>
> （『花鳥余情』）

> 私河にいへるも同し事なれと心いささかかはれるにや　花鳥にいへるごとく規子女王の時の初例を今此御息所の事になしてかきたれば例なしといへるおもしろし
>
> （『岷江入楚』）

『河海抄』は、物語の舞台設定が徽子女王の下向例よりも古いために、それを準拠としないとする。対して『花鳥余情』は、徽子女王と六条御息所をそのまま重ねて、徽子女王が初例なのだから下向例もないとし、『岷江入楚』は『花鳥余情』の見解を支持する。「虚構作品」と史実との距離をめぐって検討が重ねられているといえよう。「虚構」の背景に「虚構でないもの」（ここでは徽子女王という史実の存在）を過剰に意識させる手法は、六条御息所造型において極めて有効に働いているのである。

六条御息所と徽子女王は、明確に重ねられつつも、同じ世界には存在できない。存在させようとすれば、『花鳥

余情』のように「六条御息所＝徽子女王」という構図の中に押し込めて史実を虚構世界の背後に置くしかない。虚構世界と史実を対置させつつも、史実は表層に出てくることはできず、主題とはならないのである。徽子女王を用いて六条御息所が描かれるのであって、六条御息所を通じて徽子女王が描かれるわけではない。主題は物語の内部にあり、逆転しないところに、六条御息所をめぐる「虚構」の方法があるといえる。

二、「中将の御息所」とはだれか

賢木巻の一節から、「虚構」の方法を用いて描かれた六条御息所について確認した。徽子女王という材料を用いて造型された六条御息所の行く先については後述するとして、六条御息所は徽子女王のみならず、更にほかの史実の存在を引きつける素地を有している。そもそも、登場場面からその可能性は示されていた。

まことや、かの六条御息所の御腹の前坊の姫宮、斎宮にゐたまひにしかば、（中略）幼き御ありさまのうしろめたさにことつけて下りやしなまし、（葵②一八）

「まことや、かの」で登場する六条御息所は、散逸巻の可能性さえ指摘されるところであるが、「前坊の姫宮」の母として語られる。[5]即位することのなかった東宮を指す「前坊」という存在は葵巻で初めて記される。桐壺巻の一の皇子（朱雀帝）立坊の場面にも言及されることのなかった存在であり、年立ての問題も孕んでいるが、[6]何よりも「前坊の姫宮」の母という呼称は史実の「前坊」を引き寄せる。『源氏物語』以前に「前坊」と呼ばれた存在は醍醐天皇の皇子で皇太子のまま早世した保明親王しかいない。ほとんど固有名詞というべき語を背負って、前坊の関係者たちは登場するのである。六条御息所がかつて「前坊」の後宮にいたことは、自ずと史実に存在した人物や出来事を喚起する。前坊妃であった藤原仁善子はその筆頭であろう。(7) しかし古注で多く指摘されるのは別の人物である。

六条わたりのしのひありきの事

六条御息所秋好中宮御母前坊御息所に源氏蜜通

事也大鏡云

前坊の中将みやす所のちに重明親王の北方になり給

斎宮女御母儀也　唯之心得歟

（『光源氏物語抄』夕顔巻）

「前坊の中将みやす所」という女性である。管見の限り『光源氏物語抄』（以下、『物語抄』）に始まる指摘であるが、『紫明抄』『河海抄』以下受け継がれてきた。(8) 現代の注釈で指摘されることはないが、それはこの「中将みやす所」が諸史料との比較の中で六条御息所の準拠としては整合性が取れないと指摘されるようになったからである。(9)

『物語抄』によれば、「前坊の中将みやす所」は前坊・保明親王妃であり、後に保明親王の兄である重明親王に再嫁し、斎宮女御・徽子女王を産んでいる。のちの巻で斎宮が冷泉帝に入内し「斎宮女御」となることを考えれば、確かにぴたりと一致する。この記事について『物語抄』が由来とするところの、『大鏡』を確認してみたい。

先坊に御息所まゐりたまふこと、本院のおとどの御むすめ具して三四人なり。本院のは、亡せたまひにき。中将の御息所ときこえし、後は重明の式部卿親王の北の方にて、斎宮の女御の御母にて、そも亡せたまひにき。いとやさしくおはせし。先坊を恋ひかなしび奉りたまひ、『大輔なむ夢に見奉りたる』と聞きて、よみておくりたまへる。

時の間も慰めつらむ君はさは夢にだに見ぬ我ぞかなしき

御返りごと、大輔、
恋しさの慰むべくもあらざりき夢のうちにも夢と見しかば（時平伝[10]）

『物語抄』が引くとおり、前坊（『大鏡』引用中では先坊）後宮に「中将御息所」という女性がいたこと、大輔という女性と前坊を想った歌を交わしたことが記されている。しかし、この『大鏡』の記述には疑義が呈されており、それはこの「中将御息所」を六条御息所の準拠として認定する根幹の部分に関わるのである。

次に引用するのは『大鏡』裏書である。

貴子　延喜年中、入太子宮、（中略）応和二年十一月十四日薨、同卅日贈正一位、
御記云、貴子、延喜年中入太子宮、太子薨後守貞節、天暦之間、父相公薨、執孝道殊篤、仍雖非当時親戚功労之人、為美其節操所贈也、後代以尚侍之職、不可必預此恩云々

右に引く「貴子」が「中将御息所」で、貞信公・藤原忠平の娘である。『日本紀略』でも応和二（九六二）年十月一八日の記事に「尚侍従二位藤原朝臣貴子薨。年五十九」とあって一致はしないが裏書に近い。裏書は『御記』を引いて、貴子が延喜年間に太子・保明親王に入内したこと、保明親王の薨去後は貞節を守り、尚侍として長く後宮にあったことを記している。前坊の妃という点では間違いないものの、六条御息所にとって重要な「斎宮女御の母」という面が抜け落ちるのである。

既に先行研究で指摘されたことの繰り返しになるが[11]、徽子女王は朱雀天皇の御世に斎宮として伊勢に赴任しており、八年四ヶ月の在位で退下するが、その退下理由は母の死去とされている。

中務卿重明親王室家藤原氏卒。伊勢斎王の母也。仍ち斎王退出。
（『日本紀略』天慶八（九四五）年正月一八日）

右のほか、『本朝文粋』[12]や『河海抄』所引の『李部王記』[13]にも徽子女王母死去の記事はあって、徽子女王の母は貴子より遥か以前に死去していると見るべきである。『李部王記』等を踏まえれば、徽子女王の母は貴子と同じく忠平の娘で寛子と考えられている。次に『大鏡』時平伝に従う系図と、歴史的に蓋然性の高い系図とを並べる。

〔『大鏡』による系図〕

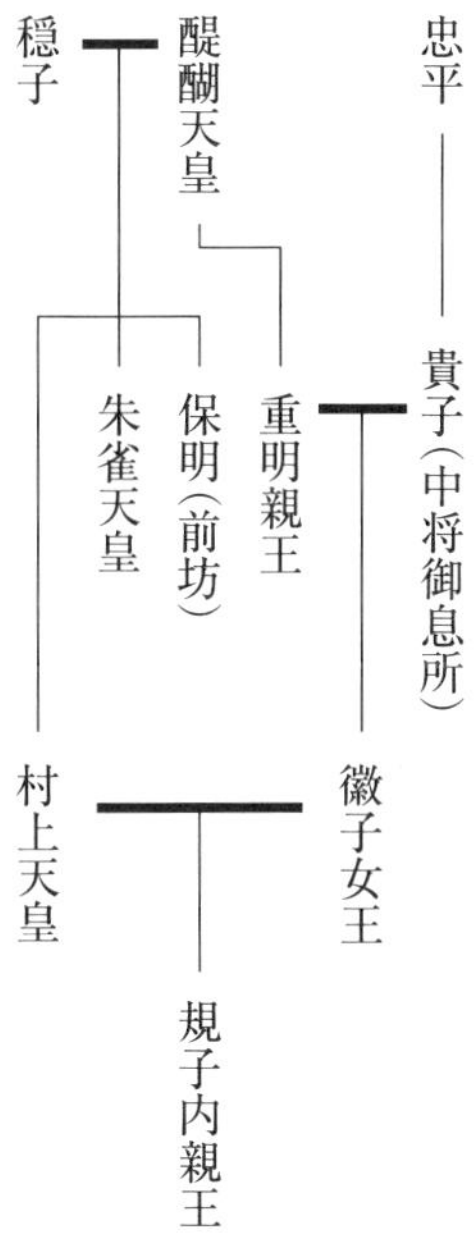

〔史料を基に再構成した系図〕

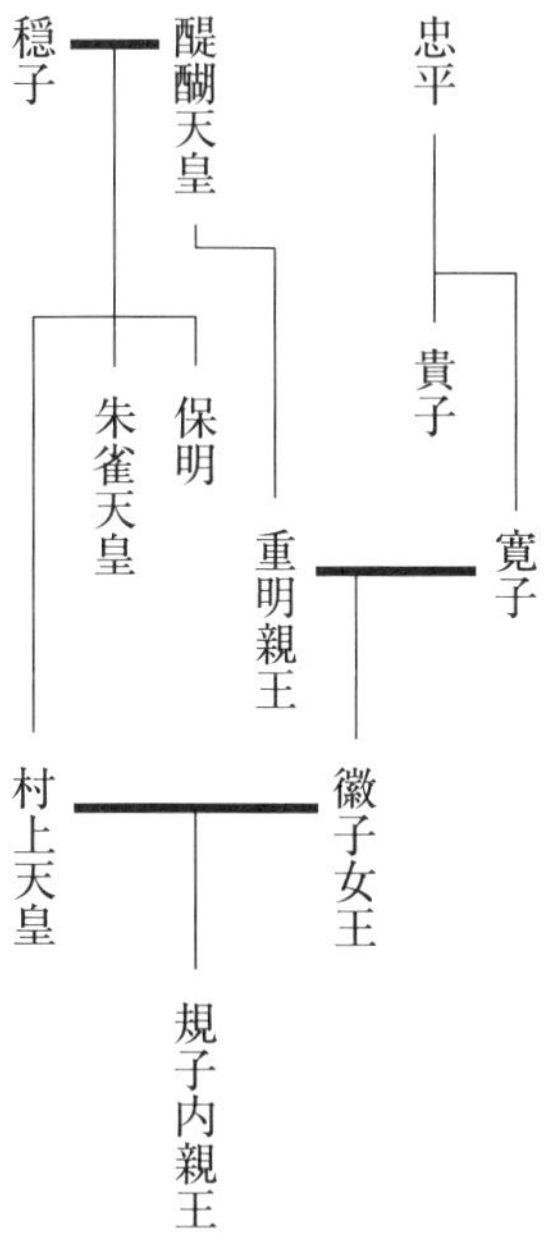

『大鏡』時平伝の記述に従えば、重明親王北の方・寛子は登場しない。『大鏡』時平伝の前坊妃に関する記述については、これ以外にも錯誤が多い。たとえば、先に引用した場面では「中将の御息所」と「大輔」という女性が前坊を想う歌を交わしていた。この贈答とほぼ同じものが『後撰和歌集』に載せられているのだが、詠者は別の女性である。

人をなくなして、かぎりなくこひて思ひいりてねたる夜のゆめに見えければ、おもひける人にかくなんといひつかはしたりければ　　玄上朝臣女

時のまもなぐさめつらんさめぬまは夢にだに見ぬわれぞかなしき

返し　　大輔

かなしさのなぐさむべくもあらざりつゆめのうちにも夢とみゆれば

（『後撰和歌集』巻第二〇　哀傷歌　一四二〇―一）

「玄上朝臣女」は参議従三位藤原玄上の娘で、同じく前坊に入内していたと見られている。『大鏡』も先の引用に続いてこの玄上女に触れている。(14)『後撰和歌集』という参照しやすい資料を採用していない点からすれば、錯誤というよりも意図的な改変と見るべきだろうか。先に引用した「中将の御息所」の「いと優しくおはせし」というあり様に合わせて、勅撰集の歌を再構成したことも考えられる。(15)あるいは、『大鏡』成立時に『源氏物語』が既に広く読まれていたことを考えれば、「前坊の姫宮」の母・六条御息所造型の影響下で起きた錯誤という可能性もあろう。(16)

少なくとも、『大鏡』時平伝が描き出したのは、大臣家に生まれ、保明親王に入内し、その薨去後、保明親王の兄・重明親王に再嫁して、斎宮女御・徽子女王を生んだ〈中将御息所〉という女性である。史実の寛子や貴子では

なく、彼女たちの足跡を統合して作り上げた、いわば「虚構」の存在といえよう。六条御息所と異なるのは、〈中将御息所〉が虚構世界ではなく歴史上に置かれていることである。もちろん、『大鏡』は「歴史物語」とされる虚構と現実の曖昧な場を描くのだが、この〈中将御息所〉は『源氏物語』の古注に引かれることで、改めて史実の存在として据え直されている。歴史的に検証する立場からは架空の存在である〈中将御息所〉は、六条御息所の準拠として見ようとする古注の『源氏物語』の読み手にとっては、あくまで「史実の存在」なのである。

三、〈中将御息所〉という設定の行方

ここで、〈中将御息所〉を六条御息所の「準拠」として見ることの意味を考えておきたい[17]。先掲のように、古注の〈中将御息所〉の指摘は、夕顔巻でなされている。物語の筋運びとしては「六条わたり」（①一三五）が誰なのかはっきりしないうちに、先掲のように指摘されるのである。『湖月抄』の師説が『物語抄』以来の〈中将御息所〉指摘をしたのち、「準拠相当なるべし[18]」と断じるように、六条御息所の準拠としては徽子女王より先に〈中将御息所〉があった。しかし、葵巻で伊勢下向の意志がほのめかされ、賢木巻ではっきりと「親添ひて下りたまふ例」に触れることで、準拠としての徽子女王が鮮明にされていく。六条御息所と〈中将御息所〉との重なりは、物語の表層から遠ざかる。

六条御息所と徽子女王に関する指摘は枚挙に暇がないが、錯誤の問題もあってか、六条御息所と〈中将御息所〉との重ね合わせの意義を問う論は多くない。ほとんど唯一の指摘は、高田祐彦氏の以下の論考である。

貴子が（中略）尚侍として宮中で確固たる地位を築いていた点は、何としても六条御息所とは異なる。さらに、

『村上御記』に、薨去後の位階追贈の理由として「貞操」や「節操」があげられている点も、源氏との恋に苦しみつつ一生を終えた御息所とは大きな隔たりといえよう。六条御息所の造型においては、そのような隔たりをいわば媒介として、父大臣の庇護をなくした前東宮妃の女の苦悩が見据えられることになったのではあるまいか。(19)

古注がこぞって指摘する準拠としての〈中将御息所〉と向き合う点で重要な論であるが、一方で高田氏の述べる「貴子」はあくまで史料をもとに再構成された「藤原貴子」という人物である。徽子女王を産んでいない「藤原貴子」は、六条御息所と強くは重ならない。六条御息所と強い結びつきを有するのは、『大鏡』が描き、『物語抄』以後の源氏注釈が受け取った〈中将御息所〉という存在であろう。

ここまで確認した六条御息所と徽子女王の重なりは娘・斎宮につき従って伊勢へ下向するという点にあるが、その一点が鮮明に史実を喚起するために、六条御息所と徽子女王両者は極めて密接である。また、野宮の別れの場面など、間接的にも両者は結びつけられる。(20)しかし、この密接な結びつきは伊勢下向当日の次の場面で大きな隔たりを見せる。

御息所、御輿に乗りたまへるにつけても、父大臣の限りなき筋に思し心ざしていつきたてまつりたまひしありさま変りて、末の世に内裏を見たまふにも、もののみ尽きせずあはれに思さる。十六にて故宮に参りたまひて、二十にて後れたてまつりたまふ。三十にてぞ、今日また九重を見たまひける。

(賢木②九三)

傍線部は年齢が露わに数えられるという珍しい描写であり、年立てにも問題が残るところだが、六条御息所と徽子女王の、イコールで繋がるほどの鮮明な一致が、実は伊勢下向への母の随行という一点に支えられたものであったことが明かされる一節でもある。高田氏が「徽子が六十近くになって娘に付き従って行ったのと異なり、御息所は三十で女としての人生に結末を迎えようとしている」[21]と指摘するように、史実の徽子女王より遥かに若い六条御息所が伊勢へと退場せねばならないことの悲哀が照らし返されるのである。

この場面が明かすのは、年齢の問題だけではない。六条御息所が大臣家の娘であることは葵巻で言及があった[22]が、波線部からはその期待の程が明確にされている。六条御息所は、いずれは帝になる人に入内したのであり、見据えられていたのは皇子誕生と立后である。[23] 親王家に生まれ、斎宮として少女期を過ごしてから村上天皇後宮へと入内した徽子女王とは歩んだ道が異なっていよう。[24] これまでは自明でありながら意識されなかった、六条御息所には斎宮経験がない、という決定的な差異が表出するのである。

六条御息所が斎宮経験を持たないことは、実は重大な欠陥である。先に述べたとおり、母が娘・斎宮に随伴するのは徽子女王が初例だが、それも単純に了承されたわけではない。『日本紀略』には貞元二（九七七）年九月一七日の記事に「伊勢斎王母女御《徽子》相従下向。是無先例。早可令留者」という宣旨を載せている。徽子女王は正式な許可をとって伊勢に下ったのではなく、自身の判断で随行し、引き留めの宣旨をも拒否したのである。なぜそのようなことができたのか。徽子女王自身が斎宮経験者であったからにほかならない。群行も伊勢での暮らしも徽子女王は経験済みであって、「先例無し」以外の引き留めを言えない円融天皇に対して優位に立つからこそ、彼女の随行は容認されたのである。

翻って六条御息所の問題に戻れば、同じく先例のない彼女の下向は阻止されて然るべきである。六条御息所自身に伊勢下向の経験はない。奉幣にも制限の多い伊勢神宮近くに、斎宮の母とはいえ皇族でもない六条御息所が滞在することは、原理的に許されないだろう。だが、実際、物語上では六条御息所の下向が容認される。引き留めの

宣旨が下ることもなく、六条御息所母娘は無事に逢坂の関を越えている。(25)

本来許されないはずの下向を敢行する六条御息所は、徽子女王という準拠から既に逸脱している。夕顔巻で指摘された〈中将御息所〉という準拠は、この逸脱した六条御息所に対して、もう一度投げかけられるものではないだろうか。葵巻以後、徽子女王と同化するように語られながら、下向当日には后を志しながら挫折した前半生を背負って旅立つのである。徽子女王の下向理由を明確に知る術はない(26)が、少なくとも六条御息所の志と挫折を背負った下向と重なることはない。六条御息所の下向は、光源氏との関係を清算するためにあり、それが清算されなければならない理由は、后を目指した自身の過去と栄華を願った大臣家の名誉のためであった。

葵巻、賢木巻を通じて色濃い徽子女王と六条御息所の重なりに対して、古注は夕顔巻に〈中将御息所〉の存在を指摘する。この指摘の構造を、徽子女王よりも広汎に渡る六条御息所の準拠として把握してみたい。六条御息所の全貌が判然としない「六条わたり」の時から、徽子女王との重ね合わせを振り捨てて大臣家の娘として下向したのちまで響く〈中将御息所〉という準拠はどのような意味を持つのだろうか。ここまで出自の問題を述べて来たが、もう一つ、〈中将御息所〉は重要な経歴を持っている。それは、再嫁の問題である。

〈中将御息所〉は保明親王亡き後、重明親王に再嫁している。先掲の『大鏡』時平伝では前坊を想う哀切な歌を大輔と交わしているにも関わらず、〈中将御息所〉は重明親王家の北の方となって徽子女王を産むのである。

六条御息所においても、再嫁は常に意識されてきた。彼女自身の回想を見たい。

故前坊の同じき御はらからといふ中にも、いみじう思ひかはしきこえさせたまひて、この斎宮の御事をも、懇ろに聞こえつけさせたまひしかば、「その御代りにも、やがて見たてまつりあつかはむ」など常にのたまはせて、「やがて内裏住みしたまへ」とたびたび聞こえさせたまひしをだに、（葵②五三）

傍線部は在世中の桐壺帝の言葉である。桐壺帝は六条御息所の入内を望んでいた。六条御息所の再嫁の問題は、物語に描かれる以前からあったことがわかる。(27)夕顔巻の「六条わたり」で〈中将御息所〉が準拠として指摘されるのは、六条御息所の再嫁がその造型を巡って重要なものと捉えられてきたからではないか。葵巻以降、徽子女王との重ね合わせにおいて伊勢下向は既決事項であって再嫁はほとんど問題にならない。村上朝有数の文化人であった徽子女王のイメージを借りるために、六条御息所の退場は無惨な敗北とならないのである。六条御息所へ手紙を送りつつ、その未練を斎宮への興味に昇華しようとする光源氏とは対照的に、六条御息所は先例のない伊勢下向を敢行する。徽子女王が六条御息所の造型を支える限り、〈中将御息所〉の再嫁の問題は表面化しないように思われる。

しかし、実は六条御息所の再嫁の可能性が表出する場面がある。既に葵の上が死去したのち、賢木巻における六条御息所の描写である。

　やむごとなくわづらはしきものにおぼえたまへりし大殿の君も亡せたまひて後、さりともと、世人も聞こえあつかひ、宮の内にも心ときめきせしを、その後しもかき絶え、あさましき御もてなしを見たまふに、（賢木②八三）

むろん、光源氏と六条御息所は関係の修復が不可能なことを知っている。世人や六条御息所周辺の盛り上がりは、六条御息所に光源氏への再嫁がないことを改めて突きつけることにしかならないのだが、底流していた再嫁の問題、そして〈中将御息所〉を準拠として指摘することの意義はここにあるのではないか。

徽子女王との重ね合わせは、斎宮の母として伊勢へ下向していく六条御息所像を支えるものとしてあった。〈中将御息所〉との重ね合わせは、再嫁する前坊妃としてのもう一つの六条御息所像を窺うために必要だったのである。伊勢群行の日、再嫁の可能性も失われるが、準拠としての〈中将御息所〉を念頭に置くと、その逸脱は徽子女王を乗り越えるよりも一層、顕著である。再嫁した〈中将御息所〉は重明親王北の方、徽子女王母として認識されたが、六条御息所は、挫折を抱えながらも故前坊妃として斎宮とともに京を脱する。

徽子女王の人生よりも〈中将御息所〉の人生の方が、世人にも、恐らく六条御息所自身にも望まれていたのは確かである。伊勢下向が明確になってから始まる徽子女王との重ね合わせよりも以前から古注が〈中将御息所〉を踏まえた背景には、六条御息所に底流する再嫁の問題を鮮明にするという意図があった。〈中将御息所〉は再嫁して初めて徽子女王を得る。既に前坊との間に子を為している点で隔たりは大きいのだが、姫宮を抱えながら再嫁を思い描いてしまう点で、六条御息所の葛藤は〈中将御息所〉よりも激しいものとならざるを得ない。徽子女王との重なりばかりが強調される六条御息所の準拠であるが、〈中将御息所〉の存在は、六条御息所が抱える期待と葛藤を描き出すに十分な意味を持っている。徽子女王の伊勢下向は村上天皇の薨去後であり、年齢的にも京への未練は少なかった。六条御息所を巡る語りが徽子女王との重なりを全面に押し出す一方で、実はその内面において重なり難い両者の間を埋める役割を〈中将御息所〉は担ったのである。

おわりに

第一節において、「虚構」とは方法であると述べた。本章での六条御息所をめぐる「虚構」の検討をまとめ、「文学にとって「虚構」とはなにか」という問いと向き合ってみたい。

六条御息所の準拠は、史実を参照事項として物語の人物を描き出すものだった。それは徽子女王との重ね合わせに顕著であって、物語は巧みに徽子女王の存在を響かせながら、最後にはその差を鮮明にすることで六条御息所固有の人物像を確立する。「虚構」によって描かれた物語の存在は、史実を越えたところに位置づけられるのである。

もちろん、六条御息所における徽子女王との重なりについてはこれまでも指摘されてきたとおりであり、逸脱としての史実と虚構の関係についても指摘があった[28]。本章で問題としたいのは、徽子女王との重ね合わせの向こうで底流する〈中将御息所〉についてである。〈中将御息所〉もまた、六条御息所造型の材料に参照されながらも、伊勢下向によって乖離するという点で準拠としての徽子女王のあり方に類するのだが、徽子女王と異なるのは、〈中将御息所〉が貴子、寛子姉妹の統合の結果生まれた、史料の上で実在しない「史実の存在」であることだ。

『源氏物語』の注釈は、この〈中将御息所〉の存在を受け継いでいる。先掲の『湖月抄』などを見れば、先行研究の引き継ぎというより好んで踏まえていたと考えられよう。〈中将御息所〉の指摘が受け継がれたのは、検討のとおり、前坊妃から重明親王北の方へという転身が六条御息所の人物像に関わると受け止められたからである。前坊妃でありながら再嫁してしまうあり様と、娘・徽子女王を得て親王家の北の方として生きる平穏さが、『源氏物語』が描かなかった六条御息所と光源氏のある結末を示すものとして要請されたのである。

しかし、〈中将御息所〉という存在を、注を附す読み手が作り出したことは、「虚構」の方法を考える上で注意されるべきではないか。史実を用いて虚構世界を描く物語の方法が、その「史実」自体を浸食する可能性があるのである。六条御息所を支える〈中将御息所〉は、諸史料を検討する限り、現実世界には存在しなかった。だが、『源氏物語』を読む上では〈中将御息所〉は「史実の存在」であり、史実を逸脱して確立する虚構の六条御息所像を支える役割を担う。

文学における「虚構」は、時に史実や現実といった「虚構でないもの」を取り込んで虚構化してしまうエネルギーを有している。本章においては、「虚構」を用いて描かれた六条御息所が、「虚構でないもの」である貴子、寛子姉妹という史実の存在を虚構化し、〈中将御息所〉を作り上げる動きを見た。このエネルギーは単独で起こるものではない。〈中将御息所〉については、『大鏡』と『源氏物語』という異なる文学がぶつかる運動の中で生じたエネルギーである。〈中将御息所〉が「虚構でないもの」として六条御息所の造型を支えてしまう構造には、「虚構でないもの」を浸食する「虚構」のエネルギーを見ることができる。現在の研究では、虚構化された史実の存在である〈中将御息所〉が六条御息所造型にとって顧みられることは少ない。しかし、「虚構」という方法が文学作品の内側のみならず、外に拓かれていく姿を捉える上で、『源氏物語』古注に顕れた〈中将御息所〉は重要な存在として見ることができるのである。

注

（1）六条御息所と斎宮母娘の造型の問題については、本書第五章以降でも詳細に扱う。准拠の用語については、加藤洋介「中世源氏学における準拠説の発生——中世の「準拠」概念をめぐって——」（『国語と国文学』六八巻三号　一九九一・三）等を参考とした。

（2）『紫明抄』『河海抄』等、古注の位置づけ、姿勢などについては伊井春樹編『源氏物語　注釈書・享受史事典』（東京堂出版二〇〇一）を参考とした。

（3）「世にふれば又もこえけりすずか山昔の今になるにやあるらん」（『拾遺和歌集』巻第八　雑上　四九五　円融院の御時斎宮くだり侍けるに、母の斎宮もろともにこえ侍りて　斎宮女御）、「よにふれば又もこえけりすずか山むかしのいまになるにやあるらん」（『斎宮女御集』二六二　もろともにくだり給ふ、すずかやまにて）。

（4）貞元二（九七七）年九月一七日条。

（5）吉海直人「六条御息所と「まことや」」（『論集中古文学5　源氏物語の人物と構造』一九八二・五）。なお、「前坊の姫宮」は底本（大島本）「姫君」で、『新編全集』の改訂に従う。

（6）年立てについての論考も少なくないが、特に坂本共展「御息所の年齢」（『源氏物語構想論』明治書院　一九八一）、藤本勝義「源氏物語「前坊」「故父大臣の御霊」攷」（『源氏物語の想像力』笠間書院　一九九四　初出一九八三）、高田祐彦「六条御息所の〈時間〉」（『源氏物語の文学史』東京大学出版　二〇〇三、注19・21を統合した論文）等を参考とした。

（7）六条御息所と前坊の子を持った仁善子との重なりについては別稿を用意している。仁善子の娘・熙子と「前坊の姫宮」との重なりについては、本書第一部第八章参照。

（8）「大鏡云」がないなど多少の差異はあるが、『物語抄』の記述はほぼ受け継がれる。

（9）鷲見利久「源氏物語『夕顔巻』の断想」（『国文学研究』一五号　一九四〇）、後藤祥子「尚侍攷」（『源氏物語の史的空間』東京大学出版会　一九八六　初出一九七三）、山中智恵子『斎宮女御徽子女王』（大和書房　一九七六）、増田繁夫「六条御息所の準拠」（『源氏物語の人物と構造』笠間書院　一九八二）等。

（10）貴子については、太政大臣忠平伝にも「この大臣（中略）女子一所は、先坊の御息所にておはしましき」とある。

（11）注9参照。

（12）後江相公「為㆓中務卿重明親王家室㆒卌九日願文」（巻一四　四二三、『新日本古典文学大系』による）。

（13）「四十九日ひえの法花堂にて　李部王記云天慶八年正月十八日乙卯戌時室正五位下藤原朝臣寛子《クワンシ》卒《ソツス》年四十　二月八日当ル㆓三七日ニ㆒於テ㆓叡山東法花堂㆒修㆓諷誦㆒布施名香一裹《ツツミ》　僧施銭万百疋」（夕顔巻）。

（14）「今ひとりの御息所は、玄上の宰相のむすめにや。」として、玄上女が前坊亡き後、二人の男性と再婚した話を載せる。

（15）「いとやさしく」という造型が『大鏡』昔物語における「いとせちにやさしく思ひたまへしことは、この同じ御時のことなり。承香殿の女御と申ししは斎宮の女御よ」という場面と繋がるという指摘が山中氏によってなされている（注9）。『大鏡』の詠者が正しく、『後撰和歌集』の方が間違っている可能性も全くないとはいえない。

(16) 田中隆昭氏は「六条御息所における史実と虚構」で「『大鏡』はもちろん源氏物語より後に書物をまとめられたが、そのもとになった伝承が源氏物語にとり入れられたことになる」(『源氏物語　歴史と虚構』勉誠社　一九九三)とする。注6の高田論文の注でも田中氏の論等を引き可能性については指摘する。

(17) 夕顔巻における六条御息所の存在については検討の余地があろう。葵巻以後を知らなければ、「六条わたり」は身元不明の存在でしかない。

(18) 『湖月抄』の師説を挙げる。「(略) 前坊は保明親王〔諡号文彦太子〕になぞらふ。(略) 北方御息所は中将の御息所貞信公の娘になぞらふ。これ保明親王かくれ給ひて後、重明親王の北方になりて、斎宮の女御を生み給へり。此物語の御息所も大臣のむすめとかけり。準拠相当なるべし。(略)」。

(19) 高田「前坊妃・斎宮の母」——六条御息所の準拠一面——」(『国語年誌』一七号　一九九九)。

(20) 六条御息所と徽子女王との関わりが伊勢下向だけでなく『斎宮女御集』等の歌人としての斎宮女御にも依ることの指摘は、森本元子「斎宮女御と源氏物語」(『むらさき』一一　一九七三)等。

(21) 高田「六条御息所の時間——代替り・準拠・年立て」(『国文学』四四巻五号　一九九九)。

(22) 「この御生霊、故父大臣の御霊など言ふものありと聞きたまふ」(葵②三五)。

(23) 高田信敬「御息所御輿に乗り給へるにつけても」(『源氏物語考証稿』武蔵野書院　二〇一〇　初出一九九五)。

(24) 徽子の村上天皇への入内は二十歳ころのこと。入内前に村上天皇の贈歌「吹く風の音にききつつさくら花めには見えずも過ぐる春かな」(『玉葉和歌集』巻第九　恋歌一　一二五〇　斎宮女御いまだまゐり侍らざりけるとき、さくらにつけてつかはさせ給うける　天暦御製)があるなど、政治的以上に村上天皇に請われたものと考えられる。

(25) 六条御息所が無事に逢坂の関を越えたことは「またの日、関のあなたよりぞ御返りある。」(賢木②九四)という記述によって明らかにされる。

(26) 注9山中論文は伊勢を再び見たいという前斎宮としての願望を強調する。

(27) なお、東宮の早世の例が少なく比較はし難いが、大臣家の娘が前坊妃から桐壺帝後宮へ移動することは類例がほとんどない。

近い例として、重明親王の妻であった登子が村上天皇の寵愛を受けた事例を挙げられる。徽子女王の継母でもあり、六条御息所の準拠として無縁ではないかと思われるが、今後の課題としたい。

(28) 注9の増田論文、注16の田中論文等を参照した。

第五章　「別れ路に添へし小櫛」が繋ぐもの ——秋好中宮と朱雀院の恋——

はじめに

本章から、六条御息所の娘・斎宮へと視点を移していきたい。

『源氏物語』においては、斎宮はただ一人しか登場しない。前坊の遺児一人きりである。葵巻での卜定から賢木巻で群行するまで、六条御息所と光源氏の関係の背景ながら、「斎宮」という役職を与えられた女君に対して、かなりの筆が割かれていると言っても良い。しかし、前坊の姫君以外の斎宮に対しては、点描さえされることがない。四代の御代が物語に描かれていながら、朱雀朝の斎宮ただ一人を除いて、他の斎宮は、誰も顕れることなく物語は進んでいく。『源氏物語』において、律令で定められた神への奉仕者としては比較対象として扱うことのできるだろう斎院の描かれ方を見れば、その差は明確である。女王から選ばれた斎院として、また光源氏と関係が深いという点で、『源氏物語』における斎院意識は朝顔の斎院が一身に背負っているようであるが、実は他に三名の斎院が物語中にはっきりと存在している。(1) 伊勢と京という圧倒的な所在の問題があるものの、斎院に較べて、『源氏物語』における斎宮の個性が、前坊の姫君ただ一人に委ねられていることは明白である。

本章ではまず、前坊の姫君のあり方を、仕えた御代の帝である朱雀帝との関係、特に両者を結びつける「別れの櫛」を中心に論じていく。

「別れの櫛」は、後に秋好中宮となる前坊の姫君の斎宮時代を象徴するものである。最初の登場場面は、賢木巻、群行の日で、朱雀帝が額に挿す。この櫛は、斎宮としての前坊の姫君に与えられながら、帰京し、冷泉朝に入内していった後も所持される。そして、その「別れの櫛」を通じた朱雀帝と斎宮の関係もまた続いていた。遠く若菜上巻まで維持された「別れの櫛」の連繫とは、いったいどのようなものなのだろうか。「別れの櫛」が意味するもの、また、その前提にある天皇と斎宮という関係性を踏まえて、両者の繋がりを考察し、『源氏物語』における斎宮のあり方について、まずは考えていきたい。

一、恋情の始発と絵合巻の贈答

まず、朱雀帝と斎宮の関係がどのように始まり、「恋情」という要素が付されていったかを辿ってみたい。その始発は、賢木巻の群行の日である。

斎宮は十四にぞなりたまへる。いとうつくしうおはするさまを、うるはしうしたてたてまつりたまへるぞ、いとゆゆしきまで見えたまふを、帝御心動きて、別れの櫛奉りたまふほど、いとあはれにてしほたれさせたまひぬ。（賢木②九三）

朱雀帝と斎宮の出会いの場として、発遣の儀が描かれる。斎宮の十四という若さ、それがうるわしく「したて」られている様子、惹かれているにもかかわらず、朱雀帝が「別れの櫛」を贈らなければならないことなど、のちに若菜上巻まで思い入れが続くための要素は、十分に散りばめられている。

しかし、そこで抱いた恋情は、光源氏と語らう場面で口にされはするものの、朱雀帝退位までは保留される。表出されるのは、澪標巻、斎宮が退下し、帰京した折からである。[2] 朱雀院は、退下した斎宮の自身への入内を、六条御息所に強く要望していた。しかし、御息所は自身の体験からそれを拒むうち死去、光源氏と藤壺の画策により、結局斎宮の処遇は、冷泉帝のもとに定められていく。発遣の儀の、顔を見るという次第が、朱雀帝の恋情を喚んだわけだが、その恋情を「別れの櫛」を用いて訴えていくのは入内当日の贈答以後である。

院はいと口惜しく思しめせど、人わろければ御消息など絶えにたるを、その日になりて、えならぬ御よそひども、御櫛の箱、うちみだりの箱、香壺の箱ども世の常ならず、（中略）ただ御櫛の箱の片つ方を見たまふに、尽きせずこまかになまめきてめづらしきさまなり。さし櫛の箱の心葉に、

わかれ路に添へし小櫛をかごとにてはるけき仲と神やいさめし

（中略）いにしへ思し出づるに、いとなまめききよらにて、いみじう泣きたまひし御さまを、そこはかとなくあはれと見たてまつりたまひし御幼心もただ今のこととおぼゆるに、故御息所の御事など、かきつらねあはれに思されて、ただかく、

別るとてはるかに言ひしひとこともかへりてものは今ぞかなしき

（絵合②三六九—七二）

前斎宮が冷泉帝に入内するまさにその日、朱雀院は贈り物を届ける。表面的な意として、それは光源氏への恨み言であろう。しかし、斎宮に対して訴える力もまた、贈り物には込められていたに違いない。特筆すべきは、朱雀院が執拗に「箱」を贈っていくことであり、歌もまた櫛の箱に添えられている。今井俊哉氏は、この箱の贈与が、朱雀院側にとっては、「ありうべき欲望の充足」、すなわち、前斎宮を手に入れるという幻想を櫛に装えて見る

ものであり、一方、箱の中に隠された前斎宮の喩を感じ取る光源氏が、前斎宮を見たい、という欲望をかき立てられるという構図にあることを指摘する。(3) この場面において、朱雀院に隠された斎宮の姿を読みとることは妥当と言えよう。

しかし、朱雀院が幻想を込めて「櫛の箱」を贈ったからといって、「別れの櫛」の実体はそこに入っているわけではない。前斎宮が「別れの櫛」を未だ所有していることについては、絵合巻の二度目の贈答で明らかになる。

…院にもかかること聞かせたまひて、梅壺に御絵ども奉らせたまへり。

年の内の節会どものおもしろく興あるを、昔の上手どものとりどりに描けるに、延喜の御手づから事の心書かせたまへるに、またわが御世のことも描かせたまへる巻に、かの斎宮の下りたまひし日の大極殿の儀式、御心にしみて思しければ、描くべきやうくはしく仰せられて、公茂が仕うまつれるがいといみじきを奉らせたまへり。艶に透きたる沈の箱に、同じき心葉のさまなどいといまめかし。御消息はただ言葉にて、院の殿上にさぶらふ左近中将を御使にてあり。かの大極殿の御輿寄せたる所の神々しきに、

身こそかくしめのほかなれそのかみの心のうちを忘れしもせず

とのみあり。聞こえたまはざらむもいとかたじけなければ、苦しう思しながら、昔の御髪ざしの端をいささか折りて、

しめのうちは昔にあらぬ心地して神代のことも今ぞ恋しき

とて、縹の唐の紙につつみて参らせたまふ。御使の禄などいとなまめかし。

（絵合②三八三―五）

絵合の盛儀を前に、朱雀院が絵と歌を贈ってくる場面で、「昔の御髪ざし」が前斎宮の手元にあることが語られる。傍線部のような朱雀院の絵、また、恋情に重ねた自身の境遇を詠む歌には、先には「あはれ」であった斎宮女

御の感慨を、「苦し」いものにするメッセージ性があったと考えられる。

朱雀院の贈った絵は、冷泉帝御前の絵合に出品されることが想定されており、[4]そこにはわざわざ斎宮発遣の日の「大極殿の儀式」が、朱雀院の指示によって描かれている。やはり、政治的な意味が皆無とは考えにくく、冷泉帝、或いは絵合の際に近侍するであろう冷泉帝治世の中心人物たちに対して、訴える思いが込められていよう。その訴えは、先帝である「わが御世」の主張であり、それを自身の御代の斎宮であった女御に提示してほしい、という思いである。延喜の帝から連なる行事絵、そこに描かれた斎宮としての自分を、恋情と二重写しにしながら訴える朱雀院の歌とともに見る時、この遣り取りは非常に緊迫したものとなろう。一度目の贈答では実物の登場することのなかった「別れの櫛」が、実体として場面に持ち出されるのは、朱雀院からの切実な訴えがあったからと考えられる。

二、「別れの櫛」とは何か

『源氏物語』の文脈における「別れの櫛」を見る前に、そもそも「別れの櫛」とはどのようなものかを考えていきたい。先の引用で、前斎宮が冷泉帝後宮に入内したのちも、朱雀帝から受けた「別れの櫛」を所持していることが明らかになった。しかし、この「別れの櫛」が本来、斎宮の手元にあるべきなのかは定かでない。斎宮に関する制度の面から、櫛について確認しておきたい。

まず、律令における斎宮のあり方をうかがう上で重要な資料である『延喜式』を見ていきたい。

凡そ斎内親王、京に還るとき、有てる雑物は寮官以下および宮に近き百姓らに普く分ち給え。その寝殿の物は忌部に給い、出居殿の物は中臣に給え。ただし、金・銀の器は斎王の家に納れよ。また幃・幄・釜の類の長用すべきは、皆国司に付けて収掌せしめよ。（『延喜式』巻第五　斎宮　九九条・一〇〇条）[5]

『延喜式』によれば、斎宮が退下する際、多くのものは置いていかねばならない。帰京する際には、衣服が改めて都から贈られ、堺で着替えなければならないのだから、斎宮にあったもの、斎宮が斎宮として身につけていたものを都に持ちこませまいとする意識を見ることができよう。むろん、日用品すべてにそれが適用されたわけではないだろうが、斎宮の「櫛」は神事の際の規定の服装に組み込まれている。次に詳細がある。

綻五疋、白絹二丈五尺、綿二十屯、紫の小纈の帛三丈、細布二丈、曝布一端一丈四尺、筥六合、櫛一具〈黄楊〉、櫛の案一脚、刀子一具、冠一条、爪磨一枚、沓一両、出雲席一枚。
右、斎内親王の神忌御服の料。（『延喜式』巻第五　斎宮　六六条）

新嘗祭の際に着用したものについて述べた条であるが、黄楊の櫛と示されたそれが、わざわざ天皇から贈られた櫛と別の物を用意するとは考えにくい。とすれば、本来神事に用いられたために都に持ちこんではならないはずの「櫛」が、なぜか特別扱いを受けていることになる。「別れの櫛」を特別なものとする意識は、どこに由来するのだろうか。まずは、その「別れの櫛」が用いられる発遣の儀を、現在残る三つの資料の中から[6]、『江家次第』を選んで見ていきたい。

次主上御盥、此間司着大極殿座、（中略）蔵人持候笏式并斎王額櫛筥等、此櫛先仰作物所、以黄楊木令作、長二寸許、入金銀蒔絵筥、〔方一寸〕松折枝并鶴等蒔之、（中略）天皇以櫛刺加其額勅、京乃方仁趣支給不奈
（『江家次第』巻第一二　斎王群行）[7]

その主旨は、斎宮の額に櫛を挿すということ、またその櫛を奉る間に、天皇が斎宮に対して、「京の方に趣き

（ママ、以下「赴き」の字を用いる）給ふな」という主旨の言葉を述べるということである。この言葉と櫛とは、切り離して考えることはできない。先の引用における前斎宮の歌、「別るとてはるかに言ひしひとことも」という上の句も、この「京の方に赴き給ふな」の言葉を示している。

さて、この儀式がいつ成立し、またどういう意図で行われたものなのかは定かではない。しかし、この発遣の儀が、平安期には斎宮とほぼ同様の権威を持ったはずの斎院には見られないことは、極めて象徴的であろう。伊勢という都から離れた場所へ向かう斎宮にだけ、この儀式は必要であったと言える。

先行研究の上では、斎王の櫛が、俗縁を断って神事の奉仕者となるシンボルであったと見る説、形式化した斎女のシンボルであったとする説などがあり、櫛が斎宮にとって特別なものであること、その「特別」が、天皇に変わって祭祀を行う力を与えられたことに由来するという点であまり揺らぎはない。[8] また榎村寛之氏は、櫛を挿す儀式が成人儀礼に相当し、祭祀権を分与するものであったという説を唱えている。[9] 別れの櫛の儀と成人儀礼の問題は、確かに首肯できる。櫛を挿すには髪を結い上げねばならず、かつては裳着とともに行われていた初笄の儀に通じる。[10] しかしなお、なぜ櫛でなければならないのか、天皇によって成人させられる斎宮とは何であるのかという疑問は残る。

三、「櫛」考 ——別れの「櫛」に向かう手がかりとして——

そもそも、「力在るもの」とされる「櫛」という媒体はどのようなものだろうか。「櫛」については、さまざまな論考があるが、[11] その神話的背景を見る上で確認しておきたいのは、『日本書紀』『古事記』双方に見られる、次の

記事である。ここでは『古事記』をあげる。(12)

是に、其の妹伊耶那美命を相見むと欲ひて、黄泉国に追ひ往きき。（中略）故、左の御みづらに刺せる湯津々間櫛の男柱を一箇取り闕きて、一つ火を燭して入り見し時に、うじたかれころろきて、（中略）是に、伊耶那岐命、見畏みて逃げ還る時に、其の妹伊耶那美命の言はく、「吾に辱を見しめつ」といひて、即ち予母都志許売を遣して、追はしめき。爾くして、伊耶那岐命、黒き御縵を取りて投げ棄つるに、乃ち蒲子生りき。是を摭ひ食む間に、逃げ行きき。猶追ひき。亦、其の右の御みづらに刺せる湯津々間櫛を引き闕きて投げ棄つるに、乃ち笋生りき。是を抜き食む間に、逃げ行きき。

（『古事記』上巻　四五―七）

伊耶那岐命の頭にあって、灯を灯して伊耶那美命の姿を明らかにする左側に刺した「湯津々間櫛」、竹の子（笋）に変わってシコメたちを足止めする右側に刺した「湯津々間櫛」である。同じく男の頭に置かれる櫛として、素戔嗚尊の記事が挙げられる。

是の時に素戔嗚尊、天より出雲国の簸の川上に降り到ります。時に川上に啼哭く声有るを聞く。故、声を尋ねて覓ぎ往きませば、一の老公と老婆と有り、中間に一の少女を置ゑ、撫でつつ哭く。（中略）素戔嗚尊勅して曰はく、「若し然らば、汝、女を以ちて吾に奉らむや」とのたまふ。対へて曰さく、「勅の随に奉らむ」とまをす。故、素戔嗚尊、立に奇稲田姫を化して湯津爪櫛にし、御髻に挿したまふ。

（『日本書紀』巻第一　神代上①九一）

素戔嗚尊は、八俣の大蛇を倒すことを条件に、奇稲田姫を娶ることを親に約束させ、姫を櫛に変化させ、髪に挿して大蛇に挑む。

時に一の長老有り、忽然に至り、自ら塩土老翁と称る。乃ち問ひて曰さく、「君は是誰者ぞ。何の故にか此処に患へます」とまをす。彦火火出見尊、具に其の事を言ふ。老翁、即ち嚢中の玄櫛を取り地に投げしかば、五百箇竹林に化成りぬ。因りて其の竹を取り、大目麁籠に作り、火火出見尊を籠の中に内れ、海に投る。

（『日本書紀』巻第二　神代下①一六三）

塩土の翁が山幸彦の訴えを聞いて海神のもとへ連れて行く場面で、塩土は袋から玄櫛を取り出し、投げて竹林を生む。

以上三例の櫛を所有しているのは男性であり、平安時代に確立している、女性のものとしての櫛とは隔たりがあるようだが、その源泉を見ることもまた、できるのではないか。

成人儀礼として初冠と髪上が対比されるように、髪の装飾の面で男性に冠が用いられ、女性にだけ櫛の形態が残っていった流れは認められる。しかしながら、この神話を見る時、櫛が女性と関わりの深い場面で用いられていることは重要であろう。伊耶那岐命が櫛を用いるのは、伊耶那美命を見るためであり、また、彼女から逃げるためである。素戔嗚尊が挿す櫛は、奇稲田姫そのものであって言うべくもない。山幸彦の例には女性は登場しないが、塩土の翁は山幸彦と、海神の娘豊玉姫との出会いを導く者である。玄櫛は塩土の翁のものではなく山幸彦を守るためにあり、誰もが櫛を挿せるわけではないといえよう。

それらの櫛に共通するのは、守る櫛の役割である。特に、男性に対してその守護力は発揮されている。素戔嗚尊が奇稲田姫を変化させて髪に挿したのは、大蛇退治に向かう自分の身を守護させるためであろう。伊耶那岐命が髪に櫛を挿していたのも、黄泉に行くという目的があっての武装であろうし、右の引用と同じく山幸彦が、産屋を覗くために櫛の灯を使った[13]のも、穢れのある産屋という場に挑むためと考えられる。男性が櫛を挿しているという状況が、極めて特異な場面におけるものであることが確認できよう。ここでもう一例、『古事記』の景行天皇の条を見てみたい。

其より入り幸して、走水海を渡りし時に、其の渡の神、浪を興し、船を廻せば、進み渡ること得ず。爾くして、其の后、名は弟橘比売命、白ししく、「妾、御子に易りて、海の中に入らむ。御子は、遣さえし政を遂げ、覆奏すべし」とまをしき。（中略）

故、七日の後に、其の后の御櫛、海辺に依りき。乃ち其の櫛を取り、御陵を作りて、治め置きき。

（『古事記』中巻　一二七）

倭健命の東征の中で、荒れた海を鎮めるために、后の弟橘比売が身を投げる場面である。『古事記』だけが、その七日後に、海辺に流れ着いた弟橘比売の櫛の記事を載せる。倭健命救済が成功して、櫛だけが戻ってきたのである。童女は放ち髪であって櫛を挿さないという慣習からすれば、弟橘比売の櫛は倭健命の「后」であることの証明であったはずだ。倭健命からの贈与を想定することもできよう。この櫛は弟橘比売の霊魂そのものとして御陵に祀られる。

男性の守護としての櫛と、童女でない、夫を持つ女性の証としての櫛、そして女性の魂そのものとなる櫛。奇稲田姫の例と弟橘比売の例を并せて考えれば、結ばれる線は一層はっきりする。櫛は、その神話的背景において、男性を守護する女性の象徴であろう。元来、櫛は頭頂部の装飾品であった。頭部を飾る櫛が、男女間で交わされることで一層重要なものとして認識され、男女間の関係を示すものとしての力を備えていく。その一方で、櫛は、装飾品としての機能を失い、むしろ身なりを整えるための実用品へ変遷を遂げる。着飾るための調度であるから、嗜好品としての重要性は保たれているものの、挿す櫛でなく、髪を梳くためのもの、日常の中で用いられるものとしての「櫛」になっていく。平安時代になると、例えば和歌の中で「玉櫛笥」は詠まれるものの、「櫛」そのものが詠まれる回数は極端に減っていく。[14]装飾品としての意義から、櫛笥の中に隠されたものとしての「櫛」の性格が一層強くなったためであろう。母から娘へ受け継がれる調度としての櫛笥に入った櫛は、これらに立脚したものと考えられる。一方で、『源氏物語』の中で、空蝉に対して光源氏が扇とともに贈った櫛は、前者のイメージを強く残している。[15]「櫛」の文化的な変遷の中で分かれたであろう、装飾品としての「櫛」と日用品としての「櫛」を、ひとつに考えては見落とすものがあるように思われる。

ここまで、「櫛」の古代的な意識を辿ってきたが、再度、発遣の儀に見られる櫛に戻れば、儀式の中で重視されているものは、櫛を「挿す」という行為である。髪を梳くためのものではなく、身を飾る、場合によっては武装するものとして、別れの櫛はあったはずである。成人儀礼としての櫛も、その意であろう。しかし、先に指摘したように、櫛は男女間で交わされるものでもあった。交わされることによって、「櫛」が重要なものであるという認識が高められる。櫛を挟んで対峙する斎宮と天皇の関係をどう見るべきであるのかについて、考えていきたい。

「別れの櫛」が装飾品としての櫛であり、古代的なイメージを強く残しているとすれば、それを贈られる斎宮についても、古代的なあり方から見ていくべきであろう。少なくとも『日本書紀』が描くその初発において斎宮は、その御代の天皇と父娘関係にあることが求められた。[16]酢香手皇女の在位が三代に亘ることとの問題についても既に述べたが、天武天皇以後、御代に跨がる斎宮は存在しない。斎宮が制度として始められたのはこの時期であろうから、伊勢神宮を重視するとともに、天照大神をコントロールしていこうとする政策[17]の中で、斎宮は位置づけられる。内親王であること、御代ごとに変わることは、斎宮を確実に天皇との関係の中に掌握していくための、重要な柱であったと考えられる。

天皇と斎宮を、親子という確実な力関係のある中に置くことで、遠く離れても掌握できる天照大神祭祀の制度を確認し、ここで再度、『源氏物語』の文脈に戻りたい。

四、『源氏物語』における「別れの櫛の儀」

繰り返すように、発遣の儀にしろ、別れの櫛の儀にしろ、その創始も由来も明らかではない。よって、儀の立脚する思想もまた明らかには成り得ないのだが、では、『源氏物語』の文脈の上では、この儀はどのように捉えられ、扱われていくのだろうか。「別れの櫛」を通じた朱雀帝、斎宮両者の交流を検討していきたい。

絵合巻における一度目の贈歌では、朱雀院の言う「諫め」の詳細は明らかにされない。しかし、答歌が、その神が諫めるものは「別るとてはるかに言ひしひとこと」であることを明らかにする。「京の方に赴き給ふな」の言葉そのものである。額髪に挿した櫛の意味する所は、第一に斎宮を戻ることのない道に押し込むものであった。櫛は女性に贈られ、それを女性が身につけることによって、贈り主である男性をも加護していくものであると先に述べた。親子である天皇と斎宮の間では、男女関係でない占有への矛盾はない。もとより所有している存在として、少女を自身の御代に捧げることへの矛盾もまた少ないといえる。しかるに、娘どころか、姉妹でさえない女王の斎宮が朱雀朝最初の斎宮に選ばれた時点で、本来的には大きな矛盾を孕んでいるのである。

別れの櫛の儀は、斎宮と天皇が親子関係にあるということを前提に、顔を見せ、占有させながら、「別れ」を強要する。口では別れの言葉を言いつつも、親子関係にあれば、帰京した斎宮は再び内親王の立場に戻る。しかし、朱雀帝の場合は決してそうではなく、斎宮との関係は、御代が終われば宙に浮いてしまう。入内当日に贈られた品々を前に、斎宮自身が思い返すように、「そこはかとなくあはれ」に朱雀帝を見つめ、「御幼心」のままの斎宮は、発遣の儀における偽装された親子関係を素直に受け入れていよう。そこに恥ずかしさを見る描写はない。十四才の斎宮は、ごく当然のものとして、天皇の娘に擬された自分を受容しているのである。この時点では、朱雀帝の方が遙かに、自分の行う儀が斎宮という少女に及ぼす重要性を認識していた。朱雀帝が櫛を挿すのは自分のためである。本来なら結婚が前提に行われるであろう成人儀礼に代えられる櫛の儀は、朱雀帝のため、未婚を前提とするものとなる。朱雀帝が儀式の場で流す涙には、少女を遠くに行かせることへの帝としての申し訳なさがあろう。

もう一点、櫛について明らかにしなくてはならないのは、なぜ櫛が退下した斎宮の手元に置かれるのかということである。先に述べた通り、「別れの櫛」の行方は制度の外に置かれている。筥も櫛も、斎宮が卜定されるたびに新しい物が作成される。古い物が退下した斎宮とともに都に持ちこまれて咎められないのは、端的にいってしまえば、「別れの櫛」に斎宮のアイデンティティーがあるからではないか。

「京の方に赴き給ふな」という拒絶、別れの言葉を受けるにあたって、斎宮を支えるものは、天皇によって成人させられた出自の正当さである。実際には神宮の外に暮らす斎宮の仕事は多くない。年に三回、伊勢神宮を訪れるだけの役割の中で、奇稲田姫のように、或いは弟橘比売のように、天皇を支えるためにある自分を、櫛を通じて時に確認したのではないか。発遣の儀の際には殊更意識されなかったものであっても、伊勢で過ごす年月は、斎宮の心に変化を及ぼす。櫛に呪力を見、「別れの櫛」をことさらに重要なものにしていくのは、他でもない、斎宮自身であったことだろう。

入内当日に、朱雀院から櫛箱を贈られた時、誰よりも前斎宮自身が、「別れの櫛」によって約束した「京の方に赴き給ふな」の言葉を裏切って、自分がそこにいることを自覚したのではないか。朱雀院は、前斎宮を責めながらも、「添へし」「いさめし」と、過去のこととして自分たちの関係を言う。それは、譲位と退下によって結ばれてもいいはずだという意味にも、私の斎宮であるあなたがなぜ冷泉帝に入内するのかという意味にもなり得る。しかし、入内当日であるのだから、繰り言としてあしらうことも可能だろう。今やどうにもならない朱雀院の訴えに、前斎宮は、「別るとてはるかに言ひしひとこともかへりてものは今ぞかなしき」と歌を返す。「別れの櫛」によって繋がった関係の空しさを言うこの返歌は、朱雀院が曖昧にした関係が今も続いていることを示している。入内当日でありながら、前斎宮は朱雀院からの恋情を、完全には拒否せず、保留しているのではないだろうか。

絵合巻、二度目の贈答は、先述の通り、宮中の絵合に際して、朱雀院の御代の盛儀であろう斎宮発遣の儀を描いた絵につけて、歌が届けられる。そもそも、前斎宮の入内自体が、太上天皇である朱雀院の意向を無視したものであり[18]、朱雀院の絵と歌には、恋情とともに燻る境遇への不満が込められていた。絵が、前斎宮の手によって冷泉帝御前の絵合で出品されたなら、先帝である朱雀院と今上である冷泉帝との間を繋ぐ存在として斎宮女御が認識される可能性もあったと考えられる。

かねてから諸注釈で指摘される通り、この場面には『長恨歌』が踏まえられている[19]。簪をふたつに折り、楊貴妃と玄宗皇帝が交わした約束を誓い直す場面であるが、一概にその文脈だけでは解し切れない。斎宮と天皇とを繋ぐ約束の言葉は、比翼連理ではなく、「別るとてはるかに言ひしひとこと」なのである。入内の日には保留のために用いた言葉を改めて据え直して、あくまで斎宮と帝であった関係を想起させる。少なくとも朱雀院の恋情に対しては、ここで改めて拒否していよう。

しかし、前斎宮は、櫛を全て朱雀院に返すわけではない。前斎宮が櫛を折る時、それがなおも手元にしっかりとあることの表示、まだ完全に返す時ではないという判断があろう。前斎宮にとって、光源氏との関係性は強いものではないが[20]、藤壺の代役としての自分の立場は自覚していたと思われる。藤壺の意向が、光源氏の養女としての斎宮女御支援にあることは、藤壺御前の絵合でもうかがえよう(21)。

朱雀院の訴えを受け取りながら、それが日の目を見られないことに、前斎宮は気づいていたのではないか。藤壺や光源氏が作ろうとしている冷泉帝の「盛代」は、朱雀院の絵を必要としていない。朱雀院の訴えは、絵合の盛儀の中で登場すべきものではなかったが、かといってただ失われるほど軽いものではない、という判断が、前斎宮の中ではあったと考えられる。その重みを、前斎宮として受け止めたからこそ、櫛は手元に残され、再登場の機会をうかがうのである。

五、三度目の贈答 ――「別れの櫛」の再登場――

賢木巻に斎宮と帝という関係から始まり、それを背景に、若菜上巻まで長く引き続いて繋がれてきた両者の関係を述べてきた。最後に、それがなぜ若菜上巻であったかという点について考えておきたい。

中宮よりも、御装束、櫛の箱心ことに調ぜさせたまひて、かの昔の御髪上の具、ゆゑあるさまに改め加へて、さすがにもとの心ばへも失はず、それと見せて、その日の夕つ方奉れさせたまふ。宮の権亮、院の殿上にもさぶらふを御使にて、姫宮の御方に参らすべくのたまはせつれど、かかる言ぞ中にありける。

さしながら昔を今につたふれば玉の小櫛ぞ神さびにける

院御覧じつけて、あはれに思し出でらるることもありけり。あえものけしうはあらじと譲りきこえたまへるほど、げに面だたしき簪なれば、御返りも、昔のあはれをばさしおきて、

さしつぎに見るものにもが万代をつげの小櫛の神さぶるまで

とぞ祝ひきこえたまへる。（若菜上④四三―四）

絵合巻で終えられたはずの両者の交流がここで再び行われることについては、斎宮女御が楊貴妃の如く抱えた光源氏への怨嗟の解消の場であるという説、(22)或いは櫛の譲渡が女三の宮の密通を呼び起こしたとするもの(23)などがある。しかし、若菜上巻における櫛の授受は、秋好中宮主導で行われたものである。朱雀院と秋好中宮の関係性という視点においては、それが秋好中宮のどのような意志のもとに行われ、またその舞台となった裳着がどのような場であったのかを、まずは明らかにすべきであろう。

年も暮れぬ。朱雀院には、御心地なほおこたるさまにもおはしまさねば、よろづあわたたしく思し立ちて、御裳着のこと思しいそぐさま、来し方行く先ありがたげなるまでいつくしくののしる。御しつらひは、柏殿の西面に、御帳、御几帳よりはじめて、ここの綾、錦はまぜさせたまはず、唐土の后の飾りを思しやりて、うるはしくことごとしく、輝くばかり調へさせたまへり。（中略）院の御事、このたびこそとぢめなれと、帝、春宮をはじめたてまつりて、心苦しく聞こしめしつつ、蔵人所、納殿の唐物ども多く奉らせたまへり。（若菜上④四一―二）

女三の宮の裳着を、朱雀院は「いつくしし」いまで準備し、また、女三の宮を「うるはしく」飾り付ける。年は十三、四であるから、かつての大極殿の儀式のころの斎宮とほぼ同年齢。朱雀院の念頭には、自分の御代を象徴するかの儀式と、「とぢめ」と言われ、在俗最後に主催する儀式である女三の宮の裳着とを結びつけ、重ね合わせようとする意識があったのではないか。かつて「別れの櫛の儀」で髪を上げて臨んだ斎宮にとって、それはそのまま成人儀礼であった。少なくとも『源氏物語』中では、斎宮の裳着は語られていない。

女性にとって重要な裳着に代わるものを自分の手によって行い、それがそのまま別れになるという逆説的な空間を通して抱かれたのが、斎宮への恋情であった。女三の宮の裳着もまた、今度は朱雀院が出家というかたちで離れていくことが意識されており、心境として呼応しよう。女三の宮の裳着は、朱雀院と秋好中宮にとって、共有する歴史を呼び起こす媒体である。同時に、朱雀院に櫛を返すだけならば、朱雀院宛であってもおかしくはない櫛が、女三の宮へ贈られることの意味ももちろんあろう。そしてそれこそが、秋好中宮主導で最後の贈答が行われる意味をそのまま示しているのではないか。

かつて、朱雀院が絵とともに前斎宮に訴えたのは、恋情だけでなく、自分の御代が次代に受け継がれないことへの不満であり、それを前代の斎宮として共に表明することが求められた。朱雀院のその思いは、絵合という藤壺と光源氏の思惑によって彩られた場で、焦点化されることもなく埋没した。光源氏の養女格であり、藤壺の支援を受ける前斎宮にとって、朱雀院の訴えを棄却することは、ごく当然の選択であったはずである。しかし、「朱雀帝の斎宮であった」女御にとって、それは苦渋の選択であった。

朱雀院が出家してしまえば、「別れの櫛」も、それに纏わる一層重いメッセージも、共有する相手を失う。『長恨歌』に乗せて拒否した朱雀院の訴えは、秋好中宮が生涯抱えるには重く、しかし、その訴えに何も応えないままに朱雀院に返すこともまたできない。女三の宮に櫛を贈ることは、秋好中宮にとってほとんど唯一の選択であろう。秋好中宮の祝いの歌は、若菜上巻で単独に行われたわけではない。むしろ、これまでの厚志に対して、そして、特に絵合巻では言えなかった絵の贈与に対して、本当の返礼をする場として、秋好中宮自身が設定しているのである。

ただ中宮という位に昇った自分にあやかるためだけならば、より適切な存在、明石の姫君に櫛が贈られてもよかったはずである。しかし、「別れの櫛」は秋好中宮だけのものではない。朱雀帝治世と、その治世が本人にとっても世の評価としても満足でなかったことへの不満をも内包している。そしてまた、秋好中宮にとっては、単純に進捗したわけではない中宮への道筋を照らし返すものとしてある。若菜下巻で、秋好中宮は自身の立后を実現させた光源氏に対して、「ゆゑなくて、あながちにかくしおきたまへる御心」（若菜下④一六六）と、感謝を込めて述懐するが、絵合巻で光源氏との連繋を優先したことと少女巻の立后は無縁ではないと考えられる。冷泉帝への入内は、前斎宮自身が望んだこととは言い難いが、朱雀院との関わりは、前斎宮の意志を固める機会を与えたのである。そしてまた、朱雀院から贈られた絵に閉じこめられた、大極殿の儀式の中の斎宮は、日の目こそ見ないものの、秋好中宮を内側から支えるものとして記憶されたといえる。

秋好中宮から女三の宮への櫛の授受は、両者を再びかつての空間に呼び戻しつつ、しかし繋がれてきた歴史を語り収めるものに他ならない。かつての発遣の儀は、帝と斎宮を擬似的な父娘関係の中に押し込めようとするものであった。同年代の従姉妹を娘と見るような無理な要求がなされた理由は、実の娘が存在しなかったからである。時を経て今、朱雀院の前には最愛の内親王がいる。先の話ではあるが、秋好中宮がこの後、腰結役を務めた明石の姫君の皇子たちでなく、女三の宮の子、薫を寵愛していくことからも、秋好中宮が女三の宮に対して、かつての自分を投影しつつ親近感を抱いたであろうことは、想像に難くない。

女王でありながら斎宮に卜定されたこと、光源氏の養女として入内したこと、子どものないままに立后したこと、秋好中宮は、常に偽装された地盤の上にあった。斎宮であった時代だけでなく、不確かな存在である彼女を支え続けたものが、朱雀院の「櫛」だったのではないか。そして秋好中宮自身が擬されはしたものの、成ることもできずにいた内親王という立場にあるのが女三の宮である。

秋好中宮の贈歌、「さしながら昔を今につたふれば玉の小櫛ぞ神さびにける」は、直接的には、朱雀院との間に流れた長い年月を詠う歌である。しかし、この歌が女三の宮に向けられる時、「神さぶ」の語は単に古びるという意に留まらない。一層力ある道具として、「小櫛」は響く。それを手放すにあたって、秋好中宮は「別れの櫛」をより一層重大なものとして言挙げするのである。

同じく裳着の場面で、行幸巻、大宮が孫にあたる玉鬘に櫛箱を贈っている。[24] 秋好中宮には、櫛箱を贈るべき血縁がいない。その事実は、女三の宮への思い入れを尚更強くさせよう。女三の宮は、退位しているとはいえ、朱雀院鍾愛の内親王である。そして、ここで贈られる櫛は、朱雀院と間違いなく父娘関係を繋ぎながら、少なくとも「京の方に赴き給ふな」という言葉を持つことはない。「別れの櫛」が抱える不吉さを払拭する存在があるとすれば、それは女三の宮に他ならない。少なくとも、秋好中宮の中では、その可能性を女三の宮に見て、譲渡が行われていると思われる。

しかし、この櫛は、裳着の場面を最後に、影を潜めていく。朱雀院が、揺らぐ地盤の上にしか立てなかった前坊の娘を中宮の位にまで押し上げた「櫛」を、女三の宮にも「挿し」ていくことを詠ったにもかかわらず、女三の宮の周囲に、以後、櫛の影は見当たらない。櫛に纏わる物語が失われてしまうのはなぜだろうか。

秋好中宮にとって、伊勢で過ごした少女時代、櫛は自分の価値を確認するものであった。今、朱雀院が出家するという事実は、同世代である秋好中宮も後半生を迎えていることを知らしめる。中宮として昇りつめながら、子を持たない自分を自覚し、そして六条御息所や前坊の弔いを使命として思う時、まさにアイデンティティーそのものである「別れの櫛」がただ失われることは許されない。朱雀院に託された、自身の御代の斎宮としての求めに対しても、応えずに道を違えたままである。しかし、本来、別れの櫛は極めて一回的なものである。先に述べたように、斎宮が替われば櫛笥とともに新たに作られるのであり、櫛が担った役割は、次の斎宮が次の櫛とともに負っていく。秋好中宮自身も、不吉であるが故に大切であった「別れの櫛」が持ち主から手放され、不吉さが払拭される時、櫛の呪力が失われるであろうことには、十分に自覚的であったのではないか。朱雀院の答歌をもう一度見てみたい。

「さしつぎに見るものにもが万代をつげの小櫛の神さぶるまで」

秋好中宮が「それ」とわかるように贈った櫛は、やはり朱雀院にのみ伝わるものであった。秋好中宮伝来の櫛であることは確かであるけれども、そこに斎宮として下った「昔」や、絵合巻の未遂に終わった朱雀院の今上への挑み、揺らぎを持ちつつ昇った中宮の位であることは、両者の間にのみ思い返されるものである。秋好中宮から女三の宮への譲渡の間に、この歌が入る時、図らずも「別れの櫛」は、その歴史、個別性を失っていくのではないか。都から離れない女三の宮の手に櫛が渡る時、その不吉さはひとまず払拭される。(25)「別れの櫛」ではなく、「万代をつげ」る「黄楊の櫛」と読み直され、それは朱雀朝治世を呼び起こさないであろうし、既に「神さびた」ものだと詠った秋好中宮の櫛の意識を、新しいものへと変革していよう。「別れの櫛」は失われることでようやく、朱雀院と秋好中宮の結ばれなかった想いを「はるけき仲」に鎮めたのである。

おわりに

賢木巻での出会いから長い年月、朱雀院と秋好中宮の間には、表立つことのない関係が維持されてきた。それは、大極殿の儀という閉ざされた空間を始発として、両者の認識の中で成立する関係であった。斎宮が、次の御代の後宮に入り、また中宮として治世の一翼を担うようになってもなお、櫛は観念的に「挿しながら」維持されてきたのである。

冒頭に述べたように、『源氏物語』の中に斎宮はただ一人しか登場しない。そして、一人きりの斎宮である秋好中宮が「斎宮」として生きた時間を強調するのは、常に朱雀院との交流の場であり[26]、傍らにはずっと「別れの櫛」が在り続けた。別れの櫛によって天皇と繋がる斎宮であることが、秋好中宮のアイデンティティーなのである。天皇と結びつく斎宮像が、平安時代当時の実在の斎宮たちや『伊勢物語』に描かれた斎宮ではなく、より古い時代に濫觴を求めていることは、ここまで述べてきたとおりである。更に、天皇と斎宮の結びつきという古いモチーフを、「別れの櫛」によって新しい形で打ち出した点[27]でも、斎宮経験者としての秋好中宮の姿は、これまで描かれた斎宮像と一線を画す。

しかしながら、天皇と斎宮の関係や互いに抱いた恋情が、極めて観念的なものであることは言うまでもない。「わかれ路に添へし」「はるかに言ひし」と直接体験の助動詞で示される互いの記憶が、両者の拠り所なのである[28]。ただ、記憶の他に、櫛という実体あるものが手元に置かれ続けた。賢木巻や絵合巻から遠く隔たった若菜上巻で、再び贈答が実現するのは、思い出を喚起する櫛があるからに他ならない。そしてまた、若菜上巻まで秋好中宮が櫛を維持していたという事実、秋好中宮からそれを伝える歌を贈ったことが、絵合巻の贈答を朱雀院の片思いに終わらせないのである[29]。

「別れの櫛」は、朱雀院と秋好中宮の関係を見る上で欠かせないものであり、『源氏物語』における斎宮について考える上でも重要な言葉である。朱雀院も秋好中宮も、別れの櫛に託して、自分たちの関係性を確認する。物として所有され、贈られるたび、櫛は様々な意味を見出される。しかしそれもまた観念的な世界の認識であり、朱雀院や秋好中宮が詠い、期待したような呪力は発揮されないまま、「別れの櫛」は埋没していく。言葉の上で祓われた不吉さも、女三の宮への予祝も、効を奏すわけではない。「別れの櫛」とは、当事者たちにだけ呪力を持つものであり、それを取り巻く論理も幻想に過ぎない。そして、だからこそ、他者を介在させない以上は揺らぐことのない幻想であり、殊に秋好中宮にとって、長く引き続いて頼ることのできる繋がりであった。

『源氏物語』における一人きりの斎宮が、一回的なものである「別れの櫛」に拠り所を求め、斎宮であった時間を仕えた帝とだけ共有していく。その結びつきは、世間的な恋でないからこそ、却って確かなものとして存在でき、秋好中宮を支え続けた。「斎宮」として神話的な時代との連関を響かせながら、極めて小さな関係性の中に終始する秋好中宮は、『源氏物語』が新しく打ち出した斎宮像であり、朱雀院との繋がりなくしてはあり得ない存在である。朱雀院との間の、他に発展し得ない関係が貫かれた上で、秋好中宮の物語は描かれていく。

注

（1）『源氏物語』における斎院は四名。桐壺朝の斎院は、末摘花巻で侍従が時折参内していることが記され、蓬生巻でも触れられる。朱雀朝の斎院は、朱雀帝の同母妹である女三の宮、また、桐壺院崩御に従って卜定されたのが朝顔の斎院である。朝顔の斎院は冷泉朝の途中まで奉仕し、退下。恐らくは間に誰か入っていたことだろうが、今上帝の御代においては、若菜下巻で、降嫁している女三の宮が女房を奉る相手として、斎院がいる。朱雀朝の女三の宮と朝顔の斎院以外は、あくまで点描だが、斎宮がほとんど不在といってもいいほど描かれない状況とは異なっている。

（2）「…またすきずきしき歌語なども、かたみに聞こえかはさせたまふついでに、かの斎宮の下りたまひし日のこと、容貌のをかしくおはせしなど語らせたまふに…」（賢木②一二四）と、光源氏と語らい、また「院にも、かの下りたまひし大極殿のいつかしかりし儀式に、ゆゆしきまで見えたまひし御容貌を、忘れがたう思しおきければ、「参りたまひて、斎院など御はらからの宮々おはしますたぐひにて、さぶらひまへ」と、御息所にも聞こえたまひき。」（澪標②三一九）と要望している。
（3）今井「シュレジンガーの「箱」」（『想像する平安文学〈平安文学〉というイデオロギー』勉誠社　二〇〇〇）。
（4）光源氏は、藤壺御前の絵合が行われたことを耳にし、「かくとりどりに争ひ騒ぐ心ばへどもをかしく思して、「同じくは、御前にてこの勝負定めむ」とのたまひなりぬ。」（絵合②三八三）と口にする。この言葉によって、絵の蒐集は一層熱がこもったのであり、朱雀院が知らないとは考えられない。
（5）『延喜式上』（虎尾俊哉編　集英社　二〇〇〇）をもとに『国史大系』と校合し、私に改めた箇所がある。
（6）他、『延喜式』と『西宮記』に見える。『延喜式』は詳細な次第が失われているが、『西宮記』では、『江家次第』とほぼ同様、「奉加櫛之間、天皇示不向京由云々。」（故実叢書）と描かれる。他、『小右記』にも部分的に触れられているが、ここでは「京ノ方ニ趣キ給フナ」の訓が明らかな『江家次第』を資料として考えていきたい。
（7）故実叢書『江家次第』をもとに、私に改めた。
（8）菅野邦彦「斎王群行儀礼にみる天皇権」（『史聚』五、六号合併号　一九七七）、所功「斎宮群行儀式の成立」『古代文化』五一巻二号　二〇〇〇）があり、前者が俗縁を断つもの、後者が斎宮のシンボルとして扱う。また、『源氏物語』における「別れの櫛」については、岡田則子「『源氏物語』斎宮女御の櫛」（『平安朝文学研究』九号　二〇〇二）、栗山元子「斎宮女御の「櫛」」（『源氏物語鑑賞と基礎知識　絵合・松風』二〇〇二）等があり、ともに「斎宮」の機能を保持する力在るものとして扱う。
（9）榎村「斎王発遣儀礼の本質について」（『律令天皇制祭祀の研究』塙書房　一九九六）。
（10）植田恭代「元服・裳着――源氏物語にみる成人儀礼」（『源氏物語研究集成一一　源氏物語の行事と風俗』風間書房　二〇〇二）等。
（11）中村義雄『王朝の風俗と文学』（塙書房　一九六二）、町方和夫「万葉集の「櫛」の歌の背景」（『古代文学』八号　一九六八）、福島秋穂「記紀採録神話に見える櫛の呪力について」（『記紀神話伝説の研究』六興出版　一九八八　初出一九七六）、白井千恵「「櫛」考」（『物語文學論究』七号　一九八三）、山田永「古代日本人と櫛」（『仁愛女子短期大学紀要』一九号　一九八八)。

(12) 本章における『古事記』と『日本書紀』の資料は、重複するものが多い。本来ならば両方を載せて検討すべきところであるが、本稿では適宜どちらか一方を検討材料とする。櫛の文学史については、拙稿「平安の櫛と扇をめぐって——物語における機能と変遷を中心に——」(『王朝文学と服飾・容飾』竹林舎　二〇一〇)参照。

(13) 『古事記』では、この山幸彦の段に続いて、海神の女である豊玉姫を娶った火火出見尊(=山幸彦)か、豊玉姫の産所を「櫛を以ちて火を燃し視す。」場面が置かれている。伊耶那岐命が黄泉国の伊耶那美命を見ようと櫛に火を灯したように、産所という穢れの場を覗く行為を、櫛の灯によって照らそうとしたのである。

(14) 『萬葉集』には「クシ」や「タマグシ」「ツゲグシ」などの形で複数例見られるが、平安期に至ると、たとえば八代集には「クシ」を含んだ複合語を合わせても二例しか見当たらない。

(15) 「伊予介、神無月の朔日ごろに下る。「女房の下らんに」とて、手向け心ことにせさせたまふ。また内々にもわざとしたまひて、こまやかにをかしきさまなる櫛、扇多くして、幣などわざとがましくて、かの小袿も遣はす。」(空蝉①一九四)、旅立ちに櫛を贈る例は、『落窪物語』巻四などにも見られた。

(16) 景行天皇——五百野皇女　仲哀天皇——伊和志真皇女　雄略天皇——栲幡皇女　継体天皇——荳角皇女　欽明天皇——磐隈皇女　敏達天皇——菟道皇女　用明天皇——酢香手姫皇女、以上の天皇——斎宮関係は、全て親子である。不明の斎宮や複数の御代に亘ったらしい倭姫命など、まだ確定できない要素もあるが、斎宮制度が、時の天皇の娘を想定して定められたものであることは疑う余地がない。用明天皇以後、在世五年の崇峻天皇を置いて、女性天皇である推古天皇治世に入る。斎宮制度が確立したとされる天武朝でも、天武天皇——大伯皇女という父娘関係に始まっている。

(17) もっとも、天武天皇の斎宮である大伯皇女については、実弟大津皇子との切り離しという視点がしばしば呈される。しかし、のちの持統天皇による、実子即位の策略であったとしても、天武天皇は壬申の乱において天照大神の助力を請いた。斎宮はその礼であり、そこに大伯皇女を婚姻のできない地と役割に追いやる意図を見たとして、一方で大伯皇女が朝廷を恨んで天照大神とともに仇為す可能性はなかったからこそ、できた処遇ではないだろうか。ここでもやはり、天皇——斎宮を繋ぐ父娘の、強固な力関係を見ることができるように思われる。久富木原玲「源氏物語と天照大神」（『源氏物語　歌と呪性』若草書房　一九九七）を参照した。

(18) 朱雀院の意向は、明確に前斎宮に伝えられていた。光源氏は、院に背いた自分に罪悪感を抱くが、前斎宮の入内はむしろ藤壺に牽引されたものである。母后である藤壺と若き冷泉帝は同化して見られたであろうから、朱雀院を無視したのは、今上帝そのものである。意向を知っていて憚らない藤壺の姿勢は、先帝軽視と捉えられよう。

(19) 「釵擘黄金合分鈿　但令心似金鈿堅　天上人間会相見」（釵は黄金を擘き合は鈿を分かつ　但心をして金鈿の堅きに似たらしめば　天上人間会ず相見む）、書き下しは『新編全集源氏物語①』（小学館）の付録を参考とした。

(20) 光源氏が前斎宮の後見人であることに疑いはないが、心理的には距離があると思われる。澪標巻や絵合巻の光源氏は、前斎宮を通して藤壺と結びつくことに主眼を置いており、前斎宮自身に踏み込むことをしない。だからこそ、朱雀院と前斎宮の交流は光源氏に介入されることなく、長く保たれるのである。

(21) 藤壺御前の絵合は、斎宮女御方の『伊勢物語』に肩入れする藤壺の歌で勝敗が朧化される。藤壺の斎宮女御支援が表明された場面であるが、優勢であった弘徽殿女御方に対抗させることになるこの支援は、藤壺が斎宮女御に「おとなしき後見」以上の役割を求めていることを示しているのではないか。政治的には、太政大臣に連なる弘徽殿女御方と協調していくことが極めて重要であるはずだが、藤壺は二者を対立させる。斎宮女御個人が弘徽殿女御方と対抗できるはずもないのだから、その意向が後見である光源氏に向けられていることを、斎宮女御自身も自覚した場面にもなり得る。

(22) 注8岡田論文。

(23) 注8栗山論文。

(24) 「かくてその日になりて、三条宮より忍びやかに御使あり。御櫛の箱など、にはかなれど、事どもいときよらにしたまうて、御文には、（中略）

ふた方にいひもてゆけば玉くしげわが身はなれぬかけごなりけり

といと古めかしうわななきたまへるを、…」　（行幸③三二一―三二）

(25)　大宮は、玉鬘との関係性を「かけご」に閉じ込めるかのように主張する。櫛の文化的な変遷から見ても、女系に伝わる櫛の例として興味深い。

(26)　本章では、櫛の譲渡によって「終わっていくもの」に注目したが、注8の岡田氏による論考は、斎宮の櫛＝密通という回路は単純に過ぎるにしても、結局櫛を譲り受けた女三の宮が幸福を得られずに生きる点で重要な指摘であろう。女三の宮の物語まで視野に入れて考察していくべき課題であると考えている。本書第一部第十章参照

(27)　賢木巻の群行の日、光源氏は「八洲もる国つ御神もこころあらば飽かぬわかれのなかをことわれ」（賢木②九二）と斎宮に歌を贈る。斎宮への興味を示しているという点で、朱雀帝との関係以外から斎宮像へのアプローチを見ることができるように思うが、一方で「国つ御神」という、伊勢神宮と関わりのない神を持ち出してくることへの不審もある。

(28)　「別れの櫛」の文学上の初出を『大鏡』における三条天皇記事とする説もあり、なお再考の余地があると思われるが、一応『源氏物語』によって膾炙したものとして本章は論じた。

(29)　朱雀院と前斎宮の贈答における助動詞「き」については、吉野誠「歴史をよぶ絵合巻」（『学芸国語国文学』三五号　二〇〇二・三）に言及がある。

(30)　久富木原玲「秋好中宮」（『王朝文学と斎宮・斎院』竹林舎　二〇〇九）で秋好中宮に恋情があったかという点に疑問を呈している。朱雀院との間に交わされるささやかな交流に過剰に恋情を読み込むことは避けたいが、少なくとも応答する点で秋好中宮側にも思い入れというべき感情はあったと考えたい。

第六章 『源氏物語』絵合巻の政治力学
――斎宮女御に贈られた絵とその行方――

はじめに

本章では、改めて政治性の面から絵合巻を位置づけたい。

『源氏物語』絵合巻は、若い帝とその後宮に集う女性たちの文化的な交流を描く。冷泉帝の趣味である絵を、二人の有力な女御[1]が蒐集し始めたことによって、それは世の中を巻き込む催事へと変化する。「絵合」という競い合いの様相を帯びて世の文化人をも引き込み、当今の御世のあり方を映す鏡として機能する。結果、光源氏をして「盛りの御代」（絵合②三九二）と言わしめる冷泉朝が描き出されるのである。

こうした絵合巻の華やぎは、しかし一面的なものに過ぎない。背景には権中納言との政治的駆け引きや未だ燻る藤壺への執着があることはこれまでにも指摘されてきた[2]。即位して三年目[3]、御世がようやく始動しようという時期、様々な人物の思惑が絡み合った均衡の中で絵合巻の華やぎは成立するのである。

絵合の盛儀を支える各人の思惑の中でも、光源氏、権中納言、藤壺、兵部卿宮[4]の存在は以前から議論されてきた。冷泉帝は十三歳と若いが外祖父はいない[5]。光源氏、権中納言、兵部卿宮はその座を巡って競い、藤壺は最善の環境を模索する。後宮争いがその投影であることは間違いない。しかし、本章においてはこのせめぎ合いの中にもう一人、朱雀院を加えてみたい。朱雀院は専ら冷泉帝に入内した斎宮女御と交流する。その背景にあるのは、斎宮として伊勢へ送り出した際に抱いた恋心であり、あくまで私的な交流のはずだ。だが、朱雀院が斎宮女御に対して行う支援は、時に政治的色彩を帯びる。絵合巻において朱雀院が目指すものは何か。また、朱雀院が目指したものの結晶である絵がどうなったのかを考察していく。

一、斎宮女御に贈られた朱雀院の御絵

まずは、光源氏が後見する斎宮女御方と権中納言が後見する弘徽殿女御方とが絵合を行うと聞いた朱雀院が、斎宮女御へと絵を贈る場面を見ていきたい。

…院にもかかること聞かせたまひて、梅壺に御絵ども奉らせたまへり。

①年の内の節会どものおもしろく興あるを、昔の上手どものとりどりに描けるに、延喜の御手づから事の心書かせたまへるに、またわが御世のことも描かせたまへる巻に、かの斎宮の下りたまひし日の大極殿の儀式、御心にしみて思しければ、描くべきやうくはしく仰せられて、公茂が仕うまつれるがいといみじきを奉らせたまへり。（中略）かの大極殿の御輿寄せたる所の神々しきに、

身こそかくしめのほかなれそのかみの心のうちを忘れしもせず

とのみあり。（中略）昔の御髪ざしの端をいささか折りて、

しめのうちは昔にあらぬ心地して神代のことも今ぞ恋しき

とて、縹の唐の紙につつみて参らせたまふ。御使の禄などいとなまめかし。②院の帝御覧ずるに、限りなくあはれと思すにぞ、ありし世を取り返さまほしく思ほしける。大臣をもつらしと思ひきこえさせたまひけんかし、過ぎにし方の御報いにやありけむ。

（絵合②三八三—五）

先述のとおり、朱雀院はその御代の始めに斎宮として下向する前坊の姫君に惹かれ、恋情を抱いていた。[6] その帰京を受け、自身への入内を望んだが、光源氏、藤壺に阻まれて叶わず、彼女が弟・冷泉帝へと入内する姿を、未練を持って見ている。順番は前後するが、朱雀院は斎宮女御の入内当日にも多くの贈り物とともに次の歌を届けていた。

院はいと口惜しく思しめせど、人わろければ御消息など絶えにたるを、その日になりて、（中略）さし櫛の箱の心葉に、

わかれ路に添へし小櫛をかごとにてはるけき仲と神やいさめし

（中略）かきつらねあはれに思されて、ただかく、

別るとてはるかに言ひしひとこともかへりてものは今ぞかなしき

（絵合②三六九—七二）

朱雀院と斎宮女御の先の歌の遣り取りは、この一度目の贈答を下敷きにしたものである。光源氏の介入できない二人の交流が語られ、朱雀院は叶わなかった恋に嘆息する。

最初の引用の傍線部①、朱雀院が贈った絵は、「延喜」宸筆の宮中の行事絵で、「わが御世のことも描かせたまへる巻」が加えられており、「かの斎宮の下りたまひし日の大極殿の儀式」も描かれている。「延喜」の帝が自ら詞を添えた絵を所持しているのは、朱雀院が帝位にあったからに他ならない。その絵に自身の御世を描き継ぐのは「自らを「延喜」帝を継ぐべきものと位置づける営為」[7]という指摘どおりであろう。斎宮女御への未練は、傍線部

②の「ありし世」への未練と二重写しになって朱雀院を揺るがすのである。
絵合巻において、朱雀院の描写はこの二場面のみである。斎宮の伊勢下向は桐壺院薨去前の、治世が最も安定していたころのことで、(8)「ありし世」とは単に帝位を指すのではなかろう。父院の支援を受けながら、自身の治世を確立しようと努めていた時を喚起させるのが、斎宮女御の存在である。治世が安定的に続いていれば斎宮が伊勢から戻ることもなく、入内を見ることもなかったという矛盾した思考の中から紡ぎ出された懐古の思いである。斎宮女御の存在と「ありし世」への思いは逆説的に絡みつく。にもかかわらず、語り手は、朱雀院が未練に沈むのは光源氏を須磨に追いやった以上、当然のこと、と光源氏寄りの評へと読み手を誘導し、そのまま朱雀院は退場する。

前述したとおり、絵合の盛儀は光源氏による冷泉帝治世を確立させるものとして機能している。絵合は、藤壺、光源氏が幼い帝を支え、御世を作り上げようとする意識を世の人に向けて華麗に表出させたものであり、語りもまた、それに加担する。そうして作り上げられた催しの中心に朱雀院が位置できるはずもない。だが、贈られた絵自体は、中心に置かれても遜色ないほどの由緒を持つのである。本章では、この絵の不均衡さ、ひいては絵合巻における朱雀院のあり方を問い直していきたい。

二、「公茂」とは誰か

ここまで朱雀院が斎宮女御に絵を贈る場面を確認した。朱雀院の意図を検討する前に、朱雀院の絵の詳細を見ておきたい。「延喜」の帝直筆の詞や大極殿の儀式を絵にすることもさりながら、ここでは敢えて示される「公茂」

という名に注目する。

絵師の公茂といえば、「巨勢公茂」で諸注一致する。『花鳥余情』は大江匡房の言葉として「絵師金岡子公望公忠也、公望子深江、深江子広高也」(9) と載せる。平安宮廷絵師として大きな派閥を成していた巨勢氏には、その家系に連なるという一族が作った「巨勢系図」がある。江戸時代の史料であり、どこまで信用すべきかについては疑義が呈されているが(10)、ひとまずの参考として挙げておく。

金岡 ─┬─ 公忠 ── 公茂 ── 公義 ── 深江 ── 弘高
　　　└─ 公望 ── 深江 ── 広高

先の『花鳥余情』に従えば、次のようになる。

金岡 ─┬─ 公茂 ── 深江 ── 広高（弘高と同）
　　　└─ 公忠

「巨勢系図」は不自然に「弘高」と「広高」を別人物とするが、『花鳥余情』の記述を信用すべきであろう。更に「公茂」と「公望」を同一人物と解釈すれば大筋で一致する(11)。

巨勢金岡が宇多天皇の出家後、仁和寺に出入りしていたことは、以下の記事で知られる。

仁和寺の御室といふは、寛平法皇の御在所なり。その御所に、金岡筆をふるひて絵かける中に、ことに勝れたる馬形なん侍るなる。（略）

（『古今著聞集』巻第一一　画図(12)）

『花鳥余情』の記すとおりであれば、公茂は金岡の子、十世紀半ばに活躍した絵師と考えられる。『古今著聞集』は、この巨勢派の絵師たちについていくつかの記事を載せている。

弘高、地獄変の屏風を書きけるに、（中略）この弘高は、金岡が曾孫、公茂が孫、深江が子なり。公忠（公茂兄）よ

りさきは、かきたる絵、生きたる物のごとし。公茂以下、今の体にはなりたるとなん。（略）　（同）

帥の大臣（藤原伊周・筆者注）に屏風を売る人ありけり。公茂・弘高などに見せられけり。（中略）公茂が云はく、「公忠は屏風を書くとては、必ずその屏風のひらのすみごとにおのれが名を書きけり」。こころみにはなちて見るに、案のごとく公忠が字ありけり。いみじかりける事なり。　（同）

弘高の逸話は多く、この他にも『栄花物語』『大鏡』『権記』などに見られる。(13) 公茂の話題は弘高に付随して出てくることが多いが、傍線部のような評価(14)を見ても、公茂が巨勢派の中心人物として活躍していたことは事実だろう。

『源氏物語』に戻ってみると、公茂の他にも絵合巻には数人の絵師が登場している。

まづ、物語の出で来はじめの親なる竹取の翁に宇津保の俊蔭を合はせて争ふ。（中略）〔斎宮女御方〕絵は巨勢相覧、手は紀貫之書けり。（中略）〔弘徽殿方〕絵は常則、手は道風なれば、いまめかしうをかしげに、目も輝くまで見ゆ。

（絵合②三八〇―一）

藤壺御前の絵合に出品された絵を紹介する場面で、斎宮女御方の「竹取の翁」の絵を巨勢相覧が、「宇津保の俊蔭」の絵を常則が描いたとされる。巨勢相覧は、金岡の子ともされるが詳細は不明である。(15) 同じく巨勢氏で公茂以前に活躍した絵師として理解しておく。

対する常則は、飛鳥部常則のことで、『栄花物語』には複数の記事が載る。清涼殿西廂の南壁に白沢王の絵を描いたことで有名である。(16) 同じく『古今著聞集』には、次のような逸話が残る。

小野宮の大臣（藤原実頼・筆者注）、衝立障子に松をかかせんとて、常則をめしければ、他行したりけり。さらばとて、公望をめしてかかせられにけり。後に常則をめして見せられければ、「かしら毛芋に似たり。他所難

なし」とぞ申しける。常則をば大上手、公望をば小上手とぞ世には称しける。（『古今著聞集』巻第一一　画図）

ここでは、常則の代わりに「公望」が呼ばれ、それを常則が評した場面が描かれている。公茂とこの記事の「公望」が同一人物であるとすれば、公茂・常則が同時期に活躍した絵師である点で『源氏物語』とも符合する。公茂が朱雀院に伺候しているのは先の記述のとおりである。また弘徽殿女御方、すなわち権中納言は宮中の絵ブームに乗って「そのころ世にめづらしくをかしきかぎりを選り描かせ」（絵合②三七九）ており、公茂も常則もリアルタイムで存在する絵師として物語の中に置かれている。

三、「公茂が仕うまつれる」朱雀院

前節の公茂の存在から、朱雀院の絵が持つ意味を考えてみたい。斎宮女御方が「いにしへ」の絵を中心に蒐集し、弘徽殿女御方が「いまめかしき」絵を集めることは、その初発からそれぞれの後見役の志向として語られていた。

上はよろづのことにすぐれて絵を興あるものに思したり。（中略）斎宮の女御、いとをかしう描かせたまひければ、これに御心移りて、渡らせたまひつつ、描きかよはせたまふ。（中略）権中納言聞きたまひて、あくまでかどかどしくいまめきたまへる御心にて、我人に劣りなむやと思しはげみて、すぐれたる上手どもを召し取りて、いみじくいましめて、またなきさまなる絵どもを、二なき紙どもに描き集めさせたまふ。

（絵合②三七六）

斎宮女御が絵という冷泉帝と共通した趣味を持っていたことで、入内が早く馴染んでいるという弘徽殿女御の優位を崩しかねないと焦る権中納言は絵の蒐集に走る。斎宮女御の素人絵に対して「すぐれたる上手ども」を充てようというのは当然の思考であろう。それは権中納言の「いまめきたまへる御心」に起因するものと語られる。光源氏はその権中納言の挑み心を笑いながらも、自身の手持ちの絵を譲ることで対抗する。

　「あながちに隠して、心やすくも御覧ぜさせず悩ましきこゆる、いとめざましや。古代の御絵どものはべる、まゐらせむ」と奏したまひて（中略）物語絵はこまやかになつかしさまさるめるを、梅壺の御方は、いにしへの物語、名高くゆゑあるかぎり、弘徽殿は、そのころ世にめづらしくをかしきかぎりを選り描かせたまへれば、うち見る目のいまめかしき華やかさは、いとこよなくまされり。（絵合②三七七―九）

「いにしへ」と「いまめかし」の対称が作り上げられていくわけだが、光源氏が「古代の御絵」を対抗手段とするのはなぜだろうか。こうした絵の蒐集を受けて行われた一度目の絵合では、「いまめかし」さが優勢であることが明らかになる。

・〔弘徽殿女御方〕絵は常則、手は道風なれば、いまめかしうをかしげに、目も輝くまで見ゆ。（絵合②三八一）
・これも右はおもしろくにぎはしく、内裏わたりよりうちはじめ近き世のありさまを描きたるは、をかしう見どころまさる。（絵合②三八一―二）

屏風や障子の絵ならばともかく、冷泉帝と斎宮女御が描いて楽しんだものの延長にある「紙絵」[17]において「いにしへ」の由緒正しさは有効に働かないのである。それがわかっていながら、帝御前の絵合が決まった後にも光源氏は頑なに次のように主張する。

　このころの世には、ただかくおもしろき紙絵をととのふることを天の下営みたり、「今あらため描かむことは本意なきことなり。ただありけむかぎりをこそ」とのたまへど、中納言は人にも見せで、わりなき窓をあけ

て描かせたまひけるを…　（絵合②三八三）

傍線部のように、光源氏が新作を調えることを良しとしないのはなぜだろうか。もちろん、光源氏は須磨、明石の絵日記を切り札として用意している。自身の流離を描いた絵日記によって斎宮女御方が劇的な勝利を収めることが既決事項である以上、その登場以前が劣勢であればあるほど、須磨、明石の絵の存在感は増すという演出の可能性はある。しかし、女御や帝に贈る品、それも催しを前に、何一つ新調しないのは却って失礼にあたろう。後に、明石の姫君の入内にあたって、光源氏は由緒正しいものと新しく調えた品々とを織り交ぜて持たせようとする[18]。この梅枝巻では須磨、明石の絵日記が再登場し絵合巻とも響き合うが、それと比較すれば、絵合での光源氏の支度は不十分といえる。

ここで考えてみたいのは、光源氏が新しい絵を作らないのではなく、作れないのではないかという可能性である。右の引用、波線部にあるとおり権中納言は「人にも見せでわりなき窓をあけて描かせ」ている。絵師を抱え、その趣向を漏らさぬようにして絵を作らせているのである。こうした催しに際して絵師が活躍したことは次の記事からもわかる。

永承五年四月二十六日、麗景殿の女御に絵合せありけり。弥生の十日あまりの比よりその沙汰ありけるは、「春の日のつれづれにくらすよりは、つねならぬいどみ事を御前に御覧ぜさせばや。（中略）」とて、左右をさだめて、歌の心・よみ人を絵に書きて合せられけり。（中略）女房二十人、十人づつをわかちて各絵かく人を伝々に尋ねてかかせけり。（略）　（『古今著聞集』巻第一一　図画）

いわゆる正子内親王絵合に関する記事[19]で、担当を割り当てられた女房たちは伝手を辿って絵師を探し、出品作品を描かせるのである。もちろん、絵師が普段から決まった依頼主とだけ契約していたとは思われないが、こうした催しでは普段の限りではなかろう。ましてや帝御前の絵合で同じ絵師の絵を出すのは体裁が悪いはずで、新作を作ろうとすれば権中納言が圧倒的に有利になる。権中納言が、先掲のとおり当代一流の絵師である常則を抱えているなら、それはなおのこと顕著である。

実は、常則の名は絵合巻以前にも一度登場している。

つれづれなるままに、いろいろの紙を継ぎつつ手習をしたまひ、（中略）二なく書き集めたまへり。「このごろの上手にすめる千枝、常則などを召して作り絵仕うまつらせばや」と心もとながりあへり。（須磨②二〇〇）

常則の名は、光源氏が須磨流離のつれづれの慰めに描いた絵を「このごろの上手」である絵師たちに清書させたいという供人の願望の中に登場する。一流の絵師の存在は、須磨という鄙と京との違いを実感させるものであろう。京の絵師、殊に常則は須磨流離の悲嘆と結びつく回路を有していた。帰京して政界に復帰し、栄華の道を歩もうとする絵合巻にあっても、流離の間に失われたものの回復は未だ不十分なのである。[20]

もう一度、朱雀院のために絵を描いた公茂に話題を戻したい。先の、絵を新調することを否定する光源氏の発言、徹底的に絵を作ろうとする権中納言の姿に引き続く形で、朱雀院から斎宮女御へと絵が贈られるわけだが、巨勢公茂が院に伺候していることの意味は何だろうか。公茂が常則と同時期に活躍し、並び称されていたことは『古今著聞集』等に明らかである。とすれば、世を代表する絵師二人はそれぞれ朱雀院と権中納言の元にいることになり、光源氏が優れた新作を調える手段はますますなくなる。絵合巻では「二ところ」（②三七五）といった言葉で斎宮女御方と弘徽殿女御方が示されるが、絵師の所属を問題にするならば、それは朱雀院と権中納言に二分されるのである。

四、朱雀院の志向

ここまで、実名表記される絵師の存在に焦点を当てて、朱雀院の絵の位相を確認した。さて、朱雀院は、あくまで自身の手で絵を作り上げ、斎宮女御に贈っている。「延喜」宸筆の詞書、由緒正しい節会の絵に、新作を加え、更に斎宮女御自身を登場させる。手持ちの絵を贈るのでも、新作だけを描かせるのでもない。斎宮女御と弘徽殿女御とが、「いにしへ」と「いまめかし」の趣向で争う中で、いずれをも含んで上位に位置すべきものとして朱雀院の絵はあるのではないだろうか。

朱雀院の狙いが、「二ところ」の争う優劣を圧倒するものだとすれば、この絵は恋情という私的な感情の発露としてだけ捉えられてよいはずがない。選ばれた場面が斎宮の伊勢下向に伴う大極殿の儀式であり、最初から絵が斎宮女御方に贈られてしまう点で、そこに明らかな肩入れがあるのは事実だが、その斎宮女御支援まで含めて、朱雀院の絵は多分に政治的な意図を含んだものと見ることができるのである。

では、朱雀院の意図とは何だろうか。絵合巻から遡り、その意向を見ていきたい。

帝は、院の御遺言を思ひきこえたまふ、ものの報いありぬべく思しけるを、なほし立てたまひて、御心地涼しくなむ思しける。（中略）常に召しありて、源氏の君は参りたまふ。世の中のことなども、隔てなくのたまはせつつ、御本意のやうなれば、おほかたの世の人もあいなくうれしきことに喜びきこえける。

（澪標②二七九―八〇）

東宮の御元服のことあり。十一になりたまへど、ほどより大きにおとなしうきよらにて、（中略）内裏にもめ

でたしと見たてまつりたまひて、世の中譲りきこえたまふべきことなど、なつかしう聞こえ知らせたまふ。（澪標②二八一—二）

右は、光源氏帰還ののち、冷泉帝即位までの朱雀帝の様子である。「御心地涼しく」という晴れやかさは、桐壺院の遺言をようやく実現できたことに起因する。この「院の御遺言」は、桐壺院の臨終間近、賢木巻の行幸場面に描かれていた。

弱き御心地にも、春宮の御事を、かへすがへす聞こえさせたまひて、次には大将の御事、「はべりつる世に変らず、大小のことを隔てず何ごとも御後見と思せ。（中略）その心違へさせたまふな」と、あはれなる御遺言ども多かりけれど、女のまねぶことにしあらねば、この片はしだにかたはらいたし。帝も、いと悲しと思して、さらに違へきこえさすまじきよしを、かへすがへす聞こえさせたまふ。（賢木②九五—六）

光源氏を朝廷の「御後見」とせよという桐壺院の遺言は、澪標巻でようやく実現したのである。一方で桐壺院は、光源氏のことよりも先に幼い東宮のことを口にしていた。その詳細は「女のまねぶことにしあらねば」として語られない。光源氏の扱い以上に政治的な事柄であったと見るべきだろう。[21]ここで東宮とも親しく語らう澪標巻の朱雀帝は、これらの遺言をようやく実践している。光源氏を朝廷の後見役とし、帝・東宮が連帯する情況は、桐壺院の望んだ姿である。朱雀帝がそこに譲位という近い将来を念頭に置いているとすれば、次に目指されるべきは譲位後の桐壺院のあり方に他ならない。

御位を去らせたまふといふばかりにこそあれ、世の政をしづめさせたまへることも、わが御世の同じことにておはしまいつるを、帝はいと若うおはします、祖父大臣、いと急にさがなくおはして（略）（賢木②九七—八）

譲位後の桐壺院は、在位中と変わらず政治に関わっていた。朱雀帝にとっての「院」の理想像は右のとおりであろう。「いと若う」といわれた朱雀帝は、この時、二十六歳であった。冷泉帝はわずか十三歳、素質はどうあれ、実年齢として幼いことは明白である。まして、冷泉帝には父院も亡く外祖父もいない。朱雀院が年の離れた弟に譲位するにあたって、父のような立場で接しようとしたであろうことは想像に難くない。

「いにしへ」と「いまめかし」を巡って争う後宮に投じた朱雀院の絵は、冷泉帝の目に触れることが当然、望まれていた。「延喜」の帝を史実の醍醐天皇と見るか、桐壺帝がそう呼ばれたものかについては慎重を期したい[22]が、ともあれ治世の連続を描き、女御として後宮にいる女性が先の御世にも仕えていたことを示す絵は、朱雀院から冷泉帝への帝王教育の一環として見るべきだろう。斎宮女御が前坊の遺児であり、その早世がなければ桐壺帝と朱雀帝の間にあったであろう御世を幻視させる存在であることも喚起させる。[23]治世の連なりを明示し、先の御世の帝であったことを主張するのが、朱雀院の絵の意図なのである。

もちろん、朱雀院のそうした志向が実現しなかったことは周知の通りである。高橋麻織氏は冷泉帝の十一歳での元服と醍醐天皇の即位直前の元服とを比較し、摂関の不設置という点から宇多院の「院政」志向を指摘している。[24]『源氏物語』では次のように摂政が置かれることから、高橋氏の結論は藤原氏との連繋の問題に向かうが、醍醐天皇の事例との比較は『源氏物語』の朱雀院の志向に援用できよう。まずは次の場面を確認しておく。

やがて世の政をしたまふべきなれど、「さやうの事しげき職にはたへずなむ」とて、致仕の大臣、摂政したまふべきよし譲りきこえたまふ。（中略）すまひはてたまはで、太政大臣になりたまふ。御年も六十三にぞなりたまふ。（澪標②二八二―三）

醍醐天皇の御世では即位直前に元服することで摂政の不設置が妥当になったが、『源氏物語』においては、元服した冷泉帝に対して致仕の大臣が摂政の任に就く。「さやうの事しげき…」は光源氏の言葉で、致仕の大臣の摂政就任は光源氏の強い希望であろう。光源氏にとって摂政を置くことが殊更に重要であったとすれば、そこに冷泉朝にも院として関わろうとする朱雀院の志向への牽制をも見るべきではないだろうか。「六十二」という年齢表記によって明らかなように、太政大臣は高齢で、先々の桐壺帝治世において重要な地位を保っていた。一度、引退に追い遣られた者を摂政に置くことは、先の朱雀帝治世への反発と見られても仕方がない。それが受け入れられ、体制が刷新された以上、新しい御世における朱雀院の重さは必然的に削がれることになる。

朱雀院が譲位の先に描いた将来には、院として次の御世に関与する志向があった。少なくともただ引退するには朱雀院は若く、冷泉帝は幼い。桐壺院亡き今、冷泉帝に対して「帝」のあり方を教えることができるのは朱雀院だけであり、それは朱雀院も自覚していたからこそ、澪標巻で東宮（冷泉帝）との接近が図られるのである。あるいは、冷泉帝の即位に合わせた元服も朱雀院の意向を汲んだものと見るべきかもしれない[25]。しかし、そうした朱雀院の志向は光源氏が築く冷泉帝治世の新体制の中で居場所を失っていく。既に澪標巻で光源氏に先手を打たれ、斎宮女御も手に入れられなかった朱雀院の起死回生の一手が、斎宮女御に贈った絵に他ならないのである。

五、朱雀院の絵の行方

ここまで朱雀院の贈った絵が政治的に十分な価値を持っていることを述べた。では、この絵はどこへ行ったのだろうか。手がかりとなるのは、冷泉帝御前の絵合の場面である。

例の四季の絵も、いにしへの上手どものおもしろきことどもを選びつつ筆とどこほらず描きながしたるさま、たとへん方なしと見るに、紙絵は限りありて、山水のゆたかなる心ばへをえ見せ尽くさぬものなれば、ただ筆の飾り、人の心に作りたてられて、今のあさはかなるも昔の跡に辱なくにぎははしくあなおもしろと見ゆる筋はまさりて、（絵合②三八六―七）

「例の四季の絵」からの一文は、どの部分がどちらの絵かで見解が割れている。試みに『花鳥余情』『岷江入楚』を見ると、次のようにある。

【花鳥余情】上の詞に中納言も其心をとらず、このころ世にはただかくおもしろきかみゑをつどへとゝのふる事をとあれば、紙ゑはこうきでんの御絵をいふにや。

【岷江入楚】或今案これは左方のゑなるべきにや。梅壺へは院より御絵共まゐらせらるる中に年の内の節会ともかけるとあり。こき殿へも月次の絵、権中納言より参りたるとみえたりと云々。紙絵に合せらるるとみえたればなるべし。紙絵、権中納言かかせられてこき殿へまゐらせらるると前の詞にみゆ。私、この義然るべし。いにしへの上手どものとあれば梅つぼかたの絵のさたとみゆ。[26]

このほか、「例の四季の絵」について、玉上『評釈』や新編全集が朱雀院の絵であることを明示する。[27] しかし、これが朱雀院によって贈られたものかどうかはなお不審である。伊井春樹氏は「年中行事絵巻を「四季の絵」と表現するのかどうかははなはだ疑問で、朱雀院治世の大極殿での斎宮下向にともなう儀式にしても、季節の絵とは関係がないはずである」[28]と述べている。

「いにしへの上手ども」の筆であるとすれば、それはやはり斎宮女御方から出品されたものであろう。「四季の絵」を合わせる番で、両者から提示された絵を比較し、やはり「今のあさはかなる」ものが優位に立っている情況と見るべきである。「例の」は、波線部にある権中納言の描かせた絵と呼応している。先にも引用したとおり、「例の月次の絵も、見馴れぬさまに、言の葉を書きつづけ」（②三七七）た新趣向の絵である。節会の絵を「四季の絵」

とは言い難いという伊井氏の指摘に合わせて考えれば、「四季の絵」が朱雀院から贈られたものとは決定できない。また、朱雀院の絵であれば「四季の御絵」とあるべきところである。何より、これまで述べてきたように帝位の連なりという権威を纏い、「いにしへ」と「いまめかし」の融合を目指したものであれば、「今のあさはかなる」趣向にあっさり敗北するものではない。

この「四季の絵」が朱雀院のものでないとすると、朱雀院の渾身の絵がどこにも見当たらないのである。或いは、朱雀院の御世が描かれた巻を外して「延喜」のころの節会の絵だけを出品したという可能性もあるが[29]、いずれにせよ朱雀院が思いを託した絵が完全な形で出品されることはなかったと考えられる。

朱雀院の絵は、斎宮女御を通して冷泉帝に伝えられるべきものである。そこには確かに冷めやらぬ恋情があるかもしれない。だが、その思いは既に歌の贈答の中で決着を見ている。斎宮女御に恋心を告白することと、先の帝としての権威を存分に纏った絵が冷泉帝の御前で世に問われることとは、別の力学が働いているのである。ちなみに、朱雀院の絵は母の大后や朧月夜を経由して弘徽殿女御方にも伝わっているが[30]、やはり光源氏の推す斎宮女御方から、しかも自身が登場する絵として出されることにこそ意味があろう。

そうした朱雀院の絵が絵合に出品されなかったとすれば、考えられるのは光源氏の介入以外にあり得ない。これまでの経過からすれば、絵合出品作の決定権は光源氏にあった。朱雀院の絵の行方を定められるのもまた、光源氏だけなのだ。「延喜」自らの手で詞を添えた絵の価値を光源氏はもちろん理解していよう。その絵に附された「わが御世のことも描かせたまへる巻」が示すメッセージも読み取ったはずである。朱雀院の絵に込められた意図を存分に理解したからこそ、光源氏はこの絵の黙殺を決めたのではないだろうか。光源氏は斎宮女御と朱雀院の交流自体に介入はできず、二人がどれほどの結びつきを持つのかも知り得ない。そうした中で、絵の危険性と重ねて、それが斎宮女御方のものとして出されることもまた、光源氏にとって好ましいことではないのである。言及しないこと、それが、光源氏の選べる最善の道であったと考えられる。[31]

冒頭で触れたように、絵合巻にはいくつかの力関係が発生している。「二ところ」と呼ばれる斎宮女御、弘徽殿女御の争いは極めて表面的なものであり、その裏には、光源氏、権中納言の後見同士の争い、また、そこに参入したいと機をうかがう兵部卿宮の思惑などが潜んでいる。中でも重要な位置にあるのが、光源氏と藤壺の連帯である。この結びつきが一筋縄でいかないのは周知のことで、あくまで冷泉帝治世の安泰を考える藤壺と、冷泉帝治世を契機により強く結びつこうとする光源氏との間には、微妙な駆け引きが為されているのである。絵合の盛儀そのものが、光源氏のそうした駆け引きに費やされていたといっても過言ではない。[32] 帝御前の絵合の前に、光源氏が絵を選ぶ際にも次のようにある。

かかることもやとかねて思しければ、中にもことなるは選りとどめたまへるに、かの須磨、明石の二巻は、思すところありてとりまぜさせたまへりけり。　（絵合②三八三）

「思すところ」とは、それらを藤壺に見せ、自身の流離を一層強く訴えることである。その狙いは有効に働き、絵合ののちに絵日記を献上された藤壺は、それを全て見たいと望む。

「かの浦々の巻は中宮にさぶらはせたまへ」と聞こえさせたまひければ、これがはじめ、また残りの巻々ゆかしがらせたまへど、「いまつぎつぎに」と聞こえさせたまふ。　（絵合②三九一）

光源氏の須磨流離は、世のほとんどの人にとって同情なしには語れない出来事であり、その記憶は新しい。絵日記には、京にいた人々の想像の及ばない部分を補い、その同情の記憶を呼び起こすだけの衝撃があった。

その世に、心苦し悲しと思ほししほどよりも、おはしけむありさま、御心に思ししことども、ただ今のやうに見え、所のさま、おぼつかなき浦々磯の隠れなく描きあらはしたまへり。（中略）誰も他ごと思ほさず、さまざまの御絵の興これにみな移りはてて、あはれにおもしろし。（絵合②三八七―八）

絵という視覚的な媒体は、それを見た人皆に、光源氏が須磨、明石で過ごした時間を「ただ今のやう」に感じさせ、共有させる。光源氏ほどの人物を遠方に追い遣った「世」を憎む気持ちさえ抱かせるものであろう。まして、その流離と無縁ではあり得ない藤壺に対する効果は、他の人と比較にならない。それを見たいと思わせたことで、光源氏は藤壺との駆け引きにも勝利したのである。

藤壺にとって、秘事を共有する光源氏は冷泉帝治世における最も有力な協力者である。その点は、光源氏も認識していよう。しかし、光源氏が改めて絵合を通じて自身の流離を示したのは、藤壺に絶対的な協力者としての存在を見せつけたかったからではないだろうか。冷泉帝治世は、光源氏が流離に耐えて帰京したからこそ実現した。権中納言や兵部卿宮が今になって後見役を争うのに対し、光源氏は遙か以前から冷泉帝治世実現に奉仕していた。そうした言説を改めて世に提示するのが、須磨、明石の絵日記である。そして、世の人以上に藤壺はその絵を重く受け止めざるを得ない。この絵合と絵日記の演出によって、光源氏は内実共に冷泉帝治世の後見役を確固たるものにしたといえよう。

以上のような光源氏の思惑を辿ってみれば、朱雀院の絵を光源氏が黙殺したのは当然であろう。奇しくも、二人は似たような意図を持って絵合という催しを見ていた。共に新しい御世を支えるものが何かを示そうとしたのである。一方は連綿と受け渡されるものとしての帝位を、もう一方は新たな御世が危うい情況を切り抜けて成立したものであることを、それぞれ示している。後者の危うさをもたらしたのは朱雀帝治世に他ならず、この二つの絵は並立しない。並立できない以上、朱雀院の絵は行き場を失うしかないのである。

光源氏が須磨、明石の絵日記という切り札を持っていなければ、朱雀院の絵は全く違う価値を与えられただろう。優れた御世を築いた「延喜」を祖として、兄弟がその世の有様を引き継いでいく。視覚に訴える媒体である絵は、朱雀帝から冷泉帝への御世替わりをそうした文脈に定位する。あやふやな世評など簡単に上書きしてしまう力を絵は持っていよう。朱雀院の絵は、冷泉帝治世のメルクマールとして華々しくもてはやされ、院としての権威と先の御世の評価を高めるものとしての可能性を秘めていたのである。

おわりに

ここまで、朱雀院の絵の有していた可能性について論じてきた。斎宮女御への恋情は確かに重要なきっかけだが、絵の贈与にはより一層重く、政治的な意味が隠されていたのである。その黙殺された絵は、光源氏が須磨、明石の絵日記を世に示したこと、遡れば絵合という催しを政治的駆け引きの場としたことそのものを裏側から支えている。行われたのは、新たな御世をどのような流れに位置づけるかという駆け引きである。須磨流離という京の人々に――もちろん、そこには藤壺や冷泉帝が含まれる――見えない時間を訴えるにあたって、歌合や漢詩の会では不十分であった。広く世の評に影響を与えるような、絵の力が求められて、絵合の盛儀は作り上げられたのである。

絵合巻は、光源氏が自身の栄華を半ば否定的に振り返る心情を描いて閉じられる。その直前には、冷泉帝治世のあり方が次のように語られていた。

さるべき節会どもにも、この御時よりと、末の人の言ひ伝ふべき例を添へむと思し、私ざまのはかなき御遊

びもめづらしき筋にせさせたまひて、いみじき盛りの御世なり。（絵合②三九二）

朱雀院の絵が「年の内の節会ども」を描いたものであったことと併せ考えると、それは皮肉な呼応を見せていないだろうか。これまでの節会のあり方に、「末の人の言ひ伝ふべき例を添」える手法は、白身の御世の華やいだ儀式を描き添えた朱雀院の趣向と類似しよう。「いにしへ」と「いまめかし」の融合は、光源氏によっても目指されるのである。しかし、絵が出品されなかった以上、朱雀帝治世が振り返られることはない。あくまで「この御時より」始まる「盛りの御世」なのだ。

絵合巻の朱雀院は、斎宮女御への未練を断ち切れない哀しさばかりが強調される。そうしているのは、絵の意味を恋情に起因するものと見做し、政治的意図には気づかないふりをして朱雀院を黙殺する光源氏に寄り添う語りに依ろう。しかしながら、朱雀院の絵は須磨、明石の絵日記と入れ替わる可能性さえある。斎宮女御を彩る一幕のように見せかけながら、実は光源氏の栄華獲得と表裏の関係にあるものとして、朱雀院の絵は物語の中に置かれているのである。

注

（1）本章では、秋好中宮の呼称を「斎宮女御」で統一する。

（2）絵合に関する論考は非常に多く、その指摘も多岐に渡っている。藤壺の問題を扱った論考としては、清水好子「源氏物語『絵合』巻考察」（『清水好子論文集第二巻　源氏物語の作風』武蔵書院　二〇一四　初出一九六一）、木船重昭「絵合と藤壺宮」（『源氏物語の研究　続』大学堂書店　一九七三）、絵合巻全体の問題を詳細に扱う論としては、甘利忠彦「方法としての絵」(『中古文学』四七号　一九九一)が重要であろう。

(3)冷泉帝の即位は光源氏二十九歳の春(二月二十余日)で、絵合巻現在、足かけ三年目となる。

(4)冷泉帝後宮における兵部卿宮の重要さをはじめに示したのは、藤本勝義「式部卿宮――「少女」巻の構造――」(『源氏物語の想像力』笠間書房　一九九四)であろう。他、増田舞子「兵部卿宮と光源氏」(『解釈』五〇号　二〇〇四)等。また拙稿「『源氏物語』冷泉朝中宮の二面性――「斎宮女御」と「王女御」のモチーフをめぐって」(本書第一部第八章)では斎宮女御と関連した兵部卿宮・王女御父娘の影響を論じている。

(5)藤壺はその登場時から父・先帝を失っており、藤壺の庇護者となり得るのは兄である兵部卿宮だけである。なお、本章において藤壺は一貫して「藤壺」と称する。冷泉帝も同様である。朱雀院については、在位中の記事を明確に指す場合のみ「朱雀帝」と称した。

(6)賢木巻には朱雀帝が発遣の儀に臨む斎宮の美しさに涙を流す場面がある(②九三)。また、須磨下向前の光源氏との対話場面(賢木②一二四)でもその印象深さが繰り返される。

(7)吉野誠「歴史をよぶ絵合巻」(『学芸国語国文学』三五号　二〇〇三)。なお朱雀院の絵に関する論では、榎村寛之「歴史資料としての絵画」(『王朝文学と物語絵』竹林舎　二〇一〇)に「儀礼を総覧する天皇の特殊性を活かしてこのイベントに参加しているのである」という指摘がある。

(8)村口進介「『源氏物語』朱雀朝前期の政治状況について」(『国文学論叢』三四号　二〇〇四)。

(9)『花鳥余情』の引用は、『源氏物語古註釈叢刊』(武蔵野書院)に依った。ただし、踊り字や旧字体などは私に改めている。この部分は帚木巻で『雅兼卿記』を引く。

(10)宮島新一「巨勢派論(上)(下)」(『仏教芸術』一六七・一六九　毎日新聞社　一九八六・一九八六)、白井伊佐牟「巨勢利和編纂の『巨勢系図』について」(『芸林』四六巻四号　一九九七)。

(11)『河海抄』は「公茂絵師高名録在采女正巨勢金岡孫公忠子也」とし、どちらかといえば巨勢系図に近い。

(12)『古今著聞集』(新潮社)に依り、傍線や注記等を私に付した。

(13)『栄花物語』では彰子入内の調度品の冊子を行成とともに作る（かがやく藤壺巻）など複数の言及がある（はつはな巻、御賀巻等）。『大鏡』では「高名の弘高が書きたる楽府の屛風」が汚された話を載せる（巻三）。『権記』では長保三年（一〇〇一）七月四日、長保四年（一〇〇二）八月一六日に言及がある。

(14)「今の体」がどのようなものを指すのかは想定し難い。注10宮島論文では、常則が倭絵のはじまりとされることと合わせて、公茂が中国画を重視する絵師であった可能性に言及している。「延喜」から引き続く行事絵に続けるのであるから、そうした公茂の作風をも踏まえて絵合巻で登場していると考えることもできよう。

(15)巨勢相覧についてはほとんど史料がなく、巨勢系図にも見られない。注10宮島論文では、『除目大成抄』に名が載ることを指摘する。『河海抄』は一説として金岡と相覧が同人である可能性を載せる。『孟津抄』はいくつかの説を紹介した上で私説として金岡の子という説を採用する。

(16)白沢王の絵は康保元年（九六四）に描かれ、『古今著聞集』には常則の名はないが「白沢王」には言及がある（巻一一）。『栄花物語』からは村上朝の絵師と推測できる（巻八　はつはな）。

(17)『花鳥余情』は紙絵の特質を「紙をつぎてかきたればきぬのやうにもなくたけみじかくて、山水のいきほひをみせつくさぬよしなり」とする。屛風等の絵に対して、手元で見る絵を指す。伊井春樹「王朝人の生活の中の絵画」（『源氏物語絵巻とその周辺』新典社　二〇〇一）等参考。

(18)「いにしへの上なき際の御手どもの、世に名を残したまへるたぐひのも、いと多くさぶらふ。」（梅枝③四一五）、「この御箱には、立ち下れるをばまぜたまはず、わざと人のほど、品分かせたまひつつ、草子、巻物みな書かせたてまつりたまふ。」（梅枝③四二二）等。当代の手本を集めると同時に、光源氏自身が持つもの、蛍兵部卿宮から得た「嵯峨帝の古万葉集」や「延喜帝の古今和歌集」などが明石の姫君のもとに集結する。

(19)『国歌大観』には「前麗景殿女御歌合」として載る。麗景殿女御とは正子内親王の母で後朱雀天皇女御延子のこと。仮名日記により一ヶ月ほどの準備期間を経て開催されたことがわかる。

(20)「常則」の存在が弘徽殿方にあることについては、阿部好臣「「書物」＝物語との相克（上）（下）」（『物語文学組成論Ⅰ　源氏物語』笠間書院　二〇一一　初出一九九九）に言及がある。阿部氏は光源氏が節会の絵を取り込んで絵合を新たな行事としていくこと、それが更に玉鬘物語の中で変質していくことに触れており、物語全体に関わる視座で当場面を論じている。

（21）光源氏が須磨に流離していた間に東宮（冷泉帝）廃太子の動きがあったことは橋姫巻で明らかになる（橋姫⑤一二五）。桐壺院はこのような事態を憂慮して遺言していたと考えられる。

（22）『花鳥余情』はそのまま「これは朱雀院のわが御代にありし事をきり壺の御門のかかせ給へる御ゑにかきそへたまふを云也」と注し、『弄花抄』は「桐壺に比したる心見えたり。されば次に我が御世とあり」と「延喜」＝醍醐天皇＝桐壺帝と結びつけるが、それが短絡できるものではないことも事実である。拙稿「物語を支える時間の揺らぎ――『源氏物語』帝たちの時間を中心に――」（『物語研究』一三号　二〇一三・三）参照。

（23）吉野瑞恵「絵合巻の絵の授受をめぐって」（『王朝文学の生成』笠間書院　二〇一一　初出一九九八）、同「光源氏の皇統形成」（初出二〇〇一）や辻和良「秋好中宮について」（『論叢源氏物語２　歴史との往還』二〇〇〇）などが秋好中宮に纏い付く前坊の姫君という問題について論じている。

（24）高橋「『源氏物語』冷泉朝始発における光源氏の政治構想」（『中古文学』八一号　二〇〇八）。「院政」という語は河内祥輔「宇多「院政」論」（『古代政治史における天皇制の論理』吉川弘文館　一九八六）に依る。平安中期における院の政治参加については慎重に論じていくべき課題であるが、『源氏物語』における桐壺院が積極的に政治に関わっていたことには注目しておきたい。本論には組み込めなかったが、史実における朱雀天皇も譲位後、村上朝に干渉していたとされる。春名宏昭「平安太上天皇の公と私」（『史学雑誌』一〇〇巻三号　一九九一・三）等参考。

（25）朱雀院が譲位を決意した一番の理由は、承香殿女御腹に東宮となるべき皇子がいたからである（明石②二六一）。しかし譲位時でようやく三歳、幼い冷泉帝と相まって宮中の低年齢化は否めず、母藤壺を始めとして周囲の影響力が大きくなることは避けられない。折り合いの良くない藤壺が冷泉帝と密着してしまえば、朱雀院自身が朝廷に関与する道筋は失われるため、冷泉帝を先に成人させ母の関与を少しでも削ぐことは歓迎されたといえよう。

（26）『岷江入楚』の引用は『源氏物語古註釈大成』（日本図書）に依り、一部表記を私に改めた。

(27) 玉上琢弥『源氏物語評釈』第四巻（角川書店　一九六八）、新編全集の頭注では、「朱雀院が斎宮の女御に贈与した左方の絵」と明示される。

(28) 伊井「物語絵考」（『国語と国文学』六七巻七号　一九九〇）。この他、伊井氏の絵合に関する論考（「須磨の絵日記から絵合の絵日記へ」『中古文学』三九号　一九八七）も参考としている。

(29) 行事絵の形式がどのようなものかはわからないが、数巻に亘るものであると考えられるので、一部を提示することは可能であったと思われる。もしそのような形で提出されていたとすれば、それこそ朱雀院の思いを換骨奪胎した仕打ちであろう。行事絵の形態については、太田敦子「絵を描く梅壺女御」（『源氏物語絵合とその周辺』新典社　二〇〇一）の絵に関するまとめや注7榎村論文等を参考とした。

(30)「院の御絵は、后の宮より伝はりて、あの女御の御方にも多く参るべし。尚侍の君も、かやうの御好ましさは人にすぐれて、をかしきさまにとりなしつつ集めたまふ」（絵合②三八五）。

(31) 詳細は拙稿「「別れ路に添へし小櫛」が繋ぐもの」（本書第一部第五章）および「「神さぶ櫛のゆくえ」（本書第一部第十章）で述べたが、斎宮女御は絵の贈与の際の歌では『長恨歌』を用いた切り返しによって、朱雀院の恋情を拒否していると考えられる。その結論を受けて足並みを揃える可能性もあるはずだが、光源氏はあくまで二人の関係には不介入を貫くのである。

(32) 絵合巻周辺における光源氏の政治性や人物造型に関しては、注2の論のほか、高田祐彦「光源氏の復活」（『源氏物語の文学史』東京大学出版会　二〇〇三　初出一九八八）、中井賢一「光源氏と絵合」（『王朝文学研究誌』一八号　二〇〇七）等。また、今井久代「『源氏物語』内裏絵合をめぐる二つの絵」（『中古文学』九六号　二〇一五・一二）では、朱雀院の絵に託された思いを「朱雀院という柔弱な帝の女々しい私情」と位置づけ、光源氏の須磨日記を用いた「聖代」演出の巧みな戦略について述べている。

第七章　『源氏物語』における春秋優劣論の展開

はじめに

『源氏物語』の正編において、六条院という空間が果たす役割は非常に大きい。光源氏という人物の栄華を時に体現し、時にその衰えや挫折をも顕在化する。六条院が住居としての機能に留まるものではなく、有形無形の物語を示す空間としてあることは、既に自明であろう。本章では、その六条院において重要な要素である四季意識、特に春秋の競いに焦点を当てて論じていきたい。広大な屋敷を四つに分け、四季を配置するという秩序、またその中で春の町と秋の町という対が、他の町を圧倒するという関係性について、秋の町の主である秋好中宮の存在意義を軸に、考察していく。

一、薄雲巻の春秋優劣論

本論に入るにあたって、六条院生成の原動力となった薄雲巻の場面を見ていきたい。六条院の四季の町が作られていく背景には、藤壺の死、冷泉帝出生の秘事漏洩といった大事が描かれた薄雲巻での、斎宮女御との会話が置かれていた。斎宮女御が秋という季節を選びとったからこそ、六条院は作られていくといっても過言ではない。それはどのような会話であり、どのような意図が隠されていたのか、まずは春秋優劣に関する光源氏の問いかけを見てみたい。

藤壺の薨去があった年の秋、里下がりした斎宮女御に対して、光源氏は恋情を吐露していく。(1) 自分が女御に懸想していることを言い、女御がそれを受け止めずに沈黙によって拒否すると、光源氏はその恋情を自身で収束させ、幼い我が子への後見を頼む。更に話題を転じ、次のように女御に問うのである。

「はかばかしき方の望みはさるものにて、年の内ゆきかはる時々の花紅葉、空のけしきにつけても、心のゆくこともしはべりにしがな。春の花の林、秋の野の盛りを、とりどりに人あらそひはべりける、そのころのげにと心寄るばかりあらはなる定めこそはべらざなれ。唐土には、春の花の錦にしくものなしと言ひはべめり、大和言の葉には、秋のあはれをとりたてて思へる、いづれも時々につけて見たまふに、目移りてえこそ花鳥の色をも音をもわきまへはべらね。狭き垣根の内なりとも、そのをりの心見知るばかり、春の花の木をも植ゑわたし、秋の草をも掘り移して、いたづらなる野辺の虫をも住ませて、人に御覧ぜさせむと思ひたまふるを、いづ方にか御心寄せはべるべからむ」　（薄雲②四六一―二）

春と秋のどちらを好むかという至って直接的な問いかけである。光源氏はなぜ、この問いかけを選んだのか。単なる話題転換なら、他の話題もあるだろう。光源氏の意識に、六条院構想があったからというだけでは答えにならない。春秋を定めるということ自体に意味があるからこそ、この問いかけになるのである。そもそも、春秋優劣論とはどのようなものであろうか。光源氏の問いかけの中には、すでに春秋優劣論への見解が含まれている。それらを手がかりに、『源氏物語』以前の春秋定めについて考えていきたい。

光源氏は、いくつかの対立的な構図を述べている。「春の花の林」「秋の野の盛り」、「春の花の錦」をよしとする「唐土」と「秋のあはれ」を取り立てる「大和言の葉」、「春の花の木」と「秋の草」などである。春秋定めに関しては、多く先行研究のある『萬葉集』の額田王による春秋競憐歌や[2]『拾遺和歌集』を始めとする春秋の和歌の数々、[3]また『論春秋歌合』や『宰相中将君達春秋歌合』などの歌合、[4]或いは『枕草子』[5]を含めた春秋優劣論史を光源氏は意識した上で、斎宮女御へその定めを求めている。詩歌と季節の関わりは深い。特に、春秋の優劣を定めることは、古代から興味深いものとされ、同時に、「唐土」の春優位の文化を受容しつつ、和歌という「大和言の葉」においては秋を選びとった、詩歌そのものの歴史とも関わる事柄である。「冷泉聖代」[6]が現出しつつあるからこその、問いかけであろう。容易に定めのつかない「春秋優劣論」が定められるとすれば、それこそ文芸の振興する冷泉帝御代がその舞台となろう。もちろん、「春秋優劣論」の向かうところは光源氏の六条院であり、絵合の如く春秋の競いが宮中で行われるわけではない。栄華の極められる場が、冷泉帝の御前ではなく、光源氏の私的空間の中で形成されるという道筋への移行が見られよう。或いは、冷泉帝が実父を知ったことによって、帝ではなく光源氏が絵合以上に価値のある「定め」[7]を行っていこうとする意識さえ見ることができるかもしれない。それについてはひとまず置き、ここでは斎宮女御がどう応じていくのかを検討していきたい。

春秋優劣への問いかけは、先に述べた通り恋情の表出の後であるが、二条院に退出している斎宮女御を光源氏が訪ねる場面を、まずは見ておく。

秋ごろ、二条院にまかでたまへり。（中略）秋の雨いと静かに降りて、御前の前栽の色々乱れたる露のしげさに、いにしへのことどもかきつづけ思し出でられて、御袖も濡れつつ、女御の御方に渡りたまへり。（中略）

昔の御事ども、かの野宮に立ちわづらひし曙などを聞こえ出でたまふ、いとものあはれと思したり。（薄雲②四五八―九）

一連の遣り取りがすべて、この秋の雨を舞台背景として行われたものであることを確認しておく。季節の優劣を定める時の、実際の季節は重要である(8)。そもそも光源氏が斎宮女御の元を訪れること自体が、秋の野宮を中心とした昔語りを目的としていた。先に述べたように、光源氏は、唐土は春、大和は秋を好むものという制限を設ける。これはすなわち、漢詩と和歌の対比である。これまでも内気さが強調されてきた女御が、漢詩を引き合いに出すとは考えにくい。かといって春を称揚する和歌を口ずさむのでは光源氏を否定することになろう。また「春の花の木」と「秋の草」を対比させているにもかかわらず、「いたづらなる野辺の虫」を付け加えることで、秋の野を模した庭の連想を呼び起こす。加えて、先に述べたように現在の季節は秋に他ならない。躊躇しながら、かつ慎重に斎宮女御は次のように答えるのである。

「ましていかが思ひ分きはべらむ。げにいつとなき中に、あやしと聞きし夕こそ、はかなう消えたまひにし露のよすがにも思ひたまへられぬべけれ」（薄雲②四六二）

これには、「いつとても恋しからずはあらねども秋の夕べはあやしかりけり」（『古今和歌集』巻第一一　恋一　五四六　読人しらず）の歌が踏まえられている。光源氏の言葉通りに、「大和言の葉」である古今集の和歌から「あやし」の語を引いて、しかし恋の歌ではなく、あくまで私的な母への心情として定める。光源氏と六条御息所の間を結ぶ秋の野宮でもなければ、光源氏の言う「秋のあはれ」でもない。先にも、光源氏は恋情を吐露する中に、「あはれとだにのたまはせずは」（薄雲②四六〇）と述べていた。しかし、女御は秋を「あはれ」でなく「あやし」とした。春秋優劣論が再び光源氏の恋情へと回帰する可能性は十分にあり、実際戻り掛けていながら、女御に逃げられる結果となったのは、女御が秋の「あはれ」を選択しなかったからであろう。更に、斎宮女御の「あやし」は、秋という季節そのものを表しているのではなく、秋を媒介として母・六条御息所への思いを見る。秋は「露のよすが」である。「秋の女君」はむしろ、御息所にあった属性であろう。

　これまでの六条御息所の登場場面と季節を見てみたい。斎宮の初斎院が秋であり、光源氏が物の怪の歌を聞いたのも、葵の上の死を受けた歌を遣り取りしたのも皆同時期に当たる。次の消息は一年後の秋、ここでも触れている野宮の別れの場面となる。須磨での文通は季節を定めがたいが、澪標巻での死去は女御の言うとおり秋であった。六条御息所、ひいては斎宮女御の「秋」は、野宮の別れを重視する光源氏が、勝手に付与した季節性ではない。葵の上の死が秋であり、その季節を負うかのように、一年後に野宮の別れがあり、時を経て六条御息所は同じ季節に死んでいく。それは光源氏の六条院構想よりも早くから、確かにあった関係性であるといえよう。むしろ、秋と六条御息所の密接な関係があったからこそ、六条院構想が生じたとも考えられる。光源氏は斎宮女御に、次のような述懐を漏らしていた。

「過ぎにし方、ことに思ひ悩むべきこともなくはべりぬべかりし世の中にも、（中略）つひに心もとけずむすぼほれてやみぬること、二つなむはべる。一つは、この過ぎたまひにし御事よ。あさましうのみ思ひつめてやみたまひにしが、長き世の愁はしきふしと思ひたまへられしを、かうまでも仕うまつり御覧ぜらるるをなむ、慰めに思うたまへなせど、燃えし煙のむすぼほれたまひけむはなほいぶせうこそ思うたまへらるれ」

（薄雲②四五九―六〇）

　これまでの自身の恋の遍歴をいい、中でも二つの恋が心残りとしてあるという。その一つが御息所のことであり、もう一つについては「いま一つはのたまひさしつ。」（同）と口にしない。藤壺のことであろう。光源氏の、前斎宮への恋情の表出が、藤壺の死を受けたものであることを示唆する謂いである。そして、今なお六条御息所が光源氏の過去の中に暗然とした影を落とすものである以上、光源氏は自分の栄華のためだけでなく、六条御息所のために、女御を優遇せねばならない。光源氏は、過去の後悔を現在に還元し、斎宮女御を通じて、六条御息所の落とす影を取り払おうとするのである。しかしまた、斎宮女御が秋の女君として仕立て上げられていくことは、斎宮女御にしてみれば、秋の女君である母親を、強制的に纏わされていくことに他ならない。光源氏が秋という季節を斎宮女御に付与すればするほど、女御として、のちには后として時めく彼女の向こうに、不運であった六条御息所の影を見ることになるのである。

薄雲巻の春秋優劣論は、光源氏の恋情の表出を乗り越えて、栄華へ向けた関係の再構築の場であった。しかしまた、冷泉帝治世の繁栄と光源氏の栄華が同じものでなくなっていく転換期でもある。ここにおいて、斎宮女御は「秋の女君」という属性を付与される。光源氏の私的空間に、どう取り込まれていくかを示唆する称号であり、そして本来の「秋の女君」である六条御息所を、斎宮女御がいかに纏っていくかをも示している場面であったといえよう。

二、六条院　秋の町

薄雲巻で形作られた「秋の女君」斎宮女御は、少女巻での立后を経て、同じく少女巻末、完成した六条院の秋の町に住むことになる。薄雲巻で据え直された光源氏と斎宮女御の協力関係は、六条院という媒体によって、より明確にされるのである。まずは、この六条院と、そこに置かれた「秋の町」という空間について考えていきたい。

先行研究の上では、光源氏の邸宅が六条御息所の暮らした土地の上に築かれることに、御息所鎮魂の意識を見る説[9]があり、極めて重要な指摘である。六条院が「中宮の御旧宮」を取り込んでいることは、次の場面にある。

八月にぞ、六条院造りはてて渡りたまふ。未申の町は、中宮の御旧宮なれば、やがておはしますべし。

（少女③七八）

秋好中宮が光源氏に寄贈したものであろう。前述した、悔いが残る光源氏の恋のうちの一つ、六条御息所への鎮魂意識は確かにある。そして口にすることもできないもう一つ、藤壺との恋もまた六条院に置かれている。秋の町と対になる、春の町である。苦い思いは残るものの、少女巻の時点でどこにも死霊の影のない六条御息所に対して、藤壺は朝顔巻で夢に出てきている。[10]鎮めるべき存在としての認識は、むしろ藤壺の方が強いのではないか。

薄雲巻で斎宮女御が秋を選択したからこそ、紫の上には「君の春の曙に心しめたまへるもことわりにこそあれ」（薄雲②四六五）と、光源氏によって春の女君という属性が付与された。流れの上ではそうなるが、光源氏にとって「春の女君」に紫の上以外を置く可能性はないに等しい。先述のように、斎宮女御の秋好みは誘導尋問的に導かれたものであった。そして、同じく薄雲巻、紫の上が春の女君でなければならない決定的な理由が描かれていた。藤壺の死である。光源氏は藤壺哀悼の心情を、桜に託している。

二条院の御前の桜を御覧じても、花の宴のをりなど思し出づ。「今年ばかりは」と独りごちたまひて、（中略）雲の薄くわたれるが鈍色なるを、何ごとも御目とどまらぬころなれど、いとものあはれに思さる。

入日さす峰にたなびく薄雲はもの思ふ袖に色やまがへる

人聞かぬ所なればかひなし。

（薄雲②四四八）

「今年ばかりは」の言葉は、「深草の野辺の桜し心あらば今年ばかりは墨染めに咲け」（『古今和歌集』巻第一六

哀傷　八三二　上野岑雄）を引いた、一人きりの哀傷である。その背景には、花宴巻に描かれた南殿の桜の宴があり、華やかな宴の桜のイメージと、喪失から来る墨染めの桜のイメージが藤壺には付与されている。「紫のゆかり」である紫の上が、春の女君として確定するのは、この藤壺の死があったからであろう。

光源氏側から六条院構想と春秋の配置を見る時、実はその理由はよく似ているのではないか。即ち、墨染の桜を連想させる藤壺の死を受ける紫の上と、その死を含めて秋に象徴される六条御息所を負う斎宮女御である。光源氏が斎宮女御への恋情を吐露する中に思い返された「心もとけずむすぼほれてやみぬる」二つのことは、光源氏の中で六条院構想の二柱として転換されたと考えられる。しかしまた死者を鎮魂するという目的が認められる一方で、光源氏が後悔を抱く二人の女性の縁者を置くことで、光源氏自身の心を鎮めるという目的も、重要なものとしてあったといえよう。

三、少女巻　春秋の競い

紫の上と秋好中宮、六条院の二柱は、それぞれの季節を代表して、春秋の競いを繰り広げる。その始まりが、少女巻末である。

九月になれば、紅葉むらむら色づきて、宮の御前えもいはずおもしろし。（中略）御消息には、

心から春まつ苑はわがやどの紅葉を風のつてにだに見よ

若き人々、御使もてはやすさまどもをかし。御返りは、この御箱の蓋に苔敷き、巌などの心ばへして、五葉の枝に、

風に散る紅葉はかろし春のいろを岩ねの松にかけてこそ見め

この岩根の松も、こまかに見れば、えならぬつくりごとどもなりけり。かくとりあへず思ひよりたまへるゆゑゆゑしさなどを、をかしく御覧ず。御前なる人々もめであへり。（少女③八一―二）

この春秋の競いは、恐らく光源氏の意向を汲んで行われたものであろう。従来の研究成果からは、この春秋の競いが紫の上のためにあったことが指摘されている。針本正行氏は、紫の上が秋好中宮の秋に対する女君として強調されることが、少女巻に続く玉鬘物語や明石の君の存在とも関わってくるとした上で、「藤壺崩御後の物語の始動」であると述べている。[11] 春秋定めという古くからの優雅な論点でもって中宮に挑まれる紫の上という構図が、紫の上を高める効果をもたらし、新たな物語を構築する。

四季を同等に持て囃すのではなく、春秋を中枢に置き、夏と冬を配する六条院の完成が秋であったことも、そしてこの競いが始められたことも、光源氏の作為の結果と考えられる。秋好中宮の挑みに対して、紫の上は「風に散る紅葉はかろし」と真っ向から受けている。「えならぬつくりごと」である岩根の松につけて返された歌は、秋好中宮も感嘆する出来であった。この贈答が華麗に成立したことで、紫の上に代表される春の町が、中宮率いる秋の町に対座する構図が明確になるのである。春の町は、紫の上だけでなく光源氏の居場所であるが、この春秋の競いがあることで、紫の上は「女主人」の座を手に入れたといえよう。李美淑氏はこの点を更に展開させ、紫の上の返歌に、明石の姫君への支援を依頼する養母としての思いを読み取っている。[12] 将来の后がねを擁する紫の上の、春の町に留まらない重要さが確認できよう。数少ない光源氏の子の中でも、一門の繁栄を思えば、明石の姫君こそもっとも大事な存在である。それに拠っている紫の上の春の町は、秋好中宮が未だ子を持たない現在の時点で光源氏の「門」の中心である。

ここまで、少女巻の春秋の競いを紫の上側の必然から詳述してきたが、秋好中宮のこれまでの控えめな態度と、ここでの挑みとの間には違和がある。中宮という威勢を存分に発揮し、光源氏の支援を受けるというより、六条院に栄華を与える立場にある秋好中宮像が新たに描かれていよう。冷泉帝治世の中宮として、その立場は揺るぎないものであるが、一方でその権威はこの六条院という場所で確認される。宮中で行われるものではなく、内容も冷泉帝治世と関わりがない。その影響は、紫の上とその養女という六条院空間に留められる。華々しければ華々しいほど、秋好中宮の栄華の行く末に漂う一抹の不安が示唆されてもいないだろうか。子を産まずに中宮に昇ったことは、天皇の生母として皇統を繋ぎ、御代に君臨するという栄華を秋好中宮から遠ざけている。一方の紫の上にしても、拠り所である明石の姫君は実子ではない。六条院の中枢を成す春と秋の町の交流は、あくまで六条院生成時の栄華を象徴しているのであり、それは確かに光源氏の望んだものであるが、同時にその栄華はそのままには維持されない。光源氏の理想的な邸宅としての六条院を象徴する春秋の競いは、どこへ向かうのだろうか。

四、胡蝶巻　春秋の競い

春秋の競いは、胡蝶巻において結論が出される。

三月の二十日あまりのころほひ、春の御前のありさま、常よりことに尽くしてにほふ花の色、鳥の声、他の里には、まだ古りぬにやとめづらしう見え聞こゆ。（中略）

中宮、このころ里におはします。かの「春まつ苑は」とはげましきこえたまへりし御返りもこのころやと思し、大臣の君も、いかでこの花のをり御覧ぜさせむ、と思しのたまへど、ついでなくて軽らかに這ひ渡り花をももて遊びたまふべきならねば、若き女房たちの、ものめでしぬべきを舟にのせたまひて、南の池の、こなたにとほし通はしなさせたまへるを、小さき山を隔ての関に見せたれど、その山の崎より漕ぎまひて、東の釣殿に、こなたの若き人々集めさせたまふ。

（胡蝶③一六五―六）

時期は三月の二十日、晩春である。少女巻で先延ばしにされた春の町の主張を紫の上が「このころや」と思い、光源氏もまた春の町の盛りを中宮に見せることを望むが、身分柄なかなか叶わない。代わりに中宮付きの若い女房を呼ぶのである。船楽の音を秋の町で聞いた翌朝、中宮のもとに紫の上から季の御読経のための花と歌が届く。

童べども御階のもとに寄りて、花ども奉る。行香の人々取りつぎて、閼伽に加へさせたまふ。御消息、殿の中将の君して聞こえたまへり。

花ぞののこてふをさへや下草に秋まつむしはうとく見るらむ

宮、かの紅葉の御返りなりけりとほほ笑みて御覧ず。（中略）御返り、「昨日は音に泣きぬべくこそは。

こてふにもさそはれなまし心ありて八重山吹をへだてざりせば」

とぞありける。

（胡蝶③一七二―三）

少女巻で完成した六条院に足りなかった年ごろの女君も、夕顔の遺児・玉鬘の参入により華やぎを加えている。胡蝶巻における春秋の競いは、より完成された栄華の中で語られていくように見える。

しかし、晩春という季節設定はなぜだろうか。他の町では桜の散った、三月の二十日頃である。紫の上と春、特に晩春の結びつきにおいて、光源氏との出会いの場であった北山の春が意識されていることは指摘できるだろう。春の遅い北山と同じく、晩春にも桜が咲いている春の町は、出会いに依拠した結びつきを保証するものであろうが、春の町の権威が必要以上に高められているようにも思われる。紫の上が奉った花は、桜だけではなかった。

春の上の御心ざしに、仏に花奉らせたまふ。鳥、蝶にさうぞき分けたる童べ八人、容貌などことにととのへさせたまひて、鳥には、銀の花瓶に桜をさし、蝶は、黄金の瓶に山吹を、同じき花の房いかめしう、世になきにほひを尽くさせたまへり。（胡蝶③一七一—二）

鳥と桜の取り合わせと対になるように奉られたのは、胡蝶と山吹であった。山吹は晩春の花である。現実の季節に対応するのは山吹の方であって、春の町という特殊な空間から離れれば、桜は風に散ってしまう。女君を喩える花として見れば、山吹は玉鬘に他ならない[13]。しかしここでは、玉鬘よりも紫の上と山吹の関連を見るべきであろう。山吹には、重大な意味がある。

花咲きて実は成らずとも長き日に思ほゆるかも山吹の花（『萬葉集』巻一〇　一八六〇　花を詠める）

紫の上自身を象徴する桜の花と共に贈られた山吹には、同じく子を持たない悩みを抱くであろう秋好中宮に、無意識に訴えるものがある。六条院の中枢を担う二人の女主人は、共に実子を持たず、華やかな栄華の中に見えない不安を持っていよう。にもかかわらず、紫の上は中宮に「物隔ててねたう」思わせることで、この争いに勝利する。八重山吹が二人を隔てるのであり、春の町と秋の町の均衡は早くも崩れてしまう。

付け加えれば、胡蝶巻の船楽の様子は、極めて「唐土」のイメージを負っている。

竜頭鷁首を、唐の装ひにことごとしうしつらひて、楫とりの棹さす童べ、みな角髪結ひて、唐土だたせて、さる大きなる池の中にさし出でたれば、まことの知らぬ国に来たらむ心地して、あはれにおもしろく、見ならはぬ女房などは思ふ。中島の入江の岩陰にさし寄せて見れば、はかなき石のたたずまひも、ただ絵に描いたらむやうなり。（胡蝶③一六六）

薄雲巻、春秋優劣論の中では、春と唐土、秋と大和言の葉の対比があった。唐風の春の町と、[14]和歌的情景に彩られた秋の町の対比構造が、拮抗するあり方であろう。しかし、春は秋の町を浸食する。折しも季の御読経の日、初音巻で「生ける仏の御国」(③一四三)と極楽浄土の現出と称揚された春の町は、その仏教的イメージを負って中宮の町に入り、春秋の競いに決着をつけるのである。また、小林正明氏は、春の町に世界の中心であるはずの蓬莱の中島がおかれることで、四方四季の均衡が崩れていることを指摘する。[15]多くの筆を費やして描かれる春の町の素晴らしさと引き替えに、春と秋の対比は崩れている。少女巻の春秋の競いは、紫の上に象徴される春の町を、中宮の秋の町と対抗しうる立場に高めるものであった。しかし、胡蝶巻ではすでに逆転してしまうのである。少女巻で、その華やかな遣り取りの中に垣間見えた不安な将来は、一つの決着をつけることで均衡を崩した胡蝶巻にも底流している。だが、均衡の崩れた両者は、それぞれがそれぞれの方法で、対処していくしかないのであり、互いに支え合う道は閉ざされていよう。

五、乖離する「秋の町」と秋好中宮

六条院に再び秋が巡ってきた時、春秋の競い再開の可能性はあった。秋という季節に、今度は秋が称揚されるならば、先の胡蝶巻における春の勝利は、現実の季節に導き出された結論であって、春秋の均衡という六条院の秩序に支障はない。しかしながら、再び訪れた秋、野分巻において、春秋の競いは行われず、それどころか野分によって秋という季節性は壊されてしまう。

中宮の御前に、秋の花を植ゑさせたまへること、常の年よりも見どころ多く、(中略)心もあくがるるやうなり。春秋のあらそひに、昔より秋に心寄する人は数まさりけるを、名だたる春の御前の花園に心寄せし人々、またひき返し移ろふ気色世のありさまに似たり。

これを御覧じつきて里居したまふほど、御遊びなどもあらまほしけれど、八月は故前坊の御忌月なれば、心もとなく思しつつ明け暮るるに、この花の色まさるけしきどもを御覧ずるに、野分例の年よりもおどろおどろしく、空の色変りて吹き出づ。

（野分③二六三―四）

野分巻冒頭では、春秋の競いを思わせる描写が続くが、「八月は故前坊の御忌月」であり、管弦の遊びなど、胡蝶巻の船楽に対抗する華々しい行事ができずにいる。そのうちに野分が訪れ、話題は紫の上の垣間見から夕霧視点の物語へと転じていくのである。夕霧が六条院の女性達を喩えていく描写には、現在の秋という季節が無視されているし[16]、夕霧が来訪する中に含まれているにもかかわらず、秋好中宮は花に喩えられない[17]。高貴な女性であるが、「御参りのほどなど、童なりしに入り立ち馴れたまへる」（野分③二七四）と、中宮入内の頃、まだ幼かった夕霧は、御簾中に入ることが許されていた。優美な秋の町の暮らしぶりを、羨望をもって見る夕霧は、秋好中宮を花に喩える素地を持っていたはずである。それが回避されるのは、中宮に恋慕するような禁忌を犯さない夕霧像のせいばかりではない。秋好中宮自身が、六条院秋の町の女主人の位置から離れつつあるのである。

そもそも、秋好中宮の六条院における立場は、実は不透明なものであったのではないか。少女巻の六条院造築の理由を遡って確認しておきたい。

大殿、静かなる御住まひを、同じくは広く見どころありて、ここかしこにておぼつかなき山里人などをも集へ住ませんの御心にて、六条京極のわたりに、中宮の御旧き宮のほとりを、四町を占めて造らせたまふ。

（少女③七六）

隠居後の静かな住まいと、女君を集めた華やかな住まいとを両立させる場を求めた結果が六条院である。その光源氏のための住まいがわざわざ「六条京極のわたり」「中宮の御旧き宮」に造られる。一般論として中宮を養女として後見する政治的栄華の面から見れば、それは自然な流れであろうが、秋好中宮の立場からすれば、どこか違和を抱かざるをえない。

光源氏が冷泉帝の実父であることで、光源氏の栄華は保証されている。しかもその光源氏の栄華とは、かつて絵合巻で藤壺と共に目指したような、冷泉帝治世において実現されるものではない。六条院という光源氏の私的世界で目指されるものであり、栄華が将来拠って立つところは、明石の姫君が入内予定の現在の東宮である。秋好中宮の六条院における立場の違和感は、その栄華が少女巻において最高潮であり、明石の姫君が育つにつれて、光源氏の実子入内までの間を繋ぐ存在としての役割が鮮明になってくるからではないか。

玉鬘巻における正月の衣装配りでも、秋好中宮の衣装はなく[18]、薫物合わせにおいても、季節と薫物の関連が重要視されていながら、秋好中宮に対する依頼はない[19]。六条院の女君をあの手この手でイメージの中に閉じこめようとする時、秋好中宮は除外されたのである。他の「六条院の女君」は、みな光源氏の手のひらの上に駒としてあるが、秋好中宮はすでに駒としての役割を終え、動かしようのない地位にいる。六条院が生成される段階において、秋好中宮は誰よりも重要な役割を果たしていた。薄雲巻で光源氏の意向通りに秋を選び、中宮という立場で六条院に権威を与えた。その権威は、春秋の競いを通じて紫の上や明石の姫君にも及び、六条院世界の最初の秩序は、彼女によって形成されたともいえよう。だが、六条院は変容していく。春秋の軸から、春の町のみが高められる空間に移行していくのである。冷泉帝の子を生まない秋好中宮の役割は、六条院の栄華の基盤から、徐々に明石の姫君への後見という、将来への繋ぎに過ぎなくなっていく。胡蝶巻で春に軍配が挙げられるのは、その予兆であり、野分巻で秋の風景が壊され、六条院の他の女君へと視線が移されるのは、秋の町の女主人の存在が形骸化していくことを示していよう。

梅枝巻では、明石の姫君の裳着の場として秋の町が描かれる。

かくて、西の殿に戌の刻に渡りたまふ。宮のおはします西の放出をしつらひて、御髪上の内侍なども、やがてこなたに参れり。上も、このついでに、中宮に御対面あり。御方々の女房おしあはせたる、数しらず見えたり。子の刻に御裳奉る。（梅枝③四一二―三）

場所は秋の町だが、主役は当然明石の姫君である。腰結い役を務めたことで、秋好中宮が権威を与えていた六条院の栄華は、明石の姫君を中心とするものに移行する。その入内は藤裏葉巻であるけれども、今後の六条院を担うのは明石の姫君をおいて他にない。秋好中宮は光源氏の血を引かず、冷泉帝の子も生んでいないのである。紫の上との対面が描かれるのも象徴的であろう。これまで春秋の競いは、主人同士の行き来ではない形で行われてきたのである。実際の風景を見せるのではなく、その主張と趣向でもって優雅に繰り広げられてきた争いは、もう行われることはない。

次に秋の町が描写されるのは、藤裏葉巻の六条院行幸であるが、秋という季節であるにもかかわらず、秋好中宮は不在である。

神無月の二十日あまりのほどに、六条院に行幸あり。（中略）

巳の刻に行幸ありて、まづ馬場殿に、左右の寮の御馬牽き並べて、左右の近衛立ち添ひたる作法、五月の節にあやめわかれず通ひたり。未下るほどに、南の寝殿に移りおはします。（中略）わざとの御覧とはなけれど、過ぎさせたまふ道の興ばかりになん。山の紅葉いづ方も劣らねど、西の御前は心ことなるを、中の廊の壁をく

づし、中門を開きて、霧の隔てなくて御覧ぜさせたまふ。（藤裏葉③四五八―九）

女主人が不在でありながら、秋の町は用を為す。それどころか、春の町から「霧の隔て」なく、秋の町の紅葉が見通せるのである。春の町は、秋という季節をも傘下に置いたと考えられる。しかし、それは秋好中宮不在の秋の町である。春秋の軸から春の町中心へ移行した六条院において、秋好中宮は秋の町から、ひいては六条院から離れつつあるといえよう。

六条院生成の原動力であり、春と秋という、六条院の優美な中軸であった中宮の秋好みは、どこへいったのであろうか。立ち戻って考えれば、六条院生成の時、藤壺と六条御息所という後悔の残る恋の代替処置として、それに連なる女君を置いたはずであった。春と秋という季節は、本人以上に、それぞれが負う女君を象徴していた。紫の上に対しては、春の女君、桜の女君としての据え直しが行われているのに、秋好中宮に対しては、それは行われないままであった。六条院は本来、光源氏の「静かなる御住まひ」と、女君の集まる華やかな栄華の場との両立が目指されていた。後悔を残した二つの恋を鎮めるための、「静かなる御住まひ」であろう。しかし、六条院は、明石の姫君を后に据え、外戚として華やぐ政治的栄華へ向かっており、わざわざ「六条京極のわたり」「中宮の旧き宮」をその地としたことが重視されなくなっている。中宮が六条院の栄華から離れ、また「秋」からも乖離していくことは、六条院の意義を根底から揺るがす事態を招いてはいないだろうか。

六、「対」からの解消

少女巻、胡蝶巻に描かれた秋好中宮は、紫の上と対になる立場であった。春と秋という季節の対だけでなく、藤壺を負う紫の上と、六条御息所を負う秋好中宮という、背後に抱える対も成立していた。母六条御息所と対の関係であった女君としては葵の上がおり、その意味では夕霧とも対になる。それは藤裏葉巻で、光源氏によって確認されている。

大臣は、中宮の御母御息所の車押しさげられたまへりしをりのこと思し出でて、「時によるる心おごりして、さやうなることなん情なきことなりける。こよなく思ひ消ちたりし人も、嘆き負ふやうにて亡くなりにき」と、そのほどはのたまひ消ちて、「残りとまれる人の、中将はかくただ人にて、わづかになりのぼるめり。宮は並びなき筋にておはするも、思へばいとこそあはれなれ。すべていと定めなき世なればこそ、何ごとも思ふままにて、生けるかぎりの世を過ぐさまほしけれど、残りたまはむ末の世などの、たとしへなき衰へなどをさへ思ひ憚らるれば」とうち語らひたまひて、上達部なども御桟敷に参り集ひたまへれば、そなたに出でたまひぬ。（藤裏葉③四四六―七）

葵の上と六条御息所の関係は、正妻と愛人として葵の上の方が世間的には上に置かれていた。藤裏葉巻における葵の上の息子・夕霧と六条御息所の娘・秋好中宮は、それが逆転し、夕霧は秋好中宮に仕える立場にある。母同士の関係が反転して、対比されるのだ。振り返れば、絵合巻では、弘徽殿女御と共に「二ところ」（②三七五）として意識されていた。絵合や春秋の競いという「定め」の世界の中で、秋好中宮は一方を選びとり、象徴的な争いをこなしてきたのである。それは、御息所が葵の上と繰り広げた車争いのような生々しいものではなく、文化的営為であった。そして、秋好中宮の対は解消される。夕霧との対は、「ただ人」と中宮という圧倒的な差において、また女御同士の争いは、立后によって、それぞれ秋好中宮が上位を得ている。

ただし、六条院においては、春秋の競いは春の勝利に終わった。少女巻で秋が勝利し、胡蝶巻で春が勝利していると見れば、それは持に過ぎないのであるが、以後の語りは胡蝶巻の春の勝利が引き続いていよう。春秋の競いにおいて勝利を得られず、六条院の栄華が春の町に集中することによって、秋好中宮は「秋の女君」の役割から乖離していく。だが、「秋の女君」が必要とされたのは、誰よりも六条御息所に対してであった。薄雲巻で選びとった「秋」は、母親と二重写しになるものであり、しかしその母親の歩んだ道と秋好中宮の歩む道は、対比的に描かれていかなければならない。立后の際の「御幸いの、かくひきかへすぐれたまへりける」（少女③三一）という世の人の感想は、それが望まれた方向に進みつつあることを示していよう。にもかかわらず、六条院が生成された当初に実現していた構図は、玉鬘十帖を経、梅枝巻、藤裏葉巻に至って、大きく変容している。明石の姫君を中心とする政治的栄華の中で、秋好中宮は部外者にならざるを得ない。太上天皇に准う位に就き、朱雀院、冷泉帝の行幸が描かれる藤裏葉巻は、確かに光源氏の栄華が最高潮に達した場面であろう。しかし、ここに秋好中宮はいない。太上天皇に准う位を光源氏に与えたのは、秋好中宮の存在ではなく、光源氏と冷泉帝の隠された親子関係である。

冷泉帝の子を生まず、光源氏の六条院に影響を与える立場からも下り、一代限りの冷泉帝御代の中宮として安住することが、六条御息所の望んだものでなかったことは、柏木巻以降の展開で明らかである。薄雲巻から始まった秋を好む女君としてのあり方は、華々しい反面、光源氏の支援を前坊・御息所の無念を晴らすために使えず、逆に光源氏の栄華を外側から支援するだけの存在にならざるを得なかった過程を浮き彫りにする。いつの間にか、光源氏と秋好中宮の協力関係は、両者の栄華ではなく、光源氏の栄華のためにあるものとなっているのである。

おわりに　――御法巻という結末――

最後に、御法巻の場面を見ておきたい。紫の上が死去して後はじめて光源氏が歌を交わす女君は、秋好中宮である。ともに看取った夕霧、葵の上の存在を通じて哀傷する致仕大臣との贈答ののち、秋好中宮の弔問が、次のように描かれている。

冷泉院の后の宮よりも、あはれなる御消息絶えず、尽きせぬことども聞こえたまひて、

「枯れはつる野辺をうしとや亡き人の秋に心をとどめざりけん

今なんことわり知られはべりぬる」とありけるを、ものおぼえぬ御心にも、うち返し、置きがたく見たまふ。言ふかひありをかしからむ方の慰めには、この宮ばかりこそおはしけれと、いささかのもの紛るるやうに思しつづくるにも涙のこぼるるを、袖の暇なく、え書きやりたまはず。

のぼりにし雲居ながらもかへり見よわれあきはてぬ常ならぬ世に

おし包みたまひても、とばかりうちながめておはす。（御法④五一七）

光源氏と紫の上追悼を共有する人物として、秋好中宮が選ばれるのはなぜだろうか。世の中に惜しまれる紫の上の姿を描こうとする時、適任は明石の中宮であろう。その死を光源氏とともに見送った、養女ながら紫の上最愛の娘である。[20] しかし、語りはなぜか秋好中宮の弔問に心動く光源氏を描く。その答えは、秋好中宮の歌の中にあろう。「亡き人」である紫の上が、「秋に心をとどめ」ずに去っていったと秋好中宮は詠う。胡蝶巻で終わっていたはずの春秋の競いが、ここで再び蒸し返されている。それも、秋にありながら春、即ち紫の上に軍配をあげるという

かたちである。造営当時の六条院空間を思い起こさせる春秋の競いの再来は、紫の上のためではなく光源氏にとって必要なものであった。

春には春が、秋には秋が、それぞれ勝利を収めていく優雅な六条院世界の中で、春秋の競いは行われてきた。どこかで定めの余地を残しながら展開されてきた競いも、相手を失えばそこで終えるしかない。当場面が春秋の競いの帰着点として置かれた理由は、秋に亡くなった紫の上を、春の女君として逆説的に強調しようとする営為に他ならない。秋好中宮は、光源氏のその営みにもっとも巧みに参加したといえよう。幻巻の哀傷も春からはじまるものであり、三の宮（のちの匂宮）の挿話など、紫の上の春好みは生前以上に強いイメージを付与されていく。その背景には、紫のゆかりの原点である藤壺の影が揺曳している。秋好中宮の弔問の前には、語り手がわざわざ、次のような断りを入れる。

「薄墨」とのたまひしよりは、いますこしこまやかにて奉れり。（御法④五一六）

「薄墨」はむろん、薄雲巻での藤壺哀傷の時間を指している[21]。秋好中宮が六条院秩序の「秋」からゆるやかに乖離していった存在としてあるとすれば、紫の上は、「春の町」の女主人の座から、遙かに強いかたちで排除された存在である。いうまでもなく、紫の上が絡め取られたのは「正妻」女三の宮を必要とする六条院としての光源氏を取り巻く身分秩序であった。秋好中宮が既に変容したこの六条院でいかに春秋優劣の定めを行おうと、弔問としての美しさに留まって空疎に過ぎない。中宮でさえ優位を得られないという、外部の身分秩序に囚われないかつての六条院空間の象徴であった春秋の競いも、今や「慰め」でしかない。紫の上の死が春の町ではないことは、古代から行われてきた春秋優劣を定めたことさえ、空疎な私的遊びでしかなく、女三の宮のような存在によって簡単に崩壊しうることを照らし出す。御法巻の贈答は、春秋優劣論史を意識しつつ、それを展開させようとした光源氏の競いが、結局新たな規範を生み出すに至らず世の中の論理に敗北していったこと、或いは自身の作り上げた論理に飲み込まれていったことを露呈しているのである。

注

（1）光源氏は斎宮女御に対して、次のように恋情を表出する。「かくたち帰り、おほやけの御後見仕うまつる喜びなどは、さしも心に深くしまず、かやうなるすきがましき方は、しづめがたうのみはべるを、おぼろけに思ひ忍びたる御後見とは思し知らせたまふらむや。あはれとだにのたまはせずは、いかにかひなくはべらむ」（薄雲②四六〇）、斎宮女御はこの詞に無反応で、光源氏自身も「さりや。あな心憂」とすぐに紛らわしていく。

（2）『萬葉集』における、額田王の歌を引用する。

「冬ごもり　春さり来れば　鳴かざりし　鳥も来鳴きぬ　咲かざりし　花も咲けれど　山を茂み　入りても取らず　草深み　取りても見ず　秋山の　木の葉を見ては　黄葉をば　取りてそしのふ　青きおば　置きてそ歎く　そこし恨めし　秋山われは」（巻第一　一六　天皇の、内大臣藤原朝臣に詔して、春山の万花の艶と秋山の千葉の彩とを競はしめたまひし時に、額田王の、歌を以て判れる歌）

（3）『拾遺和歌集』巻第九　五〇九番歌から五一一番歌は、詞書は異なるが、春秋優劣論に関する歌が置かれている。

・春秋に思みだれて分きかねつ時につけつつ移る心は（雑下　五〇九　ある所に、春秋いづれかまさると問はせ給けるに、詠みて奉りける　紀貫之）

・おほかたの秋に心は寄せしかど花見る時はいづれともなし（雑下　五一〇　元良の親王、承香殿のとし子に春秋いづれかまさると問ひ侍ければ、秋もおかしう侍りと言ひければ、おもしろき桜を、これはいかが、と言ひて侍ければ）

・春はただ花のひとへに咲く許物のあはれは秋ぞまされる（雑下　五一一　題知らず　よみ人知らず）

（4）共に十世紀半ばの歌合で、『論春秋歌合』では、当座の季節に左右されるという結論を出している。また、『宰相中将君達春秋歌合』は、勝敗を決するものではないが、冷泉院女御の懐子などが加わり、「秋の女御」などの言葉も見られる点で興味深い。歌合との関連については、島本あや「少女巻の春秋優劣歌と『宰相中将伊尹君達春秋歌合』」（『物語研究』一三号　二〇一三・三）参照。

（5）「春は曙」で始まる『枕草子』の春秋の景物のあり方もまた、影響を与えていると考えられる。

（6）吉野誠氏は「歴史を喚ぶ絵合巻――冷泉「聖代」の現出――」（『学芸国語国文学』三五号　二〇〇二・三）の中で、絵合巻を「史上の「聖代」ならざる「聖代」を達成した巻」としている。絵合巻に「聖代」現出を見る時、以後の巻をいかに扱い、斎宮女御の役割をどう考えていくかは重要な課題であると思われるので、参考として挙げる。

（7）絵合の場でもそれは「定め」として意識されていた。絵合と春秋優劣論が「定め」という点で対になっている点は重要と思われるので指摘しておく。

（8）先述のとおり、『論春秋歌合』においては季節によって変化のあるものとして述べられており、また注3の『拾遺和歌集』五〇九番歌なども実際の季節が重要視される例であろう。

（9）藤井貞和「光源氏物語主題論」（『源氏物語の始原と現在』砂子屋書房　一九九〇）等があるが、既に周知のものとして扱われているといえる。

（10）朝顔巻、藤壺は光源氏の夢の中に、次のように登場する。

…夢ともなくほのかに見たてまつるを、いみじく恨みたまへる御気色にて、「漏らさじとのたまひしかど、うき名の隠れなかりければ、恥づかしう。苦しき目を見るにつけても、つらくなむ。」とのたまふ。（朝顔②四九五）

「恨み」を込めて夢に出てくるという点で、成仏していない藤壺の死後が垣間見える。

（11）針本「少女巻の春秋論」（『平安女流文学の研究』桜楓社　一九九二）。

（12）李美淑氏は、「岩ねの松」という語が明石の姫君に集中して使われる用例を検討した上で、「物語の深層において「幼い明石の姫君」の喩として用いられているように思われるのである。」と述べている。（「「春秋のあらそひ」と六条院の「春の上」

――「岩ねの松」の象徴性に着目して――」『日本文芸論叢』二〇〇一・三）。

（13）玉鬘巻の終わり、衣装配りの場面で、光源氏は玉鬘に「曇りなく赤きに、山吹の花の細長」（③一三五）を贈っている。また、これより先になるが、夕霧は「八重山吹の咲き乱れたる盛りに露かかれる夕映えぞ」（野分③二八〇）と玉鬘を評する。

（14）春の町は、春秋優劣論の文脈の中では唐風の空間となる。しかし、河添房江『源氏物語と東アジア世界』（日本放送出版協会　二〇〇七）では他の女君との比較の中で「非唐物派」の紫の上という位置づけを行っている。「唐物」意識と唐風空間との差異については、今後詳細な検討を加えていきたい。

（15）小林「蓬莱の島と六条院の庭園」（『鶴見大学紀要』二四号　一九八七・三）。

（16）野分巻の夕霧が女君を喩える際に、現在の季節は無視されている。紫の上に対しては、「春の曙の霞の間より、おもしろき樺桜の咲き乱れたるを見る心地す」（二六五）、玉鬘には、「八重山吹の咲き乱れたる盛りに露かかれる夕映え」（二八〇）、明石の姫君には「藤の花」（二八四）と、秋とは関係のない花が列挙される。

（17）同じく、明石の君、花散里も、夕霧の花の喩の中に入れられることがない。光源氏の妻は、本来紫の上も含めて、夕霧に見られてはならない立場にあるから当然と言えば当然だが、秋好中宮は妻ではなく、喩える可能性があるにもかかわらず放棄されていると考えられよう。

（18）次に配られる衣装を見ている場面について引用する。

紅梅のいと紋浮きたる葡萄染の御小袿、今様色のいとすぐれたるとはかの御料、桜の細長に、艶やかなる掻練とり添へては姫君の御料なり。浅縹の海賦の織物、織りざまなまめきたれどにほひやかならぬに、いと濃き掻練具して夏の御方に、曇りなく赤きに、山吹の花の細長は、かの西の対に奉れたまふを、（中略）かの末摘花の御料に、柳の織物の、よしある唐草を乱れ織れるも、いとなまめきたれば、人知れずほほ笑まれたまふ。梅の折枝、蝶、鳥飛びちがひ、唐めいたる白き小袿に濃きが艶やかなる重ねて、明石の御方に、思ひやり気高きを、上はめざましと見たまふ。空蝉の尼君に、青鈍の織物、いと心ばせあるをみつけたまひて、御料にある梔子の御衣、聴色なる添へたまひて、同じ日着たまふべき御消息聞こえめぐらしたまふ。（玉鬘③一三五―六）

二条東院の末摘花と空蝉も含め、秋好中宮以外の光源氏傘下の女君に正月の衣装が配られる。この衣装配りが契機となって行われる初音巻の各町の訪問、男踏歌で集まった女君に語られる女楽の計画に、秋好中宮は含まれない。

(19) 梅枝巻で入内に際して薫物の調合を依頼する女君の中に、秋好中宮は入らない。秋の香である侍従は、光源氏のものが評価される。そもそもこの薫物合わせにおいては複数調合しているため季節を重視しているとは言いにくい面もあり、また腰結いという役がある以上、秋好中宮に依頼しにくいのも確かであるが、文化空間からの乖離という点で興味深いので指摘しておく。

(20) 光源氏が紫の上の死を悼んでいることは確かだが、紫の上が看取り手に望んだのは明石の中宮であったことと思われる。拙稿「母を看取る后――『源氏物語』紫の上の臨終と明石の中宮――」(『むらさき』五二号 二〇一五・一二)参照。

(21) 藤壺の死を悼む光源氏の姿は、「「今年ばかりは」とひとりごちたまひて、人の見とがめつべければ、御念誦堂にこもりゐたまひて日一日泣き暮らしたまふ。(中略)「入日さす峰にたなびく薄雲はもの思ふ袖に色やまがへる」人聞かぬところなればかひなし。」(薄雲②四四八)とあった。

第八章　冷泉朝中宮の二面性
――「斎宮女御」と「王女御」を回路として――

はじめに

『源氏物語』には、三人の中宮が登場する。桐壺帝の藤壺中宮、冷泉帝の秋好中宮、今上帝の明石の中宮である。中宮を立てなかった朱雀朝を除いて、『源氏物語』における中宮がみな皇族出身であることは、『源氏物語』が目指した後宮のあり方を示唆する指標といえる。藤壺であれ、明石の中宮であれ、固有の背景をもって立后を果たしているが、冷泉朝の秋好中宮は、とりわけ特殊な事情を抱えているといってよい。藤壺や明石の中宮の立后が、その息子の立坊を見据えたものであったのに対して、秋好中宮は実子を持たないままに立后しているからである。

秋好中宮、立后以前の呼称で言えば斎宮女御の立后は、少女巻である。夕霧の成長を語る少女巻の半ば、夕霧が寮試に合格したところで、冷泉帝の立后問題が取り沙汰される。

かくて、后ゐたまふべきを、「斎宮の女御をこそは、母宮も御後見と譲りきこえたまひしかば」と、大臣もことつけたまふ。源氏のうちしきり后にゐたまはんこと、世の人ゆるしきこえず、弘徽殿の、まづ人より先に参りたまひにしもいかがなど、内々に、こなたかなたに心寄せきこゆる人々、おぼつかながりきこゆ。兵部卿宮と聞こえしは、今は式部卿にて、この御時にはましてやむごとなき御おぼえにておはする、御むすめ本意ありて参りたまへり。同じごと王女御にてさぶらひたまふを、同じくは、御母方にて親しくおはすべきにこそ、母后のおはしまさぬ御かはりの後見にとことよせて似つかはしかるべくと、とりどりに思し争ひたれど、なほ梅壺ゐたまひぬ。御幸ひの、かくひきかへすぐれたまへりけるを、世の人驚ききこゆ。

（少女③三〇―一[1]）

「后ゐたまふべき」と、冷泉帝治世において中宮が必要とされていることが明示され、その候補者として、

「斎宮の女御」と弘徽殿女御がいること、光源氏が斎宮女御を推していることが語られる。十五歳と年若い冷泉帝の后を早々と定める理由や、斎宮女御が中宮の座を勝ち取るまでの詳細な経過は描かれない。

斎宮女御の立后について、先行研究では、このような唐突な立后問題の語られ方や冷泉帝治世のあり方などを検討する論が多い。特に、后という存在をまとめた瀧浪貞子氏の論[2]、篠原昭二氏の藤壺の先例がないことを指摘する論[3]があり、また、福長進氏の論は、史実と『源氏物語』の立后問題を広汎に論じ、皇統の問題に帰着させる点で興味深い[4]。しかし、冷泉朝の立后、特に斎宮女御を中宮に選ぶことについて詳細に論じたものは少なく、当場面における王女御の役割が重要であることを述べる藤本勝義氏の論[5]が認められる程度である。

本章では、斎宮女御の立后とその役割について考察を試みる。後宮で優位に立つことが本来難しい斎宮女御が、何に支えられて立后を実現していくか、あるいはどう語り為されていくかを述べた上で、さらに斎宮女御と関わりの深い冷泉帝の問題としても、この立后を考えていきたい。

一、女王の立后

先に引用した少女巻の立后場面では、「源氏のうちしきり后にゐたまはんこと」と、皇族出身の中宮が二代続くことが非難されていた。冒頭に述べたように、藤壺、秋好中宮、明石の中宮と、皇族系の中宮が立つことは、『源氏物語』の後宮のあり方をうかがう一つの指標になっている。しかし、『源氏物語』が成立した十世紀前後の現実として、皇族出身女性の立后はきわめて難しいものであった。まずはこの点を確認しておきたい。

平安中期の代表的な皇族出身后といえば、冷泉天皇皇后・昌子内親王であろう。朱雀天皇晩年の内親王であり、若くして退位したために皇統を伝えられなかったことを悔いる父の意向を汲むかたちで入内、立后した皇后である。(6)『源氏物語』への直接的な影響を考えられるのは、この昌子内親王がほとんど唯一の例で、それ以前の皇族の后は、淳和天皇の皇后・正子内親王（嵯峨天皇皇女）や光仁天皇の皇后・井上内親王（聖武天皇皇女）まで遡るしかない。加えて、いずれの皇后も背景に複雑な事情を抱えており、立后を寵愛の度合いに回収することはできない。(7)

しかし、斎宮女御の立后が、これら歴史上の皇族出身の皇后たちの場合と決定的に異なるのは、斎宮女御が女王であるという点である。周知のとおり、斎宮女御は、桐壺院の同母弟で東宮のまま逝去した前坊の姫君である。(8)もちろん、父の即位さえ実現していれば、斎宮女御も内親王宣下を受けたことだろうが、少なくとも物語中に斎宮女御が内親王であったという記述はない。(9)前坊がいないのはもちろんのこと、入内にあたって支えてくれるはずの母・六条御息所もまた澪標巻で死去している。六条御息所周辺の血縁者もおらず、斎宮女御が依って立つのは、父方の従兄弟の光源氏だけである。

この、はなはだ心許ない境遇にある斎宮女御の立后が、『源氏物語』内部においてさえ困難なものであることは、先の世人の批判からも自明である。この立后を実現するにあたって、光源氏は二つの拠り所を用意している。一つは、斎宮女御の後見の第一を、自分ではなく冷泉帝の母后、藤壺とすることであり、[10]もう一つは、絵合の勝利を通じて、冷泉帝の寵愛という目に見えないものをわかりやすく示したことである。[11]

特に絵合の勝者としての斎宮女御は、弘徽殿女御に優位するだけに留まらない。絵合の盛儀を、語り手は次のように評す。

さるべき節会どもにも、この御時よりと、末の人の言ひ伝ふべき例を添へむと思し、私ざまのかかるはかなき御遊びもめづらしき筋にせさせたまひて、いみじき盛りの御世なり。（絵合②三九二）

冷泉帝の「盛りの御世」を作り上げたのは、もちろん絵合だけではないはずだが、少なくとも語りの上で、絵合という一大行事が冷泉帝治世にもたらしたものは非常に大きい。それだけの影響力があったと語られる絵合において、斎宮女御は勝利を得たのである。絵合の盛儀は、光源氏にとっては斎宮女御のためのものと言い難いが、[12]それでも後宮での斎宮女御を盛り立てるものとして十分に利があったと見るべきだろう。

第一の後見として藤壺を置くこと、絵合で勝利すること、この二点は、巧妙に連関させられながら、後宮における斎宮女御の優位を形作ってきた。前坊の遺児という曖昧な立場の斎宮女御の不利を、言わば外堀を埋めるようにして補ったのが、光源氏の政策といえよう。しかし、薄雲巻で藤壺が薨去した後、斎宮女御をめぐる事情はまた変わっていく。

女王でしかない斎宮女御を、同じ皇族出身の皇后である藤壺を後見にすることで、弘徽殿女御と競う存在にまで押し上げたこと、また絵合を通して、冷泉帝後宮における斎宮女御の優位を確定させたことは、『源氏物語』内部における光源氏の策謀であった。これらは、後宮の問題に留まらず、冷泉帝治世における光源氏自身の功績をも、世に知らしめす好機として利用されたといえる。

二、「斎宮の女御」としての立后

しかしながら、これら光源氏の巧妙な政治手腕を持ってしても、年若い冷泉帝に中宮を定める理由には足りない。先に引用した立后場面は少女巻であり、既に読み手は、薄雲巻で、冷泉帝の出生に関わる秘事が漏洩したことを知っている。(13) 光源氏と冷泉帝の関係は、臣下と帝から、父と子へと結び直されたのであり、自らの推す斎宮女御を無理に立后させてまで光源氏が得るものは多くない。つまり、少女巻で立后が求められたのは、権勢家としての光源氏のためではなく、冷泉帝自身の事情からと考えられる。(14) 立后はある種、御世の完成として見ることができる。秘事漏洩を知らない多くの人々にとって、冷泉帝治世は依然として「盛りの御世」であろうが、秘事を知る光源氏と冷泉帝にとって治世を安定させることは急務である。そして「斎宮の女御」と呼ばれる女君の立后は、同じく秘事を共有する読み手に向けて、より強いメッセージを発信していよう。

「斎宮の女御」呼称は、『源氏物語』中に三例ある。一つはもちろん少女巻の立后場面であるが、残りの二例も斎宮女御にとって転機というべき場面に用いられている。絵合巻の入内直後と薄雲巻の春秋優劣論の場面である。「宮」や「梅壺」と呼ばれることの多い斎宮女御にとって、この「斎宮の女御」呼称は重要な意味を有する。なぜなら、「斎宮の女御」なる人物が歴史上に存在していたからである。

いうまでもなく、「斎宮の女御」と呼ばれたのは村上天皇の女御、徽子女王である。醍醐天皇の皇子である重明親王の娘で、朱雀天皇の三人目の斎宮として下向し、帰京した後に入内している。[15] 斎宮経験者が入内する例は少ないため、「斎宮女御」という呼び名が徽子女王のものとして人口に膾炙していた可能性は高い。『斎宮女御集』と呼ばれる家集があることから見て、一条朝においても徽子女王の軌跡は知られていたと考えてよい。[16] この徽子女王と『源氏物語』の関わりは、古くから指摘されてきた。

本書第一部全体を通じて述べてきたように、徽子女王の『源氏物語』への影響は、六条御息所に顕著である。特に賢木巻で語られる、斎宮に卜定された娘と共に伊勢へ下る姿は、史実に照らしたかのような日程とも相まって、影響は著しい。[17] 徽子女王と六条御息所との結びつきに関する先行研究は多い[18]が、娘の斎宮女御自身と徽子女王を重ね合わせる回路についての考察は、どちらかといえば外に追い遣られている。六条御息所に投影されていた徽子女王像が、母の退場と同時に「斎宮女御」となる娘へとスライドされていくという説明に収斂されてしまうのであった。しかし、本章においては、より積極的に、徽子女王と斎宮女御の結びつきを見ておきたい。

六条御息所が徽子女王と結びつけられるのは、「親添ひて下りたまふ例もことになけれど」（賢木②八三）という一節に依るところが大きい。そこで描かれるのは、母と娘の伊勢下向である。徽子女王の「例」を読み手が思い浮かべることを承知して、わざわざ「例もことにな」いと規定し、徽子女王以前の時空を設定した語りといえよう。これはもちろん六条御息所に対して仕組まれた重ね合わせであるが、徽子女王という存在が賢木巻で既に表層まで浮かび上がらせられていることに注目すべきだろう。

帰京の後、六条御息所は死去、前斎宮は入内話に巻き込まれていくわけだが、その入内から程近い場面には、

「斎宮の女御」という、徽子女王に直結する呼称が用いられる。前例としての徽子女王はいないと語った賢木巻と響き合わせてみれば、この呼称は徽子女王と斎宮女御を、ほとんど同化させるようなものといえる。

上はよろづのことにすぐれて絵を興あるものに思したり。たてて好ませたまへばにや、二なく描かせたまふ。斎宮の女御、いとをかしう描かせたまひければ、これに御心移りて、渡らせたまひつつ、描きかよはさせたまふ。（絵合②三七六）

この例が「斎宮の女御」呼称の初出である。斎宮経験者の入内という、徽子女王の例と結びつきやすい場面で、敢えて「斎宮の女御」呼称が選び取られているのである。さらに付け加えておけば、この場面は、絵合の発端となる斎宮女御の絵好みが示されている。実は、徽子女王もまた絵を描く美質を持っていたことが『斎宮女御集』に示されていた。

とほくなり給ひなむのちのかたみとて、内よりゐかきてとて、つきがみをたてまつり給へりけるを、こと物にただいささかかきつけ給ひて、くものすかきたるところには

くものいのかくかくべくもあらねどもつゆのかたみにけたぬなるべし　（『斎宮女御集』一九五）

平安貴族にとって、絵を描くことが「楽器を奏でたり、和歌を詠むのと同じように、きわめて日常的な生活の一部であった[19]」のもまた事実であろうが、実際、女性が絵を描いていたことが明示される史料は多くない[20]。このような点からも、徽子女王と斎宮女御の接近がうかがえる。

絵合の盛儀の開催と、その成功において、斎宮女御の存在が重要なものであったことは、先述のとおりである。光源氏にとって、斎宮女御は「盛りの御世」を作り上げるため、冷泉帝と意思疎通を図るために必要な駒であった。しかし、出生の秘事を核とした共闘体制が光源氏と冷泉帝との間に成立した時、斎宮女御の存在意義は低下せ

ざるを得ない。そして、秘事漏洩が語られた直後にこそ、二度目の「斎宮の女御」呼称は用いられている。

斎宮の女御は、思ししも著き御後見にて、やむごとなき御おぼえなり。御用意、ありさまなども思ふさまにあらまほしう見えたまへれば、かたじけなきものにもてかしづききこえたまへり。（薄雲②四五八）

絵合巻において、絵を好み「盛りの御世」を支える斎宮女御像を、徽子女王と重ね合わせながら描いた語りは、この薄雲巻でも同様のことを行おうとしている。藤壺の薨去、秘事漏洩の記事に続くのは、光源氏の斎宮女御への恋情吐露であり、その中には、春秋優劣論が折り挟まれる。「秋好中宮」という呼び名の由来となる春秋優劣論と秋への傾倒は有名だが、ここで注目すべきは、その春秋優劣論を判じる直前に、「斎宮の女御」呼称が用いられたことである。二条院に里下がりした斎宮女御は、光源氏と春秋に関する言葉を交わし、秋への心寄せを次のように語る。

「はかばかしき望みはさるものにて、年の内ゆきかはる時々の花紅葉、空のけしきにつけても、心のゆくこともしはべりにしがな。（中略）いづ方にか御心寄せはべるべからむ」と聞こえたまふに、いと聞こえにくきことと思せど、むげに絶えて御答へ聞こえたまはざらんもうたてあれば、「ましていかが思ひ分きはべらむ。げにいつとなき中に、あやしと聞きし夕こそ、はかぬ消えたまひにし露のよすがにも思ひたまへられぬべけれ」と、しどけなげにのたまひ消つもいとらうたげなるに、（薄雲②四六一―二）

この傍線部「あやしと聞きし夕こそ」の引歌として、次の歌が挙げられる。

いつとても恋しからずはあらねども秋の夕べはあやしかりけり（『古今和歌集』巻第一一　恋一　五四六　読み人しらず）

この『古今和歌集』の歌の影響下にあることは否定しないが、同時に次の歌も視野に入れておきたい。

うへ、ひさしうわたらせ給はぬ秋のゆふぐれに、きむをいとをかしうひき給ふに、上、しろき御ぞのなえたるをたてまつりて、いそぎわたらせ給ひて、御かたはらにゐさせ給へど、人のおはするともみいれさせたまはぬけしきにてひき給ふを、きこしめせば、

秋の日のあやしきほどのゆふぐれにをぎふくかぜのおとぞきこゆる

とききつけたりしここちなむせちなりしとこそ御日きにはあなれ

（『斎宮女御集』一五）

呼称と和歌の結びつきによって、斎宮女御と黴子女王はきわめて近しい存在として語られる回路を持つことになる。春秋優劣論は、光源氏の六条院構想への布石といえるが、斎宮女御に求められた役割は、絵合巻の「盛りの御世」の立役者に近い。絵合巻、薄雲巻に共通するのは、斎宮女御が文化の体現者として相応しい存在であることであり、斎宮女御が背負う黴子女王の影は、その相応しさを物語の外側から補強する。

『拾遺和歌集』等に和歌を入集する黴子女王は、『源氏物語』が描かれた当時、歌人として認識されていた。そして、その活躍の舞台は村上天皇後宮であった。『斎宮女御集』との結びつきが深いと言われる『村上天皇御集』にも、斎宮女御が頻繁に登場する。(21) 村上天皇後宮の第一人者が藤原安子であったことは間違いないが、その一方で、高貴な出自と和歌の才能に恵まれながら安子の影に埋もれた斎宮女御への同情や憧憬があったことも、『大鏡』等からうかがえる。(22) そのような黴子女王の評価を以て、『源氏物語』における斎宮女御を見れば、少女巻において辿る道を大きく違えたことが明らかになる。すなわち立后である。

少女巻の立后場面に「斎宮の女御」の呼称が用いられていることは先に触れたが、黴子女王という補助線を引いて、斎宮女御の立后を考えれば、その異例さはいっそう際立つ。天暦の治と言われた村上天皇ですら、皇族出身で優れた文化人であった黴子女王を引き立てることができなかったのに対して、冷泉帝はいとも簡単に、斎宮女御

を中宮の位へと押し上げたのである。『源氏物語』の「斎宮の女御」が、史実の「斎宮の女御」を乗り越えた瞬間であり、同時に冷泉帝治世が、「盛りの御世」として史実の先を行ったことをも示していよう。「斎宮の女御」という徽子女王の影を打ち払うものとして、立后は最良の手段であった。

三、「王女御」という回路

斎宮女御は、「斎宮の女御」と呼ばれることで喚起される徽子女王との重ね合わせを持ちながら、徽子女王が実現することのなかった立后を果たした。冷泉帝治世の「盛りの御世」という性質は、この斎宮女御の立后によって、いっそう華々しいものとして、読み手に認識されるといえる。出生の秘事を抱えた冷泉帝自身の不安要素は、盛代に相応しい「斎宮の女御」を中宮に据えることで、物語の表面から姿を消したかのようである。

しかし、少女巻の立后場面には、注目すべき一節がある。

兵部卿宮と聞こえしは、今は式部卿にて、この御時にはましてやむごとなき御おぼえにておはする、御むすめ本意ありて参りたまへり。同じごと王女御にてさぶらひたまふを、同じくは、御母方にて親しくおはすべきにこそ、母后のおはしまさぬ御かはりの後見にとことよせて似つかはしかるべくと…

（少女③三二）

絵合巻で冷泉帝後宮にいたのは、斎宮女御と弘徽殿女御の二所であった。しかし点線部、新たに藤壺の兄・式部卿宮（かつての兵部卿宮）の姫君が入内していることが知られる。[23] 本章で問題としたいのは、二重傍線部「同じごと王女御にてさぶらひたまふ」という式部卿宮の主張である。

式部卿宮の言う「王女御」は、これまで「王氏出身の女御」と解されてきた。[24] 傍線部は、光源氏が推す斎宮女御も自分の娘も、共に皇族出身であるのだから、藤壺の姪という血縁の近さを重視すべきという主張である。藤原氏に対する王氏という構図を利用して娘と斎宮女御を同化し、出遅れた立后争いに名乗りを挙げるもので、この主張が有効に働いたかは疑わしい。手を組もうにも、光源氏と式部卿宮の不仲は繰り返し語られてきたことであり[25]、皇族出身の中宮を選ぶとして一騎打ちになれば、血縁のみを頼りとする式部卿宮の姫君に勝ち目はない。式部卿宮の言葉は、むしろ光源氏支援にしかならないのだが[26]、しかしここで示される「王女御」という主張は、斎宮女御に対して重い意味を持っている。

　先述のとおり、斎宮女御に対して用いられる「斎宮の女御」呼称は、歴史上の徽子女王を引き付けるものである。この呼称は、立后場面でも用いられていた。徽子女王という、歴史上に確かな事跡を残した人物と繋がる回路を持つ斎宮女御にとって、「王女御」という言葉が投げかける意味は重要である。なぜなら、「王女御」と呼ばれた人物もまた、歴史上に存在しているからだ。

　史料に登場する「王女御」は、管見の限り、全て一人の人物を指している。それは、朱雀天皇女御・熙子女王である。左に、熙子女王に関わる史料を挙げる[27]。

　正月四日、丁巳、雨降、天皇於紫宸殿加元服、年十五、太政大臣奉仕其事、殿上童子、勧学院小学生等加元服、（中略）
　二月十九日、壬寅、以文献彦太子女熙子女王女御
（『日本紀略』承平七年正月・二月）

　廿日、壬午、内御修法始、以明達為阿闍梨、王女御母卒、荷前、雨儀、御佛名始、（略）
　廿六日、中使遠規来云、可給王女御宅物員可定申、東大寺別当寛救、山階別当空晴律師可任事、令右大臣奏、依有可定申之仰也、大臣来云、依請者、
（『貞信公記抄』天慶八年一二月）

十二月十九日、辛巳、今夜正五位下藤原朝臣仁善子卒、仁善子者、故贈太政大臣第一女、先々坊御息所、王女御母也、

（『本朝世紀』天慶八年一二月）

ただ王女御と聞えける御腹に、えもいはずうつくしき女御子（昌子内親王※筆者注）一所ぞおはしましける、母女御も御子三つにてうせたまひにしかば、帝、われ一所心苦しきものに養ひたてまつりたまひける。

（『栄花物語』月の宴①一九）

煕子女王は、先にも触れた朱雀天皇鍾愛の昌子内親王の生母である。『栄花物語』にあるとおり、昌子内親王が幼い内に逝去している。しかし、重要なのは、この歴史上唯一の「王女御」である煕子女王が、特殊な経歴を有しているという点である。

煕子女王が朱雀天皇に入内したのは、承平七年（九三七）のことで、これは朱雀天皇の元服と重なっている。[28]恐らくは、朱雀天皇の添い臥し役としての入内であろう。母である藤原穏子を始め、藤原氏一族の期待を担う若き天皇の添い臥しに、皇族の女性を選んだのはなぜだろうか。

朱雀天皇についての逸話は数多い。中でも、怨霊を恐れて御簾の内で育てられたという話は有名であろう。[29]なぜそのような危惧があったかと言えば、中宮穏子と醍醐天皇との間に生まれた第一皇子の保明親王が早世しているからである。さらに保明親王亡き後、頼みの綱であったその息子慶頼王もまた夭折しており、漸く生まれた朱雀天皇の命を守ることは、何より重要であった。もちろん、それが守られたからこそ、朱雀天皇の即位や元服が実現したわけだが、実はこの保明親王の血筋に女君が一人遺されている。その遺児こそ、煕子女王であり、彼女の朱雀天皇への入内は、立太子していながら即位することのなかった保明親王に捧げられた哀悼といえよう。

皇太子のまま逝去した保明親王と、『源氏物語』における斎宮の女御の父、前坊を重ね合わせる説は古くからあ

る。例えば『湖月抄』の師説は、『孟津抄』を引きながら、次のように述べる。

此御息所は前坊の北方なりしを、前坊かくれ給ひて後、源氏密通也。前坊は保明親王〔諡号文彦太子〕になぞらふ。これ延喜の御宇に春宮にたち給ひて早世也　北方御息所は中将の御息所貞信公の娘になぞらふ。これ保明親王かくれ給ひて後、重明親王の北方になりて、斎宮の女御を生み給へり。此物語の御息所も大臣のむすめとかけり。準拠相当なるべし。孟津の説也。（夕顔）

先坊と呼ばれた保明親王や、熙子女王の母である時平女の仁善子など、熙子女王を巡る状況は、『源氏物語』の斎宮女御と非常に近いところにある。にもかかわらず、これまでの研究では、熙子女王との重ね合わせは問題視されてこなかった[30]。しかし、式部卿宮によって投げかけられた「王女御」という言葉はやはり、この熙子女王を呼び起こす回路であると見るべきである。むしろ、「斎宮の女御」呼称によって徽子女王と深く結びつくが故に覆い隠されてきた熙子女王との重なりが、この立后場面で改めて浮上させられているといえよう。

保明親王の逝去と朱雀天皇の誕生が、延長元年（九二三）のことで、熙子女王と慶頼王の生誕の順はわからない。朱雀天皇より年少とは考え難く、いくつか年上の女御であったと推測しておく。熙子女王の入内に際して求められたのは、保明親王と弟の朱雀天皇の血統の融合であり、やはり皇子の誕生であろう。朱雀天皇は、譲位の後、最後の望みを昌子内親王の入内、立后に託していくが[31]、それは熙子女王、ひいては保明親王や母后穏子の願いに端を発しているのではないか。熙子女王自身の思いは計り知れないが、少なくとも、熙子女王の周囲に保明親王や慶頼王の影が常に纏わりついていたであろうことは想像に難くない。保明親王の孫にして朱雀天皇の子が天皇になることが重要であり、熙子女王を巡る状況は、とにかくも子の誕生が求められ、立后は二の次であったといえよう。

父先坊の遺児として入内した「王女御」である熙子女王を、『源氏物語』の「王女御」に重ねてみれば、その符合は明らかである。もちろん、式部卿宮は「同じごと」と、斎宮女御と式部卿宮の姫君との両方に「王女御」という言葉を投げかける。そこには、先帝の后腹の皇子である式部卿宮もまた、帝位に就く可能性を有していたという自負、光源氏に代わって皇族の長として治世に関わっていこうとする野望をも読み取ることができよう。しかし、熙子女王の事績を見れば、斎宮女御の方が熙子女王と接点が多いことは明白である。

先述のとおり、斎宮女御が立后によって打ち払ったのは、徽子女王の影である。だが、ここで示された熙子女王の影は、立后によっては打ち払えない。むしろ、皇子の誕生がないままに立后した斎宮女御にとって、熙子女王の影はいっそう濃く投げかけられるのではないだろうか。華やかな立后場面で、式部卿宮の発した「王女御」という何気ない言葉は、徽子女王によって支えられていた斎宮女御の背景を、根底からひっくり返す威力を持っていたといえる。

おわりに

ここまで述べてきたように、絵合巻以降、斎宮女御に課せられたのは、「盛りの御世」としての冷泉朝を後宮の側から支えることであった。物語内部での絵合や春秋優劣論に留まらず、物語の外側から村上朝の徽子女王の存在を響かせ、藤壺に代わる冷泉朝後宮の象徴としての造型が為されてきた。立后は、その造型の完成といえよう。「斎宮の女御」呼称から、中宮という新たな、より華々しい呼称へ、その表層の変遷のみを追うと、斎宮女御も、ひいては冷泉帝治世も、何ら憂うところがないかのようである。

しかし、式部卿宮の投げかけた「王女御」という位置づけは、徽子女王との結びつきが前面に出されることで隠されていた煕子女王との重なりを、新たに呼び起こしていく。煕子女王を通じて呼び起こされるのは、史実の「前坊」保明親王の早世や皇統を繋げなかった朱雀天皇の無念といった、村上朝の裏側である。醍醐天皇と村上天皇の治世は、延喜天暦の治と並び称される。その間にある負の要素に、双方に跨るかたちで関わったのが、「王女御」と呼ばれた煕子女王であった。そしてそれが物語の中で用いられた時、斎宮女御や冷泉帝の置かれた情況に、表立ってこなかった問題として逆照射してしまう。

朱雀天皇のもとに入内した煕子女王に課せられていたのは、皇統の橋渡し役であった。保明親王の娘として、また慶頼王の姉としての入内の先にあったのは、皇子の誕生への期待である。徽子女王には不可能であった立后や子の立坊が、煕子女王には可能であった、というより、それが切望されていたのである。

斎宮女御を支える史実は、少女巻まで、表層と深層にくっきりと分かれている。表層の徽子女王は、文化人として高い評価を得ているために、斎宮女御を支える存在として機能し、さらには冷泉帝と村上天皇を引きつける役割も担っていた。深層にある前坊の遺児としての出自は、表層の華やかさのために、ほとんど浮かび上がっては来なかったのである。それを浮かび上がらせたのは、式部卿宮の「王女御」という言葉であるが、一方で徽子女王という表層の覆いが掬い取られる立后場面において、煕子女王との結びつきが見えてくるのは必然であったといえる。野心ある式部卿宮が、その契機となる役割を振られたに過ぎない。

少女巻の立后場面における表層と深層の転換は、斎宮女御にとって重大な意味を持つが、冷泉帝もまた、無関係ではいられない。「盛りの御世」として村上天皇治世と結びつく回路の一つは、斎宮女御が確保していたのである。しかし、煕子女王が入内したのは朱雀天皇であり、冷泉帝の若い即位や後宮人員の少なさなどは、朱雀天皇と結びつく可能性を有してもいる。(32)

少女巻が描くのは、夕霧の成長と六条院の完成である。同じく光源氏の息子ながら、冷泉帝が後宮の完成と同時にこれまでとは異なる不安を抱え込んだのに対し、夕霧はようやく政治参加の入り口に来たところ、雲居雁との幼恋も途上にある。また六条院で育つ明石の姫君のためには、次の帝への入内計画が着々と進められている。次世代への潮流を描く少女巻にあって、冷泉帝や秋好中宮の位置づけは、どっちつかずのものになっているといえよう。冷泉帝治世の今後を見るにあたって、また冷泉帝と運命を共にすべき位置に座った秋好中宮にとって、この立后場面で投げかけられた「王女御」煕子女王、更には保明親王や朱雀天皇の問題は、決して小さなものではない。むしろ、不義の子と前坊の遺児、それぞれが向き合うべき主題と連関する。冷泉帝と秋好中宮という華やかな一対を定め、同時に奥行きをもたらしたこの立后場面は、更にそれぞれの未来をも占うものと見ることができるのである。

注

(1) 本章の引用は、『大鏡』『栄花物語』(新編古典文学全集　小学館)、『斎宮女御集』『古今和歌集』(『新編国歌大観』)、『日本紀略』『貞信公記抄』『本朝世紀』(『大日本史料』)により、『群書類従』で校合)にそれぞれ依り、一部私に改めた。

(2) 瀧浪「女御・中宮・女院——後宮の再編成——」(『論集平安文学3』勉誠社　一九九五・一〇)。

(3) 篠原「桐壺の巻の基盤について——準拠・歴史・物語」(『源氏物語の論理』東京大学出版　一九九二)。

(4) 福長「「源氏」立后の物語」(『源氏物語　重層する歴史の諸相』竹林舎　二〇〇六)。ほか立后については、湯浅幸代「皇后・中宮・女御・更衣」(『平安文学と隣接諸学　王朝文学と官職・位階』竹林舎　二〇〇八)も参考とした。

(5) 藤本氏は「式部卿宮——「少女」巻の構造——」(『源氏物語の想像力』笠間書房　一九九四　初出一九八二)の中で、社会的権威を持つ式部卿宮の姫君の存在が、同じ皇族出身の秋好中宮を幇助するものとなったとする。

（6）昌子内親王の立后が朱雀院の意向に依ったことは、『栄花物語』が語っている。「帝、われ一所心苦しきものに養ひたてまつりたまひける。いかで后に据ゑたてまつらんと思しければ、例なきことにて、口惜しくてぞ過ぐさせたまひける。昌子内親王とぞ聞えさせける。」（月の宴①一九）。この昌子内親王については、森藤侃子「冷泉妃昌子内親王」（『日本文学　始源から現代へ』笠間書院　一九七八）等を参考とした。

（7）正子内親王も井上内親王も、父方の血を重視しての立后と考えられる。ともに廃太子や廃后という運命を辿っており、内親王の皇后を考える上で重要な存在である。

（8）前坊をめぐっては、藤本勝義「源氏物語に於ける前坊をめぐって」（『文学・語学』八八号　一九八〇・一〇）、浜橋顕一「『源氏物語』の「前坊」をめぐって——付・物語前史を読むことについて」（『源氏物語の鑑賞と基礎知識　桐壺』一九九八）などを参考とした。なお、「前坊」か「先坊」について本書においては問題としない。

（9）葵巻で、六条御息所の回想として「この斎宮の御事をも、懇ろに聞こえつけさせたまひしかば、「その御代りにも、やがて見たてまつりあつかはむ」など常にのたまはせて（②五三）と桐壺帝が姪の斎宮を気に懸けていたことを以て内親王宣下を受けていた可能性を指摘する説もある。

（10）光源氏は、前斎宮の出仕を催促する朱雀院の意向を無視するために、藤壺に最終決定を求めていく。「「…内裏にもさこそおとなびさせたまへど、いときなき御齢におはしますを、すこしものの心知る人はさぶらはれてもよくやと思ひたまふるを、御定めに」など聞こえたまへば」（澪標②三二〇）。入内当日も、二条院に渡すことは避けるなど、かなり意識的に「藤壺傘下の女御」としての入内を実行した。なお栗本賀世子「斎宮女御の梅壺入り」（『平安朝物語の後宮空間』武蔵野書院　二〇一四　初出二〇一一）では奥まった梅壺への参入を表立った後見を避けた光源氏の方法として見ており、光源氏の態度として首肯できるものの、やはり梅壺が多く皇太子の居所であったイメージからすれば、前坊を父とする出自の主張を重く見るべきだろう。

（11）後宮内部で行われていた絵合を、表の場に持ちだしたのは光源氏である。「大臣参りたまひて、かくとりどりに争ひ騒ぐ心ばへどもをかしく思して、「同じくは、御前にてこの勝負定めむ」とのたまひなりぬ。」（絵合②三八三）。後宮の外側で「勝負」が行われれば、それは寵愛や世評の「勝負」となろう。そしてそれは、光源氏の思惑通りである。

(12) 絵合については先行研究が多いが、光源氏にとっての絵合の意義は、やはり藤壺に須磨の日記を見せることであったと見て問題はない。なお、絵合をめぐっては、斎宮女御を通じて朱雀院も関わろうとしており、光源氏の思惑だけに回収できない問題を含んでいる。本書第一部第六章参照。

(13) 自分の出生の秘密を夜居の僧都によって奏上された冷泉帝は、葛藤の後、光源氏に譲位を仄めかす。「帝、思し寄する筋のこと漏らしきこえたまひけるを、大臣、いとまばゆく恐ろしう思して、さらにあるまじきよしを申し返したまふ」（薄雲②四五六）。このことによって、光源氏は秘事が漏洩したことに気づくのである。

(14) なお紙面の都合上扱えなかったが、実は皇統から外れている冷泉帝が、その補完のために斎宮女御を必要としたという説は多い。吉野瑞恵「光源氏の皇統形成——前坊の娘・秋好入内の意味」（『王朝文学の生成』笠間書院　二〇一一　初出一九九九）、辻和良「秋好中宮について——冷泉帝、正統化への模索——」（『論叢源氏物語2　歴史との往還』新典社　二〇〇〇）等。

(15) 徽子女王関係系図

醍醐天皇
＝源某更衣
　├重明親王
　　＝藤原寛子（忠平娘）
　　　├徽子女王
村上天皇
＝徽子女王
　├規子内親王

(16) 退下後に入内した斎宮は、注7で挙げた井上内親王と、その娘の酒人内親王（桓武天皇妃）、孫の朝原内親王（平城天皇妃）のみ。むしろこれらの例が斎宮の入内を好ましくないものとした可能性もある。少なくとも、斎宮に入内して「女御」となったのは、徽子女王が初例。『拾遺和歌集』にも「斎宮女御」の詞書があり、『斎宮女御集』の成立は諸説あるが、徽子女王周辺の女房の手によるとされる（平安文学輪読会編『斎宮女御集注釈』塙書房　一九八一）ことを鑑みれば、徽子女王＝斎宮女御の図式は疑いない。

(17) 六条御息所の煩悶の中に、「親添ひて下りたまふ例もことになけれど」（賢木②八三）と仄めかされる他、「十六日、桂川にて御祓したまふ。」（賢木②九一）と、規子内親王と同じ九月一六日の下向であることが示される。

(18) 六条御息所と徽子女王との関係を述べる先行研究としては、森本元子「斎宮女御と源氏物語」（『むらさき』一一号　一九七三・六）、西丸妙子「斎宮女御徽子の六条御息所への投影」（『斎宮女御集と源氏物語』青簡舎　二〇一五　初出一九八二）、高田祐彦「「前坊妃・斎宮の母」――六条御息所の準拠一面――」（『源氏物語の文学史』東京大学出版会　二〇〇三　初出一九九九）、山上義実「『斎宮女御集』に見る斎宮女御像試論――『源氏物語』との関連から――」（『金城国文』七五号　一九九九・三）、牧野裕子「葵・賢木の『斎宮女御集』受容――野宮の段の構成へ向けて――」（『岡大国文論稿』三五号　二〇〇七・三）、原槇子「斎宮女御徽子女王――六条御息所母子への投影――」（『斎王物語の形成』新典社　二〇一三　初出二〇一〇）などを参考とした。

(19) 伊井春樹「王朝人の生活の中の絵画」（『源氏物語絵巻とその周辺』新典社　二〇〇一）。

(20) 『源氏物語』以前では、『蜻蛉日記』で道綱母が絵日記を付けている描写が見られる（「われは、春の夜のつね、秋のつれづれ、いとあはれ深きながめをするよりは、残らむ人の思ひ出にも見よとて、絵をぞかく。」下巻天禄三年八月）が、それ以外では、例えば『栄花物語』の藤原歓子（後冷泉天皇皇后）などがいるくらいで、例としては多くない。

(21) 『斎宮女御集』と『御集』の結びつきについては定説がないようであるが、『斎宮女御集注釈』（注16）のほか、今野厚子『天皇と和歌――三代集の時代の研究――』（新典社　二〇〇四）を参考とした。

(22) 『大鏡』は「重木、また、「いとせちにやさしく思ひたまへしことは、この同じ御時のことなり。承香殿の女御と申ししは、斎宮の女御よ。…」（『大鏡』道長）と、斎宮女御の有様を称える。

(23) 入内の意向自体は、「入道の宮、兵部卿宮の、姫君をいつしかとかしづき騒ぎたまふめるを、大臣の隙ある仲にて、いかがもてなしたまはむと心苦しく思す。」（澪標②三二一）と、藤壺の憂慮というかたちで語られていた。

(24)『河海抄』は王女御について「凡王女御にかぎらず姓をもむかしはいひ付也。李部王記云、藤女御源女御などあり。」と注をしており、以後の注釈、研究はその見解に従っている。

(25) 注23参照。

(26) 式部卿宮の主張が、結果的に光源氏支援になることについては、注5藤本論文参照。

(27) 熙子女王関係系図

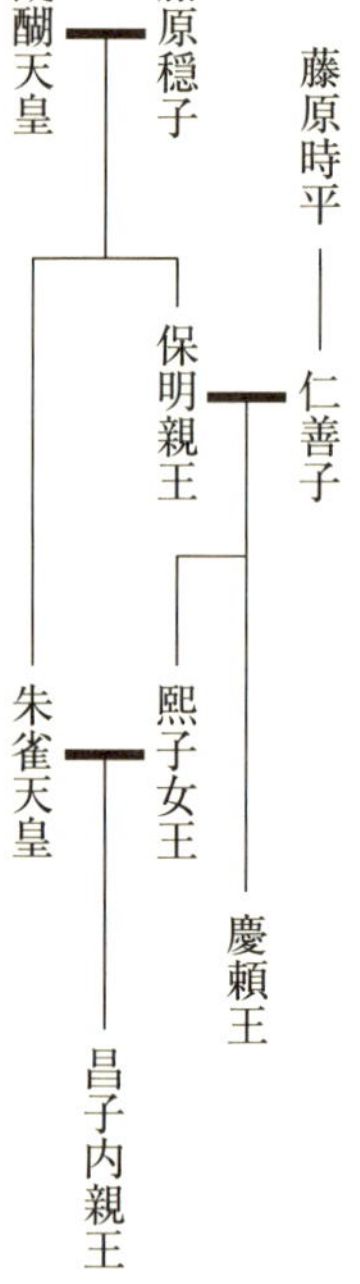

(28) 朱雀天皇の元服は、同じく承平七年（九三七）の正月。

(29) 朱雀天皇が御簾のうちで育てられたことについては、『大鏡』に「朱雀院生まれさせたまひて三年は、おはします殿の御格子もまゐらず、夜昼火をともして、御帳のうちにて生ほしたてたてまつらせたまふ。北野に怖ぢ申させたまひて。」（『大鏡』道長）との記載がある。

(30) 六条御息所の準拠として、徽子女王の他、熙子女王と同じく朱雀天皇に入内した藤原貴子が挙げられる。この貴子は、重明親王の妻で徽子女王を生んだ同じ忠平女の寛子と混同がある。本書第一部第四章参照。

(31) 注6参照。なお、天皇が自分の娘を入内させ、后にしたいと願う例は、朱雀天皇以前には見あたらない。以後の例としては、注4福長論文が『栄花物語』の小一条院の言葉を引きながら、「昌子内親王の東宮憲平親王への参入を必然化した皇統形成の論理と同じものが覗われる」と述べる。

（32）　昌子内親王と朱雀天皇という関係から見れば、若菜上巻の朱雀院による女三の宮降嫁問題は切り離せない。延喜天暦の治と平行する保明親王・熙子女王・昌子内親王三世代は、『源氏物語』の中にかなり複雑に組み込まれているとみるべきで、その時、冷泉帝治世の位置づけもまた複雑なものとなろう。

第九章　冷泉朝の終焉　――玉鬘物語をめぐって――

一、冷泉帝のあり方　――少女巻から藤裏葉巻へ――

『源氏物語』少女巻は、光源氏の息子夕霧の物語を綴る。夕霧の成長は、同世代の冷泉帝の成長とも響き合う。皇族の中宮が立ち、後宮が完成するに至って、冷泉帝治世は天皇親政の体制を整え、いよいよ本格的な「盛代」が始動するかに見える。しかしながら、斎宮女御の立后に際して、「王女御」の存在が影を落としたのと呼応するかのように、冷泉帝治世そのものも、絵合巻の如き手放しの「盛りの御世」ではなくなっていくように思われる。

少女巻も終わり近く、冷泉帝は朱雀院へ行幸する。

二月の二十日あまり、朱雀院に行幸あり。花盛りはまだしきほどなれど、三月は故宮の御忌月なり、とくひらけたる桜の色もいとおもしろければ、院にも御用意ことに繕ひみがかせたまひ、行幸に仕うまつりたまふ上達部、親王たちよりはじめ心づかひしたまへり。人々みな青色に、桜襲を着たまふ。帝は赤色の御衣奉れり。召しありて太政大臣参りたまふ。同じ赤色を着たまへれば、いよいよ一つものとかかやきて見えまがはせたまふ。（中略）

春鶯囀舞ふほどに、昔の花の宴のほど思し出でて、院の帝、「またさばかりのこと見てんや」とのたまはするにつけて、その世のことあはれに思しつづけらる。舞ひはつるほどに、大臣、院に御土器まゐりたまふ。

A鶯のさへづる声はむかしにてむつれし花のかげぞかはれる

院の上、

B九重をかすみ隔つるすみかにも春とつげくる鶯の声

帥宮と聞こえし、今は兵部卿にて、今の上に御土器まゐりたまふ。

Cいにしへを吹き伝へたる笛竹にさへづる鳥の音さへ変らぬ

あざやかに奏しなしたまへる、用意ことにめでたし。取らせたまひて、

D鶯のむかしを恋ひてさへづるは木伝ふ花の色やあせたる

とのたまはする御ありさまこよなくゆゑゆゑしくおはします。（少女③七一―三）

この行幸が華やかなものであったことは疑いないが、一方で、冷泉帝と光源氏の外見の酷似を、語り手は強調する。「一つものとかかや」くとする語りは、読み手に対して、そこに問題があることを気づかせようとするのである。

加えて、A～Dの唱和もまた、絵合巻とは異なる冷泉帝治世を描いていよう。朱雀院、光源氏、帥宮、冷泉帝、それぞれの歌が形作るのは、桐壺院を称揚する、懐古主義の空間である。光源氏のA歌は時代の変遷を詠み、朱雀院のB歌は宮中から遠く離れた自分を見つめる。兵部卿宮となった前の帥宮のC歌は「いにしへを吹き伝へたる」存在である今上の御代を桐壺治世と変わらないと詠うが、それに対する冷泉帝の返しであるD歌は、謙虚という言葉で括っては不十分に思われる。「花」、即ち自分の御代が「色あせ」る可能性を見ている歌であろう。他の三者が

共有する花の宴の記憶を、冷泉帝は持っていない。罪の意識は表面化されていないにしろ、桐壺院の実子でないという認識を持ち、しかも規範となる院の治世を知らない冷泉帝にとって、「いにしへを吹き伝へ」ていないことは明白であろう。「盛りの御代」を判定するのは、光源氏や兵部卿宮であり、冷泉帝は見えない先例の前に揺らぎを覚えているのではないか。しかし、前年の秋には秋好中宮が立后し、光源氏は太政大臣という名誉職に就いた。十六歳になる冷泉帝は、後見から離れ、治世を改めていく局面に来ていると考えられる。

冷泉帝治世の新局面とは、一体どのようなものだろうか。本格的な「盛代」の始動であることは間違いない。しかし、文化隆盛の御代という土壌は既に築かれており、中宮、東宮は定まっている。冷泉帝自身が進むべきレールは敷かれていて、皇子不在は先に述べたとおりだが、年齢的には焦るほどでなく、対策として五節の舞姫たちが入内している。(1) 強いて心残りを挙げれば、光源氏の処遇に集約されよう。しかし、それは即座に解決できるものではない。光源氏への十分なもてなしを叶えるためにこそ、以後の冷泉帝は奔走するのであろうが、不自然でなく実現するには、時間をかけて条件を整える必要がある。端的に言ってしまえば、冷泉帝の希望が半ば実現するのは藤裏葉巻、明石の姫君が入内し、光源氏の権勢も声望も並ぶ者がないところまで達しての六条院行幸を終えて、ようやく太上天皇に准う位を贈ることができる。少女巻から藤裏葉巻にかけての時間は、冷泉帝の帝としての成長期間であり、更には光源氏を支える明石の姫君や夕霧といった次世代が表舞台に上がるための、いわば下積みの時間として捉えられるのではないか。しかし、下積みの時間は物語の前面に表れることはない。代わりに置かれたのは、玉鬘十帖、夕顔の遺児の物語である。代わりと言っても、明石の姫君の成長や冷泉帝治世にとって、玉鬘物語は無縁ではない。殊に冷泉帝治世にとって、玉鬘の存在は極めて重いのではないか。冷泉帝と玉鬘について論じながら、冷泉帝のあり方を考えていきたい。

二、「かぐや姫」玉鬘

玉鬘十帖は、ヒロイン・玉鬘のシンデレラストーリーである。もちろん、それは一筋縄でいくものではなく、流離譚、霊験譚も含有しながら、光源氏と玉鬘の危うい恋に多くの筆が割かれる。一方で、背後に底流している明石の姫君の成長記録も仄めかされ、玉鬘は「くさはひ」として六条院の不足を補い、栄華に加担していく。玉鬘十帖の位置づけを巡っては、多くの先行研究があるが、本章で注目したいのは、求婚譚としての玉鬘物語であり、『竹取物語』との連関である。(2)

既に多くの論考があるとおり、玉鬘十帖に『竹取物語』の影響があることは、例えば玉鬘巻の「よばひ」に関わる記述や、異様に年寄りじみた発言を繰り返す「翁」としての光源氏などからも自明といえる。(3)また、胡蝶巻では「竹」が用いられた和歌が贈答される。

御前近き呉竹の、いと若やかに生ひたちて、うちなびくさまのなつかしきに、立ちとまりたまうて、

ませのうちに根深くうゑし竹の子のおのが世々にや生ひわかるべき

思へば恨めしかべいことぞかし」と、御簾をひき上げて聞こえたまへば、ゐざり出でて、

今さらにいかならむ世か若竹の生ひはじめけむ根をばたづねん

なかなかにこそはべらめ」と聞こえたまふを、いとあはれと思しけり。（胡蝶③一八二―三）

光源氏にとって、玉鬘は「竹の子」であり、その行く末が重大事である。光源氏は「いかなる世々」、つまり結婚を意識するが、玉鬘の返歌は親の問題として切り返す。『竹取物語』では、かぐや姫は天上の父母の元に帰って

いく。しかし玉鬘は実父のもとに今更帰ることはできないと口にするのである。もちろん、玉鬘の本心としては帰ることを厭うわけではなく、むしろ光源氏が動いてくれることを期待している。胡蝶巻の船楽は、玉鬘お披露目の場所であった。この贈答は、送られてくる懸想文を検討する光源氏が描かれた後に置かれている。求婚譚を奏でつつも、核心は養父と実父の間にあって揺れ動く女君、という玉鬘物語は、『竹取物語』を下敷きにして読まれるべきだろう。

光源氏と玉鬘の危うい関係もまた、『竹取物語』と響き合う。『竹取物語』の養父・翁とかぐや姫に恋愛関係が見られるという視点は、これまでも多く議論されている。後藤祥子氏は、「親権の振りかざし」を行う光源氏のあり方が、孝養を求めて結婚を奨める竹取の翁と重なるとすることを指摘する。[4] 翁役の自分と玉鬘への恋情の間に危うく立つ光源氏の姿は、野分巻にも見られる。

御前に人も出で来ず、いとこまやかにうちささめき語らひきこえたまふに、いかがあらむ、まめだちてぞ立ちたまふ。女君、

吹きみだる風のけしきに女郎花しをれしぬべき心地こそすれ

くはしくも聞こえぬに、うち誦じたまふをほの聞くに、憎きもののをかしければ、なほ見はてまほしけれど、近かりけりと見えたてまつらじと思ひて、立ち去りぬ。御返り、

「した露になびかましかば女郎花あらき風にはしをれざらまし

なよ竹を見たまへかし」など、ひが耳にやありけむ、聞きよくもあらずぞ。（野分③二八〇―一）

野分巻、夕霧が六条院を巡る場面である。光源氏が何やら玉鬘を口説き、立ち去ろうとする光源氏に玉鬘が「吹きみだる…」の歌を投げかける。我が身の拙さを自覚する詠みぶりに対して、光源氏の返しは意味深長である。与

えられている情報からすれば、玉鬘は「あらき風」に晒されており、それを回避する手段は「した露になび」くことである。反実仮想であるから、実際は「した露になび」いてはいない。「した露」は「このした露」と詠まれる例からすれば、庇護者たる光源氏になびいていれば、とすべきであろうか。「あらき風」の正体は不明だが、ここで指す「なよ竹」は、女郎花に対するという点で植物であり、「風に靡く竹」が第一義であろう。しかし一方で、『竹取物語』を引きつけていると見ていきたい。かぐや姫が男性に靡かないのは確かだが、「なよ竹のかぐや」であることもまた事実であり、風に吹かれて靡くあり方を内包しつつ、一線を越えないしたたかさを光源氏は意識していよう。盗み見する夕霧もまた、光源氏との異様な関係を目の当たりにしたことと合わせ、「なよ竹」であれと言われる玉鬘の出生に対して違和感を抱いていくのではないだろうか。

玉鬘について、「竹」との関わりから、『竹取物語』のかぐや姫の投影を見た。光源氏は、かなり自覚的に『竹取物語』を摂取しており、光源氏の言葉を聞く玉鬘もそれに従っているようである。養父である竹取の翁としての光源氏、養育され、求婚されるかぐや姫である玉鬘の関係は、方便としての「翁」でしかない光源氏の恋情とともに、六条院の四季を巡っていく。玉鬘物語が新たな展開を見せるのは行幸巻である。

三、冷泉帝と『竹取物語』の帝　――玉鬘物語の発展と結末――

小嶋菜温子氏は、「数多い「竹取」伝説のなかにあって、『竹取物語』における帝の求婚の筋だてが異彩をはなつものであるということは、もっと意識されるべきだと思う」と述べている。[5] 五人の貴公子との求婚で終わらず、帝、つまり世の論理との抗争があり、世の論理の代表たる帝が、昇天にあたって天人と争う構図が、『竹取物語』

を「物語の出で来はじめの親」（絵合②三八〇）と認識せしめたという指摘は首肯できる。そしてまた、玉鬘物語においても、「帝」は登場する。行幸巻で描かれる大原野行幸に、「狩」という面から『竹取物語』との引用関係を指摘する論は、先の後藤氏の発言や、それを受けての高田祐彦氏の論などがある。(6)『竹取物語』の行幸場面を見てみたい。

帝仰せたまはく、「みやつこまろが家は山もと近かなり。御狩の行幸したまはむやうにて、見てむや」とのたまはす。みやつこまろが申すやう、「いとよきことなり。なにか。心もとなくてはべらむに、ふと行幸して御覧ぜば、御覧ぜられなむ」と奏すれば、帝、にはかに日を定めて御狩にいでたまうて、かぐや姫の家に入りたまうて見たまふに、光満ちてけうらにてゐたる人あり。これならむと思して、逃げて入る袖をとらへたまへば、面をふたぎてさぶらへど、初めよく御覧じつれば、類なくめでたくおぼえさせたまひて、「ゆるさじとす」とて、率ておはしまさむとするに、かぐや姫答へて奏す。「おのが身は、この国に生れてはべらばこそ、使ひたまはめ、いと率ておはしましがたくやはべらむ」と奏す。帝、「などかさあらむ。なほ率ておはしまさむ」とて、御輿を寄せたまふに、このかぐや姫、きと影になりぬ。

（『竹取物語』六〇）

帝は、召しに応じないかぐや姫に業を煮やして、山近い竹取の翁の家に、狩のついでに行幸することを思い立つ。家にいるかぐや姫を見、その袖を捕らえて連れ帰ろうとするが、かぐや姫は影となってしまう。変化の身としてのかぐや姫が、帝と言えど現世の人間とは結ばれ得ないことを示す場面である。次に、『源氏物語』の大原野行幸の場面を確認しておきたい。

その十二月に、大原野の行幸とて、世に残る人なく見騒ぐを、六条院よりも御方々引き出でつつ見たまふ。卯の刻に出でたまうて、朱雀より五条の大路を西ざまに折れたまふ。桂川のもとまで、物見車隙なし。（中略）

西の対の姫君も、立ち出でたまへり。そこばくいどみ尽くしたまへる人の御容貌ありさまを見たまふに、帝の、赤色の御衣奉りてうるはしう動きなき御かたはら目に、なずらひきこゆべき人なし。わが父大臣を、人知れず目をつけたてまつりたまへど、きらきらしうものきよげに盛りにはものしたまへど、限りありかし。いと人にすぐれたるただ人と見えて、御輿の中よりほかに、目移るべくもあらず。まして、容貌ありや、をかしやなど、若き御達の消えかへり心移す中少将、何くれの殿上人やうの人は、何にもあらず消えわたれるは、さらにたぐひなうおはしますなりけり。源氏の大臣の御顔ざまは、別物とも見えたまはぬを、思ひなしのいますこしいつかしう、かたじけなくめでたきなり。さは、かかるたぐひはおはしがたかりけり。

（行幸③二八九―九一）

この大原野行幸の準拠については、『河海抄』や『花鳥余情』以来、延長六年（九二八）の醍醐天皇の大原野行幸が指摘されており、後藤祥子氏を始めとする先行研究がある。(7)この行幸においては、光源氏は供奉しない。そのあり方は、醍醐天皇の行幸における宇多天皇に近しいものであり、冷泉朝のあり方については重要な指摘であるがひとまず置いておく。

『竹取物語』の帝と、『源氏物語』の冷泉帝との違いは、見る人、見られる人の転であろう。確かに、『竹取物語』の帝は、当初からかぐや姫を見ることを目的の一つにしており、その点からして異なるのであるが、玉鬘が冷泉帝に対して傍線部のような視点を投げかけていることに注目したい。この時点で、冷泉帝は玉鬘を光源氏の娘と認識しているのだから、恋情の抱きようがなく、むしろ冷泉帝の心は、光源氏に向けられている。六条院への関わりとしては、行幸に同行しない光源氏を恨む歌を贈り、(8)玉鬘について触れることはない。玉鬘からの一方的な視線が成立するのは、光源氏の心づもりとして参内計画があり、それが玉鬘の耳にも入っているからである。

玉鬘は、波線部のように光源氏とよく似ていながら、より勝って見える冷泉帝に惹かれる。光源氏が行幸に同道しない意図の一つは、この比較の視線にあろう。玉鬘にとって、光源氏は養父、つまり私人であり、行幸する冷泉帝は公人である。六条院という空間に閉塞感を抱く玉鬘にとって、外の世界と繋がる可能性を拓く冷泉帝の存在が魅力的に映るのを十分に承知して、光源氏は行幸を見学させるのである。公私の差は空間の差に過ぎず、光源氏と同質の魅力を持つ冷泉帝に惹かれる玉鬘は、玉鬘の視線が内側に向けばそのまま光源氏に魅了される回路を持っているといえる。光源氏の思惑通りに事は進んでいよう。

では、この場面の冷泉帝は、何を得ているのだろうか。『竹取物語』の帝の恋は行幸がハイライトであるが、冷泉帝と玉鬘の物語は、行幸巻が始まりなのである。なぜなら、尚侍としての参内を選択肢に入れて初めて、光源氏は玉鬘の裳着を実行するのであり、かぐや姫への求婚が裳着、髪上げと共に始まったのとは趣を異にする。冷泉帝が玉鬘を得られるか否かの重要な場面を、立石和弘氏は神話的な世界観、「目合《まぐあひ》」と重ねて、「異郷の女性の視点において（女性の側から）見出される客人《まろうど》の容貌の美質が、彼らを異郷の内側へ迎え入れる要件になっている」と述べる。(9)立石氏の論は、冷泉帝の役割をより広汎に扱い、「供犠」として罪を背負わされる冷泉帝の顔のあり方を薫と共に論じていくのであるが、異郷性を持つ玉鬘によって美質を確認されるという指摘は重要である。立石氏の言う「異郷性」は、筑紫育ちという点と水蛭子表現に根拠づけられているが、本章で考えれば、まさに天上のかぐや姫という異郷性を保持する玉鬘が、他の求婚者たちと全く異なる存在として冷泉帝を認識したのである。『竹取物語』の帝は、狩の行幸でかぐや姫との精神的な紐帯だけを取り付け、まるでうまくいったかのように饗宴を行って帰っていく。(10)しかし、『源氏物語』の冷泉帝は、かぐや姫に模される玉鬘から「ただ人」とは異なる美質を保証され、『竹取物語』とは違う結末さえ予感させるのである。かぐや姫を得る帝の物語は、光源氏にとって確定的な未来になりつつあり、翁たる光源氏がどう動くべきかが、『竹取物語』を乗り越えて新たな物語を紡ぐための関心事項となっていたのではないだろうか。

　新たに描かれるはずであった先例のない物語は、真木柱巻であっけなく挫折する。求婚者として光源氏からも、玉鬘からも除外されていた鬚黒の大将が、玉鬘を手にするのである。それは取りも直さず、玉鬘をかぐや姫に模したことの無謀さを照射する。六条院において発揮された異郷性は、天上と地上の差ではなく、所属する家の差に過ぎず、かぐや姫のように、影となって逃げる術を持たない玉鬘は、ごく身近な地上の論理、即ち女房達の意向によって道を定められてしまうのである。しかし、一方で光源氏の養い子にして内大臣の娘である玉鬘を、下ってきた天女さながら傅き続けることができる点で、鬚黒の大将こそ後見として適任であった。玉鬘自身が自覚的であったように、(11)冷泉帝後宮でうまく立ち回るのは至難の業であり、帝のもとに入内したかぐや姫の物語が実現していたとして、それはどこかで頓挫せざるを得なかったことを示唆していよう。諦めきれない思いは関係者皆が抱えたまま、天上の人でなく肉体を持つただ人である玉鬘の物語は収束する。

　再び冷泉帝に視点を戻しておけば、冷泉帝はかぐや姫である玉鬘を取り込む機会を失うと同時に、光源氏に優位する機会をも失っているのである。

　玉鬘を公と私の間で行き来させることは、光源氏が思うほど容易い未来ではなかったはずである。まさに秋好中宮が光源氏の懸想心を疎むように、玉鬘もまた、冷泉帝の寵愛故に光源氏を疎む可能性があったことは、行幸の際の視線で示唆されている。冷泉帝と光源氏を比較することのできる玉鬘によって冷泉帝の優位が確認される時、〈帝〉たる冷泉帝の不安、即ち本章の冒頭で見たような、桐壺院の治世を「吹き伝へ」ていない自分を克服する道が拓けたといえよう。しかし、すべては可能性の中で失われ、梅枝巻、藤裏葉巻は何も変わっていない冷泉帝治世の中で描かれていくのである。

四、玉鬘物語に底流する冷泉帝治世

ここまで、玉鬘物語における『竹取物語』投影の方法を中心に、冷泉帝と玉鬘の関わりについて述べてきた。観念的な関わりと可能性への言及が中心となったが、玉鬘物語と冷泉帝治世という点では、玉鬘が尚侍に就任するという問題が置かれていた。冷泉帝治世の中心が後宮に置かれていることは、絵合巻のあり方からも明らかである。玉鬘を介して、冷泉帝後宮のあり方が仄めかされており、それは描かれない宮中での秋好中宮の現在を照らし、更に冷泉帝後宮が抱える皇子不在の問題、ひいては竹河巻にまで繋がっていく。まずは、玉鬘の尚侍就任について見ていく。

玉鬘の尚侍就任については、その史的背景を巡って後藤祥子氏の優れた研究がある。(12) 後藤氏の指摘は、あくまで揺らぎのある尚侍という役職を明らかにしたものであり、結論としては、玉鬘の就任は、皇妃に直されることを想定していないとしている。確かにその点には首肯できるけれども、それは冷泉帝在任中の話であり、皇子誕生の折には、尚侍の先例がそのまま当てはまるわけではないことを自説として付け加えたい。

さて、ここで問題にしたいのは、光源氏の次のような発言である。

「さるは、かの知りたまふべき人をなむ、思ひまがふることはべりて、不意に尋ねとりてはべるを、（中略）いかでか聞こしめしけむ、内裏に仰せらるるやうなむある。『尚侍宮仕する人なくては、かの所の政しどけなく、女官なども、公事を仕うまつるにたづきなく、事乱るるやうになむありけるを、ただ今上にさぶらふ古老の典侍二人、またさるべき人々、さまざまに申さするを、はかばかしう選ばせたまはむ尋ねに、たぐふべき人なむなき。なほ家高う、人のおぼえ軽からで、家の営みたてたらぬ人なむ、いにしへよりなり来にける。

（行幸③三〇〇―一）

光源氏が、玉鬘の裳着に先立って、内大臣との仲立ちを求めて大宮の所に出向いた際の言葉である。大宮を口説き伏せるのが目的であるから、差し引いて考える必要もあろうが、中宮まで定まった後宮の綻びが垣間見える尚侍の不在である。後藤氏は、朧月夜が任を辞した記録はないから在任のままであろうとするが[13]、恐らく今は宮仕えもしていないであろう尚侍、しかも朱雀帝の寵姫という立場で在任していたのであるから、有名無実と考えて良い。冷泉帝後宮は、尚侍不在のままに作られていたのであろう。尚侍の職掌については定かでないが、内侍所全体の姿については、所京子氏が三点に絞って述べている[14]。第一に、「政治の仲介」、第二に「賢所の守護」、第三に「行事の奉仕」とするが、これらは律令的な職掌の把握であって、実際はより些末なものも含んでいたに違いない。髪上役や掃部女孺なども全て内侍所に所属しているのである。本章で考えておきたいのは、やはり『竹取物語』との連関である。

冷泉帝の帝としてのあり方について先に述べてきたが、『竹取物語』において帝の権威を最も声高に主張する人間として、「内侍中臣のふさ子」が登場する[15]。

さて、かぐや姫のかたちの、世に似ずめでたきこを、帝聞しめして、内侍中臣のふさ子にのたまふ、「多くの人の身をいたづらになしてあはざなるかぐや姫は、いかばかりの女ぞと、まかりて、見て参れ」とのたまふ。ふさこ、うけたまはりてまかれり。

（『竹取物語』五六―七）

帝の任を受けた中臣のふさ子は、竹取の翁の家に向かい、かぐや姫に参内を促す。その口調は、地上の論理である帝のあり方を存分に主張する。

嫗、内侍のもとに帰りいでて、「口惜しく、この幼き者は、こはくはべる者にて、対面すまじき」と申す。内侍、「かならず見たてまつりて参れと、仰せごとありつるものを。見たてまつらではいかでか帰り参らむ。国王の仰せごとを、まさに世にすみたまはむ人の、うけたまはりたまはでありなむや。いはれぬこと、なしたまひそ」と言葉はづかしくいひければ、これを聞きて、まして、かぐや姫聞くべくもあらず。「国王の仰せごとをそむかば、はや、殺したまひてよかし」といふ。

（『竹取物語』五七―八）

かぐや姫の強硬な拒絶にあって、内侍は帰参するのだが、傍線部、内侍の国王意識は非常に強いといえる。『竹取物語』における内侍の役割は、帝の忠実な使者であると同時に、帝という存在を内部から保証する存在である。「世にすみたまはむ人」でないかぐや姫にはそのような論理は通用しないが、内侍にとってかぐや姫は理解しかねる存在であり、かぐや姫の対極にある女として描かれていよう。

この内侍が、玉鬘物語において問題になるのは、尚侍になる玉鬘が、この内侍の位置に属するからである。外部から冷泉帝を保証するかぐや姫であった存在が、逆に帝の権威に取り込まれて内部から帝を保証する存在に変わるという転があり、それはいずれ竹河巻に響いていく。しかし、ここではもう少し、玉鬘十帖の後日談を見ておきたい。

承香殿の東面に御局したり。西に宮の女御はおはしければ、馬道ばかりの隔てなるに、御心の中ははるかに隔たりけんかし。御方々いづれともなくいどみかはしたまひて、内裏わたり心にくくをかしきころほひなり。ことに乱りがはしき更衣たち、あまたもさぶらひたまはず。中宮、弘徽殿女御、この宮の女御、左の大殿の女御などさぶらひたまふ。さては中納言、宰相の御むすめ二人ばかりぞさぶらひたまひける。（中略）やむごとなくまじらひ馴れたまへる御方々よりも、この御局の袖口、おほかたのけはひいまめかしう、同じものの色あひ重なりなれど、ものよりことにはなやかなり。（真木柱③三八一―二）

就任直後、鬚黒の大将との結婚に納得できず、物憂い心境のままの玉鬘を慰めるため、大将はようやく参内を許可する。尚侍として宮中の内部に入った玉鬘は、冷泉帝後宮の現状を目にする。冷泉帝後宮のあり方は少数精鋭であり、いるのは有力な女御たちばかりである。それぞれが自分の家を重く背負っている中で、不本意ながら既婚者として参内した玉鬘には、家を背負って競う必要はなく、逆に帝寵を退けなければならない煩わしさの中で早々に退出する。冷泉帝後宮の安定故に停滞した空間を垣間見、玉鬘が自身の可能性について考えなかったとは思われない。その可能性については、鬚黒の大将との間に若君が誕生した際、柏木が代弁している。

頭中将も、この尚侍の君をいとなつかしきはらからにて、睦びきこえたまふものから、さすがなる気色うちまぜつつ、宮仕にかひありてものしたまはましものをと、この若君のうつくしきにつけても、「今まで皇子たちのおはせぬ嘆きを見たてまつるに、いかにめんぼくあらまし」とあまり事をぞ思ひてのたまふ。（真木柱③三九七―八）

冷泉帝後宮には、皇子がいなかった。鬚黒の子を早々に生んだ玉鬘が、別の人生を思い返すこともあったに違いない。少なくとも、読者はその可能性を読み取るのであり、冷泉帝後宮が逃した存在は非常に大きいのである。

五、竹河巻の玉鬘・冷泉院

玉鬘は、真木柱巻の後、ほとんど姿を見せない。若菜上巻において、光源氏の賀を祝うなど、ところどころに登場しては、鬚黒の大将の北の方として立派に過ごしていることを示すが、再び玉鬘物語として焦点化されるのは、光源氏の死後、竹河巻である。

ここまでで確認したように、冷泉帝治世は、玉鬘十帖を越えてのち、大きな転換がない。転換の可能性として玉鬘の存在がありながら、それは可能性のままに終わり、冷泉帝の懸案事項であった光源氏への孝養は、藤裏葉巻、六条院行幸と太上天皇に准う位を贈ることで半ばは果たしているが、それもまた薄雲巻からの主題が帰着したに過ぎない。権勢の中心は明石の姫君、即ち東宮（今上帝）へと移ろい、冷泉帝治世は独立した安寧の中に終焉を迎えている。その治世の姿は、絵合巻を始めとする始発期ほどに明確に描かれることはなかったといえよう。その始発期とて、幼い冷泉帝ではなく、それを取り巻く人々のものであったことが、冷泉帝が「空虚なる主体[16]」と言われる所以であろう。

しかし、竹河巻に描かれる冷泉院の姿は、既に正編から離れた場所、「悪御達」の語りの中で、その治世まで含めて照らし返されるものではないだろうか。竹河巻を担うのは玉鬘であり、森一郎氏が「代行劇[17]」と述べるような、過去への回帰を願う物語を作り上げる。本章では、玉鬘と冷泉帝の関係を問う場面として、竹河巻を見ていく。

竹河巻の位置づけを巡っての論考は多いが、宇治十帖への階梯としてではなく、「光源氏の栄光の世界の懐古と喪失の認識が、晩年の玉鬘の体験を通じて語られ、その世界の終焉が確認された」「過去追想に彩られた世界」とする藤本勝義氏の見方[18]に注目しておきたい。六条院に所属することなく、よって光源氏の苦悩も知ることのなかった冷泉院は光源氏的な世界そのものを「光失せ」た今もなお残しており、一方の玉鬘は六条院の栄光の時間だけを経験して去った女君である。この二者によって作られる過去追想は、反実仮想を描き出す回路をいくらでも持っている。唯一にして最大の欠点は、それが反実、つまり現実でないということであり、だからこそ竹河巻は、盛代ながら中継ぎに終わった冷泉朝に改めて幕を引く役割ができる巻であろう。
竹河巻が求婚譚の様相を呈していることは、鬚黒が既に亡く、玉鬘が二人の娘の将来に苦慮するところから知られる。

男君たちは御元服などして、おのおのおとなびたまひにしかば、殿おはせで後、心もとなくあはれなることもあれど、おのづからなり出でたまひぬべかめり。姫君たちをいかにもてなしたてまつらむと思し乱る。内裏にも、かならず宮仕の本意深きよしを大臣の奏しおきたまひければ、おとなびたまひぬらむ年月を推しはからせたまひて仰せ言絶えずあれど、中宮のいよいよ並びなくのみなりまさりたまふ御けはひにおされて、皆人無徳にものしたまふめる末に参りて、遙かに目をそばめられたてまつらむもわづらはしく、また人に劣り数ならぬさまにて見む、はた、心づくしなるべきを思ほしたゆたふ。
（竹河⑤六一）

帝から宮仕えの催促がある一方で、明石の中宮が君臨する後宮の末席に連なることへの不安に玉鬘は揺れる。その揺れが求婚を誘発していくわけだが、玉鬘の意志が別のところにあることは、直後に示されている。

冷泉院より、いとねむごろに思しのたまはせて、尚侍の君の、昔、本意なくて過ぐしたまうしつらさをさへとり返し恨みきこえたまうて、「今は、まいて、さだ過ぎすさまじきありさまに思ひ棄てたまふとも、うしろやすき親になずらへて譲りたまへ」と、いとまめやかに聞こえたまひければ、いかがはあるべきことならむ、みづからのいと口惜しき宿世にて、思ひの外に心づきなしと思されにしが恥づかしうかたじけなきを、この世の末にやご覧じなほされまし、など定めかねたまふ。
（竹河⑤六一―二）

冷泉院は、玉鬘の大君の参内を求めるが、「この世の末にやご覧じなほされまし」という心内からすれば、玉鬘の方も冷泉院に負けず劣らず、過去の結末に未練を抱いている。この大君求婚譚は、かつて六条院冷泉帝後宮への参入に迷った玉鬘物語の変奏を成しているが、その最も大きな違いは、まさに玉鬘の存在である。玉鬘という保護者が存在する以上、大君は自身で悩む必要がない。代行劇たる所以なのだが、大君を冷泉院の元へと運ぶ役割の玉鬘もまた、冷泉帝後宮にとって必要な存在であったことを示唆しよう。玉鬘と男踏歌の関わりはかねてから注目されているが[19]、采配を振るう姿が示すものは、家政能力の高さだけではない。玉鬘が有している能力は、外に開かれた交渉術であろう。それは、雲居雁の家刀自としてのあり方とは一線を画す。公の世界と関わり得る玉鬘は、その能力故に、冷泉帝後宮参入への未練を残しているのである。

先に述べたように、玉鬘の尚侍就任は、『竹取物語』の内侍と重なる。玉鬘が、実際はかぐや姫に為り得ないということを鬚黒との婚姻は明示した。そうした心境のまま、一度だけの参内を果たし、尚侍として冷泉帝を目の当たりにした玉鬘は、冷泉帝の美質を内部から保証する役割を新たに持つのである。かぐや姫に為り得ないからこそ、玉鬘はかぐや姫を探す内侍になれるはずだった。かつては鬚黒によって阻まれ、竹河巻でようやく玉鬘はその任を果たすのである。それが、大君参入であり、彼女がかぐや姫そのままでないにしても[20]、冷泉帝後宮に必要なはずの尚侍が鬚黒の自邸に組み込まれたままに過ぎたことによって、その参入は単なる追想の所産でしかなくなったといえる。

年ごろありて、また男御子産みたまひつ。そこらさぶらひたまふ御方々にかかることなくて年ごろになりにけるを、おろかならざりける御宿世など世人おどろく。帝は、まして限りなくめづらしと、この今宮をば思ひきこえたまへり。おりゐたまはぬ世ならましかば、いかにかひあらまし、今は何ごともはえなき世を、いと口惜しとなん思しける。
（竹河⑤一〇四―五）

場面は飛ぶが、大君は、右の引用に先だって女宮を出産し、更にここで男児をも産む。傍線部、冷泉院の悲哀に満ちた感慨は、追想の中で産まれた子の将来が見えるからであろう。この「今宮」が帝になることは考えにくい。冷泉帝の御代は、桐壺院の御代を直接「吹き伝へ」ておらず、今また、次に伝えていくこともできなかった事実を突きつける存在として、今宮が誕生したのである。しかし、これが在世中であったとして、冷泉院が思うような「かひ」ある情況があったのだろうか。皇子誕生の後、弘徽殿女御と玉鬘母娘の関係は悪化する。

女一の宮を限りなきものに思ひきこえたまひしを、かくさまざまにうつくしくて数そひたまへれば、めづらかなる方にて、いとことに思いたるをなん、女御も、あまりかうてはものしからむと御心動きける。事にふれて安からずくねくねしきこと出で来などして、おのづから御仲も隔たるべかめり。世のこととして、数ならぬ人の仲らひにも、もとよりことわりえたる方にこそ、あいなきおほよその人も心を寄するわざなめれば、院の内の上下の人々、いとやむごとなくて久しくなりたまへる御方にのみことわりて、はかにことにも、この御方ざまをよからずとりなしなどするを、御せうとの君たちも、「さればよ。あしうやは聞こえおきける」といとど申したまふ。（竹河⑤一〇五）

玉鬘が抱えている問題として、養父光源氏と実父内大臣、双方に所属するが故に、どちらにも所属しきれない点があった。もし入内が実現していたとすれば、冷泉帝後宮における玉鬘は、その問題を体現していたに違いない。前坊と六条御息所という血筋から疎かにできない秋好中宮と、父内大臣家だけでなく母方の旧右大臣家、弘徽殿大后の援助を受ける点から劣り腹とは比較にならない重みを持つ弘徽殿女御、それぞれの後見役は、玉鬘を優先できない。玉鬘が入内を果たし、在世中の皇子誕生を見ても、その立坊、即位の実現は難しい。皇子のいない冷泉帝は、戦わずして皇統の争いから脱却したが、その皇子誕生が追想の世界でない時間に起きたとしたら、それは

「盛代」であった冷泉帝治世もろとも、綻びを露呈することになったのではないだろうか。

巻末、うまくいかない大君の日々を思って嘆息しながら、玉鬘は薫を「近うも見ましかば」（竹河⑤一一〇）、婿にしていたならと考える。竹河巻で描かれる反実仮想の世界は、あったはずの可能性を幻視するが、その一方で幻視はまた次の幻視に引き継がれる。竹河巻に描かれた晩年の玉鬘は、極めて理性的に対処する母親でありながら、冷泉院、ひいてはかつての光源氏への憧れに突き動かされている。もちろん、その憧れは、長く玉鬘の中で温められ、美化された幻想に過ぎない。

『竹取物語』に彩られた玉鬘物語は、鬚黒によってそれが単なる幻想に過ぎないことを突きつけられた。しかし、竹河巻の玉鬘は、極めて現実的な悩みの中にありながら、その現実が拠り所としているものが幻想に過ぎないことを見ようとしない。母を諌止する息子達の言葉も、玉鬘は聞き入れない。冷泉院入内という若き日の憧れが思うように行かなければ、薫という次の幻想を呼び起こすだけである。このようなあり方こそ、玉鬘物語の変奏といえよう。辻和良氏は、冷泉院の「源氏幻想」が、空疎化された「帝」を描くとする。(21) 冷泉院と玉鬘が描き出そうとする「源氏幻想」は、反実仮想に始まり、次の可能性に託していく点で空疎であり、真木柱巻で冷泉帝後宮が玉鬘獲得に失敗した喪失もまた、今や空疎な感懐に過ぎないものとして照らし返すのである。

おわりに

冷泉帝後宮における玉鬘の存在を、玉鬘十帖と竹河巻において論じてきた。玉鬘物語は、『竹取物語』を重ね合わせながら玉鬘を過剰に演出し、かぐや姫を得る「帝」としての冷泉帝を照らし出しながら、結果としてその「いつわり」を暴かれて終わりを迎える。しかし、いくつか示された可能性は、冷泉帝と玉鬘に燻り続け、竹河巻の中でその実現が図られる。過去の追想に彩られた竹河巻の玉鬘物語は、そもそもが幻想からのスタートであるから、挫折は次の幻想へと沈んでいく。それぞれが幻視する未来が、実際に始動していくわけではない。発展性を持たない冷泉院を照らし出したことが即ち、冷泉朝の終焉なのである。

ここで、秋好中宮に触れておきたい。竹河巻、秋好中宮はその姿をほとんど見せない。玉鬘が実態のないままに不安を口にし、また男踏歌の中で存在が示される程度であって、冷泉院とともにいるはずの秋好中宮が竹河巻の過去の追想に関わることはない。それは、秋好中宮が幻想にたゆたうことを許されないからではないだろうか。

これまで述べてきたように、朱雀院、光源氏、あるいは藤壺や冷泉帝にも、秋好中宮は理想像を要求されてきた。中宮という立場一つとっても、女宮さえ持たない存在であり、故前坊の血筋が絶えることへの葛藤は決してなくならない。秋好中宮という像を結んでいること自体が半ば幻想に打ち立てられたものであり、その空虚さを知る秋好中宮は、「源氏幻想」に加わることができないのである。しかし、冷泉院もまた、根拠のない「帝」であることへの不安を抱いた一人であったはずである。

玉鬘物語が『竹取物語』の「帝」を超える可能性を示したのは、冷泉帝を支える一要素として求められていたからではないか。竹河巻の冷泉院は、自身が光源氏であろうとするあまり、その背景を忘れているかのようである。それはもちろん、悪御達の語りであるという構成の妙なのだが、この点も冷泉朝が今や主題を担わないことの傍証となろう。一方で、冷泉院とともに御代を担っていた秋好中宮は、竹河巻にほとんど不在となる。次元は違うものの、互いに皇統への葛藤を抱いたはずの秋好中宮が加われない幻想に遊ぶ冷泉院は、たとえ新たな「かぐや姫」を手に入れたとしても、『竹取物語』の帝を超えることはないのである。

注

(1) 五節の舞姫に対する帝の意向として、「みなとどめさせたまひて、宮仕すべく、仰せ言ことなる年なれば、むすめをおのおの奉りたまふ。」(少女③五九)とあり、重ねて新嘗祭終了後にも、「やがて皆とめさせたまひて、宮仕すべき御気色ありけれど」(少女③六四)と繰り返される。惟光の娘がすぐに典侍という異例の職に就くことなど、冷泉朝の五節の舞姫については問題が多い。

(2) 秋山虔・後藤祥子・三田村雅子・河添房江「共同討議玉鬘十帖を読む」(『国文学』三二巻一三号　一九八七・一一)の討議における後藤祥子氏の報告は、指摘に留まっていた玉鬘物語の『竹取物語』取りの重要さを強く打ち出した点で注目され、それに対する討議の内容も示唆に富む。同時期の加藤芙美子「宝冠瑠璃と瑠璃姫——夕顔と玉鬘に見る竹取物語」(『早文会論集』三号　一九八七・一二)の論も参考とした。

(3) 「よばひ」については、「懸想人は夜に隠れたるをこそよばひとは言ひけれ、さま変へたる春の夕暮なり。」(玉鬘③九六)とあり、諸注釈において指摘される。常夏巻では、光源氏が自分で「…何となく翁びたる心地して…」(③二二四)と口にする。

(4) 注2共同討議における後藤氏の発言。

(5) 小嶋「帝の身体とエロス」(『かぐや姫幻想』森話社　二〇〇二)。

(6) 高田「狩〈竹取物語のキーワード〉」(『国文学』三八巻四号　一九九三・四)。

(7) 後藤「冷泉院の横顔——「行幸」巻の大原野行幸について——」(『源氏物語の史的空間』東京大学出版会　一九八六)、また、更に『吏部王記』について詳細な検討を加えた加藤静子「大原野行幸の準拠と物語化」(『源氏物語の鑑賞と基礎知識　行幸巻』至文堂　二〇〇三)等を参考とした。

(8) 冷泉帝は、光源氏に「雪ふかきをしほの山にたつ雉のふるき跡をも今日はたづねよ」(行幸③二九三)という歌を贈る。テーマがずれるため、本章では扱わないが、冷泉帝と光源氏の関係の再編成をめぐって重要な贈答である。

(9) 立石「冷泉帝の顔――供犠と玉鬘の視線から」(『中古文学』五七号　一九九六・五)。

(10) 『竹取物語』では、ともかくもかぐや姫の顔を見ることができたと喜んだ帝は、「かく見せつるみやつこまろを、よろこびたまふ。さて、仕うまつる百官の人に饗いかめしう仕うまつる。」(六二)と、饗宴を実施し、更にはかぐや姫と歌の遣り取りを行う。『源氏物語』と全く逆の構図で、帝はかぐや姫の姿を見たことによって、単なる求婚者としてではなく、「変化の人」と交感可能な存在として文通が許される。

(11) 玉鬘は、藤袴巻冒頭、「尚侍の御宮仕へのことを、誰も誰もそのかしたまふも、(中略)中宮も女御も、方々につけて心おきたまはば、はしたなからむに」(藤袴③三二七)と既に定まった後宮、しかもどこを立てても角の立つ関係性の中で宮仕えをすることへの不安を口にしている。

(12) 後藤「尚侍攷」(『源氏物語の史的空間』東京大学出版会　一九八六)。

(13) 注12後藤論文。律令の規定では、尚侍の定員は二人であるが、実際に二人が置かれたのは、円融朝の灌子と登子からである。登子の尚侍就任は、史実に合わせれば村上天皇の薨去後であるが、寵姫であった登子の処遇について村上天皇の遺志が関わっていた可能性もあり、前節で扱った村上朝における皇妃の対応からすれば興味深い符合である。

(14) 所「平安時代の内侍所」(『斎王和歌文学の史的研究』国書刊行会　一九九八)。

(15) 『竹取物語』における「内侍」は、尚侍ではなく、従五位である「掌侍」であると『新編全集』は頭注をつける。突き詰めて確認していく必要があろうが、時代的なずれもあり、本章では女官職の代表者として扱っておく。

(16) 土方洋一「空虚なる主体・冷泉院」(『源氏物語作中人物論集』勉誠社　一九九三)。

(17) 森「竹河巻の世界と玉鬘その後」(『国語と国文学』五二巻二号　一九七五・二)。

(18) 藤本「「竹河」巻論――光源氏的世界の終焉――」(『青山学院女子短期大学紀要』四六号　一九九一)。

(19) 原田敦子「六条院の栄華――少女巻・玉鬘十帖」(『源氏物語講座』三巻　一九九二・五)、松井健児「『源氏物語』の贈与と饗宴——玉鬘十帖の物語機構」(『源氏物語の生活世界』翰林書房　二〇〇〇　初出一九九二)。

(20) 大君の求婚者である薫や蔵人少将が、大君を月の光に喩えている。「一夜の月影ははしたなかりしわざかな。蔵人少将の月の光にかかやきたりしけしきも、桂のかえに恥づるにはあらずやありけん。」(竹河⑤九八)、直接『竹取物語』との関係が認められるわけではないが、かぐや姫に模される回路がないわけではないという点を確認しておく。

(21) 辻「第三部の〈冷泉院〉「源氏幻想」の行方」(『源氏物語の王権』新典社　二〇一一　初出二〇〇四)、辻氏の「源氏幻想」という言葉は、第三部全体の冷泉院の意識に沿ったものであるが、竹河巻に限れば、光源氏や正編の六条院世界への幻想は、冷泉院と玉鬘がともに作り上げているため、拡大解釈して用いている。

第十章　「神さぶ」櫛のゆくえ
――『源氏物語』秋好中宮と女三の宮の関わりが意味するもの――

はじめに

本章では、秋好中宮をめぐる一連の論考のまとめとして若菜上巻で秋好中宮から女三の宮へと譲られる「櫛」と、それに関わる鈴虫巻を中心に論じていく。物語上では詳しく語られない「前坊」なる存在を父に持ち、六条御息所を母とする秋好中宮は、更に斎宮としての伊勢下向、帰京後の冷泉帝入内、立后、六条院では秋の女君として春秋の競いの中核を為すことなど、政治的、文化的に華々しい活躍を見せる。しかし、いわゆる第一部の華やかさに対して、第二部以降は冷泉帝中宮としての位置づけ以上の描写がほとんどないのである。

その中にあって、第二部の始まりである若菜上巻、女三の宮の裳着の日に行われる朱雀院との和歌の贈答は個人としての秋好中宮が表出する。女三の宮という第二部の中心となる女君に、秋好中宮が関わるのはなぜだろうか。そしてその関わりはどのような結果を生むのだろうか。本章では、「櫛譲り」の一場面を手がかりに、女三の宮と秋好中宮の物語表面には顕れがたい結びつきを明らかにしていきたい。

一、秋好中宮による女三の宮支援

まず、繰り返しにはなるが秋好中宮による女三の宮支援のもっとも明確な場面を確認したい。若菜上巻、秋好中宮は女三の宮の裳着当日に祝いの品を贈る。その宛先は女三の宮であるが、実際に受け取り返歌をするのは朱雀院である。秋好中宮自身も、それを期待して祝いを贈る。

中宮よりも、御装束、櫛の箱心ことに調ぜさせたまひて、かの昔の御髪上の具、ゆゑあるさまに改め加へて、さすがにもとの心ばへも失はず、それと見せて、その日の夕つ方奉れさせたまふ。（中略）かかる言ぞ中にありける。

　さしながら昔を今につたふれば玉の小櫛ぞ神さびにける

院御覧じつけて、あはれに思し出でらるることもありけり。あえものけしうはあらじと譲りきこえたまへるほど、げに面だたしきかむざしなれば、御返りも、昔のあはれをばさしおきて、

　さしつぎに見るものにもが万代をつげの小櫛の神さぶるまで

とぞ祝ひきこえたまへる。

（若菜上④四三―四）[1]

傍線部にあるとおり、その祝いの品は「かの昔の御髪上の具」を調えたものである。この品に来歴があるからこそ、秋好中宮の歌にも朱雀院の返歌にも深い感慨が滲む。

この「かの昔の御髪上の具」について簡単に振り返っておきたい[2]。秋好中宮と朱雀院との関係の始発は朱雀朝の始まり、それぞれ帝であり斎宮であったころのことである。

斎宮は十四にぞなりたまひける。いとうつくしうおはするさまを、うるはしうしたてたてまつりたまへるぞ、いとゆゆしきまで見えたまふを、帝御心動きて、別れの櫛奉りたまふほど、いとあはれにてしほたれさせたまひぬ。（賢木②九三）

伊勢に赴く斎宮に別れの櫛を挿すというのは、斎宮にとって重要な儀式である。[3] その際の交流、特に朱雀帝が十四歳の斎宮を「いとうつくしう」と見たことは、深く心に刻まれる印象的な出来事であった。[4] 斎宮は下向し朱雀帝の恋心は途切れたが、澪標巻、朱雀帝が退位すると規定に従って斎宮が帰京する。京に戻った前斎宮を朱雀院は所望するが、前斎宮は結局、冷泉帝後宮に入内することとなる。「櫛」を介した交流はこの入内当日の朱雀院からの贈り物によってはじまる。

院はいと口惜しく思しめせど、人わろければ御消息など絶えにたるを、その日になりて、えならぬ御よそひども、御櫛の箱、うちみだりの箱、香壺の箱ども世の常ならず、（中略）さし櫛の箱の心葉に、

わかれ路に添へし小櫛をかごとにてはるけき仲と神やいさめし

（中略）かきつらねあはれに思されて、ただかく、

別るとてはるかに言ひしひとこともかへりてものは今ぞかなしき（絵合②三七〇）

斎宮として伊勢に下る際の儀式を存分に意識させるような贈り物と歌である。特に、「御櫛の箱」に趣向を凝らし、「さし櫛の箱」に注目させるのは、額に櫛を挿すという行為とそれによって結びあわされたはずの関係を思い起こさせるためであろう。朱雀院の恋は冷泉帝入内という事実の前に実現しないことが決定的なのだが、自身の御世の斎宮であったことを主張することで断ち切れない関係に結び直されるのである。

絵合巻、若菜上巻、櫛を届ける両場面が「その日」、つまりそれぞれ裳着当日、入内当日に贈られていることも

符合しよう。秋好中宮にとっては長い時を経て改めての返礼であり、それを受け止めるからこそ朱雀院も若き日の「あはれ」を思い起こしつつ、それを「さしおきて」特別な祝いの品として歌い込むのである。

しかし、斎宮に纏わる櫛とは引用した賢木巻にもあるように、「別れの櫛」と呼ばれるものであった(5)。斎宮は御世替わりに必ず交替する。斎宮が帰京するのはつまり、御世の終焉を意味することになり、奨励されない。「別れの櫛」とは斎宮が戻らないことを願うものであって、裳着を済ませ光源氏のもとへ降嫁していこうとする女三の宮にとって幸いを呼ぶ品にはならないのではないか。斎宮が未婚女性であることを前提とすることも考え合わせれば、却って不吉なものとなりかねない。

斎宮の櫛に纏わる「不吉さ」を秋好中宮が問題にしないのは、先の絵合巻と若菜上巻の間に、櫛を介した贈答がもう一つ行われているからである。入内当日の櫛の贈与からそう遠くない場面で、朱雀院は後宮を中心として行われる絵合に際し、絵と歌を届けている。

…院にもかかること聞かせたまひて、梅壺に御絵ども奉らせたまへり。(中略)かの大極殿の御輿寄せたる所の神々しきに、

身こそかくしめのほかなれそのかみの心のうちを忘れしもせず

とのみあり。(中略)苦しう思しながら、昔の御かむざしの端をいささか折りて、

しめのうちは昔にあらぬ心地して神代のことも今ぞ恋しき

とて、縹の唐の紙につつみて参らせたまふ。御使の禄などいとなまめかし。

院の帝(中略)ありし世を取り返さまほしく思ほしける。

(絵合②三八三—五)

冷泉帝の女御としての立場を得つつある秋好中宮(この時は斎宮女御)にとって朱雀院の支援は場合によっては

不利益を生む可能性がある。「そのかみの心のうち」を忘れていないという朱雀院の歌に、「しめのうちは昔にあらぬ」ものと宮中の変貌を詠むのは、朱雀帝の御世が帰ってこないことと同様に自身の立場の変容をも明確にするものだろう。

ここで看過できない問題として、傍線部「御かむざしの端をいささか折りて」という描写がある。『花鳥余情』以来、『長恨歌』の影響が指摘される箇所であり、その響き合いを見るか見ないかという点でも割れているが、ここはやはり影響下にあるものと見るべきだろう。[6] 斎宮の櫛は、形状こそ日本風の黄楊の櫛であるが、用途からすれば「挿す」ものであり、それは『長恨歌』における「釵」のイメージを背負う。

唯将旧物表深情　唯旧物を将ちて深情を表はさんと
鈿合金釵寄将去　鈿合金釵寄せて将ちて去らしむ
釵留一股合一扇　釵は一股を留め合は一扇
釵擘黄金合分鈿　釵は黄金を擘き合は鈿を分かつ
但令心似金鈿堅　但心をして金鈿の堅きに似たらしめば
天上人間会相見　天上人間会ず相見む[7]

『長恨歌』では、仙女となった楊貴妃が、釵を二つに「擘」き、[8] 黄金でできた釵の「堅」さを言うのに対して、絵合巻では「昔の御かむざし」つまり黄楊の櫛を[9]「いささか」折るのであって、『長恨歌』のような結びつきを意識しながらも、そこに「相見」がないことを明確にする。朱雀院を玄宗皇帝に、自身を楊貴妃に重ね合わせながらも、秋好中宮が歩んだのは二人の悲恋ではなく、冷泉帝の女御としての道である。

こののち、秋好中宮は少女巻で立后し、六条院の栄華を支える女君として、また秋の町の主人として華々しく描かれていく。「神代」すなわち朱雀朝の斎宮であったこととの決別が后としての秋好中宮の背景にあるのである。

若菜上巻での櫛の贈与を改めて考えてみたい。秋好中宮はこの櫛を「さしながら」来たのだと歌い込む。斎宮として挿された「わかれ路に添へし小櫛」は「玉の小櫛」へと変わっている。斎宮から女御へ、中宮へと上った秋好中宮自身の歩みが重ねられるからこそ「面だたしきかむざし」として譲られるのであって、秋好中宮にとって変質を遂げたこの櫛はもはや不吉さとは無縁なのである。

若菜上巻の、秋好中宮から女三の宮への櫛の贈与とは、秋好中宮が自身の歩みを「櫛」に託して次世代へと譲るものである。「不吉さ」が克服されているとすれば、そこに込められるのは純粋な期待だろう。女三の宮は既に光源氏への降嫁が決定している。女三の宮が「后の櫛」を維持することはできないけれども、「太上天皇になずらふ御位」(藤裏葉③四五四)を得た光源氏のもと、更なる栄華を重ねる「櫛」として伝えていってほしいという期待である。

この櫛に込めた期待が明石の姫君に向けられていないことに注目しておくべきだろう。明石の姫君は秋好中宮と同じく后になることが予想される。しかし、変質、克服を重ねて「神さぶ」櫛は、同じ后に続くものではないのではないか。内親王、女王という差はあるが[10]、女三の宮も秋好中宮も皇族女性である。皇族女性から選ばれる「斎宮」という任によって十四歳で宮中から伊勢へ旅立った秋好中宮と、いま「内親王」という身分を有したままに宮中から離れようとしているうら若い女三の宮とは、斎宮時代を重く捉える秋好中宮の視点から重なるのである[11]。

秋好中宮は女三の宮への支援を櫛の譲渡によって表明する。それは、朱雀院という過去を共有する相手を介して、自身の半生を栄えあるものと位置づける行為である。あくまで秋好中宮の意識と、それを受け止める朱雀院との間で成立する言祝ぎではあるが、少なくとも秋好中宮は女三の宮の後々の栄華を期待して、櫛を贈るのである。

二、「櫛譲り」が照らし返すもの

ここまで、秋好中宮自身の思いを確認しながら、櫛譲りに込められた意味を確認してきた。しかし、まさに「神さぶ」ほどの歴史を持つ櫛が第二部の最重要人物である女三の宮へ、しかも裳着という彼女の人生の始発時に贈られたことは、女三の宮の造型に関わる問題として意識されるべきだろう。本節では、物語の外側から喚起されるものを見てみたい。

ここで、女三の宮をめぐる『河海抄』の記述について考えてみたい。

御もきの事　同記（＝李部王記）云、天暦六年（九五二）十一月廿八日昌子内親王初服袴。主上（＝村上天皇）親結腰給。其膳物従御厨子所弁備之朱漆台四本以銀器備膳同小台二本以銀土器代備菓子。親王家烏犀御帯一腰、書法四巻、朱雀院弁殿上男女官饗、其侍臣十余人召弘徽殿南廊給酒肴、中宮職給禄。(13)

右は『河海抄』の注である。昌子内親王とは、歴史上の朱雀天皇の一人娘で、冷泉天皇に入内し中宮となった女性である。その服袴の儀式が『源氏物語』の女三の宮に投影されているとするのである。

「服袴」は着袴ともいい、二歳ごろに行われる儀礼である。裳着よりも遙かに幼いが、村上天皇自らが腰結役を務めているところからも昌子内親王の袴着の盛大さがうかがわれる。

この昌子内親王は、儀式の盛大さ以外にも女三の宮と共通点が多い。次に、昌子内親王に関わる年表を掲げる。傍線部は女三の宮との共通点である。（次頁表）

特筆すべきは、歴史上の朱雀院の一人娘として誕生し（①）、母を早くに亡くした点（②）、三品に叙されている点（③）、のち三条宮に住んだ点（④）などである。[13]朱雀院の娘として生まれ、母を亡くし、三品に叙されて、後に朱雀院譲りの三条宮に暮らした女三の宮と、完全ではないがかなり符合する。何より、歴史上の朱雀院と『源氏物語』の朱雀院との響き合いが一層強く照らし出されるのである。そして、昌子内親王と女三の宮との系譜を重ね合わせて見れば、秋好中宮と女三の宮との結びつきが浮かび上がる。

天暦四年（九五〇）	①朱雀院・熙子女王のもとに誕生	同年五月五日②母熙子死去
天暦六年（九五二）	三月、朱雀院出家、八月朱雀院死去	
	十一月、昌子内親王、着袴	村上天皇腰結役
応和元年（九六一）	十一月、昌子内親王、裳着	昌子十二歳、③三品叙
応和三年（九六三）	二月、春宮憲平親王（冷泉天皇）妃	
康保四年（九六七）	九月、昌子内親王、立后	昌子十八歳
	十月、冷泉天皇、即位	
安和二年（九六九）	八月、冷泉天皇、譲位	
天禄四年（九七三）	七月、昌子内親王、皇太后	
長保元年（九九九）	十二月、昌子内親王、崩御	④三条宮に住んだか、五十歳

昌子内親王系譜

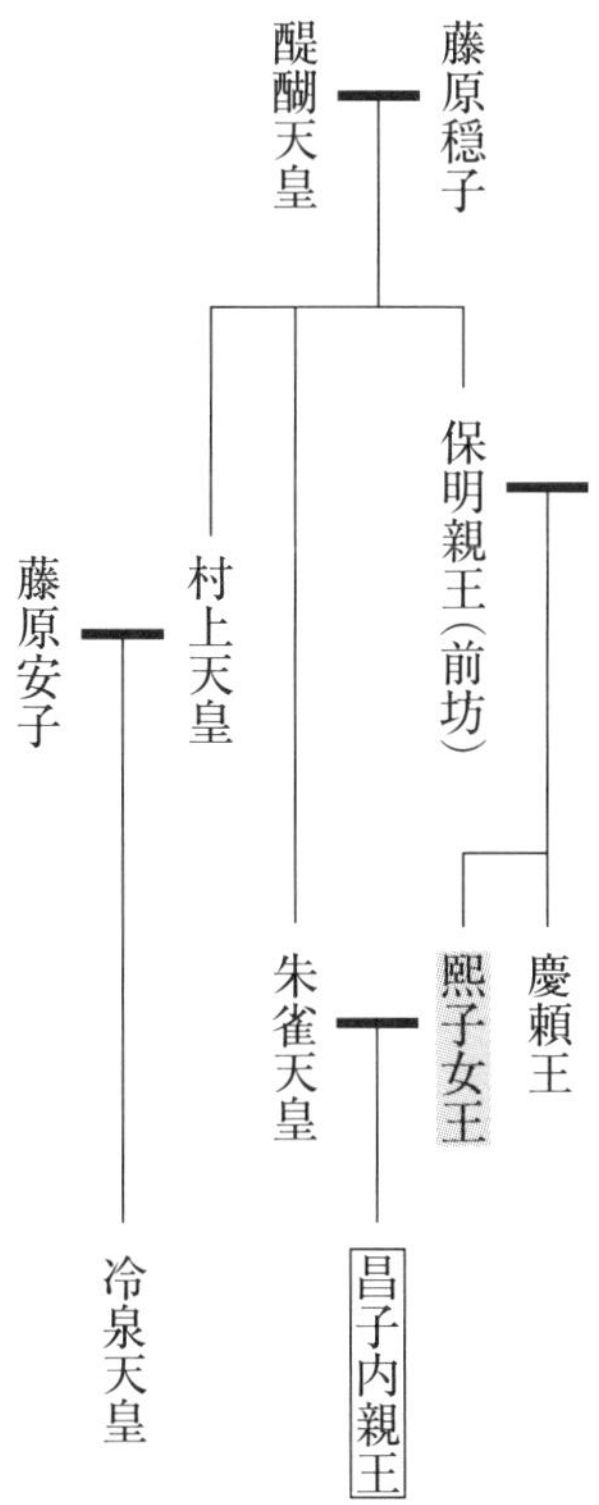

『源氏物語』系譜

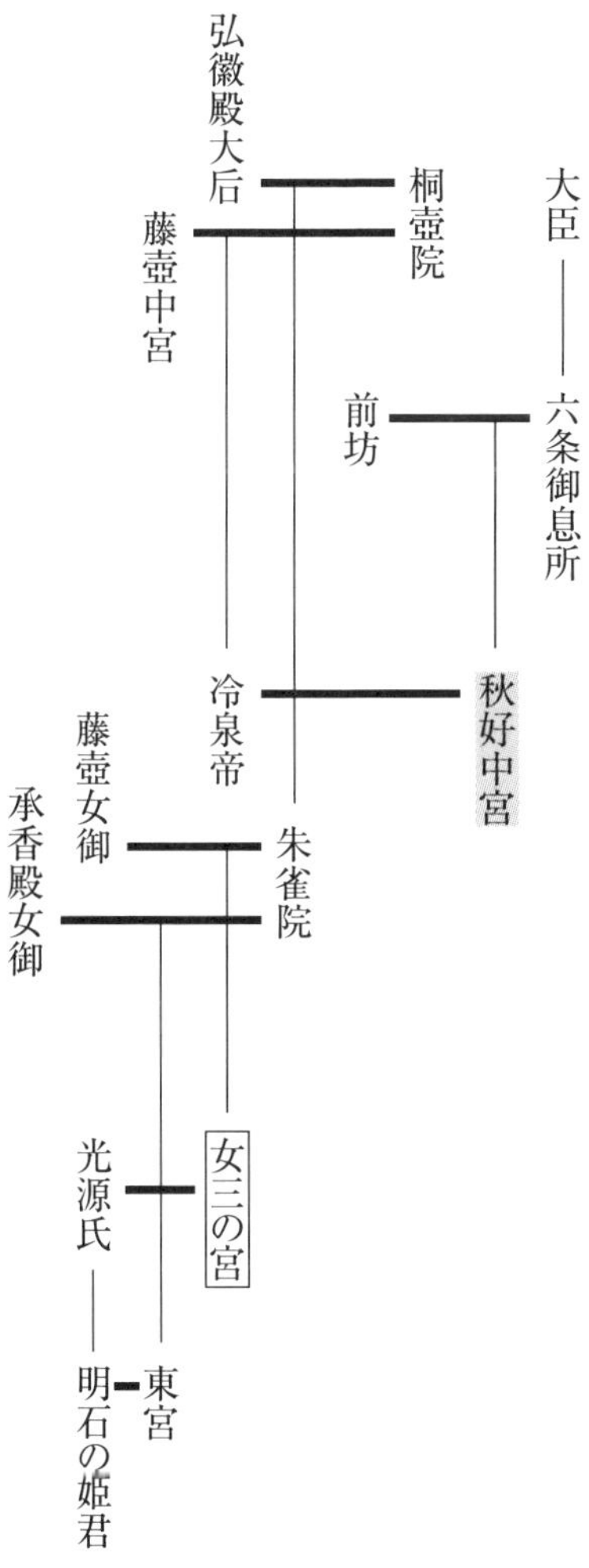

昌子内親王の母方の系譜に注目したい。昌子内親王の母・熙子女王は保明親王の一人娘である。保明親王とは醍醐天皇と藤原穏子の最初の子どもで、東宮として将来が約束されていながら早世している。保明親王は「前坊」と呼ばれた点で、秋好中宮の父と重ね合わされる。(14) 熙子女王の兄（もしくは弟）の慶頼王は夭折しており、朱雀天皇には他に子がない。昌子内親王は保明親王、朱雀天皇双方の系譜を一身に背負う女性であった。

歴史上の熙子女王と秋好中宮は「前坊の姫君」として響き合う。しかし『源氏物語』においては、秋好中宮は朱雀院に入内せず、女君を生むこともなかった。代わりに藤壺女御という女性が女三の宮を生み、新たな「ゆかりの物語」を作り上げることになるのだが、この系譜の合致とずれは女三の宮造型に深く関わっていよう。まして、昌子内親王は表にあるとおり長保元年（九九九）まで生きており、后でありながら不遇であった彼女は世の人の記憶にはっきりと存在していた。秋好中宮が女三の宮に櫛を譲る時、歴史上の系譜が二重写しになって、可能性としてはあったかも知れない母娘関係が幻視されたのである。

櫛譲りによって熙子女王と昌子内親王の影が秋好中宮と女三の宮に投げかけられる時、物語はどのような変化を見せるのだろうか。前坊の系譜、朱雀天皇の系譜双方を引き継ぐ、いわば王統の一人子として世に残された昌子内親王は、その背負う系譜の重みと高貴さから他の選択肢を選べなかった。唯一残された選択が、天皇への入内であり、皇統を縒り合わせる存在となることである。昌子内親王は冷泉天皇へと入内、皇后となった。この時、昌子内親王立后への過剰な思い入れがあったことは、年表にあるとおり、昌子内親王の立后が冷泉天皇即位前であることからも明らかである。

秋好中宮が女三の宮に櫛を譲るのは、先述のように思い出の共有相手として朱雀院が選ばれたところから付随して選択されたものに過ぎない。しかし、秋好中宮と熙子女王の連鎖のもとに、女三の宮と昌子内親王の響き合いを読み手が受け止める時、女三の宮の役割が改めて浮かび上がるのではないだろうか。女三の宮の降嫁は、朱雀院の光源氏への執着が導いたものと言っても過言ではない(15)。朱雀院の強い意向のもとに道が決定されるのは共通項である。だが、女三の宮はその呼称が示すとおり、王統に残された一人子としての性質を帯びていない。兄・東宮によって朱雀院の皇統は安定的に続くことが予想され、また他の女宮も存在していることが示唆される(16)。そして何より光源氏は天皇ではなく、女三の宮が后になる可能性は皆無である。

昌子内親王と女三の宮が重ねられる時、その類似は確かだが、決定的な差異もまた生じてしまう。その差異は、后である自分にあやかる櫛を宮中から離れようとする者に贈るという点で、そのまま秋好中宮の行為とも繋がるのである。先述のとおり、宮中に入ってくる臣下の明石の姫君よりも、宮中を出る内親王である女三の宮の方が秋好中宮の過去は投影される。しかし、秋好中宮と朱雀院が「櫛」を前に「祝ひ」を遣り取りするのに対して、ここまで見てきた昌子内親王の存在は既に違和を呈していよう。内親王として冷泉天皇皇后となった昌子内親王への周囲の期待は決して叶っていない。后となった昌子内親王の不遇と、后になる可能性のない女三の宮へと「神さび」た櫛を渡す秋好中宮の期待とが、どこかで隣接してはいないだろうか。

三、鈴虫巻の役割

ここまで、別れの櫛が変遷を経て、秋好中宮にとって非常に重要なものとして認識されていること、それが女三の宮に贈られる時、史実の熙子女王・昌子内親王親子を引き寄せること、そしてそれが后になり得ない女三の宮へ贈られる矛盾を確認してきた。結論からいえば、この贈られた櫛自体がこののち物語に浮上することはない。秋好中宮の思いは朱雀院との間の贈答に収斂したかのようである。しかし、物語の表面には顕れないかたちで、この二人の結びつきは残る。その結びつきが仄見えるのは鈴虫巻、既に女三の宮は尼姿であり、その原因として柏木との密通と薫の出産が描かれた後のことである。

先行研究では、鈴虫巻は女三の宮の出家姿を描く巻であり、そこに描かれる秋好中宮は、女三の宮出家の原因である六条御息所の鎮魂に関わる存在とされてきた(17)。しかし、鈴虫巻の女三の宮には、より積極的に秋好中宮との関連をみてとれるのではないだろうか。まずは、次の場面を確認したい。

十五夜の夕暮に、仏の御前に宮おはして、端近うながめたまひつつ念誦したまふ。(中略)「秋の虫の声いづれとなき中に、松虫なんすぐれたるとて、中宮の、遙けき野辺を分けていとわざと尋ねとりつつ放たせたまへる、しるく鳴き伝ふるこそ少なかなれ。名には違ひて、命のほどはかなき虫にぞあるべき。心にまかせて、人聞かぬ奥山、遙けき野の松原に声惜しまぬも、いと隔て心ある虫になんありける。鈴虫は心やすく、いまめいたるこそらうたけれ」などのたまへば、宮、

おほかたの秋をばうしと知りにしをふり棄てがたき鈴虫の声

と忍びやかにのたまふ。いとなまめいて、あてにおほどかなり。「いかにとかや。いで思ひのほかなる御言にこそ」とて、

心もて草のやどりをいとへどもなほ鈴虫の声ぞふりせぬ

(鈴虫④三八一―二)

傍線部は光源氏の言葉で、ここに登場する中宮はもちろん秋好中宮である。物語中には描かれない場面だが、秋好中宮が庭に松虫を放ち鳴かせようとしたという話を語る。光源氏の言葉から、秋好中宮の作り出す秋の町のイメージがこの場面の女三の宮にも付与されていくのである。

秋に虫の声は定番だが、その虫が特定されることは多くない。『源氏物語』中に五例ある「松虫」のうち、二例は賢木巻の野宮の別れの場面に、一例は胡蝶巻の春秋の競いに登場している。秋好中宮の秋好みは六条御息所のイメージから継承したものであるから、やはり秋好中宮と深く結びついた虫といえよう。[18]そうした回路で見てみると、同じく野宮の別れで背景に置かれた「はるけき野辺」のイメージや六条御息所も用いた「おほかたの秋」など、[19]季節の一致だけに帰結するには響き合う語が多い。

秋の野辺という空間で、女三の宮と秋好中宮は接近する。それはもちろん直接的なものではなく、特に秋好中宮に対して何の感情も抱いていない女三の宮が自覚するような繋がりはない。しかし、本来、秋とは無縁な、むしろ六条院の四季から切り離されていたはずの女三の宮周辺に、秋好中宮と結びつく回路が散りばめられていることは注目に値する。

右の場面に続いて、六条院に人が集って遊びが始まり、更に冷泉院の召しに応えて光源氏は参上することになる。秋好中宮が登場するのは鈴虫巻末、光源氏がその足で秋好中宮を訪ねる場面である。

光源氏の消息に、秋好中宮は出家願望を口にする。光源氏も最初はあしらうが、その背景に母・六条御息所の死霊の噂があることを聞いて、次のように諌める。

「その炎なむ、誰ものがるまじきことと知りながら、朝露のかかれるほどは思ひ棄てはべらぬになむ。目連が、仏に近き聖の身にてたちまちに救ひけむ例にも、え継がせたまはざらむものから、玉のかむざし棄てさせたまはんも、この世には恨み残るやうなるわざなり。やうやうさる御心ざしをしめたまひて、かの御煙はるくべきことをせさせたまへ。（中略）」など、世の中なべてはかなく厭ひ棄てまほしきことを聞こえかはしたまへど、なほやつしにくき御身のありさまどもなり。（鈴虫④三八九―九〇）

ここで問題となるのは傍線部の光源氏の言葉である。表層では、母を救えない女の身で「玉のかむざし」、つまり今の栄華を棄てれば却って良くないと説くものだが、この「玉のかむざし」表現には表層の意味を越えて喚起するものがあろう。言うまでもなく、これまで扱ってきた秋好中宮に纏わる「櫛」との結びつきである。

『源氏物語』における「かむざし」表現は五例あるが、そのうち三つが秋好中宮関連で使われており、ここまで扱ってきた引用文においても用いられていた。

①かの贈りもの御覧ぜさす。亡き人の住みか尋ねいでたりけむしるしのかむざしならましかばと思ほすも、いとかひなし。（桐壺①三五）

②聞こえたまはざらむもいとかたじけなければ、苦しう思しながら、昔の御かむざしの端をいささか折りて、（先掲・絵合②三八三―五）

③あえものけしうもあらじとゆづりきこえたまへるほど、げに面だたしきかむざしなれば、（先掲・若菜上④四三―四）

④目蓮が、仏に近き聖の身にて、たちまちに救ひけむ例にも、え継がせたまはざらむものから、玉のかむざし棄てさせたまはむも、（右の鈴虫巻引用場面）

⑤蓬莱まで尋ねて、かむざしの限りを伝へて見たまひけむ帝は、なほいぶせかりけむ。これはこと人なれど、慰めどころありぬべきさまなり、とおぼゆるは、この人に契りのおはしけるにやあらむ。（宿木⑤四九四）

①、⑤は秋好中宮とは関わらないが、いずれも『長恨歌』の文脈で用いられていることがわかる。②に『長恨歌』引用があることの傍証ともなろう。

当該場面の「かむざし」という言葉は光源氏が発しており、そのまま秋好中宮の櫛と関わるわけではない。しかし、秋好中宮にとっては自身の「后の櫛」であると同時に、かつて女三の宮へ譲った櫛の存在を改めて思い起こさせるものとならないだろうか。

今、六条御息所の死霊が取り沙汰されるのは、女三の宮の出家に関わっていると噂されているからである。[20]紫の上の危篤場面にもその語りがあったが、[21]秋好中宮の耳に入る噂話になったのは、やはり女三の宮方から発せられたものであろう。自身が期待を込めて櫛を贈った相手が出家し、尼姿になっていること、それは「玉のかむざし棄てさせたまはん」という表現に繋がるのである。そして、その出家の原因は母・六条御息所であり、柏木との密通など知り得ない秋好中宮にしてみれば、まるで櫛の繋がりが母の死霊を招いたかのように見えるはずである。[22]光源氏の言葉はあくまで秋好中宮を諫めるもの、背景に『長恨歌』の文脈を置いたとしても、それは秋好中宮と冷泉院とが引き裂かれることを危惧するものであるが、秋好中宮にとっては半生の区切りとして贈ったはずの櫛の行方を思い知らされるものといえる。

「面だたしきかむざし」に重ねて六条院に降嫁する女三の宮にかけられた期待は、「后の櫛」をより「神さぶ」ものとしていくことであった。当時の漠然とした期待は、女三の宮が出産した鈴虫巻においては光源氏と女三の宮という最も高貴な血筋の継続と捉え直される。無論、捉え直された瞬間に、それが女三の宮の出家という障害によって引き続かないことも確認される。子々孫々の栄えを祈った櫛は「棄て」られたのであって、期待は挫折に変じ、秋好中宮には母の死霊跳梁とその鎮魂だけが残されたのである。この場面で秋好中宮が出家を考えるのは、母の鎮魂のためであり、秋好中宮亡き後、父や母を弔う人がいないことを突きつけられたからであろう。

更に、この秋好中宮の衝撃は、読み手にとって一層、強く働きかける。秋好中宮は、女三の宮が六条院で秋の町を彷彿とさせる空間にいながら、それを引き受けきれずにいることを知らないが、鈴虫巻を読む読み手はその繋がりを知っている。秋を引き継げないこと、それは秋好中宮のアイデンティティともいうべき櫛もまた引き継げなかったことを露呈しよう。先述のとおり、女三の宮は櫛譲りを通じて昌子内親王と重なる回路を有していた。「玉のかむざし」表現が導く秋好中宮の櫛のイメージは、后ながら不遇に終わった昌子内親王の影を改めて女三の宮に投げかけ、その女三の宮が出産した子が光源氏の血を引かないことをも照射するのである。

昌子内親王の不遇は、冷泉天皇と相容れなかったという点にあるが、周囲の期待との相克からすれば前坊、朱雀天皇両方の系譜を引く子を生めなかったことが重く響いていよう。それはそのまま二つの皇統の断絶を示すのである。女三の宮は、不義の子を生んだことによって昌子内親王のあり方から大きく逸脱していく。「玉のかむざし」表現が却ってその逸脱を明らかにし、皇統を担うには足らない存在であったことを露呈していく時、皇統の問題は再び秋好中宮に回帰するのではないか。なぜなら、前坊の皇統を背負って后になったという点で、秋好中宮もまた昌子内親王と重なるのである。(23) そして、期待された前坊と冷泉帝両方の皇統を繋げていく使命を果たせなかったことが改めて浮き彫りにされる。

秋好中宮自身に「玉のかむざし」表現が突きつける問題と、更に多くの情報を有する読み手が気づく問題を合わせて論じてきた。秋好中宮自身が感じる挫折は、より深く女三の宮物語に関わっているが、それが示される鈴虫巻で女三の宮の物語は収束してしまう。宙に浮くことになる秋好中宮の挫折や母の鎮魂はこの後ほとんど語られないが、秋好中宮にとっては連綿と続いていくことになる。柏木巻で誕生した若君（薫）に対して、秋好中宮は宇治十帖まで引き続き支援を行っていくが、(24) その背景には櫛譲りと女三の宮の出家を「玉のかむざし」の棄却と捉える鈴虫巻の遣り取りがあるといえる。

おわりに

本章では、秋好中宮が成人する女三の宮へ贈った「櫛」に込められた強い思い入れを発端として、この櫛譲りが史実を引き寄せることで、女三の宮造型にも影響を持つことを論じた。そこに込められた「后の櫛」への期待、皇統を受け継ぐ女君への期待を読み解いた上で、女三の宮と秋好中宮が間接的に関わりを持つ鈴虫巻に目を向け、「玉のかむざし」という言葉から、若菜上巻から引き続いた期待と挫折の構図を明らかにした。

若菜上巻から始まる『源氏物語』の第二部は、六条院の崩壊を描くものと位置づけられる。その最たるものが、女三の宮・柏木密通事件であろう。鈴虫巻は、その事件のひとまずの決着を描く巻である。この鈴虫巻の末尾に秋好中宮の出家願望が描かれるのは、若菜上巻以来の出来事において彼女が表面上語られないものを担っていたことを示唆している。光源氏側から見た時、その重要さは六条御息所の娘であることに収斂されるが、秋好中宮自身にも、彼女が抱える両親の存在が底流していた。そして、秋好中宮で前坊の皇統が絶えることは、冷泉帝の皇統が残らないことにもまた連繫するのである。

鈴虫巻の秋好中宮は、母・六条御息所への思いと立場の間で葛藤する。その背後には、秋好中宮から女三の宮へ贈られた「櫛」の思いと重み、そしてその挫折があった。女三の宮には受け取り切れなかった櫛、すなわち「玉のかむざし」は品としては喪われたが、鈴虫巻を経てそれは秋好中宮へと戻ってきたといえるのである。

注

（1）『源氏物語』の引用は『新編日本古典文学全集』（小学館）により、巻名、巻数、頁数を示した。なお、表記や補足を入れる等、一部私に改めている。

（2）本書第一部第五章において、この「別れの櫛」に纏わる朱雀院と秋好中宮については既に論じている。本稿はその交流の最後にあたる若菜上巻から女三の宮という視点を加えて考察していく。

（3）「別れの櫛の儀」については、『延喜式』（詳細はなし）『江家次第』『西宮記』などに見られ、大極殿で神事のような形式をとって行われることや「京ノ方ニ趣キ給フナ」という言葉が組み込まれていることなど、かなり特徴的な儀式といえる。斎院には見られない。菅野邦彦「斎王群行儀礼にみる天皇権」（『史聚』五、六号合併号　一九七七）、榎村寛之「斎王発遣儀礼の本質について」（『律令天皇制祭祀の研究』塙書房　一九九六）、所功「斎宮群行儀式の成立」『古代文化』五一巻二号　二〇〇〇）等を参考とした。本書第一部第五章参照。

（4）光源氏が須磨に下る前に朱雀帝のもとを訪れた際、「かの斎宮の下りたまひし日のこと、容貌のをかしくおはせしなど語らせたまふ」（賢木②一二四）と懐古される。

（5）斎宮の発遣儀礼に用いられる櫛を「別れの櫛」と呼ぶのは『源氏物語』『大鏡』（三条院）が初例で、私見ではこの儀礼に「別れ」が意識されるようになったのは同時代と考えている。拙稿「平安の櫛と扇をめぐって――物語における機能と変遷を中心に――」（『王朝文学と服飾・容飾』竹林舎　二〇一〇）参照。

（6）「楊貴妃、かのかむざしを半をりて方士にさづけて我の為に太上皇に謝せよといひて、旧好を尋ねし事を思ひよせ侍り。朱雀院もいま太上皇にてましませば故也。」（『花鳥余情』絵合巻）を引き継ぐものが多い。

（7）『長恨歌』の書き下しは新編古典文学全集『源氏物語①』（小学館）に依った。

（8）「擘」は左右二つに分ける意と解する。

（9）「別れの櫛」が黄楊の櫛である点については注3諸論文参照。なお、朱雀院と秋好中宮との間には複数の櫛の行き来が想定できるが、中心となるのは儀式で用いた黄楊の櫛で、朱雀帝から斎宮へ贈られ、絵合巻で朱雀院に一部（「いささか」）が戻され、若菜上巻で改めて（恐らく折られた部分が修復されて）女三の宮へと贈られたと考えられる。

(10) 秋好中宮の位置づけについては、葵巻に桐壺院の言葉として「斎宮をもこの皇女たちの列になむ思へば」（②一八）とあり、内親王待遇であった可能性も示唆されている。

(11) 女三の宮の内親王身分が強調される点は、若菜上巻序盤の婿選びの場面に顕著である。また「このいはけなき内親王ひとり」（若菜上④四九）などの言い方にも代表されよう。東宮即位には二品に叙され（若菜下④一七七）、降嫁後もこの性質は受け継がれている。

(12)『河海抄』引用は『紫明抄・河海抄』（角川書店）により、注記を加える等、私に改めた。

(13) 塩谷佐登子「三条宮周辺」（『都大論究』一〇号　一九七二）、同「和泉式部伝研究（二）太皇太后昌子内親王」（『平安文学研究』七三号　一九八五）、森藤侃子「冷泉妃昌子内親王」（『日本文学　始源から現代へ』笠間書院　一九七八）、河添房江「女三の宮物語と唐物」（『源氏物語時空論』東京大学出版会　二〇〇五）等参照。

(14) 秋好中宮と昌子内親王の母である熙子女王との結びつきについては本書第一部第八章参照。

(15) 女三の宮の婿選びに際して朱雀院は他の選択肢と比較するように見せながら光源氏を選び取っていく。光源氏への思い入れであると同時に、注11で扱ったように、内親王の性質を保持したまま過ごせる宮中以外の唯一の場所であろう。光源氏もその期待に応えて入内の形式に準じて女三の宮を受け入れる。土井奈生子「〈准太上天皇〉の結婚」（『名古屋大学国語国文学』八三号　一九九八）、浅尾広良「昼渡る光源氏――女三宮との婚姻儀礼に見る天皇準拠の構造――」（『源氏物語の準拠と系譜』翰林書房　二〇〇四）等。

(16)「御子たちは、春宮をおきたてまつりて、女宮たち四ところおはしける」（若菜上④一七）。

(17) 鈴虫巻の秋好中宮の位置づけについては、川名淳子「秋好中宮について」（『中古文学』三七号　一九八六）等。合わせて全体に関わる先行研究を挙げておけば、吉野瑞恵「絵合巻の絵の授受をめぐって」（『王朝文学の生成』笠間書院　二〇〇二　初出一九九八）、高田祐彦「前坊妃・斎宮の母」（『源氏物語の文学史』東京大学出版会　二〇〇三　初出一九九九）、岡田則子「『源氏物語』斎宮女御の櫛」（『平安朝文学研究』九　二〇〇一）、戸松綾「源氏物語における斎宮・秋好の造型」（『王朝文学研究誌』一四　二〇〇三）等。

(18) 「松虫」の例は、賢木巻二例、胡蝶巻一例、鈴虫巻一例、手習巻一例である。胡蝶巻では紫の上が贈歌で「秋まつ虫」と秋好中宮を虫に喩えており、結びつきの強さが見て取れる。一方で、「松虫」を好む秋好中宮に対し「鈴虫」を選び取ってしまう女三の宮は、後述するようにやはり秋の町をそのままに継承することはできないと考えられる。

(19) 「はるけき野辺をわけ入りたまふよりいとものあはれなり」（賢木②八五）、「おほかたの秋の別れもかなしきに鳴く音なそへそ野辺の松虫」（賢木②八九）等。

(20) 柏木巻では、「後夜の御加持に、御物の怪出で来て、「かうぞあるよ。いとかしこう取り返しつと、一人をば思したりしが、いとねたかりしかば、このわたりにさりげなくてなむ日ごろさぶらひつる。今は帰りなむ」とてうち笑ふ。」（④三一〇）と描かれる。

(21) 紫の上に取り憑く死霊として顕れ、物の怪として言葉を残す（若菜下④二三五—七）。

(22) 秋好中宮の視点からすれば、母の死霊が跳梁した理由は、女三の宮が光源氏の子を産んだことへの嫉妬に他ならない。

(23) 先に、昌子内親王と女三の宮との結び合わせに歴史上の朱雀天皇と『源氏物語』の朱雀院が〈朱雀〉と呼ばれたことにおいて重なることを述べたが、ここでは秋好中宮と昌子内親王との間に〈冷泉〉の后という結びつきが生まれるのである。盛代、即ち村上天皇であったはずの冷泉帝に別の側面があることが示唆される。

(24) 薫への肩入れは柏木巻の産養等から既に見られるが、第三部以降、冷泉院とともに光源氏亡き後の薫を全面的に支援する。

第二部

第十一章　『夜の寝覚』における前斎宮の役割

はじめに

斎宮・斎院は古代、中世を通じてさまざまな物語に描かれてきた。個別の作品、人物を検討する上では一概に分類することは避けたいが、ひとまず田中貴子氏の検討をもとに、中世の物語を見据えながら次のようにまとめてみたい(1)。

①結婚して（あるいは未婚のまま）養育者になるもの
②不可侵の存在としての立場を維持するもの
③老いた女として嘲笑の対象となるもの

ここでは斎院についてはひとまず置き、斎宮を中心に考えていく。①の代表は、実子を養育するのが『狭衣物語』堀川の上、血縁関係に依らない援助者という点では『源氏物語』秋好中宮や『海人の刈藻』前斎宮となろう。②としては『海人の刈藻』冷泉院の女一の宮や『浅茅が露』常磐院の姫宮といった物語中で退下しない斎宮たちが挙げられる。③は、『我が身にたどる姫君』における女帝の妹・前斎宮や『風に紅葉』の前斎宮が代表的である。

①と③は主に退下後の斎宮、②は現役の斎宮であることが多い。②の例が『狭衣物語』源氏の宮の在り方に通じるように、斎王として隔離されて侵犯から遠ざけられるものである。特に斎宮は、一度京を離れてしまえば密通が描かれることはまずない。[2] 退下したのち婚姻がうまく行けば①の道へ、年齢が高く衰えていたり性質に問題があったりすれば③の道へ向かおう。『恋路ゆかしき大将』の一品の宮は、①から②へとなだらかに描かれる数少ない例である。[3]

本章で扱うのは、『夜の寝覚』における前斎宮である。『夜の寝覚』の物語中に登場する斎王は、斎院も含めてこの前斎宮のみであり、「前」斎宮と呼称されるように、斎宮の任期を終えて京に帰還した女性である。婚姻はしていないが、出家して穏やかな生活を送る、①と②の中間に位置するような道を歩む。他の物語に描かれる斎宮像を念頭に置きながら、『夜の寝覚』における前斎宮を明らかにしていきたい。

一、『夜の寝覚』における前斎宮

まずは、『夜の寝覚』が描く前斎宮の姿を明らかにしておきたい。その初登場は巻四で、時を遡ってその生い立ちが語られていく。

昔おはせしかたには、入道殿の一つ御腹の女二の宮と申ししは、斎宮にぞ居たまひにしかど、代はりたまひにし後、きこえをかす人あまたあれど、ことのほかにおぼし離れて、世を背かせたまひにけるが、京の宮も焼けにければ、同じ山水の流れももろともにきこえかはいたまひて、この三年ばかりは、ここにぞおはしましける。浅くはあらざりけむ御罪も残りあるまじく、行ひすましておはしますを、うらやましく見たてまつ

らせたまひて、御対面どもあり。（巻四　四一三）

前斎宮は、物語の主人公である女君の父入道の同母妹で、退下後婚姻を拒んで出家、火事に遭って兄のいる広沢へと身を寄せることになった。女君が生霊の噂に堪えかねて父入道のもとへやってきた時には、かつての女君の居場所に前斎宮がおり、女君はこの前斎宮から仏道を習いつつ、出家へと心を傾けていく。女君にとって叔母にあたる前斎宮が自ら語ることは描かれない。女君の目をとおして、その静謐な生活に憧憬が向けられていくのである。だが、出家に達することのできない女君が思いを寄せるに過ぎないこの前斎宮は、末尾欠巻部で重要な役割をしていた可能性がある。

おもひきこえてしを、中納言のたちつゞきたるなまめかしさ、なつかしさ、こまやかなるにほひなど、やゝたちまさりてみゆるを、さま〴〵とをくなるまでうちみやられて、人やりならずかなしきにも、「なぞやわろのこゝろや。いまはかく思べきことか」とせめておぼしをちて、さい宮の御をこなひに御返にいらせ給て、つねよりもをこなひあかし給に、君たちのおもかげは、なを身をはなれず。

我ながらゆめかうつゝかとだにこそさめてもさめぬよにまどひけれ

御おこなひのひまには、ちご宮のかぎりなく、をよすげまさりたまふを、こひしく、おぼつかなくおもひきこえ給。御かたみには、かぎりなう思ひかしづききこへ

右は、小松茂美『古筆学大成』が未詳物語として掲載し、田中登氏によって「伝慈円筆寝覚物語切」として位置づけ直された切である。(4)『無名草子』が批判する女君のそら死事件ののち、傍線部から考えれば、(5)女君は前斎宮のもとに身を寄せていたと考えられる。場所については記載がないが、前斎宮が京の邸宅を焼失して広沢以外に住むところを持たないことからすれば、やはり広沢と考えるのが妥当ではないだろうか。いずれにせよ、女君は父入

道ではなく（もっとも右の時点で存命かどうかも不明だが(6)）、前斎宮に頼ることを選び、前斎宮もそれに応えたと想定できるのである。

右の資料を用いながら、赤迫照子氏は次のように述べる。

亡き母の記憶もなく、姉大君とも死別した寝覚の女君にとって、斎宮は唯一、尊敬し模範となる年上の女性であった。斎宮のようになりたいと寝覚の女君は願うが、末尾部分に至っても、斎宮のように心の安寧は得られない。清浄で神聖な斎宮の登場によって、係累への思いが捨てきれない寝覚の女君の姿が浮き彫りになるのである。(7)

兄入道以外にほとんど係累を持たない前斎宮が仏道修行に専念できるのに対し、どこまでも子どもたちに引き寄せられ、切り捨てられない女君の在り方が対照される点には首肯できる。巻五の時点で、女君が前斎宮を見つめる視点はわが身と引き比べることであった。

かしこには、五月つごもりごろより、御心地例ならず苦しうおぼさるれど、（中略）「暑気なめり」と、せめてさらぬ顔にもてないたまひつつ、斎宮の御有様を、「あはれにうらやましくも行ひすませたまふかな。幸ひなどいふかたこそ、人にすぐれむこと難く、思ふにかなはざらめ、この世を捨てて、かやうに行ひてあらむことは、いとやすかべいことなりかし。すこし物思ひ知られしより、『何事も人にすぐれて、心にくく、世にも、いみじく有心に、深きものに思はれて、なにとなくをかしくてあらばや』と、身を立てて思ひ上がりしに、世とともには、いみじとものを思ひくだけ、あはつけうよからぬ名をのみ流して、人にも言われ誇られ、世のもどきを取る身にてのみ過ぐすは、いみじく心憂く、あぢきなうもあるかな。…」（巻五　四三一―二）

係累に乱されない前斎宮の在り方は、女君が反省的に自己投影するのに相応しい。こうした前斎宮の心境への憧れと届かなさは、出家を果たしたであろう末尾まで女君を苛んだことが想定できる。

二、父入道の位置づけ

女君が出会った叔母・前斎宮について確認した。女君に、穏やかな出家生活を垣間見せてくれる存在は貴重であり、それゆえに男君が前斎宮との対面を制限しようとする場面もある。[8] 何も語らない前斎宮は、女君の思想に確実に影響を及ぼしているといえよう。

ここで、女君の仏道修行の手本という面だけでなく、前斎宮自身についてもう少し考えていきたい。冒頭で田中氏の検討を用いて述べたように、『夜の寝覚』の前斎宮は帰京したものの不婚を貫き、一方で女君の精神的な師、母代わりのような位置に置かれる。物語において帰京後も不可侵の聖性を維持した斎宮は少ない。[9]『源氏物語』秋好中宮や『狭衣物語』堀川の上のように、斎宮という経歴が尊重された結婚によって聖性を維持する例はあるが、衰えを嘲笑されることなく仏道に身を投じ、きちんと身を処した斎宮が物語に描かれることはほとんどない。もちろん、現実世界には少なくない道筋であったことだろうが、[10] やはり『夜の寝覚』が、女君の憧憬の対象として叔母を描いた時、その経歴に斎宮を付与したことには意味があろう。

この前斎宮を明らかにするにあたって、改めて検討しなければならないのは、兄である入道の存在である。前斎宮とは同母兄妹であるから、前斎宮の登場は巻一で語られた入道の来歴を再び呼び起こすことになろう。巻一、物語が語り起こされるにあたって、入道は次のように紹介された。

そのもとの根ざしを尋ぬれば、そのころ太政大臣ときこゆるは、朱雀院の御はらからの源氏になりたまへりしになむありける。琴笛の道にも、文のかたにも、すぐれて、いとかしこくものしたまひけれど、女御腹にて、はかばかしき御後見もなかりければ、なかなかただ人にておほやけの御後見とおぼしおきてけるなるべし、その本意ありて、いとやむごとなきおぼえにものしたまふ。（巻一　一五）

入道は朱雀院を兄に持つ一世源氏であり、女御腹だが、「はかばかしき御後見」を持たない。そのために「おほやけの御後見」として臣籍降下したことが語られていた。『源氏物語』の光源氏や『狭衣物語』の狭衣の父などが想起されるあり方である。ところが、入道は太政大臣に昇っておきながら、女君の病気を機に俗世を離れ、郊外の広沢に籠もってしまう。「おほやけの御後見」としての役割は入道においては中心化されない。だが、権勢を望む心が全くなかったとは言い難い。

中間欠巻部で女君は老関白との結婚と死別を経験し、巻三以降は帝の執心や男君の正妻となった女一の宮とその母大皇宮との関係に悩む。詳細は後述するが、追い詰められた女君は広沢に身を寄せ、再び父の庇護を受けることになる。先掲の前斎宮との出会いも、この時の広沢滞在によって叶ったものである。駆け足で辿っていけば、広沢に身を寄せ、出家を考える女君は、その危機を察した男君によって世俗に留まることを余儀なくされる。俗世に留めるための方法が、石山の姫君を入道に孫として認知させることであり、また女君の妊娠を明らかにすることであった。それまで秘されていた石山の姫君との血縁を示された入道は、次のような感慨にふける。

この御母君を、いみじくかなしく思ひきこえしかど、そは心やすかりけり。これは、いと殊にめづらしく、母君の御契りの思ひしよりは口惜しく、我も雲居までは思ひ寄りきこえずなりにしがいと胸痛き代はりに、この御有様をだに、本意のごとく見聞きたてまつるまでの命は惜しくぞおぼさるるや。（巻五　四九七―八）

女君への愛着があった一方で、その栄達を強く望めなかったこと、また母の栄達が限られていたのとは異なって、男君の親を含め後見に恵まれた石山の姫君の今後の栄達を期待する思いが明らかになる。女君の優れた性質を理解しつつも入内といったかたちでは王権に迫れなかった入道だが、権勢を得ることや帝位に深く切り込んでいくことを避けていたわけではなく、それを選択できなかっただけのことである。こうした第三部の入道について、乾澄子氏は「物語当初から封印されていた父の野心」が「目覚め」たことを指摘する(11)。それまで何ものにも代えがたく執着し、心を痛めてきた女君への気持ちが傍線部のように「そは心やすかりけり」とまとめられ、相対化されていくのである。だが一方で、入道は広沢に留まり、華々しい帰還などは描かれない。石山の姫君はどこまでも男君の娘として栄華を極めていくのである。

入道について簡単にまとめた。一世源氏という『源氏物語』『狭衣物語』の系譜に連なる存在として造型されながらも『夜の寝覚』の入道は太政大臣としての活躍より女君の支援者としての役割の方が大きい(12)。だが、その変質もまた描かれていた。女君をただただ応援し、身心が疲れた時には広沢を提供する入道は、彼女の最後の砦として存在していたはずである。しかし、その砦は石山の姫君によって意味を変える。女君に対しては背負わせられなかった入内、立后への期待を石山の姫君は十分に受け取り、実現することができる。石山の姫君の出現に伴い、入道も野心を持つ人として据え直されたといえよう。前斎宮の存在は、入道の変質が導かれる巻四の女君の広沢行の中で語られはじめる。入道が政治的野心を持った人物として顕れた時に、もう一人の広沢の主である前斎宮が描かれたのであり、そこには入道の側からも女君の側からも要請されたものがあったといえよう。

三、前斎宮と入道

入道が石山の姫君をとおして俗世への期待を復活させ、女君第一優先の思いが政治的な野心に浸食された時、女君の拠り所は前斎宮に移行する。身近な女性出家者として、何より俗世に振り回されない存在として女君の目に映るのであり、女君の精神的な成長のためにも必要とされた存在といえよう[13]。女君と石山の姫君の栄達を喜ぶ入道では足りない部分を前斎宮は埋めてくれる。末尾欠巻部で女君が入道ではなく前斎宮を頼ったのも、女君が必要とする庇護を入道が与えてくれなくなっていたことを意味しよう。

だが、前斎宮は叔母としてだけでなく、「前」斎宮として登場する。ここで、入道と前斎宮の関係について改めて見ていきたい。表Ⅰは歴史上の斎宮のうち内親王で同母兄弟のいる者（一部は例外的に載せる）、表Ⅱは物語の斎宮と同母兄弟について、それぞれ簡単にまとめたものである[14]。

意図的な抽出を行っている部分もあるが、表Ⅰの斎宮の同母兄弟たちは帝位に接近しながら即位を果たせなかった者が多い。平城朝の斎宮大原内親王は、薬子の変で廃太子された高丘親王と同母であり、また斎宮イメージを固定させた『伊勢物語』狩の使章段の斎宮に比定される恬子内親王の兄・惟喬親王も、不遇の皇子の代表的な存在である[15]。『夜の寝覚』成立に近いところでは、やはり小一条院の存在が大きい。詳細を論じる紙幅はないが、斎宮を辞した当子内親王に対する父三条院の期待と、密通事件による怒りは広く知られるところである。斎宮を経た同母姉妹を東宮となった息子のために適切にもてなしたいという思いが怒りの背景にあろう[16]。また、後朱雀天皇の斎宮である良子内親王については、後三条天皇の即位がずっと不安定であったことを考え合わせておきたい[17]。

表Ⅰの初めにはあえて井上内親王と酒人内親王母娘（井上内親王は光仁天皇の妻であり、他戸親王の母である）を置いた。井上内親王が斎宮在任中には、同母兄弟である安積親王の死があり、酒人親王の在任中には井上内親王・他戸親王母子排斥事件があった[18]。もちろん、この背景には聖武系皇統と光仁系（天智系）皇統の攻防があり、後期物語の世界に直接、影響を見ることは難しい。しかし、斎宮と同母兄弟の問題は、実ははるか古代から引き続いている。大きな把握をしてしまえば、斎宮が卜定されて仕えるのが天皇の御代であることは確かだが、別の存在に支援を与えようとする時、第一に浮上してくるのが同母の兄弟たちなのである。

たとえば、『萬葉集』に歌が残る天武朝の斎宮、大伯（大来）皇女を考えてみたい。天武天皇の皇子皇女は多いが、大伯皇女と母を同じくするのは大津皇子だけである。二人の母は持統天皇の姉で早世しているが、身分としては後継者となった草壁皇子と同等である。自作か否かの議論もあるが[19]、『萬葉集』に残る大伯皇女の歌は弟大津皇子の王権への挑戦と敗北を、姉の立場から詠む。天武天皇の死後、謀反を企てたものの失敗し、死に至る弟の物語が大伯皇女の歌群からは立ち上がる。だが、大伯皇女の歌は姉としてだけ詠まれたものではない。

大津皇子、竊かに伊勢神宮に下りて上り来る時に、大伯皇女の作らす歌二首

吾がせこを　倭へ遣ると　さ夜ふけて　鶏鳴露に　吾が立ちぬれし

二人行けど　去き過ぎ難き　秋山を　いかにか君が　独り越ゆらむ

（『萬葉集』巻二　一〇五―六）

題詞の傍線部は、大伯皇女が伊勢神宮に仕える斎宮であること、大津皇子がその支援を求めて伊勢に行ったことを明らかにする。この出来事が史実か否かは問題ではなく、同母兄弟を支援しようとする斎宮の姿、もっと言えば、同母兄弟への愛着と思うままにならない斎宮という立場との葛藤の物語を大伯皇女の歌には見ることができるのである[20]。

【表Ⅰ】歴史上の斎宮と同母兄弟

天皇	斎宮	同母兄弟
聖武	井上内親王	安積親王
光仁	酒人内親王	他戸親王
平城	大原内親王	高丘・巨勢親王
淳和	氏子内親王	恒世親王
清和	恬子内親王	惟喬・惟條親王
陽成	識子内親王	貞平親王
光孝	繁子内親王	不明
醍醐	柔子内親王	醍醐天皇ほか
朱雀	雅子内親王	時明・盛明親王・源高明
	斉子内親王	常明・式明親王
村上	英子内親王	兼明親王・源自明ほか
	楽子内親王	具平親王
冷泉	輔子内親王	冷泉・円融天皇
円融	規子内親王	なし
三条	当子内親王	小一条院・敦平親王ほか
後朱雀	良子内親王	後三条
後冷泉	嘉子内親王	不明
後三条	俊子内親王	白河天皇

【表Ⅱ】物語の斎宮と同母兄弟

物語	斎宮	同母兄弟
うつほ物語	嵯峨帝皇女	不明
源氏物語	秋好中宮	なし
夜の寝覚	前斎宮	広沢の入道
狭衣物語	堀川の上	故先帝
	嵯峨院女三の宮	若君
海人の苅藻	冷泉院女一の宮	なし
	前斎宮	なし
浅茅が露	常磐院の姫宮	なし
	先坊の姫宮	なし
苔の衣	前斎宮	なし
我が身にたどる姫君	式部卿宮北の方	不明
	前斎宮（女院妹）	なし
	中務宮姫宮	不明
	三条院女一の宮	なし
改作夜の寝覚	中務宮北の方	なし
風に紅葉	前斎宮	なし
恋路ゆかしき大将	一品の宮	帝

上代の例を挙げたが、同母兄妹に深い結びつきがあること自体、古代あるいは中世を含めても異論のないところであり、斎宮にも同様の例が見いだせること、そして斎宮自身が治世の安寧にとって影響力を持つために、その関係性が色濃く顕れることは明白である。兄弟の野心の発露として、斎宮の存在が利用されることもあれば、支援者であるはずの同母姉妹が他の兄弟や父の斎宮として奉仕させられ、兄弟の方は恩恵を受けられずに沈潜することもある。『日本書紀』などが記す斎宮制度の初発は、父天皇と娘斎宮の関係を重視する。[21] 斎宮は父天皇のものであって、天皇以外に支援を与えることは忌避された。退下後の婚姻の例は多くないが、[22] その少なさも斎宮という前歴の扱いにくさを示していよう。同母の天皇の御代に奉仕した斎宮である柔子内親王や輔子内親王の例こそ異例である。

同母姉妹が斎宮となった親王たちは、斎宮に選ばれる血筋であること、一方でその姉妹が父か、あるいは異母兄弟など他の皇統のものであることに葛藤しよう。もちろん、斎宮の扱いや皇統の問題には時代的な差があり、また個別の事例を検討する必要があることは確かだが、平安初期からの史上を概観して斎宮の同母兄弟と帝位との関わりはひとまず認めてよいだろう。

表Ⅰに比べ、表Ⅱ、物語の斎宮たちには同母兄弟がほとんどいない。この点については、斎院や退下後の婚姻などを踏まえて論じていく必要があるが、斎宮の多くが政治性から遠ざけられた存在として顕れていることと無縁ではないだろう。斎宮という経歴の影響力を描き得た物語は少なく、歴史上の方が見出しやすい。むしろ、同母兄弟を持ち、皇統と密接に関わる斎宮を描いた『狭衣物語』が異彩を放っている。[23]

改めて『夜の寝覚』の問題に戻れば、王権から離れて広沢に籠もる入道が、同母妹の前斎宮とともにある。入道は石山の姫君を通じて王権への期待を高まらせていき、一方の妹前斎宮は、出家を願い、のちには身を隠さざるを得なくなる女君の支援者として機能する。『夜の寝覚』の女君の叔母に、斎宮という経歴が付されたことの広がりは、物語に極めて珍しい同母兄妹の同居という点から見出せるのではないだろうか。

四、斎宮経験者と皇室復帰の物語

前斎宮の行く先が広沢に定まったことを考えるにあたって次に検討したいのは『狭衣物語』である。『夜の寝覚』の入道と『狭衣物語』の堀川の大殿との間に共通性があるのは冒頭でも触れた。堀川の大殿が狭衣大将を通じて確実に王権へと回帰していくのに対し、入道の王権への接近は、孫娘の栄達を喜ぶ祖父以上のものではない。実際、石山の姫君の入内や立后は男主人公側の支援によって達成される。堀川の大殿が皇統の祖として描かれていく栄華とは比べものにならないが、この二人の一世源氏がともに斎宮経験者を擁していることには検討の余地があろう。

『狭衣物語』堀川の上は、次のように紹介される。

堀川二町には、御ゆかり離れず、故先帝の御妹、前の斎宮をはします。（中略）斎宮をば、親様に、あづかり聞え給にしかば、やんごとなくかたじけなき方には、心ばへよりはじめて勝れ給へるにしも、かく世に有難き此世のものとも見え給はぬおとこ君さへ、ただ一人ものし給へるを　（『狭衣物語』巻一　三二）

堀川の上は既に亡き先帝の妹で、堀川の大殿に「親様」に引き取られていることが語られる。堀川の上が引き取った源氏の宮も先帝の娘で、堀川邸には先帝の数少ない末が集まった。もちろん、堀川の上が生んだ狭衣大将も先帝の系譜を引くことになる。そもそも先帝の存在には不明な部分が多く、堀川の上と同母かどうかもよくわからない。しかし、次の場面は堀川の上という存在を考える上で重要な手掛かりになろう。

早う伊勢へ下りし折のこと、故院、泣く泣く、別れの櫛もえ挿しやらせ給はざりし程の事など、ほのぼの思し出づるに、いと物あはれに思されけり。

（『狭衣物語』巻二　一九六）

源氏の宮が斎院になることが決まった際に堀川の上が昔を振り返る場面である。伊勢へ下向する時に天皇が行う発遣儀礼の一つが「別れの櫛」の儀で、それを幼い日の堀川の上に挿した「故院」が誰かは判然としない。物語に登場している「故院」といえば、堀川の大殿、一条院、嵯峨院三人の父である。あるいは右の場面の直前に崩御した一条院にも「故院」の呼称は可能だろうが(24)、これまでの注釈等においては、堀川の上の父院として解されている。故院から先帝に受け継がれたものの、堀川の上と源氏の宮をわずかに残して失われた皇統が垣間見える。斎宮であった堀川の上と皇統の問題については、井上眞弓氏が次のように論じる。

堀川上のうつくしさは堀川大殿の父院も領有できなかったものであり、皇室に留めておくことも出来なかったものなのである。この女宮は、どういう事情からか、臣籍降下した堀川大殿に降嫁した。斎宮退下後に堀川上を皇室から放してしまった天皇の采配ぶりが問題視されてこないか。かつて皇室の一員であったというエピソードのような思い出語りは、この後、斎宮の託宣によって堀川上が皇室に復帰するという貴種流離譚の全うへ向けた布石であったことを知るのである。(25)

堀川の大殿が王権へ回帰できた潜在的な要因の一つに、同じ皇族ゆかりの、しかも斎宮として任を果たした堀川の上を擁していたことを見るのは十分に可能だろう。それも、本来、斎宮を奉仕させられる父や兄は堀川の上周辺から失われており、「親様」である堀川の大殿は父、兄としても夫としても堀川の上を抱え込むのである。先に見たとおり、物語において皇統を背負う斎宮は多くないが、堀川の上は確かにその一人であり、にもかかわらず血縁者を全て失って堀川の大殿のもとに身を寄せる。逆にいえば、堀川の上は堀川の大殿という自身を活かせる存在を手に入れたからこそ、皇室復帰の物語を生きることができたのである。

『夜の寝覚』へ再び目を転じる。広沢の入道と前斎宮はともに配偶者を持たずに暮らしている。臣籍降下というかたちで王権から遠ざけられた兄と、求婚を振り捨て斎宮という経歴を汚すことなく身を処した妹。既に出家者である兄妹の物語は本来、発展することはない。歴史上の、皇統から遠ざかった兄妹たちと同様の、静かな生活の中にある。広沢の静けさが、女君とその係累によって乱され、特に入道の期待が表面化したことは先に触れた。入道が男君たちを迎えた管弦の場面にも、女君を京へ連れ帰る際の騒ぎにも前斎宮は無縁であり、女君が「斎宮に御消息ばかりにて、御対面もなきを、いと本意なくあやし」（巻五　五〇〇）と思うばかりである。

兄入道は、孫に栄耀の道筋を見出し、野心を目覚めさせた。だが、その期待も華々しさも前斎宮を巻き込み得ない。『狭衣物語』で堀川の上が大殿とともに皇室復帰を果たす姿と比較すれば、入道はまさに孫の栄華に与るのみであって、実は何一つ回復していないのではないか。広沢が喧噪に満ちた場になる中で、旧い寝殿に静かに取り残される前斎宮は、入道の喜びが空疎なものであることを示唆する。孫の可愛らしさに感動しながら娘を男君とともに送り出す入道は、十分な満足の中にある。だが、前斎宮を妹に持つ入道の宿世は、本来ならばもっと別のところにあったのではないか。自分からは何も語らない前斎宮の存在は、入道が歩む可能性のあった王権に迫る道筋の残滓として広沢にあるのである。[26]

おわりに

『夜の寝覚』における前斎宮の存在を、同母兄弟としての入道の物語の観点から論じた。最後に、『夜の寝覚』

の主題に関わる前斎宮の役割をまとめていきたい。

斎宮を論じる際には、父母を初めとする出自が注目される。特に天皇との関係は重要な指標となるが、同母兄弟にどのような人物がいるかという点については十分な議論が尽くされているとは言い難い。本章でも平安後期物語との関わりの強い歴史や物語を扱ったのみで不足の指摘は免れないが、斎宮を同母に持つ親王と帝位との間に結びつきがあることは見出せる。史実を中心とした具体相については斎院の問題も含め今後の課題として進めていきたいが、史実を検討した上で明らかな連関があるにもかかわらず、物語の中で斎宮と同母兄弟の姿がほとんど見られないのは特徴的だろう。そして、そのわずかな例が『狭衣物語』であり、本章で扱った『夜の寝覚』であった[27]。

『夜の寝覚』の前斎宮の登場は少ない。しかも、自身の言葉で語ることもなければ、姿かたちが語られることもない。断片的な紹介を手掛かりにして、人物像を想定することができるだけである。母も姉もいない女君に、叔母として女性の理想的な出家姿を見せることで救済の道を示していく――もっとも女君はその道を選べないのだが――役割があることは首肯できるが、冒頭から掲げてきた問である、なぜ斎宮という経歴を必要としたのかという点の答えにはならなかった。史実や『狭衣物語』堀川の上の存在から立ち上がってくるのは、むしろ斎宮経験者の妹が単なる出家仲間として穏やかに暮らすことの不思議さである。

先掲資料で、女君がのちに前斎宮のもとに身を寄せることを確認した。それは末尾欠巻部に語られる物語であって、前斎宮をめぐって大きな展開があることも否定はできない。だが、恐らく前斎宮は、男君にはもちろん存命ならば入道にさえ存在を気づかせない程の静けさで女君を匿ったことと思われる。『夜の寝覚』の前斎宮は、どこまでも俗世と隔絶することに成功している。『夜の寝覚』に斎王がほとんどいないことは先に述べたが、たとえば『狭衣物語』のように王権に直結する斎王が描かれる可能性を持つ中で、前斎宮はあまりにも王権に遠いといえよう。

巻五、女君の出家を無事に阻止した男君は、入道にすべてを伝え、女君を京へと帰還させた。女君を苦しめていた秘密の多くは暴露されたのであり、物語は終焉を迎えてもよいはずである。実際、改作本『夜の寝覚』ではこののち大団円に向かう。原作と改作との間にある構造上の違いが大団円を生むという点は指摘されて久しい[28]が、本章の注目するところからすれば、改作本の世界に入道の妹が不在であることを確認しておきたい。「前斎宮」と呼ばれる女性は登場するが、それは系図のはっきりしない中務宮の妻としての登場であり、娘が男君と関係を持つが、その対応の世馴れなさに失望されてしまう[29]。広沢で理想的な勤行生活を送る原作の前斎宮とは重なるところがない。同母兄を持つ前斎宮という、物語史の中では稀な造型とは切り離されているのである。女君が出家しない以上、広沢の前斎宮もまた不要であったと考えることもできるが、この差を入道の物語の可能性に見ることもできようか。

先掲の乾氏は、巻五以降も女君の物語が続くことについて次のように述べる。

父の期待という呪縛から解放された女君であるが、末尾欠巻部においても、まだ、「いたくものを思ひ、心を乱したまふべき宿世」から、逃れられないらしい。その源は、異性を引き寄せてしまう、自らの身体であり、困難を抱え込む〈母〉性である[30]。

また、鈴木泰恵氏は女君の結末に向けて次のように述べる。

この物語は、貴種〈かぐや姫〉の物語を終焉へと導きながら、その過程で〈母〉として見出された子供といういやしを容認しない。かつ、出家してなお子ゆえに惑う〈母〉の〈思〉を立ち上がらせ、「人」として求められた仏教的救済やいやしも容認しないのである[31]。

出家したのちも救済されない女君の隣には、王権から遠く離れて平穏に生きる前斎宮がいる。だが、斎宮として任を果たした彼女には活躍する別の道があった。兄である入道の援助あるいは兄自身の野望や無念があれば、前斎宮としての物語は王権に向けて躍動したのである。しかし、入道は、光源氏を継ぐことも、堀川の大殿のような皇統復帰の道も歩まなかった。女君の叔母に付された前斎宮という経歴は何ら発展性を持たないが、その発展性のなさこそが、可能性のままに終わった入道の王権回帰の物語の残り香として漂うのである。

『夜の寝覚』の女君は〈さすらい〉の女性であるとされる。(32)救済なく〈さすらい〉を続ける女君の姿は、物語冒頭の天人の予言によって早々に運命を定められている。父の呪縛を離れても大団円に向かうことができないのは、予言を背景にした予定調和に見える。しかし、父入道の同母妹として広沢に安住する前斎宮を紐解いていくと、入道の物語が決して一本道ではなかったことが仄見えるのである。〈女〉や〈母〉の物語ではなく、入道が王権に挑戦する物語が、前斎宮の周辺に残っている。入道の境涯の相対化は、取りも直さず女君の運命の相対化を呼び込む。父の物語を優先し、一世源氏としての〈さすらい〉を早々に諦めて広沢に籠もった入道こそが、女君の物思いを終わらせないのかもしれない。

聖性を維持しながら出家生活を営む前斎宮の存在は、物語の斎宮という観点からは異例であり、また親しい同母兄を持つ点でも特徴的である。この叔母の「前斎宮」という経歴が『夜の寝覚』の物語において十分に意味を持っているとは言い難い。しかし、その平穏の向こう側に、選ばれなかった物語を見出すこともまたできるのである。語られる物語は、語られなかった物語の断片を抱え込んでいる。語られなかった物語が、表層の物語を織り上げている。前斎宮の存在は、異なる主題を歩む入道の物語の明らかな痕跡といえよう。穏やかに生きる前斎宮のいる空間は、同母兄を支える斎宮として躍動したかもしれない物語に裏打ちされている。前斎宮を基点に、『夜の寝覚』という織りなす物語の輻輳性を捉え直して、本稿を閉じたい。

注

(1) 田中『聖なる女——斎宮・女神・中将姫』(人文書院　一九九六)。また、勝亦志織「物語史における斎宮と斎院の変貌」(『物語の皇女』笠間書院　二〇一〇　初出二〇〇四)も参考とした。

(2) 平安朝における唯一の例外が『伊勢物語』狩の使章段である。『日本書紀』にはいくつかの密通が語られるほか、野宮での済子女王の例もあるが、平安後期物語以後の認識として、伊勢に下向したのちの斎宮が密通されることは考えがたいと思われる。本書第一部第一章参照。

(3) 『恋路ゆかしき大将』の一品の宮に斎宮の経歴があることについては、拙稿「『恋路ゆかしき大将』における斎宮像」(本書第二部第十六章)参照。

(4) 田中「伝慈円筆寝覚物語切(二)」(『失われた書を求めて』青簡舎　二〇一〇)。翻刻等は田中氏に依り、体裁のみ改めた。踊り字はそのままにしている。

(5) 『無名草子』は『夜の寝覚』の物語を語る中で、「返す返す、この物語の大きなる難は、死にかへるべき法のあらむは、前の世のことなればいかがはせむ、その後、殿に聞きつけられたるを、いとあさましなども思ひたらで、こともなのめに、なべてしくうち思ひて、子ども迎へて見などするをいみじきことにして、さばかりなりし身の果て、さち、さいはひもなげにて隠れゐたる、いみじくまがまがしきことなり。」と、蘇生事件や周囲の反応の薄さを批判する。

(6) 末尾欠巻部のどこに位置するかは不明だが、石山の姫君が立后したのちのどこかで入道の七十賀が催されている(『風葉和歌集』巻第一八　一四〇八)。

(7) 赤迫「『夜の寝覚』の斎宮——「伝慈円筆寝覚物語切」一葉を糸口に——」(『古代中世国文学』二三　二〇〇七・三)。

(8)「なほあぢきなくと、世をおぼしたちもやすする」と、うしろめたく、危ふさに、立ち離れたまはねば」（巻五　四九九—五〇〇）。

(9)斎院であれば、『源氏物語』朝顔の姫君に代表されるように、不婚を貫いた皇女、女王も少なくないが、後に扱う表Ⅱからも明らかなとおり、物語の斎宮たちの行く末が丁寧に語られることは少ない。安定した婚姻生活を送った秋好中宮や堀川の上、養母として過ごした『海人の苅藻』の前斎宮などの方が却って斎宮であった過去を維持していると考えられる。

(10)斎宮の退下後の経歴は不明な場合も多いが、たとえば『伊勢物語』一〇二段からは恬子内親王が出家していた可能性が読み取れる。

(11)乾「『夜の寝覚』の父」（『平安後期物語』翰林書房　二〇一二）。

(12)広沢の入道の位置づけについては、湯橋啓「寝覚物語の女主人公の家族」（『国文』四二　一九七五・三）、永井和子「寝覚物語の老人」（『続寝覚物語の研究』笠間書院　一九九〇）等を参照した。

(13)中間欠巻部にも女君の成長は見えたことと考えられるが、巻四から巻五の広沢滞在期間、女君の思考に深まりがうかがえるのは事実である。前斎宮は女君の思考の契機として存在する。

(14)女王を排除したのは、同母兄弟に即位の可能性がまずないからである。聖武朝以後、三十人ほどの斎宮が選ばれているが、特徴的な同母兄弟を持つ斎宮を挙げた。特に平安初期の斎宮たちに、同母兄弟の即位という問題が結びついていたことは明らかだろう。物語の斎宮については、『伊勢物語』『大和物語』などの史実と重なる斎宮については表から外し、また言葉として一瞬登場するような例（『うつほ物語』や『狭衣物語』において、交代した事実から存在が想像される例）については省略している。呼称は一般的なものを用いたが、「前斎宮」とのみ呼ばれることも多い。なお『狭衣物語』の堀川の上と故先帝の関係については、本文中では明らかではないが、源氏の宮を養女に迎えていることから、同母の兄妹と解した。同じく若君については、実父母は狭衣と女二の宮であるが、社会的には嵯峨院と大宮の子として遇されているため、女三の宮の同母弟とした。本書第二部第十二章参照。

(15)『日本紀略』には、幼い惟仁親王（清和天皇）の立太子に際して、兄である惟喬親王に立太子の可能性があったことや、その不遇を指摘する記述がある（承平元年九月四日条など）。

(16) 武田早苗「当子内親王――道雅の恋――」（『王朝文学と斎宮・斎院』竹林舎　二〇〇九）。

(17) 尊仁親王（後三条天皇）の立場の不安定さを語る際には、同母である斎宮や妹斎院（娟子内親王）についても合わせて触れられることが多かった。「斎宮の御事をなんいみじう申させたまひける。「二の宮いかにせんずらん」とぞ、内々にも仰せられける。」（『栄花物語』巻第三六　根あはせ　三―三六）。母禎子内親王から遠ざけられる不遇の斎宮イメージがある一方で、尊仁親王の周囲の女たちが神域に囲い込まれることは即位の布石といえる面もある。本書第二部第十九章参照。

(18) 所京子「伊勢斎王井上内親王」（『王朝文学と斎宮・斎院』竹林舎　二〇〇九）。また、井上内親王と物語文学との関わりを積極的に読むものとして原槇子「斎宮女御徽子女王――六条御息所母子への投影――」（『斎王物語の形成』新典社　二〇一三・初出二〇一〇）がある。

(19) 後人仮託説については省略するが、都倉義孝「大津皇子とその周辺」（『萬葉集講座第五巻』有精堂　一九七三）など、後人仮託を強く主張する論がある一方で、品田悦一「大津皇子・大伯皇女の歌」（『セミナー万葉の歌人と作品』第一巻　和泉書院　一九九九）が大伯皇女の歌の即興性などをいうように、少なくとも作歌自体を大伯皇女と見ることは可能と考える。以下、山本健吉『萬葉百歌』（中公新書　一九六三）、橋本達雄「大津皇子・大伯皇女の詩や歌は後人の仮託か」（『解釈と教材の研究』二五―一四　一九八〇・一二）、千葉宣枝「大津皇子歌物語」（『米沢国語国文』一〇　一九八三・九）、多田一臣「大津皇子物語をめぐって」（『古代国家の文学』三弥井書店　一九八八）、長瀬治「「磯のうへに生ふる馬酔木を」の歌」（『古代文学の研究』おうふう　一九九九　初出一九九一）等。なお本書第二部第十三章「散逸物語としての『大津皇子物語』」において、大伯皇女の位置づけについて後期物語との関わりの中で論じている。

(20) 拙稿「古代日本における祭祀と王権――斎宮制度の展開と王権」（『アジア遊学東アジアの王権と宗教』勉誠出版　二〇一二・三）および本書序参照。

(21) 斎宮制度の前身を語る『日本書紀』では、確実に父天皇と娘斎宮の組み合わせで受け継がれる。榎村寛之「斎王の歴史的展開」（『伊勢斎宮の歴史と文化』塙書房　二〇〇九）等参照。

(22) 婚姻を果たした斎宮は、先掲の井上内親王、酒人内親王、朝原内親王の三代と、村上天皇に入内した徽子女王、藤原師輔に降嫁した雅子内親王、藤原教通に嫁した嫥子女王などである。

(23) 拙稿「狭衣物語の〈斎王〉――斎内親王・女三の宮の位置づけをめぐって――」（本書第二部第十二章）参照。

(24) 一条院崩御直後の呼称はないが、のちの場面では一条院が「故院」（巻三）と呼ばれており、可能性はあろう。もし一条院が涙ながらに堀川の上に櫛を挿し、帰京してからも結ばれなかったとすれば、それこそ『源氏物語』の朱雀院の恋の反復となる。

(25) 井上「『狭衣物語』の斎宮」（『王朝文学と斎宮・斎院』竹林舎　二〇〇九）。

(26) 「殿のおはしますあとを尋ね、権大納言、新大納言、宰相中将をはじめとして、上達部、殿上人ひき連れ競ひ参りたるに、いともの騒がしくなりて、「見はやす人なくてやみなむは、錦暗かりぬべかりつる紅葉を」と、いと御気色いとよくて、こなたに召し入れたり。」（巻五　四九五）。風情ある別荘とはいえ、出家した入道の空間が管弦と詩歌に彩られていく。突然の宴席にもかかわらず、入道のもてなしは「いとにはかなるやうなれど、わざとなくよしあるさまにしなさせたまひて」（同）と賞賛される。

(27) 例外として『恋路ゆかしき大将』の一品の宮の同母兄弟に帝がいることが挙げられるが、この物語においては帝位の希薄さが無視できないところにある。今後、検討を続けたい。また、女帝という異例さではあるが、『我が身にたどる姫君』の前斎宮については帝位と斎宮との関係を見出せる。本書第二部第十七章および終章参照。

(28) 永井和子「寝覚物語と改作本寝覚物語」（『続寝覚物語の研究』笠間書院　一九九〇）、河添房江「『中村本夜の寝覚』の構造」（『源氏物語時空論』東京大学出版　二〇〇五）。

(29) 中務宮の姫君の手を「すべてあてやかにはあらぬかな」と思い、使いが禄をあえて受け取らなかったのに対して追いかけて渡そうとする姿が嘲笑され、また男君を待ちかねて騒ぐ様子が「わざと忍ばぬけしき、いみじうかたはらいたう苦しく見ゆ」（巻三　二三四）と語られる。娘の行動はそのまま母前斎宮に結びつけられるものであり、女君への愛着を再発見するために奉仕させられている語りである。改作本『夜の寝覚』については、原作本では登場しない斎院の身分が、男君と女一の宮（原作本では男君に降嫁し、女君の物思いの種になる）を引き裂く要因として用いられている。原作本と改作本における斎王のあり方については改めて考えていきたいテーマとして挙げるに留める。

(30) 注11。

(31) 鈴木「『夜の寝覚』における救済といやし」（『狭衣物語／批評』翰林書房　二〇〇七）。

(32) 河添「『夜の寝覚』と話型」（『源氏物語時空論』東京大学出版　二〇〇五）。

第十二章　『狭衣物語』女三の宮の位置づけをめぐって

はじめに ――『狭衣物語』の〈斎王〉が抱える特異性――

『狭衣物語』は内親王が多く登場する点で特徴的である。内親王の多さは一条院、嵯峨帝、後一条帝、そして狭衣帝と成熟した帝位経験者を多く有する物語であることに起因するが、男皇子（親王）の少なさも照射する。また、親王の子としての女王も極めて少ない。現実世界でも物語内部においても、一度帝位に就いた者と親王との間には大きな隔絶があり、それはしばしば内親王と女王との差から明らかになる。だが、『狭衣物語』では内親王ばかりが複数いて、確かにそれぞれが重要な役割を担うが、女王に代表される内親王を照らし返す皇族女性はおろか宮家そのものが不在である。逆に言えば内親王がそれらの役割を担わなければ物語は成立しない状況にある。『源氏物語』を見れば、紫の上や秋好中宮、朝顔の斎院、あるいは宇治の姉妹といった親王の娘たちが高貴さと不安定さの中で躍動している。対して、内親王ばかりが焦点化される『狭衣物語』の彼女たちは、高貴さゆえの不自由さと、代わる者のいない重責の中で、独自の様相を見せるのだ。

内親王に対置される女王の位置づけとは何だろうか。時代、立場、親の状況によって変化してきたであろうことは言うまでもない。しかし、いつの時代も変わらず女王に求められた責務として内親王の代替があり、その立場をもっとも明確に示すのが、斎王（斎宮・斎院）の制度である。

凡そ天皇即位せば、伊勢の大神宮の斎王を定めよ。仍りて内親王の未だ嫁がざる者を簡びて卜えよ〈もし内親王なくば、世次によりて女王を簡び定めて卜えよ〉（『延喜式』巻第五　斎宮）[1]

凡そ天皇即位せば、賀茂の大神の斎王を定めよ。仍りて内親王の未だ嫁がざる者を簡びて卜えよ〈もし内親王なくば、世次によりて諸の女王を簡び定めて卜えよ〉（『延喜式』巻第六　斎院司）

平安時代中期、斎王が女王であることは既に珍しくない。[2]しかし、翻って『狭衣物語』を見れば、そこに登場する斎王はみな内親王で構成されている。斎院では嵯峨院の女一の宮、短期間ではあるが一品の宮、そして源氏の宮。伊勢の斎宮では狭衣の母である堀川の上、嵯峨院の女三の宮と、描かれない空白の期間はあるものの、描かれる斎王はすべて内親王である。この偏向は、時に死活問題ともなりうる。親王の少なさの問題は、巻四、後一条帝譲位の文脈で露呈するが、[3]内親王の数に底が見えるのはもっと早い段階であった。

巻二の後半、一条院の急な崩御に世の中が揺れ動く中で源氏の宮が斎院に、嵯峨院の女三の宮が斎宮に決まると狭衣は「世の常ならましかば、斎宮・斎院世に絶え給ひてやあらまし」（巻二　一九五）と述懐する。斎王候補が不足するという事態は、巻四の東宮候補の不足と無縁ではない。即位とは別に皇族に属し、時に支えるべき存在の希薄さが『狭衣物語』の一つの特徴であり、それはもちろん最終的な狭衣即位の原動力ともなる。

女王という代替処置を持たない『狭衣物語』の斎王の中でも、とりわけ特異な様相を示すのは、後一条朝の斎宮となった嵯峨院の女三の宮である。斎宮、斎院の別において、歴史的に内親王が卜定されることが多いのは圧倒的に斎院だった。そうした中で女三の宮は伊勢の斎宮として下向し、後述するとおり、斎宮として類い希な経験をすることになる。本章においては、『狭衣物語』の斎王という視点からこの女三の宮の位置づけについて論じる。また、物語は女三の宮の帰京を語らない。最後の御代替わりである狭衣帝即位は、本来、再び斎王が絶えるかもしれないという問題を内在しているはずである。しかしながら、新たな斎宮は卜定されず、女三の宮は伊勢に留まり、皇族に属する女性の少なさに言及されることはない。女三の宮は、物語の最後に「移動されない／移動できない／移動するかもしれない」という語られない問題を抱えている。巻四以降、物語の終焉の向こう側を視野に入れて論を進めていきたい。

一、女三の宮の人物像　――位置づけ・卜定・託宣――

まずは、問題の中心となる女三の宮の人物像について見ておきたい。

皇太后宮の御腹の姫宮三人おはします、一はこの頃の斎院、二の宮は御かたち・心よりはじめて、めでたくおはしますを、…（巻一　四七）

…三の宮とおぼえ給、少し起きあがりて、「その絵を、など見せざりける。心憂かりけり」と恨み給けはひ、幼びて、ふくらかに愛敬づき、愛しげにぞ見え給ふ。（巻二　一二六―七）

その初登場は序盤であるが、皇太后腹の内親王が三人いると明らかにされながらも、三の宮については触れられることがない。それは本格的に登場する巻二の場面でも同様で、幼い可愛らしさが狭衣の視点から語られるのみで、未だ人数に入らない年頃の女宮といえる。

狭衣と女三の宮の交流は少ないが、特徴的なのは次の場面である。

若宮の、驚きてうち泣き給へるに、人々おどろきつつ、「大殿油も消えにけり」「紙燭持て参れ」など言へば「ただかくて、『伏籠の少将』のやうにてやあらまし」など、思せば、「いでや、甲斐なきものから、いとど『憎し』と、かくれ居て思すとも、今更に誰が名もあぢきなく」と、思して、念じてやをら起き上り給に、奥の方に、御髪長やかにてさはるは、三の宮にこそおはすめれ。うちみじろき給。「ありしながらの我ならましかば、総角もいかがあらまし」と、愛しかりし御様は、ふと思ひ出でられ給けり。（巻二　一七二）

狭衣の目的はあくまで女二の宮である。狭衣の気配に気づいて逃げ出した女二の宮の代わりに眠っているのは女三の宮で、狭衣が彼女に手を出すのは容易い。ここで狭衣が思考する「総角もいかがあらまし」は、次の催馬楽「総角」を引く。

総角や　とうとう　尋ばかりや　とうとう　離りて寝たけれども
まろびあひけり　とうとう　か寄りあひけり　とうとう(4)

共寝をイメージさせる内容であるが、もちろん狭衣のイメージはそれに留まらない。同じく総角と響き合う『源氏物語』の薫と宇治の大君を想定している。

客人は、弁のおもと呼び出でたまひて、こまかに語らひおき、御消息すくすくしく聞こえおきて出でたまひぬ。総角を戯れにとりなししも、心もて「尋ばかり」の隔てにも対面しつるとや、この君も思すらむといみじく恥づかしければ、心地あしとてなやみ暮らしたまひつ。（『源氏物語』総角⑤二四一）(5)

中納言は、独り臥したまへるを、心しけるにやとうれしくて、心ときめきしたまふに、やうやうあらざりけりと見る。いますこしうつくしくらうたげなるけしきはまさりてやとおぼゆ。あさましげにあきれまどひたまへるを、げに心も知らざりけると見ゆれば、いといとほしくもあり、また、おし返して、隠れたまへらむつらさの、まめやかに心憂くねたければ、これをよそのものとはえ思ひはつまじけれど、なほ本意の違はむ口惜しくて、うちつけに浅かりけりともおぼえたてまつらじ、この一ふしはなほ過ぐして、つひに宿世のがれずは、こなたざまにならむも、何かは他人のやうにやはと思ひさまして、例の、をかしくなつかしきさまに語らひて明かしたまひつ。（『源氏物語』総角⑤二五三）

『源氏物語』総角巻は、催馬楽「総角」に支えられて展開している。薫と大君の間に交わされる総角の贈答歌は二人の間で大きな意味を持つ。また、大君が逃げ出して中の君が取り残される場面は、『狭衣物語』の狭衣と女三の宮にぴたりと重なるといえる。(6)

しかし、狭衣の行動は薫と完全に重なるわけではなく、細部で違いを見せている。薫は大君と思って近づいてから、中の君であったことに気づき、中の君を差し出した大君の意向に従わないために語らうだけで夜を明かす。一方、狭衣はそこに眠っているのが女三の宮であることを自覚しており、またその可愛らしさを垣間見で知りながらも手を出そうとはしないのである。「総角」の語は、催馬楽の共寝のイメージ、『源氏物語』総角巻の薫の行動との対照、更には童髪を表す「総角」という言葉から狭衣の侵入に気づかず眠る女三の宮の幼さをも連鎖させながら、「まろびあひけり」「か寄りあひけり」という催馬楽の詞章を否定する。もちろん、薫が中の君に手を出さなかったという点で狭衣はそれに倣ったともいえるが、女三の宮がこの一夜を一切知らないことは狭衣との関係を見る上で押さえておくべきである。

すぐ傍らで眠る女三の宮を見ながら手を出すことなく去った狭衣であるが、出家した女二の宮の替わりとして女三の宮との縁談が持ち上がる。

「一の宮、大宮の御かはりにて、大将を御後見にておはしまさましかば、行末の御為もいかに後やすからまし」

と、かへすがへす口惜しう思し召されてける。「いつしか、この御方人と思すべき人にもなきがいと心細きを、三の宮の御事をや言はまし。この若宮の御後見（に）も、やがて預けて、思ふさまにしも、思はずとも、大方の心めやすく後やすき人なれば、さりとも殊の外には、思捨てじ」など、懲りずまに思し召しけり。

（巻二　一八三）

この時、狭衣の子を出産した女二の宮はすでに出家しており、世間的には故皇太后腹とされる若宮がいる。だが女二の宮は若宮を育てる気がなく、若宮の養育は嵯峨院と女三の宮に支えられていた。その若宮の安泰のため、女三の宮と狭衣の結婚が嵯峨院によって画策されたのである。しかし、嵯峨院の目論見は女三の宮の斎宮卜定によってまたも失敗に終わる。

斎宮には、嵯峨野の三の宮ぞ居させ給にける。大将の、御心の、「世の常ならましかば、斎宮・斎院世に絶え給ひてやあらまし」とぞ、人知れず思しける。鈴鹿川のよそになり給ぬるは、さばかりの御心に、何とも思さるまじけれど、例の御癖なれば、「かく」と聞き給へば、ただならず、「遂に、いかなる宿世のあるにか。さてもありぬべき事は、さまざまにもて離れ行よ。もし唐國の中納言のやうに、子持ち聖や設けんずらん」と、我ながら、まれまれひとり笑みせられ給ひけり。

（巻二　一九五―六）

嵯峨帝が譲位し新しい御代が始まったのも束の間、新帝の父である一条院が崩御し、その影響を受けてか、女三の宮が斎宮に卜定される。[7] 内親王、しかも皇后腹の斎宮は歴史的に見ても少ない。[8] 同時に斎院も退下していて、こちらは源氏の宮に白羽の矢が立つことになるが、実はその差も判然としないのである。後述するが、堀川の大殿の養女としての卜定であることを考えれば、源氏の宮は女王格、歴史的に見ればそちらが斎宮であってもいいものを、ここでは女三の宮に斎宮が振り分けられる。先に挙げたとおり、女三の宮は狭衣との婚姻を考えられていたのであり、周囲にも当事者にも予想外の卜定であったと想定される。

このト定を受けて、狭衣は先にも扱った「世の常ならましかば、斎宮・斎院世に絶え給ひてやあらまし」という感慨を抱く。また「例の御癖なれば、「かく」と聞き給へば、ただならず」といつでも手に入る存在を失ったことを意識する。しかし、こうした狭衣の印象は強い後悔などを伴うものではなく、むしろ自身の在り方を面白がるような響きを含んでいる。

登場からト定までの女三の宮は、幼いばかりが強調され、狭衣の恋の対象とはならない。先に、侵入した自分にも気づかず眠る女三の宮を見、また女三の宮がいつでも自分のものになるはずだった存在として認識するところからもわかるとおり、狭衣は、女三の宮は恋の対象とできなかったのではなく、狭衣自身が対象から外すことを選択した女君である。一方で、そうした狭衣の選択や嵯峨院の希望は描かれるものの、女三の宮自体が狭衣との婚姻や斎宮ト定に対して感想を漏らすことはない。

伊勢へ下向した後の女三の宮の様子はほとんど描かれることがないが、巻四、物語も終盤になって、斎宮である女三の宮の身に重大な事件が起こる。

嵯峨の院にも、思し離れにし方ざまの事なれば、なのめにもいかでか思されん。「命の長かりけるがうれしき事」と、よろこばせ給に、斎宮もあやしうさとしがちにて、宮も、悩ましげにし給由、聞ゆれば、嵯峨の院など、思し嘆くに、…　（巻四　四二五―六）

託宣という出来事の異例さは際だっている。本章においては、この場面について、さまざまな視点から確認していきたい。それまでも点描しかされず、伊勢に行ってのちはほとんど焦点を結ぶことのなかった女三の宮が、突如として世を動かす役目を担うのである。後述する長元四年の託宣事件の大騒ぎからしても、斎宮が「天照神」と直接的に交流を持ったことは大きい。

『狭衣物語』における斎宮としての女三の宮は、高い出自の内親王であること、また伊勢にあって天照神と交信することの二点によってこれまでの物語[9]にない斎宮像を形作っている。その幼さ、そして狭衣といつでも結ばれる距離にいながら恋の対象とならなかったことの理由が、この託宣を担うためであったかのようにさえ見えるのである。

二、嵯峨院にとっての女三の宮　――若宮立太子の切り札として――

女三の宮の置かれた状況、立場の変化は右のとおりである。全て扱ったわけではないが、登場場面は少なく、数少ない評は狭衣によって語られることが多かった。だが、女三の宮を形作る要素として極めて高い出自の内親王であることを挙げるとすれば、やはり父院の視線を確認する必要があろう。女二の宮がその美質によって嵯峨院から鍾愛されていたことは先の記述からも明らかだが、女三の宮に対してはどのような位置づけが為されていたのだろうか。井上眞弓氏は狭衣に対する嵯峨院の意識を次のように指摘する。

ここに見える女三宮は、幼いことが印象づけられた存在ではあるが、嵯峨帝の場合、父の娘管理は「みずからの力を、娘を通して相手に与える」というパターンに添って行われている。王権の絶対性を揺るがしかねない存在である狭衣を掌中に入れ、王権を補強したいとの思いに駆られる帝は、この姉妹を結局は狭衣に与えることになる。したがって、このかいま見は狭衣の女二宮への入り臥しを導くだけではなく、後に女三の宮は狭衣帝の斎宮となる展開を先取りするかのように、狭衣による女宮姉妹の領有を早くも告げている場面でもあるのだ(10)。

嵯峨院の、執拗に狭衣を取り込もうとする姿勢についてはいくつか先行研究があるが、右の井上氏の把握に従いたい。嵯峨院の姉妹は、確かに寵愛の度合いに差はあるが、狭衣に奉られるべき駒であることに相違はない。だからこそ、先述の如く、出家した女二の宮の代わりとして女三の宮を狭衣と結びつけることが思案される。しかし、女二の宮の降嫁と女三の宮の降嫁との間には当然ながら時間の経過、状況の変化がある。その最たるものが若宮の誕生であり、女三の宮にはこの若宮の存在が深く絡みつく。

嵯峨の院にも、思し離れにし方ざまの事なれば、なのめにもいかでか思されん。「命の長かりけるがうれしき事」と、よろこばせ給に、斎宮もあやしうさとしがちにて、宮も、悩ましげにし給由、聞ゆれば、嵯峨の院など、思し嘆くに、天照神の御けはひ、いちじるく現れ出給て、常の御けはひにも変りて、さださだとのたまはする事どもありけり。（巻二　一九五―六）

右は、先の託宣場面の再掲である。嵯峨院は若宮に立坊の可能性が出てきたことを喜ぶが、その喜びと抱き合わせるかのように、斎宮の「さとし」記事が描かれる。若宮立坊の可能性→嵯峨院の喜び→さとしがちな斎宮の様子→嵯峨院の思し嘆き→託宣と進む語りの運びは何を意味しているのだろうか。

若宮を庇護する存在は巻四では嵯峨院ばかりだが、そもそも若宮誕生において最も心を砕いていたのは、女二の宮の母大宮（皇太后宮）である。

雲井まで生ひのぼらなん種まきし人も尋ねぬ峰の若松

との給はする有様、いとあはれげなり。（巻二　一五九）

右はその大宮の独詠である。女二の宮を襲った人物（ひいては若宮の父親）が狭衣だと確信が持てない状況で、若宮の未来を願う。「雲井まで生ひのぼ」るとは、即位の可能性を既に見ていたものと解する。こののち、大宮は死去するが、その死をも背負って若宮はその誕生時から即位への期待をかけられていたのである。

出雲の乳母に、「空目かとよ。ただ、その御顔とこそおぼえさせ給へ」と言ふを、「いでや、しらぬやうはあらじ」とつらければ、「さしも、見えさせ給はず。よき人どちは、よしなき人に似るものなれば、まして同じ御ゆかりなればこそは。されどこれは、今より様殊に、王気さへつかせ給へる様にて」と言ふも、おかしかりけり。（巻二　一六〇）

右の場面では、若宮の父親が狭衣だと気づきながらも、女二の宮の乳母はその皇族性を主張する。それは滑稽にも見えるが、大宮の意向を知るからこそ、若宮に皇族としてのあり方を期待するのである。

皇太后腹とはいえ、すでに譲位した院の子として生まれた以上、立坊の願いが実現することは難しいはずである。しかし、後一条帝の御代、若宮の立場は変化する。

大殿の参り給へるに、御物語こまやかに聞えさせ給て、「命も盡きにたる心地するを、知らぬ顔にてのみ過して、この世を別れざらんことの、いと罪深う、口惜しかるべきを。「大将の、あづかりの若宮は、ただ人になさんの本意深き」と聞きしかど、「襁褓にくくまれ給へる、女帝にゆづり置き、もしは、一世の源氏の、位につくためしを尋ねて、年高うなり給へる太政大臣の、『坊に居んよりは、敢へなん』とこそ思ふ」いかが。さのみいひつつ、位を惜しむとも、限りの命の程は、心にも適ふべきならねば、見る折に、なほ一日にても、心のどかなる様にもなりなまほしう」など、の給はするを、いかでか、ふと、よき事としも思されん。

（巻四　四二二―三）

後一条帝は、世の落ちつかなさと体調不良を理由に譲位を模索する。嵯峨院と中宮との間の皇子が東宮として立っているが、その次の東宮がないことが不安であり、臣籍降下の意向のある若宮に白羽の矢が立つ。

後一条帝が皇子に恵まれなかったために、東宮候補として若宮が浮上したのである。嵯峨院の意向は、狭衣の後見のもと臣籍降下することであったと思われるが、その出生を操作した大宮は若宮の即位を望んでおり、嵯峨院も立坊の可能性が出てきたことを喜ぶ。立場の弱い末皇子であり、その弱さを救う方策は臣籍降下だった。『狭衣物語』における臣籍降下は、堀川の大殿が先例としてある。(11) あるいは『源氏物語』の光源氏にも繋がる栄達の道であるが、若宮はむしろ帝位への道を歩み始めることになる。

では、こうした経過を辿る若宮と女三の宮の関係性はどのようなものだろうか。

まことに、かの若宮の御五十日にもなりぬれば、かかる程も、「いかでかは」とて、内裏より、よろづに扱はせ給けり。「類なき御美しさ」と、聞かせ給へば、「かかるついでに、いつしか見たてまつらん」とて、その夜は、三の宮、ぐしたてまつらせ給ひて、入らせ給ける。（巻二　一八二―三）

大宮が死に、女二の宮が出家した状況で、残された若宮は女三の宮が育てることになっていた。五十日の参内においても、若宮は女三の宮とともにやってくる。

女宮達の御事をぞ、あはれにうしろめたき方添ひて思し召せば、大殿にも、返々きこえ置かせ給ける。「二の宮の、今はひとへにこの世のこと思し離れにけるも、思へば中々いとよかりける。斎院も大人びて、年比誰にも目ならひ給はぬ御ならひに、さしも世の中変るけぢめも知られ給はじかし。三の宮・若宮などこそいと心苦しきを、たのむべきさまに思ひ初めてしを、大将に、やがて若宮をば後むべきさまに、言ひ預けんと思ふ。いまより、様殊なる生先は心苦しけれど、何となき孫王にて寄る方なからんよりは、ただ、「わがもの」と思ひてもあれかし。思ふやうなる独り住みとは（見れど）、そのうちうちの事は知らず、かかる遺言を、さ

りとも殊の外には違へじ」など、の給はせて、うち泣かせ給へば、あはれにいみじう見たてまつり給て、（巻二　一八七）

嵯峨院の心づもりとして三の宮と若宮は一対である。先掲の場面でもあったが、女三の宮を狭衣に縁づかせることで、若宮の後見を手に入れることを目指すのであり、またその逆も目論んでいる。二人を合わせて狭衣のもとに贈ることは、狭衣の妻と子を嵯峨院の系譜で固めることといえる。

しかし、先述のとおり女三の宮は斎宮に卜定される。心内が描かれることの少ない女三の宮であるが、若宮に対しては姉としての思い入れがあることが次の場面に示される。

入道の宮は嵯峨院にのみおはしまして、この若宮の御事も知り聞え給はねば、ただ三宮ぞ、あはれに思ひ聞えさせ給へるを、秋は、外へ渡り給べければ、いと心苦しく、「かくては、いかでかおはしまさん。迎へたてまつりて、殿にあらせたてまつらん」と、し給を、「院は、猶、前斎院の心細くて残り居給へるに、同うはさて物し給はんは、めやすかりぬべう思したる」と、聞き給へど、世はいとど有り憂くのみおぼえまさりて、「いかならん隙に」と、心ばかりは西の山本に思しあくがれにたれば、まいて、（巻二　二〇四―五）

斎宮が間もなく野宮へ移るという時期の場面である。女二の宮は若宮に対して冷淡であり、若宮の庇護者は嵯峨院を除けば女三の宮だけである。[12]だからこそ女三の宮自身も若宮の行く末を不安に思うが、斎宮である以上、いつまでも若宮とともにいることはできない。高貴な血筋ながら、母も亡く、父院も御代を去って長く、女三の宮と若宮だけが若く不安定なまま嵯峨院の手元に残されている。こうした環境で、姉と弟は手を取り合わざるを得ない。当人同士も、またその将来を安定させたいと思う嵯峨院にとっても、女三の宮と若宮はかなり近しい存在として意識されているといえる。

「さとし」記事の直前、若宮立坊が現実味を帯びてきたところで、女三の宮が「あやしうさとしがち」であるとの報を聞いた嵯峨院は不安を抱いていた。それはもちろん女三の宮の体調を心配する一面もあろうが、恐らくそれだけではない。嵯峨院から見れば、若宮と女三の宮は同母姉弟で、ともに母から取り残された存在であり関係は近しい。また、女三の宮は斎宮という要職にある。嵯峨院の不安は、斎宮である女三の宮の不例にあるというよりも、その原因が若宮立坊と関係しているのではないかという点にあろう。

逆にいえば、若宮立坊に向けて姉である女三の宮の果たす役割を嵯峨院は期待しているのではないか。後一条帝が譲位すれば、女三の宮は帰京する。斎宮としての任を終えて帰京した女三の宮は、母のない若宮にとって重要な庇護者となるはずである。

若宮立坊という微妙な局面にあって、女三の宮が斎宮の任を恙なく終えることは不可欠であるし、今後を見越しても若宮の支えとなる女三の宮を欠くことはできない。女三の宮の存在は若宮立坊、そしてその後、東宮の立場を保つための要なのである。

三、天照神にとっての女三の宮　――託宣という切り札――

若宮にとって女三の宮が重要であるがゆえに、嵯峨院が斎宮の「さとしがち」なことを苦慮するという場面について述べてきた。では、それに続く託宣は一体どのようなものであったのだろうか。繰り返しになるが託宣場面を検討する。

天照神の御けはひ、いちじるく現れ出給て、常の御けはひにも変りて、さださだとのたまはする事どもありけり。「大将は、顔かたち、身の才よりはじめ、この世には過ぎて、ただ人にてある、かたじけなき宿世・有様なめるを、おほやけの、知り給はであれば、世は悪しきなり。若宮は、その御次々にて、行末をこそ。親をただ人にて、帝に居給はんことはあるまじきことなり。さては、おほやけの御ために、いと悪しかりなん。やがて、一度に位を譲り給ては、御命も長くなり給なん。このよしを、夢の中にも、たびたび知らせたてまつれど、御心得給はぬにや」などやうに、さださだとの給はすること多かりけれど、あまりうたてあれば、漏らしつ。かかるよしを、しのびて、大とのにも内裏にも奏せさせ給へるに、聞き驚かせ給こと限りなし。若宮の御事をぞ、誰も心得ずあやしう思しける。大殿、上などの御心の中ぞ、言ひつくすべき方なきや。「あらたなる神の御心寄せ」とは、さだかに聞きながらも、「あまりさるまじき程のことは、行末もいかが」と、恐ろしき方もさまざま心静かならず思さるれば、かう聞き給て後は、思ひ寝にや、夜をならべて、帝の御夢にも、殿の御夢にも「とく、かはり居させ給はずは、悪しかりなん」とのみ、うちしきり御覧ずれば、いと心あはただしう思し召されて、まづ、我御皇子にならせ給て、八月、御国譲りあるべき定めになりぬ。

（巻四　四二五―六）

次節で扱うが『狭衣物語』における神の言葉としては、いくつかの夢告げが挙げられる。源氏の宮を斎院に差し出すことを要求したり、出家の決意を固めた狭衣を引き留めたりといった場面が代表的であり、基本的にその夢告げを得るのは堀川の大殿であった。しかしここでは、「天照神の御けはひ、いちじるく現れ出給て、常の御けはひにも変りて、さださだとのたまはする」のであって、神懸かりに近い形で天照神の言葉が示される。この斎宮の託宣については、次の出来事との影響関係が予てより指摘されている。

頭弁、宣旨を持来たる。〔或は定むべき事、或は勘宣旨。〕覆奏文有り。（中略）『斎王十五日、離宮に着き給ふ。

十六日、豊受宮に参り給ふ。朝間、雨降る。臨夜、月明らかなり。神事了りて十七日に離宮に還り給ふ。内宮に参らむと欲するに、暴雨大風、雷電殊に甚だし。（中略）斎王の御声猛しく高きこと喩ふべき事無し。御託宣に云はく「寮頭相通は不善なり。妻も亦、狂乱。（中略）帝王と吾と相交わること糸の如し。当時の帝王、敬神の心無し。次々に出で給ふの皇も亦、神事を勤むること有らむ歟。降誕の始、已に王運の暦数を定む。然而、復、其の間の事有り。〔延縮の間歟。〕百王の運、已に過半に及ぶ。件の相通并びに妻、神郡を追遣るべし。…」（中略）「斎王の奉公の誠、前の斎王に勝る。然而、此の事に依りて、過状を進らしめよ。読申すべし。」（中略）又、関白の御消息に云はく「相通を配流する託宣のこと、諸卿をして定申さしむべき歟。如何。」報じて云はく「託宣已に明らかなり。疑慮無かるべし。凡人に寄託するに非ず。斎王に寄託して託宣し給ふ事、往古未だ聞かず。恐怖せしめ給ふべき也。最も信じ給ふべき事也。只、託宣に任せて行なはしめ給ふべき者也。若し公卿の定に及ぶべきの宣旨を下さるれば、託宣の疑有るに似るべき乎。

（『小右記』長元四年八月四日[13]）

長元四年、斎宮嫥子女王がアマテラスの託宣を受けたという記事である。託宣の主旨は斎宮寮頭である藤原相通とその妻の配流を要求するものであるが、それ以外にも天皇との関係や斎王のあり方など、内容は多岐に渡った[14]。その詳細については省略するが、波線部のように託宣が先例のないものと受け止められたこと、またこの託宣どおりに藤原相通とその妻が伊勢を追われたことは事実である。

翻って『狭衣物語』を見てみれば、その託宣内容は伊勢の問題に留まらない。天照神が伝えるのは、今後の帝の配置であり、現在の東宮をとばして狭衣に譲位すべきこと、狭衣の即位なくして若宮の立坊や即位はあり得ないことを主張する。

ここで注目すべきは、天照神の意向が漏らされたのは、斎宮に対してだけではないという点である。むしろ、「斎宮への託宣」は最後の選択肢として用いられたかのようで、「夢の中にも、たびたび知らせたてまつれど、御心得給はぬにや」とあることからすれば、天照神ははじめ夢告げという方法を採っていたと受け取れる。だが、それは正しく伝わっていない。後一条帝や堀川の大殿は天照神の言葉の十分な受け取り手になれないのである。

なぜ「斎宮への託宣」が天照神の意向を示す第一の手段になり得ないのだろうか。その一番の理由は、秘事がどこまでも漏洩していくことにあろう。長元四年の事件は一応、秘事として扱われたが、伊勢側の要職にある人々のほとんどが事件を知っていたであろうし、それが京に届き、対応が決まるまでの間に多くの人が介在することになる。嫥子女王の事件からそう遠くない時期に、次のように勅撰集に入集していることは、最終的にこの事件が広く人口に膾炙したことを端的に示す。

長元四年六月十七日に、伊勢の斎宮の内の宮にまいりて侍りけるに、にはかに雨降り、風吹きて、斎宮みづから託宣して祭主輔親を召しておほやけの御事など仰せられけるついでに、たびたび御酒めして、かはらけたまはすとてよませたまへる　（伊勢大神宮）

さか月にさやけきかげの見えぬれば塵のおそりはあらじとを知れ

御返りたてまつりける　祭主輔親

おほぢ父むまごすけちか三代までにいただきまつるすべらおほん神

（『後拾遺和歌集』巻第二〇　雑六　神祇　一一六〇—一一六一）(15)

翻って『狭衣物語』を見れば、女二の宮は「かかるよしを、しのびて、大とのにも内裏にも奏せさせ給へる」と、秘事であることを理解して奏上してはいるが、この内容は帝、堀川の大殿だけでなく、堀川の上や嵯峨院の耳にも届いている。

天照神は、女三の宮という斎宮として「さとし」をよく受け止める存在を有しながら、それをすぐには用いなかった。その理由を「秘事の漏洩」という点に求めるとすれば、更に「その託宣はだれのものか」という問題が派生する。人外の存在である天照神に漏洩を憚る理由は本来ない。初めから斎宮を通した天照神の託宣として下せば良かったのである。それをまず帝と堀川の大殿に伝えたのは、秘事を秘事としたままに皇統を正したいという天照神の意向があったからではないか。

秘事、すなわち天照神が隠さなければならないと判断した情報は、「親をただ人にて、帝に居給はんことはあるまじきことなり」という一節に他ならず、だからこそ託宣を知った人々は「若宮の御事をぞ、誰も心得ずあやしう思しける」という感想を抱く。若宮出生の秘事が知られてもっとも攻撃を受けるのは本来、狭衣であるはずだが、堀川の大殿も堀川の上もその行末を案じるばかりで責める気配はない。結果、天照神が切り札として用いた斎宮の託宣は、ほとんど危険を伴うことなく受け止められ、秘事は秘事のままに狭衣帝が誕生する。

「近き世に、かかる例も殊になきことなり」と、おほやけを謗りたてまつるべきやうもなければ、「猶、いかなる事にかあらん」と、言ひ悩む人多かるに、道理をたどり知らぬ女などは、高きも短さも、「ただ、時時見たてまつらん事の絶えぬこと」と、思嘆くさま、世に亡くなり給らん人のやうに、あまりゆゆしきまでぞありける。（巻四　四二六）

「託宣」という本来はいかがわしい、疑われて然るべきものが、いとも簡単に世に受け入れられた背景について、井上氏は斎内親王である女三の宮の出自を取り上げている。

女三宮は、狭衣帝の斎宮として狭衣王権の中に組み込まれているが、父嵯峨院や母皇太后宮の願いを体現させた存在としても注目される女宮であろう。そして、それゆえに「天照神」の託宣について有無を言わさず真偽を不問とした斎王であったのである。(16)

世の人々は「おほやけを誇りたてまつるべきやうもなければ」と、狭衣即位の異例さを議論の俎上にのせることができずにいた。井上氏が指摘するように、皇太后腹の内親王という出自の斎宮であること、そして若宮の皇統復帰が父院、母宮の願いであることは「託宣」という事象の怪しさを差し引いても余りある説得力を持っていた。斎宮による託宣という天照神の切り札は最上の効果を発揮して、その無理を押し通させたのである。

四、斎院・源氏の宮との役割分担 ――「さとし」「告げ」のあり方から――

ここまで斎宮である女三の宮の来歴、嵯峨院が若宮と女三の宮を近しい存在と見、立坊と結びつけて伊勢をうかがっていた可能性、そして狭衣即位に纏わる「斎宮の託宣」が天照神にとっても秘事漏洩の危険と紙一重の切札であったことを論じてきた。結局、女三の宮が天照神の託宣を受け取ったことは大きな問題にならず、狭衣即位は世に受け入れられる。

「天照神の託宣」は、『狭衣物語』における超常現象の一つと捉えてよいと思われるが、そうした人外からの働きかけは、巻一の天稚御子の降臨を除けば、実は多く賀茂の神がもたらしてきた。狭衣即位にあたってのみ、その意向を示すのが天照神であり、それを受け止めるのが斎宮であったのはなぜだろうか。ここで改めて、斎院としての源氏の宮について神との交信という観点から考察していきたい。

宮の、御夢に、あやしう物恐ろしき様にうちしきりて見えさせ給を、「いかになりぬべきにか」と、人知れず心細く思さるれど、「かくこそ」などは、母宮などにも申させ給はで過させ給に、殿の中に、おびただしき物のさとしどもあれば、物問はせ給に、源氏の宮の御年当らせ給て、重く慎ませ給べきさまをのみ、あまた申ければ、いと恐ろしう思し召して、さまざまの御祈りども、心殊に始めさせ給。殿の御夢にも、賀茂よりとて、禰宜と思しき人参りて、榊にさしたる文を源氏の宮の御方に参らするを、我もあけて御覧ずれば、

「神代より標引き結ひし榊葉を我より前に誰か折るべき

よし心見よ。さてはいと便なかりな」と、たしかに書かれたりと、見給ひて、驚き給へる心地、いと恐ろしう思されて、母宮・大将などに語り聞えさせ給へば、聞き給心地、なかなか心安うぞなり給ぬる。

（巻二　一九四）

源氏の宮は、賀茂の神から直接、指名を受けて卜定する。源氏の宮自身も夢告げを受けるが、それを言い出すことはなく、点線部、堀川の大殿が賀茂の神の意向を受け止め、従う役割を果たす。堀川の大殿を通じて示された神意は、源氏の宮の斎院卜定にあたって生じるいくつかの問題（既に臣籍降下していること、本来は斎宮・斎院のどちらに選ばれてもおかしくないこと）を飛び越して実現させるだけの力を有する。

「光失する心地こそせめ照る月の雲かくれ行ほどを知らずは

さるは、珍しき宿世もありて、思ふことなくもありなんものを。とくこそ尋ねめ。機能の琴の音あはれなりしかば、かくも告げ知らするなり」とて、日の装束うるはしうして、いとやんごとなき気色したる人の言ふと、見給て、うち驚き給へる殿の御心地、夢現とも思し分かれず。「いかなるかたざまぞ」と、思ひ続け給ふに、「ただ大将の御事ぞ」と、心得給ふに、物のおぼえ給はず、をそはれ給へる気色のいみじきを、うへも、「いかなる御事ぞ」と思し騒ぐにも、とみにえぞ聞え給はぬ。とばかりありて、からうじて、「しかじか夢と

もなく見えつるは、いかなることにか」と、語り聞え給を、上の御心地、まいて世の常ならんやは。（中略）「疾く尋ねよ」と、賀茂の御神の教え給ひつるに慰みにて、装束などし給て、まづ堀川の院へぞおはしける。

（巻四　三四一）

狭衣のいる場所をも教えてもらい、狭衣出家という一大事を回避する。

右は、狭衣が出家しようとしている場面で、ここでも堀川の大殿に夢告げが届く。和歌を得るばかりでなく、殿の御賀茂詣で近うなりぬれば、舞人にさされたる殿上の若君達など、心ことに思ひ急ぎたり。大将殿には、ありし御夢の事など、うへぞ、くはしう語り給ける。「げに、さしも、たしかに御覧じけんよ。しづめ難き心の中を、おぼしも咎めで、強ゐて憂き世にあらせまほしう思すらん神の心有難き」ものから、かたがたにつらき方にぞすすみ給ける。参らせ給ふ日の事どもなど推し量るべし。「いつ、いかなりし御願ども、果させ給にか」と、御社の神人どもも驚くに、「神も、いとど心殊に、まぼり育み聞え給て、夢の中に告げ知らせ給ひけん、行末の有様も、おぼしをきつるに違わず」と返々申あぐる声つ（き）、いと頼もしげなれど、みづからの御心の中には、

神もなをもとの心をかへり見よこの世とのみは思はざらなん

（巻四　三四八）

狭衣の出家を留めた堀川の大殿は、願果たしに賀茂へ参詣する。堀川の大殿は晴れやかであるが、出家を挫折させられた狭衣は不満げであり、必ずしも賀茂の神の意向と狭衣の願いが一致してはいないことが明らかである。賀茂の神は、しばしば夢告げによって要求をする。そもそも源氏の宮卜定においては堀川の大殿がその意向の読み手として行動し、また巻四の冒頭においては逆に堀川の大殿の願いに応じて賀茂の神が協力しているかのようである。狭衣の守護神であると同時に、堀川の大殿とこそ関わりが深いのが賀茂の神である。

堀川の大殿と結び付く賀茂の神を想定した時、源氏の宮が斎院に卜定されたのは極めて自然な成り行きであろう。物語の論理の中では、源氏の宮は先帝の皇女であること以上に、堀川の大殿家の娘として賀茂の神に差し出されたのである。賀茂の神と堀川の大殿との間に源氏の宮が入ることによって関係はより強固になる。むしろ堀川の大殿にとって最も良い道が選ばれているのは、源氏の宮を斎院として奉ったという実績によるのかも知れない。

院は、「いづくなりとも、一日も隔てていかでかは」とのみおぼつかなげに、思ひ聞えさせ給へるを、ことはりに心苦しうて、「尼にならざらん限りは、いかでかおぼつかなき程には侍らん。行末の事を思ふぞ口惜しうは」など、慰め申給ながら、「今はとならん命の程、みたてまつるまじきぞかし」と、思すは、忍び難くて、今より思し續くるに、早う伊勢へ下りし折のこと、故院、泣く泣く、別れの櫛もえ挿しやらせ給はざりし程の事など、ほのぼの思し出づるに、いと物あはれに思されけり。（巻二　一九六）

源氏の宮を取り込んだ賀茂の神は、同時にその養母・堀川の上をも奉仕させることとなる。先述のとおり、堀川の上は皇女であり、何より斎宮経験者である。右は源氏の宮の斎院卜定が決まったあとの場面であるが、ここで堀川の上は「別れの櫛」を思い出している。「別れの櫛」とは、斎宮が伊勢に下向する際、天皇自らに櫛を挿してもらう重要な儀礼であり[17]、斎院に対しては行われない、言わば斎宮の特権である。しかし、『狭衣物語』に登場する「別れの櫛」はここ一例のみで、女三の宮の下向に際して語られることはない。「別れの櫛」という極めて重い意味を持つ儀礼が、斎宮経験者である堀川の上を通じて、源氏の宮に引き寄せられていると見ることはできないだろうか。

「なめげなる心の程は、来し方・行末も限りなく思ゆるを、露ばかり思し咎めず、かうあるまじき様にさへしなし給へる神の御心は、思へばかたじけなく、有難く」思しられ給を、一方しも見え難うのみしない給にけるのみぞ、なほさらに恨めしう思えさせ給。上の御社に御祓つかうまつるにも、「過ぎにし年、たて給し御願かなひ給て、今日参らせ給たるさま、今より後、百廿年の世を保たせ給べき有様」など、聞きよく言ひ続くるは、「げに、天照神達も耳たて給らんかし」と聞えて、頼もしきにも、さしも、ながうとも思し召さぬ、御心の中には嬉しかるべくぞ聞かせ給はざりける。

八島もる神も聞きけんあひも見ぬ恋ひまされてふ御禊やはせし

そのかみに思ひし事は、皆違ひてこそはあめれ」とぞ、思し召しける。（巻四　四四五）

源氏の宮のいる斎院が、斎宮、ひいては天照神と接近していることが明白に顕れるのは、物語も終盤の巻四、狭衣が斎院へ行幸する場面である。既に即位した狭衣は、斎院にいながら「天照神達も耳たて給らんかし」と思う。斎院が、広い意味で神と繋がる空間になり、『狭衣物語』においてかなり独自の意向を持っていたはずの天照神との交信を感じるのである。本来、この「八島もる」の語は『源氏物語』の次の歌と響き合うはずである。

出でたまふほどに、大将殿より例の尽きせぬことども聞こえたまへり。「かけまくもかしこき御前にて」と、木綿につけて、「鳴る神だにこそ、

源氏《げんじ》八洲もる国つ御神もこころあらば飽かぬわかれのなかをことわれ

思うたまふるに、飽かぬ心地しはべるかな」とあり。いと騒がしきほどなれど、御返りあり。宮の御をば、女別当して書かせたまへり。

女別当《にょべっとう》国つ神空にことわるなかならばなほざりごとをまづやたださむ

大将は、御ありさまゆかしうて、内裏にも参らまほしく思せど、うち棄てられて見送らむも人わろき心地したまへば、思しとまりて、つれづれにながめゐたまへり。（『源氏物語』賢木②九一—二）

右は光源氏が伊勢に下ろうとする六条御息所の娘に詠みかけたものである。『源氏物語』においては斎宮との関わり、すなわち伊勢のアマテラスを表したはずだが、狭衣が規定する「八島もる神」は、狭衣の歌においては天照神、賀茂の神（あるいはそれ以上の「八百万代の神」たち）を含んだ表現となっている。(18)

賀茂の神に奉仕する斎院である源氏の宮は、まず何よりも堀川の大殿の娘として求められている。意向を汲み、行動する役割は堀川の大殿が担っているために、源氏の宮自身に要求されることは少ない。「さとし」「告げ」を受けるのは卜定される時だけで、その後は平穏な奉仕の時間を過ごすことになる。狭衣即位にあたっても、斎院として果たす役割があるわけではない。

しかし、だからといって斎院としての源氏の宮が疎かにされているわけではない。実態はむしろ逆で、堀川の大殿と堀川の上の娘として傅かれる源氏の宮は、斎院空間の価値上昇に寄与していよう。狭衣を呼び込み、斎院空間を盛り立てる機能は、その就任から狭衣即位以後まで引き続く。先に見た通り、狭衣即位の決定打は「斎宮への託宣」に他ならない。しかし、堀川の上を通じて「別れの櫛」という斎宮の表象をも纏う源氏の宮は、最終的に天照神とも交信できる場として斎院空間を作り上げるのである。それが自覚的なものでないとしても、同じ神域という点で斎宮と斎院をまるで互換性のあるかのような場にしてしまったことは重要な意味を持っていよう。斎宮が「託宣」という極めて特異な手法で天照神と交信したという過程は、斎院空間で天照神にも文句を言えてしまう狭衣によって「そのかみに思ひし事は、皆違」ってしまったという結果の中に回収されるのである。

おわりに ——女三の宮の「移動する」行末に向けて——

女三の宮という特殊な斎宮の事跡、そしてその特異さを回収してしまう斎院空間について論じた。天照神の託宣によって即位したという事実は、狭衣自身によって「神々の頼もしさ」という漠然とした把握の中に収斂していき、女三の宮はもう登場しない。狭衣の即位という素晴らしい結末の前に女三の宮も天照神も沈黙するだけのようである。譲位があれば斎宮は退下するはずだが、それが記されることもない。しかし、この沈黙は女三の宮の役割の終幕と捉えてよいものだろうか。

天照神は「斎宮への託宣」によって狭衣即位を実現した。斎宮を通じてそれが為されたことの綻びは、次の場面に顕れている。

嵯峨の院にも待ち受けさせ給て、いかがはなのめに見たてまつらせ給はん。かうては、いとど、内裏のうへに、露ばかり違ひ聞えさせ給へる事もなきを、「あるまじう、天照神もほのめかし給けん事も、あるやうありけるにこそ」と、思しよる方様にも、こ宮の御ためぞいとおしかりける。例の作法に、はいしたてまつり給て、入道の宮の御方には、ただ参りて候ひ給ぞあはれなるや。忍びて、ありつる文参らせ給を、かかることもほのぼの聞え出でて、うちささめき、怪しがる人、多くなりにたるに、いとど、さまざまに物思し嘆く事いみじきに、今日の御様は、いとど、異人（と）さへ思え給はぬ面影の、はづかしささへわりなうて、御覧ずべきやうもなきに、まして、今日しも、あはれそへさせ給べきにもあらず。

（巻四　四四九—五〇）

元服した若宮の姿を見て、嵯峨院は天照神の託宣を思い返している。ここに至って、天照神の言葉が嵯峨院のもとへも届いていたことがわかるが、ここで託宣が漏らしてしまった秘事に嵯峨院が気づくことは重要であろう。若宮立坊は嵯峨院の悲願であったけれども、若宮と狭衣の類似に託宣を重ね合わせて、少なくとも若宮が我が子でないことを知るのである。もちろん、それで愛情が冷めるわけではないが、実は狭衣と藤壺女御の間に皇子が誕生したことによって新たな問題が生じている。

かくて、藤壺の女御、御気色ありとて、院の中、所なきまで、法師も俗も、世にあるかぎりは立ち込みて、ゆすり満ちたるに、（中略）「いと平らかにて、男御子にて」と、聞かせ給御心地、おろかならんやは。まいて、めに近う御覧じ扱ひ聞えさせ給堀川の院の御気色、ことはりも過ぎて、限りなき、女御の御幸いと見えたり。一品の宮の姫君の御事をだに、世中の人は知らねば、ただ、これを始めたる事と思ふに。「いみじうとも、若宮の御おぼえは、今は、いかにぞ」「坊に居給はん事も、さはいふとも、まことの当帝の今上一の宮をば、えをし聞え給はじ」など、まだしきに、聞きにくく定め聞えさするを、嵯峨院には、「げに、いかが」と聞かせ給ぞ、をこがましきや。この宮の御愛しさのなのめならんにてだに、うちうちの事知らせ給はぬ、御心どもには、げに、行末も、思おとし聞えさせ給難げなる御気色どもなり。（巻四　四三九―四〇）

狭衣帝の女御のもとに生まれた皇子は正真正銘の一の宮であり、堀川の大殿と堀川の上に養育される。世の人は若宮に変わって一の宮が立太子する可能性を口にする。東宮争いという火種が示されていよう。

天照神が敢えて託宣を下したのは、若宮立坊が現実味を帯びた時、父を「ただ人」にしておくことが「おほやけの御ため」にとって良くないと判断したからである。「おほやけの御ため」に皇統を是正することが天照神の意向であり、若宮の出生の秘事を暴露することが目的であったわけではない。だからこそ、最初は帝や堀川の大殿に夢告げを行い、「斎宮への託宣」はそれらが効を為さなかったが故の最終手段として用いられたものである。

天照神の意向は正しく伝えられ、狭衣即位によって望ましい皇統が繋がれ、天照神がとった手段は全て最良の目が出ているといえる。しかし自身の御代を見つめる狭衣が「頼もしきにも、さしも、ながうとも思し召さぬ」（巻四　四四五）以上、東宮争いという火種はすぐにも噴出しかねない。

描かれないことではあるが、恐らく女三の宮は後一条帝の譲位にあたって退下することなく、伊勢に斎宮として留まっている。しかし、狭衣帝が譲位すれば、あるいは物語の末尾が仄めかすように嵯峨院の崩御があれば、女三の宮は帰京する。それは、斎院空間に回収されたはずの天照神との交信の場が、女三の宮を通じてもう一つ都に出現する可能性を持っているのではないだろうか。確かに、斎宮を退下した女三の宮に天照神が託宣を下すかどうかはわからない。しかし、一度、託宣を下されたという事実は厳然としてあり、しかもそれは狭衣即位に関わった多くの人々に知られていることである。長元四年の例を鑑みれば、細かい内容はともかくも託宣があったという事実だけは世の人に広く知られているかもしれない(19)。

『狭衣物語』が描いた時点まで、女三の宮は伊勢に留まり移動することはない。しかし、託宣を受けた経験を有する女三の宮が帰京すれば、その行方は衆目の興味を引こう。託宣に登場した若宮が皇統から排除されるような局面にあれば、なおさらその動静は重要になる。堀川の大殿が斎宮経験者を妻として得、狭衣を世に顕現させたところが『狭衣物語』の始原であるとすれば、女三の宮が京に戻ってきた時、若宮を姉として支援するのか、父院の子でないことを理由に距離を置くのか、あるいは堀川の上のように母として新たな役割を獲得するのか、女三の宮自身がほとんど物を語らないだけに可能性は複数ある。確かなことは、斎宮という限りのある任に就いている以上、永遠に伊勢に留まることはできないこと、そして狭衣即位に寄与した斎宮の必然的な「移動」が、伊勢から京へという再びの「流離」が、さまざまに波紋を投げかけざるを得ないことである。

女三の宮は、ともすれば斎宮に選ばれた時点で退場したかのようであり、託宣を通じて存在感を回復するものの、後一条院の後宮に入った女一の宮、出家した女二の宮の落ち着きとともに再び希薄な存在になっていく。しかし、『源氏物語』が秋好中宮を描いたように、退下した後の斎宮の行方は決して切り捨てられる問題ではない。ましてや『狭衣物語』は託宣という得難い経験を有した斎宮を描き出している。物語はこれ以後を語らないが、京から伊勢、伊勢から京へという遙かな移動を終えたのちの女三の宮は、その行方が取りざたされる女宮となっていよう。逆に言えば、伊勢在任中の斎宮を重要な存在として描き出した「託宣」という事象は、その女三の宮を伊勢に留め置いたまま物語を閉じるしかないほどの影響力を持っていたといえるのである。

注

（1）『延喜式』の書き下しは、虎尾俊哉編『延喜式上』（集英社）による。

（2）たとえば円融朝から白河朝までの斎宮十二人のうち実に半数の六人が女王である。もちろん斎院に女王が少ないのはよく知られるとおりであるが、内親王がいても女王が卜定されることがあるのは平安中期から末期のこの時期である。

（3）譲位の意向を漏らす後一条帝に助言を求められて、堀川の大殿は「坊に居給べき親王のおはせぬを、「いかなることにか」と、おぼし嘆けり。」（巻四　四二三）と思い巡らす。親王の少なさは物語の冒頭から明らかではあったが、嵯峨院の若宮以外に新たな男皇子の誕生がなかったことがその傾向に拍車をかけたといえる。

（4）催馬楽の引用は『新編日本古典文学全集』（小学館）によった。

（5）『源氏物語』の引用は『新編日本古典文学全集』（小学館）により、一部私に改めた。

（6）薫と大君は八の宮供養の場面で「（薫）あげまきに長き契りをむすびこめおなじ所によりもあはなむ」「（大君）ぬきもあへずもろき涙の玉の緒に長き契りをいかがむすばん」（総角⑤二二四）という歌を交わしている。組み糸の意の「総角」が催馬楽「総角」を喚起するという重層的な構造である。

（7）なお、物語の運び（一条院の死去に伴って改めて女三の宮が卜定されたかのような語り）からいえば、後一条帝の即位に際して他の斎宮が選ばれていたはずであり、しかもその斎宮は一条院の死が退下理由になるような立場でなければならない。考えられるのは後一条帝の異腹の姉妹だが、それを想定する材料はない。ここでは語られない前斎宮の存在があることに言及のみしておく。

（8）三条朝斎宮当子内親王（中宮娍子腹）や後朱雀朝斎宮良子内親王（皇后禎子内親王腹）などいないわけではないが、既に女一の宮を斎院として出していながらここで再び妹が卜定されるというのは珍しい。あるいは、上記の母后たちが決して確かな後見を持たない存在であったことを考えれば、后腹の内親王を斎宮に出すことの意味は変化するかもしれない。一文字昭子「王朝物語における皇女たち」（『中古文学』六二号　一九九八・一二）も参照。

（9）これまでの物語で斎宮を明らかに描いてきたのは『伊勢物語』と『源氏物語』であろう。『伊勢物語』は在任中の斎宮との密通の物語を、『源氏物語』は退下後の斎宮の行方を描いている。『狭衣物語』の女三の宮は、伊勢在任中、それも恋でも密通でもない物語を紡いでいる点で極めて特異といえる。拙稿「『伊勢物語』狩の使章段と日本武尊――「斎宮と密通」のモチーフをめぐって――」（本書第一部第一章）参照。

（10）井上「『狭衣物語』の斎宮――託宣の声が響く時空の創出に向けて――」（後藤祥子編『王朝文学と斎宮・斎院』竹林舎　二〇〇九）。

（11）堀川の大殿の臣籍降下については不審が多い。堀川の上が斎宮であったという問題を取り込んで物語前史としての密通事件を見る説もある（三谷栄一『日本古典文学大系　狭衣物語』「解説」）。同腹の一条院、嵯峨院が帝位に就き、堀川の大殿だけが臣下となっている点は今後も考えるべき課題であるが、その代償として狭衣を手に入れ、後には狭衣帝の父として皇統に復帰することからすれば、臣籍降下には皇統から外される以上の意味があるようにも思われる。天照神の言葉からすれば若宮がいずれ帝位に就くのは確約されているかのようだが、若宮の将来は未だいくつかの可能性を残していることを指摘しておきたい。

(12) 嵯峨院の女一の宮もまた若宮の姉としているはずだが、その誕生時に遠く離れていたこと、また後一条帝に入内していることを考えれば関係性は深くなく、今後の展開如何によっては若宮に不利に動く可能性があることも指摘しておきたい。

(13) 本章では詳しく長元四年の事件を載せている『小右記』を史料として用いた。この他『左経記』や『大神宮諸雑事記』などにもそれぞれの視点から同事件を載せている。

(14) 深澤徹「斎宮の二つの顔——長元四年の「伊勢荒祭神託宣事件」をめぐって——」（斉藤英喜編『アマテラス神話の変身譜』森話社　一九九六）、井上眞弓「天照神信仰——社会的文脈を引用することば——」（『狭衣物語の語りと引用』笠間書院　二〇〇五）、岡田荘司「伊勢斎王神託事件」（後藤祥子編『王朝文学と斎宮・斎院』竹林舎　二〇〇九）等参照。

(15) 勅撰集に長元四年の事件に纏わる歌が載った背景については、後藤祥子「後拾遺和歌集「神祇」冒頭歌の背景」（上村悦子編『論叢王朝文学』笠間書院　一九七八）参照。

(16) 注10井上論文。

(17) 『延喜式』のころの「別れの櫛」儀式次第は失われており、いつからどのような目的で始まったものかは判然としない。『江家次第』には次のようにある。「次主上御盥、此間司着大極殿座、（中略）蔵人持候笏式并斎王額櫛筥等、此櫛先仰作物所、以黄楊木令作、長二寸許、入金銀蒔絵筥、（方一寸）松折枝并鶴等蒔之、（中略）天皇以櫛刺加其額勅、京乃方仁趣支給不奈」（巻第一二　斎王群行）、「京の方に趣（赴）き給ふな」という言葉についても諸説あるが、こうした言葉をかける儀式が斎院に当てはまらないのは自明である。帝から直接、役目を受け取る儀式ともいえる「別れの櫛の儀」は斎宮の重要さを保証するものとなろう。『源氏物語』や『大鏡』等にも重い意味を持つ「別れの櫛」は描かれている。拙稿「平安の櫛と扇をめぐって」（河添房江編『王朝文学と服飾・容飾』竹林舎　二〇一〇）および本書第一部第五、十章参照。

(18) この歌には次の場面が踏まえられている。「宮司、参りて、御祓つかうまつるは、神々しく聞ゆれど、大将殿は、晝の御有様のみ心にかかり給て、

御禊する八百萬代の神も聞け我こそさきに思ひ初めしか
と思すは、後めたなき御兄の心ばへなり。」（巻三　三〇四）。

(19) なお鈴木泰恵「〈声〉と王権」（『狭衣物語／批評』翰林書房　二〇〇七）では、女二の宮が狭衣の即位を受け止める「かかることもほのぼの聞こえ出でて、うちささめき怪しがる人、多くなりにたるにいとどさまざまにもの思し嘆くこといみじきに、」（巻四　四四九―五〇）を引いて、託宣事件が世に漏れ聞こえていることから、若宮と狭衣の関係も漏れる可能性があり、更には「なんともいかがわしい事態に、あれこれと批判を加える人々の〈声〉が立ち上がらないとも限らない。となればそこに、狭衣の王権／皇権も著しく相対化されかねない契機が生じてくるのではないか。」と指摘している。

第十三章　平安後期物語から見る大津皇子の物語の展開

はじめに

折口信夫は『死者の書』の中で、死者として姉の歌を聴く大津皇子を描いた。

を、さうだ。伊勢の国に居られる貴い巫女――おれの姉御。あのお人が、おれを呼び活けに来てゐる。(中略)
うつそみの人なる我や。明日よりは、二上山を愛兄弟と思はむ
誄歌が聞えて来たのだ。姉御があきらめないで、も一つつぎ足して、歌つてくれたのだ。其で知つたのは、おれの墓と言ふものが、二上山の上にある、と言ふことだ。／よい姉御だつた。[1]

後述するように、大津皇子は『日本書紀』や『古今和歌集』真名序の言説を通じ、日本の詩賦の始祖として古代社会の中に存在を留めていた。更に、『萬葉集』の中にも、詠み手として、また題材として大津皇子は存在している。石川郎女をめぐる草壁皇子との三角関係や大津皇子の死を悼む人々の思いは歌として『萬葉集』に遺され、悲運の皇子の物語を形作ってきた。[2] 中でも、大津皇子の姉・大伯皇女の歌は、伊勢神宮への奉仕者という立場ながら、弟との深い結びつきと哀しみが詠まれ、当人の歌以上に大津皇子の苦悩を喚起させる。

本章で試みたいのは、この大津皇子をめぐる物語的想像力に、どのような可能性があったかを検討することである。大津皇子に関わる一連の歌や言説は、大津皇子について語らねばならないという欲望、あるいは必要に迫られており、現代の我々もまた折口と同じように大津皇子の物語を想像し続けている。[3] 本章では、平安時代に語られた大津皇子の物語の断片を手掛かりに、特に同母姉・大伯皇女との関係を中心に検討する。平安の仮名文学の空間から視線を投げかけ、大津皇子をめぐる物語の可能性を探ってみたい。

一、平安後期物語に見る「大津の王子」

平安時代の人々が、大津皇子について何を語り、物語化したかは明らかでない。もちろん、『日本書紀』をはじめとするいくつかのテクスト――それらは平安時代において極めて信頼度の高いテクストである――によって、大津皇子が知られていたことは確かである。だが、そうした歴史の一端としての人物評を超えたところで、大津皇子をめぐる物語が作られ、享受されていた可能性がある。『狭衣物語』の一節を引用する。

いとかばかりの心ならば、世《よ》にあるべうも思《おぼ》えぬを、我ながら慰《なぐさ》め侘《わび》給て、①大津《おほつ》の王子《じ》の心の中《うち》をさへ推《お》し量《はか》り給て、②秋《あき》の月《つき》（または「神《かみ》の調《つき》」）は、程《ほど》なくこそ慰《なぐさ》め給つれ、これは、御命《いのち》の限《かぎ》りにさへあれば、「生《い》ける我身の」と言《い》ひ顔《がほ》なる行末《ゆくすゑ》は、例《ためし》だになきに思こがれ給はむ。

（巻二　一九八）[4]

『狭衣物語』の主人公・狭衣大将（以下、狭衣）は、慕い続ける従妹の源氏の宮が斎院となったことに対して①「大津の王子の心の中」と比較しながら自身の恋の行く末を憂う。この「おほつの王し」（以下、物語名として「大津の王子」を用いる）について、『日本古典文学集成狭衣物語』（新潮社）の頭注は次のように述べる。

「大津の皇子」は、散逸物語の名であり、主人公の名でもあろう。悲劇の皇子大津の皇子の短い生涯を物語化したものか。皇子は、天武帝の御子、帝の崩御の後、謀反の罪で死を賜ったが、一目姉の大伯皇女に逢いたいと伊勢に下り、姉斎宮と再会、涙の別れをしたことは『万葉集』の贈答で名高い。その場面が『狭衣物語』の本文に関連するらしい。「秋の月」は不詳だが、あるいは大津の皇子が秋の月を仰いで姉斎宮を恋うる場面などが『大津の皇子物語』にあったものか。

平安時代に作られ、散逸した物語は多い。ここでの「大津の王子」もまた、歳月の中で失われた物語の一つであろう。『古今和歌集』真名序は大津皇子について次のように語る。

自大津皇子之。初作詩賦。詞人才子。慕風継塵。移彼漢家之字。化我日域之俗。民業一改。和歌漸衰。

（大津皇子の初めて詩賦を作りしより、詞人才子、風を慕ひ塵に継ぐ。かの漢家の字を移して我が日域の俗と化す。民業一たび改りて、和歌漸く衰へたり。）

こうした伝承が読まれていた時代に、『狭衣物語』に引かれた「大津の王子」が、歴史上の大津皇子と無関係であったとは考えがたい。『狭衣物語』に先行する時期に、大津皇子に関する仮名文字の物語があったのである。

「大津の王子」物語の内容の検討の前に、同じく平安後期物語である『浜松中納言物語』にも次のような一文があることを示しておく。

木丁をしやり給へれば、（中略）かかれる髪《かみ》のかんざしよりして、言《い》ふ限《かぎ》りなふ清《きよ》げにかほるばかりに、にほひのいみじううつくしげなるほど、「おほえの皇子《わうじ》のむすめの王《わう》女の、秋の月によそへられけんは、かうこそありけめ」と、たをたをとやはらかに、なまめかしはしきもてなしなど、さまざまめでたしと見《み》えつる御有さまどもにもをとらず、いみじう目《め》もおどろかれぬるを、

（巻四　三七〇）

本文に大きな揺れがあるが[5]、石川徹氏が「まず間違いなく、『大津の王子物語』の同一場面をさす[6]」とし、また小島雪子氏が「大津の姉であり、伊勢の斎宮でもある大伯皇女との、または大津と恋の歌を交わしながら草壁皇子が心を寄せていたことが知られる石川郎女をも併せたような女性との恋の物語であったのかもしれない[7]。」と想定するように、『狭衣物語』に登場した「大津の王子」と同様の物語があったと考えられる。この場面は、主人公である中納言が、唐后の異母妹である吉野姫を見てその美しさを評するところであるが、『狭衣物語』と「秋の月」という表現が一致する。後述するが、女性を「秋の月によそへ」る例は、平安時代の物語文学を見渡しても珍しい。だからこそ、同時代の読み手が共有できる著名な場面であったことがうかがえる[8]。

平安後期物語の世界で一定の評価を得ながら消えてしまった「大津の王子」はどのような物語だったのだろうか。また、平安の人々にとっても歴史的人物であり、謀反という重大事を背景に持つ大津皇子は、どのような物語の中に存在することが可能であったのだろうか。

二、狭衣の恋

改めて、『狭衣物語』が「大津の王子」を用いて思いを述べる場面を分析したい。先掲の引用箇所は、狭衣に寄り添って、斎院になった源氏の宮への断ちがたい恋情を語っている。「大津の王子」では、王子の心は「程なくこそ慰め」られるが、対する狭衣の恋（「これは」と比較的に焦点化される）は、「御命の限りにさへあれば」どうしようもないと苦しむという文脈である。妹背のように育ち[9]、今は斎院になってしまった源氏の宮への恋情と対比されるのであるから、やはり「大津の王子」もまた何らかの叶わない恋に悩んでいたことが想定でき、更に狭衣がどこまでも恋の叶わなさに苦しむのに対し、「大津の王子」の恋は「慰め」を得ていることが注目される。「秋の月は、程なくこそ慰め給つれ」の本文を採るとすれば、『浜松中納言物語』で用いられたように「秋の月」は女の喩であろう。「秋の月（によそえられる女）は、程なく（大津の王子の心を）お慰めになったが」と解せるのである。あるいは、「（大津の王子の）秋の月（への恋）は、程なく（王子が自分で）慰めなさったが」という解釈もあろうが、やはり「程なく」慰められる恋と、「命の限り」慰むことのない恋が対比されていることは事実で、狭衣に諦めるという選択肢があるならば想定されることのない時間的制限を見ることができる。「大津の王子の心の中さへ」という言い回しからも、大津の王子の恋が軽いものであったとは考えにくい。狭衣の恋心に匹敵する辛い恋であり、しかも諦めでないかたちで慰めを得た物語であったと解すべきだろう。

狭衣と源氏の宮の関係は、本来、恋愛に支障のない従兄妹であるが、両親を始めとする周囲の人々に「一つ妹背」と規定されたことによって、狭衣は彼女に強引に迫ることができないでいる。恋情を仄めかすことはあるものの、源氏の宮に入内の話が持ち上がっても手を拱いていたところに、賀茂神の託宣による斎院卜定が決まり、入内回避に安堵しつつ、新たな障害が生まれたことに葛藤しているのが当場面である。斎院と妹背という二つながらの障害が「大津の王子」の連想を引き寄せたとすれば、そこに登場すべきヒロインもまた神域と妹背と、二つの禁忌を抱えていよう。「秋の月」によそえられた女性は、やはり大伯皇女をイメージして造型された、王子の姉妹（あるいは姉妹相当）にして神域にある女性と見たい[10]。大津皇子の恋はこの女性によって慰められたのである。

狭衣の恋の様相をもう少し確認していきたい。新たに生じた障害である源氏の宮の斎院卜定をめぐっては、賀茂の神自身の意向が強く働いている。

殿の御夢にも、賀茂よりとて、禰宜と思しき人参りて、榊にさしたる文を源氏の宮の御方に参らするを、我

もあけて御覧ずれば、

「賀茂神《賀茂神》神代より標引き結ひし榊葉を我より前に誰か折るべき

よし心見よ。さてはいと便なかりな」と、たしかに書かれたりと、見給ひて、驚き給へる心地、いと恐ろしう思されて、母宮・大将などに語り聞えさせ給へば、聞き給心地、なかなか心安うぞなり給ぬる。

（巻二　一九四）

源氏の宮の保護者である堀川の大殿（狭衣の父）の夢に、源氏の宮を斎院として奉るよう要求する賀茂の神の歌が届く。この話を聞いた狭衣は、内心、傍線部「なかなか心安う」と受け止める。源氏の宮が入内してしまう事態よりも、斎院として囲い込まれる方が都合が良いと彼は思うのである。源氏の宮自身にも、次のように今まで抑制してきた自分を主張する。

過ぎにし方、悔しきをも、え忍び給はで、

「狭衣神垣や椎柴がくれ忍べばぞ木綿をもかくる賀茂の瑞垣

「さりとも、思し召し知るらん」とこそ思つるを。浅ましかりける御心ばへにこそ、身もいたづらになり侍りぬべけれ」とて、せきもやらぬ涙に、「何故か、いたづらにもなり給はん。いとど恐ろしうわりなし」と、思して、うち泣き給へるけわひなどの近まさりする、いとど、来し方・行末のたどりも失せて、

（巻二　一九七―八）

傍線部の歌が吐露しているように、狭衣にとって、源氏の宮は本来いつでも自分のものになった存在である。決して結ばれないと自己規定しつつ、一方で常に所有可能であったという矛盾は、狭衣自身の意志を超えたものとして意識される。当場面周辺には、斎院を決定する確かな夢告げのほかにも神の意向に関する言葉が散見され、特

に狭衣は、自分の行動を見る神を感じざるを得ない。

「光るとはこれを言ふにや」と、見えさせ給も、「神は、いかが、見放ち聞へさせ給はん」と見ゆれば、まいて、大将の御心の中、ことはり也。（同一九九―二〇〇）

やがて、げに、神の、狂はし給にや、思ひもあえず、暗き紛れに、あまた立てたる几帳に紛れ寄りて、御衣の裾を引きとどめ給へり。（同二〇〇）

「…つらう、くちをしき心の中をば、神いかに御覧ずらん。かくのみ思えんは、我身はかばかしきことあらじかし」と、身づからだにことはりに思されて、いと物恐ろし。（同二〇二―三）

二人の間には神が介在していることを、狭衣は意識する。神に憚って世を傻むこともあれば、こうして恋情が抑えきれない状況もまた神の意向かもしれないと思い直す。源氏の宮をめぐって起きる矛盾した思いや行動を神に預けてしまう認識ではあろう[11]。

斎院卜定から渡御を描く当場面で、神に譲ってしまったという思いと、神の意向があったから結ばれなかったという思いと、狭衣は二方面に葛藤している。「一つ妹背」であるから手が出せないという物語冒頭以来の葛藤は、神域という新たな禁忌を加えて複雑に展開してしまったといえよう。だが、この妹背と神域の禁忌が「大津の王子」と狭衣を隣接させたのである。

三、大伯皇女と兄妹婚

狭衣と大津皇子を繋ぐものを、妹背と神域という二重の禁忌への恋と仮定した時、問題となるのはやはり大津皇子がその禁忌を乗り越えて「慰め」を得たという点だろう。狭衣には乗り越えられず、大津皇子だけが禁忌の先に歩を進めたとするならば、その原動力は何だろうか。先に結論めいたことを述べてしまえば、そこには「秋の月」が大津の王子を「慰め給」という主体的な行為、ヒロインの意志があったと考えたい。

大津皇子と関わった女性として、大伯皇女のほか、石川郎女や妻であった山辺皇女が挙げられる。[12] 特に石川郎女については、草壁皇子との確執が謀反の原因となったとも読めるような歌が『萬葉集』に載せられており、十分に物語性を有する。[13] 一方の大伯皇女は、大津皇子との贈答がない。

大津皇子、竊かに伊勢神宮に下りて上り来る時に、大伯皇女の作らす歌二首
吾がせこを　倭へ遣ると　さ夜ふけて　鶏鳴露に　吾が立ちぬれし
二人行けど　去き過ぎ難き　秋山を　いかにか君が　独り越ゆらむ
（『萬葉集』巻二　一〇五―六）

大津皇子の薨ぜし後に、大伯皇女、伊勢の斎宮より京に上る時に作らす歌二首
神風の　伊勢の国にも　あらましを　なにしか来けむ　君もあらなくに
見まく欲り　吾がする君も　あらなくに　なにしか来けむ　馬疲るるに
（『萬葉集』巻二　一六三―四）

大津皇子の屍を葛城の二上山に移し葬る時に、大伯皇女の哀傷して作らす歌二首
うつそみの　人なる吾や　明日よりは　二上山を　弟と吾が見む
磯のうへに　生ふるあしびを　手折らめど　視すべき君が　在りといはなくに
右の一首は、今案ふるに、移し葬る歌に似ず。けだし疑はくは、伊勢神宮より京に還る時に、路の上に花を見て、感傷哀咽して、この歌を作れるか。
（『萬葉集』巻二　一六五―六）

右の三歌群六首が大伯皇女の全作歌であるが、全ての題詞が「大津皇子」で始まり、テーマも思いも一貫して

いる。多用される「吾」と「君」が、姉弟の結びつきの強さを表していよう。大伯皇女の歌は、大津皇子自身の歌よりも如実に彼の無念の生涯を映し出すのである。題詞は「伊勢神宮」「伊勢の斎宮」という大伯皇女の立場も主張する。最後の歌群の左注が「伊勢神宮より京に還る時」の大伯皇女を幻視するように、姉斎宮が悲運の弟皇子を恋う姿は既にイメージを形成している。個々の歌ではなく立ち上るイメージとして、大伯皇女は「弟のために詠う斎宮」なのだ。大伯皇女が「大津の王子」のヒロインであるとすれば、それは彼女が『萬葉集』の中で主体的に語り、思いを表明した人物として存在し、形成されていったイメージに依るのではないだろうか。

大伯皇女の歌を解する上で見え隠れする兄妹婚については、古代文学の中で数多く描かれている。同母兄妹の強い結びつきとしての狭穂彦とその妹皇后の物語[14]や、罪と認識しながら同母妹を妻とした軽皇子とその妹軽大娘[15]などが挙げられる。しかし、平安時代の物語については、兄妹婚は倒錯的にしか登場しない。『狭衣物語』[16]がまさに兄妹婚の変形であり、本来は従妹であるのに、兄妹のように育てられたから婚姻は結べないと考えるのである。平安時代の物語で兄妹婚の禁忌を犯すところまで描いたのは、『篁物語』くらいであろう。

『篁物語』では、同母兄妹でこそないが、兄と妹の恋が語られる。異母兄妹の恋がどこまで禁忌であったかという社会的位置づけは断定しがたいが、遅くとも平安中期には禁じられたものであった。『篁物語』の主人公・小野篁は、宮仕えのために習い事をする異母妹に、書を教えるように頼まれ、親しくなるうちに恋心を抱くようになる。妹の反応は、始めこそ次のようにつれなく返しているが、徐々に変化していく。

篁　なかにゆく吉野の河はあせななん妹背の山を越ゑて見るべく

とありければ、「かかりける」と心づかいしけれど、「なさけなくやは」とて、

妹　妹背山かげだに見えでやみぬべく吉野の河は濁れとぞ思ふ

歌としては拒否のかたちを取るが、男女関係にも反転しうる「妹背」という言葉をすでに用いており、以後も贈答が続く。二人の関係はなかなか進展しないが、結局、親の目を盗み、篁は妹と結びつく。関係を持つ直前の詠は次のようなものである。

篁　目に近く見るかいもなく思ふとも心をほかにやらばつらしな

と言ひければ、「人の御心も知らずや。

妹　あはれとは君ばかりをぞ思ふらんやるかたもなき心とを知れ

思ひくさなや」と言ひければ、少し心ゆきて、

篁　いとどしく君が嘆きのこがるればやらぬ思ひも燃えまさりけり　（三〇―一）

ここで確認したいのは、妹が、篁に対してきちんと応答している点である。成就しない兄妹婚の代表である『うつほ物語』のあて宮求婚譚における仲澄侍従などは、妹・あて宮から返信をもらうことなどほとんどない。[17]『狭衣物語』における源氏の宮も、狭衣の恋情には沈黙で応えることが多く、[18]恋する兄に拒否する妹という関わり方が読み取れる。内容が拒否であっても、歌を返してしまうこと自体が危険を伴っており、妹たちは不幸しか待っていない禁忌に参加することを拒んで詠み手にならないのである。

平安後期物語の段階[19]で、兄妹婚は禁忌としては残っているものの、乗り越える可能性の極めて低いものでしかなく、むしろ兄妹に見立てられた男女の間にこそ緊張を伴って語られるものであったと考えられる。かつては許されていた異母兄妹の婚姻が忌避されるようになる時代背景もあろうが、兄妹婚の禁忌が犯した者たちの死によって清算される、過剰なものとして描かれたことが大きな理由ではないか。狭穂彦や軽皇子は妹とともに死に、篁の妹は兄の子を宿したまま死ぬ。あて宮以後の、兄を拒否する妹たちは、そうした兄妹婚の不幸をなぞらない。仲澄だ

けが独り恋死する。兄妹婚の場合、不本意な結びつきが顕れないのも特徴だろう。兄妹婚の禁忌を犯すのは二人の問題であり、一方だけが恋情を募らせるような関わり方は恋として成就しない。だからこそ、あて宮も源氏の宮も拒否によって片恋で終わらせることができるのである。

兄妹婚の禁忌は、いくつかの悲恋を抱え込みながら、乗り越え得ないものとして平安後期物語に描かれている。「大津の王子」がそうした物語の潮流を乗り越えるとすれば、歌を詠むという行為を通じて主体的に弟と関わる『萬葉集』の大伯皇女の姿が反映されている可能性は高い。そして、大伯皇女の面影を背負うということは、その背景をも（平安の人々にとっての）古代へと遡らせることになろう。大津の王子を「慰め給」ヒロインである「秋の月」は、王子の恋情を受け容れる意志と、それが起きても許される時代性を背負って物語を展開させたと考えられる。

四、「秋の月」と大伯皇女

ここまで、大伯皇女の歌に見られる愛着から、兄妹婚の禁忌を犯す足がかりとしての、女の在り方を確認した。以下、まとめておきたい。平安中期以後の物語において、兄妹婚は女が反応しないことで戯れのまま、あるいは片恋のまま終わる。[20]数少ない肉体的に結ばれた兄妹婚の例として『篁物語』が挙げられるが、『篁物語』は兄と妹の間に十分な交流が行われており、女が拒否するという他の物語のあり方とは異なっている。妹の死によって犯された禁忌は清算されるが、死んだのちも妹は魂となって篁に思いを伝えるのであり、兄妹婚が男による一方的な犯しではなく、二人のものとして顕れていることがわかる。[21]こうした兄妹婚の系譜からいえば、大伯皇女の歌は常に大津皇子に向けて詠まれており、二人の関係をどこまで密通として読めるかという点を差し引いても、[22]二人の物語として成立する素地があることは指摘できる。

しかし、「大津の王子」における禁忌は、妹背だけでなく、神域の問題も含んでいた。兄妹婚の物語が喚起される大伯皇女の詠いぶりに加えて、彼女が斎宮であるという点も考えていきたい。ここでも、主体的に関わる女のあり方を見ることは有効なように思われる。

斎宮の恋を作り上げ、人口に膾炙させたのは、やはり『伊勢物語』狩の使章段である。『古今和歌集』にも類歌の載る次の段は、伊勢在任中の斎宮と密通した点で極めて特徴的である。[23]

むかし、男ありけり。その男、伊勢の国に狩の使にいきけるに、かの伊勢の斎宮なりける人の親、「つねの使よりは、この人よくいたはれ」といひやれりければ、親の言なりければ、いとねむごろにいたはりけり。（中略）二日といふ夜、男、われて「あはむ」といふ。女もはた、いとあはじとも思へらず。されど、人目しげければ、えあはず。使ざねとある人なれば、遠くも宿さず。女のねや近くありければ、女、人をしづめて、子一つばかりに、男のもとに来たりけり。（中略）明けはなれてしばしあるに、女のもとより、詞はなくて、

君や来しわれやゆきけむおもほえず夢かうつつか寝てかさめてか

男、いといたう泣きてよめる、

かきくらす心のやみにまどひにき夢うつつとは今宵さだめよ

とよみてやりて、狩にいでぬ。（中略）取りて見れば、

かち人の渡れど濡れぬえにしあれば

と書きて末はなし。その盃のさらに続松の炭して、歌の末を書きつぐ。

またあふ坂の関はこえなむ

とて、明くれば尾張の国へこえにけり。斎宮は水の尾の御時、文徳天皇の御女、惟喬の親王の妹。

（『伊勢物語』六九段　一七二―四）

ここでの斎宮は、男と逢うことを自ら選択し、自らやってくる。逢瀬は一夜限りであるが、歌を詠みかけるのも斎宮であり、男が自由に動くことはできない。斎宮と密通については、『日本書紀』にいくつかの記事が散見され、侵犯される可能性を抱えた禁忌として描かれてきたが[24]、狩の使章段では、周囲に憚るという点で禁忌としての認識はあるが、一方で傍線部「いとあはじとも思へらず」と語られるように、斎宮自身はその禁忌を乗り越えることができる。そしてこの密通は、男が去って行くという以上の悲恋を描かない。『日本書紀』で語られてきたような密通者への処罰や、死や出家を伴うような不幸を呼び込まない。歌語りである『伊勢物語』の性質による面も大きいが、狩の使という役職を離れられない男では、斎宮の禁忌に真に触れることがないからではないか。

改めて、『日本書紀』の斎宮の密通記事を見てみたい。

三年の夏四月に、阿閉臣国見、更の名は磯特牛。栲幡皇女と湯人の廬城部連武彦とを譖ぢて曰く、「武彦、皇女を汙しまつりて、任身しめたり」といふ。湯人、此には臾衛といふ。武彦が父枳莒喩、此の流言を聞きて、禍の身に及らむことを恐り、武彦を廬城河に誘へ率て、偽きて使鸕鷀没水捕魚して、因りて其の不意に打ち殺しつ。（中略）虹の起てる処を掘りて、神鏡を獲、移行くこと遠からずして、皇女の屍を得たり。割きて観るに、腹中に物有りて水の如く、水中に石有り。枳莒喩、斯に由りて、子の罪を雪むること得たり。

（『日本書紀』巻第一四　雄略天皇②　一五七―九）

二年の春三月に、五妃を納れたまふ。（中略）次に蘇我大臣稲目宿禰が女は堅塩媛と曰ふ。堅塩、此には岐拖志と云。七男六女を生む。其の一を大兄皇子と曰し、是は橘豊日尊とす。其の二を磐隈皇女と曰す。更の名は夢皇女。初め伊勢大神に侍へ祀る。後に皇子茨城に姧されたるに坐りて解かる。（中略）次に堅塩媛の同母弟は小姉君と曰ふ。四男一女を生む。其の一を茨城皇子と曰し、其の二を葛城皇子と曰し、其の三を埿部穴穂部皇女と曰し、其の四を埿部穴穂部皇子と曰し、更の名は天香子皇子。

（『日本書紀』巻第一九　欽明天皇②三六三―七）

七年の春三月の戊辰の朔にして壬申に、菟道皇女を以ちて、伊勢の祠に侍らしむ。即ち池辺皇子に姧されぬ。事顕れて解く。

（『日本書紀』巻第二〇　敏達天皇②四七七）

雄略朝の密通事件は冤罪であり、また相手も湯人という低い身分であるが、そのほかの欽明朝と敏達朝の斎宮がそれぞれ「皇子」と呼ばれる相手に密通されている点は重要である。斎宮の密通の危険性は、臣下の男ではなく、天皇に代わって神の恩恵を受けるかもしれない皇子が相手であるからこそ高まる。

「大津の王子」のヒロインが斎宮であったとすれば、「秋の月」という呼称により深い意味を見出すことも可能だろう。歌語としての「秋の月」について渡部泰明氏は次のようにまとめている。

『古今集』では、「白雲にはねうちかはし飛ぶ雁の数さへ見ゆる秋の夜の月」（秋上・一九一・よみ人しらず）など、秋の月は格段に明るいものとなり、（中略）『拾遺集』では、月歌はいっそう秋部に集中するようになり、月を見るなら秋だ、という観念が定着したことをうかがわせる。『新勅撰集』に藤原定家が自撰した、「天の原思へば変はる色もなし秋こそ月の光なりけれ」（秋上・二五六）は、秋こそが月を輝かせるという、秋の月の歌の本意をつきつめたような一首である。(25)

歌語としての「秋の月」はまず景としての役割が第一である。しかし、秋の月の鮮やかに光り輝くさまは、やはり象徴としても展開する。

延喜御時、八月十五夜蔵人所の男ども月の宴し侍けるに
ここにだに光さやけき秋の月雲の上こそ思ひやらるれ
藤原経臣
（『拾遺和歌集』巻第三　秋　一七五）

秋の月の強い光は宮中を照らし、天皇の権威とも結びつく。「秋の月」によそえられる女君は、単に輝くような美しさを言うに留まらず、帝の権威と響き合うもの、あるいは宮中を外側から照らしてしまうような危険な光を湛えているのではないだろうか。

狭衣と源氏の宮をめぐっても、秋の月は特別な意味を持つ。巻四、狭衣は天照神の託宣によって帝位に即き、狭衣帝となるが、結ばれることのない帝と斎院となった二人の間で秋の月をめぐる贈答が交わされる。

月のいと明き夜、端つ方におはしますに、隈なうさし入たるを御覧ずるにも、かの、「夜な夜な袖に」と、の給はせし御けはひ、まづ思し出られさせ給て、いみじう恋しう思へさせ給に、さやかなりつる月影も、やがてかき曇る、御覧ぜさせ給て、いとど心も空になりぬ。
狭衣《さごろも》恋ひて泣く涙にくもる月影は宿る袖もや濡るる顔なる（中略）
人づてに聞えさえ給はんも、あるまじき事なれば、
斎院《さいいん》あはれ添ふ秋の月影袖馴れておほかたとのみながめやはする
（巻四　四三二）

宮中と神域に隔てられた二人を共通に照らすものとして秋の月は詠まれていくが、狭衣帝が王権の座に着き、それを支える神域に妹として源氏の宮がいるという構図は興味深い。二人が眺める秋の月は、互いの光なのである。

「大津の王子」の心を慰めた「秋の月」は、王子の姉妹であり、また神域にある女性であろう。そして「秋の月」

によそえられる権威も有している。しかし、「王子」はやはり帝位にはない者の称であって、狭衣帝と源氏の宮のような一対になれた可能性は低い。立ち上がってくる物語はむしろ、歴史上の大津皇子が辿ったのと同様の、王権への挑戦と敗北だろう。二重の禁忌を越えて「秋の月」に慰められた王子は、それでもやはり王権を手に入れることはない。むしろ、禁忌を越えることのできなかった狭衣が、王権を手にして、手に入らなかった妹とともに秋の月として輝き合うのである。

おわりに

散逸物語である「大津の王子」と、『狭衣物語』狭衣と源氏の宮との恋を結び合わせながら論じた。狭衣は、大津の王子が選んだであろう禁忌侵犯の道ではなく、侵犯しないことで王権へと辿り着く物語を生きたのである。

大津皇子は、平安時代においても決して忘れられた人物ではない。『懐風藻』や『古今和歌集』真名序が優れた皇子の姿を伝えている。だが、仮名文学として、恋物語の中の大津皇子が伝えられた時、そのヒロインが大伯皇女であるとすれば、それは古いがゆえに新しい物語を築いたといえる。『狭衣物語』は、禁忌はそのままに神と共闘することで王権の側へ身を置く結末に至った。『伊勢物語』狩の使章段は、確かに斎宮侵犯の物語ではあるが、この侵犯はただ行われたのみで、禁忌が禁忌であることそのものへの挑戦にはなり得なかった。だが、「大津の王子」で、妹であり、神域にあった「秋の月」は王子を受け入れてともに侵犯の道を歩んだことが想定できる。狩の使章段では、二人の逢瀬は一夜限りのもので、男が一人尾張国へと向かうことで関係は終わる。(26) しかし、王子と秋の月が妹背といえるような関係であるとすれば、その関係がたとえ一夜だとしても、そのまま終わることはない。『篁物語』は妹の死を描き、狭穂彦や軽皇子は王権から追われて世を去った。どのような結末であるにせよ、それは弟の死に対して何もできなかった悲しみを詠む大伯皇女の一連の作歌とは異なる道を示しているのではないだろうか。こうして検討してみると、「大津の王子」の物語は、大津皇子ではなく、大伯皇女のためにこそあったように思われてくる。

妹背と神域とは、重要な禁忌の物語を築いてきたモチーフである。これらの禁忌は死と隣り合わせのものであり、乗り越えるには女の応答が不可欠だった。大伯皇女は、『萬葉集』において大津皇子を恋う歌を詠みはするが、その返歌はなく、声は届いていないのかもしれない。「大津の王子」の「秋の月」が、物語の中で王子を慰めることができたのであれば、大伯皇女の届かなかった声が時を経て届けられたといえよう。

『狭衣物語』は賀茂神をはじめとして、神々の声を描く。その中に、天照神の声を朝廷に届ける斎宮も登場する。この背景には、長元四年の託宣事件があり[27]、伊勢に大人しく過ごしてきた斎宮たちの躍動が見られるのが、平安後期物語の時代である。この躍動の中で、王権に向かって、あるいは執着する近親に向かって呼びかける斎宮として、大伯皇女が焦点化されたのではないか。冒頭で掲げた『死者の書』と同様に、大津皇子を愛した女性たちやその物語を読む人々の期待の中に、「大津の王子」の物語は立ち現れたと見て、本章を閉じたい。

注

（1）中公文庫、一九七四。
（2）石川郎女について論じる紙幅はないが、『萬葉集』巻二、大伯皇女の一〇五、一〇六番歌に続いて石川郎女と大津皇子の贈答、草壁皇子と石川女郎（郎女と同一人物と解したい）一〇七から一一〇番歌が続く構成は、不自然なほど我々に物語を「読ませる」ものである。

（3）都倉義孝「大津皇子とその周辺」（『萬葉集講座第五巻』有精堂　一九七三）、千葉宣枝「大津皇子歌物語」（『米沢国語国文』一〇　一九八三・九）、多田一臣「大津皇子物語をめぐって」（『古代国家の文学』三弥井書店　一九八八）、土佐朋子「巻八大津皇子歌の表現」（『古代研究』三八号　二〇〇五・二）等、大津皇子をめぐる一連の歌や詩から広く「大津皇子物語」を探ろうとする論考は多い。また原槇子「『萬葉集』の斎王――大伯皇女」（『斎王物語の形成』新典社　二〇一三　初出二〇〇八）では大伯皇女の面から論じており参考となる。

（4）校異①蓮空本「おほく」、竹田本「おほへ」、為家本・為明本「大津の皇子の大納言の心の内」。校異②諸本「秋の月」、新編全集（深川本）は「神の月」をあて、神事の月の間は大津皇子の存在が狭衣の心を慰めたと訳す。旧大系（内閣文庫本）では「神の調」として解する。

（5）その他、丹鶴本「おほくのわうし」、東北大本「おほくのわりし」。底本は「おほえ」となっているが、院政期の『五代集歌枕』二八一に大伯皇女の歌の載録があり、左注に「移葬大伴皇子於葛城二上山之時、大来皇子哀歌」と呼称についての大きな混乱を見ることができる。同じく壬申の乱に至る謀反を起こした大伴（＝友）皇子との混同も興味深いが、「大来皇子、大来皇女」として呼称的にも一対となる理解があった可能性が見えることを特に指摘しておきたい。

（6）石川（松村博司・石川徹校註、日本古典全書『狭衣物語』補註）。なお、『和歌色葉集』（寛文版本）に「大津のわれ」という物語名が見えるが、松尾聡『日本古典文学大辞典』は「散逸物語」項で後世の増補とする。

（7）小島「『源氏物語』と〈大津皇子物語〉」（『文芸研究』一二六　一九九一・一）。

（8）吉野姫の美しさの質について詳細に論じる紙幅はないが、姉である唐后には「光」を用いた表現が多く用いられている。異なる美しさと評されはするが（「唐国の后は又かかる御光にはあらず」巻五　四三五など）、今後、東宮妃として時めく姿を想定すれば、唐后と同様の王権の隣で輝く未来を予見することもできるのではないか。なお、秋に限定せず「月」に託して評される女君としては『源氏物語』朧月夜や『いはでしのぶ』一品の宮がいる。特に一品の宮の美は王権の光として認識される。三田村雅子「いはでしのぶの物語」（三谷栄一編『体系物語文学史 第四巻』有精堂 一九八九）参照。

(9)「ただ双葉より、露の隔てなくて、生ひ立ち給へるに、親達を始めたてまつりて、よそ人も、御門・東宮なども、一つ妹背と思し掟て給へるに、「われは我」と、かかる心のつき初めて」（巻一 三〇）。

(10) 先掲の『浜松中納言物語』は「おほえの皇子のむすめの王女」としている。誤写の可能性もあるが、「おほえの皇子」は「大兄皇子」すなわち天智天皇を当てる可能性があろう。何らかの物語的な組み替えが起きて大伯皇女が天智天皇の娘、大津皇子が天武天皇の子という従姉弟間の恋となったことも想定してみたい。

(11) なお、源氏の宮もまた神の存在を強く意識している。狭衣によって迫られる際に神に助けを乞うことで救われるのは、渡御の場面で複数回描かれている。狭衣と賀茂神との関係ははっきりしないが、源氏の宮は明らかに賀茂神の庇護下にある。

(12)「庚午に、皇子大津を訳語田の舎に賜死む。時に年二十四なり。妃皇女山辺、被髪し徒跣にして、奔赴きて殉る。見る者皆歔欷く。」（『日本書紀』巻第三〇 持統天皇③四七五）。

(13) 注2。このほか『懐風藻』は大津皇子について、「時有新羅僧行心。解天文卜筮。詔皇子曰。太子骨法不是人臣之相。以此久下位。恐不全身。因進逆謀。迷此詿誤。遂図不軌。嗚呼惜哉。蘊彼良才。不以忠孝保身。近此姧豎。卒以戮辱自終。古人慎交遊之意。固以深哉。」と、新羅僧の嘘によって短命で終わったことを嘆く。大津皇子の謀反の物語は幾重にも可能性が広がっている。

(14)「四年の秋九月の丙戌の朔にして戊申に、皇后の母兄狭穂彦王、謀反りて社稷を危めむと欲ふ。因りて皇后の燕居ましますを伺ひて、語りて曰く、「汝、兄と夫と孰か愛しき」といふ。是に皇后、問へる意趣を知らずして、輙ち対へて曰く、「兄ぞ愛しき」といふ。」（『日本書紀』巻第六 垂仁天皇①三〇七）。兄を選んだ皇后は、結局天皇を殺すこともできずに兄とともに死を選ぶ。

(15)「二十三年の春三月の甲午の朔にして庚子に、木梨軽皇子を立てて太子としたまふ。容姿佳麗しくして、見る者、自づからに感づ。同母妹軽大娘皇女、亦艶妙なり。太子、恒に大娘皇女に合せむと念し、罪有らむことを畏りて、黙したまふ。然るに、感情既に盛にして、殆に死するに至りまさむとす。爰に以為さく、「徒空に死せむよりは、罪有りと雖も、何ぞ忍ぶること得むや」とおもほし、遂に窃に通け、即ち悒懐少しく息みたまふ。」（『日本書紀』巻第一三　允恭天皇②一一五）。軽皇子は皇太子であったために、近親相姦の罪で追いやられたのは軽大娘の方であったが、結局、人臣の信頼を失って死ぬことになる。『古事記』では軽皇子の死に軽大娘も殉ずる。

(16)『浜松中納言物語』の吉野姫も、中納言によって妹として迎え取られる。「昔より「などかいもうとなどのおはせざりけん。いみじう思かしづき、おぼしき事をも言ひ語らひつつ、いかにうれしからまし」と、夜昼くちおしう覚えしを、まことの妹は限りありて、思ふままにもえ身に近う懸らざらましを、これはさま異にめづらしう限りなき思ひを交して」（巻四　三八五）と、近すぎる婚姻が忌避される傾向にある中で、「兄妹」という規定は彼らを束縛しつつ、却って制約を楽しませるものであった。

(17)「かくて、あて宮春宮に参り給ふこと、十月五日と定まりぬ。聞こえ給ふ人々、惑ひ給ふこと限りなし。その中にも、源宰相、御兄の侍従は、伏し沈みて、「ただ死ぬべし」と惑ひ焦られて、いみじう悲しきことども書き連ねて、日々に書き尽くし聞こえ給へり。御返りなし。」（あて宮　三五三）。あて宮は死を訴えかける兄に対しても返歌が少ない。『源氏物語』蛍巻で紫の上によって「うつほの藤原の君のむすめこそ（中略）しわざも女しきところなかめるぞ、一やうなめる」（③二一五）と批判されるあて宮であるが、歌を返さず、兄妹婚の話型には乗らないというあり方こそ、彼女を死や出家の結末から救ったといえる。

(18)「一つ心なる人に向ひたる心地して、目とどまる所に、忍びもあへで、「これは、いかが御覧ずる」とて、さしよせ給ふままに、／よしさらば昔の跡を尋ね見よ我のみ迷ふ恋の道かは／と言ひやらず、涙のほろほろとこぼるるをだに、「怪し」と、おぼすに、御手をとらへて、袖のしがらみ堰きやらぬ気色なるを、宮、いと恐ろしうなり給て、（中略）宮は、いとあさましきに動かれ給はず、同じ様にて伏し給へるを、」（巻一　五五―七）。源氏の宮は、狭衣の訴えかけに困惑し、伏してしまう。二人の間に十分な交流が描かれるようになるのは、狭衣即位以後といえよう。

(19)『篁物語』の成立については諸説ある。成立がいつであるにせよ、異母兄妹の恋さえ禁忌とされていた時期であることは確かだろう。遠藤嘉基『篁物語』解説（『日本古典文学大系』七七）、久保崇明編『篁物語・校本及び総索引』（『笠間索引叢刊』

二）、石原昭平・根本敬三・津本信博『篁物語新講』（『武蔵野注釈叢書』）等参照した。また『篁物語』の本文引用は日本古典文学大系（岩波書店）によった。

(20) 戯れのまま終わる例としては、『源氏物語』総角巻で匂宮が姉女一の宮に「若草のねみむものとは思はねどむすぼほれたる心地こそすれ」の歌を詠みかけ、対する女一の宮が「うたてあやしと思せば、ものものたまはず」（⑤三〇五）と反応する場面が挙げられる。匂宮が引く『伊勢物語』四九段は、「むかし、男、妹のいとをかしげなるを見をりて、／うら若み寝よげに見ゆる若草を人のむすばむことをしぞ思ふ／と聞こえけり。返し、／初草のなどめづらしき言の葉ぞうらなくものを思ひけるかな」と女の返歌があるが、その先は語られない。

(21) 妹の死後、二人は「篁泣き流す涙の上にありしにもさらぬあはの山かへる（ママ）」、「妹常に寄るしばしばかりは泡なればつひに溶けなんことぞ悲しき」と贈答を交わす。

(22) 大伯皇女と大津皇子との関係については、様々な論考がある。多田一臣『万葉集全解1』二〇〇九「勅許なく伊勢神宮に赴くことは禁じられていた。題詞の「竊」は、集中、多く密通などに使用。ここも、禁忌の冒しを意識する。」、柳本紗由美「『万葉集』における「大津皇子物語」――二つの「竊」をめぐって――」（『玉藻』四七号　二〇一二・二）「「竊」字に男女の関係をあらわす語が下接してはじめて密通の意味が生じるということである。よって①歌（大伯皇女歌）題詞「竊」は、密通や近親相姦が行われたことに対しての「竊」ではないということになる。」等。大津皇子・大伯皇女の姉弟恋という禁忌は、「竊」を過剰に読み解いていけばうかがえるが、表現上は否定される可能性を持つ。あくまで読み取れるという範囲に留まる語である。だが、現在の我々が読み取る以上、同様の享受があったこともまた考えられる。

(23) 斎宮の密通については、歴史上確かな例は多くない。むしろ『大鏡』や『栄花物語』が語る当子内親王の密通のように、斎宮経験者が退任後に引き合いに出される例の方が広く知られている。

(24) 斎宮と密通の歴史については、拙稿「古代日本における祭祀と王権――斎宮制度の展開と王権」（『アジア遊学　東アジアの王権と宗教』勉誠出版　二〇一二・三）および本書序参照。

(25) 『歌ことば歌枕大辞典』（角川書店）。「秋の月」の歌語としての検討については、紙幅の都合上簡単にまとめた。

(26) 本稿では扱えなかったが、『伊勢物語』狩の使章段が描く業平と斎宮の関係は、その裏側に惟喬親王と妹の恋になる可能性を秘めているのではないか。皇子が斎宮と結びつく可能性については、拙稿「『伊勢物語』狩の使章段と日本武尊——「斎宮と密通」のモチーフをめぐって——」(本書第一部第一章)参照。

(27) 拙稿「『狭衣物語』女二の宮の位置づけをめぐって」(本書第二部第十二章)参照。

第十四章　『浅茅が露』の始発部をめぐって
――退場する「斎宮」「皇女」――

はじめに

『浅茅が露』は、中世に成立したと考えられる王朝風物語の一つである。成立年代や作者がわからないこと、[1]また末尾が散逸していることもあり、研究史が厚いとは言い難い。しかし、『風葉和歌集』に十首の歌を入集しているのは、決して少ない数ではなく、[2]『風葉和歌集』成立前後の時代には、相応の評価を得ていたことがうかがえる。[3]『浅茅が露』の特徴として、煩雑な物語前史があり、それが謎解きのように明かされながら物語が進む点があげられる。特に、帝の寵愛を受けながら盗み出され、源中将との間に娘をもうけて死んだ大納言典侍の存在は、故人でありながら物語の中心にあるといっても過言ではない。男主人公として物語を動かすのは二位中将であるが、その二位中将や友人の三位中将が引き起こしていく恋もまた、大納言典侍を始めとする親世代の物語前史を回収していくに過ぎない。

本章では、この物語前史と深く関わりながらも、早々に退場を余儀なくされる常磐院の姫宮の役割について、『狭衣物語』からの影響を踏まえて考察していきたい。また、常磐院の姫宮に代わって二位中将と関係を持つ先坊の姫宮についても、その特異な位置づけとともに考えていきたい。

一、常磐院の姫宮

『浅茅が露』は、亡き大納言典侍を偲び、譲位を思う帝の姿に始まる。二位中将の以後の恋の原動力となる常盤院の姫宮は、その大納言典侍と帝との間に生まれ、母が盗み出された後は中宮に引き取られている。常磐院を中心に、本章に関わる登場人物を中心とした簡単な系図を次に掲げる。

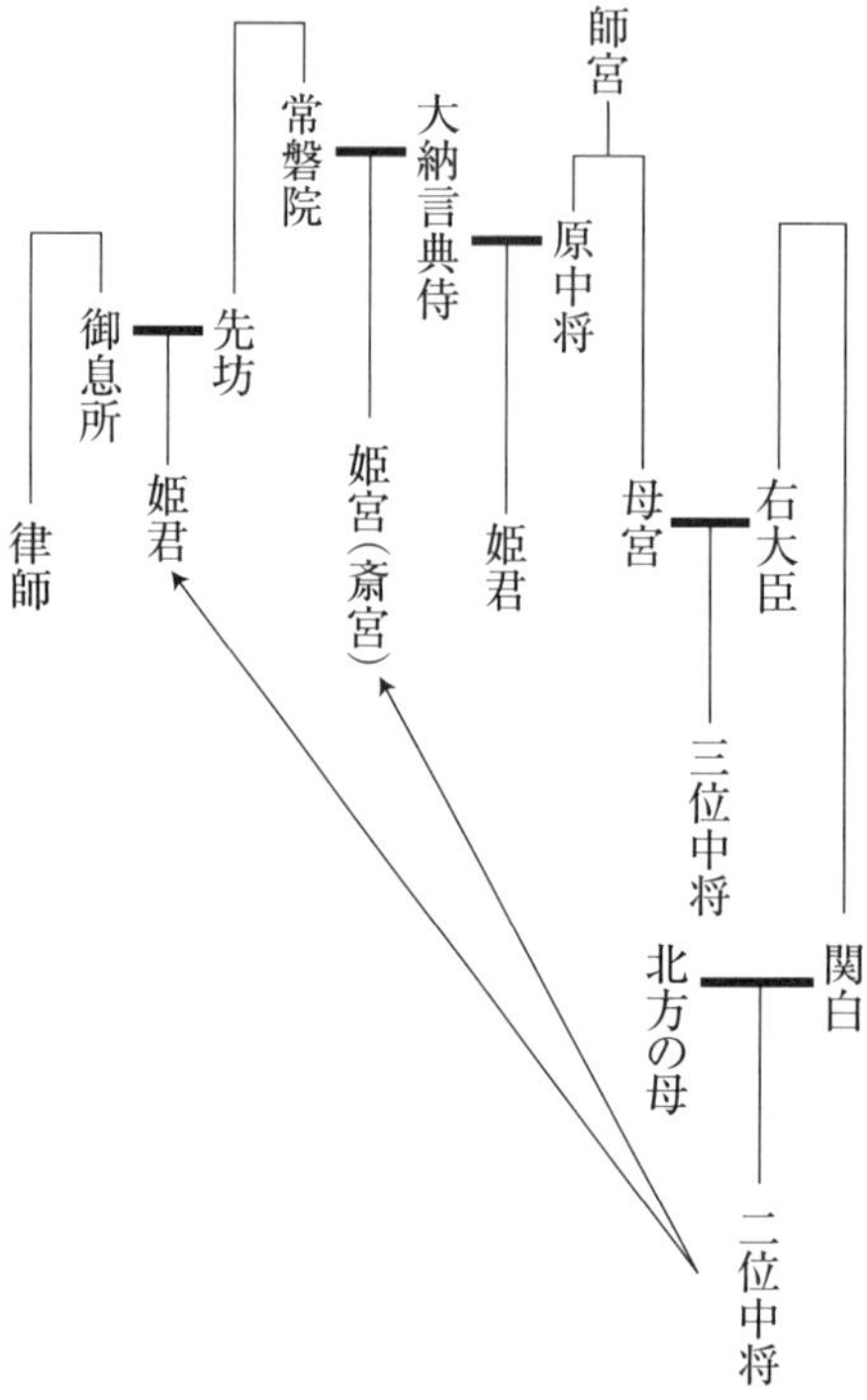

常盤院の姫宮と二位中将は、幼なじみとして育っており、その過程で恋心が抱かれる。まずは、その恋心の発端を見ておきたい。

姫宮の、母君のおはせずなり給ひたるを、中宮にも、春宮の御類またもおはしまさぬに、さうざうしとて、迎へとり奉らせ給ひたるに、世に知らずうつくしき御有様を、思しめしかしづき奉らせ給ふに、おのづから生ひたたせ給へば、この君達も、御幼おひのままにもえあらず、姫宮のおはします折は、御前にも参り給はずなるを、さるは、うしろやすからぬ心もつきそめ給ふを、疎くなる御簾のうちももの恨めしく、何のあやめもなく御雛遊びなどにまじらひ給ひしほども恋しく、もの嘆かしげなり。

思ひあまり、母上にも憂へきこえ給へば、大殿も聞き給ひて、心のおよすけにけるもうつくしく思して、中納言の、内の御気色とり給ふ。さやうにもと思し掟てつる筋なれば、わが世も残り少なきに、母方とても、おのづから思ひうしろむべき人もなき有様に、中宮の思し育まんばかりをよすがとすべき人なれば、大殿などさやうにおもむけられんにことよせて、許してんと思すべし。（『浅茅が露』一七六―七）[4]

傍線部、大人になって会うこともままならず、幼い日の雛遊びが思い出される。『伊勢物語』筒井筒から、『源氏物語』の夕霧と雲居雁の恋、『狭衣物語』の狭衣と源氏の宮などの影響下にある、幼なじみの恋であろう。しかし、ここには親の反対という障害は描かれない。二位中将の懇願に従って両親が動き、姫宮の父である帝も、「さやうにもと思し掟てつる筋」、もともと降嫁を考えていた姫宮だからと承諾する。中宮に育てられているとはいえ、典侍腹であり、後ろ盾もないという境遇であるからの選択だが、親による障害がない代わりに、父帝の譲位に伴う新たな障害が登場する。それはもちろん、斎宮卜定である。

院は、御本意とげさせ給ひて、常盤にめでたくておはします。斎宮も降りさせ給ひぬれば、御代はりには、先坊の姫宮居させ給へるに、母御息所、にはかにわづらひて隠れさせ給ひぬれば、さるべき宮おはしまさぬによりて、院の姫宮立たせ給ふに、二位の中将、あながちに思ひ離れよとなり給へる標のうちの御有様、神の代の契りも羨ましく思ひ続けられ給ふに、

（『浅茅が露』一八一）

もともと、斎宮候補は別にあった。『浅茅が露』内の皇女は多くないが、先坊に姫宮が遺されており、恐らく一度卜定を受けてから、母御息所の死を受けて退下したものと考えられよう。姫宮降嫁を、父帝の譲位後としたことが悲恋の一因である。潔斎を終えて下向の日、二位中将は次のように常盤院の姫宮を思う。

まことや、斎宮は伊勢へ下らせ給ひしかば、同じ都のうちにてだにあらで、はるけきなかを思ひやり給ふ御心には、心の闇にまよひける人も羨ましく、「しるべする世人あらじかし、

身を捨てて入りやしなまし鈴鹿山昔を恋ひし後をたづねて」

などのみ、ながめわび給ふ。

（『浅茅が露』一九五）

この傍線部「心の闇にまどひける人」「しるべする世人あらじかし」、点線部「昔を恋ひし後をたづねて」には、当然『伊勢物語』六九段、あるいは『古今和歌集』が意識されていよう。

業平朝臣の伊勢国にまかりたりける時、斎宮なりける人に、いとみそかに逢ひて、またの朝に、人やるすべなくて、思ひをりけるあひだに、女のもとよりおこせたりける

よみ人知らず

君や来し我や行きけむ思ほえず夢かうつつか寝てか覚めてか

返し

業平朝臣

かきくらす心の闇に惑ひにき夢うつつとは世人さだめよ

（『古今和歌集』巻第一三　恋三　六四五―六）

「昔を恋ひし…」は、語句としてではなく、『伊勢物語』を昔物語と認識して出てきた言葉であろう。また、『伊勢物語』の業平歌は、「かきくらす心のやみにまどひにき夢うつつとは今宵さだめよ」で、『古今和歌集』の「世人」が「今宵」になっている。言葉としては「世人」がある『古今和歌集』との一致が強いが、「しるべする世人」は、六九段に関する中世的な言説の中で出てくる言葉といえよう。

むかし、男ありけり。その男、伊勢の国に狩の使にいきけるに、かの伊勢の斎宮なりける人の親、「つねの使よりは、この人よくいたはれ」といひやれりければ、親の言なりければ、いとねむごろにいたはりけり。朝には狩にいだしたててやり、夕さりはかへりつつ、そこに来させけり。かくて、ねむごろにいたつきけり。二日といふ夜、男、われて「あはむ」といふ。女もはた、いとあはじとも思へらず。されど、人目しげければ、えあはず。使ざねとある人なれば、遠くも宿さず。女のねや近くありければ、女、人をしづめて、子一つばかりに、男のもとに来たりけり。男はた、寝られざりければ、外の方を見いだしてふせるに、月のおぼろなるに、小さき童をさきに立てて人立てり。男、いとうれしくて、わが寝る所に率て入りて、子一つより丑三つまであるに、まだ何ごとも語らはぬにかへりにけり。男、いとかなしくて、寝ずなりにけり。つとめて、いぶかしけれど、わが人をやるべきにしあらねば、いと心もとなくて待ちをれば、明けはなれてしばしあるに、女のもとより、詞はなくて、

君や来しわれやゆきけむおもほえず夢かうつつか寝てかさめてか

男、いといたう泣きてよめる、

かきくらす心のやみにまどひにき夢うつつとは今宵さだめよ

とよみてやりて、狩にいでぬ。（略）

（『伊勢物語』六九段　一七二―四）

『伊勢物語』では、傍線部のように、「小さき童」が先導者となって斎宮を導く。六九段を描いた絵などにも採られる有名な場面であるが、童を「先に立たせ」る姿は、まさに『浅茅が露』の「しるべする」という表現と一致する。著者を源経信と伝える『和歌知顕集』(6)は、この「小さき童」を「よひとのまへ」という名の少女と解し、更に後の女流歌人、伊勢であるとする。(7)もちろん、業平の年齢を考えれば時代の合わない話ではあるが、『古今和歌集』と『伊勢物語』との間にある「世人さだめよ」と「今宵さだめよ」との差を、「世人」を特定の人物として読むことで解消しようとする言説があったのではないだろうか。「しるべする世人」という唐突な表現も、当時の『伊勢物語』受容の中では不自然なものでなかったと考えられよう。二位中将の呟きは、そうした『伊勢物語』六九段の逢瀬をありありと思い浮かべながら引き出されたものといえる。

しかし、この『伊勢物語』の斎宮章段への傾倒は、言葉の上でのみ描かれ、二位中将はそのあり方を羨むだけで行動に移すことはできないでいる。この態度は「身を捨てて」の歌が常磐院の姫宮に届くことなく、「ながめわび給ふ」と独詠で終わることに象徴的であろう。

この常盤院の姫宮の造型には、やはり『狭衣物語』の源氏の宮の投影があると考えられる。幼なじみへの恋情、聖域に囲い込まれることで生まれる禁忌など、類するモチーフを抱えている。しかしながら、常盤院の姫宮は、ほとんどその内実を描かれることがない。物語の始発部こそ、父帝に勧められて琴を弾く姿が語られるものの、母である大納言典侍の資質を受け継いではいないような語りである。(8)『狭衣物語』において源氏の宮は、あくまで狭衣大将の理想の女君として聖域に在り、恋情は拒みながらも斎院として狭衣大将の即位を支えた。だが、常磐院の姫宮にそうした役割はなく、憧憬の対象のまま、始発部で伊勢へと退場してしまう。

二位中将は『伊勢物語』の業平像を意識しつつ、伊勢という「はるけき」空間を越えることのできない自分を詠むが、そもそも卜定から下向までの間には、足かけ三年の長い潔斎期間がある。しかし、『浅茅が露』では、宮中での初斎院、野宮で過ごした時間は何一つ語られず、常盤院の姫宮はあっという間に下向していく。二位中将との交流も姫宮自身の意志も語られず、下向する日の二位中将の「入りやしなまし」という願望をのみ描いて、二人の関係は途絶えるのである。

二、先坊の姫宮

常盤院の姫宮が卜定されてから下向するまでの空白期間、実は別の女性と二位中将の恋が語られている。その相手は、本来ならば斎宮となっていたはずの、先坊の姫宮である。常盤院の姫宮の造型が極めて薄く、かつ卜定以降の姿が全く見えないことと、先坊の姫宮の役割との間には、密接な関係があると思われる。まずは、先坊の姫宮と二位中将の恋の様相について見ていく。

先坊のおはします所は三条高倉なれば、這ひわたるほどなり。御息所は、御心深く心にくき人に言はれ給ひしかば、姫宮なども心にくくもてなしきこえ給ふを、候ふ女房などもゆゑなからぬほどにて過ぎ給ひしかば、内よりも御約束あり、さるべき人々の我はと思ひあがりたるは聞こえわたるもありしかど、さらにさやうの筋には思しかけぬよし、のたまひしに、二位中将は近きほどにて、折々聞こえわたり給ひて、（中略）まめやかに聞こえわたり給ふに、なびかぬ人なき世のさがなるを、また御心癖ぞ、必ずよその思ひには気遠からぬやうはなく、これをよすがと定むべうはおぼえ給はずやあらん、忍びたるさまにのみもてなし給ひて、間近

きほどながら、待ち遠にのみおはするを、（略）

（『浅茅が露』一八二—三）

家が近く、もともと交流があったことが語られる。しかし、関係ができたのは先坊の姫宮の母である御息所の死後である。生前の御息所の、先坊の姫宮に対するもてなしは、常盤院の姫宮の対極にある。入内の可能性もありながら、「さやうの筋には思しかけ」ず、つまり皇女として未婚の生き方を課せられていた。しかし、庇護者たる御息所が喪われて後に、二位中将と関係した先坊の姫宮は、正式な妻とも扱われず、夜離れがちな二位中将に悩まされ、病臥する。

頼め給へる夜な夜なも、必ずおはすることもなきものから、風うち吹くに、御格子、妻戸などの鳴るにも、今や今やと心をくだきつつも、むなしく明けぬれば、枕も流るばかりにて、起きも上がり給はず。（中略）見奉る人は、「御物の気などのするにやあらん。ものを思し入るたよりには」など言ひて、母御息所の御兄人、醍醐の座主の御弟子にて律師といふ、このほど京におはすと聞きて、消息聞こえたれば、おはしたる。

（『浅茅が露』一八五）

体調の優れない姫宮を心配して、女房が加持のために律師を呼ぶ。この律師は母方の伯父にあたり、姫宮に残された唯一の後見人である。しかし、律師は母御息所の望んだあり方とは反対の過ちを起こすのである。

夕暮れには経読み給ふに、まことに尊く、もの思ひの慰めともなりぬけべければ、「京におはせんほどは、かくて」など聞こえて、五、六日にもなるに、あはれをもうち語らひ給ふ御けはひ、有様、なつかしうあはれにのみおぼえて、いかにぞや、あらぬ心のつきぬるは、かつは憂しと思ふものから、人しげからずのみもてなし給へる御あたりなれば、夜更くるままに、経を読む心もあくがれまされば、うち置きて、中の障子をやはら開くるに、いつもまどろまれ給はぬに、ふと、さにこそと思す。いともの恐ろしく、そぞろなる目を見るべきにやと、やをら屏風のなかにすべり入り給ふを、引きとどめられぬるに、いとど心憂く、かなしく、泣き入り給へるに、静めあへぬ心のうちをもの恐ろしきまで言ひ続け思ひまどひたる気色の、わが心を尽くす人のかく訪はましかばと思ひくらべらるるは、もののおぼゆるにやと、我ながらうとましうぞおぼゆる。

（『浅茅が露』一八六―七）

律師は、姫宮に恋慕し、思いを遂げてしまう。姫宮は、「わが心を尽くす人のかく訪はましかば」、と律師と二位中将を引き比べて嘆く。一方の二位中将は、姫宮の病臥を知って訪ねるが、その際に律師と姫宮の関係を知り、姫宮との関係を諦めて帰ってしまう。しかも、「更けし夜の星の光のあやなさにつきなしとてぞたち帰りぬる[9]」と、関係に気づいたことを知らせる歌を贈り、姫宮は絶望する。そのまま病臥を続け、死に至るのであるが、死の直前、次のように描写される。

その後、人目ばかりもえつくろひし給はず、いとどもの憂くて、絶え間ひさしきに、宮もその後、「つれなくてやうやう離れはてなん。世にながらへて、人笑はれなる名を流すべきにや」と思すに、時の間にも消え失する命もがなと思しいりつつ、そのままに。つゆばかりのものも見入れ給はず沈み臥し給へれば、かくのみわづらひ給ふよし聞き給ひて、おはしたる折々も、端の御座につい居給ひて、御心地のさまなどとぶらひきこえ給ひて帰り給ひぬれば、うちまどろみ給ふ夢のうちにも、かの宮の、傍ら離れず見え給ひて、おそはるる心地して、おどろき給ふに、我も御心地例ざまにも思されず、いかなるにかとおぼえ給へば、

（『浅茅が露』一九一）

姫宮は、二位中将の夢に現れる。それも、二位中将はその夢に対して、「おそはるる心地」を覚えるのである。「人笑はれなる名」が流れることを恐れ、死を願う中にも、二位中将への強い思い、それも恨みに近いものがある

ことを明示する描写であろう。この先坊の姫君には、やはり『源氏物語』の六条御息所が投影されていると考えられる。しかも、それは六条御息所に留まらず、六条御息所の娘・斎宮との母子同化の末に作られた造型である。

そもそも、「先坊」という呼び名が喚起する、早世した皇太子については、物語前史に含まれていない。末尾が散逸していることを考慮に入れても、そこに先坊の姫宮に関する話題がある可能性は低いように思われる。[10] 物語内部において、「先坊」という存在が意味を持たない以上、『源氏物語』葵巻冒頭で「前坊の姫君」として斎宮が卜定され、その母として六条御息所が登場してきた経緯を踏まえていると考えてよい。もっとも、この物語においては、斎宮の母御息所は俄に亡くなり、斎宮は解任されてしまう。男主人公の恋の対象になるのは娘の方であり、六条御息所の投影は姫宮に為され、不遇のままに死んでいくのである。その臨終間際、姫宮は次のように言い残す。

男君は、かく限りの御さまを見給へば、あはれあさからで、「御傍らに添ひ奉りても、何事か思すこと侍らば、仕うまつり侍るべき。さりともと世をのどかに思ひ給へるほどに、怠ることとも御覧ぜられつらんこそくやしけれ」など聞こえ給へば、「今はただ、苦しき道に向かはんことのみ心憂く侍り。軽むさまなることをせさせ給へ」とのたまふも、息の下なり。

（『浅茅が露』一九二―三）

傍線部には、大槻氏によって『源氏物語』若菜下巻が指摘されている。[11] 六条御息所が物の怪として出てくる場面である。

「中宮の御事にても、いとうれしくかたじけなしとなむ、天翔りても見たてまつれど、道異になりぬれば、子の上までも深くおぼえぬにやあらん、なほみづからつらしと思ひきこえし心の執なむとまるものなりける。（中略）よし、今は、この罪軽むばかりのわざをせさせたまへ。修法、読経とののしることも、身には苦しくわびしき炎とのみまつはれて、さらに尊きことも聞こえねば、いと悲しくなむ。…」

六条御息所の抱える「罪」は光源氏への執着であると同時に、伊勢の斎宮という神域で仏事から遠ざかって暮らしたことも含み込む。しかし、先坊の姫宮が斎宮であった期間がほんのわずかであったことを考えれば、「苦しき道」に行く理由は、明らかに二位中将への執着に絞られよう。強い執着が成仏の妨げになることを『源氏物語』の六条御息所は右の引用で語っていた。先に、生き霊のようにして二位中将の夢に登場したこと、「先坊」という響き、そしてこの表現の類似を考え合わせれば、姫宮と六条御息所との間に、造型上の関連があると見ることは十分に可能である。むしろ、六条御息所のあり方を踏まえて、初めて先坊の姫宮の人物像が理解できる構成になっているといえよう。また、死後の法要の場面を見ていきたい。

先坊の母后、故太政大臣の御妹におはしましかば、常盤の院と一つ腹なれば、この大殿もうち続き頼みかはし給へる御末なり。先坊の領じ給ひし所、この院をはじめて、さまざま御調度ども、また見譲るべき方おはせず、親しき御ゆかりもいづ方にもおはせず、心細き御さまなれば、かくて隠れ給ひなん後はいかなる人の取り争はんと思せば、皆聞こえおき給ふべし。（中略）

御母方とても、この律師ならではかばかしき人もおはせず。御乳母などやうの人も、先だちきこえにければ、心細き御有様の、いとたちまちに隠れ給ひぬれば、よろしうもあらぬほどの御扱ひを、かつは誰ゆゑに絶え入る命なるらんと、思し入りたりし罪深さもいかですこし軽むほどとて、思し寄らぬことなく、そこら広き院のうち、先坊の御心に入れておき給へりし池、山、遣水、木、草のもとまでも、いみじさを、さながら寝殿は堂になし給ひて極楽のさまをあらはして、領じ給へりし所なども三昧堂に不断念仏行はせなど、かからずは口惜しからましとぞ見えたる。今も建て添へ給ふ御堂の数々、御心に入れて見えたるほど、常盤の帝の御願

も、いとかからずぞ見ゆる。（『浅茅が露』一九三―五）

先坊が、譲位したばかりの常盤院と同母で、財力豊かな家であったことが語られる。親戚もほとんどいない境遇の姫宮は、受け継いだ財産を譲るべき相手もない。「取り争」うことを懸念した二位中将は、結局それら財産を手に入れ、姫宮供養のために使うのである。それは、姫宮の抱えた「罪深さ」を軽くするためであり、夢に出てきた恨みからすれば、成仏できないのはもちろんのこと、先の引用における物の怪となった六条御息所と同じく、二位中将に仇なす可能性さえ孕んでいよう。

『源氏物語』と先坊の姫宮との関わりをまとめると、次のことが言える。先坊の遺児、斎宮に卜定された姫宮という立場は、『源氏物語』の前坊の姫君（以下、斎宮という呼称も用いる）と同じ境遇である。しかし、『浅茅が露』の先坊の姫宮は、母御息所を失って退下したことにより投影がずらされる。正妻としてあるべき身分ながらそうはもてなされず、外聞に悩み、心身共に病んで二位中将の夢枕に立つなど、どちらかと言えば娘・斎宮よりも母・六条御息所の造型と関わりを持っていく。斎宮ではなく、六条御息所と結びつけられることで、先坊の姫宮に付与されていたはずの、「斎宮として聖域にあるべき女君」という要素は排除される。死後の二位中将による法要の数々も、姫宮の抱えた「罪」を軽くするためであり、光源氏の、死後の六条御息所に対する扱いと類似していく。

もちろん、この物語と『源氏物語』との間には、決定的な差異がある。先坊の姫宮が死へ向かうのは、律師との密通があったからであり、六条御息所が葵の上の死を招いたような、他の女君との比較という問題ではない。しかし、律師との密通という過失に加えて、六条御息所の投影によって恨む女君の罪を描いたことで、先坊の姫宮の高貴性はすっかり失われたといえる。二位中将の弔いのみが称えられて、先坊の姫宮を巡る語りは収束し、同時に常磐院の姫宮もまた伊勢へ下向、「斎宮」という役割で繋がる二人の女君は、ともに退場していくのである。

三、二つの恋の役割

先に述べたように、この先坊の姫宮との関係は、常盤院の姫宮が斎宮として下向するまでの空白期間におかれている。大槻修氏は、物語冒頭から斎宮の下向までを、主題に入るためのエッセンスに過ぎないと述べる。[12]しかし、二位中将の常磐院の姫宮への思慕が、以後の物語のきっかけであることは確かである。逆にいえば、大納言典侍との結びつきを持たない二位中将にとって、常磐院の姫宮への恋は必要不可欠であった。もちろん、これ以後も『狭衣物語』源氏の宮の卜定と、『浅茅が露』の斎宮卜定とが類似として指摘されるように、[13]二位中将の恋慕と常盤院の姫宮の拒否が描かれていく可能性はあった。しかし、『浅茅が露』は先坊の姫宮の存在によって、その可能性を回避したのである。『源氏物語』葵巻、賢木巻が、斎宮の存在を背景にして六条御息所の物語を描いたように、『浅茅が露』は斎宮にならなかった女性との恋物語を描くことで、もっとも恋い慕われた斎宮を、源氏の宮以上に無傷な女性として、伊勢に送り出したといえる。

そしてまた、二位中将という男主人公に、大納言典侍の遺児である姫君との悲恋という主題を担わせるためには、先坊の姫宮は斎宮と共に溶暗する必要があった。六条御息所の退場は、斎宮と共に伊勢に下ることであったが、先坊の姫宮にその選択肢はない。姫宮に死という退場を招いたのは、律師との密通であり、それは確かに二位中将の情の薄さと無縁ではないが、自身の過失でもある。六条御息所のイメージを受け継ぎながら、しかし皇女としてのあり方を果たせず、自身の過失を負う先坊の姫宮には、物の怪として以後の物語にまで影響していく力がないと考えられる。密通の相手である律師も、姫宮の死後、早々に行方不明となり、先坊の姫宮の影は残らないのである。

手に入らない女君への思慕が物語の原動力となるのは、『狭衣物語』以降、特に色濃いモチーフであり、『浅茅が露』もその影響下にある。その核となる常盤院の姫宮が、降嫁予定から一転、手に入らない女君へと、ある意味「昇格」していく過程において、先坊の姫宮は非常に重大な役割を担っていた。『浅茅が露』における皇女は少なく、先坊の姫宮と常盤院の姫宮は常に入れ替わる可能性を持っていたといえる。実際、斎宮という役職において入れ替わりが発生したからこそ、常盤院の姫宮は特別な女君になった。一度は簡単に降嫁が許された常磐院の姫宮は、先坊の姫宮の不幸な退場の向こうで聖域に守られている。入れ替わり可能な姫宮たちを、一方は斎宮として隔離し、もう一方からは、付与されていたはずの「皇女」「斎宮」の要素を削ぎ落とすのである。

最後に、この始発部の意義を物語全体の構造から考えておきたい。恋慕する常磐院の姫宮が手に入らない存在となり、二位中将が一層焦がれていく過程は、『浅茅が露』のプロローグに過ぎない。しかし、そのプロローグの中で、斎宮という役職を挟んで二人の女君が存在することは、大きな問題であろう。

『浅茅が露』は、二位中将と大納言典侍の遺児との悲恋であり、その過程で物語前史の謎が明らかにされることが重要であると先に述べた。物語の構造上、大納言典侍が常に最高の女君であり、二位中将や三位中将の恋は、その名残を辿って右往左往しているに過ぎない。しかし、平安後期から中世にかけての物語は、「皇女」という存在を最高の女君として描いてきた(14)。大納言典侍や盗み出されて産んだその遺児は、「皇女」を前にして最高の女君ではいられない。常磐院の姫宮もまた皇女ではあるものの、典侍腹であることによって降嫁が許される。この点にも、身分という価値観が物語内部に有効に働いていることがうかがえ、大納言典侍称揚の論理に矛盾をきたす。

二人の女君をめぐる『浅茅が露』の始発部は、大納言典侍を基軸とする物語にあって、まずこの矛盾を解消するためにあったのではないか。皇女として傅かれて育った先坊の姫宮は密通と罪の中で亡くなり、大納言典侍腹の常磐院の姫宮は斎宮として聖域に囲い込まれる。先坊の姫宮の没落は、常磐院の姫宮の理想性保持に役立ったが、一方で退場を余儀なくされたという点で両者に変わりはない。『狭衣物語』の源氏の宮は、斎院として狭衣大将に影響を及ぼし続けたが、伊勢に在る常磐院の姫宮は、二度と表舞台に出てこないのである。

『浅茅が露』の始発部は、「皇女」という存在の「退場」に筆を割く。その退場劇は、『狭衣物語』と同じモチーフの変奏を目指すものに見える。しかし、皇女たちの退場は、大納言典侍をめぐる物語前史に重きを置く『浅茅が露』にとってこそ欠かせないものであった。手に入らない女君を恋いながら女性遍歴を重ねる物語展開を目指すかのように始まる『浅茅が露』であるが、その実、本当に手に入らないのは高貴な皇女たちでけない。物語前史の中で消えてしまった大納言典侍なのである。皇女たちの退場は、物語前史の謎を解き明かしながら語っていくという『浅茅が露』の新たな試みのために必要なものと位置づけることができよう。

注

（1）『浅茅が露』の成立については、『無名草子』が何も触れていないこと、『風葉和歌集』に入集していること、また、いくつかの表現から、大槻修（『あさぢが露の研究』桜楓社　一九七四）（以下、『研究』）が後嵯峨院時代を、辛島正雄（「『浅茅が露』作者考」『中世王朝物語史論下巻』笠間書院　二〇〇一）がより具体的に藤原為家作者説を提唱している。いずれにせよ、『風葉和歌集』に近い時代の成立を想定できる。

（2）『風葉和歌集』入集歌数は、『源氏物語』一七六首、『うつほ物語』一〇七首、『狭衣物語』五六首、以下『かぜにつれなき』

（3）『いはでしのぶ』『御津の浜松』『夜の寝覚』『在明の別』『松浦宮物語』と続き、十番目に入首数が多い作品となっている。注1辛島論文の為家作者説を支持すれば、高い評価を受けていたというよりも、サロン内で生まれた作品への尊重とみるべきかもしれないが、『落窪物語』や『住吉物語』、『我が身にたどる姫君』などよりも多い『風葉和歌集』への入集は根拠があるものと見ておきたい。

（4）『浅茅が露』の引用は、笠間書院『中世王朝物語全集一　あさぎり　浅茅が露』（鈴木一雄・伊藤博・石埜敬子　校訂・訳注）（以下、全集）によるが、本文校訂においては大槻修『研究』の注釈を参考としている。伝本は、天理図書館蔵孤本で、本文の差異は少ないが、本論に大きく関係する場合、また両者に大きな違いがある場合は、適宜、注をしていく。

（5）天理本「せんとうのひめみや」、全集、『研究』ともに「せんとう」を「せんぼう」の誤りとする。「さいくう」が「さいゐん」になっている箇所もあるが、文脈から校訂している全集に従いたい。

（6）『和歌知顕集』の成立年代は未詳。源経信を著者に模すが、現在の研究では伝承に過ぎず、鎌倉時代の成立と見られている。片桐洋一『伊勢物語の研究　資料編』（明治書院　一九九三・五）を参照した。

（7）『和歌知顕集』は「おさなきわらは人はうへわらはなり。これはいせのかみふぢはら継蔭がむすめ也。なをば、よひとのまへといふ」と述べる。この「よひと」を人名と採る説については、島内景二「「小さき童を先に立てて」小考――『伊勢物語』の人間関係」（『成蹊国文』二六号　一九九三・三）を参照した。あるいはこの点から、『浅茅が露』の成立を考えていく可能性もあるが、今は指摘に止めたい。

（8）大納言典侍の娘だからといって、常盤院は姫宮に過剰な期待を寄せるわけではない。常盤院は冒頭、宮中の場面で姫宮に箏の琴を弾かせ、かつ「久しくこそうけたまはらね。あはれ、故大納言の典侍のいみじかりし上手を。えこそそれほど弾き伝へ給はざらめ」（『浅茅が露』一七三）とその拙さを口にする。

（9）律師との関係を目撃した二位中将は、「憂き世にこそありけれと見はて給ひて」（『浅茅が露』一九〇）立ち去る。目撃したことを知らせる前には、「飛鳥の川の淀みなば」と、『古今和歌集』巻一四　恋四　七二〇番歌を口ずさみ、自分の夜離れを姫宮の過失と結びつける。臨終間際には姫宮の傍らに律師がいるのを「中将は憂きことに思しとりてし」（『浅茅が露』一九二）

と不快に見つめるなど、姫宮との関係を憂う一方で、未練も覗かせる。

(10) 散逸した末尾については、小木喬『鎌倉時代物語の研究』(東宝書房　一九八四)、大槻修「研究編　巻末散闕部分の復元」(『あさぢが露の研究』同)により、物語全体の主題性については、大槻修「研究編　主題」(同)、豊島秀範「『浅茅が露』論――主題性を求めて」(『物語史研究』おうふう　一九九四)、辛島正雄「『浅茅が露』管見――主題性と物語史的位置」(『中世王朝物語史論』笠間書院　二〇〇一)、及び全集の解題を参考として位置づけた。物語の主題と斎宮・先坊の姫宮の件との関わりについては、なおも検討の余地があるが、以降の課題としたい。

(11) 注4の『研究』頭注。

(12) 大槻氏は、「研究編　登場人物について」(同)で次のように斎宮の役割を規定する。

「初恋の人」として、二位中将の思慕を受けた彼女(常盤院の姫宮――筆者注)も、やがて運命の糸にあやつられて斎宮になる間、一つの物語の冒頭部分にでてくる一応の主要な登場人物にしては、極端なほど肉付けがされていない。それは、「狭衣物語」における源氏宮への性格描写、肉付けが、非常に欠けているその度合以上だといえよう。「二位中将・斎宮」の話が、「あさぢが露」物語の、以後の展開に対する導火線とはなっているものの、やはり「狭衣物語」おける冒頭部分の形骸化というべく、すべて前口上、前座なのであろう。

(13) 注8、先掲論文ほか、『浅茅が露』と『狭衣物語』との類似は、自明のものとして述べられている。物語が直接『狭衣物語』を意識していたであろうことは、女主人公である大納言典侍の遺児の失踪に、二位中将が「狭衣の道芝の姫君のやうなることもや」(『浅茅が露』二二九)と思うことからもうかがえる。『狭衣物語』の影響下にある『浅茅が露』の斎宮像は、ある程度、源氏の宮に着想を得ているといえよう。

(14) 内親王を最高の女君とする見解は、『源氏物語』を始め多くの物語に見え、実際(『律令』等に従えば)内親王の降嫁は簡単ではなかったから、実社会においてもそれは真実であったといえる。

第十五章　『海人の刈藻』における姉妹の論理と皇女たち

はじめに

『海人の刈藻』は平安末期、あるいは鎌倉初期に書かれたと目される王朝物語である。複数の写本が残るが、系統立つほどの大きな乱れはない。ただし、後述するように、鎌倉期の本と現行本とは和歌などにおいていくつかの相違があり、現行本はいずれも改作されたものと推定されている。

原作本は、十二世紀末に藤原定家が撰んだとされる物語歌合『拾遺百番歌合』に歌とともに作品名が挙げられ、また同じく定家の『明月記』貞永二年（一二三三）三月二十日条に列挙された物語作品の中にその名があることなどから、やはり平安末期に書かれたものと見るべきだろう。無論、『風葉和歌集』にも四首の歌が入集する。しかし、『拾遺百番歌合』に載る三首、『風葉和歌集』に載る四首（うち二首は重複）ともに、現行本には見られない。詞書きなどから見て、大まかなストーリーには差異が認められないため、『風葉和歌集』以後に和歌を中心とした改作が行われたと考えられ、樋口芳麻呂氏の見解では、『新千載和歌集』を最下限として、十四世紀頃が想定されている。[1]

作者についても不明であり、宮田和一郎氏は「多くの先蹤物語を読みこなした文才ある男子[2]」を想定するが、男子と断定するほどの根拠は見られない。首肯できるとすれば、『源氏物語』『狭衣物語』を始めとする先行の物語に通じているという点のみであろう。妹尾好信氏は、原作者に適用できるかという点は留保しながらも、『伊勢物語』の歌を引く表現が多いことを指摘している[3]。

『海人の刈藻』について『無名草子』は「今様の物語にとりては、『海人の刈藻』こそ、しめやかに艶あるところなどはなけれども、言葉遣ひなども、『世継』をいみじくまねびて、したたかなるさまなれ。物語のほどよりはあはれにもあり[4]」と評している。「今様の物語」とあって、『無名草子』の書かれた一二〇〇年頃とそう隔たらない時期の成立がうかがわれる記述である。こののち、『海人の刈藻』の名場面を列挙し、更に難点を述べていくのだが、筆が多く割かれることからしても評価の高い作品であったことがわかる。『世継』すなわち『栄花物語』の如く、宮中を含む貴族たちの結婚、出産を整った文章で綴った点が好意的に受け止められている。

本章で試みたいのは、『海人の刈藻』における皇女の役割を確認することである。『海人の刈藻』は極めて宮中に密着した物語であり、登場する院、帝も多い。しかし、物語に登場する皇女は、故冷泉院の皇女（登場するのは斎院である女四の宮のみ。不在の三人が想定できるが数には含めない）、一条院の皇女一人、冷泉院の皇女三人、朱雀院の皇女一人の計六人と、多いとはいえない。しかも彼女たちは、物語の中で目立った活躍をすることがほとんどないのである。だが、この物語に、いわば背景的に存在する皇女たちの姿は、実は『海人の刈藻』が描こうとする主題と密接に関わるのではないだろうか。『海人の刈藻』という作品を支えるのは、按察大納言家の三人の娘である。優れた資質を持つ姉妹の恋と栄達を描く物語において、上昇婚の望めない皇女たちの存在を捨象することはできない。『海人の刈藻』という作品全体に関わる問題として、物語に点描される皇女たちの姿を分析していきたい。

一、按察大納言の三姉妹と冷泉帝の三姉妹

『海人の刈藻』における主人公はだれだろうか。男主人公とされるのは、按察大納言の三の君に密通し、不義の子を秘密裏に生ませることになる新中納言である。(5) 故冷泉院を祖父とし、その末子・兵部卿宮の子として生まれているが、早くに両親を亡くし、伯父である一条院に引き取られている。新中納言の密通は、既に入内して帝の寵愛を受けている女御に対して為されたものであり、物語において最も重要な出来事と言えよう。先に触れた『拾遺百番歌合』や『風葉和歌集』においても新中納言の歌が中心に採られている。『無名草子』においては批判の対象ながら、物語の終盤では「骸だにもなく、はや紫雲に移り給ひぬ」（巻四　一九四）と即身成仏を成し遂げるなど、恋と道心に苦悩する男主人公としての造型が色濃い。

しかしながら、物語の序盤では、按察大納言の大君を求める関白（当時は権大納言）の姿や新中納言の兄の大将が入内候補者であった中の君と婚前交渉を持ってしまう事件があり、新中納言の物語が描かれるまでに多くの筆が割かれている。物語が三の君の密通事件に至るまでに描いたものは、新中納言の周辺ではなく、あくまで按察大納言家の婚姻事情であった。三の君が密通の末に不義の子を生んだことは帝にも世間にも隠し通される。隠し通したことが、物語末尾の大団円を呼び起こすのである。出産を隠し通せた理由は、大君、中の君が三の君を支えて手を尽くしたからであり、父・按察大納言も、夫である関白や大将も、その一大事には関与しない。

つまるところ、『海人の刈藻』が主眼を置くのは、常にトラブルを引き起こす男君ではなく、そのトラブルに対処する優れた娘たちなのである。三の君の密通事件までにも、三姉妹には中の君の密通や母の死、三の君の入内と

いった困難があり、その都度、大君を始めとした三姉妹が共に対応する。三姉妹の深い絆がいかに作り上げられたか、その絆がいかに苦難を乗り越えさせたかが物語の大きなテーマとしてあり、そうした意味からいえば、『海人の刈藻』の主人公は按察大納言の三姉妹と見るべきだろう。事件への対処という点で、大君の存在は確かに重いが、それはやはり三姉妹の役割分担の延長にある。対照的にならざるを得ない二人姉妹ではなく、「三姉妹の物語」であることが『海人の刈藻』という作品の独自性を支えているといえよう。(6)

しかしながら、巻一の冒頭、物語の始発において、「三姉妹の物語」は別の姿で示されている。穏やかな冬の日の情景に続いて描かれるのは、帝（のちの冷泉院）が女宮たちに琴を教える場面である。

宮、御風の気おはしますとて、上の御局にも上らせ給はねば、姫宮たちおはしまさせて、御琴習はさせ奉り給ふ。弘徽殿の姫宮たちもおはします。女一の宮和琴、女二の宮琵琶、女三の宮箏の御琴、分かちて教へ奉らせ給ふ。御前には、中納言の典侍ばかりぞ候ふ。

女一の宮は十六にならせ給へば、盛りにねび整ひ、けだかくわづらはしげにおはします。女二の宮、中宮の御腹、春宮の御妹、二の宮には御姉におはします。母宮に似奉らせ給ひて、ひとかたならずあてになまめかしう、はなやかに愛敬づきておはします。女三の宮は、たをたをとなまめかしきものから、いまだ片なりにぞ見えさせ給ふ。いづれをも御心の闇に、うつくしう見奉らせ給ふ。（巻一　八）

物語は、按察大納言の三姉妹より先に、冷泉院の三姉妹を描き出す。弘徽殿女御腹の女一の宮、女三の宮、中宮腹の女二の宮である。女宮同士が親しく交流する関係が築かれており、また帝の愛情が女宮たちに注がれていることがわかる。

帝自ら琴を教えていること、母である中宮や女御も後宮を穏やかに運営していることからしても、この三人の女宮が恋の対象となるに値することは保証されよう。まして、和琴、琵琶、箏の琴と「分かちて教へ」ているのだから、三人は年齢や性質に差異があって、決して互換可能のいわば〈モブキャラ〉として登場したわけではない。語りも、盛りの女一の宮、華やかな女二の宮、片なりの女三の宮とその性質を描いていく。

美しい女宮たちの登場ながら、しかし物語はそれ以上、冷泉院の三姉妹を描くことをしない。すぐに按察大納言の姉妹が垣間見され、関白を始め男君たちの関心は按察大納言家の動向へと注がれる。三姉妹の誰が帝へ、あるいは東宮へ入内するかをめぐり、駆け引きが交わされるのである。実は、この冷泉院三姉妹へが恋の対象にならない不自然さについては、先掲の『無名草子』に「上の御はらからたちのさばかり美しきを、塵ばかりも思ひかけぬこそ、むげにさうざうしけれ」と言及がある。現行本のみならず原作でも冷泉院三姉妹を取り巻く恋の物語は描かれず、存在しながら注目されない彼女たちは不自然さを孕んでいたのである。

女宮たちの姿はその後も時々触れられるに留まり、次にその姉妹としての姿が描かれるのは、巻二に入ってからである。既に大君と結婚し、二人の子をもうけた関白（ここでは権大納言）が女二の宮（一品の宮）を訪ねる場面が描かれる。

「御硯の上に大きやかに引き包みたる文、誰がぞ」と宣旨に問ひ給へば、「弘徽殿の女一の宮の御返りごと」と申し給へば、「まだ見ぬ御手ぞかし」とゆかしくて、召し賜はり給ひて見給へば、紫の薄様に、

女二　九重に花の八重咲く夕暮れは心ぞ千度行き通ひぬる

「こなたのを見奉らねばにや、げに宮たちはかうこそあるべき。斎院の御手の筋なめりかし」とのたまひて、御心には、我が上の御筋はありがたく思す。

御かたはらに、紅梅の色紙に書き汚されたるは、宮の御手なるべし。

女二 九重をいたく霞みて出でしかば心通ふと聞けど頼まず
御手は中宮の御手にぞ似給へる。（巻二　七九）

女一の宮、女二の宮の筆跡が関白の目に触れ、評される。関白も中の君の夫の大将も、妻の筆跡を他人に見せることに注意を払うのに対し、女宮たちは無防備である。按察大納言の姉妹を評価する際の一つの基準として、この女宮たちが存在することは疑いない。だからこそ、関白は筆跡を引き比べて「我が上の御筋はありがたく思す」と妻の資質を再評価するのであるが、ここで交わされる女一の宮と女二の宮の歌に注目してみたい。女一の宮が里邸にいる女二の宮に「心ぞ千度行き通ひぬる」と心寄せを詠み、女二の宮は「心通ふと聞けど頼まず」とその心を疑う言葉で切り返す。男女の遣り取りのような交流が行われているのである。

姉妹間の和歌の贈答は、按察大納言の三姉妹においても行われている。右に少し先行する場面で、中の君と三の君、大君と三の君でそれぞれ贈答される。

文取り入れて見給へば、
中君 立ち返り時雨ふる里いかならむ心は君にたぐへてぞ来し
姫君むせ帰り給ふものから、大納言の君、御硯まかなひて書かせ奉る。
三君 思ひやれ寂しさ添ふる古里になほかきくらし時雨降る頃
とあるを、御覧ずる御袖も涙は尽きせず。
つとめて、大納言殿の上より、
大君 古里の君が袂を思ふにもなほかきくらす心地のみして
姫君は、頼もしき御方々、「いかに」と御こころざしを見せて、今より隙なき御訪ひを、按察殿は、「いと嬉

し」と思せど、正身は御身ひとつに限る心地して、

三君 亡き人の影も映らぬ袖にしも涙の玉ぞなほも尽きせぬ

あはれと見給ふ。（巻二　七四―五）

弔問の遣り取りである。「亡き人」は按察大納言の北の方で、大君には継母、中の君、三の君には実母にあたる。この北の方の死は按察大納言家のみならず、世間でも大きな損失として描かれるが、既に伴侶を得ている姉二人に対して、まだ若い三の君の悲嘆は強い。まして、三の君は母の願いとして入内が目指されており、父が健在であるにせよ、その心細さを慮った姉君たちから弔問が届くのである。

按察大納言の三姉妹の結束が強くなるのは、この北の方の死を経てからである。三の君を支えてほしいという母の遺言(7)のもと、三の君の入内を実現させ、のちには秘密の出産をも成し遂げていく。按察大納言の三姉妹の交流が切実さに満ちているのに対し、先掲の冷泉院の女宮たちの交流は極めて平穏なものでしかない。そしてこの対比こそ、『海人の刈藻』における皇女の存在意義を示すもののように思われるのである。

恋の対象になり得る「琴を弾く三姉妹」として登場しながら、冷泉院の女宮たちは物語の中心から遠ざけられ、平穏な日々を送る。仲の良い姉妹ではあるが、彼女たちに苦難は降りかからず、結束して物事に立ち向かう必要もない。女一の宮と女二の宮の贈答が端的に示唆するように、女宮たちは彼らだけで充足しているのである。このち女一の宮は斎宮に卜定され、伊勢に下るが、それさえも苦難として語られることはない。苦難の中から繁栄を勝ち取る按察大納言の三姉妹に対して、冷泉院の三姉妹は、無傷であるが故に変化することのない存在としてあるのである。

この位置づけは、魅力的な按察大納言の三姉妹の物語を照らすものであると同時に、末尾の大団円のその先を

描くものに他ならない。三の君が中宮になり、それぞれの子どもたちが縁づいていく結びの先には、変転を呼び起こさない冷泉院の三姉妹がいる。円環する物語の象徴として、冷泉院の三姉妹は位置づけられているといえよう。入内や婚姻の道がほとんどない皇女たちの平穏な日々は、按察大納言の三姉妹が栄達の末に生むかもしれない女宮たちの未来なのである。(8)

二、一条院の斎宮の役割

物語の背景に置かれる冷泉院の三姉妹を主題と関わらせて論じた。女君としての栄華の行く末に目指される平穏は、苦難を排除する代わりに、物語として語られるべきドラマ性をも排除する。冷泉院の三姉妹については、その位置づけに葛藤することもなく、最後まで点描されるに留まるのだが、実は『海人の刈藻』において、苦難の物語を歩めないが故に葛藤する皇女が存在する。それは一条院の一人娘で冷泉院の御代に斎宮として下っていた女宮である。

斎宮の描写は、無論多いとはいえないものの、ことあるごとに示される。皇子を持たなかった一条院のただ一人の子として、伊勢にいるうちから点描されるのである。

この頃の帝は、故冷泉院の二の皇子になんおはします。一の宮は一条院と聞こえて下り居させ給ふ。皇子もおはしまさず、姫宮一所、皇太后宮の御腹に出で来させ給ひしは、斎宮に下らせ給ふ。（巻一　一三）

一条院は一人娘が伊勢にいるために、先述の大将や新中納言を引き取って、皇太后宮とともに養育しているが、物語の途中で崩御してしまう。

かく言ふは霜月一日頃なるに、俄かに、「一条院失せ給ひぬ」とて、殿よりはじめて、院のうちはさらにも言はず、内裏にもおどろかせ給ふこと限りなし。中納言・中将、思ひ惑へる御さま、言ふかたなくあはれなり。大宮はた、十二より参り給ひて、世の恨みをも誇りをもかへりみ給はず、御ためあらまほしきことをば滞りなく思したりしを、御なやみだになくて、一日ばかり、人をも御覧じ知らず、御心もなきやうにておはしましけるが、夜に入りてあさましくなり給ひぬ。御子は斎宮一所にておはしませば、伊勢へ人奉り給ふ。

（巻二　七五）

父院の喪に遭って、斎宮は退下し、母・皇太后宮のもとで生活することになる。のち、新中納言が三の君と密通して生まれた子を、母を知らせずにこの二人に預けることになる。この斎宮について論じた先行研究は少ないが、勝亦志織氏は平安から中世に至る王朝物語における斎宮・斎院の考察を通じて、「養母などの養育者としての位置づけ」という面と、「物語において傍系になってしまった皇統の姫」としての性質を指摘している。(9) 後者については、一条院に強調される「御子は斎宮一所」という語りからも確認できる。養育者としての面については、『無名草子』がその「あはれ」を評した次の場面が象徴的だろう。(10)

若君走りおはして、御手に持たせ給へる御経を取らんとし給へば、代はりに御数珠を奉り給ひつつ、御涙の隙なく落つるを、若君、御袖にて大宮の御涙を拭ひて、「何とてこの頃は泣かせ給ふぞ。雛の欲しくおはするか。振鼓奉らんよ」とて、我も伏し目になり給へるに、涙は浮きながらうち笑ませ給ふ。

殿、御扇にてうち招き給へば、走りおはしたり。「てては」と問ひ給へば、大将に向かひて高やかに笑ひ給ふ。「母は」と聞こえ給へば、斎宮の御方へ指を指し給へば、「乱りがはしのことどもや」とても、またうち泣き給ふ。「げに、大人だにさし並び給ふ折は見分き難き御さまなれば」とあはれなり。

（巻四　一八八―九）

右は、既に新中納言が出家、即身成仏したのちに、新中納言と三の君の子である若君が、新中納言の兄・大将を「父」、斎宮を「母」と言って周囲を涙に暮れさせる場面である。確かに、養子を慈しむ養育者の面が色濃く描かれる。

しかし、この斎宮の造型において、養育者としての役割ばかりを見るのは、実は重要な点を見落とすことになる。なぜなら、斎宮はこののち物語末尾まで母・皇太后宮とともにあり、成長した若君の恋に奔走する役割も皇太后宮が担い続けるのである。このことは、斎宮に与えられた養育者としての役割が重くないことを示唆する。もちろん、一条院のただ一人の皇女が若君の庇護者として存在することは大きい。だが、若君はこののち、「父」と呼んだ大将の家に、ひいては按察大納言姉妹の中に組み込まれていく。それは若君誕生を示唆する新中納言の夢からも明らかであった。

明日出で給はんとて、うつくしき御僧の、うしろの障子押し開けて、「かなふまじきことを思し嘆くがいとほしければ、後の世は助け聞こえん。そのほどの慰めに、これをだに奉る」とて押し出で給ふものを見れば、うつくしき女の、黄金の枝に『史記』といふ書を一巻付けて持給へるを、受け取り給ひて見れば、心尽くし聞こゆる人なりけり。いとあさましう嬉しきに、大将おはして、「いみじきもののさまかな」とのたまへば、「それに置かせ給へ」とて、差し奉り給ふと御覧じて、夢さめぬ。（巻三　一二六―七）

密通ののち、新中納言が初瀬で見た夢である。いうまでもなく、「黄金の枝に『史記』といふ書」が付けられたものが若君を示す。申し子であるはずの若君に対して、物語はほとんど筆を割かないが、興味深いのは、「心尽くし聞こゆる人」、恋しい三の君から贈られた枝を、新中納言が兄・大将に譲ってしまうことである。若君は、皇太后宮と斎宮の養い子として一条院系に属するのではなく、大将を通じて按察大納言の姉妹たちに戻されることが期待されている。

斎宮における「母」の役割が重い意味を持たないことは、何を表すのだろうか。時間は戻るが、巻二、帰京した斎宮を関白が訪ねる場面がある。

宮の御方へ参り給へば、女別当・宣旨などさし集ひて、御みづからは几帳引き寄せておはします。一品の宮よりもけだかう、二十に五つばかり余り給ふらん、あてにめでたき御さま、「げに」と見奉り給ふものから、細かにらうたき方は帝の御子も及ばざりけり。我が北の方の御族をぞ、ものごとに思し比べられ給ふ。

（巻二　八〇）

帰京した頃で二十五歳、若くはないが婚姻が不可能な年でもない。「あてにめでたき御さま」と言われ、評価も悪くないことからすれば、新中納言との婚姻が目されていてもおかしくはないのである。[11] しかし、新中納言の結婚相手としては、冷泉院の女三の宮と系図不明の式部卿宮の姫宮が挙がるだけであり、斎宮に白羽の矢が立つことはない。斎宮を若君の「母」として確立させる有効な方法であるはずの結婚は全く話題に上らないのである。

では、斎宮自身はどうであったのだろうか。新中納言の死を聞いて、斎宮は次のように嘆く。

五月三日、御四十九日なれば、山の聖の室にも所狭きまで贈らせ給ふ。さらぬだに隙なき五月雨の頃、ほしあへぬ御袖どもなり。斎宮は、この君のかく行なひ給ふを、後の世の光と頼もしく思し召されつるを、「八十瀬の波を誰かは」と嘆かせ給ふに、「なかなかかくてこそ、いとど御しるべならめ」と慰め聞こゆ。

（巻四　一九五―六）

斎宮が新中納言を「後の世の光」と頼んでいたことが示される。続く傍線部「八十瀬の波を誰かは」、この『源氏物語』の引用は示唆に富む。

暗う出でたまひて、二条より洞院の大路を折れたまふほど、二条院の前なれば、大将の君いとあはれに思されて、榊にさして、

光源　ふりすてて今日は行くとも鈴鹿川八十瀬の波に袖はぬれじや

と聞こえたまへれど、いと暗うもの騒がしきほどなれば、またの日、関のあなたよりぞ御返りある。

六条　鈴鹿川八十瀬の波にぬれぬれず伊勢まで誰か思ひおこせむ

ことそぎて書きたまへるしも、御手いとよしよししくなまめきたるに、あはれなるけをすこし添へたまへらましかばと思す。　（『源氏物語』賢木②九四―五）

「八十瀬の波を誰かは」という言葉は、右の賢木巻の引用である。伊勢へ下向していく六条御息所に光源氏が歌を詠みかけ、翌日、既に逢坂の関を越えた御息所から届いた、特にその返歌に対応している。斎宮が同じく伊勢へ下った六条御息所を自身に重ね合わせていることは明確だけれども、これが光源氏との間に交わされた恋歌であることも看過できない。斎宮は、若君の養育者として以上に、個人の思いとして新中納言を頼っていたのである。これ以後、斎宮は物語に登場しない。

前節で述べたように、『海人の刈藻』という作品において、皇女は恋の対象にならず、困難が描かれない代わりに、物語性をも持ち得ない。そうした無傷の平穏に生きるのが、冷泉院の女宮たちであった。斎宮もまた、一条院の皇女である以上、困難に巻き込まれることもなく、皇太后宮のもとで養育者に徹していれば良かった。しかし、新中納言の死後に吐露される嘆きは、皇統から離れた拠り所のない存在ながら、皇女としての閉塞を生きなければならない斎宮だからこそ出てきたものではないだろうか。按察大納言の三姉妹が築く栄華の背後に、行き場なく閉塞せざるを得ない斎宮という皇女の悲哀を見ることができるのである。

おわりに

本章では、『海人の刈藻』における皇女に着目し、按察大納言の三姉妹を物語の中核として捉え、同じく三姉妹として物語冒頭に置かれる冷泉院の三姉妹、そして一条院のただ一人の皇女として描かれた斎宮について論じた。冷泉院の三姉妹については、按察大納言の三姉妹の物語を引き寄せる役割を見ると同時に、物語末尾が描いた大団円のその先に円環する栄華の行く末を示唆する可能性を見た。按察大納言の三姉妹が栄華を極めたのちには、次の「按察大納言の三姉妹」が現れるのであり、平穏に生きる三姉妹の子孫は、躍動する新たな「按察大納言の三姉妹」の物語に絡め取られ、背景に徹するだけである。しかし、この円環が実は否定的な意味を持たないのに対し、斎宮の場合は趣が変わってくる。入内や婚姻といった可能性を持たず、姉妹間の交流で完結する冷泉院の三姉妹にとって「平穏」であるものは、拠り所を持たない斎宮にとっては「閉塞」である。まして、若君を通じて新中納言と「父」「母」の関係を築く可能性を抱きながらそれが断たれたことは、閉塞を抜け出す唯一の足がかりを失ったに等しい。斎宮が、成長した若君の婚姻に纏わる葛藤に一切登場しないのは、彼女が養育者としての役割に意味を見いだせなかったからではないか。

『海人の刈藻』において、皇女はほとんど婚姻せず、物語の背景に甘んじている。その幸運な例として冷泉院の三姉妹がおり、閉塞に囚われて苦悩する存在として斎宮を見ることができよう。『海人の刈藻』は、姉妹が結束して困難に打ち勝ち、栄華に向かう物語である。中宮を目指す女主人公をいだく物語において、出自という一点でいとも簡単に女主人公を凌駕する皇女の存在は、時に排除される。恋にも栄華にも縁遠い場所に置かれる『海人の刈藻』の皇女の姿は、中世王朝物語において「平穏」と「閉塞」の二面を持つ皇女のあり方を端的に示しているのである。

注

（1）「『あまのかるも』物語」（『平安・鎌倉時代散逸物語の研究』ひたく書房　一九八二）。なお、本章における『海人の刈藻』は断りのない限り現行の改作本をさす。原作と改作との相違を論じることに限界があるためだが、一方で現行の『海人の刈藻』と異なる『海人の刈藻』があることも留意しておきたい。

（2）『校注海人の刈藻』（養徳社　一九四八）。

（3）『中世王朝物語全集　海人の刈藻』解説（笠間書院　一九九四）。

（4）神野藤昭夫「物語の改作と改作をうながすちから」（『散逸した物語世界と物語史』若草書房　一九九一）で『無名草子』と同時代を「今の世の物語」としていることと比較して「今様の物語」を同時代以前と見ている。

（5）新中納言は院の公達と呼ばれる故冷泉院の孫にあたる兄弟の弟。官位が入れ替わるため、本章では便宜上、『中世王朝物語全集』（笠間書院）の登場人物系図に合わせ、新中納言と呼ぶ。同様に、按察大納言の中の君と結婚する、新中納言の兄を大将、按察大納言の大君と結婚する、関白左大臣家の男君を関白として本章では統一する。

（6）東原伸明「大君・中の君」（『人物で読む源氏物語』一九　勉誠出版　二〇〇六）では、土方洋一「〈姉妹連帯婚〉的発想」（『源氏物語のテクスト生成論』笠間書院　二〇〇〇）における「姉妹連帯婚」という術語を用いて宇治の姉妹と『海人の刈藻』の姉妹関係を読み解くが、二人姉妹と三人姉妹との間にある差異については今後も考えていく必要があろう。宇治の姉妹も三姉妹ではあるが、浮舟は大君と入れ替わりに登場する存在であることが重要である。

（7）「なからんあとに留まり侍る幼き人はぐくませ給へ」（巻二　六七）、死を覚悟して姫君たちに向けて発した遺言である。

（8）後述するように実は女三の宮については婚姻の可能性が示されるが、排除される。

（9）勝亦「物語史における斎宮と斎院の変貌」（『物語の〈皇女〉』（笠間書院　二〇一〇　初出二〇〇四）。

（10）『無名草子』は大宮が雪を眺めて「我がこのもとは埋もれぬらむ」と歌を詠んだことに続けて何も知らない若君の「あはれ」を語るが、現行本には「我がこのもとは…」の歌はない。

（11）なお、「細かにらうたき方は帝の御子も及ばざりけり」の主語は『中世王朝物語全集』では斎宮とされているが、斎宮も皇女であることを考えれば、ここでは主語が変換しており、大君を引き比べて勝っていると判断していると見てもよいのではないか。あるいは、「帝の御子」として見られることのない斎宮のあり方を見ることも可能かも知れない。今後の検討に引き継ぎたい。

第十六章　『恋路ゆかしき大将』における斎宮像
――一品の宮をめぐって――

はじめに

京から伊勢へと派遣される皇族女性である斎宮は、『伊勢物語』狩の使章段で密通事件を描かれて以来、あるいは遡って『日本書紀』でその由来が記されて以来、さまざまな文献に顕れてきた。とりわけ貴族女性が好んだ物語においては、斎宮が禁忌性を伴う女性像を代表するほど登場している。それらの物語には、唐突に卜定されてしまう悲恋もあれば、帰還したのちの幸福な結婚も描かれる。本章では、結末として幸福な結婚に至る斎宮の物語を描く『恋路ゆかしき大将』を扱う。斎宮の文学史的なあり方を見出しつつ、物語が歴史的、制度的な斎宮という存在をどう扱い、どのように人物像に関わらせているかを検討したい。

『恋路ゆかしき大将』における斎宮は、伊勢から帰京して物語に登場し、臣下と婚姻関係を結ぶ点で他の物語とは異なる人生を生きる。『伊勢物語』以後、多くの物語に斎宮は登場しているが、斎宮を女主人公の位置に置く作品はまず見られない。『恋路ゆかしき大将』は、恋路を中心に三人の男主人公を語り、彼らに対置されるかたちで複数の女君を描く。斎宮は、複数いる女主人公の一人ではあるが、物語を大きく動かす役割を担う。中世王朝物語の斎宮が多く脇役、挿話的な存在として登場することを考えると、[1]独自の造型があることがうかがえる。本章では、この斎宮（以下、一品の宮）について論じていきたい。

本論に入る前に、『恋路ゆかしき大将』の成立についてまとめておく。『恋路ゆかしき大将』は、『無名草子』『風葉和歌集』には名が見えない。金子武雄氏によって飛鳥井雅有（正安三年（一三〇一）没）作者説が掲げられているが、引歌の典拠等から疑義もある。[2]正和元年（一三一二）奏上の『玉葉和歌集』の影響が見られないという指摘もあり、下限を一四世紀はじめと考えて、鎌倉末期の成立と目しておく。[3]伝本は少なく、九条家旧蔵本として巻一から巻四、桂宮本に巻五がそれぞれ孤本として残存するのみである。いくつかの落丁が指摘されるが、本章と関わる部分では、巻五で一品の宮と引き離れて蟄居した端山が許されて盛大な婚姻を迎えるまでの経過が不明である。『全集』の注は大量の落丁ではないとするが、端山と一品の宮の物語が大団円に向かう重要な場面であり、物語内で経過する時間は短いが、それなりの筆が割かれていた可能性も高いと考える。

中世王朝物語における斎宮像を論じる上で重要な『我が身にたどる姫君』[4]より、更に数十年を下る可能性がある『恋路ゆかしき大将』であるが、内容は院、帝を中心とする京の物語である。舞台も、宮中と関白家など中心人物それぞれの邸、そして戸無瀬院や法輪寺、あるいは梅津といった嵯峨あたりの描写が多い。中世という時代背景は、却って見えがたい作品であろう。その一因として、『いはでしのぶ』の強い影響下に物語が構成されていることが挙げられる。もちろん、『源氏物語』や『狭衣物語』の影響も色濃いが、『いはでしのぶ』は物語内で引き合いに出されるだけでなく、[5]登場人物の造型と恋の展開において極めて強く結びつけられている。『いはでしのぶ』の影響が極めて強い女君の一人が一品の宮であり、また一品の宮と端山の恋の破綻を呼び込む梅津女君なのである。『いはでしのぶ』の問題とも関わらせながら、まずは一品の宮の登場から見ていきたい。

一、一品の宮と端山の恋

『恋路ゆかしき大将』の系図は複雑だが、ひとまず本章に関わる登場人物についてのみ、簡単に掲げる。

系図①

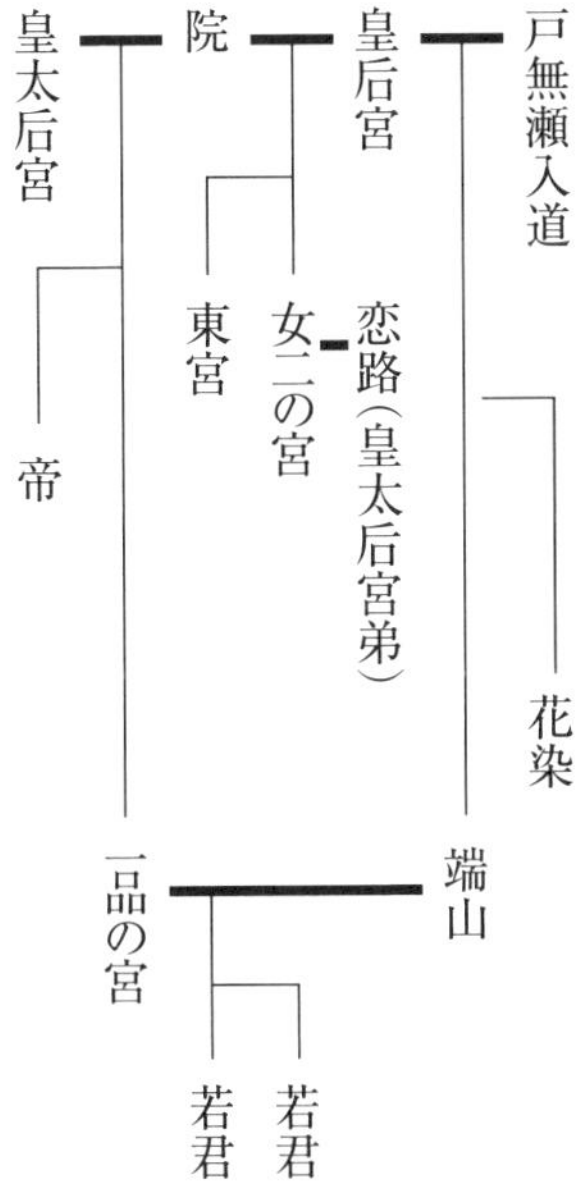

系図②

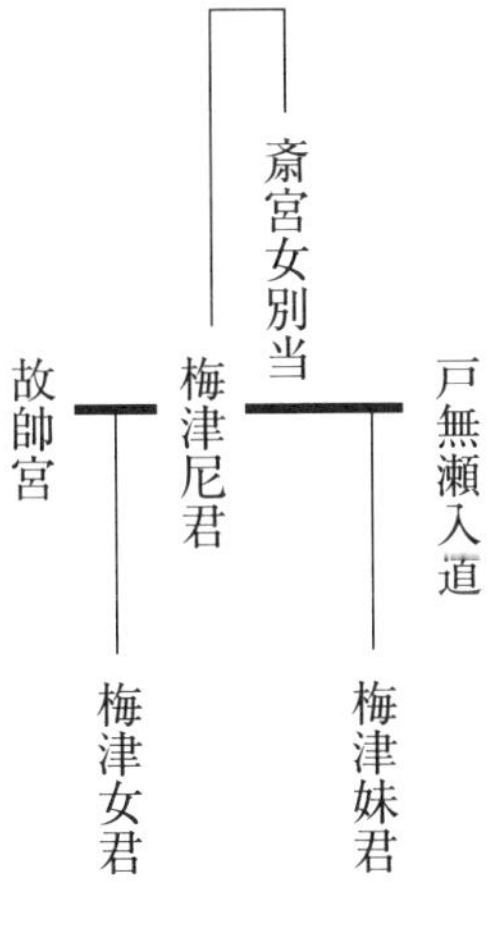

このほか、端山にも複数の妻妾がいるなど登場する女性は多い。男主人公と呼ぶべき人物は、端山、花染兄弟と皇太后宮の弟である恋路である。中でも第一の主人公は恋路であろう。物語は、この三人の貴公子が最高の伴侶を手に入れるまでを描こうとする。実際、恋路は幼い女二の宮（新枕の時点で恋路二十八歳、女二の宮十四歳）を手に入れ、端山は女二の宮の姉にあたる一品の宮に恋し、密通の末、一度は許されている。花染もまた一応の伴侶を手に入れるものの、物語最後の女主人公である梅津女君の魅力に幻惑される。この梅津女君は、端山が一度は妻と

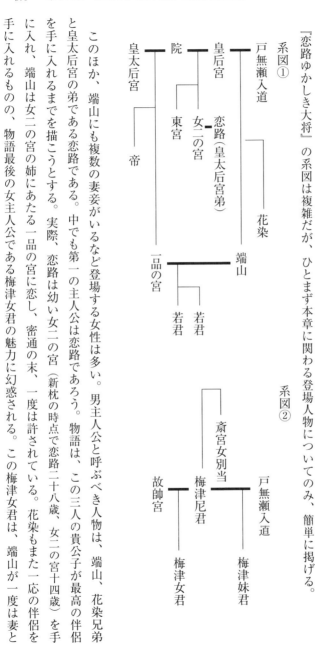

した一品の宮を手放すことになる原因でもあり、花染、恋路、帝など数々の男性を翻弄する魅惑的な女性として描かれている。内容を辿ることには限界があるので、ひとまず一品の宮の登場場面から確認したい。

まことや、皇太后宮の御腹に女一宮と聞こえさせしは、七八の御歳、御占に合はせ給ひて、伊勢へ下らせ給ひにしぞかし。類あまたもおはしまさぬが、やんごとなく厳しき御身のほどを、遙かなるほどへ出だしたてきこえさせ給ひし、父帝も母后も御嘆きなりしに、この秋上らせ給ひて、一品宮と申す。御禊の御桟敷にて、この女二宮と御対面ありしよりは、とりわき一つにわたらせ給ふべく、上は思しのたまはすれど、皇太后宮の御心ち、さまでうらなかるべきならで、年返りて朝覲行幸にぞ、二所ながら御対面あるべしとて、御用意殊に、いみじくしみ深き□□□まで過ぎぬ。

（巻二　七三）

巻一では吉野の三姉妹と男主人公三人とのそれぞれの恋[6]が描かれ、それを維持しながら一方でよりよい伴侶を求める物語が繰り広げられる。一品の宮の登場は、恋路と女二の宮の恋が一段落したころのことである[7]。父（系図における院）が譲位し、同母弟が即位したことに伴っての帰京である。伊勢に何年を過ごしたのかは不明だが、七、八歳で京を離れていたことが語られる。後述するが、端山がすぐに恋の対象として見ることからすれば、二十歳前後の結婚適齢期の女性と考えられる。帰京と同時に一品に叙されており、極めて重要な女君である。この高貴さについて、勝亦志織氏は女二の宮との比較から、次のように述べる。

『恋路ゆかしき大将』の女一宮は、斎宮であり、一品宮であり、〈皇女〉であることが物語内で最も利用された人物だといえよう。そして、その造型にはそれまでの物語で作り上げられた一品宮像が利用され、また斎王像も重ねられている。「玉光る」（皇后宮※筆者注）の血を引く女二宮が、『恋路ゆかしき大将』が作り出した一つの新しい皇女像であるならば、この女一宮は、平安時代から鎌倉時代にかけて王朝物語が引き継いできた皇女像を利用した上で成立した存在といえよう[8]。

確かに、女二の宮が二品に留まる[9]のに対して斎宮に対しては敢えて一品が叙されているように見受けられる。長年に渡る斎宮の任に対する功労とはいえ、そもそも皇女が一品に叙されることは歴史的にも例が少ない[10]。物語上、もっとも高貴な女君の地位が一品の宮にあることは明白である。その高貴さを必要とした理由が女二の宮との差異化であることも首肯できよう。一方で、勝亦氏も指摘するように、もっとも高貴な存在である一品の宮が、密通されて臣下と結婚し、心変わりされて連れ戻されるという経過を辿ることこそ重要なのである。

最初の登場から高い身分を与えられた一品の宮であるが、端山は恋情の始発において、彼女の高貴さに対して臆するということがほとんどない。

祭りの日、院の御桟敷へ、后たちの行啓もことごとしからむとて、ただ姫宮二所ばかり行かせ給ふべきにてあるにさへ、諫めとどめたてまつるべきならで、入らせ給ふ。一品宮一つ御車にて御桟敷へなるに、大将君さぶらひ給ふが、伊勢〔し〕まをたち離れて都へ上らせ給ふ聞こえのありしより、空に標結ひて、そぞろに心化粧せられ、あやしき御心の中を我だに思したどる方なきに、いかでかかる旅の御しつらひ、ほど仄かにも見たてまつる玉簾の隙ありしかなと、過ちもしつばかりに御心も身に添はぬに、思ひ初めしも、さるべく逃れぬ御契りの始めにやあらん、人の御心の乱れ初むべきよしなきゆゑも、この世のみならぬ事にや、いづくをも入りたちわがままに思したる御心には、つきづきしき物の隙もむなしからぬ事にて、いとよく見給ひけり。（中略）二宮よりもあやまりてなほ細う小さき方にさへ見えさせ給ふ御姿のなつかしさに、ただ這ひ寄りてかき添へまほしく、現ならぬまであさまし。

五十鈴川流れて下るみ標縄我には許せ神のめぐみに

その事なき祝ひ言なりや。（巻二　七六―八）

伊勢から帰京する時から、既に一品の宮を手にすることを期待していたことが語られる。そもそも先の系図に示したとおり、端山と花染の兄弟は女二の宮や東宮の異父兄であり、父が出家していることもあって母である皇后宮との関係が深い。恋路が妹女二の宮を手に入れた以上、匹敵する女性は一品の宮しかおらず、臣下ながら東宮の兄という端山の高貴さからすれば、必然的に要請された女君といえよう。

巻三の冒頭で、端山は一品の宮のもとに忍び込み、思いを遂げる。

名には旧りにし端山の繁りも、げにはけだかき道にはかひなきにや、四月の雲の迷ひより、惑ふ心を鎮めかねつつ、夏も過ぎ、秋の半ばと見し月も、やうやう待たるる夕闇のころ、いかに寝にける関守の寝ぎたなさにか、げに思ひ入るには障らぬ御癖にや、夢の通ひ路踏み初め給ひつる御心の迷ひ、何にかはたとへん。よその見る目の心尽くしは物ならざりけり。生きてながへらん事は知らねど、明け行く名残り、明日より後の恋しさを、かねて思ふにさへ、さきやらむ方なき涙に、聞こえやらん方なく、御裳濯川の流れ神さびてもの遠き御習ひは、さるべき院の上などにだにまほに対ひきこえ給ふははしたなく思さるる御心ちに、まいていかがはあらむ、ことわりの御けしきのあさましう心苦しきを、慰めきこゆべき我しもさかさかしからねば、ただかくながらこの御傍らにて消え失するわざもがなと、何の顧みなきは、いかなるべき事の果てにかあらんとあさまし。（巻三　九〇）

女二の宮と恋路の関係の始まりも変則的だが[11]、一品の宮に対する端山の行動も、まず思いを遂げるところから始まってしまう。一品の宮の父である院は端山や恋路といった貴公子たちに甘く、一品の宮といえども降嫁が不可能なわけではない。まして恋路の先例があり、反対する者は次に述べる一品の宮の母皇太后宮のみなのだが、関係の始まりは密通なのである。一品の宮の心情は少ないが、傍線部で、父院ですら顔を合わせることを恥じる高貴さであるのに、端山に近づかれたことを苦しむさまが描かれる。思いを遂げた端山も語り手に「あさまし」といわれる取り乱し方で、恋のはじまりとしては心許ない描写が重ねられる。

実際、端山が一品の宮に忍んだことは、早々に皇太后宮の知るところとなる。一品の宮の母皇太后宮だけは、皇后宮の息子である端山や花染に厳しく、また権力を持つ后として、院も遠慮せざるを得ない人物である。

かしこには皇太后宮、その夜院の御方にさぶらはせ給ひける、御心ちのさま聞かせ給ひて、急ぎわたらせ給へり。さばかり際々しき御心に、上よりほかにまたもおはしまさぬ姫宮なれば、さこそは塵も据ゑじと磨きたてまつらせ給ふに、この事顕れ行かばいかさまにと、思ふもあさましき事のさまなるに、幾ほどの日数も経ず、褥の下に文やありけん、御跡の方に懐紙や落ちたりけん、源氏・狭衣の例しはいづれか例に引かれけん、后宮知らせ給ひぬ。心憂しとも口惜しともなかなか誰にかはうち出でて仰せられん、御目もたたかず、御歯を喰ひつめて案じおはします。（巻三　九一―二）

「褥の下に文やありけん、御跡の方に懐紙や落ちたりけん」とは、『源氏物語』で柏木が女三の宮に忍んだ場面、『狭衣物語』で狭衣が女二の宮に忍んだ場面を引く[12]。両者を意識しながら、一品の宮と端山の恋は語られていくのである。独身の皇女を犯すという点で、狭衣のあり方に近いが、これらは婚姻が破綻したのちにも変奏されていく。

ひとまず、こののちの経緯を確認すれば、端山の恋は一品の宮の妊娠が発覚し父院が端山に一品の宮を盗ませるという方法で落ち着きを見せる。結婚に反対する皇太后宮も、周囲の取りなしや妊娠という事態に降嫁を黙認していくしかないのである。

かくしつつなほ絶えぬ行き合ひの橋は、まことに夢路にわたすかひなく、帰る朝ごとにまたながらへん事も覚えぬまで沈み給ふ事度々になりぬるに、一品宮の御心ちは、一筋にこの御心迷ひばかりにもあらざりける。御契りのあはれさは、神無月になりてぞあらはれ行きける。「かばかりになりにける御宿世は、何と一所たてさせ給ふとも、かひ侍らじ」と、殿とりもちて申させ給ふ。御けしきども憚るべき院の上、またかなしき事に思さるる大臣の事なれば、わざとも殿に御心を合わせけるにや、殿のおはする堀川の院の傍らの二条院は后宮のわが御殿なるに、忍びてわたらせ給へるを、言ふかひなく盗みきこえ給ひぬるよしなり。

（巻三　九六―七）

二人の恋はひとまず落着し、理想的な夫婦像を見せることになる。[13]『源氏物語』では柏木が死に、『狭衣物語』では女二の宮が出家する悲恋を先蹤とする恋でありながら、『恋路ゆかしき大将』では決定的な別離を招かない。ただ、悲恋を呼び込む予兆として、あくまで「盗み」によって二人の結婚が成ったことが示されるのである。

二、婚姻の破綻

次に、一品の宮と端山の婚姻が破綻する場面を確認しておきたい。一度は平穏な結婚生活を始めた二人だが、先掲の系図②に示した梅津女君という女性との出会いが端山を惑わせ、母皇太后宮の怒りを呼び、子どもまでいながら一品の宮が連れ戻されるという結果を生むのである。

梅津女君と端山を引き合わせるのは、実は一品の宮の縁である。一品の宮が頼りにする女房である斎宮女別当が病で梅津に籠もり、端山はその見舞いに行く。女別当の世話をするのは女別当の妹尼であるが、その妹尼には二人の娘がいた。そのうちの一人が端山や花染と同じく戸無瀬入道の血を引いているため、人並みに世話をしてほしいとの依頼を受けて、端山は接点を持つ。妹は恋路の両親が引き取り帝に入内させるが、端山は姉の方、梅津女君と呼ばれる女性に惹かれ、梅津通いを重ねることになる。

　人の御ほど今更思ひくらべられて、さてもかからずは、命も絶えぬべかりし事ぞかし、そら恐ろしく、いかでか仮にも心を分くるくさはひのまたもあるべきぞとはあさましけれど、なほまたかれも、さて絶えなんは口惜しかるべし。まどろめば夢に見えつつ、いと怨めしげなる面影の身を離れぬも、あはれに心苦しければ、え思ひ捨つまじく、この度ばかりこの度ばかりと思しつつ、わりなくして紛れ給ふ夜な夜なの数つもるを、例の御心迅さは、殿ぞ、いと迅くけしきとりきこえ給ひつつ、「世に聞こえてからき目にあひ給はんずらむは。院の上などはしも、際々しくもてなさせ給ひ、のたまはする事はあらじなれども、いま片つ方は、いさいさ、この度こそ知るまじ、いろふまじ」。　（巻三　一二四―五）

右は巻三の末尾であるが、点線部は端山の葛藤で、一品の宮への愛情は深く裏切ることなど考えられないといいながら、梅津女君を思い切るのも惜しいと迷う。梅津女君も端山を慕って夢に出るほどであり、結局、梅津へ行くことがやめられない。傍線部はそうした端山を見つめる恋路の感慨で、端山に甘い院はともかく、皇太后宮については一筋縄ではいかないことを想像する。

巻四で皇太后宮の耳に端山の梅津通いが届き、巻五の冒頭、一品の宮は母のもとに連れ戻される。

　月日重なれど、御消息をだに取り入れさせ〔ず〕、夜昼大宮の御傍らにのみ、もとともに起き臥させ給へば、つゆの隙もなし。（中略）明け暮るるにつけて、覚めやらぬ夢路に迷ひつつ、もろともに臥し給ひし帳の中に脱ぎ捨てられたる御衾、言ひ続けんにつけてゆゆしけれど、ふるき御枕と、残れる御匂ひのあたりにうち薫れるを、御形見にて、ひきかづきて泣き揉まれ給ふ折々多かり。皇后宮まして思し嘆きたれど、この度は、院の上にも愁へたてまつらん方なく、院も言葉交ぜにくう、「さばかり大宮のやんごとなく思しかしづかんと、塵も据ゑじともてなし給ひしかば、さこそ思ひしかど、その本意違ひにしかば。またさても穏しくこそ見給はめ、物怨じして取り持て来給へる事」と聞こえ給へど、いみじう怖ぢきこえ給へる御心ちにて、思ふばかりかやうにも聞こえ給はず。（巻五　一五〇―一）

手紙の取り次ぎさえ叶わず、端山と一品の宮の関係は絶たれる。点線部、端山は『長恨歌』を引き合いにして嘆き、端山と花染の母皇后宮もそうした端山の様子を見て院に救いを求める。しかし、頼みの院も、傍線部、一品の宮を疎かにした端山に対しては思うところがあり、皇太后宮に理があると口にする。前述のとおり、この妻が連れ戻されるという構図は、『いはでしのぶ』を下敷きとすることが指摘されている。(14)『いはでしのぶ』では、一品の宮と結婚した内大臣に、式部卿宮から託された女君である伏見大君との噂がたち、一品の宮の父である白河院の怒りに触れて二人は引き離される。こちらは悲恋のまま、内大臣は一品の宮を恋いながら死んでいくという結末を迎える。一方、『恋路ゆかしき大将』の一品の宮と端山は、周囲の協力により再び夫婦として暮らすことができるのは先述のとおりである。

端山が許されたのは、落丁部分があってはっきりしないものの、直接的には出家した父戸無瀬入道の手紙が功を奏したようである。位を返上して戸無瀬へ籠もるという方法が、皇太后宮の心を揺らした点も大きい。

このよし大宮は聞こしめすに、「さればよ、院の上の思し嘆かん事と、これを豪家に籠りおはするにこそ」と、いとど心疚しく口惜しと思せど、大臣の戸無瀬に籠りおはするほどの嘆き、世の青ざめたる事も、げになほざりの戯れとしも見えねば、かたがた思し乱れて明かし暮らし給ふ。この御心の中しも安からず。あぢきなくむつかしの世の中や。これも輪廻の業にこそあんめれ。大将も籠りおはして世を尽くし給ふ。

（巻五　一八六）

娘を奪った端山は憎いものの、端山蟄居に伴う世の騒ぎには平穏でいられない。皇太后宮は、たとえば『源氏物語』の弘徽殿大后のような、明らかな敵役としては描かれていないのである。[15]どちらかといえば、梅津女君に心乱された端山に非があり、戸無瀬行きは端山の心奢りを戒めるためにあったようにさえ語られる。

「さて戸無瀬に暫し籠りゐなん、（中略）かくただ同じ事を採み焦がれ思ふ〔とも〕、あはれを知りて、一言葉も情けをもかけ給ふ人やはある」と、げにはただかの御心一つの怨めしさにかこたれて、身を捨てんとも思しなるべし。「げに大宮の御戒めは強くとも、などかあはれをも知り給ふまじき」と怨めしけれど、そもまたけしき恥づかしければ出だし給はで、「深く怨めしと思しもやとりけんと言はば言はれなんかし」と思へど、男の御心ちには、ただ人の御咎によろづを思しなすにこそあんめれ。

（巻五　一八〇―一）

傍線部のように、戸無瀬行きを決意する端山は、一品の宮を怨むばかりである。父にすがって出家することを思う端山だが、戸無瀬でも修行に身を入れず一品の宮を恋う姿に、父は姿を隠してしまう。

去り果てん同じこの世に住めばこそ恋も怨みも共に嘆かめ

この上の山の峰に年ごろしめ造り給ひける御堂のそばの庵に、音なくてわたり給ひにけり。見給ふ大臣の御心中、悲しいみじともおろかなり。心細う、幼き児の足二つさし出だして「母や母や」と泣くらん心の中推し測られて、やがてこの礼盤に寄りゐ給ひて、続き落つる涙を咎むる人なく心やすきままに、つくづくと泣きゐ給へるほど、むげに弱々しく人わろけれど、げにまたいとことわりにあはれなりけり。

（巻五　一八三―四）

父入道の「去り果てん」の歌は、一品の宮への意趣返しに過ぎない戸無瀬籠もりを続ける端山の拒否である。戸無瀬入道は、端山と花染の母（入道の出家後、入内して藤壺女御となり、今は皇后宮）を振り捨てて出家しており、俗世に乱されることがほとんどない。一品の宮を諦めることのできない端山の罪深さに距離を置くのである。恋路は戸無瀬を訪ね、父に打ち捨てられた端山を見て、救済に乗り出す。

都には、殿まことにこの事ども思し嘆きて、院にも憂へ申し給ふ。この御心ちには、いかばかりかは、ただ皇后宮の思し召さんままにこそあらまほしく思さるらめども、大宮を所置き怖ぢきこえ給へる方の、またをさをさ劣らねば、「なほ大殿などのよく嘆きも申されよかし。まろをばただこなたざまにのみ思ひ給ふめれば」と思し煩ひつつ、「いかさまにも戸無瀬にさやうになほ跡絶え給ふらんこそ、心細う悲しけれ。さばかり同じはらからといふ中にも、親ざまにもなほざりならず頼みきこえかはしたりしものを。思ひかけぬ世の末に、かかる怨みを負う事、故院の亡き影に思さるらん事も、罪深う恐ろし」と思しのたまはせて、御消息こまやかに聞こえさせ給へる、御返りあはれにも恐ろしうも、憚りきこえ（落丁）　　（巻五　一九〇）

傍線部は院の言葉である。入道が戸無瀬に籠もっていることこそ問題だとして消息を送り、その返事によって端山が許され、再び一品の宮との婚儀を行う算段がついたことが想定される。その婚儀は「よろづ初めたる儀式」（巻五　一九二）のようで、先の婚姻が盗み出されたものであったのに対して、今度の婚儀は正式な降嫁として描かれる。二人の関係を否定し続けてきた皇太后宮も、この婚儀を終えてからは軟化し、端山と一品の宮は晴れて円満な結末を迎えるのである。

大宮も、さのみやは見まうく思されん。さるべき事〔に〕たち交じり給へるも、人より異に光殊にて匂はしう、これこそあてに美しき若き男の例しならめ、と艶に優なる御さまは、殿よりも大将よりもすぐれ給へれば、取り分き御目に立ちて、立ち居のけはひも御覧ぜらるるに、身に替ふばかりの御心ざしと言ひてもなほ余りある御仲らひにて、若君たちの御さまども、わざと作り合はせたらんやうにうつくしうらうたげなるを、時々も見たてまつり給ふには、いかでか御心の靡かざらん。男君も分きてこの御心をこそ怖ぢ憚りたてまつり給へれば、皇后宮もよろづを身に替ふばかり思ひたてまつらせ給へり。御あはひ目やすくあらまほしくぞなり行きける。院は思ふやうにいとも嬉しき事と思されたり。（巻五　一九三―四）

恋路と女二の宮の恋が、光源氏と若紫によって描かれたのに対し[16]、端山と一品の宮の恋は、柏木と女三の宮、狭衣と女二の宮、『いはでしのぶ』の内大臣と一品の宮といくつかの悲恋を縒り合わせながら形作られ、結末は他の物語と異なる幸福な大団円となっている。それは結局、一品の宮の母皇太后宮以外に端山を責める人物のない恵まれた環境の為せる技であろう。物語の目指すところもまた、恋の葛藤ではなく、状況が打開されて描かれる幸福な夫婦像なのである。

三、梅津女君の人物設定

ここで、斎宮の問題からは道が逸れることになるが、一品の宮と端山の破綻の原因となった梅津女君について触れておく。彼女は、魅力的だが頼りない女君として物語中の多くの男性と関係を持つ。男性を惑わせる存在ながら、端山が一品の宮を失った後は彼女のことをきっぱりと思い切るように、第一の女君とはなれない身分と性質であることも示される[17]。その登場は、一品の宮の女房の縁に導かれていた。

まことや、女宮の女別当なりし、取り分きむつましく思して、后宮も、さるべくわが御替はりとのみ、この御身のかげにて付けたてまつり給ひしが、神無月のころよりわづらひて、この梅津といふ所におはするを、さばかり心と惑はし給ひしころも、心寄せ殊にあはれ知りし嬉しさも、今はまた女宮の、かく煩ひ給ふをおぼつかなく心苦しく思したれば、かたがた訪はんとて、尋ねおはしたり。（巻三　一一二）

一品の宮の女房である女別当は、一品の宮が斎宮であった時分に伊勢まで付き従っており、母皇太后宮からの信頼も厚い。女別当は、妹尼とその娘について次のように語る。

女別当ぞ、「例へば、この尼の過ぎ侍りにしやうは、古里に眺め過ぐし侍りけるほど、故師宮の忍びて通ひ給ひ侍りけるにや、みづからは宮のいはけなくて下らせ給ひし御供に侍りしかば、宮の姫君一所おはすと見置き侍りしままなるを、宮失せ給ひて後、さのみもえあられぬ古里にて侍りければ、故上の御もとへわたり参りてさぶらひ給ふと、はるかに伊勢まで言ひおこせ給ひしが、故上失せ給ひて、大臣も戸無瀬に籠り給ひしころの紛れに、また姫君を一所身に添へたてまつりて、この年ごろ、いかにしもてなしたてまつらんと、嘆きにて侍り。かかるさらば御ついでに、御覧ぜられ侍りにしかな」と聞こえ給ふ…（巻三　一一四）

姉である女別当は斎宮のもとへ出仕し、妹は師宮の愛人として過ごしたのち、戸無瀬入道の北の方の女房となって、そこでも子を生んだことなどが語られる。梅津女君は、師宮の娘である。もちろん、女別当は一品の宮の女房として梅津女君と端山を近づけることを阻止しようとするが、病が悪化して死去してしまい、一品の宮の不運を救うことはできなかった。

この女別当の経歴については、一品の宮と端山が引き離されている期間に、女御として入内した梅津女君の妹に恋路が心惹かれる場面に再び語られる。

おほかた、尼上と故女別当の君とは、大上の一つ腹にはあらざりけり。某の博士とか世に聞こえたりけるが、男子も持たで、ただ一人ありける女によろづを授けて、故大臣にさぶらはせけるを、御覧じ放たざりける腹になん、この二人は出でき給へり。大臣も上もおはしけるほどは、聞こえだに出でず、里に籠め置きて、おのが心一つかしづきけるを、一品宮のいはけなくて下らせ給ひけるに、聞こえ出でて、姉は参りて女別当にもなりけるなるべし。

（巻五　一七〇―一）

女別当の姉妹が博士の家系に連なること、しかし表立つことのない環境で育てられたことなどが語られる。一見、軽薄さのうかがえる梅津女君に対しても、「そこひなき学問のほど（中略）底を究め給へりけり」（巻五　一七〇）と語られ、女性としての魅力だけでなく、学問に通じた反応の良さが梅津女君の捨て置けない魅力となっていることがわかる。

七、八歳で伊勢に下る斎宮につけられた女別当であるから、その主眼は教育にあったと考えられる。『源氏物語』などでも斎宮の女別当は歌の代筆もこなす教育係として描かれていた。こうした女別当の教育を受けた一品の宮と、梅津女君が持つ学問の基盤は共通するのである。『恋路ゆかしき大将』における男主人公は、恋路、端山、花染の三人であり、それぞれの伴侶は女二の宮、一品の宮、帥中納言女[18]として落着する。ところが、女主人公という面では、女二の宮と一品の宮は揺らぎないものの、最後の一人としては梅津女君の役割が大きいのである。巻五、端山と一品の宮の関係が落ち着いた後半では、梅津女君の男性遍歴が語られる。恋路も興味を抑えることができずに関係を持ち、心惹かれるが、その中で次のように思う。

殿もつと心にかかり給ひて、「いかにせまし。時々も隠し置きて見るわざもがな。なべて皆さのみこそあらめ。思し入るべき事か。枝さしかはし便なきさまならねばさのみこそあるわざなれ。源氏の物語の薫大将も、帝の御むすめを持ちたてまつりながら、手習ひの君近きほどに迎へんとは作らせけり。例しなかるべきにもあらぬ」（中略）いかさまに思ひなしあらまし給へどもすべきやうはなきながら、心にはつとかかりたり。
（巻五　二〇六―七）

恋路は、梅津女君を「手習ひの君」すなわち浮舟になぞらえる。自身を薫にあてはめる恋路の思考をとおして、宇治十帖の大君、中の君、浮舟という三姉妹の物語のように、三人目の女主人公となる可能性を呈示するのである。ただし、梅津女君はだれの妹でもない。一品の宮とは女別当を介して繋がり、また端山や花染とは妹を介して繋がるが、深い血縁を持たず、そのために恋路、端山、花染すべてと関係を持つことができるのである。彼女の結末は、物語全体の結末でもある。

大将ぞ、例のいとうらなく殿にも聞こえ給ひつつ、「かかる事こそ侍らね。たまさかにも心かはし行き通ひ侍りしものを」と、かこちたてまつり給へば、こまやかにうち笑ひ給へど、ほど経るにしたがひて、また逢ひ見ん事はあるまじう思し固めたれば、かひなし。いかなるべき人の果てにかとあやしく。次々の巻になんと本に。
（巻五　二一四）

花染（大将）は梅津女君との逢瀬を重ねているが、恋路と関係を持って惹かれた梅津女君は花染には冷淡である。その花染の愚痴は恋路の耳にも届くが、恋路は既に終わったものとして梅津女君に逢う気がない。まして、一品の宮との別離に懲りた端山がこの話題に登場することもない。花染のための、最後の女主人公として存在するかのような梅津女君は、繰り返しその魅力が語られながら、「伴侶」として落ち着く女二の宮や一品の宮の位置には立ち得ないのである。

梅津女君は、斎宮女別当の姪という女房格の女性である。自身の魅力のみを頼りに、多くの男君を翻弄し、一時は大臣の北の方にも収まる。[19] 女二の宮や一品の宮という最高の身分の女君を語る『恋路ゆかしき大将』の中で、それは異質な活躍といえよう。しかもその魅力は、外見の美しさだけではなく、学問に深く通じた教養に裏打ちされている。梅津に籠もっているとはいえ、都で十分に通用する女性なのである。しかし、端山も恋路も、結局は正妻を選ぶ。一度は一品の宮と端山の婚姻を破綻させた女君ながら、彼女が皇女たちを凌駕することはない。秩序を乱す資質を持つ女性を登場させながら、彼女の敗北を語ることで、『恋路ゆかしき大将』の物語は展開することをやめるのである。

四、鎌倉期の斎宮像と一品の宮

最後に、一品の宮に附された斎宮経験という過去について、物語がどのような役割を見出しているのか検討する。伊勢から戻った前斎宮については、『源氏物語』の秋好中宮をはじめとして、さまざまな物語に存在してきた。しかし、帰京してすぐに一品に叙されたこと、入内ではなく臣下との恋が書かれたことについては先蹤が見当たらない。一品の宮という身分を置いておけば、『狭衣物語』における堀川の上と堀川の大殿の物語が想起されよう。しかし、堀川の上の恋は、物語の過去にあるだけで語られることはない。『恋路ゆかしき大将』が斎宮を女主人公の一人として描いたことは、やはり他の物語に見られない特徴なのである。

『恋路ゆかしき大将』の成立は、鎌倉末期か、あるいは南北朝にかかるかという中世王朝物語群においても末期の作品である。改めて史実の斎宮を認識し直す必要があろう。斎宮は後醍醐朝を最後に選ばれなくなり、斎院はそれより早く後鳥羽天皇皇女・礼子内親王が最後である。斎宮、斎院が本当の意味で失われた時代の物語を見据えるために、まずは鎌倉時代の斎宮を並べてみたい。

高倉天皇（11）
【惇子内親王】在位五年　父後白河天皇／母藤原公重女
【功子内親王】在位一年　父高倉天皇／母藤原公重女
安徳天皇（3）
後鳥羽天皇（13）
【潔子内親王】在位十二年　父高倉天皇／母藤原頼定女
土御門天皇（11）
【粛子内親王】在位八年　父後鳥羽天皇／母藤原信清女
順徳天皇（11）
【熙子内親王】在位六年　父後鳥羽天皇／母源信康女
仲恭天皇（1）
後堀河天皇（11）
【利子女王】在位六年　父守貞親王／母藤原陳子　※卜定時に内親王宣下。
四条天皇（10）
【昱子内親王】在位四年　父後堀河天皇／母藤原兼良女
後嵯峨天皇（5）
【曦子内親王】在位一年　父土御門天皇／母源有雅女
○**後深草天皇**（12）

亀山天皇
【愷子内親王】在位九年　父後嵯峨天皇／母藤原親秀女
後宇多天皇（13）
○**伏見天皇**（11）
○**後伏見天皇**（3）
後二条天皇（7）
【奨子内親王】在位二年　父後宇多天皇／母藤原忠子
○**花園天皇**（10）
後醍醐天皇（21）
【懽子内親王】？　父後醍醐天皇／母藤原嬉子
【祥子内親王】？　父後醍醐天皇／母藤原廉子

天皇名のあとの（）は在位年数で、厳密なものではなく足かけである。院政末期から鎌倉初期にかけて、安徳天皇など在位の短い天皇に限って起きていた斎宮の断絶が、後深草天皇に至って明確に現れる。後深草天皇に置かれなかった理由はわからないが、○で示した持明院統の天皇たちが斎宮制度から手を引いているように見える。また、亀山天皇は院政を行った後宇多天皇時代に元寇が起きた際、伊勢神宮に祈りを捧げている。亀山天皇の伊勢へ祈るという意識を受け継ぐようにして、大覚寺統の後二条天皇や後醍醐天皇は斎宮を任命することに重きを置いている可能性もあろう。

院政期についてては省略したが、天皇との関係よりも院政を行う上皇との血縁が重視される傾向がある。右にあげた斎宮たちを見ても、後鳥羽天皇が譲位したのち、土御門天皇や順徳天皇の御代に自身の娘を斎宮としていることが注目されよう。天皇の即位年齢が幼いことも理由の一つだが、祭祀に関わる権利も上皇が担うことの宣言の意味合いも強いと思われる。皇統が切り替わった時などに再注目される祭祀の問題であるが、院政を敷く上皇たちも同様の注目をしていることは、院政が歪んだ制度であることをどこかで認識しているからだろう。

また、院政期から鎌倉時代の斎宮、斎院に通じる問題として、女院が挙げられる。野村育代氏が天皇家の財産を管理相続するものとして未婚女院を捉えた際に、彼女たちのほとんどが斎王経験者であることを指摘した[20]。この指摘を受けて、榎村寛之氏は次のようにまとめる。

十二世紀の斎王は、院の支配の下で、天皇家の家産管理者である未婚女院を作る前提として機能していたものと考えられる。それは、あたかも、天皇が院になるための通過点と意識されるのにも似た立場であり、その性格ゆえに、次第に伊勢に群行するかどうかすら問われなくなったと考えられるのである[21]。

斎宮のうち、女院号を受けたのは白河朝媞子内親王（郁芳門院）、後白河朝亮子内親王（殷富門院）、後堀河朝利子内親王（式乾門院）、後嵯峨朝曦子内親王（仙華門院）、後二条朝奨子内親王（達智門院）、後醍醐朝懽子内親王（宣政門院）である[22]。一方で、女院号もなく薨去の時期さえわからない斎宮もおり、斎宮、斎院を肩書きにして時めく内親王と、全く顧みられない内親王の二極化を見るべきだろう。

『恋路ゆかしき大将』を、こうした院政期から鎌倉時代にかけての斎宮のあり方に引き比べてみると、天皇と斎宮がきちんと父娘関係にあることは注目される。奈良時代から平安時代に行われていた（実際は異なっていても理想とされていた）卜定のあり方をなぞるような父天皇と娘斎宮の一対は非常に王朝物語らしくあるのだが、斎院や別の斎宮などが周囲に一切見当たらない。院の子どものうち皇女は一品の宮と女二の宮のみ、帝にも東宮にも未だ子はいない。絶望的なほどの皇女の少なさであるのに、それは問題化しないのである。

『恋路ゆかしき大将』における一品の宮は、確かに院政期以前に見られた当子内親王や良子内親王のように、皇女の少ない中で愛する娘を伊勢へ送る形態に近いといえよう。しかし、一品の宮でありながら天皇家から離れることを容認するあり方は平安期と大きく異なる。物語の世界を例にとれば、『狭衣物語』で狭衣と結婚する一条院の一品の宮（斎院経験者）や『いはでしのぶ』の一品の宮、『我が身にたどる姫君』の一品の宮などは、いずれも天皇家から離れることはない。『狭衣物語』では、狭衣と婚姻関係にあっても一品の宮は自邸で暮らし、狭衣は婿として迎えられる。『いはでしのぶ』は一度、密通によって離れかけるも院によって連れ戻されるという『恋路ゆかしき大将』の一品の宮の悲恋バージョンとなっている。『我が身にたどる姫君』では、帝に密通されるという異例の物語を紡ぐが、彼女は最期まで男性関係を拒み、母我が身女院の望んだあり方を全うしようとする。

『恋路ゆかしき大将』において、一品の宮も女二の宮も、大切に育てられた皇女であることは確かだが、まず誰よりも父院が手放すことを惜しまないのである。そして、天皇家から皇女が失われていくことも問題にしない。お気に入りの恋路や端山が伴侶を得ていれば、院は満足する。皇統の継承や制度の維持に苦心することのない『恋路ゆかしき大将』の院のメンタリティからは、一品の宮に与えられた斎宮という経歴も、女二の宮が片付いてからの登場という時間差を生む以外の意味を見出すのが難しいのである。父天皇と娘斎宮という理想的なあり方であるのに意味づけされない、形骸化した中世の斎宮を引き継いで描かれているのであり、それは王朝物語が描いてきた皇統の問題系そのものが物語世界から離れつつあることを明確に示すといえよう。

おわりに――斎宮経験者の結末――

『恋路ゆかしき大将』の斎宮を軸に、斎宮制度末期のあり方も交えて論じた。鎌倉末期から南北朝期という成立年代を背景とした『恋路ゆかしき大将』における一品の宮は、斎宮としての過去を活かした造型がなされているとは言い難い。その事実は女君に与えられた「斎宮であったこと」という特質が特質にならない時代の到来を我々に示してくれる。斎宮制度が重要な物語を紡ぐのは、京にとって伊勢が遙かに遠い場所であり、また伊勢での祭祀が帝位と関わるものとして意識されるからである。伊勢と京との距離感が変わり、伊勢神宮やアマテラス祭祀が大きく変貌する中世の中で、斎宮という主題が失われていくのは当然の帰結であった。「斎宮の文学史」の恐らく末尾にあたる『恋路ゆかしき大将』が、恋される一品の宮にして斎宮経験者を描き、且つごく平和な結末に終わるのは、斎宮が遙か古代に創始されて以来抱えてきた皇統との関わりや禁忌性といったテーマが斎宮の手を離れたことを意味するのである。

注

（1）田中貴子『聖なる女』（人文書院　一九九六）、勝亦志織「〈天皇家〉における女性の役割」（『物語の〈皇女〉』笠間書院　二〇一〇）。

（2）「恋路ゆかしき大将」（『物語文学の研究』笠間書院　一九七四）。

（3）市古貞次・三角洋一編『鎌倉時代物語集成』三巻　笠間書院　一九九〇）、田渕福子「『恋路ゆかしき大将』の成立」（『中世王朝物語の表現』世界思想社　一九九九　初出一九八四）等。
（4）拙稿「物語史の中の斎宮、あるいは逆流するアマテラスの物語」（本書終章）参照。
（5）「いはでしのぶの宮の君めきて、よろづに移ろひやすくあだなるにもあらず」（巻五　二〇四）。
（6）吉野の三姉妹については、系図には示さなかったが、吉野致事大臣の三人の娘で、長女は恋路の父、次女は端山、三女は花染に妻合わせられる。長女については、恋路の父の愛人である一方、恋路とも関係を持つため、結局は三人とも男主人公とそれぞれ結びつく。この三人については時折、後日談が挟まれる程度に関心が払われていく。
（7）一品の宮の登場の直後の場面で、恋路は女二の宮と新枕を交わす。女二の宮の父である院の意向どおりであり、一品の宮の動向を挟みながら、巻二の終わりに無事に婚儀が行われる。
（8）勝亦「斎宮・斎院・一品宮、そして女院へ」（注1先掲書）。
（9）注8勝亦論文は、一品の宮について「后腹の皇女中では第一皇女」という二つの条件を挙げ、史実においても物語においてもそれが守られていることを指摘する。助川幸逸郎「一品宮」（『中世王朝物語・御伽草子事典』勉誠出版　二〇〇二）も参照した。
（10）平安時代から鎌倉時代にかけて一品に叙された皇女は、注8勝亦論文によれば一三名である。
（11）裳着前の女二の宮を垣間見した恋路が、女二の宮に雛屋を作らせて献上したことを聞いた帝（のちの院）は、その反応を面白がり、裳着をしたばかりの女二の宮を「ここにさがなく不要なる小女房の侍るを、子にし給へ」（巻二　五五）と扇さえ取り上げて恋路と対面させる。また、恋路の邸に女二の宮を派遣して宿泊させるのであり、帝の倒錯的な楽しみがうかがえる。
（12）『源氏物語』で女三の宮と柏木の関係が露顕する場面は、「御褥のすこしまよひたるつまより、浅緑の薄様なる文の押しまきたる端見ゆるを、何心もなく引き出でて御覧ずるに、男の手なり。」（若菜下④二五〇）、『狭衣物語』で大宮が女二の宮に男が忍んだことに気づく場面は「ひめ宮の御あとの方に、懐紙のやうなるもののあるを、「何ぞ」と、御覧ずれば、白き色紙なども、(なべて)見ゆるにはあらぬが、少ししぼみて、移香なども世の常の人のとはおぼえずしみ深うて」(巻二 一三二)とある。

(13) 「内の大臣の若君の御五十日に、二品宮出でさせ給ふに、二品宮具したてまつりて、殿もわたり参り給はんほどの、御心設けども、いづ方にも疎かならず。」(巻三 一一〇)。端山と女一の宮は子どもを挟んで理想的な一対として語られる。皇后宮の許しもあり、一度は大団円が目されてから、改めて破綻が語られる。

(14) 辛島正雄「中世物語史私注」(『中世王朝物語史論下巻』笠間書院 二〇〇一)、助川幸逸郎「『恋路ゆかしき大将』における〈王権物語崩し〉」(『国文学研究』一三六号)等。

(15) 『源氏物語』における弘徽殿女御(大后)は、光源氏と朧月夜の関係を問い質すなど、光源氏側からみて敵役と造型される。もちろん、政治的には優れた后であり、藤原氏として正しい行動を取っていることはいうまでもない。

(16) 恋路と女二の宮の関係は、光源氏と若紫を下敷きにする。特に、恋路が「虫も雛も一つにて濡れて苦しみあるまじきさまにしつらはせ給へる雛屋」(巻二 五二)を作らせて献上するさまは、若紫の機嫌を取る光源氏を鮮明に描く。注14辛島論文や宮田光「『恋路ゆかしき大将』補考」(『東海学園女子短期大学国文学科創設三十周年記年論文集』和泉書院 一九九八)、『中世王朝物語全集』における「解説」でも触れられている。

(17) 梅津女君に対しては、「あだあだしさ」(巻五 一九六)や「今めかしきにのみ迷ふ片心」(巻五 一九九)が語られ、端山、恋路、花染全員と関係を持つなど乱れた人間関係を引き寄せる性質の女君として造型される。助川幸逸郎「『恋路ゆかしき大将』における〈物語破壊〉」(『物語研究』六号 二〇〇六・三)参照。

(18) 花染は巻三で、恋路の仲介により帥中納言の娘を得る。特に障害もない恋ながら、花染は、のちに梅津女君と関係を持つことはあるものの、この姫君を正妻として落ち着く。

(19) 「まことや、この大臣の返したてまつり給ひし大臣には、やがて大将かけて、按察使大納言なりにき。梅津の姫君を追ひありきたてまつる御司にこそありけれ。」(巻五 一八五)。梅津女君は、一度は内大臣の北の方として子を生み、安住する可能性を持ちながら、また他の恋を引き起こしていく。

(20) 野村「中世における天皇家」(『家族と女性の歴史　古代・中世』吉川弘文館　一九八九)、「女院論」(『シリーズ女性と仏教』三巻　平凡社　一九八九)。
(21) 榎村「斎王制と天皇制の関係について」(『律令天皇制祭祀の研究』塙書房　一九九六)。
(22) このほか良子内親王や善子内親王は准后、准三后などに叙されている。

第十七章　〈斎宮経験〉の視点から見る『我が身にたどる姫君』の前斎宮

はじめに

『我が身にたどる姫君』は、八巻からなる長編の物語で、その内容的に二部構成として把握されることが多い。第一部は巻一から巻三、女主人公である我が身姫をめぐる恋の様子が描かれる。第二部では、巻四から巻八まで、我が身姫ほか第一部の子、孫以後の世代の姿が、恋と政治の両面から描かれている。(1)『我が身にたどる姫君』の成立年代を考える上では、文永八年（一二七一）成立の『風葉和歌集』に入集していることが重要であるが、実は『風葉和歌集』には『我が身にたどる姫君』の歌は巻四までしか入集していない。いくつかの可能性が考えられるが、(2)ともかく鎌倉前期の作品として大まかに理解しておきたい。

本章で扱う巻六は、『我が身にたどる姫君』の中でも特異な位置を占める。それは、巻五のならびにあたり且つ巻六に描かれる内容が極めて個性的であるからである。前斎宮のあり方、それを取り巻く女房、更には末尾で兜率天へ往生する女帝と女房たちなど、描かれる登場人物は独自の論理で以て躍動しており、『我が身にたどる姫君』に関する先行研究を見ても、巻六を扱ったものは多い。

巻六、特に前斎宮を中心に扱う先行研究では、まず金子武雄氏が、(3)ついで徳満澄雄氏が(4)彼女を「狂前斎宮」としたのに代表的なように、その奇矯な振る舞いが注目されてきた。賢明な異母姉である女帝との比較から、前斎宮の物語はいわゆる「烏滸物語」としてあるという見方が中心であろう。一方で、前斎宮の在り方を狂態と嘲笑するのではなく、女帝を相対化するもの、或いは男性の論理に絡めとられることのない自由さとして評価する論も少なくない。特に、同時並行して描かれる女帝とその女房たちの極めて禁欲的な女だけのコミュニティと、「狂態」とされる前斎宮と女房たちの同性愛的な空間を、優劣の関係ではなく、表裏のものとして捉える視点は重要であろう。それは末尾の兜率天往生の問題とも少なからぬ連関を見せる。

本章では、巻六の中心人物である前斎宮に焦点をあてる。「狂」を冠されやすい前斎宮の言動は、どのような位置から発せられたものか。そして彼女の存在は物語においてどのような意味を持つのか。前斎宮に影響を与えたであろう〈斎宮経験〉を視野に入れながら、前斎宮の造型を明らかにし、対置される女院との関係について考えていきたい。

一、前斎宮の設定と問題の所在

巻五の結び、三条院が女帝の死を知り、「夢かうつつかとも、なほおろかなり、とぞ」（巻五②五八）と呆然と佇むさまが描かれたのち、巻六は時を遡って前斎宮を描き出す。

新しき御代にかはらせ給ひにし斎宮、育み奉らせ給ひし御匣殿も失せて、そのおととの人納言の君といひしが尼にて行ひゐたる古里にぞ帰り給へる。「嵯峨の院にや」など、人も聞こえさせしかど、「すべて、いまだ見ぬ人なれば、あへなむ。世離れたる山住みに、見も知らぬ人の交じらむもあいなし」など、厭はしげに思し召したりしかば、たれかはなほも聞こえむ。さすがに勅旨などひとつばかりは、大納言の君のためも所せからむとて、分かち奉らせ給へれば、忍ぶ草の中に住み給ふを、右大将は、雲の上の、さこそ及ばぬ、ことわりと聞こえながら、ありふるままの心尽くしを思ひさまさぬ慰めにも、紫の色やかよふとにや、五月雨の軒のしづくにまぎれて、かいば見し給ひけり。（巻六②七〇）

冒頭は「新しき御代にかはらせ給ひにし斎宮」と語られる。「新しき御代」とは即ち女帝の御代であり、これから語られる時間が女帝の御代と平行するものであることが明らかに示される。女帝の前の斎宮であるから、三条帝の御代の斎宮、とすれば伊勢にいたのはせいぜい五年である。(5) しかしながら、帰京した前斎宮の境遇は心細い。前斎宮の母である御匣殿は亡くなっており、皇后腹の娘（女帝）のみを可愛がる父嵯峨院はその引き取りを拒否する。結局、御匣殿の妹尼のところに身を寄せることになる。まさに「零落した女宮」、不遇を託つ高貴な女性の典型としての場面設定が為され、それに吸い寄せられるように女帝を慕う右大将が彼女のもとを訪れる。「紫の色やかよふ」は、女帝の異母妹であることに期待する表現であり、垣間見は新たな恋物語の始まりを予感させる。

障子ひとつを隔てて、これも火いとあかきにぞ、しつらひなどさすがにしるけれぱ、目をつけて見給ふに、同じほどなるに若き人二人、いづれか主ならむ、さしもあるべくもあらず。ものあつれてなりゆくころを、薄き衣を引きかづきたるうちに、かぎりもなく、息もせざらむと見ゆるほどに、首を抱きてぞ臥したる。さるは、何といふにか、うち泣き、鼻うちかみなどもす。あはれにかなしきことやあらむと見るほどもなく、また耐へがたげに笑ふ。心得ず見給ふ。衣の下も静かならず、何とするにか、むつかしうもの狂ほしげなるに、さま変はり、ゆかしき方も交じれど、あやにくに心深く、馴れ馴れしきすぢを好み給はぬ人は、見だにも果てず出で給ひぬるを、知らぬこそくちをしけれ。いかばかり取りも付きて慕ひ聞こえまし。

（巻六②七〇―一）

しかし、右大将が見たのは、女房と戯れる前斎宮の姿であった。女房の首を抱いて臥せる前斎宮は右大将の理解を超えていたのか、彼は早々に退散することになる。

「見も果てず」に垣間見から逃げ出す右大将は、そのまま読者の視点に重なろう。冒頭の語りだしから予感させた「女を発見する物語」は見事に裏切られるのである。巻五までには、帝としても女としても慕わしい女帝の姿が存分に描かれてきた。その異母妹であり、京から隔絶されていた前斎宮の帰京が紡ぐであろう「ゆかりの恋」は、前斎宮自身によってあっさりと崩壊するのである。

ここでいくつか先行研究を確認しておきたい。『我が身にたどる姫君』研究において、前斎宮と女帝の問題は最も論考の進んでいる部分である。『我が身にたどる姫君』が紹介されて以来の理解としては、先掲の「狂前斎宮」という呼称や今井源衛氏の「愚かな軽はずみの女」「色情症」[6]といったものが主流であった。しかし、辛島正雄氏が「女帝と前斎宮とは、鋭く相対峙するかに見えて、そのじつ根っこの部分では、むしろ共通するものをもっているようなのだ。」[7]として、女帝と前斎宮との間にある「レズビアニズム」という共通性を見出す。それを受けて小島明子氏がまとめるように、「男と女――（中略）巻六の前斎宮と女帝、そしてその女房たちは、その二項の片方を投げ捨ててみせた。男性の存在がもたらさざるを得ない女性の悲哀に、意表を突く一つの救いの形を提示したのである。」[8]と巻六の、世の常識を相対化するような在り方への注目が為されている。「女帝」なるものの問題に特化したという点でいえば、木村朗子氏の女院との比較から「〈生む性〉の放棄[9]」をした存在としての女帝という指摘も重要であろう。また大倉比呂志氏は近年、これらの研究成果を踏まえながら、女帝と前斎宮の〈類似性〉と〈対照性〉に着目して〈管理能力〉という視点から論じている。[10]

女帝と前斎宮が対となる存在であること、あるいは類似した存在であること、その見解は実のところ、それぞれ矛盾せずに共存できよう。前斎宮が女帝の「鏡」であり、同じところに根ざした姉妹であるからこそ、両者の比較は有効なのである。しかし、本章で立ち止まって再度考えてみたいのは、聖と俗、賢と愚に振り分けられる姉妹が、なぜ「女帝」と「前斎宮」でなければならなかったのかという問題である。女帝の先例は奈良時代まで遡らねばならず、優れて聡明な『我が身にたどる姫君』の女帝は、物語が拓いた新境地としてどこまでも称揚される。[11]しかし一方で「前斎宮」と呼ばれる女性は多い。史実にも物語にも、もちろん『我が身にたどる姫君』が描かれた時代にも現実に存在し、「女帝」ほどの目新しさ、特異さはなかったはずである。もちろん、『我が身にたどる姫君』の前斎宮は女帝に劣らない個性を発揮するわけだが、そこにずっと付き纏う「前斎宮」という経歴はどのような意味を持つのだろうか。任を終えて帰京した斎宮であるとして登場したこの女宮造型を支える〈斎宮経験〉の機能について、本章では明らかにしていく。

二、前斎宮の居住空間

前斎宮の不遇は先に述べた通りであるが、叔母である大納言の君のあしらいが、前斎宮の過ごす京の空間を更に決定づける。退下した前斎宮が、どのような場に生活したのか、まずは確認していきたい。

大納言の君、思ひつかざりし人の、おはし所なくて移ろひゐ給へるばかりなれば、差し出で見、後見聞こゆべく思し掟てしかど、ことざまの見給ひしに、「いとよしなし。老いての果てに、我が身もけしからぬ名もこそ」と、あいなかりしかば、仏の御前に深くたて籠りて、悪し良しものたまはず。御衣などやうのことは、御匣殿のおはせし時より仕うまつる老人にいひつけて、いみじうもの疎く隔て多くもてなしたるを、思はずに恨めしう、かつは饗応にうち泣きなどし給ひしかど、「心のままにならひて、むつかしうやと思ひしに、いとよし」と突きしろひて、ただ御心ひとつにまかせて、明かし暮らし給ひけり。この世の思ふことなきためしといひつべし。されど、それしもぞ、たえず嘆かしげなること、ひまなくおはする。　（巻六②七一―二）

既に出家している大納言の君は、前斎宮の存在を受け入れかねている。親の喪が退下理由になることからすれば、御匣殿は斎宮卜定以前に亡くなっているのであって、大納言の君にとってこの姪は突如現れた異分子に過ぎない。一度は後見をしようと思うものの、手に負えないと気づくや距離を置く。前斎宮としては、父院に見捨てられた以上、この叔母に頼るしかないのだが、彼女の求める肉親の慈しみは得られない。その落胆と強がりが、傍線部「心のままにならひて、むつかしうやと思ひしに、いとよし」に顕れている。

興味深いのは、伊勢で過ごした時間が「心のまま」のものとして回想されることである。前斎宮にとって、斎宮での暮らしは苦労ばかりではなかった。

伊勢よりは、中将といひしぞ、何ゆゑにか、かぎりなく御おぼえにて、夜昼ひこじろひ、泣きみ笑ひみ、離れ給はざりしほどに、小宰相とてまだいと若き、この三四年ばかり、都によすがなく、思ひわびて、めのとのゆかりにて参りたりし人、のぼり給ひしまでは言もなかりしが、　（巻六②七二）

とあるように、前斎宮を取り囲む女房たちはみな斎宮在任中から共にあった者ばかりであるし、

御匣殿の御あともことなることなく、院より参りし尾張の勅旨田もいかめしうもあらぬを、伊勢にては、げにたいだいしからざりし御ならひ、「人わろからで、ただ少納言にいへいへ」と、古りたる尼を、そこどころ

なき若人どもを御使にて出で代はる僧の装束、もの好ましうせさせ給ふ。「呉服よ、呉服よ」と、もて騒がる。また、折々のきり女房のことまでひまなく仰せらるるに、少納言いとわびしう、目眇見をのみ据ゑて思へど、わざとならねど形代に御乳を参らせしが、いとらうたくおはしまししし、など、このごろ見奉る人よりは、いたはしげに思ひ聞こえたれば、志を添へて、「うるさし」とのみもいはぬままに、尼上の、年ごろいみじう、息音もせず、かいしたためて、立ちゐる人の影だになくて住み給ひし掟引きかへ、まぎるることのひまもなく、きびしくかしがましきに、尼上、いとわびしくて、「あはれ。山里の心安からむをがな。移ろひゐなむ」と思ひ設けさせ給ひけり。（巻六②八五—六）

と、伊勢時代の方が物質的には豊かであったこと、そして特に諌める者もいないために当時と同じ感覚で暮らしていることが語られる。この伊勢での生活との落差は、次の家人・遠仲の言葉からも確認できる。

いとかしこきついでに、あてき、扇二つ、陸奥紙に包みて持てゆきて、「御心見むとて扇借れば、さばかりの物だに惜しみて。あなうたて。くは、蚊払ひよ」といへば、「あな、うれし。よく申させ給ひたり。伊勢にては、何ごともかばかり頼りなくも侍らざりしものを。京ばかり、遠仲がため、からかりける所こそ侍らね。これ御覧ぜよ。狩衣、指貫もかくぞ侍る」といふ。また参りて申せば、「げに、まぎるるほどに、たれも忘れてけり。いとほし」など、ことのほかに大夫ものよければ、安芸、悪しうやは申したると思へど、心ばへおいらかなる人にて、ことよくも言ひ聞かせず。（巻六②八四—五）

実際、前斎宮の所持する「尾張の勅旨田」の収入はそれほど頼りになるものではない。加えて、家人など下々の者の生活を気にする思考を前斎宮はしないのである。女主人としての家政能力のなさは明らかであるが、それを教え導こうとする者は前斎宮の周囲にいない。本来それを担うべき大納言の君は前斎宮に巻き込まれることを恐れ、干渉しないのである。しかし、斎宮での生活の延長のままに暮らす前斎宮のあり方は、大納言の君の質素な生活とは相容れず、それを制御する術を持たない大納言の君は、前斎宮のいない山里へ「移ろゐなむ」と願うようになる。

前斎宮の居住空間は、伊勢からの延長にある。取り巻く女房も家人もみな伊勢での生活を基盤に持っており、特に前斎宮自身が斎宮の任を離れ、朝廷が面倒を見てくれる生活が終わっていることをどこか理解し切れていないかのようである。こうした生活能力の低さは、結局、大納言の君を外へと押しやることになる。

大納言の君、何となくものまぎらはしきがわびしくて、故女院にさぶらひし按察使の君の、宿直所めかしくて、嵯峨に少し引き退きて山際の方にありし家に、女院おはしまさでは、やがてさま変へて籠りゐたるが、伽せむ人もがなとのたまふなる、もとよりゆゐありて、仲良かりし人にて、いとよく語らひて、六月にはにはかに渡りぬ。（巻六②八八―九）

と、不意打ちのようにして叔母は邸を出て行ってしまい、前斎宮は一人取り残される。しかもこの時、大納言の君は家財道具一式を持って行く。

年ごろ住みつる所なれば、かりそめの住まひ、何ばかりならねど、物の具など取り渡させ、行ひの具、またさすがに御匣殿の世よりある、足少し剥げたる唐櫃なども取りやるに、宮の御方の人々、「いとあやしう、こはいかに。物の具運びそ」といひ騒ぐに、…（巻六②八九）

前斎宮の母御匣殿ゆかりの品もみな引き上げてしまうのであって、前斎宮にとってこの叔母の喪失は亡き母との縁が断たれるにも等しい意味を持つ。前斎宮の愚かさが招いたことと結論づけるのは簡単だが、かつて育んでくれた母、後見であるべき叔母を失った前斎宮の居住空間は、結局のところ斎宮在任中と同様の野放図なものに戻るしかない。伊勢で育まれた「心のまま」に生きる前斎宮を大納言の君は教化できなかったのである。

伊勢下向前と繋がる亡き母の調度も、自身を京での生活に導いてくれるはずの叔母も失った前斎宮は、残されたゆかりである姉の女帝への接近を希求する。こののち、大納言の君の出奔が、女帝の同情を喚起し、荘園の譲渡があって前斎宮は平穏な暮らしを手に入れる。しかし、そうした女帝の援助は、前斎宮を京に馴染ませるためにあるわけではない。むしろ、後見もないままに物質的に豊かになったことは、伊勢時代の生活を再現することに寄与していよう。叔母を失い、女帝の援助を得たことによって、前斎宮の居住空間はどこまでも「心のまま」の、制御する者のない場として固定されたといえよう。

三、前斎宮の望むもの

前斎宮の京での居住空間が、叔母を追い遣ったことにより、いつまでも伊勢時代の延長にあることを確認した。しかし、斎宮自身の願いとして、そうした生活は求められていたのだろうか。確かに先掲の、叔母の疎遠さを恨む部分では、京での生活の窮屈さを恐れるような言い回しもあった。だが、こうした方便を差し引けば、前斎宮自身がむしろ京の生活への期待を抱いていただろうことは想像に難くない。前斎宮が帰京によってもっとも期待したものの、それは肉親との関わりである。

主よりはまづさきにあけ散らして、「あな、をかしげの下絵や。薄様の箔の置きやうの良さ」など、てくらせ給ふ。「あなうらやましや。いかなる人と聞きしかど。知るべき人はかくぞめぐり逢ふ。などや、伝へ聞き奉るだに、さる人のおはせぬ。うとましの内の御心や。よろづかうこそ思ふに。ただひとりあるはらからを

たづねさせ給はぬさまよ」などのたまひ続くる折しも、…　（巻六②七七）

右は、前斎宮に仕える女房である小宰相のところに異父兄から贈り物が届いた場面である。[12] 兄妹の交流を見た前斎宮は、縁を辿って来てくれる肉親を羨み、異母姉である女帝に思いを馳せる。小宰相はこの兄との交流を知られたことから、前斎宮のお気に入りとなっていくが、その理由は前斎宮の焦がれる肉親の情を持っているからに他ならない。同様の発言は大納言の君に対しても見られる。

人をさしもなれ給はねど、いとはなやかに、「あな、うらやましの御ことや。内の御前にもや見参せさせ給ふべき。多くもおはしまさざなるたぐひを、などかうしも思し召し捨てたらむ。かく思ふこともふことをだに」と、いひ続けさせ給へば、「いさ。おのづからは見参らする時も侍れば、今さるべきついでも侍らば、かくとも」などやうにて、いと疾く出で給ひぬ。　（巻六②七七―八）

大納言の君が女帝のもとにいる知人を訪ねると聞くと、自分が女帝のところに行けないことと、ただ一人の姉妹ながら親しく付き合ってもらえないことを嘆く。

大納言の君を通して女帝に渡りをつけてもらうと、前斎宮はさっそく次のような歌を贈る。

さるは、ありつる兵衛の佐の心ざしの薄様なりけり。

「大淀の松にて年は積もれどもわたのはらから訪ふ人もなし

『雪間の草の』」

などのやうにやありけむ。

尼君のけしきをあやしと御覧ぜし、ふと思し召し合はせらるれば、典侍に、尼君のもとへとおぼしくぞ書かせ給ふ。「めづらしき御文は、たしかに御覧ぜさせ侍りぬ。ただ今いみじうまぎるること侍るほどにて、後になむ」とぞある。「あな、うたての宣旨書きや。まことの宣旨参りながら、さまで思し召し避くべきかは。後はいつぞや」などのたまふに、げにその後も見えず。
（巻六②八〇—一）

「わたのはらから」には「はらから（兄弟）」の意がかけられ、連絡の絶えていることを恨む歌となっている。『全註解』が参考歌として指摘するが、歌の前半部はやはり『伊勢物語』七二段を引いていよう。

むかし、男、伊勢の国なりける女、またえあはで、となりの国へいくとて、いみじう恨みければ、女、

大淀の松はつらくもあらなくにうらみてのみもかへる浪かな[13]

「大淀」は『伊勢物語』七〇段にも見え[14]、尾張国との境目、実際に赴任していた前斎宮にとっては越えられない隔ての空間として認識されていたはずである。七二段の女が、大淀を越えて京に帰る男を恨むとすれば、逆にその大淀を越えて京に戻ったはずの前斎宮が望ましい待遇を与えてくれない女帝を恨むという構図は想定されて然るべきだろう。『伊勢物語』の描く伊勢国は京の人々にとっても極めて喚起しやすいイメージを形成しているはずで、前斎宮は女帝にそうしたイメージの共有を要求しながら逢いたいという願いを伝えようとするのである。

しかしながら、心優しい女帝にあってもその反応は冷たい。

伊勢にも年ごろものし給ひしは、院のまことの御子にこそおはしけむに、「わたのはらから」など一目御覧ぜしも、いみじうくちをしく思し召し合はせらる。「今よりいとほしかるべきことかな。などかかる人世に出で来給ひけむ」など、かたはらいたく、あいなく思し召し乱れて、かひがひしき御答へなどもなければ、異事にのたまひなしつ。
（巻六②九六）

「伊勢に年ごろものし給ひし」と、遠い伊勢のイメージを共有はするものの、その思考は「院のまことの御子にこそおはしけむに」と、斎宮として任を終えたことは父院の子であることを保証するにもかかわらず、父院の資質

を受け継いでいない嘆きに向かうのである。点線部の嘆きは、前斎宮を批判するというよりも、その危うさに気づき不安をかき立てられているようである。後述するが、男女の恋を描く『伊勢物語』、それも女が男を恨む歌をいとも簡単に引いてきてしまう前斎宮のあり方は、女帝を中心とする空間においては忌避されるものといえよう。

前斎宮が求める肉親との結びつきは、京に戻ってきても与えられることはなかった。むしろ、京に戻ったならば得られるだろうと期待していたはずで、その落胆は大きい。しかし、もちろん前斎宮の血縁者への指向は、一朝一夕に成ったものとは考えがたい。物質的に恵まれていようとも、京から遠く離れた伊勢での寂しい生活が却って京への期待、父院や異母姉への憧憬を生んだのである。そうした思いを発散する術として、前斎宮が女房たちとの密接な（肉体的な）交流を求めたのはごく自然な流れであろう。

結果的に、前斎宮は帰京しても伊勢と変わらない生活を続けている。そうした空間で、中将の君から小宰相の君、新大夫の君へと移り変わりながら執着を重ねていく姿は、そこが既に京であり、斎宮という職務による制約もないために一層虚しい。ただ、前斎宮の特異さは、その虚しさに無頓着、というよりも虚しいものと規定してしまう視線さえも無化してしまう奔放さを有している点にある。前斎宮が「あはれ」を誘うような造型を無視して振舞うさまは辛島氏の指摘のとおりである⒂。

これまで見たように、肉親の愛情に飢えた前斎宮の向かうところは、女房たちへの執着である。伊勢時代には中将の君、次に小宰相の君、その後は新大夫の君と、女房に執着し、その執着を受け入れてもらって更に執着を重ねる前斎宮は、自身の形成するいわゆる「レズビアン的空間」に対してどのような思いを抱いていたのだろうか。その問いに対する一つの答えは、前斎宮物語に挟まれる扇の挿話に示されているように思われる。

扇の挿話とは、前斎宮の邸に落とされた一つの扇をめぐって女房、家人が立ち回るドタバタ劇である。家人の遠仲や前斎宮からの寵愛を望む新大夫の君など、個性的な人物が躍動する。だが、ここで注目したいのは、恐らく殿上人のものであろう移り香の扇を手に取った前斎宮の次の反応である。

五月雨の、常よりも晴れ間なきころ、御前の高欄のもとに、さばかり用意なき御身ならぬを、いかなりけるにか、なべてならず染み深き扇ぞ落ちにける。さるは、色ことなれば、いともしるかるべけれど、たれかは思ひ寄らむ。あてきとて幼きぞ、「かれは何ぞら」と、見つけて取り入れたる。移り香世の常ならぬを、まづ取りて見給ふに、すずろに御心すみやきて、「こはたがぞや。いかなる人のここまで寄り来けむ。あな恥づかし。あらはなるものを。見えやしけむ。昔物語の心地こそすれ。よべ何ごとかありしや。いかがせむずるや」とのたまふ。

（巻六②八三）

「昔物語の心地こそすれ」という言葉は、前斎宮が高貴な男が高貴な女を垣間見するような「昔物語」に親しんでいたことを示唆しよう。先述の『伊勢物語』もまた前斎宮の「昔物語」なるイメージの形成に一役買っていたであろうことはいうまでもない。この扇の落とし主を探して家人・遠仲が焦点化され、また前斎宮の騒がしさに大納言の君が閉口する場面が折り挟まれるが、新大夫の君の奔走により落とし主の情報がもたらされる。

めでたく問ひ聞きて、走り参りて、「扇の主こと、聞きてさぶらへ」と申す。「いかにや、新大夫。まことか。こち来ていへ」とあれば、「まことは、仕丁が申しさぶらふ。『上臈の、広袴着たる人二人具して、唐傘さして、御車に乗りておはしましける』と、『何か奉りたりけむ、目刺すとも知らるまじき闇なれば、見ず』と申しさぶらふ」と、笑へば、「やや正体無。されども、いかさまにも、さてはまことに御格子の人にてはなかりけり。いかがせむずるや。またも来たらば恥づかしや。いづちがな往なむ」と仰せらるれど、御けしきはさも見えず。日暮らし、さまざまにこのことをのみ思し召しておはしますや。「さい。さい」と仰せらるれど、せむ方なくて日も暮れぬ。「新大。門を鎖させばや。また恥づかしきこともこそあれ。昇よや」など仰せらるれど、常よりも薫物などけぶらかしておはしませば、御門も鎖させず。されど、その人も見えず、影、形もなくて、日ごろになりぬ。　（巻六②八七―八）

わかったことといえば、落とし主は身内ではなく上臈、高貴な男性でありそうなことだけだが、自分が見知らぬ誰かに見られたかもしれない、懸想されているかもしれないというときめきに、前斎宮の気持ちは盛り上がる。それを察した女房たちがとる行動はいかにも気が利いている。薫物をくゆらせる前斎宮の期待に応じて、門を施錠せずにおくのである。そしてこの扇に纏わる騒動はこのまま立ち消えとなる。

この挿話で興味深いのは、結局、扇の落とし主がわからないままに終わる点であろう。これだけの大騒ぎをしておきながら、種明かしも次の展開ももたらさない。読み手にとっては肩すかしを食らわされたような感のある挿話だが、逆にいえば、前斎宮にとって扇の騒動は落とし主を必要としないものであったのではないだろうか。「昔物語」のよう、という思いは、その先に展開する恋物語を思い浮かべての台詞ではない。自身の居住空間に移り香の染みついた扇が落ちていたことそのものが「昔物語」であって、前斎宮は既にその出来事を楽しんでいるのである。女房たちは前斎宮の期待に応えて舞台を整え、あるいは新大夫の君のように出来事をきっかけにして自ら前斎宮の執着の対象となる。「昔物語」を楽しむために必要な役割を満たしてくれるある意味で有能な女房たちに囲まれて、前斎宮はいわば自給自足の昔物語空間に生きているといえる。

一見、外側からの干渉に飢えているかのような前斎宮であるが、そうした肉親の代替さえ女房によってある程度満たされる彼女は、実のところ外部を必要としていないのである。先掲の冒頭場面でも、「紫のゆかり」を訪ねてやってきた右大将を前斎宮は知らないし、そこから物語が発展するということもなかった。扇の落とし主を必要としないように、外部を求め期待しながら、それがなくとも自足しているのが前斎宮空間である。

四、前斎宮空間 ――中将の君の果たす役割――

前節までで確認したとおり、前斎宮の欲望が女房たちによって満たされる構図からいえば、中将の君の果たした役割は非常に大きい。これまで述べてきたような自給自足のあり方が培われた場所を見るとすれば、それは外部からの干渉が望めない伊勢の地に他ならず、そこで前斎宮を満足させていたのは中将の君である。本節では、この中将の君が果たした役割を辿りながら、自足する前斎宮空間のあり方を確認したい。

京に帰還し、その寵愛が薄れた巻六の時間軸にあってなお、中将の君は前斎宮の憧れる「昔物語」の別側面を満たすことに寄与している。

この人にそのこととなく付きまとはれて、大将の見給ひつるやうに、衣を引きかづき、首を強く括りて寝給へれば、いとわびしくて、「あな苦し。しばし赦させ給へ」といへど、いとど取りて、顔に顔を当てて離れ給はぬほどに、中将の君、局より来て、障子を引きあけたれば、いと荒らかに這ひ起きて、何となく御顔、けしきも変はり、つつましきにや、まめだち給へるを見て、いと強く引き閉てて、「移れば変はる世の中を」と、長やかにうち詠めて、紫の上よりはことのほかにもの荒く、御簾もふたりとうち懸けて、局さまへ去ぬ。

（巻六②七三―四）

中将の君は、小宰相の君に執着を始めた前斎宮を恨み、その不満を行動に移す。「移れば変はる世の中を」は諸注の指摘どおり『源氏物語』の次の場面に依拠する。

頬杖をつきたまひて寄り臥したまへれば、硯を引き寄せて、

目《紫の上》に近く移ればかはる世の中を行く末とほくたのみけるかな

古言など書きまぜたまふを、取りて見たまひて、はかなき言なれど、げに、とことわりにて、

命《光源氏》こそ絶ゆとも絶えめさだめなき世のつねならぬなかの契りを

とみにもえ渡りたまはぬを、「いとかはらいたきわざかな」とそそのかしきこえたまへば、なよよかにをかしきほどにえならず匂ひて渡りたまふを、見出だしたまふもいとただにはあらずかし。

（『源氏物語』若菜上④六四―五）

前斎宮が親しんだ物語には、当然ながら『源氏物語』もあろう。中将の君は光源氏をめぐる紫の上と女三の宮という三角関係の物語を前斎宮のために作り出す。巻六の終盤、後日談を語る場面でも中将の君は『源氏物語』と結びつけられていた。

中将は、もとより心ざまの憎い気、もの挑み、推量、長言、讒言をのみ好みし人の、みめはさまで悪しからで、姿などゆゑゆゑしうもてつけたるを、そのゆゑもなく時めかさせ給ひし、伊勢の男の影、形も見えざりし時、中臣とて、いふよしなく痴れたりし者の、鼻高く、丈は低なりしが、心をやりて、「いふべき人は思ほえで」など、放ちあげて吠ゆるやうに詠めしに、源氏の御ためもくちをしく、「袖振ることは」など詠め合はせて髪振りかけなどせしに、かの男、心を尽くして、細櫃に入りたる絹、籠に入りたる柑子、さらぬ物どもを運びしを幸ひにて、京劣りかぎりなければ、聞くも心づきなきくねごといひ、鎖を施せど、さすがに「出でね」といふこともなし。

（巻六②一一二―三）[16]

伊勢にいた頃に求愛を受けていた語りの中に、自身を藤壺に重ねた応対が描かれている。これは『源氏物語』

紅葉賀巻の次の贈答を引く。

つとめて中将の君、「いかに御覧じけむ。世に知らぬ乱り心地ながらこそ。

もの《光源氏》の思ふに立ち舞ふべくもあらぬ身の袖うちふりし心知りきや

あなかしこ」とある御返り、目もあやなりし御さま容貌に、見たまひ忍ばれずやありけむ、

から《藤壺》人の袖ふることは遠けれど立ちゐにつけてあはれとは見き

おほかたには」とあるを、限りなうめづらしう、かやうの方さへたどたどしからず、他の朝廷まで思ほしやれる、御后言葉のかねても、とほほ笑まれて、…　（『源氏物語』紅葉賀①三一三）

自分を藤壺に、田舎人の中臣を光源氏に喩えてしまう滑稽さはいうまでもないが、そうした物語の場面を引きつけて実際に用いようとする中将の君は、前斎宮を満たすに恰好の存在であったに違いない。前斎宮もその影響下にあったことは確かで、たとえば次のような場面では中将の君と類するような『源氏物語』引用を見せる。

例の通りざまに参りて、「故女院にさぶらひし按察使の君の、さま変へて小倉に侍るが、行ひなど習ひ初むるに、『おぼつかなきことも多かるに、いひ合はせむ』と、せちに申せば、しばしのほどまかりて、はかばかしからねど、もろともに習ひ侍らむとてなむ。二十日ばかりなどさぶらはむずらむ」と聞こえ給ふ。「年ごろも、入りぬる磯にのみ慣らはせ給へど、芦垣にのみこそ慰み侍るに。心細くこそ」と、口覆ひておはしませば、「何ごとも少納言に申し付けてさぶらへば、日ごろに変はることもさぶらふまじ。また今しばしのほどにさぶらふ」とて、出で給ひぬ。　（巻六②八九）

これも『源氏物語』紅葉賀巻の光源氏と若紫の遣り取りに基づく。

愛敬こごるるやうにて、おはしながらとくも渡りたまはぬ、なま恨めしかりければ、例ならず背きたまへる

なるべし。端の方についゐて、「こちや」とのたまへどおどろかず、「入りぬる磯の」と口すさびて口おほひしたまへるさま、いみじうされてうつくし。

（『源氏物語』紅葉賀①三二一）

幼い若紫の甘えを、よい歳をした前斎宮がまねる、それも大納言の君に向かって用いてしまう滑稽さまで、その引用のあり方は類似している。伊勢で中将の君と前斎宮が暮らしていた空間を彷彿とさせる連関である。

中将の君は更に、物の怪となって前斎宮を苦しめるという役割を担う。

御心地いとむつかしくて、例の、病わびしや、と、むつけておはします。少し御昼寝にや、おどろかせ給ひて、「あなおそろしや」とて、あてき召し寄す。「中将が局へ行きて見よ。ただ今何か着たる」と仰せらるれば、走り行きて見る。薄青にや、うち着てぞゐたる。参りて申せば、「あなうとましや。たださなりけり」と仰せらる。「ただ今、青き物着たる女房の、髪のかかりよきが、この胸を圧したる、と見ておどろきたれば、かく胸の痛きぞや。いかがせむずるや、いかがせむずるや」とあれば、小宰相いとわびしくて、「阿闍梨にや告げ侍るべき」と聞こゆれば、「いさ、待ちつくべしとも覚えねど、疾くのたまへ」とあれば、文急ぎ書きてやる。

（巻六②九七）

前斎宮を恨んで生き霊として取り憑くというあり方もまた、『源氏物語』の夕顔巻や葵巻などに通底する。[17] 三角関係ののちの物の怪の原則に従えば、中将の君の生き霊は寵愛を奪った小宰相にこそ憑くべきであるという指摘はかねてから為されてきたが、[18] この物の怪の件は小宰相には介入できないものであろう。中将の君は、伊勢という閉塞的な空間で、前斎宮の求めるものを身近な代替を用いて自足させることに手を貸してきた。帰京し、望むものが得られないと知った前斎宮がその代替として小宰相の君を求めたとしても、中将の君と作り上げる自給自足の空間は健在である。もちろん、前斎宮にしろ中将の君にしろ、そうした自分たちのあり方に自覚的であったとは思えないが、伊勢時代から引き続く両者の関係には、自己完結的な空間に遊ぶという無自覚の契約があったのである。よって、物の怪となった中将の君が取り憑くべきは、前斎宮以外にいないのである。

中将の君が前斎宮の欲望を内側で収束させるのに対し、小宰相の君は前斎宮空間の虚構に気づいている。

宰相の君は、暑きに、首も痛く、物などもいと安らかにもえ食はず、御箸にてくくめなどのみせらるれば、痩せたくわびしきに、この人の御おぼえせむはうれしけれど、また青き色や出で来むと思ふがわびしければ、ただよきほどに従ひ聞こえて。（巻六②九八）

「また青き色や出で来む」ことが嫌で、前斎宮の意向に逆らわないという文脈には不審があろう。「青き色」すなわち中将の君の嫉妬を避けたければ、前斎宮から距離を置く方がよいはずである。敢えて前斎宮のしたいようにさせるとすれば、小宰相は「青き色」が出てくることの本質、つまり前斎宮が満たされない時に使われる口実であることを見抜いているのである。小宰相の君に前斎宮の作り上げる空間の虚構性を見抜く力があったことは、のちに前斎宮の邸を離れていくこととも結び付いていよう[19]。あるいは新大夫の君が、源中将という外部の存在を呼び込んで前斎宮を満たすことからすれば、伊勢という閉鎖空間で成立していた自給自足の楽しみ方が、帰京後にあっては不可能なものとなっていたと見ることもできる。

帰京後の前斎宮を描く巻六では、中将の君は前斎宮の「狂態」を描き出すきっかけに過ぎない。しかし、伊勢での暮らし、〈斎宮経験〉が前斎宮を形作っていることからすれば、中将の君は前斎宮の斎宮時代を色濃く残す重要な存在なのである。

おわりに　――前斎宮と女帝の問題へ――

前斎宮の造型をめぐって、前斎宮が抱える父院や女帝への思い、その代替としての女房への執着、根源となる斎宮時代を支えた中将の君の役割について辿ってきた。恐らくは結婚適齢期を伊勢に過ごした前斎宮にとって、「昔物語」の描く世界が京での生活そのものである。女房という前斎宮の生きる空間の内側に位置する存在によって満たされていたのが伊勢時代であり、空間としてはその延長にあるものの、中将の君から離れ、小宰相や新大夫といった新しいお気に入りと過ごす京での生活においては、その安定は綻びを見せる。しかし、結局のところその綻びとなる源中将もまた前斎宮に奉仕する女房や家人たちに近い心境で付き合っていくのであり、前斎宮空間が大きく変わることはないといえよう。

ここでもう一度、冒頭の問題に立ち返ってみたい。「女帝」に対置されるのが「前斎宮」でなければならない理由である。いずれの先行研究にも指摘があるとおり、『我が身にたどる姫君』以前でもっとも近い女帝といえば奈良時代の孝謙（称徳）天皇であった。奇しくもその妹には井上内親王という斎宮経験者がおり、まさに「女帝」に対して伊勢に追いやられた「斎宮」という構図を指摘することはできる。しかしながら、孝謙天皇に対してはともかく、井上内親王についての中世の人々の受け止め方については慎重であるべきだろう。『我が身にたどる姫君』では、「女帝」と「前斎宮」との間に政治的対立はなく、更に言うならば御匣殿腹の前斎宮には政治的な駒と為り得る資質がないのである。

ではなぜ「前斎宮」でなければならなかったのか。ここで、右に見てきた「昔物語」との関係を考えてみたい。

前斎宮が『伊勢物語』を知っていたのも事実であるし、それを共有する基盤が物語内にあったことも想像に難くない。そうした昔物語を背景に前斎宮物語を見ると、斎宮がもっとも「物語的」に活躍する『伊勢物語』六九段、狩の使章段の影響が極めて見えづらいことに気づく。いくつもの密通によって進行する『我が身にたどる姫君』物語であるのに、前斎宮や女帝については密通が無縁なままである。唯一、密通と結びつく回路を持つのは次の場面にあたる。

そのころ、ほどもなく源中将参りたるが、雨のいみじう降るに出づるを、四位少将、「降るとも雨に」とうち詠むなり。心知らぬ人の、「我や行きけむ」といふを、丹波の内侍聞き付けて、聞かじと逃げ隠れければ、おのづから心得けるにや、みな抜け足踏みて逃げにけり。（巻六②一〇〇）

前斎宮のところに通う源中将を揶揄して、「我や行きけむ」の語が発せられる。ここにはもちろん『伊勢物語』六九段が意識される。しかし、この前斎宮が喜びそうな密通のテーマは、女帝の怒りを懼れて逃げる女房たちによって忌避され、二度と表に顕れることはない。「斎宮」という密通の問題を引き受けやすい立場に置かれながらも、前斎宮の物語は密通をテーマとしないのである。

『伊勢物語』以来、密通というテーマは、本来ならば「斎宮」としてもっとも重要なテーマであった。しかし、伊勢で自給自足の空間を作っていた時には起こりようのないことであるし、逆に京に戻ってから、前斎宮の行動を止められる者はなく、誰と関係を持とうともそれが密通として認識されることはない。

前斎宮物語は、〈斎宮経験〉のうちのもっとも「物語的」な意味を持つ部分から敢えて外れているのである。そして、物語というそもそも虚構のものを更に演じて楽しむのが、前斎宮の生きる空間であろう。こうして見た時、一見「昔物語」を肯定し、楽しむ前斎宮空間は、実は物語を受容していない空間として考えることもできるのではないだろうか。自分の身に降りかかる「物語的」な何か（たとえば、移り香の芳しい扇）に答えを求めることなく遊ぶ前斎宮は、実は「物語的」なるものを否定する可能性を有しているのである。

巻六は女帝の兜率天往生を描く。女帝と、その女房たちが兜率天において和歌の会を催したことが次のように描かれる。

かぎりもなく好ましくうらやましかりし人々こそ、生きたるかぎり、かたちをやつし、長き髪を剃り捨て、老いたる親を嘆かせて、安きいも寝ず、仕へ営み合はれたりし、あぢきなく見えしかど、後の世は、みな、兜率の内院へ参られけるとかや。果ては、なほうらやましき人にぞ定まり果てにける。かの近習女房たちに仰せて、和歌の会ありけるにや。たが語り伝へけるにか、知らず。（巻六②一一七）

「兜率の内院」で女帝は穏やかに過ごしている。この兜率天往生における思想やその意味にはいくつもの先行研究がある[20]が、やはり女帝が「女」帝のままに往生を遂げたという意味は大きい。女帝という素晴らしい存在が、兜率天に往生したという結末は、それはそれで納得のいくものであろう。

しかし、ここで立ち止まるとすれば、巻六に置かれたこのエピソードが、『我が身にたどる姫君』の物語の中で極めて浮いたものであることを再度確認すべきであろう。巻六そのものが、前斎宮の「狂態」というべき自由奔放さによって物語全体から浮遊しているが故に、兜率天往生という人知を越えた空間が平気で立ち現れてしまっているのである。だが、「たが語り伝へけるにか、知らず」という一文が顕著に示すように、「兜率の内院」もそこに往生した女帝も、それを見、語り伝えることなどできない空間である。

この兜率天往生のエピソードに付け加えるように、前斎宮についての一節が加えられて、巻六は閉じられる。

かばかり曇りなき世に、斎宮、新大夫殿の臨終、後の世の聞こえぬこそおぼつかなけれ。（巻六②一一九）

前斎宮や新大夫の「臨終」は語られることがない。それは、仏道修行などに興味を抱かなかった前斎宮が往生できるはずもない、という否定的な文脈としてとるべきではないだろう。「物語的」なものを求め、それらを取り込んで遊ぶ前斎宮空間は、前斎宮自身が物語に押し込められることを実は拒否しているのである。

巻六という巻そのものが前斎宮の存在に支えられていることからすれば、往生の論理に絡め取られた女帝の「後の世」さえもどこか怪しく見えよう。巻五の結びは女帝の死を聞いた三条院の、次のような悲嘆である。

夢かうつつかとも、なほおろかなり、とぞ。（巻五②五八）

慣用句となってはいるが、「夢かうつつか」は『伊勢物語』六九段と響き合う。

…明けはなれてしばしあるに、女のもとより、詞はなくて、

君や来しわれやゆきけむおもほえず夢かうつつか寝てかさめてか

男、いといたう泣きてよめる、

かきくらす心のやみにまどひにき夢うつつとは今宵さだめよ

三条院と女帝は、短い逢瀬しか許されなかった『伊勢物語』の狩の使と斎宮のように現世での関係を断たれ、巻七の哀悼へと繋がっていく。かぐや姫としての女帝の問題とも繋がる文脈であるが、そこに兜率の内院で和歌の会を催す女帝の姿は、やはりあまりにもそぐわないのである。それは巻六においてのみ成立する幻想であるが、同時に巻六にあるからこそ、却って「そうであってもおかしくないもの」として受容される。

『我が身にたどる姫君』という長編の物語の中で、巻六が異彩を放っていることはだれもが認めることであろう。その異彩は、前斎宮や女帝、女房たちの個性だけによるものではない。巻六の前斎宮空間そのものが、始まりそうな物語を切り捨て、ありもしない物語を作り上げて遊ぶ虚構の空間であることが重要な意味を持っている。巻六の

エピソードの数々は、どこまでも〈聖代〉を描いた巻五の裏側にあたるものだが、巻六そのものが本当に信じられるものであるのかという曖昧さを読み手は抱えている。巻六なるものが本当に存在したのか、前斎宮とその周囲の人々は本当に物語にいたのか、その問いに一応の答えが与えられるのは、小宰相の後日談が置かれる巻八の結びである。(21)しかし、それもまた小宰相の後日談でしかない上、唐突に付け足された感が否めない。女帝の兜率天往生という重大な問題を引き出す前斎宮の物語は、後日談に絡め取られることはないのである。

注

（1）『我が身にたどる姫君』の構成については、大脇亜矢子「『我が身にたどる姫君』試論――巻六の前斎宮モデル説をめぐって――」（『中古文学論攷』九号　一九八八・一二）で巻四を区切りと見る可能性への指摘がある。

（2）『我が身にたどる姫君』の成立に関して今井源衛「『我身にたどる姫君』巻六の成立について」（『王朝物語とその周辺』笠間書院　一九八二・九）等を参考とした。

（3）金子「我身にたどる姫君の文学史的地位」（『文学』一九三三・一〇）。

（4）徳満『我身にたどる姫君物語全註解』（有精堂　一九八〇・七）。以下、『全註解』と表記する。佐々木紀一「『我身にたどる姫君』巻六、狂前斎宮とその女房達」（『国語国文』六三巻三号　一九九四・三）なども「狂前斎宮」の呼称を受け継ぐ。

（5）「院の御果てや何やと、ただ夢のごとにて月日は」ほどなければ、この御代六年にやならせ給ふ。」（巻四①二二五）。

（6）今井「『我身にたどる姫君』の性愛描写について」（『文学』一九八二・二）。

（7）辛島「〈女の物語〉としての『我身にたどる姫君』――女帝と前斎宮」（『中世王朝物語史論上』笠間書院　二〇〇一）。

（8）小島「女院文化圏と『我身にたどる姫君』――前斎宮の問題を中心に――」（『国語国文』七四巻一一号　二〇〇五・一一）。

（9）木村「女帝なるものの中世的展開」（『乳房はだれのものか』新曜社　二〇〇九）。
（10）「『我が身にたどる姫君』論——女帝と前斎宮——」（『學苑』二〇〇九・一〇）。
（11）遡ってたどり着く女帝が孝謙（称徳）天皇であることは重要であろう。孝謙天皇が物語の描かれた当時、賢明な女帝として一概に信じられていたとは考えがたく、「女帝」イメージの形成については稿を改めて考えてみたい。注9木村論文等参照。
（12）『全註解』では異父兄という解釈を保留しているが、『中世王朝全集』の見解に従うこととする。
（13）『新古今和歌集』（巻第一六　一四三三）にも題知らず、読み人知らずとして載る。
（14）「むかし、男、狩の使よりかへり来けるに、大淀のわたりに宿りて、斎の宮のわらはべにいひかけける。みるめ刈るかたやいづこぞ棹さしてわれに教へよあまのつり船」、「狩の使」や「斎の宮のわらはべ」など六九段との関わりの深い章段である。
（15）注7辛島論文。
（16）「いふべき人は思ほえで」は「あはれともいふべき人はおもほえで身のいたづらに成りぬべきかな」（『拾遺和歌集』巻第一五恋五　ものいひ侍りける女の、のちにつれなく侍りて、さらにあはず侍りければ　一条摂政）を引く。
（17）「物の怪」が登場する夕顔巻、葵巻の影響は色濃い。夕顔巻については、生き霊とは断定できない。
（18）注7辛島論文、注8小島論文など軽い指摘は多い。
（19）小宰相の君は巻六の終わりに「小宰相は、指図などおもしろからねど、忍びやかなる隠れ家に、また、いとよき里設けて出で入る」（巻六②一一五）とあって、恐らく在る程度の時期には前斎宮邸を出ていたと予想される。
（20）女帝の兜率内院往生の問題については、注9に挙げた木村氏の『乳房はだれのものか』や金光桂子「『我身にたどる姫君』女帝の人物造型——兜率往生を中心に——」（『国語国文』六八巻八号　一九九九・八）などを参考とした。
（21）巻八の結びに「この御息所の御方には、右の大殿の御めのとの姪なりける、前斎宮にさぶらひけるぞ」（巻八②二一〇）と小宰相の後日談が語られ、前斎宮との穏やかな交流で閉じられていく。物語全体が並びの巻である巻六の影響下に終わっていくことは、前斎宮物語が整然と年代記を描く『我が身にたどる姫君』の中で実は重要な意味を持っていたことを意味しよう。

第十八章　『更級日記』の斎宮と天照御神信仰

はじめに

周知のとおり、『更級日記』は菅原孝標女による仮名日記であり、夫・橘俊通の死後に回想録としてまとめられたとされている。(1) その成立は、俊通の死が康平元年（一〇五八年）であるので、ひとまず十一世紀後半と捉えておく。

『更級日記』には、いくつかの信仰が点描される。少女期の薬師仏への祈りや京に戻ってからのさまざまな場所への参籠、多くの夢、孝標女を最後に支える阿弥陀信仰などである。神仏に祈るという行為が孝標女の生活に深く結びついていたことがうかがえるが、一方で信仰を支える思想や神仏に対する認識が今日では判然としないものも多い。その最たるものが、孝標女における「天照御神」信仰ではないだろうか。

斎藤英喜氏は孝標女が抱く天照御神像を次のように見る。

『更級日記』のなかの「天照御神」が、『記』『紀』神話に由来が定められた皇祖神アマテラスと異なる相貌をもつことは、まちがいないだろう。そして、孝標の女の生きた時代が、律令制国家が変質し、王朝国家とも、後期摂関制とも呼ばれるあらたなシステムへ再編されていく過程にあったこともたしかである。アマテラスという神が生きているかぎり、「神」もまた歴史の変容のダイナミズムと無縁ではありえなかった。(2)

斎藤氏は孝標女が内的体験を通して「アマテラス」を「生成」するさまを論じ、最終的には阿弥陀仏にも変じる信仰のあり方を論じる。中世においてアマテラスが観音をはじめ様々な信仰対象と互換性を持つ存在になることはよく知られる。(3)そうした信仰の萌芽を『更級日記』が記していることは首肯できよう。

本章では、孝標女における天照御神信仰とともに、『更級日記』にわずかに登場する斎宮について論じてみたい。斎藤氏が述べたように、孝標女が念じる天照御神は、今日の我々が思い描くような、記紀世界のアマテラスとは恐らく別のものだろう。しかし、アマテラスと天照御神は無縁にはなりきれない。それは後述するように孝標女が太陽・伊勢・内侍所を天照御神と関わりの深いものとして認識するところからも明確である。伊勢に派遣される皇女である「斎宮」は、神の変容する時代においても、やはりアマテラス信仰において一定の影響力を持っていたと考えられる。孝標女（以下、作者）の宮仕えの記の中に仄かに語られる斎宮の存在を、改めて『更級日記』が語る天照御神の文脈と響き合わせてみたい。

一、源資通の語る斎宮の姿

『更級日記』が描く斎宮は、作者が直接出会うのではなく、伝聞として語られる。それが語られるのは作者が宮仕えする空間であり、語るのは、とある男性官人である。その語らい自体が極めて特別な時間として描かれる。まずはこの場面を確認していきたい。

作者は結婚したのち、夫の下野在任中にたびたび祐子内親王の邸に宮仕えしていた。斎宮に関わる語りと出会うのは、その宮家での夜のことである。

上達部、殿上人などに対面する人は、定まりたるやうなれば、うひうひしき里人は、ありなしをだに知らるべきにもあらぬに、十月ついたちごろの、いと暗き夜、不断経に、声よき人々よむほどなりとて、そなた近き戸口に二人ばかりたち出でて聞きつつ、物語してより臥してあるに、参りたる人のあるを、「にげ入りて局なる人々呼びあげなどせむも見ぐるし。さはれ、ただ折からこそ。かくてただ」といふいま一人のあれば、かたはらにて聞きゐたるに、おとなしく静やかなるけはひにて、ものなどいふ、くちをしからざなり。

（『更級日記』三三三）

ここで現れた殿上人「参りたる人」は、源資通とされている。(4) たまの呼び出しに応えて働く程度の作者は、基本的に来訪者と語らうことを避けているが、ここでは逃げるのも見苦しいという朋輩に従って、資通に応対する。資通は、作者と朋輩とを相手に春秋優劣論を繰り広げる。秋の夜に心を寄せる朋輩に対して、作者は春の夜に心寄せをして、以下の歌を詠む。

さのみ同じにさまにはいはじとて、

あさみどり花もひとつに霞つつおぼろに見ゆる春の夜の月

（三三五）

この語らいの結びに、資通は冬の夜の月に心寄せる自分を語って去っていく。

春秋をしらせたまひけむことのふしなむ、いみじう承らまほしき。冬の夜の月は、昔よりすさまじきもののためしにひかれてはべりけるに、またいと寒くなどしてことに見られざりしを、斎宮の御裳着の勅使にて下りしに、暁に上らむとて、日ごろ降りつみたる雪に月のいと明きに、旅の空とさへ思へば、心ぼそくおぼゆるに、まかりまうしに参りたれば、余の所にも似ず、思ひなしさへけおそろしきに、さべき所に召して、円融院の御世より参りたりける人の、いといみじく神さび、古めいたるけはひの、いとよしふかく、昔のふることどもいひ出で、うち泣きなどして、よう調べたる琵琶の御琴さし出でられたりしは、この世のことともおぼえず、夜の明けなむも惜しう、京のことも思ひたえぬばかりおぼえはべりしよりなむ冬の夜の雪降れる夜は思ひ知られて、火桶などをいだきても、かならず出でゐてなむ見られはべる。おまへたちも、かならずさおぼすゆゑはべらむかし。さらば今宵よりは、暗き闇の夜の、時雨うちせむは、また心にしみはべりなむかし。斎宮の雪の夜に劣るべき心地もせずなむ」などいひて別れにし後は、たれと知られじと思ひしを、

（三三六―七）

ここで語られる「冬の月の夜」は、かつて伊勢斎宮の裳着の祝いのために伊勢に下った時、斎宮寮で過ごした思い出と結びつけられている。思い出深い旅先の一夜と、作者と春秋優劣を語り合った今日の夜を同等に評価して、資通は去るのである。『更級日記』は、更に後日談として、二度目のわずかな邂逅があったこと、二年後の春の夜にも一度チャンスを得ながら、交流が叶わなかったことなどを語る[5]。

貴公子との恋に憧れる作者にとって、この資通との仄かな関係は、宮仕えの記録の中で唯一、恋物語の世界に接した記事といってよい。この資通との交流を最後に、『更級日記』は宮仕えを記すことをやめ、物詣でを書き連ねていく。

この記事にどこまで虚構性があるかは定かでないが[6]、作者の知り得ない伊勢の斎宮空間が語られた以上、資通の語りと接したことは間違いない。語り口はともかく、資通は、作者がその言葉を聞き取れる範囲で、斎宮の雪の夜を物語したのである。「円融院の御世より参りたりける」年老いた女性と語らい、琵琶を演奏した夜は、資通に

とっても思い出深いものと考えられる。少なくとも作者は、資通の話を貴重な語らいとして受け止めていよう。資通が「斎宮の雪の夜に劣るべき心地もせずなむ」と結ぶのは、作者（と朋輩）の応対に対する最高の評価といってても過言ではない。宮仕えの記事の最後にこの交流が置かれたのは、こうした宮仕えならではの交流を持つことのできた自身を肯定的に捉えるものといえよう。

この資通が語った斎宮の夜、そして斎宮に仕える女官、その背後にいたであろう斎宮本人と、作者の信仰との接点を見ていく。

二、嫥子女王

資通が語った斎宮とは、具平親王の娘・嫥子女王のことである。後一条天皇の御代に斎宮であった嫥子女王は、万寿二年（一〇二五）に裳着を行っており、資通が勅使とされた記事が『経頼卿記』『小右記』にある。

万寿二年十一月廿日、戊戌、伊勢斎宮御装束、（中略）予有仰調之奉大内、是来五日着裳給云々、仍差蔵人右兵衛佐源資通、為勅使、遣件御装束、（略）

（『経頼卿記』万寿二年）

十一月二十日戊戌。来廿五日斎宮着裳ス。今日以蔵人右兵衛佐資通、彼宮へ遣ハセラル云々。

（『小右記』万寿二年）(7)

季節も一一月であり、『更級日記』の記事と一致する。作者が宮仕えをしていて資通と語らうことのできた時期は、語りの順番などを信じれば、長久三年（一〇四二）と目されているので、実に十七年も昔のことを資通は語ったことになる。その一夜が印象的であったことは事実としても、それは遙か昔といっても過言ではない。資通の語りが作者や朋輩に共有されるのは、資通が裳着を祝った斎宮が祐子内親王家にゆかりの存在だからではないだろうか。

【祐子内親王関係系図】

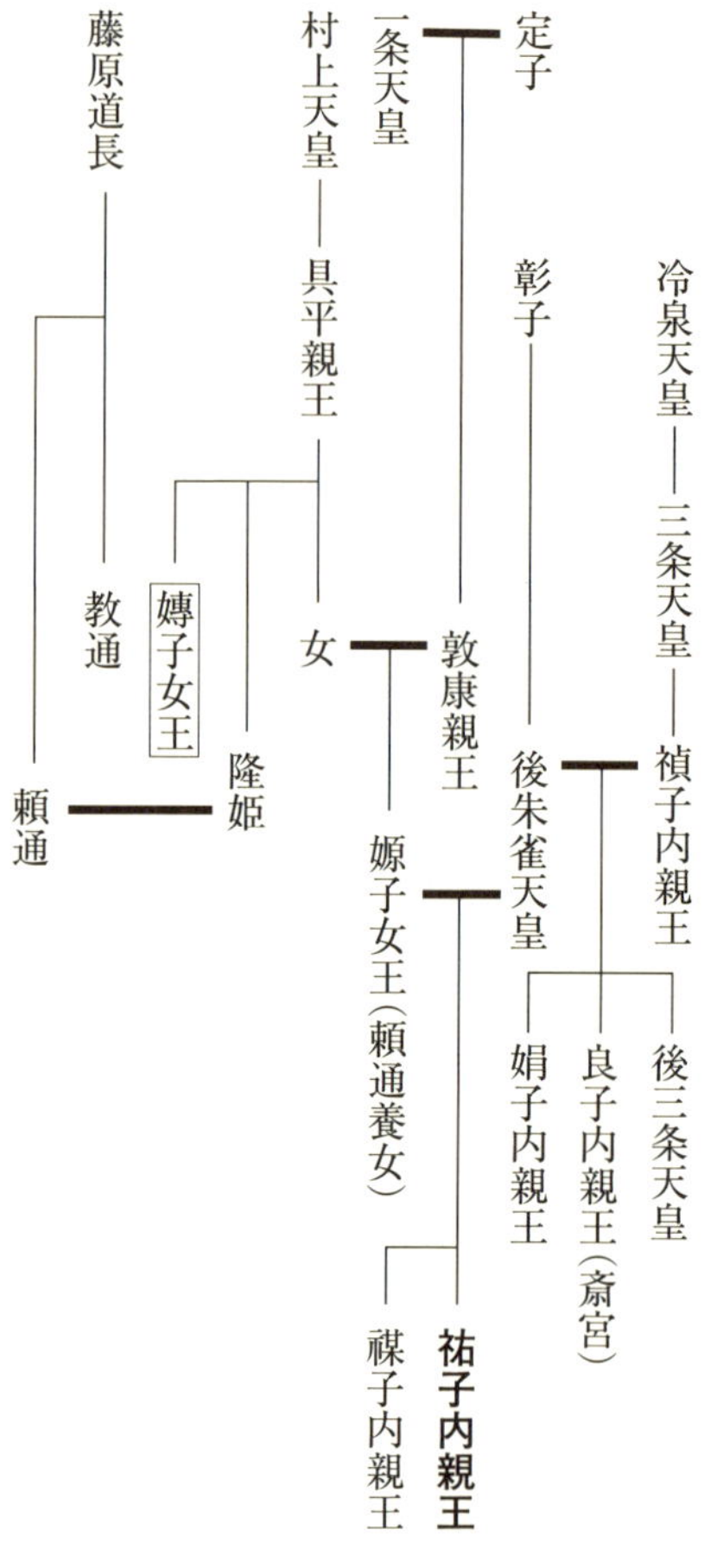

作者が出仕する祐子内親王は、後朱雀天皇の皇女で、母は敦康親王の娘・嫄子女王だが、この嫄子女王は藤原頼通の養女として入内している。嫄子が頼通の養女となったのは、頼通が具平親王の娘・隆姫を正妻としていたためである。同じ縁からして、嫥子女王も頼通の庇護下にあったことが考えられる。『栄花物語』は、嫥子女王について以下のように述べる。

まことや右の大殿はつひに殿の斎宮におはしましそめぬ。ねびさせたまへれど、心ざし浅からでおはします。上はうせさせたまひにしなり。

(『栄花物語』巻第三六　根あはせ③三七五)

「殿の斎宮」は嫥子女王のことで、「殿」は頼通であるから、後一条天皇が譲位、崩御した長元九年（一〇三六）に退下したのち、頼通の保護下で暮らしていたことがうかがえる。「右の大殿」は頼通の兄弟である藤原教通のことで、頼通のもとにいた嫥子に教通が通ったことが記されている。嫥子は先の万寿二年（一〇二五）に二十歳過ぎであったので、『栄花物語』の記事が永承六年（一〇五一）とすれば、四十代半ばで教通に降嫁したものと考えられる。

『更級日記』の記述に戻れば、作者が資通と語った長久三年（一〇四二）現在の斎宮は、祐子内親王の異母姉である良子内親王である。しかし、祐子内親王家の身内すなわち資通や作者、朋輩にとって「斎宮」といえば、頼通が面倒を見る嫥子女王であったと考えられる。

嫥子女王の退下後の生活は定かではないが、在任中の出来事についてはさまざまな記録が残る。斎宮のあり方を問い直す重要な事態が嫥子女王の身に起きていたからである。長元四年（一〇三一）の託宣事件と呼ばれる出来事の当事者が、この嫥子女王であった。

　又、関白の御消息に云はく「相通を配流する託宣のこと、諸卿をして定申さしむべき歟。如何。」報じて云はく「託宣已に明らかなり。疑慮無かるべし。凡人に寄託するに非ず。斎王に寄託して託宣し給ふ事、往古未だ聞かず。恐怖せしめ給ふべき也。最も信じ給ふべき事也。只、託宣に任せて行なはしめ給ふべき者也。若し公卿の定に及ぶべきの宣旨を下さるれば、託宣の疑有るに似るべき乎。…」（『小右記』長元四年（一〇三一））

右に引用したのは『小右記』である。詳細は省くが、伊勢で斎宮が神事の最中にアマテラス（荒御魂）を身に降ろし、託宣を受けるという事件が起きた。その託宣の内容は、斎宮寮権頭藤原相通とその妻小忌古曾の配流を求めることに始まり、朝廷への不満など多岐に渡る。傍線部にあるように、頼通はじめ、京の執政者たちを震撼させ、また後一条天皇を怯えさせた託宣事件の張本人が、この頃、祐子内親王家に程近いところにいたのである[8]。斎宮の冬の月を、また円融院の頃から斎宮に使える老女を資通が語る時、その空間にいた嫥子女王もまた思い浮かべられる。それは、資通だけでなく、作者や朋輩にも共有される存在だろう。常に参上する女房でないとはいえ、主の交友関係を含む噂については無縁ではいられない[9]。かつて伊勢にあって託宣を受けた嫥子女王の在任中を知る資通との交流は、恋物語へのときめきを感じさせてくれるだけではない。作者の抱える信仰とも結びつくのである。

三、孝標女と天照御神信仰

作者が嫥子女王を知り、託宣事件を知っていたと仮定してみると[10]、作者の夢にたびたび顕れた「天照御神」との結びつきがあらわれてくる。まずはこの天照御神信仰について確認しておきたい。

①物語のことを、昼は日ぐらし思ひつづけ、夜も目のさめたるかぎりは、これをのみ心にかけたるに、夢に見るやう、「このごろ皇太后宮の一品の宮の御料に、六角堂に遣水をなむつくる」といふ人あるを、「そはいかに」と問へば、「天照御神を念じませ」といふと見て、人にも語らず、なにとも思はでやみぬる、いといふかひなし。春ごとに、この一品の宮をながめやりつつ、

さくと待ち散りぬとなげく春はただわが宿がほに花を見るかな　（三〇〇）

作者の夢に「天照御神」が初めて登場するのは、物語にもっとも熱中していた治安元年（一〇二一）、十四歳の頃である。物語にばかり心を寄せる作者は、夢解きをすることもなく不思議な夢をやり過ごす。しかし、そこで告

げられた「天照御神を念じませ」という言葉は、作者の人生を支える信仰となる。

傍線部は、あとから思い返す作者の後悔であるが、一品の宮の邸[11]を「わが宿」とできた可能性に言及する。この天照御神信仰は、作者自身の出世と関わるものとして表出する。しかし、作者が初めて天照御神と出会った頃には、少なくともどのような神であるかという知識はなかった。

②ものはかなき心にも、つねに、「天照御神を念じ申せ」といふ人あり。いづこにおはします神、仏にかはなど、さはいへど、やうやう思ひわかれて、人に問へば、「神におはします。伊勢におはします。紀伊の国に、紀の国造と申すはこの御神なり。さては内侍所にすくう神となむおはします」といふ。伊勢の国までは思ひかくべきにもあらざなり。内侍所にも、いかでかは参り拝みたてまつらむ。空の光を念じ申すべきにこそはなど、浮きておぼゆ。（三二一―二）

右の記事は、先の記事から十年以上も経た長元六年（一〇三三）、作者が二十六歳の頃である。記事には前後がある可能性が高く断定はしがたいが、作者はようやく天照御神がどのような神であるかを知ることになる。傍線部は知人の答えだろう。天照御神が伊勢の神であり、紀伊国の神でもあり、また内侍所とも結びついていることを知るのである。もっとも、作者は「空の光を念じ申す」ことくらいしかできないという、ぼんやりとした感想を持つに過ぎない。

天照御神との出会いから最初の出仕、結婚を経て、長久三年（一〇四二）にも再び天照御神が登場する。資通と語らったのと同年と考えられるが、この場面はそれより半年以上遡る。

③ただ大方のことにのみ聞きつつ過ぐすに、内裏の御供に参りたるをり、有明の月いと明きに、わが念じ申す天照御神は内裏にぞおはしますなるかし、かかるをりに参りて拝みたてまつらむと思ひて、四月ばかりの月

の明きに、いとしのびて参りたれば、博士の命婦は知るたよりあれば、灯籠の火のいとほのかなるに、あさましく老い神さびて、さすがにいとようものなど言ひゐたるが、人ともおぼえず、神のあらはれたまへるかとおぼゆ。（三三〇—一）

このとき作者は、祐子内親王に従って宮中に上がっていた。「わが念じ申す天照御神は内裏にぞおはしますなるかし」と深夜、内侍所を訪問し、博士の命婦から話を聞くのである。「わが念じ申す天照御神は内裏にぞおはしますなるかし」という作者の思いは、それまで夢解きもせず、またどのような神かも知らなかった時点での天照御神への思いとは一線を画す。「天照御神」について知り、また神のいる内侍所を訪ね、更には神さびた老女である博士の命婦に出会うことで、作者の天照御神信仰は盛り上がるのである。

資通との交流を挟んで、日記は中年になった作者の物詣での日々に至る。ここでも、天照御神は忘れられたわけではなく、今度は内侍所の「博士の命婦」に互換されて登場する。

④うちやすみたる夢に、いみじくやむごとなく清らなる女のおはするに参りたれば、風いいみじう吹く。見つけて、うち笑みて、「何しにおはしつるぞ」と問ひたまへば、「いかでか参らざらむ」と申せば、「そこは内裏にこそあらむとすれ。博士の命婦をこそよくかたらはめ」とのたまふと思ひて、うれしく頼もしくて、いよいよ念じたてまつりて、初瀬川などうち過ぎて、その夜御寺に詣で着きぬ。（三四五）

物詣でをし、めでたい夢などを得て喜ぶ作者だが、晩年にはそれらの瑞兆が叶わなかったことを嘆く。

⑤昔より、よしなき物語、歌のことをのみ心にしめで、夜昼思ひて、おこなひをせましかば、いとかかる夢の世をば見ずもやあらまし。初瀬にて前のたび、「稲荷より賜ふしるしの杉よ」とて投げ出でられしを、出で

しままに、稲荷に詣でたらましかば、かからずやあらまし。年ごろ「天照御神を念じたてまつれ」と見ゆる夢は、人の御乳母して、内裏わたりにあり、みかど、后の御かげにかくるべきさまをのみ、夢ときも合はせしかども、そのことは一つかなはでやみぬ。ただ悲しげなりと見し鏡の影のみたがはぬ、あはれに心憂し。（三五七）

夫の死を受けて、母が奉納して占った鏡の未来の、良くない方だけが的中したのだと人生を振り返る。[12] 作者の信仰は、「天喜三年十月十三日の夜の夢」に阿弥陀が来迎を約束するという夢を見て、来世へ傾倒していく。

作者の天照御神信仰を概観したが、物心ついてから晩年、諦めの境地に至るまで共にあったことがうかがえる。冒頭で引用した斎藤氏は、作者が天照御神を阿弥陀へと変容させたことを論じたが、①～⑤の記述を確認すればわかるとおり、作者は繰り返し天照御神に出会っている。作者の意識の上でも、天照御神そのものの認識が変化しているのではないだろうか。

四、「天照御神」とは何か

冒頭で触れたとおり、『更級日記』の作者の「天照御神」信仰は、平安期のアマテラスを探る上で、また中世に隆盛するアマテラス信仰への過渡を見る上で重要な記述とされる。すなわち、現代の我々よりも、アマテラスという神が知られていなかった時期があり、また中世にさまざまな形をとるアマテラスの萌芽をうかがえる時期でもあるという指摘である。[13]

天照御神について人に聞いた際に作者は、「いづこにおはします神、仏にかは」（場面②）という程度の認識しか持っていなかった。一方で、伊勢にも内侍所にも行くことができないために、「空の光を念じ申すべきにこそ」（同）と、太陽を拝めば良いかとも思うのである。[14]「わが念じ申す天照御神」と作者が守護神のように気軽に思考するのも、我々が『日本書紀』等を通じて知る皇祖神としての天照大神とは様相が異なる。伊勢神宮に高い格づけが与えられるのは、「私幣禁断」の、天皇のための神であるからだった。既に中世的なアマテラス信仰の広がりは見て取れる。

しかし、作者は実に長い年月をかけて「天照御神」と出会っている。初めての夢から死を意識する時期まで、実に四十年近い月日が流れている。その間、作者は結婚、出産、宮仕えといった日々を過ごし、合わせてさまざまな物語とも出会っていることは周知のとおりである。そうした出会いをとおして、天照御神が神か仏かもわからない時期から、その認識は確かに変化していよう。

認識の転機として考えられるのは、一つが祐子内親王家への出仕であり、もう一つが内侍所参拝である。先述のとおり、祐子内親王家は託宣の斎宮である嫥子女王と繋がりがあった。天照御神のために斎宮がいること、何やら重要な神らしいことは承知できただろう。まして、『源氏物語』を暗誦するほどの作者であるから、斎宮を含めた周辺情報を全く知らないわけでもない。[15]「わが念じ申す」神は、高貴な皇女や女官たちが祭る存在であることを認知していくのである。

二つ目の、内侍所参拝はより直接的な契機といえる。内侍所にアマテラスのご神体として神鏡が祀られたのは比較的新しい話で、制度化されたものではなく、内裏勤めの女房たちから自然発生的に生まれた信仰とされる。[16]作者と言葉を交わした「博士の命婦」（場面③）は、内侍所の神鏡を祀る重要人物であった。彼女から内侍所と天照御神の関わりを聞いたのであるから、彼女の得た知識はそれまでの自身の、いわゆる守護神のような意識とは違うものであろう。晩年の後悔の中で、作者は天照御神の夢を「みかど、后の御かげにかくるべきさま」（場面⑤）であったはずなのにと悔やむ。この時点の作者が、天照御神を天皇に関わる神と認識している証拠である。天照御神は、かつて上総国で作った薬師仏のような作者個人の信仰対象から[17]、天皇や后の象徴に置き換わり、作者を内裏へと導くものとなっているのである。自分がその導きに従わず、また分岐点を間違えたために、悲しい運命を辿ることになったと作者は捉える。

こうした視点から場面①の「皇太后宮の一品の宮」の夢と「春ごとに、この一品の宮をながめやりつつ」詠んだ歌とを捉え返すと、この日記における記述姿勢の不思議とも響き合う。作者も恐らく目にし、参考にしたであろう『紫式部日記』や『枕草子』に比して、『更級日記』は女房日記の体裁をほとんど為していない。主人を取り巻く行事やサロンの雰囲気への言及が極めて少ないのである。もちろん、『更級日記』がどのような過程で記されたものであるのかはわからない。ただ、あくまで個人の日記であったとしても、作者の宮仕えの描き方が半径数メートルの小さな空間から出るものでなかったことは指摘できよう。実際、活発な宮仕えをしていたとは言い難いが、それを差し引いても、作者には祐子内親王家に対する厳しい思い、つまり「みかど、后」へ繋がり得ない宮仕えであったことへの葛藤があるのではないか。一方の「皇太后宮の一品の宮」禎子内親王は、後朱雀天皇の譲位、崩御（寛徳二年（一〇四五））を受けて、所生の皇子（のちの後三条天皇）が立坊している。祐子内親王家は、頼通の絶大な援助はあるものの、妹の禖子内親王が斎院に卜定されるなど、政治的時流からは外れつつあった。天皇も東宮も異母兄弟であるため、入内とも縁がない。春ごとに禎子内親王家を見つめる作者は、選択の過ちの一つに祐子内親王家への出仕を思うのである[18]。

おわりに ――斎宮の冬の夜をめぐって――

『更級日記』の作者における天照御神信仰を、神仏さえも曖昧な作者個人の神から、内親王家や内侍所との接触を経て「みかど、后」の神へと認識を変えていくものとして辿った。祐子内親王家に対して深入りしない（と語る）作者の宮仕えの態度は、天皇や后の乳母になって内裏に暮らすという夢が叶えられない空間であることを知る未来の作者なりの自己防衛かもしれない(19)。

改めて作者と資通とが語らった場面を、天照御神信仰の中に落とし込んでみたい。作者が内侍所を参拝したのちの場面にこの交流は描かれ、またこの仄かな交流を最後に、作者は宮仕えの記事をほとんど残していない。内侍所参拝が資通との出会いを導いたようにも読めるのである。時系列からすれば、祐子内親王の父である後朱雀天皇の死、また夫の上京や作者の出産があったであろう時期の直前であった。作者にとって、天照御神は「わが念じ申す」神である。一方で、知識を得れば得るほど、天照御神と作者は遠のく。このジレンマの中で見出される活路は、斎宮も博士の命婦も、そして作者も等質の存在として見つめることではなかったか。

天照御神の夢を持つ作者と、託宣を受けた嫥子女王は作者の中で共通点を持つ。その嫥子女王の伊勢生活と身近に接した資通と、作者は語らったのである。斎宮寮の「神さびた」女官が与えてくれた感動に劣らないものを、作者は資通に与えた。資通との仄かな交流は、伊勢と作者を繋ぐものであり、資通によって「託宣を受けた嫥子女王」が『更級日記』の文脈に呼び出されることで、天照御神の夢を見た作者もまた、天照御神を降ろす者としての可能性を得るのである。

内侍所で祈り、天照御神が「みかど、后」と関わる神であることを知ったからこそ、資通との出会いはあった。資通との次の関わりが実現していれば、天照御神と通じる作者は、資通によって引き立てられたかもしれない。あるいは天照御神の託宣を告げることができていれば、作者は内侍所勤めの道を得たのかもしれない。あるいは斎宮に仕えて伊勢に行く道があったのかもしれない。

資通との語らいは、確かに貴公子との恋の始まりを彷彿とさせる。春秋優劣論も、資通と作者の間に個人的な交流が生まれる契機となるべき話題である。[20]だが、資通との語らいに天照御神のいる伊勢が登場したことの意味は遙かに大きかった。夢の中の神であったものが、内侍所や斎宮を通して現実世界に顕れ、作者に触れようとしたのである。もちろん、作者は「皇祖神アマテラス」や斎宮に近づこうとはしない。その邂逅は作者の内側でのみ消費される。

『更級日記』は、呈示されては消える「あったかもしれない世界」を語る。平坦な日々にそうした可能世界への分岐点を折り挟むことで、別の日々があったのだと語り為す。資通との出会いは、その最大の分岐点のひとつとして置かれているのではないか。宮仕えの記録が資通との記事を最後になくなっていくのも、資通こそが天照御神の導きであったからである。早く勉学に目覚めていれば、早く宮仕えに出ていれば、結婚をしなければ、祐子内親王家でなければと分岐点を重ねる『更級日記』のあり方は、可能世界を夢想させずにはおかない。

作者の夢に顕れた天照御神は、最後まで何もなすことがない。しかし、作者は神を恨むのではなく、神の導きの痕跡を探す。痕跡を見つけて自身の選択を嘆く一方で、いくらでも広がる可能世界を描けるのが、『更級日記』の方法といえよう。資通が語った斎宮の夜は、天照御神の夢を持つ作者にとって確かに魅力的な痕跡であったのである。

注

(1) 伊藤守幸「『更級日記』の多層的構造をめぐって」(『更級日記研究』新典社　一九九五　初出一九八三)、佐藤和喜「更級日記歌の位相」(『国語と国文学』一九九一・四)等。
(2) 斎藤「わが念じ申す天照御神」(『アマテラス神話の変身譜』森話社　一九九六)。
(3) 底本の表記は「あまてる御神」。本章では、『更級日記』の語るものを「天照御神」と表記し、皇祖神にも土地神にも仏と同体にもなり得る神の総称として「アマテラス」を用いる。
(4) 御物本勘物によれば、源資通は贈従三位正四位上修理大夫済政の息子で、長久四年に三十九歳で蔵人頭になっている。
(5) 資通との関わりは、あしかけ三年に渡るが、記事自体は連続する(三三七―九)。
(6) 「あさみどり」歌は、『新古今和歌集』(巻一　春歌上　五一)に「祐子内親王藤壺に住み侍けるに、女房・上人など、さるべきかぎり物語りして、春秋のあはれ、いづれにか心ひくなど、あらそひ侍けるに、人人おほく秋に心をよせ侍ければ」という詞書で載り、日記とは情況が異なっている。福家俊幸『更級日記全注釈』(角川学芸出版　二〇一五)は先行研究を踏まえて、少なくとも『新古今和歌集』が『更級日記』に取材していないことを述べる。犬養廉「更級日記の虚構性」(『平安和歌と日記』笠間書院　二〇〇四　初出一九六九)も参照。
(7) 『小右記』の引用は、『大日本古記録』により、私に書き下した。
(8) 『小右記』は同年八月十日条に「夜夜、主上、蜜蜜、内侍所に渡御す。恐所を拝し奉らしむる所なり」と後一条天皇がこの託宣事件に怯えたことを記している。
(9) もっとも、祐子内親王は長暦二年(一〇三八)の生まれであり、自身が交流を持っていたわけではない。
(10) 嫥子女王の存在を聞き知っていたことが即ち託宣事件を知っていたことと同様とは限らないが、嫥子女王の帰京が、事件当初秘事とされた託宣を膾炙させる役割を担ったことは指摘されている。深澤徹「斎宮の二つの顔」(『アマテラス神話の変身譜』森話社　一九九六)。
(11) 「皇太后宮の一品の宮」をだれと考えるかは諸注割れている。底本の書き入れは「皇太后宮」を三条天皇皇后の妍子、「一品宮」を三条天皇皇女の禎子内親王とするが、禎子内親王が一品に叙せられるのは治安三年（一〇二三）のことである。「皇太后宮」を誤記として、「一品の宮」を脩子内親王ととる説もあるが、作者が望んだ乳母としての宮仕えなどから考えて、禎子内親王と見た方が整合性は高いように思われる。後藤祥子「天照の幻想から伊勢文化へ」（『王朝文学と斎宮・斎院』竹林舎　二〇〇九）。なお、後藤氏は娍子女王の託宣事件は一介の女房である孝標女の知るところではなかったと述べている。

(12) 作者の母は初瀬に鏡を献じ、行く末を占わせている。「母、一尺の鏡を鋳させて、え率て参らぬかはりにとて、僧を出だし立てて初瀬に詣でさすめり。」（三二〇）。

(13) アマテラスがさまざまな仏を同体として取り込んでいく中世のアマテラスについては、伊藤聡『中世天照大神信仰の研究』（法蔵館　二〇一一）参照。

(14) 松前健は「アマテラス」ではなく太陽神としての「アマテル神」はさまざまなところに存在したことを主張する。

(15) 『源氏物語』の斎宮は六条御息所の娘で退下したのちに冷泉帝に入内し中宮となった秋好中宮であるが、彼女を語る文脈ではアマテラスとの関わりは強く主張されない。しかし、制度としての認識には役立ったことだろう。『伊勢物語』や歌人として著名な斎宮女御徽子女王の存在も知っていた可能性が高い。

(16) 斎藤英喜「平安内裏のアマテラス」（『アマテラスの深みへ』新曜社　一九九六）。

(17) 作者は上総国で過ごした幼い日に、物語を読みたいと「等身に薬師仏を造り」（二七九）祈っていた。

(18) 和田律子「宮仕えの記――物語の男君――」（『藤原頼通の文化世界と更級日記』新典社　二〇〇八）では、時流に乗らない祐子内親王家周辺が抱える危機感を指摘している。また、『更級日記全注釈』（注6参照）「解説」でも紫式部の娘・大弐三位の栄達を理想とみながら自身が遠く及ばない位置にいることの嘆きを指摘する。

(19) 深澤徹氏は『都市空間の文学』（新典社　二〇〇八）で、孝標女の祐子内親王家への落胆を、阿弥陀来迎の夢を見た同年（天喜三年）に行われた六条斎院（禖子内親王）物語合に見ている。この物語合には、祐子内親王家の女房も多く参加しているが、孝標女が中心に関わっていたことは見えない。

(20) 島本あや「『更級日記』における春秋優劣論」（『学芸古典文学』五号　二〇一二・三）。

第十九章　文学サロンとしての斎宮空間
――良子内親王を中心に――

はじめに

いつの時代・場所であれ、帝王にとって、また施政者にとって、祭祀をどう執り行うかは重大な関心事だった。祭祀の手順や場所、それを執り行う人や使われる物、祭祀を取り巻く理屈や解釈など、関心の払われ方に差はあっても、重要さは変わらない。日本ももちろん例外ではない。特に伊勢神宮は、京内外や神宮内部の争いとも連動しながら重視、軽視といった祭祀の位置づけに関わる波を泳いできた。伊勢神宮と朝廷を繋ぐ役割を担っていた斎宮もまた、重視軽視を行きつ戻りつしながら存在していた機関である。重要な内親王として重視されることもあれば、遠地で静かに暮らす人としてほとんど忘れられたこともある。(1) 本章では、在任中の記録が残る実在の斎宮の姿を追い、平安時代の斎宮のあり方について考えてみたい。

一、斎宮イメージの形成と柔子内親王

宇多天皇は譲位にあたり、幼年の醍醐天皇のために『寛平御遺誡』と呼ばれる訓戒を著している。その中で、斎宮・斎院について述べた上で、特に斎宮に対し次のようにつけ加える。

斎宮は、出でて外国にあり。用途繁しといへども、料物足らず。その申し請ふに随ひて、量りて進止すべし。ただし、寮の司は能く能く選びて任ずべし。斎院は、種々の雑物式の例には具るといへども、それ用度においては十分の一だにも足らざれば、特にまた相労れ。忘るべからず。

斎宮、斎院ともに物資の不足が生じやすく、これに気遣うことが述べられている。中でも「外国」（畿外）という不便な場所への配慮は、斎宮が斎院とは異なる役割を担っていたことを示唆していよう。賀茂斎院は、嵯峨天皇が平安京のために置いた斎王であり、都の祭祀者であった。一方の「外国」での任に堪えうる存在として醍醐朝の斎宮に卜定されたのは、醍醐天皇の同母妹・柔子内親王である。

斎宮が制度化されて以来の長い歴史の中で、実は斎宮自身の記録というのは多くない[3]。だが、柔子内親王は『大和物語』にも姿を留め、斎宮としての生をうかがわせてくれる人物である。『寛平御遺誡』を踏まえれば、宇多天皇が斎宮を「外国」の祭祀者としてきちんと処遇しようとした、後々の先例となるべき存在が、柔子内親王であろう。『大和物語』の柔子内親王関係歌には、次のようなものがある[4]。

伊勢の国に、さきの斎宮のおはしましける時に、堤の中納言、勅使にて下りたまひて、
くれ竹のよよのみやこと聞くからに君はちとせのうたがひもなし

御返しは聞かず。かの斎宮のおはします所は、たけのみやことなむいひける。（三六段　二七七）

「堤の中納言」藤原兼輔が斎宮に奉った歌であるが、都から遠く離れた斎宮の居場所をめでたいものとして詠い、都に伝えていくところに宇多天皇が望んだ斎宮のあり方を見ることができる。「たけ（多気）のみやこ」という耳慣れない地名は、都の人々に『竹取物語』の月の都を連想させ、「外国」で暮らす高貴な女人のイメージを築かせたことだろう。柔子内親王の群行は昌泰二年（八九九）九月で、退下は延長八年（九三〇）九月、三十年以上の時間を伊勢に過ごしている。この長い期間、都との交流が維持されたという点で、宇多天皇や醍醐天皇の気遣いがうかがえよう。そして、やはりこの気遣いは娘や姉妹への親しみ以上の意味を持っていたと考えられる。ここで注目したいのは、『躬恒集』にある次の歌群である。

　鈴鹿山

音に聞く伊勢の鈴鹿の山川のはやくより我が恋ひわたる君

　円方

梓弓いる円方に満つ潮のひるはありがたみよるをこそ待て

　あじろの浜

潮満てば入江の水もふかやまのあじろの浜に寄れる沖つ浪

　うはせ川

うはせ川したの心も知らなくに深くも人の頼まるゝかな

　はりかは

唐衣縫ふはりかはの青柳の糸縒り掛くる春や見に来む

竹川
もみぢ葉の流るゝ時は竹川の縁の緑も色変はるらん
御津
ことさらに我は見つらん小笹原さして問ふべき人はなくとも
浮島
いざやまたこの浮島にとまりなむ沈みつつのみ世を経れば憂し
長浜
長浜に居てしほたるる郭公五月ばかりは海人にざりける
此十首は延喜十六年四月廿二日、私事につきて伊勢のさいゝにまかりたる時、すなわち寮頭国中を使にて、国々の所々名を題て詠ませ給ふ、野望歌等(5)　（一五七―一六六）

諸本が複雑で安定しないが、左注によれば、躬恒が伊勢の斎宮（左注の「さいゝ」は「斎院」と考えられ、示すところは同じ）で名所歌を奉ったことがわかる。他本ではこれを屏風歌とするものもあり、斎宮の徒然を慰める文学サロンが、都との深い交流の中で作られていたことがわかる。そして、それ以上に注目すべきは、躬恒の歌が「国々の所々」の名を詠み込んだものであることだろう。(6)絵や歌をとおして自身を取り巻く土地を知ることは、斎宮が伊勢祭祀の担い手であることの再確認に繋がる。実のところ斎宮が伊勢祭祀に与える影響は極めて限定的だが、(7)在任期間の長い柔子内親王の場合、伊勢という土地で斎宮として在ることの意味をこうしたかたちで自認していく必要があったのではないか。土地を描いた絵や屏風、歌を見、自身もまた作り手になって「外国」ならではのサロンを築くことが柔子内親王の日々を充実させたのである。畿外において都的な文化が花開くことは、宇多上皇や醍醐天皇にとっても治世の安寧を示すものとなる。『寛平御遺誡』が望んだ斎宮の充実は、相互に利益をもたらしたといえよう。

二、良子内親王の貝合

醍醐朝の斎宮をめぐる朝廷の支援とサロン形成を確認した。このサロンは伊勢在任期間を終えても維持され、退下後も前斎宮として人々との交流が為されたことが『大和物語』等からうかがえる。

ところが、柔子内親王以後、斎宮でサロンを形成することが常になったかといえばそうではない。柔子内親王の直後、朱雀朝の最初の斎宮である雅子内親王については藤原敦忠との恋が『大和物語』にも採られ、退下後の歌の多さからも伊勢での活動がうかがえ、[8]また七人の斎宮を挟んで円融朝の斎宮である規子内親王については、同行した徽子女王が明確にサロンを形成している。[9]しかし、それ以外の斎宮については記録も少なく、平安時代の上流女性にとっては珍しい群行や伊勢での生活という経験を活かした創作活動の成果はほとんど残っていない。歌人として著名な徽子女王にしても、自身の在任期間の歌はないのであって、年齢的にも若くして赴任することの多い斎宮たちがサロンを形成することの難しさがうかがえる。同時に、斎宮を利用して伊勢空間を都と接近させるような宇多上皇の方法が踏襲されなかったことも示唆していよう。規定以上の経済的な配慮があってはじめて伊勢でのサロン形成は可能になる。一条朝の斎宮・恭子女王は二十年を越えて在任したが、退下後も含め、何の事跡も残していない。政策の中に斎宮を利用することが組み込まれなければ、彼らは細々と日々を送るしかないのである。[10]

柔子内親王から長い時を経て、彼女の方法を用いた斎宮が顕れるのは後朱雀天皇の御代である。直前の時代について詳細を論じることはしないが、三条天皇の御代で重要な内親王の卜定があり、また後一条天皇の御代には斎宮・嫥子女王の託宣事件があり、斎宮という役割に対する問い直しがある中で[11]、後朱雀天皇皇后禎子内親王所生の良子内親王が斎宮に卜定される。

良子内親王のサロン形成が明確であるのは、長久元年（一〇四〇）五月に、斎宮のために貝合が催されていることによる。以下、斎宮貝合の日記部分をまずは引用したい。

春の徒然は、都にてだに蜑《あま》のしわざゆかしがりし人々なれば、浦々に出でて貝を拾ひつつ、持て参り集まるを、御前には、世に知らずをかしきものに選り遊ばせ給ふを、「①同じくは貝合をして、珍らしからむ一つにても、持て参りたらむを勝にせむ」などいひて、「男女方分きて、五月五日庚申に持て参らむ」と定めさせためるに、所がらあやしき人々の、心の中にすさまじう思ふべかめれど、さすがに我も劣らじと、浦々に漁りをし、男女老いたる若き出でて、数を選りまさむと挑み交して、御前には二見の浦移したらむ心ちして、色々様々の貝散り敷きたるは、こよなき徒然の慰めにて、三四月も過ぎぬ。②その日になりて、方の人ならぬも聞きつけて、心寄せの方々に、洲浜どもをして進らせたり。御前には、御几帳の前に御褥、羅の二藍の御単襲に、紅の生絹の御袴奉りて、短き御几帳棟の裾濃なるを引きよせて、小さうおかしげにおはします。（中略）此方彼方にさまざまの洲浜多かれど、一つさまどもなり。右、大蛤の中に、多くの浦々こもりたれば書かず。「③洲浜どもをや、勝負のけぢめにせむ」と、同じ浦々の貝なれば、こや珍らしきと見えぬに、「左右この浦のと見えぬなきや、持とやいはむ」と見る人も、方々の人いかが見知り給はむ。④御前の御定めによるべきを、ただをかしと思し召したる御気色にぞ、うち笑みて御覧ず。貝して、鶴・亀・魚・人まで造り集めたるさまどもは、実にさも思し召しぬべし。左右の浦々磯々の貝どもの勝負ゆかしがるほどに夜も明けぬ。

日記の内容を確認していけば、①海に近い伊勢にいるために、斎宮に仕える人々は海で貝を集めることに勤しんでおり、貝合をすることになる。②当日は、決まっていた参加者だけでなく方々から洲浜の献上がある。③洲浜の良さを勝負の決め手にしようとする。④良子内親王に判断を委ねるが、良子内親王は洲浜を楽しんでいるだけである。以上のような経過が書かれている。八歳で卜定された良子内親王はこの時、十二歳。積極的にサロンを形成する姿勢ではないが、こうした遊びの中で判を下さないというのも一つの選択だろう。続けて、洲浜に合わせて歌が詠まれていく。

蓬莱の山
はるかなる君がみよにや亀山のつきせぬこふのほどもしられむ
長浜
君がよのためしとみゆる長浜にちぐさのかひのかずもしられず
藤潟
むらさきのかひよる浦の藤潟は浪のかかるぞはなとみえける
二見の浦
唐にしき浪のかげこそうちよせてけふや二見のかいをひろはむ
小浜
おと高く小浜の浪ぞきこゆなるかひうちよする風はふくらし
白良の浜
月影の白良の浜のしろかひはなみもひとつにみえわたるかな

浮島
あさりすと浮島めぐるあま人はいづれのうらかとまりとはする　（一―七）

以下、『新編国歌大観』によれば四〇番歌まであるが省略する。注目したいのは、柔子内親王のあり方と繋がる詞書、すなわち地名を詠み込む意識である。柔子内親王の場合、屏風と躬恒の歌によって伊勢という地にいることが確認されていたが、良子内親王の場合は美しい洲浜によって同じく伊勢の地にあることが確認されていく。[12]「長浜」や「浮島」は躬恒の歌と共通し、また「二見の浦」などの歌語も重なっている。伊勢においては定番といえるだろうが、斎宮の土地意識を形成するために、都人にも知られた歌枕が選ばれていく点は興味深い。

また、先掲のとおり長い日記部分を持つところも特徴的であるが、この日記録には都への意識が強く顕れている。伊勢が都の人々の羨む貝の宝庫であること、関係者以外からも洲浜の献上があり、大きな催しであったことなど、貝合をとおして魅力的な地としての伊勢が語られていく。斎宮周辺の女房の手によって書かれたものであり、貝合は何となく始まったかのように語られているが、こうした大きな催しが行われるにあたっては、必ず都からの支援があったはずである。良子内親王の直接的な支援者である父後朱雀天皇や禎子内親王の意向を受けて斎宮の徒然が慰められ、また斎宮としての良子内親王の姿を伝えるものとして日記が都にもたらされたと見てよい。柔子内親王のサロン形成と繋がるあり方が良子内親王貝合に見えるのである。

改めて良子内親王を取り巻く状況を確認しておきたい。宇多天皇が『寛平御遺誡』を著したのは、醍醐天皇が幼少であったこともあるが、何よりも皇統が交替したのちの不安定な時期であったことが大きい。[13]だからこそ、宇多天皇は譲位をして上皇として政治を支える必要があり、一方で菅原道真の配流など思うようにならない事件も抱えざるを得なかった。その点、道長の娘である彰子所生の後朱雀天皇が祭祀を重視する理由はないように見える。

この背景には、父天皇の意向以上に、良子内親王の母である禎子内親王の立場が強く顕れていよう。

そもそも、道長はじめ多くの人々に愛されて東宮時代の敦良親王（後朱雀天皇）に参入した禎子内親王は、その後の情勢の変化の中で頼通と疎遠になり、后としての華やかな活躍は中宮嫄子に譲って里がちであったことが『栄花物語』に書かれている。

中宮は、ただならずならせたまひて、奏せさせたまふ。上達部慶び申しなどしたまふ。いみじうめでたし。皇后宮には、斎宮伊勢に下らせたまひ、斎院は本院になど、皆よそにおはします。よき人もなほ苦しげにおはします。

（『栄花物語』巻第三四　暮まつほし　二八九）

中宮には前栽合、菊合などせさせたまひて、をかしきこと多かり。皇后宮にはよろづをよそに聞かせたまひて、思しめし嘆くことかぎりなし。

（同　二九三）

良子内親王と同時に、妹の娟子内親王も斎院に卜定されており、娘二人から引き離される禎子内親王の立場はやはり苦しいものであったと考えられる。良子内親王貝合の前年（長暦三年（一〇三九））には、藤原氏の后を立てるべきという伊勢大神宮の託宣[14]や嫄子女王の出産と死去があり、十二月には藤原生子の入内もあった。何をするにも制限のかかる禎子内親王が唯一、自分の意向のままにイベントを行えた場所が斎宮のもとであったのではないだろうか。娘が斎宮と斎院であるということは、禎子内親王の心情レベルでは寂しいものでしかない。しかし、娘たちが父天皇の御代を支えているという点で、禎子内親王は祭祀を掌握していることになる。良子内親王の在任時は、託宣事件などが複数起こり、後朱雀天皇も対応に苦慮している。[15]柔子内親王に倣って土地との結びつきを強め、伊勢という遠地に魅力的なサロンがあることを強調する貝合は、政治的な不遇をある種、越境するものとして設定されていたのではないだろうか。伊勢斎宮が充実した日々を送ることは、禎子内親王だけでなく、後朱雀天皇にとっても意味のあることだった。直截的に政治とは関わらない方法で斎宮を厚遇し、ひいては祭祀にも配慮できるサロンの存在は、宇多天皇以来の帝王学として意識されていたと考えられ、後朱雀天皇がそれを実践できたとすれば、こののどかな貝合は、ごく少数の人々の心理的に極めて重要な出来事であったといえる。

三、『堤中納言物語』「貝合」との関わり

ここまで、柔子内親王のサロン形成から、それを引き継ぐ良子内親王貝合までを位置づけてきた。最後に論じておきたいのは、良子内親王貝合と関わりがあるとされる『堤中納言物語』「貝合」（以下、作品名として「貝合」を用いる）についてである。

良子内親王貝合は、現存する限り貝合という催しの初例であって、長久元年（一〇四〇）以降の成立と目される「貝合」はこの影響下に作られた物語とされている。[16]稲賀敬二氏は、この「貝合」の成立を述べた項で次のように説明している。[17]

（良子内親王貝合について※筆者注）伊勢で行われたこの貝合は、都の遊びをまねたものかもしれないが、逆に、斎宮の居所が伊勢の海に近い点を考えると、都に逆輸入されて、定着し、この物語にも反映しているとみることもできる。良子内親王貝合の当日の日記に達意の文章を記している逸名の女房などの作かもしれない。

良子内親王貝合があくまで伊勢という地に根ざした遊びであったことを踏まえれば、短編物語としての「貝合」にこの目新しい趣向が導入された理由は判然としない。同じ作者を想定する稲賀氏の言葉も、このイベントの特殊性を言い当てている。作者については不明としかいえないが、この「貝合」と良子内親王貝合とを、より連続した

ものとして捉えていく視点が必要ではないか。

『堤中納言物語』「貝合」は、男主人公（蔵人少将）がたまたま立ち寄った邸で、貝合の準備をする少女たちを垣間見るところから始まる。この貝合は異母姉妹が競い合うものであり、少将が見ているのは母のない娘の方で、可愛らしい容姿ながら、貝を十分に集められないで困っている。今北の方の娘の傲慢も垣間見た少将は、母のない娘の方に肩入れし、貝と洲浜をこっそりと差し入れたところで物語は終わっている。少将は女童一人と交流する以外、基本的に奔走する子どもたちを気づかれないところから眺めているだけであり、支援も観音の仕業と思わせるような、表立たないかたちで行っていく。また、少将から洲浜を差し入れられた少女たちの貝合がどうなったかも語られない。

この物語において、「貝」合である必然性はほとんどないといってよい。舞台設定は一応、九月であるが、特に季節性が重視されているわけではないから、菊合であろうが、根合であろうが構わない。あるいは、子どもが蒐集しやすいものとして新しく雛合や紙合が創作されたとしても問題はなさそうである。だが、語られたのは貝合であった。それならば、我々はやはり良子内親王貝合があって初めて成立する物語として、この「貝合」を読んでいくべきではないだろうか。

良子内親王貝合と「貝合」の違いは、前者が勝敗など二の次の遊びであったのに対し、後者が明らかに競い合いとして描かれている点である。プライドを賭けて戦う姉妹は、いずれも勝利を欲している。貝を得ることは人脈を辿ることであり、(18) 姉妹の優劣はそののちの人生をも象徴しよう。そして、少将というイレギュラーな存在が勝敗の行方を不確かなものにしていく。

少将が心惹かれる姫君は「十三ばかり(19)」で良子内親王の当時の年齢とおよそ一致するが、二つのテクストを積極的にリンクさせていくならば、北の方腹の姉妹に勝ちたいと思う気持ちと、洲浜を前に微笑む良子内親王のおおらかさはそぐわない。しかし先述のとおり、良子内親王貝合とは、禖子内親王や後朱雀天皇の期待が込められたものであった。特に不遇意識の強い禖子内親王にとって、良子内親王が伊勢で都にも劣らない暮らしをしていることを示すのは重要であろう。遊びの背景には争いがあったのである。

だが、ここで二つの貝合は境遇という点でも微妙な齟齬を見せる。少将に忙しさの理由を問われた際の女童の言葉を引用する。

「この姫君と上との御方の姫君と、貝合せさせたまはむとて、月ごろ、いみじく集めさせたまふに、あなたの御方は、大輔の君、侍従の君と、貝合せさせたまむとて、いみじく求めさせたまふなり。まろが御前は、ただ、若君ひとところにて、いみじくわりなくおぼゆれば、ただ今も姉君の御許に人やらむとて。まかりなむ」（四四七）

「貝合」は母のない娘の物語として描かれているのである。姫君の支援者はそう年の変わらないだろう男兄弟（若君）一人だが、彼もまた「母のおはせましかば。あはれ、かくは」（四五〇）と嘆く。[20] 禖子内親王の庇護下で貝合を主催する良子内親王は、母なき姫君の哀しみと重ならない。異母姉妹の争いという観点からは、むしろ全く逆の重なりが見えてきてしまう。

禖子内親王が皇后でありながら弱い立場に置かれていたことは既に述べた。禖子内親王所生の内親王たちが軽んじられるのは、頼通の手元に嫄子女王所生の二人の内親王があったことが大きい。

斎院に殿の二の宮のゐさせたまひぬ。おほかたには四の宮におはします。されど三の宮をも高倉殿の一の宮とのみ人は聞えさす。（『栄花物語』巻第三六　根あはせ　三四八）

後朱雀天皇が崩御したのちの場面であるが、頼通が育てる祐子内親王と禖子内親王は異腹の姉二人を飛ばして「殿の一の宮、二の宮」と呼ばれていたと『栄花物語』は語る。頼通の政策の上では、禎子内親王とその子どもたちは不遇であった。しかし、こののち、禎子内親王所生の尊仁親王が後冷泉天皇の次に後三条天皇となり、頼通の望んだ政策は悉く実現しない。それは先のことだが、右の場面で既に尊仁親王が東宮になっており、その兆しは見えていよう。良子内親王を不遇の皇女と捉えるには材料が足りず、むしろ母を亡くした祐子内親王、禖子内親王姉妹の方に「母なき姫君」の悲劇は引き寄せられる。母禎子内親王の愛情のもと、貝合を主催するのは良子内親王の方であり、窮地に立たされるのは母なき妹たちなのである。

もちろん、こうした重ね合わせが簡単に成立するわけではない。母なき姫君の弟「若君」の存在は尊仁親王の役割であろうし、母なき姉妹とはいえ、祐子内親王、禖子内親王は頼通の支援の中で、経済的、文化的に常に優位にあった。[21] 異腹の姉妹は互いに後朱雀天皇の皇女たちの要素を分け合っていて、いずれとも決定不能なまま、しかし貝合という語で読み手に連関を想像させずにおかない。だが、伊勢という地理的悪条件を逆手にとった良子内親王貝合が、彼女を軽視しようとする世の風潮に対する渾身の反論であったとすれば、『堤中納言物語』の「貝合」はその思いに応えていないだろう。「貝合」の中では、貝はさまざまな人々の手もとにあって、子どもでも蒐集可能なものである。海辺の地でなくとも、それは風雅な遊びとして再現されてしまう、更にいえば、都だからこそ、少将のような支援でより華やかに作り上げてしまうのであり、伊勢であることのアドバンテージは残らない。

『堤中納言物語』自体、禖子内親王サロンとの関わりが深いものであり、「貝合」もまた頼通文化圏で作られたものと目されてよい。貝合という良子内親王周辺で創始された催しが物語の中に取り込まれ、斎宮という特殊な暮らしから切り離されて、むしろ母ある姫君の傲慢ともとられかねないような文脈を持つとすれば、それはささやかで残酷な仕打ちだろう。良子内親王は退下後、これといった事跡を残しておらず、また妹娟子内親王は源俊房との密通で尊仁親王の勘気に触れている。[22] 祐子内親王や禖子内親王が時流から外れながらもサロン形成に力を注いでいったのと対照的である。だが、いずれが幸福であったかなどという問いは成立しないだろう。歴史物語や日記の作者による語りと、我々読み手の解釈があるだけである。「貝合」は良子内親王貝合を無化するような読みを可能にするが、それも一面的なものでしかない。貝合に勝利して若君とともに華やかな未来を手にする姫君の姿もまた読むことができるのだ。

短篇物語である「貝合」は、時代状況の中で優劣を競い合う後朱雀天皇皇女たちの物語を写し取りながら読まれたに違いない。そして、勝敗を決する結末を持たないこの物語の行方も、読み手の知識や贔屓の中で主人公を替えながら想像されていったのである。

おわりに

宇多上皇、醍醐天皇の意向を汲んで伊勢斎宮としてのサロンを形成した柔子内親王を手掛かりに、良子内親王貝合に籠められた期待を見、更に良子内親王貝合という出来事を受け止めるものとして『堤中納言物語』「貝合」を後朱雀天皇後宮の問題と関わらせながら論じた。

斎宮として伊勢へ赴任することは、都での生活しか知らない皇女たちにとって基本的には厳しいものである。都では経済的に恵まれない境遇の女王などにとってメリットが大きい場合もあったはずだが、それを差し引いても心楽しい任であったとは言い難い。だが、不満を口に出すことは憚られる任でもある。一方で、都にいる人々は、遠い伊勢にいる彼らを幻視しながら、その幻想に見合う応答を期待する。その理不尽な要求によく応えたものだけが痕跡として残るのである。しかし、その痕跡はまた新たな解釈を為されて別の語りを作り上げるかもしれない。彼らが身を守るもっとも有効な手段が沈黙であったとすれば、卜定と退下の記録しか残さない斎宮こそ、何にも加担せずに任を果たした者といえよう。だが、祭祀は常に政治的で非中立的なものである。柔子内親王や良子内親王のあり方を受け止めた『大和物語』や「貝合」もまた、斎宮たちの重要な痕跡であった。彼らの事跡に、沈黙した斎宮たちの痕跡を見つつ本章を閉じたい。

注

(1) 天武朝斎宮・大伯皇女以来、斎宮の社会的な軽重には振り幅がある。大伯皇女や聖武朝の井上内親王や円融朝の規子内親王など、重視された斎宮がいても、そのすぐあとに停滞期が来るような波のある位置づけといえる。本書序参照。

(2) 『寛平御遺誡』の内容については、所功「『寛平御遺誡』の復元試案」(『史学文学』五巻三号　一九七八・二)、石野浩司「『寛平御遺誡』および花園天皇『誡太子書』に見られる皇統思想の新展開」(『皇學館大学神道研究所紀要』二六　二〇一〇・三)参照。

(3) 斎宮の文学については、所京子「斎王関係の和歌集成」(『斎王和歌文学の史的研究』国書刊行会　一九八九)参照。

(4) このほか『後撰和歌集』一一一〇番歌や『大和物語』九五段に登場する。本書第一部第二章でも扱った。『大和物語』の斎宮斎院については、原槇子「『大和物語』の斎王」(『斎王物語の形成』新典社　二〇一三)も参照。

(5) 引用は西本願寺本であるが、正保版本では「延喜十七年、伊勢の斎宮の御料に、国々の名ある所々を書かせ給へる御屏風の歌召しありしかば、鈴鹿山奉りし」という詞書で始まっている。躬恒の屏風歌に関しては田島智子「躬恒の屏風歌」(『四天王寺国際仏教大学紀要』四十号　二〇〇五・九）を参照した。

（6）地名の詳細については中川竫梵「『躬恒集』の「うはせ川」について」（『解釈』三六巻九号　一九九〇・九）参照。和歌文学大系の注釈においては「浮島」を陸奥の歌枕とするなど広範囲から選択しているが、あくまで斎宮周辺の地名であると考えられる。

（7）斎宮の役割は三節祭の参詣である。伊勢神宮としての祭祀は大物忌という土着の巫女が行うものであり、斎宮はあくまで神宮の外部にいる。榎村寛之「斎王の禊について」（『律令天皇制祭祀の研究』塙書房　一九九六・二）、津田博幸「アマテラス神話の胚胎」（『生成する古代文学』森話社　二〇一四　初出一九九六）参照。

（8）伊勢下向後の歌は見出せないが、都との交流がなかっただけで斎宮での創作などはあったと考えている。

（9）『斎宮女御集』参照。

（10）平安中期以降、神社参詣の多様化や伊勢神宮への個人的な奉幣が行われ始めたことは斎宮の形骸化と無縁ではないだろう。

（11）拙稿「『狭衣物語』女二の宮の位置づけをめぐって」（本書第二部第十二章）参照。娟子女王の託宣は、斎宮と天皇との関係にも踏み込んだものであった。

（12）良子内親王貝合について、中村成里「斎宮貝合をめぐって」（物語研究会二〇一〇年三月例会における口頭発表）を参考にした。解釈については日本古典文学大系『歌合集』（岩波書店）に依ったところも大きい。

（13）文徳系から光仁系への転換は改めて述べるまでもないが、帝王の政治を目指せば「阿衡の紛議」のような事態も想定されよう。

（14）『花鳥余情』紅梅巻や『春記』長久元年（一〇四〇）十一月二十三日条、『栄花物語』（巻第三四　暮まつほし）に記載がある。

（15）『太神宮諸雑記』によれば、長暦三年（一〇三九）四月、七月に斎宮内侍にアマテラスが憑依した事件があり、『古今著聞集』にも祭主の配流や召還をめぐる動きが書かれている。

（16）山岸徳平『堤中納言物語全註解』（有精堂　一九六二）。

（17）新編古典文学全集『堤中納言物語』（小学館）「解説」。

（18）若君は「承香殿の御方」から貝を手に入れ、相手方は「藤壺の御方」や「内大臣殿の上」に求めている。貝は拾いに行くものではなく、伝手を辿って手に入れるのである。

（19）妹尾好信「『貝合』本文存疑考・二題」（『中世王朝物語表現の探求』笠間書院　二〇一一　初出二〇〇一）で「十一、二」の誤りかと述べているが、井上新子「『貝合』の〈メルヘン〉」（『堤中納言の言語空間』翰林書房　二〇一六　初出一九九六）は若紫巻との繋がりから「十三ばかり」ととるべきことを指摘する。

（20）若君の言葉からは姉もいるようだが、判然としない。あるいは「姉君の御許」の敬語は過剰であるが子どもの会話文であることから考えて、女童自身の姉という可能性も否定しきれない。

（21）六条斎院禖子内親王の物語合が有名だが、祐子内親王サロンも盛んに催しを行っている。拙稿「『更級日記』の斎宮と天照御神信仰」（本書第二部第十八章）参照。物語合については、井上新子「天喜三年の「物語歌合」と「物語合」」（注19先掲書）の整理を参考にした。また、『栄花物語』の頼通について、中村成里「『栄花物語』正編から続編へ」（『平安後期物語の研究』早稲田大学出版部　二〇一二）も参照した。

（22）『本朝世紀』康和五年（一一〇三）三月十二日条、『栄花物語』巻第三七　けぶりの後　四〇五、『今鏡』巻四「藤波の上」「村上の源氏」など。

第二十章 反復される斎宮と密通の語り ——『小柴垣草紙』が語る〈禁忌〉の恋を中心に——

はじめに

ジュディス・バトラーは、アルチュセールの「呼びかけ」という言葉を用いながら次のように語る。呼びかけの構造が道徳的権威の導入と維持のされ方を理解するために重要になってくるのは、私たちが語るとき、私たちは他者に呼びかけているということを認めるだけでなく、私たちはいわば呼びかけられた瞬間に存在し始めるのであり、呼びかけがうまくいかないのは私たちの存在をめぐる何かがあやうい（プレカリアス）からだ、ということを受け入れるときである。(1)

「呼びかけ」はしばしば失敗する。うまく応答が成立しないこともあれば、巧みな応答によって「呼びかけ」を大きく（時には全く異なるかたちに）改変することもある。他者への「呼びかけ」に応答して、自分が「呼びかけられた者」になることもある。本章では、その過剰な「呼びかけ」「受け容れ」を見ることをとおして、パフォーマティヴに読み得る『小柴垣草紙』を考えていきたい。

一、『小柴垣草紙』について

本章で扱うのは、性愛を描いた絵巻である『小柴垣草紙』である。有名な作品であり、言及されることは多いが、内容に踏み込んだ先行研究は少ない。近年、ようやく井黒佳穂子氏による伝本、系統整理がなされ、研究が大きく進んだところである。(2) 井黒氏は、『小柴垣草紙』を短文系統と長文系統に分け、その展開を次のように説明する。

まず初めに〈短文系統〉が現れ、次いで〈短文系統〉を補うような形で、〈長文系統〉が派生したと想定することができるのではないだろうか。（中略）〈短文系統〉の性表現が素朴かつ具体的であるのに比べて、〈長文系統〉の性表現は婉曲かつ抽象的であるといえる。また〈短文系統〉が状況を簡潔に叙述するのに対し、〈長文系統〉は引用を用いて、場面の説明や登場人物の心情まで綴っていることが分かる。

現在確認できる『小柴垣草紙』は、鎌倉時代のものとかといわれるものが二本あることを除けば、近世以降の写本が中心であり、作品そのものから製作年代を探るのは今後に譲るとしても、徳田和夫氏が成立を「鎌倉末〜室町初期か」(3) と想定するように、日本の性愛を描いた絵巻として極めて古いものと認識されている。それは、この絵巻が平安時代の実際の事件に取材したものであるからだ。

事件のあらましを見ていこう。

十九日、丙辰。伊勢斎王済子於野宮滝口與武者平致光密通之由風聞。仍公家召神祇官令仰祭文。近四日、遠七日、祈申此事之実否。

（『日本紀略』寛和二年（九八六）六月一九日）

十九日、丙辰。天晴。無政。従昨日、伊勢初斎宮警御被差遣瀧口平致光、密斎女王突セリと云々。件致光、彼宮女房字宰相君相談之次。如此之事所出来也。或時、彼宮斎内親王密々奉婢れりと云々。因茲、公家聞食此由、被下宣旨。神祇官造斎文、近四日、遠七日之内、此事実否之由、被祈祷。

（『本朝世紀』寛和二年（九八六）六月一九日）

花山天皇の斎宮である済子女王[4]は前年（寛和元年（九八五））の九月から野宮で過ごしていたが、寛和二年六月、その野宮で警護にあたる滝口武士平致光と斎宮が通じているという風聞が朝廷に届く。朝廷は神祇官に祭文を作らせて真偽を確かめることとしたが、結論が出る前の六月二十二日に花山天皇の急な譲位があり、それに伴って済子女王も退出した。花山天皇の出家、譲位という大きな出来事に隠れたが、『日本紀略』や『本朝世紀』が記すように神意を問わねばならない重要な案件であった。退下以後の済子女王については不明である[5]。

『小柴垣草紙』は右の事件を題材とするが、直接的な繋がりが可能性として考えられるのは『十訓抄』である。影響し合うため、連続する二段を引用する。

寛和の斎宮、野宮におはしけるに、公役滝口平致光とかやいひけるものに名立ち給ひて、群行もなくて、すたれ給ひけり。

それより野宮の公役はとどまりにける。　（五ノ十）

三条院皇女、前斎宮も道雅三位にあひ給ひて、世の人知るほどになりにたれば、御髪おろし給ひにけり。三位、帥内大臣の御子なれば、致光には似るべきにはあらねども、すべてあるまじき御振舞なり。三位の御消息だに奉らぬほどに、関守きびしくなりにければ、あまた歌よみける中に、

あふさかは東路とこそ聞きしかど　心づくしの名にこそありけれ

今はただ思ひ絶えなむとばかりを　人づてならでいふよしもがな　（五ノ十二）

済子女王退下から三百年近い時を経て編まれた『十訓抄』においても、この事件はセンセーショナルなものとして語られている。傍線部の「とかやいひけるもの」のように、斎宮の相手が武者であったことを批判する筆致であり、続く三条天皇皇女・当子内親王の風聞についても引き合いに出されている。当子内親王と藤原道雅についての噂自体は退下後のことで、本来、責められるに当たらないが、斎宮は退下後も婚姻を慎むものであるというイメージで語られる。(6)

『小柴垣草紙』と『十訓抄』との関わりについて、密接な関係を断定するほどの根拠は見出せない。ただし、斎宮と武者の密通をスキャンダラスなものとして見るという視点には共通性がある。事件そのもの以上に、秘された存在である斎宮を武者が犯したことに向かう好奇の目があったことが、『小柴垣草紙』作成の契機と考えられる。

二、『小柴垣草紙』短文系統の内容

侵犯される斎宮の姿を露わにしたいという好奇の視線は、『小柴垣草紙』において絵と詞を尽くして語られる。本稿では、詞書に注目しながら、『小柴垣草紙』がいかに語ろうとしているのかを見ていく。まず、『小柴垣草紙』短文系統の本文を確認していきたい。

a夜のふくるほど、小柴《こしば》のもとに臥《ふ》したるところへ、①いかなる神のいさめをのがれ出給へるにか、高欄《かうらん》のはづれにより、御足《あし》をさしおろして、にくからず御覧じつる面《つら》をふませ給たるに、あきれて見あげたれば、うつくしき女房の御小袖すがたにて、御髪《ぐし》ゆらゆらとこぼれかかりておはします。御小袖《こそで》のひきあはせしどけなきに、白《しろ》くうつくしき所、またと黒々《くろぐろ》とあるところ、月の影に見いだしたる心まど𛀁、いはむかたなし。

b御足《あし》にたぐりつくままに、をしはだけたてまつりて、舌《した》をさし入てねぶりまわすに、つびはものの心なかりければ、かしらもきらはず、②みづはじきのやうなる物をはせかけさせ給ひけり。

cひもとくほどのてまどひ…（中略）※性交の場面

d（中略）来《き》し方《かた》ゆく末《すゑ》神代の事もわすれはて給にや、いやしき口にすいつきて、おめきさけみ給さま、理《ことはり》も過《す》ぐるほどなり。

eこのこと世にもれきこえけるゆへに、寛和二年六月十九日に伊勢の御くだりとどまりて、野宮よりかへり給ひにけり。

便宜上、aからeの五段落に分け、検討する。(7) 絵については、必ずしも短文系統そのままの絵でないものも多いため、ひとまず分析から外し、短文系統の詞書のみを見てみたい。構成は比較的単調であり、a段落での出会い、b段落での前戯、c・d段落での性交、e段落での後日談へと進む。

傍線部①では、「いかなる神のいさめ」から逃れたのかという言い回しが用いられているが、これは『伊勢物語』七一段の昔男が斎宮の宮人に答えた歌「恋しくは来ても見よかしちはやぶる神のいさむる道ならなくに」を踏まえる。(8) この表現は、斎宮の密通を描くという点で先蹤である『伊勢物語』を引き寄せる。(9) また、a段落からd段落の間は誰ともわからない男女の情交を描き、e段落に至って初めて舞台が野宮であり女が斎宮であったと明かされる構造としても、『伊勢物語』と親和性が高いといえよう。斎宮の密通という点でも、語りの構造という点でも、『伊勢物語』は『小柴垣草紙』に対して強い影響を与えている。

a段落が描く出会いは、この密事が女からのアプローチで始まったことを強く主張する。この点でも『伊勢物語』六九段との結びつきが指摘できる。(10)女の誘いを出会いの契機にしている点は、先掲の『十訓抄』などが批判の対象として平致光を見ていた視線とは一線を画する。女の肉体的な反応の良さ（c「ねぶりそそのかしたるししむら」d「いやしき口にすいつきて、おめきさけみ給」など）を語り、女が望んだものとして性交を語るのである。そのため、e段落の後日談は、野宮警護の在り方を問うのではなく、斎宮自身の過失として女の行く末に帰着する。

三、短文系統から長文系統

続けて、長文系統の内容を確認していきたい。先掲の井黒氏の指摘(11)によれば、短文系統が先に成立し、それに内容を付加していくかたちで長文系統が成立している。短文系統を読み継ぐという反復行為の中で、物語が増幅し、変容したといえよう。短文系統の語りという「呼びかけ」に、過剰に応答した結果としての長文系統という構図をひとまず指摘しておきたい。

長文系統が短文系統と大きく異なる点は、二度目の逢瀬が描かれていることである。A〜Mの十三場面だが、まずは前半としてGまでを掲げる。

A寛和の頃、滝口平致光とて聞ある美男ならびなき好色あり。見る人恋にしづみ、聞く者思をかけぬはなかりけり。斎宮、野宮におはしましける□《公》役に参たるを、御簾の中より御覧じければ、見目《みめ》・有さま、所のしなじなすぎてはれやかなる姿、世の人に勝てみえけるを、男のかげさす事もまれなるに、たまたま御覧じける御心のうち、いかが覚食けむ。

B月傾き夜ふくるほどに、小柴《こしば》のもとに臥《ふ》したる所へ、いかなる神のいさめをか遁出給けん、高欄《かうらむ》のはづれより御足をさしおろして、にくからず御覧じつつ、顔をふませ給ひたるにあきれて見あげたれば、なべてならずうつくしき女房の、御髪《ぐし》はいと心くるしくこぼれかかりて、御小袖の引合しどけなげに、しろくうつくしき所、又くろくにくさげなる所、月のかげにほのかに見ゆる心まどひ、いはんかたなし。

C御足にとりつくままに、おしはだけたてまつりて、舌《した》をさし入てねぶりまはすに、玉門はものの心なかりければ、かしらもきらはず、水はじきなどのやうにはせいたさせ給ひける。

Dひもとく程のてまどひ、…（中略）※性交の場面

Eふとくゆかしき御腰《こし》をやすくもてあはせはねあげさせ給ふに、玉茎もいよいよのぶる心地して、のびあがりてせめたてまつるに、来《こ》し方行すゑ神代のことも忘られ給ふにや、いやしき口に吸《す》ひ付給ひて、しのびかねたる御けしきは理《ことはり》よりも過たりし。

F子ひとつより丑みつまで語《かた》ふに、いまだ何事もつきせぬに、夜あけ鳥の鳴ければ、おもふ心はまた夜深《ぶか》きにとて、ひしひしと抱《いだ》きつき給に心得《え》てすりたてまつれば、御息《いき》の下あやまちすなとて、背をたたかせ給ふ御心のうち、たとへやらんかたなし。

Gかくて時遷、事変じぬれば、鶏類晨劇残宵為明、あかぬ名残の御おもかげばかりを身にそへて、立帰る道芝の露けさも、とりあつめたるやもめがらすのうかれごゑ、我心のうちをおもひしりたるにやと、うつつも夢のここちして、斎宮も、千夜を一よになさまほしけれども、しののめつらく明行ば、露とともにおき出、かたぶく月を名残おしくぞながめ給ひけり。

A段落は平致光の紹介である。この紹介が入ったぶんだけ、短文系統―長文系統は一つずれるかたちで、a―B、b―C、c―D、d―Eと対応する。F、G段落で後朝の別れが述べられ、帰路の致光と残された斎宮の尽き

ない思いを語る。傍線で示した部分には、『伊勢物語』六九段を中心にいくつかの物語からの引用が散りばめられている。(12)

続いて後半、H～M段落は短文系統にほとんど見られない場面であり、二人の二度目の逢瀬と、それを見つめる「御かいしやく」（斎宮周辺の女房と考えられる）の視線、そして斎宮と致光の性交を意味づける語りが続く。

H致光、又公役に参たり。（中略）夜ふくるほどに人、音《をと》のするをみれば、夜目《よめ》にもしるき御すがた、まがふべき方なきに胸《むね》うちさわぎて、おそれおそれまいりたるに、はやくといそぐ玉門、をそしといかる玉茎、いづれも勝劣ぞなき。御手にて、いやしきものをにぎりて、さしあて給ふ。

I此事、御かいしやく漏聞て、色深き人のふるまいゆかしくて、常よりも心すましてはしの妻戸より秋の夕をながめ出し給へば、招薄の下に人待虫の声ほのかにて、光源氏の露わけ給ひけん蓬生のやどり思出て、物さびしき夕暮に、致光いときよげにて参たり。（中略）※「かいしやく」が見つめる性交の場面

Jいとめづらしき御有さまあやしながら、とかくふるまひけるを御覧じ出たるに、御身もとけ行やうなれば、あるにもあらでひき入させ給。誰なるらんと思《おも》ふほどに、かたじけなき御手なり。唐帝の楊貴妃、漢皇の李夫人は唯名をのみ聞き、三皇五帝の后もこれには過ぎじとぞ覚ゆる。いやしき身にて、かたじけなく近づきたてまつる事、多生曠劫をへだつとも、又あひがたしと思《おも》ふに、玉茎いよいよ気力をまし、玉門またうるほひをなす事ながるる水のごとし。

K御かいしやく猶心ゆかで、御簾のうちへ入給ふ。（中略）斎宮は深《ふか》くつつしみて、御詞もなく、とけとけとおわします。声なきは声有にまされり。御かいしやく、艶言優に其色深《ふか》し、譬ば柳の枝に桜の花をさかせ、二見の浦に清見ヶ関をならべたる心地してぞ覚ける。

L神代よりむかしにやあらん、清はのぼりて天となり、濁《にご》れるはたちまち地と定まれりける其中に、陰神陽神うきはしの上にたち、水火婚合して万の品《しな》生せり。其花《はな》、木《こ》の実《み》となりつたへてや、いま斎宮、光源氏の袖ゆたかにして本来無一物のうてな、幽玄として虚無の戯、真実に道ふみしらぬ山の端には、此灌頂の巻たやすくゆるさざるべくとなん、其恐つつしまざるべきにや。殊に舌は味を知る根本なれば、五智如来の曼荼羅《まだら》輪円具足《りんえんぐそく》の尊胎金不二と観じ、諸仏出世のところなれば、たがひにねぶりあひたてまつり給ふにぞ、神も和光の影すずしかるべし。

M致光は美男のすき物なれば、春は散花を悲てさそふ嵐を厭ひ、秋は入日を惜て咎《とが》なき山端を恨。かかる者なればにや、斎宮もためしなきものにおぼしける。誠に夢幻の世や、ともかくても有ぬべし。韓娥宗王も歳積て蓬鬢に月深く、絳樹青きも秋重て紅顔に霜新也。人、更に有事なし。盛なる者、心衰、小野小町もわかかりし時、桃眼、露にゑみし顔《かほ》ばせ、柳髪風に梳し程、寵愛世に勝き、衰て後は昔をしのぶ涙よなよな枕席を霑といへども、更甲斐なし。唯わかく盛ならん時は、男も女もなさけあらん友に合て、楽に心をなぐさむべし。此わざは、上下成興男女含笑之媒也。女として此故を知《し》らざらん人は難受人身をうけて又如帰三途なるべし。有情貴賤併千秋好色男女必保万歳べきならむ。潅頂巻一軸、後白河法皇御宸筆無疑処也。希代之重鏡雲上跡也。並図像者住吉法眼所画彼是可秘。

安永八己亥年早春惜得或人之所持書写於図画即時不能模写暫閣之追可写加者也

前述のとおり短文系統に補足されるかたちで長文系統が作成されたと考えた時、二度目の逢瀬を語り、二人の結びつきを称揚する構成は、短文系統におけるe段落を不要にする。最終的に明かされる二人の（どちらかといえば斎宮の）身分という語りの構造は失われ、代わりにA段落という紹介の場面が差し挟まれるのである。

この長文系統の『小柴垣草紙』について、田中貴子氏は次のように指摘する。
絵巻は、滝口致光が「聞えある美男、ならびなき好色」で、彼を見た人はただちに恋するほどであったと語り出される。野宮の警護役に参った際、斎宮は御簾の中から彼を見て興味を持ってしまうのだが、ここに挿し挟まれた「(野宮という所は)男の影さす事もまれなるに」という一文が問題である。つまり、男との接触を絶たれた女性は男に興味を抱くだろうという、通俗的な好奇の視線が感じられるのだ。そして二人は「子一つより丑三つまで、語ろうて、いまだ何事もつきせぬに」鶏の鳴き声とともに別れを惜しむ。この部分は『伊勢』のパロディで、「何事も語らはぬに」別れていく『伊勢』に対し、「まだ満足していない」二人の情痴ぶりを語るのである。(13)

短文系統から長文系統への構造の展開は、斎宮の密通物語をより強く規範の中に据えようとする。その規範とは『伊勢物語』六九段であり、『小柴垣草紙』は斎宮と業平の密通を追認していく。同時に、男のいない空間に過ごす斎宮は男を求めているという言説も組み込まれる。(14)

事実確認的、説話的な短文系統から、「斎宮と密通」というテーマに寄り添った長文系統へという改作のパフォーマティヴを確認した。だが、『小柴垣草紙』の長文系統は、密通の構造だけでなく、二人の性交に対する解釈というかたちで更に言葉を重ねている。続けて、長文系統の後半(特にL・M)に顕れる性交の意義を語る部分に注目する。

四、撹乱される規範

長文系統L、M段落は、斎宮と致光の結びつきを仏教的な言葉を用いて称揚していく。『伊勢物語』だけでなく、『源氏物語』光源氏や小野小町の落魄説話、中国の女性たちなど、さまざまな文脈と響き合いながら、二人の性交を和合の象徴として位置づける。そうした語りの中で、『小柴垣草紙』は「灌頂の巻」という名称を付されるのである。しかしながら、この「灌頂の巻」という別称こそ、短文系統の呼びかけに対する応答であり、しかも過剰な応答として、「斎宮と密通」の規範を撹乱する役割をも担うことになる。[15]

そもそも、この「灌頂の巻」という言い回しは何を表すのだろうか。傍線を付したとおり、長文系統では、L段落「真実に道ふみしらぬ山の端には、此灌頂の巻たやすくゆるさざるべくとなん、其恐つつしまざるべきにや」、M段落「淹頂巻一軸、後白河法皇御宸筆無疑処也」と二度登場する。「灌（淹）頂」とは、「頂に灌ぐ」であり、

頭に水を灌ぎかけること。①もとインドの国王の即位や立太子の時行った儀式。（中略）②大乗仏教では、これを菩薩が最終の地位（第十地）に入るとき、諸仏が智水をその頂にそそぎ、法王の職を受けることを証するという首位を寓した。（中略）③密教では重要な作法とされ、代表的な儀式である。仏の位にのぼるための密教の儀式。如来の五智を象徴する水を、弟子の頂にそそぐ作法によって、仏の位を継承させることを示し、現在でも重要な宗教儀式として行われている。（以下略）[16]

と、仏教を中心とした宗教儀式として用いられることが多い。この長文系統に付された「灌頂の巻」も男女和合の秘儀を記した書として解釈されてきた。しかし、源豊宗氏は「灌頂の巻」について、より本文に寄り添った説明を

している。

灌頂巻というのは『小柴垣草子』の別名であるが、これは詞書第三段（京大本）の「かしらもきらはす水はしきなどのやうにはせいたさせ給ひける」とある事から来ているであろう。恐らく室町時代の増補と思はれる詞書十二段には、「此灌頂の巻云々」とあるから、当時すでにこの『小柴垣草子』をこのような異名でも呼ばれたのであろう。(17)

短文系統b（傍線部②）、長文系統Cに共通して見られる斎宮の「かしらもきらはず、水はじき(18)」のようなものをかけたという描写から導き出された異名と見ており、首肯できる見解であろう。男の「舌をさし入てねぶりまわす」（短文系統b）という行為に対する反応として、斎宮が男の頭に「水はじき」のようなものをかけたという状況を、まさに「頂に（水を）灌ぐ」という秘儀として位置づけたのである。この場面が重視されていることは、「殊に舌は味を知（る）根本なれば、五智如来の曼荼羅輪円具足の尊胎金不二と観じ、諸仏出世のところなれば、たがひにねぶりあひたてまつり給ふにぞ、神も和光の影すずしかるべし」（長文系統L）という表現からもわかる。胎蔵界と金剛界の混じり合う、満ち足りた状態として二人の結びつきは称揚される。(19)

水を注ぎかけることに対して、仏教的（特に密教的）繋がりを見ようとする意識は珍しくない。中世の知として、『伊勢物語』や『古今和歌集』の注釈書にたびたび類する記載が見られる。たとえば、『伊勢物語髄脳』には次のような記載がある。

我うへに露そをくなるの歌、大灌頂の歌にする也。世間の灌頂は、国王の受禅とて、東宮に位を譲給ふ時、四海のをとりて、いま君の御頂にそゝぎて、先王の位をすべり、東宮と天子の位にあがめ奉る。顕宗の灌頂には、三世の諸仏の法水をとりて、菩薩灌頂の大法、皇子の頂にそゝぎて、先仏は滅に入給。歌道の灌頂も、一切それにたがはず。露ぞをくなると、雨露の恩を云也。舟と云は生死をはなれて、涅槃にいたる義なり。『伊勢物語』五九段の「わが上に露ぞ置くなる天の河とわたる船のかいのしづくか」に対する注釈で、『伊勢物語髄脳』はこの歌を「大潅頂の歌にする也」と述べる。受禅や顕密の作法を引き合いに出し、露が注がれるこの歌を、「歌道の潅頂」と捉えるのである。ここには、儀式に類似する所作が儀式的意味を引き寄せるという逆転がある。『小柴垣草紙』が潅頂巻の異名を得たのも、こうした逆転の意味づけを背景としていよう。

だが、斎宮の密通を「灌頂の巻」という文脈で称揚することは、更に大きな撹乱として『小柴垣草紙』を変容させる。短文系統は、男女の情交を男の視線で語るものであったが[20]、「灌頂の巻」としての長文系統は、斎宮が致光に対して灌頂の儀を行ったことを述べる必要がある。L「いま斎宮、光源氏の袖ゆたかにして本来無一物のうな、幽玄として虚無の戯、真実に道ふみしらぬ山の端には、此灌頂の巻たやすくゆるさざるべくとなん、其恐つつしまざるべきにや」、M「致光は美男のすき物なれば、春は散花を悲てさそふ嵐を厭ひ、秋は入日を惜て咎なき山端を恨。かかる者なればにや、斎宮もためしなきものにおぼしける」が斎宮を主語として語るように、斎宮が致光の美質を認めて灌頂を授けたという文脈が発生する。犯されることと、灌頂の授け手であることの二面性については、田中貴子氏が次のように述べる。

神に仕え性を忌避すべき存在とされる斎宮が、その性を通じて神聖な宗教的真理を明かす、という逆説的な構造の伝本が存することは、『小柴垣草子』の斎宮は、豊満な肢体をさらすポルノグラフィーのヒロインと、性を方便として「真実の道」を凡人に知らしめる聖女という両極端に分裂しているのだ。このあり方は、中世における斎宮イメージの二つの面を端的に語っているといえるだろう。[21]

「灌頂の巻」の性質は、短文系統の持っていたe段落を消滅させる。e段落は後日談として斎宮の解任を描くが、それが長文系統で失われるのは、HからMの二度目の逢瀬のためではなく、灌頂を授ける〈聖女〉としての斎宮に対して解任という結末を語れなかったためである。「斎宮」と呼びかけられる以上、彼女の性行為は密通という禁忌性を孕み続けるはずだが、〈聖女〉はそれを気にしてはならない。斎宮は相手を吟味するという点で「つつしみ」、致光のような「美男のすき物」に対して肉体的反応で灌頂を授ける。こうした男たちの承認欲求に奉仕させられた斎宮は、解任の物語すら遮断されて、野宮に留め置かれるのである。

斎宮は本来、極めて制度的な存在である。「未婚」の条件も、神域での性交渉の否定も明文化されている。密通の先に処罰と解任の危険があるからこそ、「斎宮と密通」は禁忌の恋の規範としてあった[22]。短文系統はその規範に則りe段落を語るのだが、長文系統の末尾はこの規範を撹乱する。斎宮侵犯の禁忌こそが原動力であった物語は、禁忌でない禁忌の恋を語る逆説の中に韜晦していくのである。

おわりに――建礼門院の読む『小柴垣草紙』――

短文系統の呼びかけに（恐らくは過剰に）応答して作り上げられた長文系統の中に、致光に託された男たちの、侵犯と承認という二つの欲望を見た。この欲望は、密教を始めとする宗教的文脈のみならず、和漢の女たちや物語の引用によって織りあげられ、めでたく「灌頂の巻」として結ばれる。「斎宮と密通」の規範はすでに撹乱されたが、それを問うべき斎宮は〈聖女〉に祭り上げられ、斎宮以外の生を歩めない。

だが、『小柴垣草紙』は男たちの欲望に奉仕するためだけのポルノグラフィだろうか。『小柴垣草紙』について、次のような伝説がある。

本絵巻の詞書と絵師についても確かなことは分かっていないが、代表的な説として詞書・後白河法皇（一一二七～九二）、画・住吉慶恩（生没年不詳）という説、詞書・藤原為家（一一九八～一二七五）、画・藤原信実（一一七六～一二六五頃）という説など諸説ある。ただもう一つの伝説として、本絵巻は承安元年（一一七一）年に高倉帝（一一六一～八一）に嫁いだ平清盛の娘、建礼門院平徳子（一一五五～一二一三）に対して、彼女の叔母であり後白河天皇の女御であった建春門院平滋子（一一四二～七六）が贈ったものという説がある。[23]平安時代末期、建春門院（平滋子）から建礼門院（平徳子）へと贈られた婚礼調度であったという伝説である。真偽は不明だが、この絵巻の初発の読み手が建礼門院であったと比定することに意味があろう。「灌頂巻」としての『小柴垣草紙』を読む建礼門院もまた性の物語を生きた女性である。

高倉天皇に入内し、安徳天皇を産み、平氏の滅亡とともに一人都へ連れ戻された建礼門院は『源平盛衰記』の中で次のように語られている。

女院、家を出て懸身と成候ひぬれば、何かは苦るしく候べき。又御伴に候はるる人々も見なれし事なれば、恥しかるべきに非ずとて、自は君王にまみえられ奉て、后妃の位に備候し上は、仮初の妻を重ぬべしとこそ思はず候ひしに、阿波民部大輔成能が、宗盛に心を通はして呼入進せしかば、讃岐国屋島に附て、大裏造などして安堵して候ひしに、そこをも源氏に追落れて、一船の中に住居也しかば、兄の宗盛に名を立と云、聞にくき事を云をも、又九郎判官に虜れて、心ならぬあだ名を立候へば、畜生道に云なされたり。誠に女人の身ばかり申に附て悲けれ共、我身一人の事にあらず、昔もためしの候ければこそ、

（巻四十八「女院六道廻物語事」）

后という貴い身でありながら、兄宗盛との近親婚、九郎判官義経による侵犯の罪を抱えて畜生道に堕ちた存在

として語られる。[24] しかも、この女性の結末は、なぜか往生して語り収められてしまう。

> 朝夕の行業懈らせ給はざりけるが、御歳六十八と申しし貞応三年の春の比、五色の糸を御手にひかへ、（中略）往生の素懐を遂させ給けるこそ貴けれ。（中略）されば、女院の今生の御恨は一旦の事、善智識は是莫大の因縁なり。昔のごとく后妃の位に御座さば、争か法性の常楽をば経させ給ふべき、源平両家の諍ありて憂目を御覧じけるは、偏に往生極楽の勝因のきざしけるにこそと、心ある人は皆貴み申しけるとかや。（同）

源平の争いの中に身を置いて苦労したからこそ往生を遂げたのだという人々の称賛によって、建礼門院の行方は封じられてしまう。こうした建礼門院の位置づけは、『小柴垣草紙』長文系統が斎宮を〈聖女〉として留め置く構図と似ていよう。后も斎宮も、罪を負いやすい（負わされやすい）存在である。しかも、その立場から逃げ出すことができないかのように、「斎宮」や「后」という呼称が彼らの生に置き換わっていく。彼らの生は、絵巻や物語の中で、開かれるたびに再生産され、消費され続けるのである。

だが、『小柴垣草紙』を開くのが建礼門院であるとすれば、そこにこそパフォーマティヴな展開を見ることができるかもしれない。『小柴垣草紙』が呼びかけていたのが最初から女たちであったとすれば、呼びかけに応えた男たちは、実は大きな撹乱の中にいたことになる。女たちの代わりに、彼らは「ポルノグラフィを読む男たち」として存在し始めた。同時に、「ポルノグラフィを読む女たち」の可能性を奪取したのである。『小柴垣草紙』は、皇女と武士の性交というスキャンダラスなものとして享受され、「灌頂の巻」として秘してのぞき見られてきた。[25] しかし、この絵巻をもう一度、建礼門院へ、あるいは斎宮自身へ投げ返していくことも目指されてよいだろう。語ることが憚られるとされながら、秘して語られるという構図はこの絵巻が辿ってきた道筋そのものである。建礼門院も斎宮も、そして『小柴垣草紙』も、秘事という抑圧から解放され、バイアスなしに改めて絵巻を見つめる時が来ているといえよう。

注

（1）「生のあやうさ」（『生のあやうさ』本橋哲也訳　以文社　二〇〇七）。

（2）井黒「『小柴垣草紙』の変遷」（『テキストとイメージの交響――物語性の構築をみる』新典社　二〇一五　初出二〇一二）、井黒氏は『小柴垣草紙』十五本を短文系統、長文系統（および系統不明）に二分し、いくつかの写本が共通する親本を持つことなどを結論している。なお、井黒氏が系統不明とした出光美術館蔵の『小柴垣草紙』は場面構成が大きく異なり、書写年代も古いように見受けられる。図録『物語絵――〈ことば〉と〈かたち〉――』（二〇一五・一・一〇）では「筆者未詳」「鎌倉時代（十三世紀）」と解説される（図版解説・廣海伸彦）。今後、調査を継続したい。本稿の『小柴垣草紙』本文は短文系統、長文系統ともに『定本浮世絵春画名品集成　小柴垣草子』（林美一、リチャード・レイン共同監修　河出書房新社一九九七・八、長文系統については源豊宗「灌頂絵巻詞書」）に依り、漢字をあて踊り字を開くなど表記をわかりやすく改めている。また、東京国立博物館蔵本（『小柴垣草紙』短文系統、『灌頂巻絵詞』長文系統）等も参照した。また、二〇一五年に永青文庫で行われた「SHUNGA春画展」で、最初の二週間にのみ鎌倉時代筆とされる『小柴垣草紙絵巻』（所蔵未詳）が出展され、知られていなかった伝本に接する機会があった。図録解説によれば「詞3段と絵10段からなり、御簾の端から外を窺う場面に始まり、縁先での情事を経て、室内での性愛を描く」（三宅和秀）とされ、短文系統の、ごく古い時期の作品であることがうかがえる。

（3）徳田和夫編『お伽草子事典』（東京堂出版　二〇〇二・九）。

（4）済子女王は醍醐天皇の子である章明親王の娘。姉の隆子女王は円融朝の初めの斎宮であるが、在任中、疱瘡により伊勢で死去している。在任中の斎宮の死去は異例で、その妹である済子女王を選んだことについては、榎村寛之氏が政治的な思惑があった可能性を指摘している（「九・十世紀の斎王たち」『伊勢斎宮の歴史と文化』塙書房　二〇〇九）。このほか済子女王の密通事件について記載するものは、『帝王編年記』寛和二年六月二一日条、吉田経房（一一四二〜一二〇〇）による日記である『吉記』嘉永元年八月六日条がある。『帝王編年記』は退下の記載があり、『吉記』では難波の禊のなかった例として済子女王の事件に触れている。

醍醐天皇─┬─章明親王─┬─隆子女王
　　　　　│　　　　　　└─済子女王
　　　　　└─村上天皇─┬─冷泉天皇──花山天皇
　　　　　　　　　　　　└─円融天皇──一条天皇

（5）済子女王のその後について、山中智恵子氏は「道長家にもよく出入して、権勢のあった記録をとどめている平致光は、あるいはふたたび身辺さびしくなりまさる済子女王を迎えていたかもわからない。」（『続斎宮志』砂子屋書房　一九九二）と述べている。平致光が罪に問われたという記述は見当たらない。

（6）当子内親王と道雅の風聞が密通として語られる背景については、三条天皇の意向が強く働いている。『栄花物語』巻第一二「たまのむらぎく」でも当子内親王の醜聞に怒る三条院が、『伊勢物語』引用によって語られている。

（7）なお、本章で用いた『定本浮世絵春画名品集成』（注2参照）は、短文系統の本文に長文系統の絵が補充されていると考えられる。後述するように、男が女の性器を舐める重要な場面が本文ｃのあとに置かれ、本文と絵の流れに齟齬が見られる。また、ｄとｅの段落の間に複数の性交場面が描かれ、これも長文系統が語る二度目の逢瀬を示す絵と見るべきだろう。絵画としての表象については、同じく性愛の絵巻である『稚児之草子』や『袋草子』との関わりを考える必要があろう。

（8）『伊勢物語』七一段は、女の「ちはやぶる神のいがきもこえぬべし大宮人の見まくほしさに」という「すきごと」に男が応えるという贈答の形式である。女が「いがき」を越えたいと願うあり方は斎宮が小柴垣までやってくる姿と重なる。『小柴垣草紙』の背景イメージとして、『伊勢物語』六九段とともに七一段との関わりの深さに注目しておきたい。

(9) 拙稿「『伊勢物語』狩の使章段と日本武尊」（本書第一部第一章）参照。

(10) 女性が男性を訪ねるという構図については注9拙稿においても『鶯々伝』との関わりを用いて論じたが、歴史学では、関口裕子氏が女性からの求婚の例として論じ（「日本古代における対偶婚の存在と具体相」『日本古代婚姻史の研究・上』塙書房　一九九三）、また榎村寛之氏が発遣儀礼との関わりの中で論じている（「九世紀王権と斎王」『伊勢斎宮の歴史と文化』塙書房　二〇〇九）。

(11) 注2参照。

(12) 「子ひとつより…」「うつつも夢のここち」は『伊勢物語』六九段のパロディである。「千夜を一よに」も同じく『伊勢物語』の二三段。「道芝の露」は「尋ぬべき草の原さへ霜枯れて誰に問はまし道芝の露」（『狭衣物語』巻二）、飛鳥井の女君を思う狭衣の歌。続く場面にも歌や物語から導かれた言葉が多く、『源氏物語』への意識も強い。

(13) 田中「斎宮の変貌」（『聖なる女』人文書院　一九九六）。

(14) 斎宮が男を求めているということを露骨に描くのは中世の『我が身にたどる姫君』である。拙稿「〈斎宮経験〉の視点から見る『我が身にたどる姫君』の前斎宮」（本書第二部第十七章）参照。

(15) J段落では、楊貴妃、李夫人のほか、あまり注目されることのない「三皇五帝の后」が最上の女性の例として挙げられている。また、M段落では「韓娥宗王」という人物が挙げられており、「宗王」は未詳。福田和彦『艶色説話絵巻』浮世絵グラフィック6（KKベストセラーズ　一九九二）では「宗王母」に作るが、いずれにせよ出典は発見できていない。「韓娥」は『杜氏通典』楽五や『列子』湯問編第五に見られる故事だが、後述する後白河天皇の撰とされる『梁塵秘抄』の名称の由来として用いられてもいる。「梁塵秘抄と名づくる事。虞公韓娥といひけり。声よく妙にして、他人の声及ばざりけり。聞く者賞で感じて涙おさへぬばかりなり。歌ひける声の響きに、梁の塵たちて三日ゐざりければ、梁の塵の秘抄とはいふなるべしと云々。」『小柴垣草紙』と後白河法皇との関わりについては別稿において改めて論じたい。

(16) 日本国語大辞典。

(17) 源「灌頂絵巻詞書(京都大学図書館蔵)」(『定本浮世絵春画名品集成』載録　初出一九六一)。

(18) 「(1)空気の圧力を利用して水を噴出するしかけのもの。ポンプ・龍吐水の類。＊保元〔1220頃か〕中・新院左大臣殿落ち給ふ事「血の走ること、水はじきにて水をはじくに異ならず」＊太平記〔14C後〕六・赤坂合戦事「火矢を射れば水弾(ミヅハジキ)にて打消候」(2)玩具の水鉄砲。＊日葡辞書〔1603～04〕「Mizzufajiqi(ミヅハジキ)」」(日本国語大辞典)。

(19) そもそも「伊勢」が男女和合を表すという発想が『伊勢物語』の注釈世界をより際立ったものにしている。どのように派生していく発想かという点については、今後調査を続けたい。小川豊生「生殖する文字」(『中世日本の神話・文字・身体』森話社　二〇一四)参照。

(20) 短文系統は基本的に女の視線を描かない。男が女を観察し、その姿を語っていく。視線の問題としては、長文系統の後半が「御かいしやく」による視線に晒されていることにも注目したい。当事者である女も男も、語る言葉からは切り離されていくのである。「御かいしやく」の存在については今後、検討を加えていきたい。木村朗子「「小柴垣草紙」と中世秘本の世界」(『ユリイカ』四七巻二〇号　二〇一五・一二)では、「「小柴垣草紙」の最大の特徴は、男女の階級差のうち、女性が圧倒的上位にあり、しかも女性が、縁側の上から地を這う男を誘惑し、韻文をぞんぶんに舐め上げさせる絵にはじまるところにある。(中略)永青文庫に出品された本によれば、この場面で女は衣を羽織ったままであり、男だけが烏帽子一つの丸裸にされているのである。」と、絵巻の構図から女たちに読まれるものとしての春画を指摘する。

(21) 注13参照。

(22) 斎宮と密通の結びつきは『日本書紀』に遡る。一方で、「禁忌の恋」として位置づけられるに至ったのはやはり『伊勢物語』の影響が強い。拙稿「古代日本における祭祀と王権」(『アジア遊学　東アジアの王権と宗教』勉誠出版　二〇一二・三)参照。

(23) 早川聞多「小柴垣草紙」(別冊太陽『肉筆春画』平凡社　二〇〇九・六)。この伝承については現代の研究所を除いて明文化されたものを見出せていない。詞書の書き手として後白河天皇が想像される中で、必然的に建礼門院への連想が働いたとひとまず考えておきたい。

(24) 高木信「建礼門院の庭」(『「死の美学化」に抗する』青弓社　二〇〇九)、佐伯真一『建礼門院という悲劇』(角川撰書　二〇〇九）等を参照した。『源平盛衰記』の本文引用は有朋堂によった。

（25）井黒氏は長文系統の物語を「本来「隠されるべきもの」であった身体が、「鑑賞されるもの」として積極的に肯定されるようになっ」たとして、「性の肯定」として受け止めている（注2）が、「灌頂の巻」という名称からしても、この絵巻は秘された中で見られることが重視されていると考えられる。致光を称揚する文脈に如実であるように、『性の礼讃」は（建前として）誰にでも開かれるようなものであってはならないのである。

終章　物語史の中の斎宮 ——上代から中世における斎宮の文学史——

はじめに

伊勢に鎮座したアマテラス、そしてその伊勢に朝廷から派遣された皇族女性である斎宮は、王権の問題と極めて隣接している。『日本書紀』で壬申の乱に勝利した天武天皇は、即位して間もなく娘・大伯皇女を伊勢に派遣すべく潔斎を行わせた。『延喜式』においても、天皇即位にあたって速やかに斎宮を任じることが記され、この制度は長く維持されていた(1)。王権の祭祀を後続女性が行うこの制度は、少なくとも事由の不明な断絶を挟みはじめる一三世紀半ば、後深草天皇の御代のころまでは、現実のものとしてあった。

しかし実際、彼女たちに「王権を担う」という曖昧な役割がどれほど切実に与えられていたかは不明である。実態として世情不安や戦乱などがあれば直接、朝廷から伊勢神宮へ使者が派遣されるのが常であったし、そうでなくとも平安以降、斎宮寮は伊勢神宮とは独立した祭祀、運営が行われる空間であった。天皇の王権を支える斎宮という構図は、制度が作り上げられた大伯皇女以後、薄れる一方であったことは想像に難くない。しかし、幼児であっても務まるほど斎宮が慣例化されていく平安期(2)にあっても、斎宮と王権はやはり隣接し続けていた。もちろん、その認識には振り幅があり、天皇、祭祀の関係者、官僚など直接儀式や制度を知る人々は彼らなりの理解で[3]、斎宮本人や周辺の女官たちにはまた別の理解の道筋があったことだろう。しかし、そうした直接、間接に関わりのある人々だけではない。伊勢や斎宮と直に接するべくもない貴族女性、そしてそこに仕える人々にまで、斎宮制度は認知され、天皇と関わる特殊な職掌として受け容れられていた[4]。その認識を支えたのは、おそらく物語世界である。

本章では、第一部、第二部で詳細に論じてきた個々の作品をもとに斎宮と王権の関わりを改めて位置づけ、その描かれ方の変遷を明らかにする。よって、論旨とするところは重複するが、特に改めて斎宮の物語史として位置づけたいのは、第二部第十七章で論じた『我が身にたどる姫君』という中世の物語に至る道筋である。後述するが、この『我が身にたどる姫君』は、同時代的にも物語においてもそれまで（おそらく）達成することのなかった女帝という存在を描き、その対極に「狂前斎宮」[5]と研究者に名付けられるほどの個性豊かな斎宮を描き出した。物語には珍しく斎宮を一巻の主人公として活躍させる『我が身にたどる姫君』は、斎宮と王権の物語の極地となる可能性を抱えている。もちろん表向きに語られるのは奔放な斎宮の滑稽譚だが、その嘲笑に隠された潜勢力としての斎宮の可能性を見出すことで、斎宮とはいったいどのような存在であったのかという根源的な問いとも向き合っていきたい。

一、歴史から物語へ　――上代の斎宮像――

斎宮はいつからいるのかという問いは今なお結論が出ていない[6]。斎宮という言葉こそ用いられないが、『日本書紀』では、崇神朝で崇神天皇皇女・豊鍬入姫が宮中から天照大神を離し、崇神朝に続く垂仁朝で垂仁天皇皇女・倭姫命が天照大神と対話して伊勢をその祠とする。更に次代の景行朝でも五百野皇女が遣わされ、三代に亘って、時の天皇の娘が天照大神の祭祀者となっていることが確認できる。実際にどうであったかという問題はひとまず忘れ、斎宮制度を支える思想がどのように成立しているかを簡単に辿りたい。

『日本書紀』で、右の三代ののち斎宮に関する記事が顕れるのは雄略朝である。雄略朝の斎宮は、雄略天皇の娘・栲幡皇女であるが、彼女が湯人に密通され、任身（妊娠）したことが讒言される。[7] 結局、栲幡皇女は自殺し、その屍の腹に水と石があったことで皇女の潔白は証明される。この時、罪に問われたのは、湯人という身分低い者と皇女との関係であるのか、斎宮が男性と関係を持ったことそのものにあるのか、あるいは妊娠したことにあるのかは定かでない。しかし、この雄略朝の記事を含め、斎宮に密通（汙・奸）の問題があることは疑いない。[8]

其の二を磐隈皇女と曰す。更の名は夢皇女。初め伊勢大神に侍へ祀る。後に皇子茨城に奸されたるに坐りて解かる。

（『日本書紀』巻第一九　欽明天皇②三六三―七）

七年の春三月の戊辰の朔にして壬申に、菟道皇女を以ちて、伊勢の祠に侍らしむ。即ち池辺皇子に奸されぬ。事顕れて解く。

（『日本書紀』巻第二〇　敏達天皇②四七七）

雄略朝から時間は隔たるが、欽明朝、敏達朝にも簡素ながら斎宮と密通、そして解任の記事が語られる。「皇子茨城」や「池辺皇子」の行方は定かでないが、少なくとも斎宮は男性と関係を持ったことを理由に解任してよいものと理解できよう。天皇が、前代の斎宮から自身の娘へ斎宮の任を渡すことができるという崇神、垂仁、景行期の斎宮のあり方に加えて、不祥事による解任の可能性が示されたのである。[9] 天皇という〈王権〉を支える斎宮と、その役目を失う可能性としての〈密通〉が結びつけられたのは『日本書紀』のこうした言説があってのことであった。

ただし、『日本書紀』における、この〈王権と密通と斎宮〉という結びつきは、全て斎宮解任という処罰によって事なきを得ていることに留意したい。密通されて起きる祭祀の混乱や斎宮を擁して王を打倒するような事態は語られない。この傾向は、次の『萬葉集』大伯皇女の歌にも見いだせる。

　大津皇子、竊かに伊勢神宮に下りて上り来る時に、大伯皇女の作らす歌二首
吾がせこを　倭へ遣ると　さ夜ふけて　鶏鳴露に　吾が立ちぬれし
二人行けど　去き過ぎ難き　秋山を　いかにか君が　独り越ゆらむ
（『萬葉集』巻二　一〇五―六）

実在の確認できる最初の斎宮であり、斎宮が制度として整えられたという面でも重要な天武朝斎宮の大伯皇女の歌である。天武天皇の崩御（朱鳥元年（六八六）九月）直後、大津皇子の謀叛が発覚して加担者と共に捉えられ、死を命じられた事件を背景に持つ。大津皇子が同母姉である大伯皇女を訪ねて伊勢に赴いたことは『日本書紀』にはない。事実はどうあれ、『萬葉集』の題詞は斎宮である姉を（〈密通〉イメージを有する言葉である）「竊か」[10]に訪ねて京に戻る大津皇子を描き、大伯皇女はその行く末を案じる歌を詠む。特に、二人でも辛い山路を「ひとり越ゆらむ」とするところには、姉の無力を嘆く思いが読み取れる。大津皇子の謀叛事件や大伯皇女の立ち位置を巡ってはさまざまに論考があるが、ここでも確認できるのは、斎宮に与えられた権利の小ささだろう。王権と斎宮には確かに結びつきがあり、〈密通〉はその結びつきに切り込む手段ではあるが、実は斎宮（とそれを犯した者）が目指した〈王権〉とはむしろ切り離される可能性が高いのである。

『萬葉集』が政治的背景から自由であったとは思わないが、少なくとも大伯皇女の歌が『日本書紀』に見えない

物語を示していることは事実である。〈王権と斎宮〉を切り離す〈密通〉が起きる時、斎宮は葛藤する。密通相手に支援を与えることは自身を任命した天皇を損なうことであり、斎宮としての資格を失うことでもある。[11] 斎宮という役割と大伯皇女という個人の思いとの葛藤を描いた点で、『萬葉集』大伯皇女歌群の果たした役割は大きい。それまで出来事以上のとらえ方をされることのなかった斎宮の密通事件が、物語として語られる素地を作ったのは、この大伯皇女歌群なのである。

二、『伊勢物語』狩の使章段と『源氏物語』秋好中宮

次に、平安時代の物語における斎宮像として、『伊勢物語』と『源氏物語』の二作品を取り上げる。『萬葉集』以後、斎宮に関する記述はあまり見られない。『大和物語』の柔子内親王や雅子内親王をはじめとする歌の記録が中心となるが、同じ歌物語に属しながら、『伊勢物語』が極めて特徴的な斎宮の物語を描いたことは注目される。[12] 『伊勢物語』狩の使章段は、「斎宮なりける人」と「狩の使」との恋物語であり、ひとまとまりの歌物語として高い完成度を持つ。斎宮は恬子内親王、狩の使は業平に模されるが、「水の尾」清和天皇の御代に狩の使の例がないことなど、敢えて事実と認定させない材料が仕組まれていた。

狩の使章段のモチーフは明らかに〈斎宮と密通〉である。しかし、このモチーフが本来抱えていたはずの〈王権〉は仄めかされるばかりで表面化しない。斎宮と狩の使に血縁関係がある可能性（『日本書紀』において斎宮と密通するのは基本的に皇子であった）や斎宮との密通が人目、特に天皇に繋がる「国の守」を憚るものであることなどから、わずかに見出せる程度である。『日本書紀』によって語られてきた〈斎宮と密通〉が、斎宮の解任記事と

セットであったことは先述した。また、『萬葉集』で大伯皇女の支援を得られなかった大津皇子は、謀叛により逮捕され死ぬという事件を背後に持つ。しかし、狩の使章段の斎宮は解任されず、狩の使も謀叛を起こしたり処罰されたりといった後日譚を持たない。〈王権と密通と斎宮〉という上代以来のモチーフから〈王権〉が見えなくなった物語が、この狩の使章段なのである。この狩の使章段によって、〈斎宮と王権〉は関わりながらも直接的に切り結ぶことのない、表出してはいけない物語として底流し続けることになる。

狩の使章段以後、斎宮を明確に描き出したのは、『源氏物語』である。散逸した『隠れ蓑』に登場していた可能性があるが、この点については稿を改めたい[13]。ここで、『源氏物語』が唯一描いた斎宮である秋好中宮のあり方を、斎宮の物語史に当てはめてみるとどうだろうか。

簡単に確認すれば、『源氏物語』の斎宮は、光源氏の恋人である六条御息所が生んだ亡き前坊の娘である。六条御息所は娘とともに伊勢に下向し、光源氏との関係を断つ。六条御息所が中心に語られる描写の中で、斎宮の物語が印象的に描かれるのは、伊勢へ下向する日の発遣儀礼の場面であった。

斎宮は十四にぞなりたまひける。いとうつくしうおはするさまを、うるはしうしたてたてまつりたまへるぞ、いとゆゆしきまで見えたまふを、帝御心動きて、別れの櫛奉りたまふほど、いとあはれにてしほたれさせたまひぬ。（『源氏物語』賢木②九三）

斎宮は、当代の帝である朱雀帝から別れの櫛の儀を受けて伊勢へ赴く。朱雀帝と斎宮は従兄妹関係にあたり、接点がなかったためか、朱雀帝は斎宮の美しさを目の当たりにして恋心を抱く。ここで抱いた恋情は、斎宮が去ったのちも思い起こされている[14]。

伊勢在任中の記事はほとんどなく、斎宮は朱雀帝譲位の際に母とともに京へと帰還する。京で母の死に遭い、光源氏を後見人として、朱雀帝の次の帝である冷泉帝に入内することになる。別れの櫛の儀以来、斎宮への恋情を抱き続けていた朱雀院は、帰京した斎宮の院参を望んでおり、要請もしていたが、光源氏に裏切られた格好で斎宮を諦めることになる。この悲恋の関係は、別れの櫛を媒介にして、朱雀院と斎宮の間で繰り返される。

院はいと口惜しく思しめせど、人わろければ御消息など絶えにたるを、その日になりて、えならぬ御よそひども、御櫛の箱、うちみだりの箱、香壺の箱ども世の常ならず、（中略）さし櫛の箱の心葉に、

わかれ路に添へし小櫛をかごとにてはるけき仲と神やいさめし

いにしへ思し出づるに、（中略）かきつらねあはれに思されて、ただかく、

別るとてはるかに言ひしひとこともかへりてものは今ぞかなしき

（『源氏物語』絵合②三七〇―一）

右は、斎宮が冷泉帝へ入内する当日の祝いの品と歌である。二人の間で「小櫛」は思い出の品として存在し続けていた。しかし、『源氏物語』が斎宮をいかに描いたかという点からいえば、斎宮にはより重要な使命があった。斎宮は、帝になれずに終わった前坊のただ一人の遺児であり、大臣家出身の母・六条御息所の思いも背負っている。斎宮経験の思い出はそれとして、彼女が抱える主題はむしろ、両親の遺志をいかに実現していくかというところに置かれているのであった。

『源氏物語』が注目したのは、内親王、あるいは女王に限られる斎宮という役職が、皇統の物語を有しているという面である。斎宮を勤め上げた女性としての評価はあるものの、入内や寵愛、立后の実現は彼女の出自と資質によるところが大きい。むしろ、斎宮であった思い出は朱雀院との間でしか取り出されず、前坊の遺児として政権に関わっていく。

『伊勢物語』が描いた〈斎宮と密通〉の物語の受容は後世まで引き続くが、それは禁忌の恋の参照事例として引

かれはするものの、あくまで過去の出来事に留まる。[15] 狩の使と匹敵する事件を起こして、更に王権に切り込んで行こうとする物語は顕れない。『源氏物語』に王権への挑戦の兆候をみることは不可能ではないが、[16]『源氏物語』の斎宮のあり方は本来の出自に還元される。光源氏が須磨、明石ではなく伊勢へ流離し、斎宮と密通する物語が描かれたのであれば、斎宮の文学史も今あるものと異なる様相を示したことだろう。しかし、それは回避され、〈王権と密通と斎宮〉という結びつきは消滅しないまでも、やはり深く沈潜して表に顕れることがないのである。

三、『狭衣物語』の斎宮と王権

『伊勢物語』含め上代から平安期のいくつかの作品が、実在の斎宮を肉付けして語るものであったとすれば、『源氏物語』の斎宮は史実を取り込みながらも、虚構の登場人物の一代記としての様相を見せていた。斎宮は「皇女（女王）の物語」の変奏としてあったのである。その背景として、斎宮という任の根幹であるはずの、「天照大神に奉仕する」という要素が見えない時代の物語であったことが指摘できる。少なくとも、『源氏物語』の斎宮は、天皇との繋がりを「別れの櫛」によって保持する一方で、天照大神については言及されない。斎宮を見る周囲の視線も、斎院と同じく「神域にある女性」という認識に留まるのである。

天照大神の影が薄れた時期を経て、再び〈王権〉との関わりが色濃い〈アマテラス＝天照神〉が物語に登場するのは、『狭衣物語』においてである。

天照神の御けはひ、いちじるく現れ出給て、常の御けはひにも変りて、さださだとのたまはする事どもありけり。「大将は、顔かたち、身の才よりはじめ、この世には過ぎて、ただ人にてある、かたじけなき宿世・有様なめるを、おほやけの、知り給はであれば、世は悪しきなり。若宮は、その御次々にて、行末をこそ。（中略）このよしを、夢の中にも、たびたび知らせたてまつれど、御心得給はぬにや」などやうに、さださだとの給はすること多かりけれど、あまりうたてあれば、漏らしつ。（『狭衣物語』巻四　四二五―六）

『狭衣物語』は、平安後期物語の代表作品といってよい。一世源氏の子である狭衣がいくつもの恋の果てに即位し、帝となる物語であり、本稿で問題とする場面はその終盤、狭衣帝即位に関わって描かれる。病がちの時の帝には男の子がなく、譲位したいものの次の東宮がいなくなってしまうという状況下で、伊勢にいる斎宮に託宣が下るのである。その託宣を簡単にまとめれば、現在の東宮を追い越してともかく狭衣に即位させるべきというもので、その神託に従って即位が実現する。

全てに超越的な能力を有し、時に超常現象をも顕現させる狭衣は、まさに王権を揺るがしかねない存在であり、結果的に「狭衣帝」として最もシンプルな〈王権〉の位置に立つのである。しかし、それほど超越的な〈王権〉の体現者であっても、その即位にあたって「天照神」の託宣を必要としたことは注目に値しよう。実はこの場面には、長元四年の託宣事件と呼ばれる出来事との影響関係が指摘されていた(17)。

『斎王十五日、離宮に着き給ふ。十六日、豊受宮に参り給ふ。朝間、雨降る。臨夜、月明らかなり。神事了りて十七日に離宮に還り給ふ。内宮に参らむと欲するに、暴雨大風、雷電殊に甚だし。（中略）斎王の御声猛しく高きこと喩ふべき事無し。御託宣に云はく「寮頭相通は不善なり。妻も亦、狂乱。（中略）帝王と吾と相交わること糸の如し。当時の帝王、敬神の心無し。次々に出で給ふの皇も亦、神事を勤むること有らむ歟。降誕の始、已に王運の暦数を定む。然而、復、其の間の事有り。〔延縮の間歟。〕百王の運、已に過半に及ぶ。件の相通并びに妻、神郡を追遣るべし。…」（中略）「斎王の奉公の誠、前の斎王に勝る。然而、此の事に依りて、過状を進らしめよ。読申すべし。」
（『小右記』長元四年八月四日）

託宣の内容を詳細に記す『小右記』を史料としてあげた。その概要は、斎宮が伊勢神宮での神事の最中に神懸かりを起こし、斎宮寮頭相通とその妻の更迭を望んだほか、帝との関係などをくどくどと語ったというものである。天照大神が託宣を下す例はないわけではないが、それが斎宮自身に、しかも夢託などではなく、神自身が下った点で、この長元四年の事件は重要視される。『小右記』においても右に続けて「斎王に寄託して託宣し給ふ事、往古未だ聞かず」とあって、その異例さが朝廷でも重く受け止められたことがうかがえる。

『狭衣物語』の成立は定かではないが、この長元四年からそう隔たった時期ではなく、かなり同時代的な意識の中で受け止められたことと思われる。即ち、史実に顕れた「託宣を受ける斎宮」によって「託宣する天照神」が呼び起こされたのである。しかも、物語において事は寮頭の更迭に留まらない。『狭衣物語』において為される託宣は皇位継承への口出しであり、それも二世源氏の狭衣を即位させろというものであるから内容はより重い。

〈斎宮と王権〉という観点から見れば、これは上代にあったような斎宮との密通による王権奪取の可能性とは明らかに異なる力を有している。斎宮を支える神が背後にあって、皇位継承を操作する権限を持っているのである。『狭衣物語』の天照神―斎宮の関係に準じる組み合わせを探せば、天照大神―倭姫命の姿に行き着こう(18)。諸国を巡り天照大神の託宣を聞き社を建てた倭姫命の如く、『狭衣物語』の斎宮である嵯峨院の女三の宮はその託宣を京に奏上し、狭衣即位を実現させるのである。

この託宣事件が物語に描かれる時、〈王権と密通と斎宮〉は過去の遺物でしかない。〈密通〉が失敗の危険を抱えた賭けであるのに対して、〈王権と斎宮と天照神〉は斎宮自身が媒介となり、解任されることもないからである。男が伊勢に赴く必要もなく、斎宮は無傷のまま天照神とともに〈王権〉に介入できるのである。

しかし、この鮮烈な〈王権と斎宮と天照神〉という結びつきもまた沈潜してしまう。『狭衣物語』以後、中世の物語世界において斎宮の多くは脇役となり、在任中の斎宮を描くことも非常に少なくなる。田中貴子氏は、中世の物語における斎宮について、次のようにまとめている。

物語は、斎宮たちが退下した後の宮中が舞台となる場合がほとんどであり、その意味では現役ではなく前の斎宮、前の斎院という方が妥当である。退下後の彼女らの行方は、大きく分けて次の三種類に分類される。一つめは、望まない結婚をしたり不幸な結婚生活を強いられるパターン。二つめは、結婚せずにみずからの「家」(斎宮なら天皇家)を支えるもの。最後は、やはり結婚しないがいたずらに年を重ね老醜をさらす、というものである。[19]

秋好中宮のように入内し、栄華を極めていく斎宮は確かに少なく、さまざまな物語における斎宮の比重も軽薄になっていく。[20]本書第二部第十八章で扱った『更級日記』に顕著なように、「天照る神」や「斎宮」は個人のイメージの中で醸成され、可能性として王権との回路は残すものの、あくまで可能性に留まるものとなる。世の中を震撼させたアマテラスと通じる斎宮の姿を再び見出すには、鎌倉期に成立した『我が身にたどる姫君』の前斎宮を待たなければならない。

四、斎宮と女帝の物語 ――『我が身にたどる姫君』からたどる斎宮の物語史

最後に、『我が身にたどる姫君』から斎宮の可能性を広げてみたい。まずは、本書第二部第十七章と重複するが、物語の構成どおりに、『我が身にたどる姫君』の女帝を確認しておく。

嵯峨の院の御心おきてをはじめ、皇后の宮の御ことをなほいといみじう思ひ聞こえさせ給ふあまり、かの御末の世におはしまさぬもいとほしう思し召さるるにより、昔も例なきにあらずと、御位を譲り聞こえさせ給ふ。久しう絶えたることをいかがと、世人かたぶけど、これはいとさま変はりたる御譲りなれば、また久しくおはしますべきにしあらねば、誰もいかが聞こえ給はむ。

（『我が身にたどる姫君』巻四①二二五）[21]

女帝は、嵯峨院の姫宮で三条帝に入内し、皇后となっていた。巻四末、三条帝が帝位を降りるにあたって、後嗣に恵まれなかった嵯峨院の思いに応えるかたちで、女帝への譲位が行われる。傍線部にあるとおり、この即位は幼い三条院の子が成長するまでの間、嵯峨院の心を慰めるものに過ぎない。ほんの一時の予定で行われた譲位であるが、女院の崩御や「さとし」があり、また女帝の清廉な政治とも相俟って、治世は長引いていく。

さるべきことと聞こえながら、雨風の音、月星の光まで、あまりまことしからぬまで、世に見ならはぬさまにのみ治まり、静かなる御代を、さきざきくちをしかりしにはあらねど、心なき草木までなびき聞こえさせて、まだきに惜しみ聞こえさするたぐひのみ、四方の海、島のほかまであまねくなりにたれば、厭ひ捨てさせ給はむもいかがとぞ見ゆる。

（『我が身にたどる姫君』巻五②一二）

結局、巻五全体にわたって、六年ほどの歳月を帝として過ごしたことが語られる。女帝は、死を予感して譲位を行い、財産分与も終えて法華経を胸に成仏していく。特異な帝でありながら、あくまで聖帝として描かれ、のちの巻にもその御代の素晴らしかったことが語り継がれていく。

次に、前斎宮について確認する。女帝の政治と成仏を描いた巻五に引き続いて、巻六には斎宮が登場する。『我が身にたどる姫君』は全八巻の構成で、巻五、巻六のみが時間的に並列し、それ以外の巻はほとんど破綻なく時間軸が続いている。聖帝としての女帝を描いた巻五と、女帝の御代と同じ時間軸に日々を過ごした斎宮の巻六は、明らかに対置されている。のみならず、女帝の聖代を十全に描ききった直後に、巻五では全く触れられることのなかった前斎宮なる存在を並べるところに、この物語の構成の妙があるといってよい。巻六の冒頭は、次のように語られる。

新しき御代にかはらせ給ひにし斎宮、育み奉らせ給ひし御匣殿も失せて、そのおととの大納言の君といひしが尼にて行ひゐたる古里にぞ帰り給へる。「嵯峨の院にや」など、人も聞こえさせしかど、「すべて、いまだ見ぬ人なれば、あへなむ。世離れたる山住みに、見も知らぬ人の交じらむもあいなし」など、厭はしげに思し召したりしかば、たれかはなほも聞こえむ。（『我が身にたどる姫君』巻六②七〇）

これまで女帝一人を娘としていた嵯峨院[22]に、もう一人皇女があったことから巻六は始まる。ただし、極めて出自の高い女帝に対して、斎宮の母は御匣殿と呼ばれた人で、決して身分は高くなく、後見に恵まれていたとは考えがたい。その母も既になく、斎宮でなければ内親王宣下があったかも疑わしい立場である。事実、嵯峨院は斎宮の引き取りを拒否し、わずかに財産を与えて母方の叔母のところへ行かせてしまう。その境遇を聞き知った右大将が、女帝のゆかりとして斎宮をのぞき見る。

障子ひとつを隔てて、これも火いとあかきにぞ、しつらひなどさすがにしるければ、目をつけて見給ふに、同じほどなるに若き人二人、いづれか主ならむ、さしもあるべくもあらず。ものあつれてなりゆくころを、薄き衣を引きかづきたるうちに、かぎりもなく、息もせざらむと見ゆるほどに、首を抱きてぞ臥したる。さるは、何といふにか、うち泣き、鼻うちかみなどもす。あはれにかなしきことやあらむと見るほどもなく、また耐へがたげに笑ふ。心得ず見給ふ。衣の下も静かならず、何とするにか、むつかしうもの狂ほしげなるに、さま変はり、ゆかしき方も交じれど、あやにくに心深く、馴れ馴れしきすぢを好み給はぬ人は、見だにも果てず出で給ひぬるを、知らぬこそくちをしけれ。いかばかり取りも付きて慕ひ聞こえまし。
（『我が身にたどる姫君』巻六②七〇―一）

右大将が見たのは、「いづれか主ならむ」と主従の区別もつかない様子で、衣を引き被って抱き合う女二人である。女性同士の睦み合いが繰り広げられ、その狂態に右大将は驚いて去り、紫のゆかりの物語も垣間見に始まる恋もないまま、斎宮の日々が語られていく。

斎宮の生活を彩るのは、さまざまな女房との関係であり、また恋物語への憧れである。お気に入りの女房に嫉妬したり嫉妬させたりする一方で、男の来訪を受けて昔物語の主人公のような恋に落ちるという妄想に一喜一憂しながら、斎宮は日々を過ごすばかりである。

『我が身にたどる姫君』の女帝と斎宮は、この物語が注目され始めた当初、極めて対立的な存在として読み解かれてきた。聖なる女帝と俗なる斎宮／賢い女帝と愚かな斎宮／秩序の女帝と混沌の斎宮といった二項対立である。しかし、対立的様相がひととおり確認され、今はこの対照的な姉妹が共通性を抱えていることが指摘されている。

特に共通性が顕著に表れるのは、女帝と斎宮の性の問題である。斎宮が女房たちとレズビアン関係を結んでいることは前述のとおりだが、女帝もまた女性コミュニティに生きている。女帝の傍らには、かつては三条院の寵愛を競った藤壺（皇后宮）がおり、女帝の死の瞬間に立ち会うのも彼女である。

立ちかへる雲居は幾重霞むとも君ばかりをや思ひおこせむ

宮はましてえ聞こえやらせ給はず。

花の色は霞も雲も隔つとも恋ひむ夜な夜な匂ひおこせよ

と聞こえさせ給ふほどもなし。思ふもしるく、白露の消えゆく心地するに、御手をとらへて、「やや」と聞こ

えさせ給ふにぞ、人々起き騒ぎ、御誦経なにくれ、そのこととなし。（『我が身にたどる姫君』巻五②五七）

女帝と皇后宮は、二人で宮中に過ごし、聖代を作り上げる。男性との関係を極力避けることで安定する女帝のあり方について、辛島氏は前斎宮と合わせて次のように述べる。

女帝も前斎宮も、この世に生きる女のたちの恨みつらみの根源にある、数々の物語の中で指弾され、疑問を呈されつづけた、男に都合よく仕組まれた「世の中」のありかたに対して、黙って従うことを、断然拒否しているのである。よって、「世の中」の秩序を重視する側に立てば、二人はいずれも、間違いなく異端の存在である。(23)

女帝の御代が清廉であったのは、官人から女孺に至るまで各自の職分を越えることのない秩序を作り上げたからである。(24)一方の斎宮は、女房と主従関係さえ曖昧になるように睦み合い、また新しい女房を寵愛することで嫉妬や羨望を巻き起こす。生き方の表出は確かに逆のベクトルである。しかし、男性を拒んで無性であろうとする女帝と、男女問わず受け容れて性に囚われない斎宮はいずれも、密通と出産によって紡がれる『我が身にたどる姫君』の他の巻と比べて閉ざされた物語であろう。(25)やはり女帝と斎宮とは相似の関係にあるといえる。

五、〈王権〉を支える〈天照神〉と斎宮 ――『狭衣物語』から捉え返す女帝即位――

女帝と斎宮の姉妹の対関係を、その立ち位置の面から論じてみたい。ともに嵯峨院の娘ながら、一人は三条帝に入内して后から女帝に上り、片や三条帝の斎宮となって伊勢に過ごしたのち帰京して気ままに過ごす。性質に類似がありながら生き方が異なったのは――あるいは、性質は異質ながら相似形を為したのは――、ひとえにその境遇にあると考えられる。

巻五、巻六は時間軸が並行するため、女帝と「前」斎宮として対になる。斎宮が任に就いていたのは、女帝の夫・三条院の御代であったことになるが、彼女を女帝の御代の斎宮のように位置づけることは可能だろう。[26]その手掛かりとして、『狭衣物語』の〈王権と斎宮と天照神〉の問題を踏まえてみたい。まずは『我が身にたどる姫君』の女帝の御代の有り様を引用する。

　嵯峨の院の行幸も過ぎにしかば、ましてすがすがとのみ思し掟てつつ、「年返らば」と聞こえ定めさせ給ふを、月星の光にもいとあやしきこと多く、道々の者ども、さまざまあるまじきことに奏しつるを、さらに聞こし召し入れねど、年返る春より、東宮いみじう患はせ給ふ。殿もいとおそろしう思し召し嘆きて、さまざまの御祈り、数知らず尽くさる。隠れても顕れても、ただ天照御神の惜しみ聞こえさせ給ふゆゑのみあらたに見え聞こゆるに、院もおとども、この御ことをあるまじきことにのみ奏せさせ給へば、またとまりぬなるを、あさましく思はずにのみ思し召したり。

（『我が身にたどる姫君』巻五②二八―九）

女帝の御代が長引いたのは、政治の素晴らしさだけでなく、「天照御神」の意向があったからである。帝位を保証する天照神の先蹤は、『狭衣物語』にあった。

　天照神の御けはひ、いちじるく現れ出給て、常の御けはひにも変りて、さださだとのたまはする事どもありけり。

（『狭衣物語』巻四　四二五―六※再掲）

　上の御社に御祓つかうまつるにも、「過ぎにし年、たて給し御願かなひ給て、今日参らせ給たるさま、今より後、百廿年の世を保たせ給べき有様」など、聞きよく言ひ続くるは、「げに、天照神達も耳たて給らんかし」と聞えて、頼もしきにも、さしも、ながうとも思し召さぬ、御心の中には嬉しかるべくぞ聞かせ給はざりける。

八島もる神も聞きけんあひも見ぬ恋ひまされてふ御禊やはせし

そのかみに思ひし事は、皆違ひてこそはあめれ」とぞ、思し召しける。

（『狭衣物語』巻四　四四五）

狭衣帝は一世源氏の子であり、本来ならば即位の可能性のない立場である。女帝と狭衣帝、それぞれに即位の正当性の弱い帝に対して、物語が用意するのは天照神の意志であった。

狭衣帝の即位を支えた斎宮は、御代替わりしても伊勢に留まる。この斎宮は嵯峨院の女三の宮で、皇子も皇女も少ない『狭衣物語』において今後の動向がもっとも注目される女宮である。[27]『狭衣物語』はこののちを記さないが、『我が身にたどる姫君』の世界と連動させて考えれば、伊勢から帰京した女三の宮が天照神の意向によって即位する可能性もないとはいえない。そもそも、女帝の可能性を持ち出したのは、『狭衣物語』であった。[28]

「大将の、あづかりの若宮は、ただ人になさんの本意深き」と、聞きしかど、「襁褓にくくまれ給へる、女帝にゆづり置き、もしは、一世の源氏の、位につくためしを尋ねて、年高うなり給へる、太政大臣の、『坊に居んよりは、敢へなん』とこそ思ふ」いかが。（中略）大将殿は、「あるまじき事かな」と聞き給へど、いかでかは、さも聞え給はん。「げに、女帝も、かかる折や、昔も居給ひけん。いかなるべきことにか」と人知れず思すにも…

（『狭衣物語』巻四　四二二―三）

『狭衣物語』は女帝の可能性を打ち出しながらも、狭衣の存在によって、それを回避する。『我が身にたどる姫君』の女帝の、「天照御神」によって帝位を保証されるあり方が『狭衣物語』引用の延長にあるとすれば、天照神の意向を繋ぐのはやはり斎宮にほかならない。『狭衣物語』嵯峨院の女三の宮を介して、斎宮に支えられた女帝の姿が浮かび上がるのである。

　更にいえば、女帝の御代が終わってのちに斎宮が登場するために見過ごされているが、斎宮もまた女帝になる可能性を持つ。嵯峨院の寵愛があれば、母のない斎宮はかえって揺るぎない身分につけることが望まれたはずである。「揺るぎない身分」の選択肢に女帝があるのが、『我が身にたどる姫君』であった[29]。

　斎宮は、要件次第で女帝と入れ替わる可能性があった。もちろん、物語は女帝の聖代を語り終えたのちに斎宮を語ることで、その互換性を隠蔽する。読み手には、俗な欲望に耽溺する斎宮の物語を見せ、一方で往生していった女帝の来世をさりげなく語るのである[30]。

おわりに ――女帝になれなかった斎宮が照らすもの――

　斎宮と女帝を互換性のある一対のものと見た時、ここにもう一度〈王権と斎宮〉の問題が浮かび上がってこよう。それも、今度は天照神を媒介にした〈王権と天照神と斎宮〉として結びつく。つまり、斎宮が女帝となって王権そのものを掌握する物語である。この物語に密通者は必要ない。それどころか、『狭衣物語』では必要であった即位する狭衣も不要である。『我が身にたどる姫君』という女性コミュニティを構成する物語があって初めて、この可能性は浮かび上がる。本書第二部第二十章で論じた『小柴垣草紙』を読む斎宮たちの交流も類する文脈に置く可能性が見えてこよう。斎宮の性愛という〈禁忌〉を彼女たちが笑い、楽しむとすれば、伊勢に行かされる不遇の皇女たちという見方は大きく反転する。

　天照神を擁して斎宮自身が王権に反旗を翻す可能性は、常に想定され、忌避されてきたのだろう。『日本書紀』の崇神天皇、垂仁天皇は天照大神を宮中から遠ざけようとした時、自身の娘を祭祀者に任命した。天照大神にとっても、天皇にとっても、この処置はもっとも有効で互いに安定するものであったといえる。以後の天皇たちも、密通事件が起きた際には父天皇として娘斎宮を処罰することが可能だった。

斎宮制度の安定、慣例化とともに忘れ去られていたアマテラスの危険性を物語で最初に描き出したのは『狭衣物語』である。天皇は、密通を起こした斎宮を解任することはできるが、託宣事件を起こした斎宮に対してはどうすることもできない。（もちろん、この背景には実際の託宣事件があった。）そして、『我が身にたどる姫君』が女帝を描いた時、〈天照神〉の託宣をもとに女帝となる斎宮が浮かび上がり、上代以来、伊勢の地に鎮座しているはずのアマテラスが再び宮中に戻ってくる、壮大な逆流するアマテラス――斎宮の物語を呼び起こすのである。

こうした想像は、現実世界にはもちろん、物語世界にも起こらない。逆にいえば、物語世界でさえ〈斎宮〉と〈王権〉を直結させる試みは回避されてきたとも考えられる。あいだに、斎宮の資格を失う〈密通〉を挟むことで、あるいは『源氏物語』秋好中宮のように女性として可能な栄達を目指すことで、斎宮は「高貴な女の変奏」として描かれてきたのである。

『狭衣物語』と『我が身にたどる姫君』に挟まれる中世の物語の斎宮たちが脇役に過ぎず、嘲笑の種にもなるという指摘は先に掲げた。彼女たちは、京の論理に外れた行動をとるために不遇を託つ。『我が身にたどる姫君』の斎宮が京でも伊勢時代の女房たちとの狂態を繰り広げたのと同じく、伊勢に過ごした斎宮たちは「伊勢の斎宮」であった時間をうまく切り離すことができないのではないか。伊勢は、叱る者のいない自由な空間であるというだけでなく、京の論理では解しきれない神としての天照神や祭祀に関わる人々の空間でもあった。〈王権〉と関わる斎宮たちは、天皇や祭祀の問題と向き合わざるを得ない。そしてそれは、物語で聞き知ったことと、伊勢で体感することと、制度として行うこととがどこかで相違するのである。本章は、あくまで物語の斎宮たちについて述べたものであるが、帰京してもどこか京に馴染まない斎宮というモデルは実在したのだろう。「前斎宮」という呼称は、役目を終えた斎宮であると同時に、「京を追いやられ、伊勢へ流離して、帰還した斎宮」でもある。彼女たちが京で「斎宮」としての行動を起こす可能性がないという保証はない。『狭衣物語』と『我が身にたどる姫君』をとおして浮かび上がる〈王権と斎宮〉の物語は、脇役に甘んじる他の中世の物語でも、あるいは史実の中にも、女帝と同じく底流し続けていたと考えられるのである。

注

（1）『延喜式』に「凡そ天皇即位せば、伊勢の大神宮の斎王を定めよ。仍りて内親王の未だ嫁がざる者を簡びて卜えよ」とあり、即位と斎王の選定が不可分であることが示される。歴史上の斎宮はおよそ六十人。最後の斎宮は後醍醐天皇の御代の祥子内親王であるが、彼女は下向を果たしていない。最後に下向したのは亀山天皇の御代の愷子内親王であり、その直前の後深草天皇は在位が十年を超えていながら斎宮を派遣することはなかった。斎宮制度の一つの終わりが一三世紀半ばであると考えられる。

（2）大伯皇女は卜定時十三歳だが、潔斎期間を挟み、十分に大人として祭祀を執り行ったと考えられる。最初の幼い斎宮は聖武朝の井上内親王で五歳前後（諸説あり、下向まで長く潔斎期間を置いた）だが、陽成朝・識子内親王（四歳）、村上朝・楽子内親王（四歳）、一条朝・恭子女王（三歳）など平安期の斎宮には幼い子どもも多い。

（3）有名な話であるが、『大鏡』は藤原道長の鋭い視線を描く一節として、三条天皇が別れの櫛を与えた儀式のあとで娘斎宮（当子内親王）を振り向かせた挿話を載せる。斎宮の儀式の不備が御代を短くするという見方であり、上級貴族としても斎宮の制度は御代の安寧に関わることと受け止められていたことを示す。

（4）京に近い斎院に比して斎宮は人目に触れることの少ない役職といえるが、それでも様々な繋がりが生じる可能性がある。『更級日記』には源資通が筆者に斎宮を訪ねた日のことを回想して話す場面があり、天照神を信仰する作者の思想に影響を与えている。拙稿「『更級日記』の斎宮と天照御神信仰」（本書第二部第十八章）参照。

（5）「狂前斎宮」という呼称は、金子武雄『物語文学の研究』（笠間書院　一九七四）に用いられ、徳満澄雄『我が身にたどる姫君物語全註解』（有精堂　一九八〇）でも受け継がれる。現在、呼称として用いられることはないが、『我が身にたどる姫君』の前斎宮に出会う読み手が直面する困惑をよく顕しているものとして、しばしば引用される。

（6）崇神朝豊鍬入姫命とする田中卓氏（「神宮の創始と発展」『神宮の創始と発展』神宮司庁教導部　一九五九）、雄略朝稚足姫とする岡田精司氏（「伊勢斎王の起源伝承」『伊勢斎王宮の歴史と保存』三重の文化財と自然を守る会　一九七八）、欽明朝磐隈皇女以降とする門脇禎二氏（「斎王女から斎王制へ」『古代文化』四三―四　一九九一）、文武朝に制度の成立をおく直木孝次郎氏（「奈良時代の伊勢神宮」『日本古代の氏族と天皇』塙書房　一九六四）等。直木「伊勢神宮の成立について」（『文化情報学科記念論集』二〇〇五）は、雄略朝ないし継体朝に伊勢神宮が成立したのち地位が低下、壬申の乱で復権という伊勢神宮の流れを確認し、斎宮についてはやはり奈良に入ってからの安定を見る。

（7）『日本書紀』巻第一四　雄略天皇（②一五七―九）。

（8）「奸」の問題については、関口裕子「8世紀における采女の姦の復元」（『日本歴史』五三五　一九九二・一二）参照。

（9）密通された斎宮が解任されるか否かについては、斎宮が未婚の内親王でなければならないという原則と、「凡そ寮官諸司および宮中の男女、仏事を修し和奸密婚せば中つ祓を科せよ。」（『延喜式』）という神域内での性行為の排除から導き出せるが、明文化されているわけでない。むしろ『日本書紀』を先例として花山朝の済子女王の解任検討（実際は花山天皇の出家により沙汰止み）などが行われたと考えたい。

（10）稲岡耕二『万葉集全注　巻第二』（一九八五）、多田一臣『万葉集全解1』（二〇〇九）等。また、柳本紗由美「『萬葉集』における「大津皇子物語」――二つの「竊」をめぐって――」（『玉藻』四七　二〇一三・二）は元来、「竊」の字単独には密通の意がないことを指摘する。大津皇子歌の「竊」を密通の意に捉えるのは、文脈と配列に頼った解釈である。大津皇子、大

(11)　伯皇女の問題については本書第二部第十三章参照。

天皇以外に援助を与えたにも関わらず処罰が語られないのは、『古事記』が描いた倭姫命とヤマトタケルの場合だけであり、この時、天皇と斎宮は父娘ではなく兄妹関係であった。父天皇と娘斎宮の場合、斎宮は祭祀の能力を自由に行使することはできないと考えられる。

(12)　拙稿「『伊勢物語』狩の使章段と日本武尊」（本書第一部第一章）、同「古代日本における祭祀と王権――斎宮制度の展開と王権」（小島毅編『アジア遊学　東アジアの王権と宗教』勉誠出版　二〇一二）。

(13)　『隠れ蓑』は『風葉和歌集』巻第七　四五七番歌に記載があり、斎宮と「天照る神」が登場する。

左大将、かたちを隠して所々見歩きけるころ、前斎宮に大弐まさかぬが近づき寄りけるを、太神宮と思はせてさまざま申しけるに、恐れて怠り申して出でにければ、よみ給ひける　　隠れ蓑の前斎宮

我がために天照る神のなかりせば憂くてぞ闇にまどはまし

(14)　朱雀帝が光源氏に対して、斎宮の美しさを語る場面が賢木巻で描かれる。

(15)　代表的な例は、『栄花物語』巻第一二「たまのむらぎく」にある。「かの在五中将の、「心の闇にまどひにき夢現とは世人定めよ」など詠みたりしも、かやうのことぞかし。それはまだまことの斎宮にておはせしをりのことなり。」と、三条天皇の娘・当子内親王と藤原道雅の恋の先例を在五中将に求めるが、実際は任を果てた斎宮への恋であることが自覚的に述べられている。

(16)　光源氏は斎宮の伊勢下向の日に斎宮当てに歌を贈り、その変化を次のように眺める。「大将は、御ありさまゆかしうて、内裏にも参らまほしく思せど、うち棄てられて見送らむも人わろき心地したまへば、思しとまりて、つれづれにながめゐたまへり。宮の御返りのおとなおとなしきを、ほほ笑みて見ゐたまへり。御年のほどよりはをかしうもおはすべきかなとただならず。かうやうに、例に違へるわづらはしさに、かならず心かかる御癖にて、いとよう見たてまつりべかりしいはけなき御ほどを、見ずなりぬるこそねたけれ、世の中定めなければ、対面するやうもありなむかし、など思す。」（『源氏物語』賢木②九一―二）。〈密通〉への回路を感じさせる「御癖」という言葉はあるものの、「世の中定めなければ」には退下後への期待しかなく、斎宮を侵犯する物語には発展し得ないのである。

(17) 指摘自体は非常に多いが、特に参考にしたものとして斎藤英喜「斎宮の二つの顔」(『アマテラス神話の変身譜』森話社 一九九六)、井上眞弓「天照神信仰」(『狭衣物語の語りと引用』笠間書院 二〇〇五)、同「『狭衣物語』の斎宮」(後藤祥子編『王朝文学と斎宮・斎院』竹林舎 二〇〇九)、岡田荘司「伊勢斎王神託事件」(後藤祥子編『王朝文学と斎宮・斎院』竹林舎 二〇〇九)等。

(18) 倭姫命については、『日本書紀』は、確固たる意志を持つ天照大神と、神と交信する倭姫命を描く。その時の天照大神が求めたのは、いるべき場所を求めての放浪であった。要求の向きが異なれば、また別の物語が描かれる可能性がある。

(19) 田中『聖なる女——斎宮・女神・中将姫』(人文書院 一九九六)。

(20) 斎宮の登場する物語を表としてまとめたものに、勝亦志織『物語の〈皇女〉』(笠間書院 二〇一〇)がある。

(21) 『我が身にたどる姫君』の引用は、『中世王朝物語全集』(笠間書院)によったが、一部私に改めた箇所がある。

(22) 巻四で我が身帝の譲位に伴い、嵯峨院の姫宮(のちの女帝)の処遇が定められる際には、「姫宮一所ぞ持たせ給へる」「姫君の御さまを、ただ一所さへおはしませば」(巻四①一八二)とただ一人の皇女であることが主張される。

(23) 辛島「『我が身にたどる姫君』の女帝」(『中世王朝物語史論上巻』笠間書院 二〇〇一)。

(24) 『我が身にたどる姫君』に極めて密通と不義の子の出産が多いことはかねてから指摘されている。また、物語に流れる時間の長さのためもあるが、結婚、出産が繰り返され、次代へ渡されていく物語でもある(まさに我が身姫の系譜が受け継がれていく点でその傾向は強い)。そうした中で、女帝も斎宮も子を生まず、それぞれのコミュニティに閉じこもって皇統を途絶えさせるのである。女帝と斎宮における生む性の問題は、木村朗子『恋する物語のホモセクシャリティ』(青土社 二〇〇八)『乳房はだれのものか』(新曜社 二〇〇九)に詳しい。

(25) 『我が身にたどる姫君』は、巻八までの中に我が身姫から見て孫やひ孫の世代までが描かれていく。代替わりも多く、流れる時間、世代交代の多さを特徴と見ることができよう。しかし、女帝と斎宮という嵯峨院の遺児は子を産まない。途切れる皇統の物語なのである。

(26) 先掲の巻六冒頭場面も、「新しき御代にかはらせ給ひにし斎宮」と語られ、巻五から連続する読者は、女帝から悲恋帝への御代替わりを想定することになる。徐々に女帝が在世中の時間であることが明かされる構造は、作為的なものと見るべきだろう。

(27) 拙稿「『狭衣物語』女三の宮の位置づけをめぐって」(本書第二部第十二章)参照。

(28) 先行する女帝意識としては、『今とりかへばや』の女東宮や『いはでしのぶ』の一品の宮を「世になからむためし」にしたいとする父帝の意向など、物語世界には女帝の可能性がしばしば語られてきた。一方、歴史上においても有名な八条院暲子など即位に至らなかった「可能性としての女帝」は想定される。荒木敏夫『可能性としての女帝』(青木書店　一九九九)参照。

(29) 女帝の存在する物語であることは、巻七で我が身女院が娘・皇太后宮の出家を前に「をしみてもてなしきこえさせたまふべき御行末も、今は何事かおはしまさむ。さのみ女帝もあるまじければ、さてもあるべかりけることぞかし、と思しめすかたもあるべし」と、女帝への期待があったことを語ることからも明らかである。

(30) 後日談として、巻六の終わりに兜率天往生を遂げた女帝の姿が描かれている。

あとがき

本書は、二〇一二年に一橋大学へ提出した学位請求論文「斎宮の文学史」をもとに、その後の論考を加えてまとめたものである。大学一年生の時に『源氏物語』研究に出会い、卒業論文で研究対象とした秋好中宮について考えていくあいだに斎宮という視野が拓けて、斎宮研究へと歩みを進めてきた。『源氏物語』はもとより斎宮についても、斎宮歴史博物館の榎村寛之先生はじめ先学の蓄積を前にして途方に暮れたことは少なくない。それでも、物語分析をとおして斎宮の生き方や思想に近づくことで、語られない歴史上の斎宮たちの存在をも浮かび上がらせることができる研究を作り上げたいという気持ちで論考を積み重ねてきた。物語と歴史双方に亘って斎宮研究を重ねるにつれて、彼らに同化せず、彼らの声を代弁せず、それでいて一人ひとりの生を重視する研究にしなければと強く思うようになった。それが物語文学の視点から示さなければならない斎宮研究だろう。まだまだ不足も多くやらねばならない課題は目の前に、あるいは見えないどこかに存在している。本書は研究の第一歩を示したに過ぎないけれども、一冊の本としてまとめられたことを嬉しく思う。

本書刊行にあたり、最初にお礼を申し上げなければならないのが、学部時代からの恩師である河添房江先生に対してである。小学校教員を目指していた学部時代から、紆余曲折を経て大学院に進学してからも、そして今でもご指導いただき、研究者としてだけでなく人生そのものの師として魅力的な世界を示し続けてくださる河添先生にはどれほど感謝してもしきれるものではない。河添先生との出会いがなければ、今の私も本書もなかった。

最初の論文が活字化されたのは二〇〇八年三月。それから多くの学術雑誌や研究書に論考を載せる機会をいただいた。いろいろなことを同時並行でやっていたかった私は、さまざまな研究会に参加し、たくさんの方々との関わりの中で育ててもらってきた。個々の論文を本書に掲載するにあたって、表記の統一など手を入れた箇所もあるが、大きな改稿はできるだけ避けた。若き日の拙さもまた研究者としての軌跡として残したいという思いもあってのことである。小心者のくせに度胸のある私は、行き詰まったら別の道に行けばいいか、という軽い気持ちで文学研究の世界へ足を踏み入れた。今も葛藤はあるが、研究は楽しく、周囲の人々にも恵まれたと思う。昨今の人文学の置かれた危機的状況や学問の世界の保守的な風潮も、却って面白い研究を打ち出す機会だと信じる。

本当に多くの方のおかげで、ここまで来ることができた。河添先生とともに博士論文の審査をしてくださった黒石陽子先生、武村知子先生、分野違いの私を特別研究員に受け入れてくださった小島毅先生、また東京大学中国思想文化学研究室の皆様には改めて感謝申し上げたい。そして多くの研究会で出会った方々、特に研究の面白さを教えてくださった諸先輩方と、夜中まで将来を語り合った同世代の友人たちの存在は本当に日々の励みであったし、これからの人生の資本ともなるだろう。また、東京学芸大学の仲間たち。さぼってばかりのゼミ生だった私をここまで辿りつかせたのは、共に研究を志した友人や、すぐにでも私を追い越そうと元気いっぱいの後輩たち、忙しい教育現場に立ちながらずっと研究を続けている諸先輩方に他ならない。これから先も長く、研究や教育について語り合いたいと切に願う。

本書をなすにあたって、丁寧に校正してくれた江口郁海さん、中国語要旨を作ってくれた孫瑋さんはじめサポートしてくださった方々にも感謝したい。ご迷惑をたくさんおかけした翰林書房の今井ご夫妻にも改めて感謝申し上げる。

本書は、今まで私と関わってくださった大切な人々へ捧げたい。特に、これまで応援し続けてくれた両親へ。そして愛してやまない貴方へ捧ぐ。

本橋裕美

二〇一六年九月

※本書は研究成果公開促進費（学術図書）一六ＨＰ五〇四四の助成を受けたものである。

初出一覧

序 ……書き下ろし

第一部

第一章　『伊勢物語』狩の使章段と日本武尊――「斎宮と密通」のモチーフをめぐって――
……『古代中世文学論考』二四集　新典社　二〇一〇・八

第二章　『大和物語』の斎宮と『うつほ物語』……書き下ろし

第三章　光源氏の流離と伊勢空間――六条御息所と明石の君を中心に――
……『源氏物語　煌めくことばの世界』翰林書房　二〇一四・四

第四章　六条御息所を支える「虚構」――〈中将御息所〉という準拠の方法――
……『日本文学』六一巻一号　二〇一二・一

第五章　「別れ路に添へし小櫛」が繋ぐもの――秋好中宮と朱雀院の恋――
……『物語研究』八号　二〇〇八・三

第六章　『源氏物語』絵合巻の政治力学――斎宮女御に贈られた絵とその行方――
……『中古文学』八八号　二〇一一・一二

第七章　『源氏物語』における春秋優劣論の展開――秋好中宮の役割と関連して――
……『学芸古典文学』一号　二〇〇八・三

第八章　『源氏物語』冷泉朝中宮の二面性――「斎宮女御」と「王女御」を回路として――
……『日本文学』五九巻九号　二〇一〇・九

第九章　冷泉朝の終焉――玉鬘物語をめぐって――
……『学芸古典文学』二号　二〇〇九・三

第十章　「神さぶ」櫛のゆくえ――『源氏物語』秋好中宮と女三の宮の関わりが意味するもの――
……『学芸国語国文学』四四号　二〇一二・三

第二部

第十一章　『夜の寝覚』における前斎宮の役割――父入道の同母妹として――
……『狭衣物語〈文〉の空間』翰林書房　二〇一四・五

第十二章　『狭衣物語』女三の宮の位置づけをめぐって
……原題「『狭衣物語』の〈斎王〉」『狭衣物語　空間／移動』翰林書房　二〇一一・五

第十三章　散逸物語としての『大津皇子物語』
……原題「平安後期物語から見る大津皇子の物語の展開」『古代文学』五四号　二〇一五・三

第十四章　『浅茅が露』の始発部をめぐって――退場する「斎宮」「皇女」――
……『学芸古典文学』三号　二〇一〇・三

第十五章　『海人の刈藻』における姉妹の論理と皇女たち
……『学芸古典文学』五号　二〇一二・三
第十六章　『恋路ゆかしき大将』における斎宮像　——一品の宮をめぐって——
……『学芸古典文学』七号　二〇一四・三
第十七章　〈斎宮経験〉の視点から見る『我が身にたどる姫君』の前斎宮
……『学芸古典文学』四号　二〇一一・三
第十八章　『更級日記』の斎宮と天照御神信仰
……『学芸古典文学』六号　二〇一三・三
第十九章　文学サロンとしての斎宮空間——良子内親王を中心に——
……『学芸古典文学』八号　二〇一五・三
第二十章　反復される斎宮と密通の語り——『小柴垣草紙』が語る〈禁忌〉の恋を中心に——
……『物語研究』一五号　二〇一五・三
終章　物語史の中の斎宮
……原題「物語史の中の斎宮、あるいは逆流するアマテラスの物語」
『古代文学の時空』翰林書房　二〇一三・一〇

The Literary History of *Saigu*
Summary

The problem to be solved of this present volume is to clarify *Ise Saigu* in literature. *Ise Saigu* is the Imperial Princess who devoted to the *Ise Shrine*, and she is also called "*Saiku*". She was elected by augury and lived in *Ise*. The Institutional of *Saigu* was probably established in 7th century. In *Heian* era, this Institutional was operated stably. In *Kamakura* era, *Saigu* got to rarely go to *Ise*, and she sometimes canceled it. In 14th century, after the last *Saigu* was elected during the *Godaigo* dynasty, this institutional was abolished. As far as we can know, (after 7th century), there are less 70 people who were *Saigu*. However, there are a lot of *Saigu* in literature. Especially in narratives, a lot of *Saigu* are described as people who have very clear-cut personalities.

The purpose of this present volume is to construct "The Literary History of *Saigu*" thorough the study of the literature and history. In part 1, I considered Early Tales such as '*Ise-monogatari*' and '*Yamato-monogatari*'. *Rokujo-no-miyasudokoro* in *Genji-monogatari* and Empress *Akikonomu* changed the image of *Saigu*. Their characters were made and affected by historical facts. Thus, '*Gneji-monogatari*' describes their lives in *Ise* and the promotion to Empress even though *Saigu* actually couldn't be. Many of the literatures in the late *Heian* and medieval period influenced by '*Genji-monogatari*'. Thus, the achievement of '*Genji-monogatari*' has much influence to the literary history of *Saigu*.

In part 2, I considered stories which were written after '*Genji-monogatari*'. I studied '*Yoru-no-nezame*', 'Sagoromo-monogatari', '*Otsu-no-miko-monogatari*' (It is fragmented), '*Asaji-ga-tsuyu*', '*Ama-no-karumo*', '*Koiji-yukashiki-taisho*', '*Wagami-ni-tadoru-himegimi*', '*Sarashina-nikki*', '*Kaiawase*' and '*Koshibagaki-no-soshi*'. *Saigu* is in each literary works. Considered "The literary history of *Saigu*", especially chapter 12, 17 and 20 are important. '*Sagoromo-monogatari*' which is about oracle shows the exchange of historical facts and fiction. Also, '*Wagami-ni-tadoru-himegimi*' shows affinities of Empresses and *Saigu*. '*Koshibagaki-zoshi*' clarified the hidden sexuality of *Saigu*. These chapters are brilliant results as the study of *Saigu* and as the study of Classical Literature. In the last chapter, I considered what I mentioned thorough the part 1 and 2 as the literary history.

As a general rule, only one person can be chosen from an emperor. Moreover, *Saigu* lived in *Ise* where is far from *Kyoto*. For the people who lived in *Heian* or *Kamakura* era, *Saigu* was not close to them. However, they got to know *Saigu* from tales. Fiction is influenced by reality, and also reality is influenced by fiction. By exchanging history and literature, "The literary history of *Saigu*" comes into existence. In this book, I clarified *Saigu* as actions thorough a lot of stories.

斋宫文学史
摘要

本书的课题在于阐明文学作品中的伊势斋宫形象。伊势斋宫是侍奉伊势神宫的皇族女性。斋宫经占卜选定，后在京城进行斋戒，再前往伊势生活。

斋宫制度大约确立于公元7世纪，平安时代严格执行，镰仓时代逐渐弛缓。镰仓时代的斋宫有时会留在京城，并不前往伊势，斋宫任命中断的情况也时有发生。最后一任斋宫选定于公元14世纪的后醍醐天皇时代，之后，斋宫制度便被废除。

历史上能够确认的斋宫不足70人，但在日本文学作品中，却有大量关于斋宫的描述。特别是在物语文学中，出现了很多个性鲜明的斋宫形象。本书力图，在借鉴物语文学和历史学研究成果的基础上，构筑一部“斋宫文学史”。

第一部分主要论述《伊势物语》《大和物语》等前期物语，以及《源氏物语》。《源氏物语》中所描写的六条御息所和秋好中宫母女，极大地改变了历史上固有的斋宫形象。六条御息所和秋好中宫的形象塑造参照了史实，但物语作者虚构了她们在伊势的生活，还描写了历史上未曾出现的斋宫立后。平安后期和中世的物语文学大多受到《源氏物语》的影响，因此《源氏物语》的成就对“斋宫文学史”产生了重大影响。

第二部分主要论述《源氏物语》之后的作品。包括《夜半梦醒》、《狭衣物语》、《大津皇子物语》逸文、《浅茅之露》、《海人刈藻》、《恋路难忘大将》、《我身探寻公主》、《更级日记》、《小柴垣草纸》等，这些作品中都有关于斋宫的描写。

关于“斋宫文学史”，特别值得注意的是本书的第十二章、第十七章和第二十章。《狭衣物语》中关于斋宫传达神谕的描写，体现了历史事实和文学虚构的相互影响。《我身探寻公主》表现了女帝和斋宫的深厚情感。而《小柴垣草纸》正面描写了斋宫的“性”这一长期被视为禁忌的话题。以上诸章无论对于斋宫研究，还是古典文学研究来说，都是重要的成果。终章又将第一部分和第二部分中讨论的内容，从文学史的角度重新进行了论述。

原则上，每代天皇在位期间只任命一位斋宫，而且斋宫生活在远离京都的伊势。对于平安时代和镰仓时代的人们来说，斋宫是相当遥远的存在，但是他们却一直在文学作品中接触到斋宫。现实影响了虚构的文学，而文学虚构又反过来影响现实，“斋宫文学”便产生在历史和文学的相互影响中。本书通过对众多物语文本的分析，阐明了不断发展变化的斋宫形象。

【た】

【な】

【は】

【ま】

◉事項

◉研究者名

◉物語の登場人物

【た】

◉歴史上の人物

索引

・『源氏物語』については巻名で立項した。
・歴史上の人物については『国史大辞典』の項目に従った。平安時代以後の女性名については原則として音読みで項目立てをしている。

◉書名

【著者略歴】

本橋裕美（もとはし　ひろみ）

1983年　埼玉県生まれ。

2006年　東京学芸大学教育学部卒業。

2013年　一橋大学大学院言語社会研究科博士課程修了。博士（文学）。

現在、日本学術振興会特別研究員、立教大学・津田塾大学等非常勤講師。

近年の業績に、「源氏物語の貴族社会論―物語の世の中―」（助川幸逸郎・立石和弘・土方洋一・松岡智之編『新時代への源氏学6虚構と歴史のはざまで』竹林舎　2014年5月）、「母を看取る后―『源氏物語』紫の上の臨終と明石の中宮―」（『むらさき』52号　2015年12月）など。

斎宮の文学史

発行日	2016年10月10日　初版第一刷
著　者	本橋裕美
発行人	今井　肇
発行所	翰林書房
	〒151-0071 東京都渋谷区本町1-4-16
	電 話　(03)6276-0633
	FAX　(03)6276-0634
	http://www.kanrin.co.jp/
	Eメール●Kanrin@nifty.com
装　釘	須藤康子＋島津デザイン事務所
印刷・製本	メデューム

落丁・乱丁本はお取替えいたします

ISBN978-4-87737-402-0